AF617655

HAMBRE DE GLORIA

VÍCTOR FERNÁNDEZ CORREAS

HAMBRE DE GLORIA

Consulte nuestra página web: https//www.edhasa.es
En ella encontrará el catálogo completo de Edhasa comentado.

Diseño de la sobrecubierta: Calderón studio®

Primera edición: junio de 2024

Diputación, 262, 2.°1.ª
08007 Barcelona
Tel. 93 494 97 20
España
E-mail: info@edhasa.es

ISBN: 978-84-350-6268-8

Impreso por Huertas Industrias Gráficas, S.A.

Depósito legal: B 10592-2024

Impreso en España

A la memoria de María García Correas
y Marie-Josèphe Pastré

«Los reyes usan a los hombres como si fuesen naranjas, primero exprimen el jugo y luego tiran la cáscara».

Fernando Álvarez de Toledo y Pimentel,
tercer duque de Alba

Sumario

Dramatis personae 13

Mapas 16

PRÓLOGO 19

EL REGRESO DEL SOLDADO 25

UN REINO POR CONQUISTAR. 145

EL RÍO DE LA MUERTE 543

UN FUTURO POR ESCRIBIR 653

EPÍLOGO 685

Dramatis personae

Personajes españoles
(con asterisco, personajes reales)

Fernando Álvarez de Toledo, tercer duque de Alba (*)
Felipe II, rey de España (*)
Juan de Soto
Agustín Yáñez
Andrés de Ávalos
Juan de Salazar
Cristóbal de Moura (*)
Álvaro de Bazán y Guzmán, marqués de Santa Cruz (*)
Sancho Dávila (*)
Álvaro de Luna y Sarmiento (*)
Antonio Enríquez
Hernando de Toledo, hijo bastardo del duque de Alba (*)
Fray Luis de Granada (*)
Duarte de Castro
Inés Arias
Lorenzo Díaz
Próspero Colonna (*)
Juan de Albornoz (*)
Gómez de Monroy
Juan Vázquez
Diego Cubero

Ginés Méndez
Apolonia
Íñigo Sánchez
Rodrigo de Cervantes (*)
Miguel de Cervantes (*)
Juan Delgado
Dalí Mamí (*)
Gabriel
Fernando Abad

PERSONAJES PORTUGUESES

Ebou
Nyima
Isatou
Musa
Kaddy
Don Antonio, prior de Crato (*)
Afonso Barreiros
Juliana Pires y Meneses
Isabel de Andrade
Don Enrique, cardenal y posteriormente rey de Portugal (*)
Sebastián I, rey de Portugal (*)
Enrique Simões
Cristóbal Freire
Diego Botelho (*)
Damião de Gouveia
João Homem
Tomé Velho
Vicente Godinho
Mendo Mota (*)
Diego de Meneses (*)
Jorge Sequeira

Juan de Portugal, obispo de Guarda (*)
Francisco de Portugal, conde de Vimioso (*)
Lucía Simões
Vaz
Vicente Anes do Canto
Duarte Dias
Familia Nunes:

- Pedro Nunes
- Beatriz Silva
- Pedro Nunes
- Isabel Nunes
- María Nunes

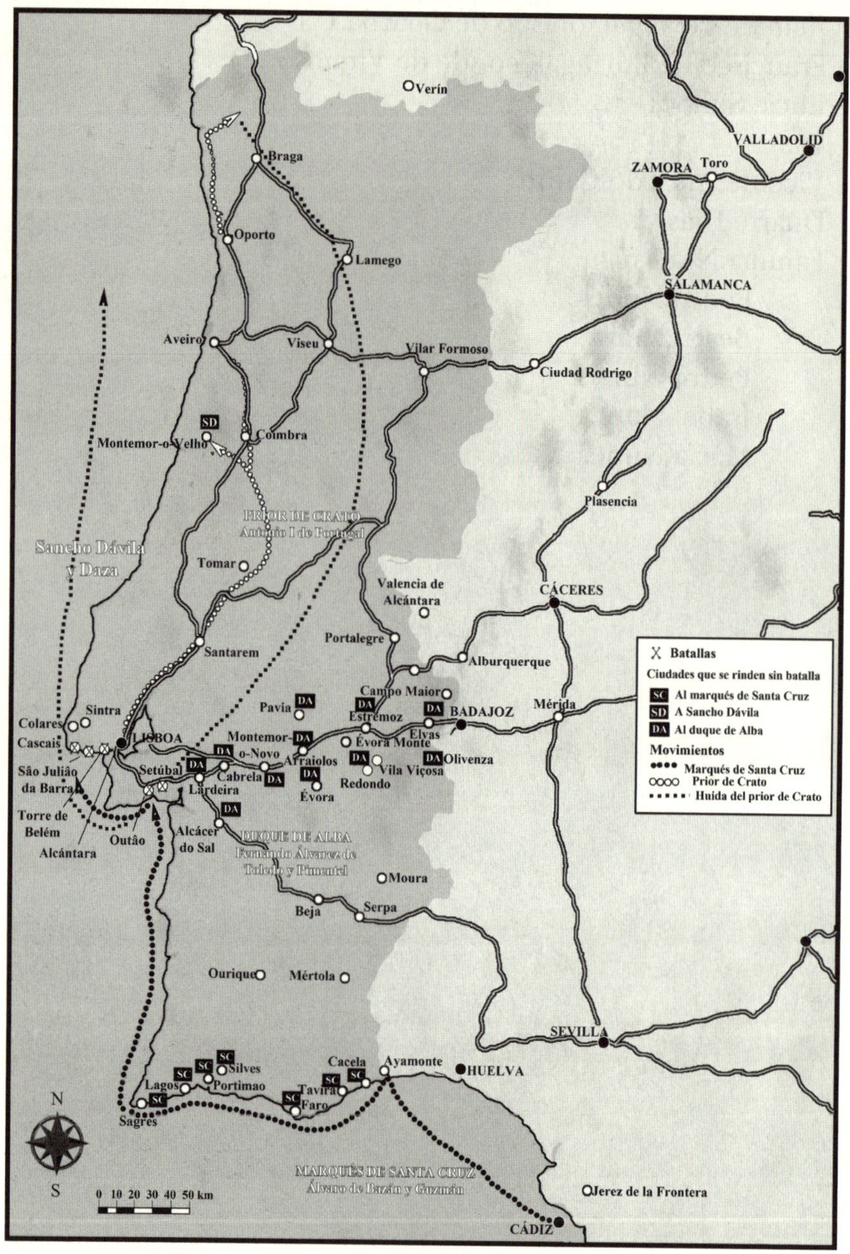

Plano de Portugal con la trayectoria seguida por el ejército del duque de Alba.

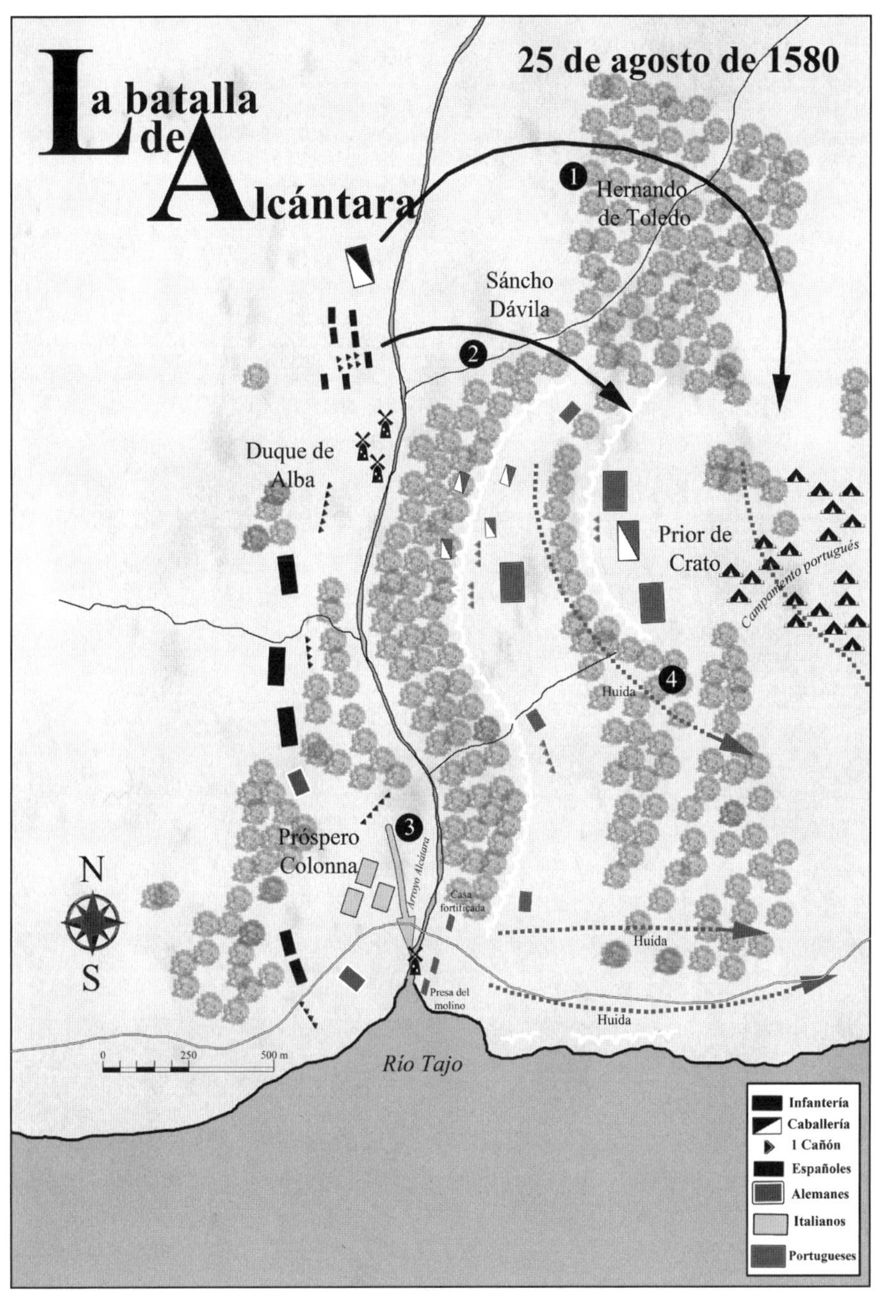

Plano de la batalla de Alcántara.

PRÓLOGO

Lisboa, convento del Beato. Mediodía de primeros de diciembre de 1582

Solo, en tierra y cama extrañas y obligado por su rey. Así va a morir el duque de Alba.

Se remueve, inquieto. Tiembla la cama. Un sueño lo tiene atrapado. De repente, abre los ojos. Mirada ancha, gesto grave. Su grito llena la estancia del convento. La luz que penetra por un pequeño vano del muro apenas consigue iluminarla, aunque algo la mejoran la vela encendida en la palmatoria de bronce sobre un sencillo escritorio y el fuego de la chimenea. Fuera, el viento ulula con violencia.

El grito sobresalta a fray Luis de Granada, que dormitaba a su lado en una silla.

–¿Qué le ocurre a vuestra excelencia?

Vestido con el hábito blanco y negro de los dominicos, Luis de Sarria, pues ése es su nombre, se incorpora con dificultad. Con casi ochenta años curvando su osamenta, es hombre de aspecto frágil y rostro afable en el que destacan una nariz ganchuda y una mirada sincera y limpia. Desde hace unas semanas, se encarga de ofrecerle consuelo y de prepararlo para el último viaje. Incluso ha comulgado ya tres veces, un par de ellas en ayunas. Casi a tientas, que por un ojo apenas ve y por el otro hace ya tiempo que dejó de hacerlo, logra tomar la mano derecha del duque y se la acaricia con calma.

–¡Alba, mi querida Alba de Tormes! –prosigue el noble desde el lecho, con la mirada perdida–. ¡María, esperadme! ¡Quiero morir a vuestro lado!

–Tranquilizaos... ¿Qué os ocurre?

–¡Avisad a su majestad, fray Luis! ¡Quiero volver a Alba de Tormes al lado de la duquesa! ¡No quiero morir aquí! ¡Imploradle! ¡Necesito hablar con él!

Fernando Álvarez de Toledo está fuera de sí. La gravedad de su rostro asusta. La muerte lleva semanas realizando su trabajo y le queda poco para concluirlo. Para desesperación del fraile, hace por incorporarse.

–¡Si no deseáis ayudarme, seré yo mismo quien lo haga!

–¡Auxilio! –grita fray Luis, incapaz de contener al duque.

La puerta de la estancia se abre y deja paso a un hombre delgado, de cara estrecha y fina, perilla y barbas bien cuidadas y ojos grandes y serenos. Hernando de Toledo viste de negro y luce una gorra del mismo color de la que apenas se desprende.

–¿Qué ocurre?

–¡Vuestro padre está descontrolado!

–¡Necesito volver con los míos! Mi presencia aquí ya no es necesaria. ¡Fray Luis, hablad con su majestad, por el amor de Dios! ¡Convencedlo de que me deje regresar!

El bastardo abraza a su padre y le susurra breves palabras al oído. Así parece atemperar su ánimo, y fray Luis de Granada suspira aliviado. El duque vuelve a tumbarse en el lecho y cruza las manos sobre una manta basta de lana. Mira a su hijo como quien mira a un extraño.

–Calmaos...

La voz del fraile suena cálida, tranquilizadora.

–¿Qué llevo aquí? ¿Más de un año? He pasado de curar a los apestados y de licenciar al ejército, lo que no corresponde a un general, a quedar olvidado por su majestad. Ya tiene el reino que le prometí y, sin embargo, no me deja regresar con los míos. ¡Decidle que venga a verme! ¡Necesito hablar con él! ¡Es urgente!

–Su majestad es una persona muy ocupada... –trata el fraile de disculpar al rey.

Hernando de Toledo se apoya en la pared. Le duele ver a su padre tan desvalido. Y lo que pide, sabe, es una misión de difícil resolución.

–¡He renunciado una y mil veces! No hay hombre que no se pregunte qué hago aquí yo estando ya el rey en su reino. ¿Y qué hace? –El duque de Alba tose con violencia. Se queda callado un instante y mira al techo mientras se recupera del esfuerzo–. Me da las gracias por los servicios prestados, pero no me puede dejar marchar. Le soy muy necesario aquí. Eso dice... –Esquina la mirada buscando al fraile–. ¿Por qué es tan cruel conmigo?

Pronuncia las palabras con tal rabia que ésta queda cincelada en su rostro. Su voz ya no es de este mundo.

–Me odia, fray Luis.

–No deberíais hablar en esos términos. Es paz lo que necesitáis, no más congoja para el alma. Además, ya sabéis que los designios de los reyes, como los de Nuestro Señor, son inescrutables.

El comentario despierta una risa irónica en el duque de Alba que cesa con un nuevo ataque de tos. Luego, mira con fijeza al fraile y dibuja una sonrisa de la misma naturaleza.

–No, fray Luis. No tienen los sentimientos donde los demás los tenemos –confiesa hastiado, con una mirada vacía de vida–. Reyes... No he tenido más vida que la defensa de sus reinos, los del padre primero como los del hijo después. Cada gota de sangre que ordené derramar lo hice según me dictaba la conciencia en cada momento. Y así me lo paga. No tuvo bastante con desterrarme a Uceda. Éste es el verdadero castigo... –De repente, zambullido en sus pensamientos, parece consumirse–. Quiere que muera lejos de los míos, enfermo y cansado. ¡Éste es su castigo por servirlo de manera leal durante tantos años! ¡Ya veis cómo me paga tantos y tantos años de lealtad! Quise recuperar mi honra, morir satisfecho por el deber cumplido, evitando el deshonor de hacerlo olvidado, siendo poco menos que un apestado. ¡Y éste es el premio de su majestad!

Su mirada adquiere de nuevo brío, como una caballería a galope sin importar lo que tiene que afrontar.

–¡Yo no quiero ese premio para mí! ¡Soy Fernando Álvarez de Toledo, su mejor general! ¡Merezco más de lo que me ha sido concedido hasta la fecha, que es nada! ¡Traedlo ante mi presencia, fray Luis! ¡Suplicadle! ¡Si de verdad vuestra merced quiere que muera en paz, hacedlo venir!

–Dadme tiempo, vuestra excelencia.

Con un gemido, fray Luis de Granada se incorpora. Suspira. Maldita hernia que le impide caminar con normalidad. Antes de abandonar la estancia, se vuelve un instante. El duque está mirando al techo, con las manos de nuevo cruzadas sobre el pecho. Su voz es propia de quien ya ha hecho todo lo que tenía que hacer entre los vivos:

> Verde en el medio del invierno frío,
> en el otoño verde y primavera,
> verde en la fuerza del ardiente estío.

Una vez fuera, Hernando y él suspiran a la vez. El viento azota con fuerza el patio del convento.

–Ya habéis oído a vuestro padre. Escribid a su majestad. Necesita verlo.

–Como si eso fuera tan fácil... –ironiza el otro.

–Sabéis de sobra que se muere, y no lo hará en paz al menos hasta que hable con él.

Hernando de Toledo chasquea la lengua.

–¿Creéis que eso le importará a su majestad?

–¿El qué?

–Que mi padre muera.

–Él tiene gran parte de culpa de que nuestro rey Felipe lo sea también de estos reinos.

–Pero eso fue lo que se le encomendó. Recordad que lo rescató del destierro para eso.

El fraile se queda pensativo por un instante.

–Puede ser... Pero no se podrá negar a hablar con un fiel servidor suyo a punto de encontrarse con Dios.

–Insisto, mi padre le importa una higa al rey –resopla Hernando, mirando con gravedad a su interlocutor.

–Pedídselo. El Señor os iluminará.

Hernando de Toledo no contesta; se aleja con rapidez, acompañado únicamente del eco de sus pasos. Ya solo, fray Luis de Granada se vuelve y observa la puerta de la cámara en la que el duque de Alba se muere. Todavía confía en que lo haga en paz.

–Señor –susurra, implorante–, no permitas que este fiel hijo tuyo muera con la congoja que lo asfixia. Haz que su majestad satisfaga esa voluntad que tanto desea.

EL REGRESO DEL SOLDADO

«La gran ambición es la pasión de un gran personaje. Aquellos dotados con ella pueden realizar actos muy buenos o muy malos. Todo depende de los principios que los dirigen».

Napoleón Bonaparte

Capítulo 1

La hora de la decisión

Madrid, sala de la Bóveda del Real Alcázar. 22 de febrero de 1580. Primera hora de la mañana

Por dinero o por las armas. Ésas son las dos vías por las que Felipe II pretende convertirse en rey de Portugal.

De ser por la segunda, ¿por qué no recibir unos versos como los que el sevillano Fernando de Herrera dedicó a su hermano don Juan de Austria tras la batalla de Lepanto?

> Cantemos al Señor, que en la llanura
> venció del mar al enemigo fiero.
> Tú, Dios de las batallas, tú eres diestra,
> salud y gloria nuestra.

–¿Y por qué no merezco yo algo así?

Se lo pregunta esa fría y grisácea mañana de febrero mientras contempla por un ventanal la extraordinaria vista del río Manzanares y la Casa de Campo. Al fondo, los picos cubiertos de nieve, la sierra de Guadarrama.

–¿Los habéis escuchado?

Su secretario personal, Mateo Vázquez de Leca, lo mira extrañado.

–¿El qué, vuestra majestad?

–Los versos que acabo de declamar.

–Lo siento, no tengo el gusto... –se disculpa, encogiéndose de hombros.

–Ay... –se lamenta el monarca, un tanto molesto–. Sé rey para esto, Felipe...

Sentado ante un escritorio, Mateo Vázquez de Leca espera el mejor momento para leerle la carta que tiene entre manos. Sin embargo, el rey lo ha reclamado con urgencia a la Sala de la Bóveda, donde suele reunirse regularmente con él, por otra misiva. Cree conocer el contenido de la que el monarca ha recibido, así como el efecto que causará la que ha traído consigo. La suya es lo más parecido a una pelota de esmeril impactando contra una armadura para, a continuación, segar arterias y venas o amputar cualquier miembro.

«¿Se lo digo ahora o no se lo digo? Claro que cualquiera le dice algo después de la contestación dada. Basta con mirarlo para cerciorarse de que no está de buen humor...». La carta le quema las manos.

Viste medias calzas de color negro que le llegan por encima de las rodillas. La lechuguilla aparece por encima del cabezón del coleto, sobre el jubón. Seco y de buena altura, tiene el rostro anguloso, barba oscura, mirada de ratón y frente ancha y despejada. No pocos rumores aseguran que nació en Argel de madre cautiva y padre desconocido, y aun así es uno de sus más estrechos colaboradores y ejerce una enorme influencia sobre el rey. Diestro con la pluma y dueño de una excelente caligrafía y mejor organización en el trabajo, sus enemigos aseguran que se ha granjeado la confianza real por decirle siempre lo que quiere escuchar.

«Pues va a ser que esta vez no le hará ninguna gracia lo que le tengo que decir. Pero ninguna. ¡Y esa manía suya de hablar tan bajo!», prosigue para sí mismo. «Qué versos ni qué versos. Y a esta distancia, con ese tono de voz, ¡una quimera!».

–Pues deberíais –insiste el rey con tono enojado, y el enojo también le tiñe la cara. «Pues si esa carta ha enfadado a vuestra majestad, esperad a conocer ésta que tengo entre manos...».

Felipe II resopla mientras da pasos cortos por la estancia. Hay una cama, una mesa de nogal, una escribanía con plumas, cuchillo y tijeras, cuatro escritorios –ante uno de ellos está sentado el secretario–, dos taburetes acolchados y un banco de pino. También dos esteras y un encerado con dos vidrieras. En el techo, sobre la cama, hay pintados diversos lienzos de Flandes, y con el mismo tema se reparten ocho cuadros a ambos lados de la sala.

–Que no quieren que lidere el ejército. –Muestra al secretario la carta–. ¿Lo podéis creer?

Mateo Vázquez de Leca asiente y calla. El rey sigue moviéndose enfadado, con paso enérgico. «Ay, madre, la que se va a liar en cuanto le lea la que ha llegado esta mañana...».

–Si así se lo aconsejan a vuestra majestad, por algo será.

–Por algo será... –refunfuña el monarca–. ¿Y para qué soy rey, entonces? ¿Es que mis pensamientos no se tienen en cuenta?

Entre ellos se instala un silencio incómodo. El secretario escucha el canto de un pájaro y el relincho de un caballo mientras observa cómo el rey continúa paseando con gesto pensativo. O quizá preocupado.

«Al final no va a tener más remedio que dar su brazo a torcer. Pero, claro, quién se lo dice... Menos mal que el secretario de Guerra sí se ha atrevido».

–Primero Antonio Mauriño de Pazos, presidente del Consejo Real. Luego, el consejo al completo... Que si guardaos vuestra majestad del cansancio, que si cuidaos de los malos alojamientos y del trato directo con la tropa indisciplinada... –Felipe II deja la carta sobre la escribanía, a la vista del otro–. Y ahora esto. Leed, leed –le pide señalando una línea.

–«El Consejo considera que la mejor persona sería...».

–Y esto –señala un par de líneas más abajo.

–«Sobreponeos al desdeño que le tenéis...».

–Me piden que me sobreponga... –repite, solivientado–. ¡Y desdeño! ¡Desdeño, yo! ¡Lo que hay que leer! –Regresa a la ventana.

«Quizás ahora sí que sí...», Mateo Vázquez de Leca se arma de valor.

–Son muchos los que lo desean. Vuestra majestad debe hacerse cargo. Esperan una decisión. ¿O acaso es que no queréis ser rey de Portugal? –pregunta, tomando la carta entre sus manos.

–Ya veo por dónde queréis ir... –le responde el rey sin mirarlo. Sólo tiene ojos para lo que divisa a través del ventanal.

–Además, esta mañana...

–Don Cristóbal de Moura está haciendo todo lo posible –lo interrumpe–. Confío en que resuelva la cuestión de la corona lo antes posible.

–Sabéis que no pongo en duda sus méritos ni sus habilidades –el secretario conoce de sobra al personaje: hábil, dialogante, intrigante y listo; extremadamente listo. Y también la cantidad de dinero que está empleando para ganar voluntades y doblegar resistencias–, pero ésta es una cuestión para alguien...

Felipe II se vuelve hacia él con gesto irritado. Como si lo hubieran asaeteado en un lugar tan doloroso como vergonzante.

–Como él, ¿verdad? ¿Es ahí donde queréis llegar?

«Y sin decir su nombre. ¡Ay, madre, cuando lo mente...!», da vueltas el secretario.

–El duque de Alba está bien donde está. –El rey eleva el mentón y mira hacia el frente–. Desterrado.

–Tenéis poderosas razones para pensar así, pero reflexionad acerca de por qué tantas personas aciertan en el mismo nombre.

–¿Y por qué yo no?

«Y dale al torno, Perico...». Mateo Vázquez de Leca se traga el suspiro contrariado que muere en su boca.

–¿Acaso queréis acabar como vuestro sobrino Sebastián?

–En lo de mi sobrino tenéis razón. Si me hubiera hecho caso, ahora yo no tendría este problema. –El monarca baja tanto la voz que al secretario se le hace difícil entenderlo–. Pero no lo hizo.

Su católica majestad se refiere a la sucesión de la corona portuguesa tras la muerte sin descendencia del rey Sebastián dos años atrás, y, luego, ese mismo año, a finales de enero, de su sucesor, el cardenal Enrique. Viejo y sin posibilidad alguna de engendrar descendencia –la naturaleza es la que es–, ha dispuesto que un consejo de regencia formado por cinco gobernadores se encargue de manejar los destinos del reino. Y cinco candidatos ya se han postulado. Él es uno de ellos.

–No quiso dejarse aconsejar. Le pudieron su juventud y sus ansias de gloria. Vuestra majestad, en cambio, no necesita tal cosa para ser rey de Portugal. Tenéis a vuestro servicio a gente que os servirá siempre con lealtad. El duque de Alba, por ejemplo.

–¡Cuántas veces se lo advertí aquella Nochebuena en Guadalupe hace cuatro años...! –prosigue Felipe II, haciendo caso omiso de las palabras de su secretario–. Que dónde iba. Dios sabe que intenté quitarle de la cabeza por todos los medios sus ansias de aventuras en el norte de África. ¡Hasta ese entrometido del prior de Crato se lo advirtió! ¿Y ahora? –Lo mira–. ¿Qué es sino huesos que en nada se convertirán en polvo? Alcazarquivir, Alcazarquivir... Ésa fue su tumba.

–Pero ahora la situación está como está. –Ante la mirada neutra del monarca, Mateo Vázquez de Leca comienza a enumerar con los dedos de la mano derecha–: Un rey anciano muerto sin descendencia, un acuerdo suscrito por don Enrique antes de morir con don Cristóbal de Moura para transferirle la corona portuguesa, siempre que vuestra majestad respete las instituciones del reino, y un bastardo que hace valer su derecho de ceñir la corona de Portugal por ser, como vuestra majestad, nieto de Manuel I, a quien Dios tenga en su gloria… –Hace una pausa para comprobar el efecto de su análisis en el rostro del rey. Tan impasible como de costumbre–. Sabéis tan bien como yo que el duque de Alba es vuestro mejor general. Viejo, es cierto. También cansado y enfermo. Y caído en desgracia, no hay que olvidarlo... –recalca estas palabras–. Pero no hay nadie mejor ni más respetado entre los soldados para manejar este asunto.

–Está desterrado. Desobedeció mis órdenes –insiste el monarca, enrocado.

Por fortuna para el secretario, Felipe II no despega la mirada del ventanal, por lo que cree que no ha visto ni escuchado su resoplido de resignación. O sí, porque de repente se vuelve hacia él con una expresión hostil, de así que ahora desembuche lo que se quiere guardar. Su mirada añil gélida no hace prisioneros.

–¿Por qué no queréis compartir conmigo lo que estáis pensando?

–Vuestra majestad…

–Vamos, don Mateo. Un poco más y levantáis las hojas de la mesa de lo fuerte que habéis resoplado.

«¡Vamos, Mateo! ¿Acaso no eres su secretario personal? ¡Pues a decirle las cosas claritas!».

–Si deseáis ser el nuevo rey de Portugal, como así lo quiere Dios, deberíais acelerar este asunto. Cierto que don Cristóbal está realizando un trabajo encomiable, pero es hora de poner en marcha la vía militar. Todos quieren a don Fernando Álvarez de Toledo como general de las tropas que han de entrar en Portugal, pues nadie sino él es capaz de alcanzar lo que se proponga. No lo digo yo, vuestra majestad, que bien me conocéis, sino el presidente del Consejo Real. Lo acabáis de leer.

Calla para comprobar la reacción del rey. Éste lo observa con interés.

–Vuestra opinión –insta al secretario a ser más claro. Por mirada, una insistencia celeste.

–Lo necesitáis. –Lo dice convencido, sin pestañear.

–¿Eso pensáis?

–Conocéis de sobra que las tropas están dispuestas y la flota, lista para partir. Dilatar la situación daría ventaja a vuestros rivales a la hora de ganar apoyos. El duque de Alba espera en Uceda. Recordad que ya le encargasteis, tanto a él como al marqués de Santa Cruz, que pensaran cómo capturar Larache. Además, sé que ha aprovechado estos meses para desarrollar un plan con el fin de entrar en Portugal y asegurarse una campaña rápida.

Molesto, Felipe II gruñe. Reanuda su deambular por la sala con las manos a la espalda.

–Lo pasado, pasado está. Portugal necesita estabilidad, un rey fuerte y poderoso, y vuestra majestad ansía ese reino. Conseguirlo o no significa ganar o perder el mundo. De ser así, tres de las cuatro partes del mundo estarían en vuestras manos. Seríais rey de España, de Portugal. –El secretario hace una pausa premeditada–. Del mundo. Pero debéis tomar una decisión de manera inmediata.

–Si no fuera por ese metomentodo del prior…

–La ambición trastorna a quienes no están llamados a ser lo que pretenden.

–Hombre, bien de la cabeza, lo que se dice bien… –El monarca se permite esbozar una sonrisa–. Que ese hombre vino en su tiempo a palacio pidiéndome ayuda por los pleitos que mantenía en su tierra. Eso sí, gracias a eso pude conocer bien los asuntos privados de la corte portuguesa…

–Vuestra majestad es el legítimo heredero del trono, vuestros son los derechos. Y por eso es preciso que actuéis cuanto antes.

–¿Y si dejara más tiempo a la nobleza portuguesa para que haga su trabajo, como también lo hace don Cristóbal? Muchas de sus principales cabezas están de vuelta junto a los suyos porque yo pagué sus rescates tras el desastre de Alcazarquivir. Me deben la libertad.

«¡La carta, Mateo, y acaba con este asunto de una vez!», se obliga el secretario, harto ya de la intransigencia, testarudez y obstinación del hombre que tiene ante sí.

–No está de más –dice al fin–. Pero, si queréis ser rey de Portugal, el territorio tiene que ser pacificado. Y sólo hay una persona capaz de lograrlo. Insisto, el sentir de vuestro Consejo Real, de sus consejeros, es unánime. Pero debéis decidir ya. El secretario del Consejo de Guerra considera que hay que darse prisa en este asunto. –Cabecea–. Y, hablando de Juan Delgado..., esta mañana ha escrito una carta a vuestra majestad.

El rey lo mira fijamente.

–¿Queréis que os la lea?

–Empezad.

–«Yo con pedir perdón a vuestra majestad de lo que me atrevo a decir aquí, aunque pensaba decirlo de palabra, me he resuelto hacerlo por escrito...».

–Suficiente –ordena–. Sé lo que viene después.

–¿Seguro? –se sorprende Mateo Vázquez de Leca.

–Como si lo hubiera parido, que para eso lo nombré secretario de la Guerra hace cosa de nueve años.

El azul de la mirada de Felipe II ha adquirido una tonalidad más oscura. «¡Las cosas claritas, Mateo! ¡Tú no perteneces a ninguno de los dos grandes bandos con los que siempre ha luchado el rey durante todo su reinado! ¿Acaso no aprecia tu libertad? Pues ya sabes. ¡Sus, y a él!».

–Vuestra majestad sabe que don Juan Delgado es versado en temas militares como pocos. Por tanto, si ésa es su opinión, quizá deberíais tenerla en cuenta.

El rey se acaricia la barba y compone un gesto pensativo.

–Aunque no son pocos los que, de manera maledicente me acusan de rencoroso, no suelo serlo, don Mateo. Lo que de verdad me importuna es que se desobedezcan mis órdenes, y el duque de Alba lo ha hecho.

–Lo necesitáis –se mantiene firme el otro. «¡Insiste, que ya lo tienes!», se anima, sabedor de que la reticencia real obedece al miedo a revivir una guerra de bandos que ya se ha cobrado demasiadas víctimas.

El monarca constata la seguridad esculpida con detalle en el rostro de Mateo Vázquez de Leca. Determinación clara, e incluso obstinación.

–¡Sea! Escribid al secretario de la Guerra –le ordena tras un último instante de reflexión en silencio–. Que sea él quien informe al duque de que debe ir a Portugal y juntar lo que allí se ha de juntar. Y, si ha de espantar, como en él es habitual, desde allí lo hará.

Un alivio infinito invade al hombre que se dispone a tomar nota de las palabras del rey. Por fuera, su rostro se ha vestido de una serenidad relajada al oír de labios reales lo que tanto deseaba escuchar. Por dentro, está experimentando una bacanal épica.

–Así será.

–Después ya decidiremos cuándo iré y cuánta gente me acompañará.

–¿Estáis seguro?

–Quiero tenerlo todo controlado. Esta vez no se me escapará ni un solo detalle. –Dicho lo cual, Felipe II regresa frente al ventanal, donde permanece en silencio un buen rato con los brazos cruzados–. Eso sí, que don Juan le diga al duque que se olvide de…

El secretario anota las palabras que el rey le está dictando y que hará llegar de inmediato a Juan Delgado, secretario del Consejo de Guerra, en cuanto regrese a su despacho. Todos le han pedido que deje de lado el desdeño que siente por el duque de Alba. Pero, por las palabras del rey, a Mateo Vázquez de Leca le queda claro que eso no sucederá. Por la manera de hablar, todavía le dura.

Se alegra por Fernando Álvarez de Toledo, y a la vez siente temor por él. Una duda que se empeña en enterrar en lo más profundo de sus pensamientos, pero que sale a flote una y otra vez: ¿estará en condiciones el duque de Alba de aguantar una campaña como la que se está fraguando en la frontera con Portugal?

Capítulo 2

Lealtades y odios

Real Alcázar. 22 de febrero de 1580. Un rato después

Un hombre achaparrado y con poco pelo en la cabeza, vestido con calzas y medias blancas y jubón de color oscuro sobre el que luce un capotillo de idéntica tonalidad, recorre con premura un largo pasillo que desemboca en un patio grande. El Real Alcázar de Madrid está lleno de corredores que dan a los dos patios principales. Desde allí, toma otro largo pasillo y sube unas escaleras. Al cabo, se detiene ante una puerta, resuella y llama. «Los kilos y los años no perdonan, maldice». Desde dentro, una voz lo conmina a entrar.

–Carta del secretario de su majestad, don Mateo Vázquez de Leca.

El recién llegado deja sobre el escritorio la misiva. Absorto en unos documentos, Juan Delgado no repara en su presencia. Es hombre de frente despejada, mediana altura y barba poblada de hebras blancas. Cuando escucha la puerta cerrarse, toma la carta y asiente, satisfecho.

–Mirad por dónde vuestra excelencia va a tener la oportunidad de recuperar el honor perdido...

Una tenue sonrisa asoma en sus labios. Él, como tantos otros, sigue creyendo en Fernando Álvarez de Toledo, en su figura, en su capacidad. Sin perder tiempo, moja una pluma en un tintero y comienza a redactar. El duque de Alba tiene que recibir las noticias antes de que acabe el día. No hay tiempo que perder.

De regreso, el hombre achaparrado se detiene ante otra puerta. Mira a ambos lados antes de llamar. Lo hace con dos golpes separados. Quien se encuentra al otro lado conoce la señal. Lo oye carraspear.

Suspira. Tiene salvoconducto para entrar.

–El secretario de la Guerra está escribiendo una orden para que el duque de Alba encabece el ejército de Portugal. Acabo de entregarle una carta del secretario Mateo Vázquez de Leca, escrita tras audiencia con su majestad.

Sentado a una mesa, un hombre ancho vestido de negro, lechuguilla asomando por el jubón, de bigote frondoso y anteojos sobre nariz respingona, se limita a asentir. Cuando el otro se marcha, Alonso de Guzmán se recuesta en la silla, llevándose el índice de cada mano al labio superior para formar un triángulo con los pulgares para componer un gesto pensativo. En sus labios queda impresa una sonrisa que apesta a venganza.

–Vaya, vaya. Así que el duque de Alba quiere reparar su honra…

Capítulo 3

La leyenda del olvidado

Calle de los Tudescos. Ese mismo día, poco antes de las siete de la tarde

Dos hombres han entrado en La Tinaja. Situada en la calle de los Tudescos, la taberna es frecuentada por dramaturgos, actores y directores de compañías teatrales, pero también por espadachines y gente malencarada que por unos cuantos maravedíes lo mismo resuelven con la espada líos de cuernos que cuitas por una crítica mal encajada. Se llevan de inmediato una mano a la nariz. La amalgama de olores espanta.

–Podría ser peor –dice uno de ellos.

Un tipo patizambo se acerca con andar titubeante. Se detiene ante ellos y vomita a sus pies. Como puede, el más alto de aquellos hombres contiene unas repentinas ganas de vaciar sus entrañas cuando llega a su nariz una vaharada pestilente.

–Siempre lo puede ser –sonríe burlón su compañero.

–¡Valiente hideputa está hecho el tabernero! –se queja el autor del vómito–. ¡Este vino ordinario es capaz de matar al turco con un solo vaso!

El patizambo regresa al banco del que se había levantado y agita la jarra de barro de azumbre con vehemencia ante el dueño de la taberna.

–¡Alonso, hideputa! ¡Otra de vino! ¡Y que no sea tan ordinario!

–¿Desde cuándo el paladar del marrano hace tales distingos? –responde de muy mala gana Alonso Rodríguez, asturiano y tabernero, ofendido por el comentario.

La chanza desata risotadas y una alegre algarabía. Juan de Soto, que así se llama el alto, echa un vistazo en derredor. La oscuridad, que apenas rompen varios hachones repartidos por el local, es importante. Lo peor es el olor, o los olores, que se adhieren a la nariz de tal manera que es imposible deshacerse de ellos. Hay mucha gente. A pesar de la oscuridad, advierte la presencia de algún que otro dramaturgo y de no pocos actores de teatro. Vestido con calzas de color oscuro, jubón de paño de lino, sombrero y herreruelo, Juan de Soto tiene los ojos de color avellana, el mentón cuadrado y la nariz torcida. A su lado, de menor estatura, Andrés de Ávalos, que se mira los zapatos, ahora decorados con el vómito del patizambo. Viste igual que su compañero, aunque con un tono más oscuro, y a diferencia del otro, se cubre la cabeza con una gorra plana con la que oculta su calvicie. De mirada distraída, en su rostro llama la atención una nariz bulbosa.

–¿Aquel de allí no es Alonso de Cisneros? –le pregunta, indicándole con la cabeza al dramaturgo–. Pensaba que éste no era un lugar para un hombre como él, dado que tiene cierta influencia en palacio. ¡Es de los pocos comediantes que nuestro rey Felipe consiente que represente ante él! ¡Hasta lo hace reír!

–Cuídese vuestra merced de dónde mira y vamos al asunto que tenemos entre manos –le responde–. Nuestro hombre tiene que estar aquí. Es clientela habitual.

–Va a ser difícil dar con él. Demasiada gente –maldice Andrés de Ávalos, escupiendo al suelo con rabia.

–No queda más remedio que echar un vistazo.

El vocerío en la taberna es importante. En unos bancos se ríe y en otros se discute, aunque sin llegar la sangre al río. Juan de Soto aparta con la punta de la bota algo que reposa sobre un charco de naturaleza indefinida y color oscuro. Luego otea el paisaje con rapidez. El tabernero reparte algunas jarras más y desaparece tras la barra. Varias mujeres se dejan caer zalameras por los bancos, buscando compañía. Con suerte, alguna dormirá esa noche con el estómago caliente. Ya no aspiran a más. Una cruza sus pasos con Juan de Soto y pasea con lascivia la lengua por el labio superior.

–Apuesto a que esa espada necesita una buena limpieza –le propone, posando la mirada en su entrepierna.

–En otro momento –repica para quitársela de encima.

–¿Y vuestra merced? –se dirige entonces a Andrés de Ávalos.

–Pues…

El aspecto de la mujer retrae a cualquiera, pero «una limpieza es siempre una limpieza», piensa, no obstante.

–Si os place, más tarde podemos tratar esta cuestión. Ahora hemos venido a ver a un amigo –los interrumpe Juan de Soto.

–¿Y a quién han venido a ver vuestras mercedes? –pregunta la mujer. Se saca un pecho y se lo acaricia con lujuria–. Yo estoy disponible si no encuentran a quien vienen buscando…

–Íñigo Sánchez. ¿Lo conocéis?

El gesto de la mujer se ensombrece de manera repentina. Mira a izquierda y derecha. Se cubre el pecho.

–No lo conozco.

Aparta de un golpe a Andrés de Ávalos para que la deje pasar.

–¡Vaya modales! –protesta él.

–Está claro que lo conoce –se convence Juan de Soto. De pronto, sonríe. Vuelve la vista hacia el extremo de un banco ocupado por tres personas–. Y por mi fe que la diosa Fortuna ha decidido otorgarnos hoy su favor.

En el extremo, solitario, un hombre mira a la nada. Ante él, una jarra de barro. La toma y se cisca en su madre al comprobar que no queda más vino. Con una mirada esquinada, anticipa la llegada de la pareja.

–Vuestras mercedes apestan a gente de posibles.

–Mal os cuidáis, Íñigo –contrataca Juan de Soto, soliviantado–. Porque vuestra merced es Íñigo Sánchez, ¿no es así?

–¿Acaso os importa?

–A quien nos envía, sí.

–¿Quién diantres os envía, si se puede saber?

–¿Permite vuestra merced que compartamos una jarra de vino?

–A ver lo que tardan en vomitar el infame vino que vende ese hideputa de Alonso Rodríguez. –El hombre sonríe con desgana.

–¿Tan malo es? –pregunta Andrés de Ávalos–. ¿Acaso no es vino de Carabanchel o de San Martín de Valdeiglesias?

–Mucho pide vuestra merced. Si esperáis vino de Valdemoro, buscad en otro lugar.

Se sientan, y pronto el tabernero acude con una nueva jarra.

–¿A qué se debe el favor de esta invitación? –Íñigo Sánchez los obsequia con una mirada vidriosa que navega por su indescifrable universo interior.

–Charlar –le propone Juan de Soto.

–Ya.

–Ha sido mentar a una mujer y alejarse como alma que lleva el diablo.

–Putas. La peor compañía.

Arranca un buen trago a la jarra. Como recuerdo, deja un sonoro eructo. Los otros dos lo miran desconcertados.

No entienden las razones de quien les ha encomendado que lo busquen. «Remuevan tierra, mar y agua si es preciso», los apremió. Dudan de que el despojo que tienen delante sea capaz de desarrollar cometido alguno. Les pasa la jarra, pero Juan de Soto la rechaza con un mal gesto. El olor a pez que destila el vino le repugna.

–¿Saben vuestras mercedes quién mejorará mi suerte? –pregunta, y ellos lo miran confundidos–. La muerte. –Apenas les da tiempo para elucubrar una respuesta. Suspira con hastío–. No me lo tengan en cuenta.

–Curiosa reflexión. ¿Es vuestra? –quiere saber Andrés de Ávalos.

–De un viejo amigo de armas.

El hombre mira a sus dos interlocutores con tal fijeza que hiela la sangre. Sus ojos almendrados parecen dos puñales a punto de clavarse en cualquier alma.

–¿Temen vuestras mercedes a la muerte?

–Vuestra merced ya veo que no –aventura Andrés.

–He luchado, he matado..., y aquí estoy. Será porque ni la muerte me quiere. –Íñigo Sánchez sonríe con amargura–. Y, ahora, díganme vuestras mercedes con quiénes tengo el gusto de hablar.

–Soy Juan de Soto, y éste es Andrés de Ávalos. Venimos a ofreceros un encargo.

–No. –Su voz suena dura, inflexible.

–Aún no os hemos dicho qué tipo de encargo es.

–Me da lo mismo. –A pesar de la borrachera, su mirada arde–. Ya no acepto encargos. Y menos de ella.

–¿Cómo podéis saber de quién es si aún…?

–Vuestras mercedes apestan a emisarios de la princesita –lo interrumpe el tipo–. Y de su bujarrón.

Los otros dos se miran brevemente. Les advirtieron de antemano que el cometido sería complicado.

–Éste lo vais a aceptar.

De haber podido matar, la mirada de Íñigo Sánchez hubiera fulminado a Andrés de Ávalos.

–¡Os he dicho que ya no acepto encargos de la princesita! Además, ¿no está presa en Pinto?

–Santorcaz –tercia Juan de Soto–. Ha sido trasladada recientemente.

–Pinto, Santorcaz... Me da igual dónde se pudra.

–Lo pasado, pasado está, si es lo que os preocupa.

–¡Voto al diablo que no! –brama Íñigo. El silencio se apodera de la taberna. Todos los miran. Las respiraciones, el movimiento de las pestañas... Cualquier sonido, por nimio que sea, podría escucharse en ese momento. Cuenta hasta cinco, después parece calmarse. Da un largo trago a la jarra y resopla. De nuevo, voces, risas. La normalidad regresa entre los clientes–. ¡Por culpa del último encargo de la princesita tuve que ocultarme una buena temporada!

–Pero tuvisteis suerte.

–Pero aquello pudo acabar mal para mí –añade, ya más sereno.

–No lo hizo. –Juan de Soto es quien sonríe ahora–. Eso sí, no os engaño si confieso que nos ha costado dar con vuestra merced.

–Vicios adquiridos a causa de ciertos encargos.

–Podéis estar tranquilo. No hay moros en la costa.

–Me congratula. Pero, cuanto más lejos de ella, mejor.

–Se os pagará bien.

–Gracias, pero en mi hambre mando yo –insiste Íñigo Sánchez, mirando fijamente al hombre que tiene delante–. Y en mi muerte, también.

–Mucho mentáis a la muerte...

–Porque ya no la temo. ¿Podéis decir lo mismo?

Los otros dos prefieren callar.

–Lo de aquel tipo me hizo pensar mucho... –deja caer con expresión hastiada–. Años y años matando en nombre del rey, jugándome el pellejo en escenarios donde nadie me había llamado, y ahora resulta que me puedo quedar en cualquier esquina de este asqueroso villorrio por unas pocas monedas. Monedas que no vi todos aquellos años en que luché por ese rey; ni tampoco por aquel encargo, por cierto.

–Si lo decís...

Íñigo Sánchez escupe al suelo con violencia.

–¡Por el día que me bautizaron, que vuestra merced no tiene ni idea de lo que habla!

–Hemos venido a...

–¡Me importa una higa a qué han venido vuestras mercedes!

–Os va a importar.

Íñigo Sánchez alza las cejas, escamado, y su mirada adquiere una extraña brillantez.

–Una misión de trinitarios está preparando una expedición a Argel. Recordáis Argel, ¿verdad?

En lugar de contestar, arranca otro buen trago a la jarra.

–Tienen licencia de su majestad para rescatar cautivos. Y también sabéis quién sigue cautivo en Argel, ¿verdad?

El brillo de su mirada se acrecienta.

–Veo que lo recordáis. –El rostro de Juan de Soto es pura satisfacción–. Si aceptáis, ya sabéis dónde tenéis que acudir. Alguien que os conoce bien espera vuestra visita. Se dice que debéis mucho a ese amigo que sigue en Argel, ¿no es así?

No contesta. Tampoco pestañea.

Argel y sus consecuencias.

Un amigo.

Preso de sus recuerdos, en los que parece estar navegando, no se percata de la marcha de Juan de Soto y Andrés de Ávalos. Al fin, vencido, agacha la cabeza.

Una cueva profunda, lóbrega, oscura, aquí mojada allí seca, propio albergue de la noche, del horror y las tinieblas.

Palabra de su compañero de celda, su amigo Miguel, diestro con la lengua y no tanto con la espada. Su único y verdadero amigo; aquel que le aseguró un día que sólo la muerte mejoraría su vida, harto de meses de cautiverio que se marchaban para no volver.

Una batalla, un momento.

Aquella pelota disparada por un turco tenía que haberlo matado a él.

Pero hirió a Miguel.

–Por qué demonios lo hiciste, Miguel. Por qué demonios...

De súbito, un relámpago estalla en su mirada.

Un recuerdo, un momento. Una batalla.

Golfo de Lepanto. Primera hora de la tarde del 7 de octubre de 1571

La muerte no daba abasto de tanto expedir billetes de ida para rendirle visita. Disparos, cañonazos y galeras embistiéndose unas con otras. Centenares de ellas. Humo, mucho humo. Y gritos, demasiados, proferidos por miles de hombres. Turcos y cristianos. Era imposible cuantificarlos. Los muertos yacían en el fondo de aquel golfo estrecho donde la flota de la Liga Santa y la musulmana, al mando del almirante Alí Pachá, se habían encontrado. Los más afortunados no se enteraron cuando iniciaron el viaje hacia el lugar de su reposo eterno, pero sí lo hicieron los galeotes que remaban en las naves que se iban a pique. Gritos desgarradores, conscientes de que morirían sin remedio luchando por deshacerse de los grilletes que los ataban al suelo. Dispuestos a quedarse sin pies con tal de evitar una partida irremediable; y el nivel de agua subiendo poco a poco conforme la galera se hundía. Alguno hubiera podido jurar que lo último que vio en vida fue la sonrisa de la muerte impresa en el agua.

Los vivos bastante tenían con estarlo. Se disparaba de galera a galera, se peleaba en propias y ajenas. En *La Marquesa,* expuesta a un intenso fuego enemigo, las bajas ya eran considerables. Y, sin embargo, su tripulación seguía aguantando las embestidas turcas. Si su hora había llegado, no se marcharían sin antes cobrarse las vidas de no pocos enemigos.

–¡A mí, Íñigo!

Al pie de la borda, un compañero de armas lo llamó, e Íñigo Sánchez corrió hacia él armado con su arcabuz.

Luchar. Ésa era su vida. Flandes, Italia, alguna escaramuza con el turco. Certero con la espada o una daga en sus manos, preciso con el arcabuz. «O ellos o yo, y si puedo ser yo, siempre mejor». Tal era su lema. De esa forma apagaba su hambre, y además se le pagaba por hacer lo que hacía. Peor es pasarla, decía también a los que le preguntaban si no estaba harto de tanto matar. Porque hambre había pasado mucha. De un lugar de La Mancha de cuyo nombre ya no se acordaba, poco más que un recuerdo por padre y una madre que expiró apoyada en el tronco de un árbol, reventada de tanto trabajar. Ése era el resumen de su vida. Después, Toledo, extraviando bolsas aquí y allá, aprendiendo a manejar la daga; y, por último, una taberna, un oficial entrando en ella para cantar las alabanzas de la vida del soldado español. Hoy en Italia, mañana en Francia y pasado Dios sabe dónde lo podría necesitar el rey.

Seguía vivo.

Algunos compañeros decían que era gracias a Dios, que nunca los abandonaba. Llegado el caso, y si se veía envuelto en una conversación de ese estilo, terciaba que era porque cada uno se guarda su propia vida. «No le importamos nada», aseguraba con seriedad. Cada vez más serio, más ausente.

Sus silencios se alargaban conforme pasaban los años y más veterana era la compañía.

Abajo, en el esquife, Íñigo Sánchez se encontró en compañía de no pocos bisoños que lanzaban piñas incendiarias contra las naves enemigas para facilitar el trabajo a los arcabuceros.

–¡Cubríos! –pidió Íñigo Sánchez.

El que lo había llamado logró evitar un par de flechas. A su alrededor, éstas caían por decenas, lanzadas por los turcos desde su cercana galera, a punto de abordar a *La Marquesa.* A ojos de cualquiera, un ataque menor comparado con la potencia de fuego cristiana. La sorpresa para los heridos venía cuando morían lo que tardaban en dar tres pasos por culpa del veneno que impregnaba las puntas. No obstante, desde diversos puntos de la nave enemiga también se escuchaban los dispararos de arcabuces.

Íñigo Sánchez cargó el que portaba consigo, esperó a tener más cerca la borda de la galera contraria y disparó. Aguardó a que se disipara el humo para comprobar el efecto.

–¡Por Santa María, que no quedará un infiel vivo! –gritó el del esquife. A continuación, lanzó una piña contra la embarcación contraria. Otras tantas más siguieron la misma dirección.

–¡Tu hermano! –le chilló Íñigo Sánchez.

–¿Qué pasa con él?

–¿Sigue en la sentina?

–¡Juro a Dios que de ella no ha salido! ¡No está en condiciones de luchar!

Íñigo Sánchez suspiró aliviado. Había tomado cariño a aquella pareja de hermanos, en especial al mayor. El que acababa de ciscarse en los turcos se llamaba Rodrigo de Cervantes. A sus veintiún años, apenas llevaba unos meses alistado en la compañía del Tercio de Miguel de Moncada que capitaneaba Diego de Urbina. Bravo y valiente, sudaba en exceso. Tenía el pelo revuelto, el ánimo encendido y el odio inyectado en la mirada. Pero al que mejor conocía era a su hermano Miguel, tres años mayor. Esa mañana se había levantado con fiebre, y lo mandaron a la sentina.

–¡Sigan disparando vuesas mercedes! ¡Debemos aliviar su potencia de fuego desde ese costado! –instó a sus compañeros Íñigo Sánchez a voz en cuello.

–¡Esos hideputas nos lo están poniendo peor que a un bujarrón! –le respondió un arcabucero llamado Ginés Méndez. A pesar de la gravedad de la situación, reía con ganas–. ¡No sé tú, pero desde luego no me tomo por bujarrón!

–¡Eres incorregible! –Íñigo Sánchez se permitió una breve risa–. ¡Con la que está cayendo!

–¡Ah, compadre! ¡Que me pillen Dios o el demonio, sea donde me toque, con una sonrisa en la boca, y así no sepan lo mal que lo pasé en este mundo! –Señaló el esquife–. ¡Pero siento una pena inmensa por esos desgraciados! ¡Mortajas haciendo frente a esos hideputas!

–¡Es la única posibilidad que tenemos! ¡Mientras ellos distraen las cubiertas enemigas, nosotros podemos asegurar los disparos!

Creyó ver a Ginés Méndez maldecir mientras preparaba su arma para dispararla en el menor tiempo posible. No podía hacer otra cosa.

«¡Qué bravos sois!», pensó entonces, echando una nueva mirada a los que estaban en el esquife. Veintipocos años la mayoría, y con suerte uno o dos de ellos podrían ver anochecer ese día. Con suerte. Los cañonazos retumbaban entre el estallido de los arcabuces. Más gritos, más voces. Más muertes. Tan absorbido estaba por la batalla que no prestó atención a lo que acababa de suceder a su espalda.

–¡Voto a Cristo!

Para su sorpresa, Miguel de Cervantes había saltado al esquife para unirse a los que allí luchaban contra el turco.

Íñigo Sánchez se dio la vuelta, y junto a la puerta de la sentina encontró a la persona que buscaba. Corrió hacia allí preso de un enfado mayor que el fragor de la misma batalla.

–¿Por qué demonios lo habéis dejado salir?

Vio impresa la desesperación en el rostro de aquel hombre alto, seco y huesudo vestido con media armadura.

–¡Necesitamos a todo soldado que pueda luchar!

–¡Lo habéis condenado a una muerte segura!

Para sorpresa de Íñigo, el otro despachó una carcajada insolente.

–¿Acaso pensáis salir vivo de ésta?

Se permitió un instante para analizar la pregunta. Ya había visto mucho y vivido demasiado, quizá más de lo que nunca imaginara. Llegado el momento en que lo reclamara Dios, podría decirle a la cara cuánto había visto. Miró a su alrededor, a la orgía de humo, muertos, disparos y gritos. Y, en silencio, asintió. La rociada de flechas envenenadas era continua, y desde las galeras enemigas más cercanas también colaboraban para desarbolar y hundir a *La Marquesa* con disparos de arcabuz y de algún que otro cañón. Sin perder más tiempo, corrió hacia la borda y de un salto se arrojó al esquife, donde se unió a aquel grupo de bisoños que hacían lo que podían.

El soldado llamado Miguel de Cervantes lo recibió con gesto atónito.

–¡Íñigo! ¿Qué haces aquí?

–¡Protegerte!

–¡Sé hacerlo solo!

–¿Quién te ha mandado salir de la sentina! ¡No estás en condiciones de luchar!

–¡Claro que lo estoy!

Eso le contestó, sonriendo, y sin más arrojó una piña contra la galera que tenía enfrente. Después de esa piña, vinieron varias más. Y en todo momento la muerte se deslizaba por las cubiertas de las galeras, en los esquifes. Los abordajes se sucedían. Hasta cuándo se alargaría la batalla, pensaba Íñigo Sánchez una y otra vez. A su alrededor, humo, fuego, gritos, lamentos.

–¡Échate hacia atrás! –le gritó Miguel de Cervantes.

La respuesta en forma de disparos de arcabuz no tardó en llegar. Para sorpresa de Íñigo, su compañero lo empujó y lo tiró al suelo. Lo que vio a continuación dejó impresa una huella de horror en su cara.

–¡Miguel!

–¡Venga Dios a mí!

Miguel de Cervantes se mantenía en pie, el dolor hecho rostro, y se llevaba la mano izquierda al pecho. Que cayera al suelo era cuestión de instantes. Íñigo Sánchez se incorporó, sin más objetivo que apartarlo de la primera línea de fuego, justo cuando, demasiado cercano, resonó un estampido. Por instinto, agachó la cabeza. Fue un suspiro. Y al momento siguiente Miguel de Cervantes caía al suelo.

–¡Miguel! ¡Insensato! ¿Qué has hecho?

Íñigo Sánchez lo arrastró por el suelo para apartarlo del fuego enemigo. Echó un rápido vistazo a las heridas. Con ser fea la del pecho, la recibida en el brazo izquierdo no tenía mejor pinta.

–¡A mí! ¡A mí! –gritó el soldado, reclamando a los arcabuceros que intensificaran el fuego contra el enemigo.

Uno de ellos reparó en las heridas de Miguel de Cervantes.

–¡Mala pinta tiene el desgraciado!

–Esos infieles, ¡al infierno con ellos! ¡Ya me encargo de él! –chilló, fuera de sí.

–¡Por mis pecados, que ya es hora de morir! –aulló el herido.

–¿Quieres callarte y guardar fuerzas?

–¡Ah, la muerte! ¡Venga ella a por mí!

–¡Qué querencia tienes por morir ya, pardiez!

Íñigo Sánchez no pudo evitar un gesto de incredulidad al ver la leve sonrisa de Miguel de Cervantes.

–¿Aún no te has dado cuenta, Íñigo? ¡Qué hermosa ocasión ésta para morir! Seguro que habrá poetas que la recuerden en el futuro como la ocasión más alta que vieron los siglos ni...

Apretó los dientes. El dolor lo consumía. Íñigo Sánchez maldijo una y mil veces.

–¿Por qué lo has hecho, Miguel?

Tumbado en el suelo del esquife, el herido tragó saliva y alzó la mirada hacia el cielo, cuyo color apenas se podía distinguir. Buscaba el sol entre tanto humo. La atmósfera era irrespirable. Al fin, cerró los ojos y ladeó la cabeza.

–¡Miguel! ¡Miguel!

–La muerte ya está aquí. Me tiende la mano...

La impotencia se apoderó de Íñigo Sánchez. Tenía en estima a aquel soldado. ¿Desde cuándo se conocían? ¿Seis, siete meses, quizá? Pero creía conocerlo desde siempre. Sus anhelos, sus sueños, su pasado, su presente...

–¡Esas pelotas eran para mí!

–No podía permitirlo... –repuso el otro con un hilillo de voz–. Íñigo, tú tienes un arcabuz; yo, sólo unas míseras piñas. ¿Quién es más importante?

–¡Insensato! ¿Y el teatro? ¿Y los poemas?

–¡Ah! ¡Sueños, ilusiones...! Nada más... –No pudo seguir hablando.

Miguel de Cervantes se desmayó.

–¡Miguel! ¡Miguel! –chilló Íñigo Sánchez.

–¡Hideputas! –oyó delante de él.

–¡Mandémoslos al infierno! –escuchó a su espalda.

Preso de un repentino ataque de odio, con el rostro inerte de Miguel de Cervantes en la mente, empuñó el arcabuz.

–¡Que por cada uno de nosotros caigan diez de los suyos! –arengó a sus compañeros, y, tras cargar el arma, buscó un punto, un rostro, alguien a quien aliviar de la pesada carga que suponía vivir en esos tiempos–. Tú eliges, Íñigo: a cenar con Cristo o a Constantinopla.

Capítulo 4

El honor, lo primero

Castillo de Uceda. 22 de febrero de 1580. Sobre las diez de la noche

Nervioso, ilusionado, excitado, inquieto; y, a la vez, sereno, sosegado, flemático, frío. Así se siente, por resumir, Fernando Álvarez de Toledo. Sentado en una jamuga frente a la chimenea, el tercer duque de Alba lleva días aguardando volver a la vida que tanto echa de menos. Ese día la gota le ha concedido una tregua, por lo que se ha permitido abandonar el lecho.

–¡Maldita enfermedad! –masculla contrariado–. ¡Y maldito destierro!

Se hallaba en la fortaleza de Uceda, a una distancia de algo menos de catorce leguas de Madrid, un año y medio atrás, cuando Felipe II lo requirió para diseñar un plan cuyo fin era capturar Larache. En opinión del duque, era la única manera de evitar un contrataque musulmán tras el desastre portugués de Alcazarquivir. Eso suponía, como también pensaba el marqués de Santa Cruz, responsable de las fuerzas navales, movilizar a casi todos los recursos en el Mediterráneo. Pero también sabe que un gran ejército lo mismo sirve para una cosa que para otra. Quien dice Larache, también dice Portugal, que bien conoce los deseos del rey de invadir aquel reino. Se sabe punto por punto la situación del país vecino, sin rey tras la muerte de don Enrique; está al corriente de la demanda de Felipe II sobre una corona que considera propia, y también que algún que otro candidato se ha postulado para ser rey de Portugal mientras cinco gobernadores dirimen quién de todos los pretendientes tiene derecho a serlo. Algo intolerable a sus ojos, pues considera que lo es su católica majestad.

La estancia es pequeña, iluminada con hachones y una chimenea que arde con fuerza. Varias telas cubren las paredes, tan frías como la noche. El duque se arrebuja bien entre las pieles.

«¡Ay que ver qué frío hace en este castillo!», se queja en silencio.

Su esposa se extraña al verlo ahí sentado, embelesado por las llamas y cubierto con aquella piel de armiño de la que ya nunca se desprende. El infierno ante sus ojos. ¿Allí es donde irás, Fernando?, piensa María Enríquez por un momento. Cuánta gente lo desea. Acalla sus pensamientos con un chasquido de lengua.

–¿Aún estáis despierto?

Fernando Álvarez de Toledo no contesta.

–Es hora de descansar, ¿no os parece?

–¿Que vaya a la cama? ¿Os parecen pocos los días que he estado postrado en ella por culpa de esta gota traicionera? –Se señala el pie, enfadado. Aparta la mirada de la duquesa. Sus ojos son brillantes y expresivos–. ¿A qué estará esperando su majestad?

–¿Otra vez con eso?

–Los preparativos se ultiman, los trabajos van por muy buen camino. Las últimas noticias son que envían a Portugal desde Flandes a cuatro mil españoles. Gente recia, la adecuada –asiente–. ¡Ojalá estuvieran ya donde tienen que estar! En cambio…

Hace una pausa. Está cansado. A sus setenta y dos años, enjuto, aunque aún de estatura recia, dice a quien quiera escucharlo que su salud está flaca y acabada, que ya no es el que fue. No obstante, se considera recuperado de la afección en el pecho. Tan leve que se la ha ocultado a la duquesa.

–Eso de cuatro mil italianos nuevos… ¡Por el amor de Dios! ¡Nada de italianos! ¡Es tirar el dinero! –Su mirada adquiere una furia incluso mayor que la de las llamas de la chimenea–. ¡Ojalá esos españoles estén ya listos! ¡Y, en lugar de italianos, alemanes! ¡Cinco mil, por lo menos! ¿A qué espera su majestad para ponerme al mando de todos ellos? ¡Si quiere ser rey de Portugal, me necesita!

María le acaricia la cabeza. A continuación, lo abraza con cariño.

–Deberíais descansar. No más guerras, tampoco más batallas.

–No puedo, mi señora duquesa. Es mi vida, no sé hacer otra cosa. Además, ¡he de recuperar mi honor! Es la única oportunidad que me queda. ¿No lo entendéis? Esta vez no hay ningún Ruy Gómez o un Eraso prestos a perjudicarme. ¡Es ahora o nunca!

–Vuestra salud no es la de antaño –trata de apaciguarlo ella, aún acariciándolo–. Ya no estáis para dormir al raso, para dar con vuestros huesos en camastros de tiendas que hoy están aquí y mañana a saber Dios dónde.

El duque de Alba deja escapar un bufido sonoro.

–No lo entendéis.

–Sí, estáis desterrado, pero aquí no se está tan mal…

Su rostro se tensa.

–Jamás pienso en mis dolencias cuando se trata de servir a su majestad.

Mira a su esposa y sonríe, relajando las facciones. Le toma la mano derecha y se la besa con infinita ternura.

–¿Desde cuándo os gusta la vida de la corte? –Ella también sonríe–. Siempre habéis sido hombre de campo. ¿Para qué volver a ella?

La relajación se esfuma del rostro de Fernando Álvarez de Toledo. Ahora se muestra circunspecto. Echa un rápido vistazo a la estancia.

–¡Para dejar este castillo, entre otras cosas, que es lo más parecido a una prisión en vida! ¡Nuestra casa es Alba de Tormes! Además, se trata de mi honor.

–¡Y también es vuestra vida! –estalla ella–. ¡El hombre se fue, lo que queda es la sombra! ¿Cuándo vais a aprender a vivir con eso?

–¿Y morir con deshonor? ¡Jamás! –grita el duque, con rostro crispado–. Mis antepasados no merecen eso. Ni mi padre, que murió al servicio de su rey, ni mucho menos mi abuelo. Como dejó escrito mi querido Garcilaso: «Cuando me paro a contemplar mi 'stado y a ver los pasos por do m'ha n traído...».

–¡Basta ya de recuerdos, y dejad descansar en paz al bueno de Garcilaso! ¡Razonad por un momento, sólo os pido eso! –La duquesa emplea unos instantes para calmarse. Cuando lo hace, prosigue–: Si permanecéis aquí, moriréis en vuestra cama. ¿O acaso queréis hacerlo en lugar extraño, como le ocurrió a vuestro padre, sin que conozcamos nunca el paradero de vuestros restos?

–Dios no quiera eso –replica él, solemne.

–¿Por qué embarcarse, entonces, en nuevas glorias?

La circunspección no se apea del rostro del duque de Alba.

–Yo soy así y así seguiré. Nunca cambiaré.

–Pero...

–También es preciso resolver la situación de Fadrique –la interrumpe al ver el rictus de enfado que ha aparecido en su rostro–. No puede seguir más donde está.

–Mi pobre hijo...

–No puedo posponer más ese asunto, ni tampoco el mío.

–Más el segundo que el primero…

Por la mirada del noble asoma un relámpago de fastidio.

–¿Es que no lo entendéis? ¡No puedo presentarme ante Dios tras lo de Flandes! He de rendir un último servicio a su majestad. Son demasiados meses de preparativos para conformar una gran fuerza de guerra. ¡Hay hombres ya preparados, por tierra y por mar! El marqués de Santa Cruz capitaneará la armada. ¡La mejor elección posible! Pero aún falta por saber quién hará lo propio con el ejército de tierra. ¡Y ése debo ser yo!

–¡Mire, mi señor duque, cómo os trata su majestad! –María Enríquez abre los brazos para abarcar la cámara–. ¡Fuera de nuestra casa, de nuestras tierras…!

–Por eso ansío formar parte de lo que se está cociendo cerca de Portugal. Es eso o morir en deshonra. Pero tarda tanto su majestad en tomar la decisión… –dice para sí mismo, sin mirarla.

–¡La deshonra! ¡La maldita deshonra!

–¡Sí, la honra! ¡La bendita honra!

En ese momento entra en la estancia Juan de Albornoz. Fiel secretario personal desde hace quince años, con lazos entre ellos que se intensificaron en Flandes, lo sirve también en el destierro junto a su mujer, Inés Nieto. Sabe que nunca recuperará el poder que ostentaba, pues, a pesar de haber sido absuelto de aquella acusación por corrupción, la lealtad que profesa al duque pesa demasiado a ojos de sus enemigos. Viste medias, calzas y jubón de color bermellón, sobre el que lleva una ropilla oscura. Sus ojos son de un verdor que cautiva. Si algo queda claro al verlo es que gusta de cuidar su imagen.

«Madre mía, madre mía», piensa al ver la discusión que mantiene el matrimonio. «Y aquí vengo yo a echar más leña al fuego… Que Dios te acompañe, Juan». Ha entrado con un jinete cuya expresión de asombro no tiene fin al saberse en presencia del gran duque de Alba.

–Correo urgente del secretario del Consejo de Guerra para vuestra excelencia –anuncia al fin, entregándole una carta.

Excitado por la repentina aparición, Fernando Álvarez de Toledo toma la carta. Conforme la lee, su mirada arde más y más. Una vez acaba, se la muestra a la duquesa. Por mirada, una algarabía por la que le hubiera reprendido fray Severo en su juventud sin misericordia alguna.

–¡Al fin! ¡Su majestad quiere que parta de inmediato hacia Extremadura para ponerme al frente del ejército!

María Enríquez muestra en su mirada, una a una, las desgracias narradas en el Libro del Apocalipsis.

–¡Presto, papel y pluma! ¡He de hacerle llegar mi agradecimiento a través de este mensajero! –pide el duque, excitado–. ¡Ha de saber lo que siento de verme de nuevo vuelto en su gracia, que es lo que más deseaba! Partiré para Madrid de inmediato. ¡He de verlo para hacerle saber mis planes! ¡Además, en unos días tendrá lugar el juramento del príncipe don Diego! ¡He de estar al lado de su majestad en ese momento!

Fernando Álvarez de Toledo comienza a toser. Le cuesta reponerse. Repara entonces en la cara de estupefacción del mensajero. El gran duque de Alba, viejo y achacoso, vencido por un ataque de tos. Mira luego a su mujer. Cómo va a dirigir y cuidar un ejército si no es capaz de cuidarse a sí mismo, cree leer en su mirada, fría como el viento que sopla fuera.

–Un ataque de tos sin más –asegura, flemático, tirando de soberbia.

–Este mensajero tiene algo que deciros al respecto.

–¿De qué se trata?

El mensajero apenas ha rebasado la veintena. Barbilampiño, de mirada nerviosa y estatura media, viste una mezcla de jubón y ropilla en brocado. Una capa de viaje con capucha, de color oscuro, lo resguarda del frío, y una gorra plana le cubre la cabeza. Creía estar preparado para el momento. Había pensado en ello durante el viaje. «Consignas para ser dichas de palabra», le ordenó el secretario del Consejo de Guerra. «Debéis ser claro, ceñíos a ellas». Y, sin embargo, está a punto de cagarse patas abajo.

–Yo... Mi señor... El caso... Yo...

–¡Por el amor de Dios, arrancad! –Su voz suena como antaño. Fuerte, recia.

–Su... su majestad desea que su excelencia viaje directo hacia Llerena, donde deberéis llegar en tres días. El... el se... secretario de la Guerra me... me ha pedido que os lo diga de viva voz.

El duque de Alba se queda ojiplático.

–Pero, pero... ¡he de ir a palacio a presentar mis respetos a su majestad! ¡He de estar presente en el juramento del príncipe!

Al mensajero le tiembla el labio inferior. Dirige una mirada asustada a Juan de Albornoz, quien le da su silenciosa conformidad.

–Su, su, su... su majestad dice que no es momento de perder el tiempo con cortesías.

–¿Ni siquiera me permite pasar por Madrid?

–In... in... insiste en que su excelencia se reúna con el secretario de la Guerra por el camino.

–Hacedle caso, mi señor duque –tercia el secretario, en ayuda del mensajero–. Escribid a su majestad. Ya tendréis tiempo de hablar con él.

Fernando Álvarez de Toledo se queda pensativo. Valora qué responder. Le sigue siendo útil, sí, pero de aquella manera, admite resignado. Vuelta al gran escenario, pero sin el brillo deseado.

–No me ha perdonado...

Su tono de voz hiede a desilusión.

–Os quiere al frente de sus tropas –afirma Juan de Albornoz.

–Porque me necesita. –El duque agacha la cabeza y niega–. Desde luego, es el único monarca de la tierra que saca de la cárcel a un general para que le dé otro reino.

–Por eso seréis quien dirija su ejército. Es lo que deseabais.

Sopesa en silencio aquellas palabras. El honor. Tan importante para él, incluso por encima de lisonjas reales. Al fin y al cabo, no es más que un soldado a las órdenes de su rey. Lealtad por encima de todo.

–Lo tenéis en la mano. Sólo depende de vuestra excelencia. Es la oportunidad que buscabais para recuperar vuestro honor –prosigue el secretario.

–Mi señor duque... –interviene María Enríquez–, no tenéis por qué hacerlo. No estáis en condiciones, ni tampoco...

El duque de Alba tose otra vez. Un ataque menos agresivo que el anterior. Se encara a su mujer. La toma de las manos.

–Mi señora duquesa... –suspira–. Debo ir.

–Iréis porque queréis, pero no porque debáis.

La mujer hace esfuerzos por aguantarse las lágrimas.

–¿Y negarme a una petición de su majestad? Ya está siendo bastante el destierro y lo que está sufriendo nuestro Fadrique. –La mirada del duque brilla al acordarse de su hijo–. Si hay alguna manera de repararlo, es ésta.

–Camino de la muerte.

Aturdido por la última confesión de su mujer, vuelve a suspirar. Se miran un instante en silencio. Para qué decir nada si se lo dicen todo. Cariño, amor infinito, preocupación por el otro.

–Si así fuera, sabed entonces que habéis sido un regalo para mí. –Agacha la mirada por un momento–. No soy de palabras, más bien de hechos. No me pidáis que lance lisonjas ni regale vuestros oídos con zalamerías. –Vuelve a mirarla a los ojos. Ambos muestran un infinito amor–. Aunque será que me voy haciendo viejo. Sé que os he hecho mucho daño con tanta ausencia, pero debo confesaros que estos meses a vuestro lado me han dado una paz que hacía mucho tiempo no disfrutaba.

–¿Por qué partir, entonces? Hay más soldados valerosos y con ganas de cumplir lo que su majestad les ordene.

Aprieta las manos de la duquesa. Con la mirada, la traspasa.

–Pero ninguno es como yo, y eso su majestad lo sabe. Puede que yo ya no sea más que un recuerdo, que quien mande a las tropas sea eso. Sí, puede que sea eso –asiente. Rostro serio, mirada perdida–. Pero mi recuerdo basta para dirigir a mis señores soldados. Soy su padre, quien los provee de sustento, así que no hay tiempo que perder. –Se suelta de las manos de su mujer–. Escribiré una carta para agradecer la propuesta a su majestad, y de inmediato comenzaremos con los preparativos. Marcharé esta misma noche. No llevaré más ropa ni otra cosa que la cama en la que he de dormir. ¡Ah, y mi escritorio!

–Mi señor duque...

–Tomaré el camino de Madrid. Iré para Alcalá y, desde allí, a Barajas o Fuencarral, para dormir en cualesquiera de ellas. –Por un instante, se queda pensativo–. Podría ser un buen lugar para despachar con el secretario del Consejo de Guerra. Después emprenderé camino a Talavera y el Campo Arañuelo, dado que el carro no puede pasar por otra parte para llegar a Badajoz. Mi señora duquesa –vuelve a mirarla–, preparaos para partir. En Alcalá daremos las gracias al santo fray Diego por el milagro que hizo cuando estuve enfermo. Debéis abandonar este lugar –mira al techo y las paredes con desdén– que tanta ruindad os ha hecho sentir, pues os está degollando. Desde allí os llevarán a buen recaudo hasta Alba de Tormes. ¡Se acabó vivir desterrados! ¡Y vuestra merced, don Juan! –se vuelve ahora al secretario–, preparaos también para la partida, pues vendréis conmigo.

Las lágrimas afloran en los ojos de la duquesa. Mirada preñada de dolor, pulso acelerado. Consciente de la gravedad del momento y de sus posibles consecuencias.

–Mi señor duque, no queráis ser el de vuestros recuerdos...

–Soy un hombre al servicio de su rey. Lo sabéis perfectamente, María. –Se dirige al secretario–. ¡Presto, papel y pluma! ¡Y dad posada al mensajero, que esta noche hace un frío del demonio!

Juan de Albornoz dispone lo necesario para que el duque de Alba escriba la respuesta que portará el mensajero. Entretanto, un lúgubre velo se apodera de la mirada de María Enríquez. Un negro presentimiento ha brotado en su interior.

–Mi señor duque... –Lo abraza.

–Es mi deber.

Fernando Álvarez de Toledo se deshace del abrazo. Ella cierra los ojos con pesadumbre y niega en silencio a la vez.

–Ojalá me equivoque.

–No penséis en eso, por el amor de Dios.

María Enríquez se echa a llorar. Es ahora el duque de Alba quien la rodea con sus brazos. Traga saliva antes de besarla en la frente. Para ella, sabe a despedida.

–Nunca más regresaréis. Moriréis en tierra extraña, lejos de los vuestros, pero es lo que habéis elegido.

–Juro que volveré a vuestro lado para afrontar el último paso en nuestro castillo de Alba de Tormes.

–Qué equivocado estáis...

Dicho lo cual, se marcha con paso apresurado. El duque de Alba clava la mirada en la puerta por la que la ve salir, aunque en verdad navega ya por mundos donde el miedo, la inseguridad, el dolor y la soledad comparten protagonismo con el honor, la responsabilidad, el sentido del deber y la necesidad de quedar en paz consigo mismo.

Tiene miedo, aunque no se atreve a confesárselo. Y también comparte sus temores. Sabe perfectamente en qué estado se encuentra su salud. No obstante, se ve capaz de aguantar unos meses de campaña. Cinco, seis, a lo sumo. Los suficientes para cerrar la herida abierta entre él y su rey. Cuestión de honor.

–Volverás, Fernando –se convence–. Volverás con ella.

Capítulo 5

El pasado del esclavo

Lisboa. 22 de febrero de 1580. Sobre las diez de la noche

¿Qué extraño milagro es responsable de que la miríada de estrellas que contempla a través de un agujero del tejado nunca caiga al suelo? Ebou se lo ha preguntado ya tantas veces...

Le duele todo el cuerpo tras otra dura jornada de trabajo. A pesar del dolor y del cansancio, no puede conciliar el sueño. A su alrededor, Lisboa duerme, aunque no por entero. El silencio de la noche lo rompe una voz suave, muy dulce. Por el tono, intuye que su dueña es joven. Puede que no sea aún más que una niña a la que la vida ha obligado a ser mujer; y, por la lengua que habla, también es esclava, como él. La voz dulce consigue arrullarlo un instante, pero no logra dormir. Abre los ojos. Ahí siguen, brillantes. Miles de estrellas.

Los recuerdos.

Y ella.

La ha vuelto a ver.

–No se caen... –habla en voz alta, como si esperara respuesta.

–¡Pues claro que no se caen, tonto! ¡Están siempre ahí arriba! –le contesta una voz interior.

Sonríe al escuchar la voz de su hermana Isatou. Allá donde esté, se encuentra a su lado. Protegiéndolo, como le prometió.

–¿Te acuerdas de cuando las quisimos contar por primera vez tumbados en la arena de la playa?

–¡Claro que me acuerdo! Conté más que tú aquel día...

–Siempre fuiste más decidida que yo.

–Así acabé como acabé –la oye reír.

«Eso fue tu perdición», dice para sí, a sabiendas de que su hermana leería el pensamiento en su cabeza. Isatou no contesta. El recuerdo dibuja en sus labios una sonrisa preñada de melancolía. Transformada en una capa húmeda, termina por apoderarse de sus ojos.

–¡Te echo tanto de menos!

La oye reír de nuevo antes de hablar:

–Me tienes siempre a tu lado, que no se te olvide.

Asiente. La tiene dentro, pero no a su lado. Como cuando eran niños. Isatou ya no es más que un recuerdo, tanto o más como su propio nombre. ¿Dónde ha quedado Ebou, el muchacho libre y feliz? El que ahora comienza a trabajar cada jornada con el primer rayo del sol despuntando por el oriente y se acuesta cuando una pequeña franja de claridad tiñe el horizonte por occidente responde al nombre de João. Ebou es el recuerdo; João es el esclavo que cumple ya cinco años en Lisboa, donde desembarcó después de aquel viaje en un barco que supuso la tumba para no pocos hombres y mujeres. De cuerpo fibroso y musculado y bastante más alto que la mayoría, de él llaman la atención unos ojos grandes y unos labios carnosos. Es aguador. Largas jornadas de trabajo y alguna que otra paliza por pedir perdón.

–Bastante tienes con que te doy de comer y duermes bajo techo –le recuerda siempre su dueño.

–Un techo, Ebou, ¡nada menos! –bromea, mirando el agujero por el que esa noche se cuelan el frío y la humedad del cercano río Tajo.

–¿Ves? ¡No te quejes!

Isatou ríe con ganas.

–Ya veo, ya...

–Y no puedes dormir porque has hablado con ella.

–¡Pero!

–Recuerda que estoy muerta, lo sé todo. La has visto en el Terreiro do Paço acompañando a su ama. Te acercaste a ella y estuvisteis hablando un rato. –La hermana hace una pausa–. Te supo a poco. ¿A que sí?

–Así es... –dice Ebou tras suspirar.

–Quién lo iba a decir. ¡Vaya con la estirada!

–Qué poco te gustaba, ¿eh? –prosigue sonriendo.

–Porque era una estirada. –La sonrisa se convierte en carcajada.

–¿Y ahora ya no lo es?

–Bueno... Estar muerta te permite saber cosas.

–¿Te puedo hacer una pregunta?

–Ebou... –lo reconviene ella.

–Es un recuerdo, nada más.

–Entonces, sí.

–¿Te acuerdas del día que fuimos a ver a *bamaa*[*] Fatou?

Su hermana se echa a reír otra vez, pero pronto el silencio los ampara. Las estrellas siguen brillando en el cielo. Fuera, la muchacha canta. Tiene una voz preciosa, reconoce Ebou.

–Ebou, tú también lo recuerdas, ¿verdad?

–Claro.

–Y también sabes que no puedo decirte nada. Sólo aconsejarte. Eres el dueño de tu vida.

–Ya... –Él suspira.

–Confía en todo lo que te dijo *bamaa* Fatou, Ebou. Y en lo que no te quiso decir, también.

–¿Cómo? –El esclavo enarca las cejas.

–Ya te he dicho bastante por hoy.

* Mamá, en lengua mandinga.

La voz de su hermana se apaga a la vez que el canto de aquella muchacha. Ebou siente cómo, a su alrededor, se propaga un silencio frío. «Ahí las tienes, brillando como siempre», se dice por última vez antes de cerrar los ojos. Necesita descansar. Mañana será otro duro día de trabajo. Y así hasta el final de sus días.

Bamaa Fatou siempre acertaba. Para bien y para mal. Ésa es la esperanza que mantiene vivo a Ebou. Aunque el último pensamiento de su hermana lo ha sumido en un estado de duda que no facilitará que concilie el sueño durante un largo rato.

¿Qué había querido decir Isatou con lo que se calló *bamaa* Fatou?

Costa de Senegal. Mediados de junio de 1574

La choza era pequeña, de adobe, y por el techo de paja entraba la escasa luz que iluminaba el interior. A *bamaa* Fatou le bastaba para escrutar en silencio la palma izquierda de Ebou. Nadie podía interrumpirla ni decir nada en ese trance.

Nadie sabía su edad. Mucha, decían si acaso los más. Se cubría parte de la cara, ajada y seria, con un velo de colores vivos. Su mirada era profunda e intimidante.

Vestido únicamente con un taparrabos, el muchacho, sentado en el suelo apelmazado, permanecía expectante; inquieto por lo que, a ojos de la anciana, pudieran desvelarle las rayas que devoraba con la mirada. Isatou, a su lado, con envolturas alrededor de la cintura y los pechos, se esforzaba por contener la risa. «¡Por lo que más quieras, no la enfades!», la conminó con un gesto y frunciendo el ceño. Códigos. Si la edad de aquella mujer era desconocida para cualquier miembro de la tribu, lo contrario ocurría con su mal genio.

La muchacha se mordió el labio inferior. Un año menor que su hermano, tenía unos inmensos ojos negros, una nariz fina, y siempre exhibía una ancha sonrisa. Al revés que Ebou, era muy traviesa. A él costaba verlo contento. La alegría y la mesura, los colores vivos y oscuros, la diversión y el tedio. Hermano y hermana. Así eran.

Bamaa Fatou emitió un sonido gutural.

–¿Qué pasa? –se alertó él.

La anciana dejó caer la mano del muchacho.

–¡Menuda vida te espera!

–¿A qué te refieres?

–Viajarás muy lejos de aquí –le dijo, mirándolo con fijeza–. Vivirás cosas inimaginables, conocerás a gente cuyo color de piel es distinto al nuestro. Buenas, malas, peores... Tu vida correrá peligro en no pocas ocasiones. En una de ellas, la muerte hará todo lo posible por atraparte, pero vivirás para contarlo. No obstante, nunca más volverás a ver tu tierra.

La explicación esculpió una perfecta máscara de miedo en el rostro de Ebou, mientras que algo parecido a una sonrisa se perfiló en los labios de la anciana. Aquel muchacho, casi un niño, le infundía ternura. Todo lo contrario que su hermana. La sonrisa de *bamaa* Fatou se suavizó.

–¿Por qué tienes miedo?

Ebou no supo qué responder.

–No tengas miedo al amor, pues salvará tu vida.

–¿El amor? –preguntó, extrañado.

–¡Él no está enamorado! –rio Isatou.

–Lo está –sentenció la anciana, seria. El iris de la mujer, de un marrón tan intenso y profundo, devastaba a quien tenía delante. Fue dirigirse a Ebou y recuperar su rostro una cierta pátina de calidez–. ¿Verdad que sí?

Isatou se giró hacia su hermano. La extrañeza vestía su rostro.

–¿Nyima?

Él se sonrojó.

–¿Estás enamorado de esa estirada?

La risa de Isatou llenó la choza. El ánimo de *bamaa* Fatou se incendió de súbito, azuzado por la insolencia de la muchacha. Para su sorpresa, le mostró su palma izquierda riendo.

–¡A ver qué ves en la mía!

El tono encabritó a la anciana, y su rostro reflejó el desprecio que sentía por ella. Apenas tardó un instante en prestar atención a la palma de su mano.

–Morirás pronto –vaticinó, dibujando una sonrisa vengativa que devastó a Ebou.

Isatou, en cambio, lanzó una carcajada que enervó más si cabe a la mujer.

–¿Acaso te hace gracia saber que vas a morir tan joven?

–¡Eres una farsante!

De ser fuego la mirada de *bamaa* Fatou, Isatou hubiera ardido de inmediato.

–¡Nadie me llama farsante!

–¡Eso es lo que eres! ¡No te vamos a pagar lo convenido! ¡Vamos, Ebou!

Tiró de su hermano y salieron de aquella choza, oculta entre acacias, apartada de todo y de todos. Corrieron durante un buen trecho, esquivando troncos y apartando las ramas que obstaculizaban el camino, y pronto a su espalda quedaron los gritos de *bamaa* Fatou. Ya en las calles de la aldea, un anciano reparó en ellos y negó con la cabeza.

–Qué juventud…

No pararon hasta alcanzar la playa, de blanca y fina arena. Las aguas cristalinas de color turquesa del mar lamieron sus pies mientras se recuperaban del esfuerzo. Era un día luminoso, pero ni siquiera la brisa atenuaba la preocupación que vestía el rostro de Ebou.

–¿Qué te pasa? –le preguntó Isatou.

–¿Sabes lo que acabamos de hacer? ¡No le hemos pagado!

–¿Y? –rio ella.

–¿Y si nos maldice?

–¿Más? –Isatou siguió riendo–. Ebou, esa farsante dice que moriré pronto. ¿Tú crees que podría pasarme algo peor que eso? ¡Anda, volvamos a casa!

«Morirás pronto». Las palabras de *bamaa* Fatou gritaban su significado una y otra vez dentro de la cabeza de Ebou. Miró de soslayo a su hermana: seguía feliz, tan sonriente como de costumbre. Isatou era un torrente de vitalidad, y sólo la posibilidad de pensar en que el vaticinio de la anciana llegara a cumplirse hacía que se olvidara del suyo. Si la anciana no estaba equivocada, cualquier sacrificio, cualquier destino agrio estaría bien empleado si terminaba unido a la persona de la que estaba enamorado.

Ebou tragó saliva. Si la perdía, como había dicho *bamaa* Fatou, ¿qué sería de él?

Se sentía incapaz de sobrevivir sin su hermana.

Costa de Senegal. Dos días después

Sentados en la arena, en la orilla del mar, Ebou e Isatou esperaban a su padre. Como ellos, otros muchos niños, niñas y mujeres aguardaban la llegada de los pescadores. Por el occidente, el sol impregnaba el cielo con la sangre de su ocaso, y, al reflejarse en las aguas, éstas adquirían la tonalidad del fuego. La playa era ancha, aunque no demasiado larga. A su derecha existía un saliente cuyas rocas salpicaban las olas del mar. Bajo las palmeras, había un par de chozas. Desde allí, varios niños comenzaron a chillar apuntando a la lejanía.

–¡Ya vienen!

Los cayucos se aproximaban hacia la playa.

–¡*Famaa*[*] regresa! –exclamó Isatou, alborozada.

Ebou no despegaba la mirada de los cayucos. En los últimos días su padre lo había advertido de que pronto empezaría a acompañarlo a pescar. ¡Cuántas ganas tenía de que llegara el momento!

–¿Cuándo?

Se lo preguntaba con la mirada preñada de ilusión siempre que podía, lo que solía ocurrir mientras la familia cenaba en su choza.

–No te lo pienso decir, pero tienes que estar preparado. Puede ser cualquier día.

Ebou lo admiraba. Alto, seco, con el pelo ralo y rizado y una eterna sonrisa en los labios, Musa no veía el momento de que su hijo lo acompañara a faenar. Lo frenaba Kaddy, la madre. Oronda, de gesto siempre serio, cara ancha, cejas pobladas y pelo cubierto con un pañuelo de color rojo, consideraba que su hijo aún era demasiado pequeño.

–Cuanto antes empiece, mejor. Tiene que acostumbrarse a ser pescador –le había dicho él un par de días antes, sin la presencia de sus hijos–. Si me pasara algo, él tendría que sacar a la familia adelante.

–Aún es mi *denanoo*.[**]

Musa negó esbozando una sonrisa abierta.

–Ya no lo es. Sólo tú lo ves así ahora. Nuestro Ebou ya es todo un hombre, y debe venir a pescar con nosotros.

Pero Kaddy agachaba la cabeza y callaba. Su gran miedo eran el mar y sus peligros. Un día, al alba, se había despedido de su padre, también pescador. La besó en la cabeza, como solía hacer cada día. Ella entreabrió los ojos y acertó a distinguir su mirada limpia.

Nunca más volvió a hacerlo.

* Padre, en lengua mandinga.

** Bebé, en lengua mandinga.

Esa tarde no regresó. Como tampoco los tres compañeros con los que salía a faenar.

–Es su destino. Está hecho para la mar. No le puedes negar ser lo que quiere ser –sentenció Musa.

Ebou se giró para observar a la muchedumbre. Allí estaba también Nyima, paseando por la playa en compañía de una de sus hermanas. Llevaba varios días sin verla. De altura similar y vestimenta parecida, rica en colores, las dos muchachas miraban al mar con una sonrisa. Isatou lo miró con curiosidad por unos instantes, y después se echó a reír.

–¿De verdad hay algo que te pueda gustar en esa estirada?

–¡No es una estirada! –contestó, molesto, encarándose con ella.

–¡Ah!, que no lo es… ¿Te saluda?

–No.

–¿Acaso te mira?

El muchacho negó con la cabeza.

–Si eso no es ser una estirada… –rio Isatou.

«No lo es. Sólo es tímida, pero me ama», pensó para sí. El amor te salvará la vida, eso había dicho *bamaa* Fatou. Aquellas palabras habían quedado grabadas a fuego en su cabeza, y también en su corazón. Estaba tan enamorado de Nyima como seguro de que la profecía de la anciana sería realidad tarde o temprano.

Varios niños pasaron corriendo a su lado hacia la orilla. Ya cerca, dos de los pescadores, sin más prenda que un taparrabos envuelto alrededor de las caderas, saltaron del cayuco al agua y lo empujaron, proceder que siguieron los ocupantes del resto de embarcaciones conforme arribaban a la playa. Isatou se levantó y echó a correr.

–¡Vamos a ver qué ha pescado *famaa*!

Musa ayudaba a uno de sus compañeros a arrastrar la embarcación cuando vio llegar a sus dos hijos.

–¿Qué habéis pescado hoy? –preguntó Ebou.

–¡Compruébalo tú mismo!

El muchacho se maravilló con la cantidad de capturas. En el fondo del cayuco había desde peces espada hasta meros, corvinas y barracudas. Había sido un buen día. Su mirada era pura ilusión.

–¿Cuándo saldré a pescar contigo?

–Mañana vendrás con nosotros, así que esta noche tienes que descansar bien.

Ebou no pudo reprimir una inmensa alegría. Lo primero que hizo fue abrazarse a su hermana y levantarla, y, así, comenzó a dar vueltas por la playa.

–¡Nos vamos a caer! –gritó Isatou, contenta por ver feliz a su hermano.

El muchacho, entre risas, la dejó en el suelo y se marchó a la carrera.

–¡Voy a decírselo a Nyima! ¡Se sentirá muy orgulloso de mí!

–¡Olvídate ya de esa estirada!

La muchacha compuso un gesto de desprecio al ver llegar a Ebou.

–No, no...

Su hermana rio, sabedora de la animadversión que sentía por él.

–¡Mañana voy a salir a pescar con mi padre! –El rostro de Ebou era todo ilusión–. ¡Ya soy un hombre!

–Me alegro por ti –lo felicitó la hermana.

Nyima era incapaz de articular palabra alguna. La otra le dio un ligero codazo. El orgullo le impedía mirarlo.

–Dile algo, al menos.

–Muchos pescadores mueren.

Su voz sonó gélida. La hermana cerró los ojos y sus labios se estrecharon en un gesto de cansancio.

–¡Ebou! ¡Vamos! –oyó que lo llamaba su padre.

Sin decir nada, aturdido por la frialdad de Nyima, volvió junto a él para ayudarlo a transportar las capturas del día. La joven lo vio alejarse. Su mueca de asco lo decía todo.

–Está claro que no te gusta, pero al menos intenta ser cortés con él.

–No puedo.

La hermana no pudo reprimir una sonrisa traviesa.

–No te quedará más remedio.

–Espero que su familia tarde mucho tiempo en mandarme nueces de cola.

–No seas tan tremenda. Te ama, eso no lo puede ocultar.

–Yo no. –La mirada de Nyima ardía–. Ni lo amaré nunca.

Vieron cómo Ebou, Isatou y su padre abandonaban la playa cargados con cestas hechas con hojas de palmera. Eran tantas las ideas que corrían por su cabeza, y ninguna buena para el muchacho, que a Nyima se le hacía difícil decantarse por una de ellas.

Musa se sentía feliz ante la alegría de su hijo. Pero no era la única noticia, pues tenía una segunda. Su destinataria era Isatou. Y, si la de Ebou le hacía mucha ilusión, la que ocultaba le disgustaba tanto como a su mujer.

Horas más tarde

Isatou no podía dormir. Esa noche, después de cenar, su padre le había confesado que tenía un pretendiente. Le bastó con ver las nueces de cola que Musa apiló delante de ella.

–No, no... –balbuceó tras conocer el nombre.

–Es nuestra tradición, hija –terció su madre.

–¡No! ¡No! –insistió Isatou, cerrada en banda.

–Aún tenéis que conoceros. Seguro que cambias de opinión.

–¡No quiero saber nada de él!

Isatou se apartó de su familia para acurrucarse junto a la pared.

–Se le pasará –murmuró Musa.

Su mirada líquida traslucía la inmensa pena que sentía por su hija. Él también esperaba otro pretendiente para ella. La fama de altanero de Kausu era tan notoria como la de su padre. Primero de tres hermanos y único varón, era cuatro años mayor que ella. Poco agraciado, soberbio y entrado en kilos, no era el hombre que hubiera deseado para Isatou. No lo quería, por lo que podrían rechazar el ofrecimiento, pero eso supondría enemistarse con una de las familias más importante de la aldea.

Musa tardó en conciliar el sueño, asaltado por las dudas y los miedos. Isatou no lo logró en ningún momento, y se sorprendió en medio de la noche al escuchar la voz de su hermano:

–¿Estás despierta?

–¿Cómo quieres que no lo esté?

Ebou se pegó a ella. Él tampoco podía dormir, aunque por otro motivo: le podía la excitación de saber que en pocas horas saldría a pescar. Lástima, se lamentaba, que la noticia hubiera quedado relegada por aquel pretendiente para su hermana.

–¡No quiero casarme con Kausu!

–¡Chissss! No chilles –la reconvino Ebou–. ¡Vas a despertar a *famaa* y a *bamaa*! –Agarró la mano izquierda de su hermana y se la apretó con fuerza–. No te voy a dejar sola.

–No quiero casarme con él, Ebou. ¡No me gusta él ni tampoco su familia!

–Ni a mí.

–*Famaa* aceptará. ¡Maldita sea él!

–¡No hables así de *famaa*! Si pudiera, se negaría, pero debemos favores a la familia de Kausu. ¿Acaso no recuerdas lo que pasó en la última sequía?

–¡Claro que lo recuerdo! Nos ayudaron mucho, pero...

Isatou calló. El enfado la consumía. Pensaba rápido. Opciones, posibilidades, alternativas. Había comenzado en cuanto se negó a ser cortejada por Kausu, y en ese lapso había madurado una idea. Pero no podía hacerlo sola.

–Quiero que me ayudes.

–¿Ayudarte? ¿A qué?

–A irme de aquí.

La oscuridad le impidió ver cómo la sorpresa había quedado impresa en el rostro de su hermano.

–¿Dónde quieres ir?

–Muy lejos.

–¡No puedes irte!

–¿Por qué no? ¿Acaso quieres que me quede y me convierta en esposa de Kausu? ¿Me ayudarás o no?

–Tú sabes que lo que pretendes es muy peligroso. Se oyen muchas historias.

–Que no sabemos si son verdad o no –lo interrumpió–. Aquí la única verdad es que Kausu quiere empezar a cortejarme, y a eso no estoy dispuesta.

–*Famaa* se enfadará.

–Y yo, ¿qué? –protestó ella con voz queda.

–Está bien, está bien...

–¿Estás dispuesto a ayudarme, entonces?

Ebou dudó por un instante. Por nada del mundo quería perder a su hermana, pero tampoco deseaba verla casada con un tipo como Kausu.

–Durmamos. Mañana, cuando regrese de pescar, pensaremos qué podemos hacer.

–Estás contento, ¿eh? –El tono de voz de Isatou sonó más animado.

–¡Tengo tantas ganas de salir a pescar con *famaa*...!

–Me alegro por ti, Ebou.

–Yo no puedo decir lo mismo de ti.

–No pasa nada. Lo tengo todo pensado, así no tendré que casarme con él. Pero me ayudarás, ¿verdad?

–Sabes que siempre estaré contigo.

De repente, un ruido alertó a Ebou.

–¿Has oído eso?

–Sí. Alguien ha gritado fuera –repuso la muchacha, extrañada.

Se sucedieron más gritos de miedo, lloros, lamentos. Musa se despertó sobresaltado.

–¿Qué está pasando? ¿Estáis bien? –preguntó a sus hijos.

–¿Qué pasa? –aulló la madre, alarmada.

Un fuerte golpe derribó la puerta de la choza, y al instante por ella entraron dos tipos fornidos. Uno de ellos evitó que el padre se incorporara con una patada en la cara. El otro llamó la atención de alguien más. Un tercero entró portando una tea que arrancaba claroscuros a su rostro. Una fea cicatriz le surcaba la mejilla derecha.

–Llevadlos a la playa, junto a los demás –ordenó en portugués.

Capítulo 6

Los grilletes y los cepos

Villa de Barajas. 24 de febrero de 1580. Por la mañana

Juan Delgado escruta el rostro cansado de Fernando Álvarez de Toledo. Viajar después de tanto tiempo no le ha sentado bien, sospecha. El duque de Alba se ha quitado el polvo del camino y adecentado un tanto para su encuentro con el secretario de la Guerra. Entre el escaso equipaje que lleva consigo, se ha decantado por una camisa de lino con lechuguilla y jubón de lienzo de cerro de lino con botoncicos de latón, que lleva atado a unas calzas de color claro. Una vestimenta muy parecida a la que viste el secretario. De cuando en cuando, asoma en su rostro algún que otro gesto de molestia. La gota. «Va por días, unos la tengo a raya y otros es ella la que me tiene a mí», le ha confesado tan serio como siempre.

Con las manos apoyadas en los extremos de una mesa pequeña, el duque de Alba estudia un plano de Portugal. Nunca ha estado en aquel reino, por lo que el plano es lo primero que ha pedido, para hacerse una idea de a qué se enfrenta. «Quiero tener el país en la cabeza», avisó por carta al secretario de la Guerra. Junto a ese plano hay varios más, así como decenas de papeles y avisos relacionados con su geografía, recopilados durante los dos últimos años, cuando empezaron a preparar la campaña.

Habían acordado reunirse antes de que el duque partiera para Llerena, donde lo aguarda un ejército presto para cumplir sus órdenes. Están en una estancia pequeña, en la que sólo hay una mesa, la otra con los planos y un par de jamugas. La chimenea está encendida por expreso deseo del duque de Alba, que agradece el calor. Fuera se oye soplar un viento inmisericorde.

Juan Delgado lo ve trazar líneas imaginarias sobre el plano. En ocasiones, las pocas, también rumiar. La mayor parte del tiempo, en cambio, permanece en silencio, aprehendiendo todos los nombres, accidentes geográficos y cualquier detalle.

–¿Y bien?

El duque de Alba se encoge de hombros y levanta la mirada del plano.

–¿El qué?

–¿Qué os parece la situación?

Su bufido podría haber barrido el plano de no mantenerlo atrapado con sus manos.

–Pues que el rey me envía a conquistar reinos arrastrando las cadenas y los cepos.

–Hombre, mi señor duque…

–¿Hombre? –Un brillo de ira estalla en su mirada. Decide encararse al secretario–. Me niega que acuda a palacio a rendirle mis respetos, me prohíbe que asista a la jura del infante don Diego como príncipe, me ordena que viaje de inmediato para encontrarme con vuestra merced antes de dirigirme a Llerena. –Enumera con los dedos de su mano derecha cada uno de aquellos motivos–. ¿Y todavía tenéis cojones de negarme que no me envía a la conquista de un reino como si fuera un vulgar galeote? ¿Acaso pretendéis que dé palmas?

El secretario de la Guerra no puede reprimir una sonrisa. Al verlo, el noble, altivo, lo reprende:

–¿Es que os tomáis a chanza mis palabras?

–No me negaréis que lo de las palmas no es para ello.

–Son reales –replica, serio–. Sé que el rey me necesita, de ahí el encargo. Pero estoy convencido de que no me perdona el asunto de mi hijo Fadrique, ni creo que lo haga nunca. Para él sólo soy un medio para obtener lo que anhela.

–Vuestra excelencia vuelve a estar al mando de un gran ejército. ¿Os parece poco?

–Es para lo único que me quiere. De no ser por su deseo sobre Portugal, aún estaría en Uceda contemplando el vuelo de las águilas desde las almenas. ¡Que hay que ver cuánto les gusta sobrevolarlas, la madre que las parió! –replica, contrariado.

–No removamos más el pasado. Lo pasado, pasado está.

Al duque de Alba se le escapa una sonrisa ácida. Se sienta en una jamuga.

–Permitidme que tome asiento. Mi ánimo no muda pase el tiempo que pase. Otra cosa es el cuerpo. –Sigue sonriendo. Con intención, deja escapar un suspiro mientras intensifica la intensidad de la mirada–. Me desterró a Uceda de por vida. Allí he estado preso sin respeto alguno a mi grandeza, canas, autoridad y servicios. Hubiera muerto en aquel lugar de no ser por este asunto que ahora nos traemos entre manos. ¿Acaso miento?

Juan Delgado calla, sólo lo mira. Prefiere que el hombre que tiene delante se explaye a gusto.

–Luego me desposeyó de mi puesto como gentilhombre de la cámara y de los ingresos de mi encomienda. Y, no contento con eso, también ordenó que mis rentas de las Indias pasaran a doña Magdalena de Guzmán. Ya sabéis, la mujer a la que mi hijo don Fadrique prometió un matrimonio que no tuvo lugar, como dote y reparo por los daños recibidos –detalla.

–No fue un buen comportamiento –se atreve a comentar el secretario.

Fernando Álvarez de Toledo aprieta con fuerza los brazos de la jamuga. El comentario lo ha incendiado por dentro. La dureza de sus rasgos faciales y la mirada encendida no engañan.

–Mi hijo se casó con quien quiso.

–Vuestra excelencia lo engañó –se sincera el otro con él, hablando en tono calmado–. Le otorgasteis un permiso que su majestad nunca le concedió, y pretendisteis que la noticia quedara en secreto. Pero los secretos no son eternos, lo sabéis perfectamente. Engañasteis a vuestro hijo, y también a su majestad.

La ira se apodera de la mirada del duque.

–¡Fue su manera de castigarme por lo de Flandes!

El silencio posterior, roto únicamente por el crepitar de la chimenea, los envuelve por completo. Incluso pueden escuchar sus respiraciones. Pausada la del secretario, acelerada la del duque.

–Calmaos, mi señor duque. No estamos aquí para hablar de esos asuntos. Ahora estáis aquí, donde queríais.

–Lo sé, don Juan –resopla Fernando Álvarez de Toledo–. No sabéis lo agradecido que os estoy por la recomendación que hicisteis llegar al rey.

–Tengo en estima a vuestra excelencia. Sólo que…

Juan Delgado calla. Desde que entró en la sala se ha cerciorado del estado de ánimo y salud del duque de Alba. Inmejorable el primero, muy mejorable el segundo. También se ha informado, y además cuenta con la confianza suficiente como para preguntarle lo que le viene quemando desde que lo vio entrar por la puerta de la sala en la que estaban reunidos.

–¿Qué tramáis? –pregunta el duque, mirándolo con suspicacia.

–No os ofendáis.

–¿Debo hacerlo?

La mirada oscura del secretario lo acribilla con su intensidad.

–¿Estáis seguro de que podréis con esto?

–Así que es eso... –responde el duque de Alba con una risa seca y corta.

–Permitidme que os lo pregunte. No dudo de vuestra figura ni mucho menos de vuestra astucia e inteligencia, pero comprended mi...

–Incertidumbre –lo interrumpe con altivez.

–Podéis llamarlo así.

–Estoy viejo y cansado, pero con la suficiente lucidez como para llevar el ejército de su majestad a la victoria –se defiende el duque, serio–. Si me permite decírselo personalmente, claro está, porque ni siquiera ha querido recibirme.

–Dadle tiempo.

–Vuestra merced lo tratáis más. ¿Pensáis que me odia?

Juan Delgado resopla y luego asiente despacio, sin dejar de mirar fijamente al duque de Alba. Cuestión de tacto, piensa. Se oyen cosas. Rumores, chismes. Nada claro. El destierro de Fernando Álvarez de Toledo a Uceda había enterrado la cuestión bajo toneladas de olvido. Con el nuevo cargo, quien más quien menos ha recordado la cuestión, lo que pasó.

–No lo creo.

–No me mintáis.

El secretario le regala una sonrisa sincera.

–No lo estoy haciendo. Vuestro comportamiento lo enfadó bastante. La prueba es que os desterró, pero de ahí a creer que os odia...

Ahora quien asiente es el duque de Alba.

–Queréis decir, pero no podéis; o podéis, pero no queréis –elucubra, escrutando el rostro del hombre que tiene delante–. Qué más da a estas alturas.

Juan Delgado chasca la lengua, un tanto fastidiado.

–Vuestra excelencia...

–De poco sirvió la carta que envié a su majestad a principios del año pasado para pedirle disculpas por haberle dado ocasión de enojarse conmigo, por anteponer mis intereses familiares a los suyos. –De pronto, la mirada del noble se pierde en los recuerdos–. Ni siquiera me permitió vivir en mis propiedades, alejado por completo de la corte –vuelve a mirar serio a su interlocutor–. ¡Me mandó a Uceda, al infierno en vida!

–Pero ahora estáis aquí. Sabéis que seréis inmortal.

El duque de Alba se permite una carcajada que apesta a ironía.

–Inmortal… ¡Ah, la inmortalidad! Cuánto del largo cielo se desea, como decía mi querido Garcilaso. Querencia de muchos, premio para pocos. El recuerdo, lo que fuiste. Poco más que buenas palabras mientras tus huesos se pudren hasta quedar reducidos a polvo. Ésa es la realidad: eres lo que eres mientras vives. Una vez muerto, a nadie le importa lo que fuiste, conseguiste, amaste o perdiste. –La intensidad inicial de su mirada se rebaja un tanto–. Cuando acabe esta campaña, regresaré a mis tierras en compañía de los míos. Si de algo me ha servido el destierro en Uceda, es para darme cuenta de lo que anhelo en verdad.

–¿Y qué es lo que anhela vuestra excelencia? –le pregunta el otro, curioso.

–Recuperar mi honor. Una vez conseguido, volveré con los míos. Es hora de descansar. Leyenda… –dice con desdén–. Sólo me importa morir estando en paz conmigo mismo, y sabiendo que siempre obedecí a su majestad, que lo hice con lealtad.

Juan Delgado asiente de nuevo. Luego, de reojo, repara en la mesa, y decide acercarse a ella.

–Veo que estáis seguro de que lo recuperaréis.

–Me he tomado la molestia de escribir a un pariente portugués. Tres o cuatro líneas, nada más. Directas. En ellas me he limitado a recordarle lo que le podría ocurrir a Lisboa si persiste en su empecinamiento de resistirse a la voluntad del rey. Ya sabéis que mi prestigio me acompaña allá donde voy.

El secretario ríe sin recato ante el comentario del duque de Alba. Genio y figura, piensa. Hasta los restos. No habrá nadie como él, se convence, viendo cómo se levanta de manera trabajosa para unirse a él junto a la mesa.

–¿Cómo lo veis, entonces?

–Si de verdad en Llerena se van a juntar cuarenta mil bocas, son muchas que alimentar. –El noble habla con un ojo entrecerrado, como rememorando las cifras–. Harán falta más de ciento sesenta mil quintales de bizcocho. Eso, para empezar.

–Se han procurado doscientas mil fanegas de trigo de la cosecha andaluza del año pasado, cien mil en la Tierra de Campos, más otras cien mil traídas de Sicilia y Nápoles.

–Bien. Después...

Fernando Álvarez de Toledo realiza una exposición de detalles relacionados con la campaña sin despegar la mirada del plano de Portugal, y Juan Delgado lo escucha maravillado, consciente de estar compartiendo unos momentos con un mito entre la gente de armas. Delante tiene al hombre que ayudó al emperador Carlos V a vencer a los protestantes alemanes en Mühlberg, quien se significó a su lado en Túnez y en tantas y tantas batallas que ya eran leyenda. Se siente un privilegiado por estar en compañía de un hombre que ya se ha ganado la inmortalidad y que, sin embargo, planifica los detalles de la nueva campaña como si fuera un primerizo en esas lides.

–Y, con esto, le daré a su majestad el reino que ansía. –La voz del duque lo saca de sus cavilaciones. Lo mira fijo–. Si eso es lo que desea, se lo daré. Siempre obedezco sus órdenes.

Capítulo 7

La hora del bastardo

Crato, Palacio do Grão-Prior. Anochecer del 12 de marzo de 1580

Un servidor cejijunto, gordo y de baja estatura, vestido con calzas de color claro y jubón negro que a punto parecen estar de reventar, entra en una sala decorada con tapices de rica factura. La iluminan varios hachones y el fuego de una chimenea, en el que se consumen dos buenos troncos de madera. Entrega una carta a un hombre de aspecto relajado, nariz y cejas finas, y bigote y barba cuidados. Sobre una rica vestimenta adornada de oro y plata, lleva un sobretodo muy oscuro. Está sentado en una jamuga, junto a la chimenea, al pie del extremo de una larga mesa de nogal.

El serio ademán de Antonio de Crato se transforma en cierta decepción al terminar de leer. Diego de Meneses lo observa impaciente.

–¿Noticias de las Cortes?

–Son de mi primo, el rey Felipe.

Antonio de Crato pide al sirviente que le llene la copa de vino y, acto seguido, lo conmina a dejar la jarra en la mesa. Cuando lo ve marchar, se dirige a Diego de Meneses.

–Viene para acá. Salió de Madrid a comienzos de mes, y seguramente ya se encuentre en Guadalupe. –Posa la mirada en la chimenea–. Imagino que su idea será instalarse en Badajoz.

–Lo esperado, ¿no?

–Por lo que parece, sus embajadores aseguran que este proceder obedece a su deseo de estar cerca de los tratos. –Da un trago a la copa–. Ya sabéis: presionar, seguir comprando voluntades, gastando ingentes cantidades de dinero... –asiente despacio, en silencio–. Comprar lo que no le corresponde por derecho. –Sin despegar la mirada de la chimenea, prosigue–: ¿Sabéis que me ofreció hace nada dos cientos mil ducados de oro para pagar mis deudas, más otros cien mil en rentas de por vida si le dejaba expedito el camino al trono? Mi primo sólo entiende de dinero. Pretende comprar con dinero lo que no tiene precio. Pobre tonto...

Su interlocutor ríe. La chimenea crepita con fuerza. Ambos agradecen el calor. El día ha sido agradable, se percibía la cercanía de la primavera, pero con la caída de la tarde se ha desatado un viento fresco acompañado de nubes negras que no tardan en descargar un agua fina que los campos agradecen. A sus casi cincuenta años, Antonio de Crato se considera el rey legítimo de Portugal por ser hijo del infante don Luis, cuarto hijo varón del rey Manuel I. El problema radica en su bastardía, puesto que todos sus intentos de demostrar que hubo enlace entre él y su madre, Violante Gomes, no han pasado de la palabra. Incluso su tío, el difunto rey don Enrique, emitió contra él una declaración formal de ilegitimidad y lo desterró de su corte, razón por la que ha fijado residencia en sus ricos dominios de Crato.

–Seréis el próximo rey de Portugal. El pueblo os seguirá hasta la muerte con tal de veros sentado en el trono.

–Seré lo que muchos no quieren ni quisieron que sea. Empezando por mi tío, que en gloria esté. Si levantara la cabeza... –En su mirada asoma un brillo acerado. Los recuerdos, la humillación–. Lo que luchó ese hombre para declararme ilegítimo... ¡Qué ardor el suyo! Si me viera ahora, convertido en el próximo rey de Portugal... ¿Os lo podéis creer? Nuestra familia, los Avis, fundada por un bastardo, ahora depende de otro si no queremos entregar los destinos del reino a un rey español.

Diego de Meneses lo acompaña en una carcajada que relaja un tanto al prior. Ya mayor, la estampa del que había sido vigésimo sexto gobernador de la India aún impresiona. De rostro afilado y barba cuidada, Antonio de Crato aprecia su lealtad y experiencia como hombre de armas. Se da cuenta de que lo mira con interés, y, con una media sonrisa en los labios, le pide explicaciones.

–Estáis pensando cosas y no las queréis compartir conmigo… –termina el prior ampliando la sonrisa.

–Me pregunto a qué está esperando mi señor don Antonio.

–Paciencia, don Diego. Tarde o temprano seré rey de Portugal. La junta de gobernadores escogida por mi querido tío –dota a la palabra de una acidez que despierta una sonrisa de similar naturaleza en el otro– aún no ha tomado una decisión, y, mientras, mi primo sigue presionando al resto de candidatos. Ya sabéis cómo ha disuadido a los Braganza…

–Bonita manera de llamar a lo que es una amenaza en toda regla para su casa, pero lo entiendo. No hay que olvidar que la duquesa era la favorita de vuestro tío como sucesora en el trono.

–Ahí os he visto agudo –bromea el prior–. Por eso viene mi primo para aquí, aunque…

Antonio de Crato se lleva la copa a los labios. En lugar de beber, la mantiene en alto, con gesto pensativo.

–Podrá amenazar todo lo que quiera, comprar con su dinero las voluntades que juzgue oportunas, pero el pueblo no lo quiere. Quiere que el rey de Portugal sea yo. –Mira fijamente a Diego de Meneses–. Y lo seré. Mi pueblo no me abandonará. Habrá podido comprar la voluntad de gran parte de nobles y del clero, pero… –saborea un nuevo trago–

hay algo que no ha podido comprar ni podrá hacerlo nunca: la voluntad de todo un pueblo. Recordad cómo fui recibido cuando regresé de África.

–Como lo que sois: su rey. –Diego de Meneses sigue sonriendo–. Además, ya conocéis el adagio: «De Espanha, nem bom vento, ne bom casamento».*

Ríen. Se respetan, y también los une un interés común que cada día que pasa es el de más portugueses.

–El pueblo odia a mi primo. No es portugués. Podrá ser hijo de una portuguesa y hablar nuestra lengua, pero no lo es. Es un español más, y no queremos que nos gobiernen los españoles, ¿verdad? Aljubarrota no se olvida.

–Vuestro pueblo os ama. En cada recodo, un amigo; en cada rostro, igualdad. Ésta es una tierra de hermandad.

–*Que maravilha!* –exclama Antonio de Crato, alborozado–. ¿De dónde lo habéis sacado?

–Se me acaba de ocurrir…

–Deberíais ponerlo en negro sobre blanco. Quizá, con el tiempo, alguien se anime y componga una bella tonada con esas palabras.

El prior se incorpora para llenarse la copa. Ofrece la jarra al otro, que niega con la cabeza. No obstante, se moja los labios con el vino que aún le queda. Lleva dándole vueltas a un pensamiento desde que a media tarde llegó a la residencia del prior de Crato. En los últimos días ha recabado apoyos, fomentado encuentros, unido posiciones. Está en condiciones de presentarse ante el pretendiente al trono de Portugal con argumentos y realidades.

–Son miles los que ya están de vuestro lado, lo habéis podido comprobar. Sólo falta…

Deja la frase colgando de un silencio interesado. Tras vivir bajo las amenazas de malayos y otras tribus locales en

* «De España, ni buen viento ni buen casamiento».

Malaca, llegó a la fortaleza de Famosa para ser su capitán general. Allí, un nuevo día era una bendición, un gracias a Dios por la vida. Aquello lo curtió. Cree en el hombre que tiene delante. Cuestión de fe. Inquebrantable. Por eso ha decidido que su suerte también será la suya.

–Tomad lo que es vuestro –termina al fin.

–El trono de Portugal.

–¡Sed lo que estáis llamado a ser! –levanta la voz Diego de Meneses–. ¡Tenéis que dar el paso y dejar que el destino os convierta en lo que estáis llamado a ser! Sabed que seré vuestro más humilde servidor. Haré lo posible y también lo imposible por cumplir vuestras órdenes.

Antonio de Crato sonríe, un tanto azorado. El calor y el vino contribuyen a enrojecerle el rostro. Le brilla la mirada.

–¿De qué ejército podríamos disponer?

–¡Miles de hombres!

Agita la mano derecha para detener el ímpetu del otro, aunque su mirada sigue brillando.

–¿Acaso olvidáis Alcazarquivir?

–En absoluto. Sé que allí quedaron los sueños y anhelos de la flor y nata de nuestro ejército, pero todavía son miles los que están esperando una orden vuestra para empuñar las armas. ¡Y el pueblo! –Diego de Meneses se levanta de la jamuga para acercarse al prior–. Lisboa, Setúbal, Santarém... Sus calles se convertirán en la tumba de los españoles. ¡Sed el rey que todos esperamos! Yo os proporcionaré un ejército digno de vuestra figura.

–Más lo que nos puedan aportar su santidad, ingleses y franceses.

–Cierto –admite Meneses–. Tanto a su santidad Gregorio XIII como a no pocos de los que lo rodean no les agrada la unión de las coronas española y portuguesa en una sola cabeza...

–Sí, pero es prudente... Bien es cierto que anuló la sentencia de ilegitimidad dictada por mi tío, pero aún no se atreve a dar el paso. Cree que eso podría crear un conflicto con mi primo Felipe.

–¿Y los ingleses y franceses?

–Pocas novedades, por ahora. De todas formas, insistiré. Ni unos ni otros quieren a mi primo como rey de Portugal. En cuanto a los franceses, Enrique III se muestra más proclive a apoyar a los de Braganza..., en principio, claro –explica Antonio de Crato. A continuación, bebe un sorbo.

–¿Y los ingleses?

–La reina se muestra más reacia a intervenir. Teme que, de hacerlo, mi primo apoye a María Estuardo para el trono inglés. De todas formas... –esboza una sonrisa, pensativo–, estoy tan seguro de que me apoyarán si ven a primo entrar en Portugal con su ejército que me dejaría cortar una mano de inmediato.

Diego de Meneses ríe con ganas y apura su copa de vino. Quedan entonces en silencio, embaucados por el fulgor de las llamas de la chimenea. Al cabo, Meneses se acerca a la mesa, toma la jarra y llena la copa de su compañero. Luego, tras rellenar la suya, la levanta, proponiendo un brindis.

–Por don Antonio I, rey de Portugal.

Brindan y beben. La mirada del prior se pierde por mundos que sólo él conoce.

–Don Antonio I... Suena bien.

Da un trago largo a la copa hasta apurar su contenido. Después la deja sobre la mesa y posa la mirada en la chimenea. El fuego ya ha devorado un tronco, entre cuyas cenizas refulgen no pocos rescoldos. Rojos, intensos. Antonio I, rey de Portugal. El deseo, al alcance de la mano. Si viviera su tío para verlo, piensa sin reprimir la sonrisa que lo asalta. Él, el rey. Un pueblo detrás de él, unido. Una tierra de hermandad, como le ha dicho Diego de Meneses. Gobernada por un portugués. Por el hijo del infante don Luis.

–Suena muy, muy bien.

Lisboa, monasterio de San Bento. 27 de noviembre de 1555

Antonio de Crato contemplaba el cadáver de su padre, el infante don Luis, con gesto tranquilo y los brazos cruzados en el pecho. Lo habían amortajado de manera sencilla, pues en los últimos años había decidido vivir en la más completa pobreza.

–Tengo tantas cosas que deciros y no os dije, mi señor padre...

Su voz resonó en el salón del monasterio de San Bento. Amplio y vacío, se había dispuesto el ataúd en el centro de la estancia para su velatorio antes del traslado al convento de Belém, donde sería enterrado. Cuatro grandes hachones lo escoltaban. Por los escasos vanos abiertos en las paredes se filtraba una luz fantasmal, y también un frío desagradable. En ocasiones, las ráfagas de aire cimbreaban las llamas de las velas, sin apagarlas.

Luciendo un luto completo, Antonio de Crato repasaba en silencio la vida de su padre. Intensa y rica, pero también desgraciada. Luces tan intensas como sombras en el periplo vital de uno de los hijos del rey Manuel I, que también era duque de Beja, cabeza de la Orden de los Caballeros de San Juan de Jerusalén y dueño de territorios de gran riqueza como los de Crato, por su condición de prior.

¿Lo quería? Tal vez. ¿Lo odiaba? También tenía razones para hacerlo. Amor y odio. Dos riberas tan separadas y sin embargo tan juntas, tan sencillas de hollar. Una acción, un gesto, una palabra. Con una sola, basta para ir de una a otra, y viceversa.

–No puedo olvidar que me disteis todo lo que soy.

Hombre inteligente, amable, de un temperamento afectuoso, estimado en todo el reino y amante de las letras, don Luis lo había educado con el interés de convertirlo en un hombre de provecho. Quizá por eso había estudiado Artes en la ciudad de Guimaraes. Tanto su padre como su tío, el cardenal don Enrique, habían urdido planes para él. Esbozó un gesto de desprecio que enseguida se adhirió a su mirada.

–Pero también me negasteis las armas para no ser lo que quiero ser.

En los últimos años, don Luis había revisado varias veces su testamento. En el último, ni siquiera lo mencionaba. Del resto de disposiciones se encargaría su tío, el cardenal. Tal fue su voluntad.

Oyó pasos a su espalda y maldijo en silencio, pues había pedido que lo dejaran velar solo el cadáver de su padre. En cuanto se volvió, alzó las cejas, sorprendido. Un hábito de color rojo, con un sombrero del mismo color en la cabeza.

–Ya está aquí, señor padre... –susurró, mirando hacia el cadáver–. Y sé a lo que viene. Espero que me lo perdonéis.

Al llegar a su altura, el cardenal don Enrique, también inquisidor general del reino, negó con la cabeza y cerró los ojos.

–¡Qué inmensa pena!

En lugar de contestar, Antonio de Crato estudió en silencio al recién llegado. Rostro delgado, labios y nariz finos, y ojos inexpresivos en los que advirtió una película húmeda, signo de lágrimas recientes por la muerte de su hermano.

–Vuestro padre fue un gran hombre. ¡Son tantas y tantas sus aventuras que sería imposible resumirlas! Qué testarudo era... –se lamentó don Enrique, haciendo del ataúd el objeto de su atención.

Antonio de Crato ni se inmutó. Gesto serio, rostro circunspecto.

–Imagino que alguna vez os contó la ocasión en que el mismísimo emperador Carlos V le pidió ayuda para la conquista de Túnez.

–Algo me contó.

–¿Sabíais que desafió a su hermano, el rey Juan, y viajó en secreto a Barcelona para reunirse con el emperador?

–Ésa, no.

–¡Qué momento aquél! Tras la conquista de La Goleta, la opinión de sus consejeros era contraria a la toma de Túnez, pero vuestro padre abogó por marchar sobre ella. ¡Y allá fue, al mando del *Botafogo*, cuyo espolón rompió la gran cadena que impedía la entrada al puerto! Gracias a su determinación, el emperador logró conquistar la ciudad. Y como ésas, tantas y tantas… –El cardenal se quedó pensativo, con gesto melancólico–. ¿Y de sus veleidades literarias? ¿No os dijo nunca que escribió algunas obras de teatro? ¡Ay! ¡Qué gran hombre era vuestro padre…!

–Inmenso…

Don Enrique captó la ironía de su sobrino.

–Os noto lleno de rencor.

–Y yo os veo muy agudo.

–Deberíais estarle agradecido, pues os dedicó sus mejores atenciones, se desvivió por vuestra persona –se lamentó el cardenal.

La risa floja del hijo fue el anticipo de su respuesta.

–Por eso ha preferido beneficiar a mi primo Eduardo en su testamento. A un crío de apenas quince años...

Por un instante, se retaron con la mirada, escuchando sus propias respiraciones. Las facciones del cardenal se endurecieron.

–Ese crío es la última esperanza para tener un rey portugués. Conocéis la amenaza española tan bien como yo.

Antonio de Crato asintió sin más. Poco le importaban aquellas explicaciones.

–¿Y yo?

Una súbita extrañeza llenó el rostro de don Enrique.

–¿Vuestra merced qué?

–¿Por qué no puedo ser yo rey de Portugal?

–¡Ateneos a vuestro papel! –El rostro del cardenal dio paso a la incredulidad–. Recordad que sois lo que sois gracias a su empeño. –Señaló el féretro–. Es lo menos que podéis hacer. Y lo haréis.

El tono amenazador de don Enrique apenas hizo mella en el gesto serio de Antonio de Crato. El ademán de su tío era inflexible, consecuente con los deseos de su hermano. Para eso había instado a fray Bartolomé de los Mártires a que lo instruyera en teología en Évora.

Antonio de Crato chasqueó la lengua.

–De modo que mi futuro ya está trazado...

–Eduardo está llamado a ser rey, y vuestra merced, su consejero espiritual, así como también mi sucesor como cardenal llegado el momento.

La incredulidad cambió de faz para asentarse en la del hijo de don Luis.

–¿Sucesor vuestro?

–Os quiero como si fuerais el hijo que nunca he tenido –le confesó, apaciguador–, y estoy convencido de que podríais llegar a ser lo que os ofrezco. Es más –don Enrique miró fijamente a su sobrino–, en vuestras manos está reformar el reino. De ahí vuestro paso por el colegio de Évora, con los jesuitas. Os habéis formado junto a los mejores humanistas y profesores. ¡Sólo Dios sabe si llegaréis a ser el primer cardenal jesuita de Portugal!

–¿Queréis que os conteste por él? –Antonio de Crato ni se inmutó. Señaló de nuevo el ataúd.

–Bien haríais, sobrino, en cuidar vuestra lengua –torció el gesto el cardenal, como para recordarle el grado que los unía.

–Era por ahorraros el trance –ironizó entonces, regalando a su tío una sonrisa de parecida naturaleza.

–¿Cómo que...?

–Asumiré la condición de caballero de la Orden de Malta y renunciaré a los votos recibidos.

–¡Pero, pero...! –El cardenal estalló–. ¿De qué estáis hablando?

–¿Acaso ya no recordáis cómo me legitimó el rey Juan? –Se le encaró–. ¿También os habéis olvidado de cuando fue a verme al monasterio de Santa Cruz? ¿Y lo que decía de mí? Entonces imagino que tampoco recordaréis que me trató como lo que soy: el hijo legítimo de mi padre.

El cardenal negó con la cabeza y dibujó una sonrisa nerviosa.

–Sea lo que sea que tengáis en la cabeza, es hora de olvidarlo.

–Eso es lo que ansiáis..., pero no pienso hacerlo –aseguró. Lo miró con interés, calculando cómo le sentaría la sorpresa que le tenía preparada–. Así que iré a la corte y reclamaré lo que me pertenece, la herencia de mi padre.

–¡Insensato! –chilló el cardenal.

–Vamos, mi señor don Enrique. Estamos velando el cadáver de mi padre –le advirtió Antonio de Crato con tono burlón.

Don Enrique, persignándose, se tragó la ira que lo consumía. Luego agachó la cabeza en actitud doliente, de respeto hacia la figura de su hermano.

–Si pensáis que voy a ser lo que deseáis, estáis muy equivocado.

Cualquier espada le hubiera causado menos daño a Antonio de Crato que la mirada de odio que su tío le regaló. Por ser el hijo pequeño de Manuel I, no se esperaba que llegara nunca al trono, así que don Enrique encaminó sus pasos hacia la Iglesia. Ya dentro, desde el primer momento se había dedicado a promocionar las relaciones entre Roma y Portugal.

–¡Eso ya lo veremos! ¡Ateneos al papel que el destino os tiene reservado! ¡Sois un bastardo! ¡No tentéis a la suerte!

–¿Acaso os atrevéis a amenazar al futuro rey de Portugal?

–¡Estáis loco si pensáis que algún día lo seréis!

–Eso sólo lo sabe Dios. –Miró entonces al techo–. Pero tened por seguro que lucharé por defender mis derechos.

–¡Será por encima de mi cadáver! –lo amenazó el cardenal, señalándolo con el dedo índice de su mano derecha. Luego miró a su hermano–. Es vuestra última oportunidad: ante los restos de vuestro padre jurad que cumpliréis lo que se ha dispuesto para vos.

–Juro que seré lo que he de ser –aseguró Antonio de Crato, impertérrito.

Serio, el cardenal lo acribilló con la mirada.

–Que Dios os ampare, sobrino.

Don Enrique se aproximó al cadáver de su hermano y oró en silencio durante unos instantes. No tardó en abandonar la sala. Antonio de Crato escuchó los pasos rápidos de su tío y el portazo al cerrar la puerta. Luego, se recreó en el cadáver de su padre, en el rostro apacible, en la mortaja sencilla que lo envolvía.

–Aún queda mucho trabajo por hacer, pero tened claro que nunca renunciaré a mis derechos. Soy el rey que necesita este reino.

Su voz sonó segura, convencida. Tanto o más que sus pensamientos.

Paço da Ribeira, Lisboa. 11 de junio de 1557

Don Enrique escrutó el rostro de la reina Catalina, de la que lo separaban varios pasos. Sereno, como ausente. Marca de la familia. Vestía una rica saya de damasco blanco y sobretodo de color negro verdoso, todo ello elaborado con bordados de oro. La hermana pequeña del quinto Carlos, emperador del Sacro Imperio Romano Germánico, no despegaba la mirada del cuerpo de su esposo, el rey Juan III. Su ataúd estaba expuesto en el salón del trono del Paço da Riberia, el palacio real que dominaba el Terreiro do Paço, a orillas del río Tajo.

Se lo pensó dos y hasta tres veces antes de acercarse. La razón era sencilla: no la soportaba; sentimiento que compartía con la hermana del que fue emperador. Al sentir pasos a su espalda, Catalina esquinó la mirada. Era él. Sabía que el cardenal iría a verla tarde o temprano. Le regaló una sonrisa tan fría como las noches de invierno que había conocido en Tordesillas encerrada junto a su madre, aquella a la que injustamente tildaron de loca.

–Vuestra señoría ilustrísima.

–Vuestra majestad.

El tono de voz de la reina nada tenía que envidiar a la sonrisa que había dedicado al hermano de su esposo fallecido. Quedaron el uno junto a la otra delante del ataúd, rodeado de hachones y de estandartes del reino. A ojos de todos velaban el cadáver, pero lo que de verdad estaban pensando era cómo contrarrestar los argumentos del otro en la complicada situación del reino.

–No engaño a mi señora reina si le digo que siento profundamente la muerte de mi hermano. Mi amor hacia él fue siempre sincero.

–Agradezco esas palabras, vuestra señoría ilustrísima. Ahora, el palo. Lo estoy esperando.

El sarcasmo que destiló la risa que soltó don Enrique hubiera dado para llenar varias veces el estuario del Tajo.

–Cómo es vuestra majestad…

–Llamadlo experiencia.

–Me supongo. Que de eso le sobra a vuestra majestad. Le viene de familia.

Catalina contuvo el ardor que le provocó el comentario. Muerto su esposo, no tenía duda alguna de que se desataría una caza contra ella por ser hermana de quien era, y también por ser española. Le daba igual. Resistiría. Lo llevaba en los genes. Y era la reina. Al menos, hasta que muriera.

–Asumiré los destinos del reino toda vez que mi nieto Sebastián aún es un niño –aseguró con tono firme–. Para ello contaré con la ayuda de mi fiel secretario, Pedro de Alcaçova Carneiro.

–Lo suponía. Su majestad conoce bien los entresijos del poder, dado que vuestro esposo os permitía asistir al consejo real, además de otorgaros la autoridad política que merecíais.

–¿He de tomarme vuestras palabras como un cumplido?

Don Enrique se echó a reír.

–Me permito recordaros que quien está delante, además de haber sido el rey de estos reinos, también era mi hermano.

Catalina mantuvo fija la mirada en el féretro.

–Pues ya lo sabéis. Si queréis marcharos, sois libre de hacerlo.

–Sólo quiero recordaros que debéis reinar en Portugal como lo que sois, reina de Portugal, y no como miembro de la Casa de Austria.

Catalina había conocido en Tordesillas grandes tormentas, y también había visto a su madre fuera de sí. Los rayos de unas y los gritos de la reina Juana, similares a los truenos, se unieron en la mirada con la que obsequió al cardenal.

–Sólo es una recomendación –bisbiseó éste, disfrutando con el momento–. Ruego no os la toméis a mal. Ya veis cómo está el salón…

La reina viuda echó un rápido vistazo por encima de su hombro. Todo aquel que tuviera algo que decir en el reino estaba allí. La mayor parte de la nobleza, de los descendientes de quienes sobrevivieron a la batalla de Alcazarquivir o de los mismos supervivientes no habían querido perderse la ocasión.

–Por mí no debéis preocuparos... –El cardenal hizo una pausa intencionada–. Por ahora.

Catalina se volvió para mirarlo. Media sonrisa, ojos brillantes posados en el féretro de su hermano. Prescindía del lenguaje visual. Le bastaba con las palabras, que dominaba a la perfección.

–Digo por ahora, porque el papel de vuestra majestad es esencial en el devenir del reino. No tengo que recordaros cuán inestable es la situación ni quién es culpable de tal inestabilidad.

La reina viuda resopló tan fuerte que hubiera despertado a su esposo de no estar muerto, sino dormido.

–¡Ni se os ocurra mentar el nombre de mi sobrina Juana ni el de nadie de mi familia!

–Lo único que digo es que es demasiada la inestabilidad y hay mucho en juego –se defendió el cardenal con tono suave–. Ya os he expresado que mi deseo es trabajar a vuestro lado para solventar las necesidades de la corona, que son muchas.

–¿Y cuáles son, si puede saberse, en opinión de vuestra señoría ilustrísima?

–Mantener las grandes líneas de actuación, y además es menester comenzar a aplicar las medidas adoptadas en el Concilio.

–Lo tendré en cuenta.

–Me alegra saberlo.

–¿Algo más?

Don Enrique echó un vistazo a su alrededor. Quien más quien menos cuchicheaba, los miraba, se refería a ellos.

–Nada más. Ya ha sido bastante el espectáculo con que hemos obsequiado a los presentes.

Así era el caso para las dos cortesanas que permanecían retiradas de las primeras filas. «Para tener mejor perspectiva de todo hay que estar alejadas del centro», había dicho una nada más acceder al salón del trono. Juliana Pires y Meneses era la mayor de las dos. Ni guapa ni fea, y casada con un conde que la dejaba hacer mientras él buscaba fuera lo que no encontraba en casa, conocía todos los rumores de lo que ocurría en la corte. Poseía oídos y ojos en todas partes. Isabel de Andrade, diez años más joven, se había desposado con un diplomático y acababa de regresar a Lisboa después de una temporada en Londres. Su belleza todavía levantaba admiración por donde pasaba. Ambas bien vestidas, con sayas con hilos de oro, no querían perder momento de lo que aconteciera en palacio.

–¿Ves lo que te decía? ¡No se pueden ver ni en pintura! –habló Juliana.

–Ya veo, ya...

–En esas manos estamos.

–¡Jesús, Jesús, Jesús! –se santiguó Isabel–. El que me da pena es el niño. Pobrecito él... –admitió, lastimera.

–¿Te refieres a Sebastián, el heredero?

–¿A quién, si no? Lo del padre, que en gloria esté, ya no se puede arreglar, pero la madre, quizá...

–¿Ésa? ¡Menuda pájara! Poco le ha importado acudir al reclamo de su hermano Felipe para que dirija los destinos de los reinos de España mientras él viaja por el norte. Y el crío, abandonado.

–Dice mi esposo que lo hizo por el bien de la corona. Para evitar problemas.

–¿Qué problemas? –le preguntó Juliana, mirándola mal.

–No sé. Ya te digo que es lo que piensa mi esposo.

–Estos Austrias son todos unos pájaros y sólo quieren lo que quieren. Lo único claro es que aquí no vamos a volver a verle el pelo. Tan cierto es eso como que el infausto Juan no se va a levantar de ahí –volvió la mirada hacia el féretro– para ofrecernos sus respetos.

–¡Pobre crío! –El tono de voz de Isabel sonó de nuevo lastimero–. Crecer sin el calor y el apoyo de una madre...

–Esperemos que el médico tenga razón.

–¿Qué médico?

Juliana frunció el ceño, sorprendida.

–¡Ah! ¿Es que no lo sabes?

–¿Qué pasa con ese médico?

–¡Uy, eso es para contarlo! –bajó la voz–. Un tal Fernando Abarca Maldonado que vino con Juana. Se ve que analizó el horóscopo del niño.

–¡Pero...! –alzó Isabel la voz, escandalizada.

–¡Ssssh! –chistaron a su lado.

–¡Baja la voz! –la conminó la otra.

–¿Y qué dice?

–Que llegará a adulto, tendrá un matrimonio feliz y abundante descendencia.

–¡Ojalá salga adelante!

–Por el bien del reino –afirmó Juliana. De repente, reparó en alguien–. Aunque para algunos las cosas van a cambiar mucho...

–¿A quién te refieres?

Juliana señaló un punto de la sala con el mentón. Isabel centró allí su mirada.

–A ése.

–¿No es Antonio, el hijo de don Luis, que en gloria esté?

–El bastardo. Y no me gustaría estar en su piel.

Isabel se quedó ojiplática.

–¿Es bastardo? No lo sabía...

–Su padre, el infante, se encaprichó de una tal Violante Gomes, una judía a la que no pocos conocían como «la Pelicana».

–¿La Pelicana? ¿Acaso es porque tenía el pelo blanco?

–Por completo. Eso dicen los que la conocieron..., que en las calles de Lisboa fueron muchos.

–¡No me digas!

–Pues eso. Don Luis cayó rendido a sus encantos. Luego, cuando nació el crío, fue conminada a ingresar en un monasterio, y allí acabó sus días como monja.

–¿Pero no se casaron?

–¡Qué se van a casar! Antonio jura ante quien quiera escucharlo que lo hicieron de palabra, pero no hay documento alguno que lo demuestre. Eso es lo que está intentando recabar. Pobre hombre también... ¡Menudos amores los suyos!

–Pues había oído que el rey Juan lo había legitimado…

–Él era quien lo protegía, dado que su otro tío, el cardenal, no está demasiado interesado.

–¿Y eso?

–Cosas de familia –murmuró Juliana, haciéndose la interesante, lo que no pasó desapercibido a ojos de Isabel.

–Y tú las conoces…

Sonriendo, se llevó la mano derecha a la boca para hacerle partícipe de una confesión:

–Parece que Antonio no se veía haciendo carrera dentro de la Iglesia.

–¿Es que iba para cura?

–¡Mucho más! ¡Para cardenal!

–Menos mal…

–¡Uy, esa mirada…! Repórtate, que te lo estás comiendo con los ojos.

–La verdad es que es muy guapo.

–Pide turno, entonces, si quieres pasar por su cama.

–¿Tanto? –se escandalizó Isabel.

–Lo que yo te diga –rio Juliana, mirando a Antonio–. Esa cama suya no se enfría nunca.

–¿Es por eso por lo que no quiere hacer carrera dentro de la Iglesia?

–¡Qué va! Según mi esposo, no tardando mucho traerá problemas al reino.

–¿Qué problemas?

–Delirios de grandeza.

–¿Qué?

–¡Sssssssshh! –chistaron a su lado por segunda vez. Y esta vez les dedicaron unas miradas nada amistosas.

–Ahí donde lo ves, Antonio de Crato quiere ser rey de Portugal.

–¿Y cómo sabes que...?

–Al muchacho se le escapan cosas en la cama. Se va mucho de la lengua. Según parece –Juliana compuso un gesto de interés–, en todos los sentidos...

–¡Qué barbaridad! –exclamó Isabel.

–Pues eso. Y el tamaño de lo otro, ni te cuento.

–¡Jesús!

–Eso dice más de una cuando lo ve. Y tan contentas todas.

Capítulo 8

Un rey, un reino

Paço do Grão, Crato. Amanecer del 11 de abril de 1580

Un sirviente sube las escaleras a la carrera. Llegado a un punto intermedio, se detiene para recuperar el resuello.

–Si cuando María dice que estás demasiado gordo...

Por un instante, con la mano derecha apoyada en la barandilla de piedra, se mira el vientre, que le impide ver el comienzo de las calzas que viste. Encerrado en el jubón, pide a gritos una libertad que el encorsetamiento le niega.

–Pues va a ser verdad que tiene razón –termina, componiendo al tiempo una sonrisa de gran humanidad.

Con la mirada busca su objetivo, el piso superior del palacio. Por delante, dos tramos de escalera y una carta que debe entregar al prior de Crato. La ha traído con urgencia un jinete a caballo. «Entregádsela de inmediato», lo conminó.

–¡Vaya por Dios con las urgencias! ¡Y a esta hora de la mañana! –prosigue, con la mirada puesta aún en la planta superior. Tan cerca, tan lejos para él.

Afonso Barreiros es cejijunto, gordo y de baja estatura. Son varias décadas las que lleva al servicio de don Antonio. Del joven que entró por primera vez en el Palacio de Grão no queda más que el nombre. Para desgracia de su mujer, su cuerpo ha ensanchado, su tripa ha crecido y el pelo se le ha caído. María, sin embargo, sigue tan delgada como cuando la conoció. Más madura, el brillo de la mirada más apagado y el pelo salpicado de canas, pero igual de delgada.

–Normal que se queje de lo que pesas cuando toca darle al cuerpo alegría. ¡Hay que ponerle remedio! –Resopla. Por delante, todavía dos tramos de escalera–. ¡Vamos, Afonso!

Con la mayor premura que se puede permitir, solventa la distancia que lo separa de la estancia privada de Antonio de Crato, a cuya puerta llama. Lo hace en dos ocasiones más, ahora con mayor violencia, pues no obtiene respuesta.

–¿Qué ocurre? –oye, al fin, de lejos al prior. Su voz suena somnolienta–. ¿Acaso se va a acabar el mundo?

–¡Correo urgente para vuestra reverencia!

Afonso espera ante la puerta. Escucha los pasos del prior cada vez más cercanos y apresurados.

–¿Correo urgente? ¿De quién?

–Un jinete os ha traído esta carta.

Sin mediar palabra, se la entrega. Antonio de Crato, visiblemente excitado, rompe el sello y comienza a leerla, pero aún gana la oscuridad a la luz, así que entra en su estancia con determinación y abre el ventanal. El sol no tarda en dotar de color el mobiliario, suelo, paredes y techo. La cama es grande, con dosel de roble tallado y las barandillas laterales y la cabecera decoradas con paneles con pliegues de pergamino. Una cenefa de terciopelo verde decorada con volutas de seda y metálicas viste la parte superior. Ricas telas decoran las paredes, dotándolas de una sensación de calidez. Toma asiento encima del colchón –una funda de seda rellena de lana fina y buena– y lee con calma. Luego, su mirada se pierde en el ventanal recién abierto. Agradece la ráfaga de viento que limpia la atmósfera de la estancia. Lo ayuda a calmarse y a despejar la cabeza. Serenidad en momentos atribulados. Análisis de la situación, de sus elementos, pros y contras, antes de tomar decisiones.

–Avisad a don Diego. Decidle que es urgente.

Afonso abandona al prior, quien, una vez a solas, se incorpora y da varios pasos por la habitación. Qué hacer, cómo, cuándo. Ésas son las preguntas a las que trata de dar respuesta mientras llegue esa persona cuya presencia ha solicitado. Su padre solía decirle que a los hombres se los conoce por su respuesta ante los momentos de verdad; esos instantes que exigen determinación y personalidad. Saber estar, entereza y mucha personalidad. Diego de Meneses lo halla absorto en sus cavilaciones.

–Cerrad la puerta.

–¿Qué sucede? –pregunta el recién llegado.

–Esta carta.

Diego de Meneses la toma. En un punto de la lectura, arquea las cejas, que ya no relaja hasta concluirla.

–¡Vuestro primo ha exigido a la Junta de Regencia que le rinda homenaje en tres semanas!

–De las que ya se han consumido la mitad. La orden le fue dada el pasado tres de abril, tal y como habréis podido leer.

–Tres semanas... –Diego de Meneses relee la carta, ahora más tranquilo–: «De no ser así, recurriré a la fuerza y cualquier derramamiento de sangre será por vuestra culpa...». ¡Cómo las gasta vuestro primo!

–Es hora de que el pueblo tenga el rey que merece.

–¡Concededme el honor de reuniros un ejército! –le pide Meneses, excitado–. Fueron muchos los que se dejaron la vida en Alcazarquivir, ¡pero no serán menos los que empuñarán las armas por su verdadero rey!

–Somos un gran reino que se extiende más allá de sus fronteras, y no vamos a permitir que nadie de fuera venga a apoderarse del trono, por mucho hijo que sea de una portuguesa. –Antonio de Crato se asoma al ventanal. El amanecer sobrecoge–. Mi honor, el de mi padre, familia y pueblo están en juego. El reino necesita un rey fuerte, y lo tendrá en mi persona. –Se vuelve hacia Diego de Meneses con un brillo en la mirada–. Tras el vivir y el soñar está lo que más importa: el despertar. Es hora de despertar. ¡Ha llegado el momento de dar un paso adelante!

Capítulo 9

Las viejas compañías

Llerena. Mediados de abril de 1580. Media tarde

Sentado en una jamuga ante una pequeña mesa de nogal, Fernando Álvarez de Toledo repasa la carta que acaba de escribir, destinada a su pariente portugués. Confía en que el contenido –aterrador, no, lo siguiente– lo anime a presionar a quien considere oportuno para que los jueces nombrados por el difunto don Enrique se decanten por los derechos de Felipe II como rey de Portugal. Esa carta es, por su parte, la última baza que le queda por jugar, toda vez que unos enviados de la Junta de Gobierno han instado al pretendiente español a aceptar el veredicto de aquellos jueces para que el trono sea adjudicado entre todos los que se han postulado a él. La respuesta del rey, que el duque conoció una semana atrás, fue un ultimátum: o se le rendía homenaje en tres semanas o recurriría a la fuerza.

«Cristóbal de Moura que se encargue de lo suyo que yo me encargaré de mis asuntos», confesó el día anterior a Sancho Dávila. Sabe cómo hacerlo. Nadie como él para cerrar una carta de advertencia:

«Por el amor de Dios, haced las posibles diligencias…».

–Lo que es la vida. Tú, pidiendo estas cosas…

Su fama suena a destrucción; su nombre es sinónimo de desolación. Y es consciente de ello. Cosas del prestigio que arrastra uno, admite de manera socarrona cuando se le pregunta por el particular.

El plan dispuesto, en sí, es realmente aterrador. Por un lado, Álvaro de Bazán, marqués de Santa Cruz, ha reunido una gruesa armada de galeras, naves y bajeles en Cádiz y Gibraltar, ya presta para apoyar a la fuerza terrestre. Y esta última queda en manos del duque de Alba. A su lado cuenta con algunos de los mejores hombres de armas, comandados por su querido y leal Sancho Dávila, recién llegado a Llerena, con el que tiene una conversación pendiente. Su presencia a orillas del río Elba fue fundamental tres décadas atrás para ganar la batalla que dio fama eterna al emperador Carlos V; también en Italia para poner fin a las desavenencias de Enrique II y su santidad Pablo IV con el rey Felipe II; o en Flandes, trece años atrás. Una entrada triunfal en Bruselas, la suya.

Al fin está en Llerena. Cerca de seis mil almas habitan esa villa llena de mujeres hermosas, de caballeros y letrados; de lugareños tan ingeniosos que apenas alguno de ellos podría llamarse necio, según se le ha oído decir a Luis Zapata de Chaves, recluido por orden de su majestad desde 1566, primero en Segura de la Sierra, después en Hornachos y por último en Valencia de la Torre, donde ahora mora. Los soldados van llegando al punto de reunión y se alojan en los lugares destinados a tal efecto no sin algún que otro alboroto. Gente de armas, recia y ruda. Ha oído de desórdenes, de reyertas entre ellos que se extienden a su relación con los aldeanos, no siempre fácil. No obstante, confía en aquellos a quienes llama sus señores soldados para alcanzar el objetivo que se ha propuesto.

Juan de Albornoz se persona ante el duque.

–Sancho Dávila pide audiencia a vuestra excelencia.

–Presto.

Mientras entra, el duque mira a su alrededor. La estancia es amplia, bien iluminada. Sobre una mesa española en madera de nogal hay un plano de Portugal extendido junto a varias hojas. Del mismo material que la mesa es el escritorio, con decoración de taracea de madera y hueso de estilo mudéjar.

Recio, de buena constitución y mirada afilada, Sancho Dávila se hace carne ante los ojos del duque de Alba. Jubón gris, lechuguilla asomando por el cuello, pantalón abombachado y acuchillado, y zapatos negros bien lustrados de punta redondeada y tacón bajo. Los detalles. Ante el duque, esenciales, sabe aquel hombre.

–No ha sido como vuestra entrada en Bruselas, desde luego –dice con una franca sonrisa en los labios antes de saludarlo con afecto.

Viene acompañado de una persona cuya identidad cree desconocer. Pelo largo, mirada curiosa y un rostro que despierta simpatía, viste pantalones gregüescos oscuros y jubón hecho en paño de lana.

–En alguna ocasión os he hablado de Ginés Méndez, pero creo que nunca os lo he presentado.

–Esas credenciales de mi maestre de campo son suficientes para saludaros con el afecto y respecto que merecéis.

Ginés Méndez, un tanto azorado, acepta las palabras y el gesto del duque de Alba. «¡Santísima Virgen de los Reyes, el duque de Alba! ¡Ay, si me viera mi padre!», se felicita por dentro. Por fuera, intenta mantener la tranquilidad ante toda una leyenda militar. En Flandes ya oyó hablar de él, de su carácter, de cómo salió de allí. Le asalta una mezcla de sentimientos: admiración, respeto, miedo...

–Ahí donde lo veis, es sevillano. Certero con la daga o el arcabuz, se gasta una gracia que no se puede aguantar, como él dice.

–¿Es eso cierto?

El soldado se mantiene callado.

–Se ve que conmigo no le sale la gracia...

–Dadle tiempo. Vuestra figura impone.

Con una seña, el duque de Alba pide a uno de sus ayudantes que traiga una jamuga más para Ginés Méndez.

–Vuestra excelencia me disculpe, pero me quedo de pie. Si me dicen hace unos años que iba a estar delante del duque de Alba…

–¡Vaya! Al fin os oigo hablar... ¿Cuántos años tenéis?

–Cuarenta hago desde que la madre que me parió tuvo a bien hacerlo.

–¡Ah! ¡Venturosa edad! Vuela la vida y sólo deja restos decrépitos como los míos –suspira Fernando Álvarez de Toledo–. ¡Quién pudiera volver a esos años! ¿Verdad, Sancho?

–Ay…

–¡Ay, mi señor duque! Que hace años era capaz yo solo de saltar a una galera turca y mandar al infierno a soldadesca y marinería tirando de espada y daga con los brazos, como si fueran aspas de molino. ¡Pam, pam, pam! ¡Yo solo! Y ahora… –Ginés Méndez compone un mohín de fastidio–. Esto del ejército es *mu sacrificao.*

La risa de Fernando Álvarez de Toledo, poco habitual en él, se puede escuchar fuera de la estancia.

–Tiene gracia el sevillano, sí. En fin… –carraspea antes de dirigirse a Sancho Dávila–. Sigo insistiendo en pedir las mercedes que os corresponden.

–Vuestra excelencia –agradece el otro, cruzándose el pecho con los brazos.

–¡Nada! ¡No descansaré hasta que os concedan el hábito de Santiago!

–No me vendría mal una alegría después de los últimos años…

–No os quejéis, que no os han desterrado.

Ginés Méndez, expectante, se limita a observarlos. A Sancho Dávila lo conoce lo suficiente. El duque de Alba, a pesar de su edad, todavía impresiona. El gesto altivo, la mirada recia, la larga barba. Tose de cuando en cuando, y también aprieta los dientes cuando nota que el pie le quema, como si ardiera con las llamas del mismísimo infierno. Le ve tender una carta a su nuevo maestre de campo.

–¿Qué es?

–Un aviso.

–¿Es para preocuparse? –bromea Dávila.

–Si yo recibiera esa carta, desde luego –replica el duque de Alba, serio.

El maestre de campo la lee en silencio. A través de la ventana abierta se cuela en la estancia el sonido de la vida de Llerena. Una vez leída, se la devuelve.

–¿Qué pensáis?

–¿De lo que le contáis a vuestro pariente?

–Sí.

Dávila, pensativo, se acaricia la barba, tan bien cuidada como el bigote. De frente ancha y despejada, la ceniza viste por completo sus cabellos.

–Qué queréis que os diga... Sabéis mejor que nadie cómo manejaros en estas circunstancias.

Fernando Álvarez de Toledo sonríe con levedad. Luego, su rostro recupera la habitual naturaleza seria, casi granítica.

–Es mucha la fuerza que se va a reunir aquí, y también en Cádiz, pero me sigue preocupando cómo entrar en Portugal. Nadie me ha contado nada sobre cómo se piensa proceder. –Se lleva la mano derecha a la frente y se masajea–. Las formas me provocan quebraderos de cabeza.

–¿Qué os preocupa?

–Lo que vamos a hacer. Se supone que el rey va a tomar posesión de un reino del que es el heredero.

–Así es.

–Pues ahí radica mi preocupación.

–¿A qué os referís? –pregunta el militar, confuso.

Ginés Méndez mira a uno y a otro. Asiste ensimismado al diálogo.

–Ésta no es una guerra más, ni siquiera una conquista, puesto que no vamos a conquistar nada, sino a allanar el camino a su majestad.

El duque de Alba mira ahora con suspicacia a su maestre de campo.

–Sigo sin entender… –confiesa al fin éste.

–Su majestad aún no se ha manifestado acerca de los términos del asunto. Os confieso que tengo muchas dudas. ¡Nunca había tenido tantas! –exclama, molesto–. ¡Con lo sencillo que sería actuar como de costumbre…!

El soldado sevillano sonríe, incapaz de ocultar que está disfrutando del momento. Política de altura. Y él allí, en medio del guiso que se está cociendo a fuego lento a pocas leguas de la frontera con Portugal.

–¿Qué pasará cuando enviemos hombres para rendir una tierra o un castillo? ¿Será como siempre, o bien esta vez habrá de actuar de manera diferente? A eso me refiero.

–Ummm… –Sancho Dávila comprende–. Tenéis razón.

–Pues eso es lo que nos vendría bien saber de antemano.

–Vuestra inquietud radica en que no consideráis este asunto como uno habitual, ¿me equivoco acaso?

–En absoluto. ¿Qué código ha de prevalecer: el de la guerra sin más o uno que aún está por escribir?

–¿Habéis hablado con el rey de este particular?

El duque de Alba dedica una mirada dura a su maestre de campo. Los códigos, las sensaciones. Sancho Dávila comparte muchas con el duque. Una de ellas, la animadversión del rey Felipe II hacia su persona. Su cercanía con el duque también juega en su contra.

–Ni siquiera quiso recibirme en Madrid, aun habiéndome encargado esta empresa… –refunfuña el duque de manera vehemente–. No obstante, es algo que me gustaría tratar con él en persona. No por carta, sino cara a cara. Mientras tanto, la sensación que tengo, y así se lo expresé al secretario de la Guerra, es que el rey me necesita sí o sí. Por eso me sacó del destierro.

–Si me permitís, soy de vuestra misma opinión. Nadie posee vuestra valía y diligencia a la hora de dirigir un ejército tan vasto.

Fernando Álvarez de Toledo hace crujir los dedos de su mano derecha. Una, dos veces. Suspira y, después, se abre a su viejo compañero. Ojos despiertos, mirada sincera.

–¿Sabéis por qué he aceptado este encargo?

–Me hago una idea.

–A ver si me sorprendéis –interesado, el de Alba frunce el ceño.

–Cuestión de honra. ¿Me equivoco?

–Ya veis, salvaguardando mi honra a estas alturas de la vida... –niega un par de veces con la cabeza–. Lo peor es esta maldita situación de ignorancia en la que me hallo. Esto, a mis años...

El duque de Alba se incorpora no sin dificultad, dejando las palabras colgadas en el vacío de su silencio. El cuerpo le pide dar varios pasos, mover las piernas. Ejercicio para pensar con más claridad.

–Mi señor duque...

Mira entonces a su maestre de campo de una manera que lo sobrecoge. En apariencia, una gelidez en la mirada que desarma; pero sabe que es un ardid del duque para ocultar lo que es un silencio a voces.

–No os calléis. Confesadme vuestros desvelos, pues somos hombres de igual a igual y son muchos años y vivencias los que ya nos unen.

–¿Vuestra excelencia podrá con esto?

–Poder... –Su mirada se ensombrece. La baja al suelo con gesto pensativo–. Me despojaron de mi honra y de mis posesiones y me sacaron de mis tierras para dejarme morir en un lugar extraño. –Alza la vista entonces y la clava con tanta intensidad en Sancho Dávila que Ginés Méndez no puede evitar que un escalofrío devaste su cuerpo. Ahora sí que la dureza de la mirada no es ninguna impostura–. ¡Ése era mi destino! Lo que su majestad me ofrece es una oportunidad no de congraciarme con él, pues sé que eso es imposible, sino de presentarme ante Dios como el que fui y así poder mirarlo a los ojos y no tener que agachar la cabeza, avergonzado. No os lo voy a negar, mi salud no es la mejor, pero mi determinación y ganas son las mismas de siempre. Su majestad quiere ser rey de Portugal, ¡y yo dedicaré hasta el último aliento que me quede para entregarle ese reino que ansía! Sólo espero que, llegado ese momento, sea magnánimo y me permita regresar al lado de mi esposa para morir en paz en mi cama, con sus manos entre las mías.

–Vuestra determinación es la mía, y a ese aliento podéis unir también el mío.

–Lo sé, don Sancho. Y de ahí las dudas que me invaden... Grandes son mi determinación y ganas, pero mayores las otras. ¿Qué habré de hacer cuando mande aviso a una ciudad para que le preste obediencia? ¿Y si esa ciudad desobedece? Peor aún: ¿y si la respuesta no es del todo clara? ¿Podré amenazar con mi ejército, mandar que ocupe la población sin violencia alguna, o bien lanzarlas directamente al ataque y que salga el sol por Antequera? ¿Podrán saquearla? ¿Qué hacer con los que se resistan?

Fernando Álvarez de Toledo niega de nuevo con la cabeza y se detiene en seco en mitad de la estancia. Para sorpresa de Ginés Méndez, se vuelve y lo inquiere directamente:

–¿Qué haríais?

–¿Yo? –responde el soldado, sorprendido.

–¿Veis a alguien más aquí a quien pueda preguntar?

–¡Ay, mi señor duque! Yo, como bien sabe vuestro maestre de campo, si hace falta, ¡me abren las puertas y salgo como a las calles de Amberes, igual que el toro que mató a Rehilete!

–¿Rehilete? –El duque de Alba dirige una mirada de estupefacción a Sancho Dávila, que se encoge de hombros mientras trata de contener la risa.

–Así que, si me lo permitís, contad también con mi aliento –prosigue el soldado–. Si algo me enseñó Amberes, es que, si me obligaran a sostener el cielo con las manos para que no cayera sobre nuestras cabezas, ¡lo haría! ¡Tan poderoso me siento ahora como en aquella ocasión!

–Sí que ha tomado confianza el sevillano…

–Y aún no lo habéis visto pelear –apunta Sancho Dávila, sonriente.

El duque de Alba da otro breve paseo por la estancia.

–Amberes... –lo oyen musitar.

Tiene la mirada perdida. Bucea en sus recuerdos. Flandes. Aquel maldito infierno. Viéndose solo, abandonado por su rey, yendo en su nombre más allá de lo que nunca había hecho antes. «A falta de rey, lo soy yo», resolvió entonces. Impasibilidad, dureza y sangre. Sin miramientos. O Flandes o yo.

–Ésa debería ser la manera de proceder. Respeto, honor, dignidad. Pero en esta ocasión…

Sin saberlo, el duque de Alba y Ginés Méndez comparten los mismos pensamientos, evocan las mismas imágenes. Cualquiera que lo viera en ese momento, el rostro relajado, afable, mirada brillante, ilusionada, no podría imaginar que unos años atrás, un mediodía de noviembre, salió a matar como si no hubiera un mañana; y que, un instante antes de hacerlo, sonreía de igual forma. Su rostro transmitía tal bonhomía que sería imposible sospechar que horas más tarde acabaría sentado en el suelo con la espalda apoyada en un muro, el rostro cansado, sucio y salpicado de sangre, corriendo junto a los zapatos descoloridos y desgastados un reguero rojo, oscuro, como nunca lo había visto antes. Y aún quedaban por delante varios días más para hacer pagar a Amberes por todo el desprecio y olvido con el que eran tratados tanto él como aquellos a los que consideraba hermanos.

También Sancho Dávila comparte esos recuerdos como si estuvieran allí, en la fortaleza de Amberes, rodeados de odio y de unas ganas inmensas de matarlos a todos. Aquel 4 de noviembre de 1576, Ginés Méndez vio abrirse un pasillo entre el gentío que colmaba el patio de la fortaleza que cruzó Sancho Dávila. Dos pasos por detrás venían Julián Romero y Alonso de Vargas. Rostros igual de serios.

–Soldados, no se os puede pedir más de lo que ya habéis dado. Lleváis meses sin cobrar las soldadas, y me habéis oído ya miles de excusas, pero ahora es una cuestión de defender nuestras vidas. ¡Es más, de defender nuestro orgullo y dignidad!

–¡Orgullo y dignidad! –gritaron los hombres que tenía más cerca.

Pronto fueron más los que siguieron su ejemplo. Un instante después, lo hicieron todos los presentes en la fortaleza.

–¡El pueblo de Amberes nos ha traicionado! ¡Lo hemos defendido de las huestes de ese hideputa del Orange! ¡Y no sólo Amberes! ¡También Alost, Maastricht y tantas otras...! –prosiguió Sancho Dávila–. ¡Hemos defendido la fe verdadera con la vida de muchos de los nuestros! ¿Y qué hemos recibido a cambio? ¡Prometieron no dejar entrar a las tropas rebeldes, y han incumplido su promesa!

–¡Muerte a ellos! –El estremecedor grito brotó de las gargantas de los presentes. Entre ellas, la de Ginés Méndez.

–¡El pueblo de Amberes quiere acabar con nosotros! ¿Vamos a consentir este ultraje?

–¡Nunca!

–¡Soldados! ¡Morir o cenar en Amberes!

–¡Morir o cenar en Amberes!

El soldado vio entonces a Sancho Dávila volverse hacia Julián Romero y Alonso de Vargas y chillarles al oído para que pudieran escucharlo.

–¡A nuestra manera!

–¡Siempre! –le contestaron los otros, convencidos.

Un sonido seco llevó las miradas de todos los soldados hacia el punto de donde había salido. Al instante se oyeron disparos de mosquete, y el aire se llenó de pólvora y también de los gritos de los miles de soldados españoles abandonando la fortaleza de Amberes.

–¡Santiago! ¡Santiago! –aullaban, hartos de todo y de todos.

Ese día, Ginés Méndez se ganó la admiración y respeto de Sancho Dávila. Por eso lo reclama a su lado siempre que puede. «Hombres como vuestra merced, enteros, dignos y leales. Con unos pocos así, su majestad no temerá nunca por sus posesiones», le reconoció poco después del episodio de Amberes, sin saber que lo peor no se haría esperar.

La mirada dura y directa del duque de Alba hace regresar a Ginés Méndez de su ensoñación. Conoce de sobra lo que ocurrió en Amberes. Abandonó Flandes cansado y con mala salud casi un año antes de lo que después allí sucedió, agradecido por salir de un avispero que le estaba consumiendo la vida. Cruzan las miradas, también los pensamientos.

–Si eso llegara a ocurrir aquí, sería el fin de mi honor ante los ojos de su majestad.

El duque de Alba ha hablado con voz enérgica y gesto duro. Sancho Dávila y Ginés Méndez convierten su silencio en la mejor respuesta posible. Qué decir a quién es todo cuando ni siquiera se sabe lo que hay que hacer.

Ginés Méndez abandona la casa en la que está alojado el duque de Alba. Sus últimas palabras lo invitan a la reflexión. Ser soldado, cumplir órdenes, pero también cuidar de los demás, de su interés. Meterse en su piel. Todos somos uno. Mirada dura, inflexible. Sentado en la jamuga, con el cuerpo apoyado en el respaldo, todo eso vomitó tras escuchar los recuerdos del que fuera soldado en la jornada de Amberes. Flandes dejó tocado al duque, lo removió por dentro, comprobó el sevillano. Había escuchado comentarios en boca de los superiores de su compañía. Había caído en desgracia para el rey, destierro incluido. El duque de Alba, nada menos. Luego, con cierta suavidad –respeto por el soldado que tenía delante, se le notaba a la lengua–, le pidió que lo dejara a solas con Sancho Dávila. «Para hablar de nuestras cosas», añadió el duque.

Órdenes. Lo único que conocía.

Debía al ejército conocer mundo, gente, llevarse algo que comer a la boca cada día, y, si había suerte, unas monedas que le duraban dos días contados en vino y putas. A cambio, esto le proporcionaba una felicidad efímera. ¿Acaso le esperaba un futuro mejor que ser porquero como su padre? A ello estaba destinado. Como éste le decía, vivir consiste en llevarse algo al estómago y desear lo mismo para el día siguiente. El cómo no importaba. Su padre cuidaba cerdos, y él mataba en nombre del rey. Distintas maneras de lograr lo mismo. ¿Sabía hacer algo mejor? No. Y le pagaban más por matar hombres que cerdos. Y, si no le pagaban, se las arreglaba para rapiñar lo que pudiera. Antaño, sólo quería saber si había mundo más allá de Sevilla, como había escuchado más de una vez en las calles del Arenal, donde se recreaba con sus amigos jugando a una aventura tras otra. Lo había, vaya si lo había, había gritado ante él un día un tipo al que el vino, una vez fuera de una taberna, terminó por abatir para dejarlo en el suelo durmiendo la mona durante un buen rato.

–Ay, esa cara... –le insinuó su padre una tarde al verlo pensativo.

Una cara ensimismada, con ansias de aventuras, de vivir la vida. Imágenes y palabras que en la mente de un niño de ocho años eran el caldo de cultivo óptimo para imaginar una vida distinta a la que estaba condenado.

–Padre, ¡esto no es vida! –protestó él, decidido.

–¿Qué vida quieres tú?

–¡Yo quiero ver mundo!

–Así que quieres ver mundo...

No vio venir el varazo en la espalda que le asestó su padre. Se ayudaba de esa vara para conducir la piara de cerdos que, con suerte, daban ollas de nabos los más de los días y algún trozo de tocino los menos, cuya entrada en casa era celebrada con algarabía. Hombre orondo de nariz ancha, su mundo se reducía a esa piara que conducía de sol a sol un día tras otro.

–¡Auch! –chilló, dolorido.

–¡Ale, ya has visto las estrellas de cerca!

–¡Ay! –protestó de nuevo él–. ¡Esto no es vida, padre!

–¡Qué sabrás tú de la vida!

–¡Pues en las calles del Arenal se oyen cosas! Gente que ha ido más allá de los mares o ha luchado en los ejércitos del rey. ¡Yo quiero vivir esa vida!

–¡Algún día tendréis tú y tus amigos un susto en esas calles!

–Yo quiero ver mundo, y lo veré –le juró con gesto aún enfadado.

Se protegió al ver que su padre iba a asestarle otro varazo. Al poco, bajó la guardia, y el progenitor aprovechó para golpearlo de nuevo.

–¡Auch!

–Mientras tanto..., ¡a cuidar cerdos!

Diez años después abandonó Sevilla. Un morral con algo de tocino, pan y queso, y el horizonte por destino. No tenía más afán. Se marchó sin decir nada a sus padres. Ahora, pasados los años, desconocía si aún vivían o no. Ya podía decir que conocía bien Italia, que había estado en Flandes y que España era muy grande. También que no se mareaba cuando montaba en barco.

En eso piensa cuando, de pronto, camino de la Plaza Mayor por una callejuela estrecha, alza las cejas, sorprendido al reconocer a alguien. En un primer momento, no puede creer que sea él. Lo ve parado, oteando a su alrededor. Por eso se aproxima con cautela, pero de inmediato, ilusionado y alegre, imprime mayor vigor a sus pasos. Al fin se detiene ante esa figura sonriendo de manera franca.

–¡Por los clavos de Cristo! ¡Que me aspen si no es cierto lo que veo! –grita, alborozado–. ¡Eres Íñigo Sánchez!

Cómo reaccionar. Eso es lo que está pensando este último soldado, pues la sorpresa lo ha paralizado. Y los recuerdos. Personas que se quedan grabadas en tu alma. Lugares, instantes. El sevillano es una de ellas. Muy querido y apreciado en otro tiempo, aunque éste atempera los sentimientos, inocula la dosis suficiente de olvido. Los hace fosfatina. Íñigo Sánchez entreabre la boca, incrédulo, sin saber qué decir. Al cerrarla, los labios muestran al sevillano una amplia sonrisa de camaradería.

–Ginés Méndez…

–¡Qué alegría verte!

El abrazo del otro soldado –cálido, afectuoso, sincero– lo desarma. Íñigo Sánchez cierra los ojos. Años de compañía, de hermandad, se resumen en ese gesto. Y un recuerdo que los une: Lepanto. No puede evitarlo, y también lo abraza con cariño.

Capítulo 10

La amistad o la traición

Llerena. Abril de 1580. Un instante después

Ginés Méndez es la alegría hecha rostro por reencontrarse con un camarada al que aprecia y admira. Una admiración forjada a base de tiro de arcabuz y voces de ánimo; el aliento de quien nunca te dará la espalda, sino que empujará contigo sin importar el qué ni el quién, ni mucho menos el cómo. Batallas como la de Lepanto forjaron entre ellos un lazo inquebrantable.

Íñigo Sánchez, por el contrario, muestra una circunspección que asusta. El sevillano trata de contrarrestarla con su ya célebre bonhomía.

–¡Ojú! ¿Dónde has estado escondido para no verte hasta el día de hoy? ¡Bueno, bueno! Dime, ¿en qué compañía sirves? ¡Por ventura, háblame, ¡que no nos vemos desde lo de Lepanto como poco, si no me acuerdo mal! –Es un torrente de palabras–. ¿Dónde has estado todo este tiempo?

–Sobreviviendo.

–¿Tú? ¡Ya será menos! –Ginés Méndez ríe con alegría–. ¡Que te he visto luchar contra cien turcos a la vez y hacerlos padecer tantas calamidades que hasta el mismísimo Alí Pachá ordenó alejar sus naves bajo tu capitanía!

–Ya será menos, Ginés –sonríe el otro con ligera calidez.

–Bueno, bueno, ¡que allí sólo estuvimos unos cuantos! Los demás, por desgracia, no pueden contradecir ya mi versión.

–En tu boca suena mejor.

El sevillano vuelve a abrazarlo, contento por el reencuentro. Tanta efusividad lo abruma. ¿Se alegra de verlo? Mucho. ¿Es el mejor momento? En absoluto. Tiene planes. Una cita, en concreto. Y prioritaria para sus intereses. Lo que tenga que decirle ese soldado habrá de esperar, admite para sí.

El abrazo se deshace. Ginés Méndez lo agarra por los hombros y lo mira con intensidad. Siempre lo ha tenido por un hombre efusivo, cariñoso, camarada de sus camaradas. Piensa rápido en cómo quitárselo de encima.

–¡Ni que hubieras visto al turco abalanzándose sobre ti! ¡Que soy yo, Ginés Méndez! ¡Venga, fuera esa cara de susto, la *vin compae*! –Le suelta un cachete en la mejilla izquierda–. ¿Qué ha sido de tu vida desde la última vez que nos vimos?

–He sobrevivido –insiste Íñigo. Su tono de voz denota lo embarazoso de la situación para él.

–¡Vamos a celebrar el reencuentro! Seguro que ante una jarra de vino se te abren las ganas de soltar la lengua. –Ginés Méndez lo toma del brazo derecho–. ¡Ardo en deseos de escuchar tus aventuras!

–Ginés, no…

–¿Me vas a decir que también has perdido el gusto por el vino? En los portales de la Plaza Mayor hay un vivandero cuyo vino es de una calidad que ya quisieran muchas afamadas tabernas de la corte. ¡Ven conmigo!

–Quizá…

–¡Nada de quizá!

Íñigo Sánchez no puede deshacerse del ímpetu del sevillano. Maldice el encuentro, pero no quiere desairarlo. Es un buen hombre. Quizás un tanto intenso en sus modos, demasiado cálido y atento, pero un tipo que se hace respetar y querer. Las calles de Llerena son una alfombra de tierra y guijarros. A veces hay un charco por cuya naturaleza es mejor no preguntar. A su alrededor, todo es ruido, conversaciones. Los soldados departen los unos con los otros. Risas, voces y gritos; en ocasiones, nervios que se escapan, y los propios soldados se encargan de apaciguarlos. Varios están apostados junto al puesto del vivandero al que se ha referido Ginés Méndez, que ya pide una jarra de vino. A través de las nubes se filtran los rayos de un sol mortecino, a punto ya de declinar.

–Vamos a ver, ¿qué es eso de que has estado sobreviviendo?

–Lo que te he dicho, Ginés. Hago lo que puedo para malvivir.

–¡Ya será menos! Un hombre como tú, que defendió *La Marquesa* con una bravura y fiereza sin igual.

–Eran otros tiempos.

La mirada sincera que dedica al sevillano no miente. A éste le sorprende el gesto de pesadumbre de su viejo camarada.

–¿Qué ocurre?

–He querido volver a lo único que sé hacer: matar. No son buenos tiempos, Ginés, y menos para ganarte el pan si la única valía que albergas es ésa. En cuanto supe de esta campaña, he venido para demostrarla de nuevo. Y también para calmar el hambre –miente.

–¡Déjamelo a mí, que ahora soy cabo!

–¿Cabo? –Íñigo Sánchez se sorprende.

–¡Ahí me tienes! ¡Matando en nombre del rey por seis escudos! ¡Ay, eso cuando llegan…! –se lamenta con un suspiro–. ¡Y bajo el ala de don Sancho Dávila! Después de lo de Amberes, ¡somos como hermanos! –afirma con aire presumido.

–He oído que es el maestre de campo del duque de Alba.

–¡Gracias a él he podido acceder al duque! ¿Qué te parece? ¡Yo, delante del duque de Alba, invitándome a tomar asiento en una jamuga para conversar conmigo! ¡Ojú, si me viera mi padre! ¡Pobre hombre, la de varazos que me daba cuando le insinuaba que quería ver mundo porque no quería ser porquero como él! Y ya me ves ahora.

El sevillano da un trago a la jarra y se la ofrece al otro, quien le arranca un breve sorbo.

–Veo entonces que a ti sí te han ido mejor las cosas. Hombre de confianza de don Sancho Dávila y con acceso al duque de Alba...

–Don Sancho me regala su confianza, y eso me ha permitido gozar de la conversación e inteligencia del duque. ¡Juro a Cristo que ése es el reconocimiento más alto que se puede tener! Cierto es que está cansado y anciano, pero esa cabeza suya continúa siendo un regalo.

–Debe de serlo...

Se aproxima al oído de Íñigo Sánchez con intención de hacerle una confidencia.

–Está el hombre... –le confiesa, moviendo la cabeza. Con la boca dibuja un rastro de contrariedad.

Íñigo responde con un gesto de extrañeza.

–¿Cómo está?

El sevillano emite un sonido gutural que acompaña de una mirada de interés. El otro lo mira perplejo, sin entenderlo, y entonces repite el mismo sonido.

–*¡Cohone!*

Lo aparta del puesto. A su alrededor ya se ha congregado un buen grupo de soldados que comparten jarras de vino. A prudente distancia, el sevillano le explica las dudas que atenazan al duque acerca de la naturaleza de la conquista, de su imperiosa necesidad de reunirse con el rey, de qué hacer llegado el momento de presentarse ante la primera ciudad portuguesa. Sus dudas, sus temores.

–Así que eso...

–Pues eso, que está como *esmorecío*–dibuja un gesto indefinido con la mano que tiene libre.

–Lo entiendo. Hombre precavido –resuelve Íñigo Sánchez–. No es fácil su posición, si consideramos los últimos acontecimientos que ha vivido.

–¡Digo! Así que éstas tenemos. –El sevillano se lleva de nuevo la jarra a los labios–. Por cierto, ¿sabes quién está aquí?

Íñigo prefiere esperar a que el otro se lo revele. Por eso bebe de la jarra que le tiende.

–¡Rodrigo de Cervantes! ¿Lo recuerdas de Lepanto? A ver si está por aquí. –Ginés Méndez echa un rápido vistazo en derredor.

–¿Rodrigo de Cervantes?

–¡Digo! ¡Espera a que te cuente cómo intentó rescatar de Argel a su hermano Miguel hace cosa de tres años! Porque tampoco has vuelto a saber nada de él, ¿verdad?

Íñigo niega en silencio, asediado por lo recuerdos y las emociones. Rodrigo, Miguel de Cervantes, Argel.

–No. Pero, si te parece, retomaremos esta conversación más tarde. Y mejor si es en compañía también de Rodrigo. Me alegrará de volver a verlo.

–¿Más tarde? –se extraña Ginés Méndez–. Pero ¡qué bulla tienes!

–Había olvidado que tengo algo que hacer. Despreocúpate, juro por todos los Santos que no es grave, pero he de atender el asunto de inmediato.

Debe acudir a la cita. Aun así, la charla con el sevillano ha resultado muy productiva para sus intereses. En ese momento, un soldado cruza a su lado con paso tranquilo, e Íñigo Sánchez se queda mirándolo por un instante. El jubón de lino le queda holgado, no menos que los calzones de paño pardo aforrados con lienzo; y la gorra plana que cubre su cabeza le parece un tanto grande. Por debajo asoman dos ojos intensos, negros como las peores tinieblas. Cruzan las miradas. Ginés Méndez asiste a la escena en silencio, un tanto divertido.

–Espero que sea de esta naturaleza tu asunto, pero no precisamente éste –se echa a reír.

–¿Es…? –pregunta el otro soldado, estupefacto.

–¿Mujer? Lo es. Se llama Inés, y no es menos valiente que aquella María que luchó a nuestro lado en Lepanto.

–La bailadora.

–Viene con Lorenzo, un hombre altanero y con su punto de soberbia. ¡No le montes bulla! ¡Menuda alhaja! Es de los que dice haberse comido a Dios por una pata, pero todo lo que le sobra a él de palabrería lo tiene ella de bravura. –Acerca la boca al oído de su amigo y baja la voz–: Se cuenta que es hija de un capitán y que, cuando apenas levantaba un palmo del suelo, fue internada en un convento junto a sus dos hermanas. Con quince años escapó de allí, sin haber llegado a profesar. O eso se cuenta. De su boca, desde luego, nunca escucharás nada acerca de su vida. ¡Hay que ver con la doña! –sonríe y hace un aspaviento con la mano izquierda.

–¿Cómo es posible que se sepa tanto si ella calla?

Ginés Méndez dirige una mirada lastimera hacia el puesto del vivandero, donde un grupo de soldados ríe y habla a voz en grito mientras comparten varias jarras de vino. Se centra en uno de ellos. Íñigo Sánchez capta su intención y mira al mismo hombre.

–Dale una jarra más y te contará hasta la primera vez que se vació entre las piernas de la tal Inés.

Ese hombre no interesa a Íñigo Sánchez. Rápido, éste se centra de nuevo en la mujer que se aleja de ellos disimulando su condición bajo el ropaje de un soldado más.

–Uy, esa mirada… –apunta el otro con sorna–. ¡Cuídate de no tener negocios con ella! –Le palmea la espalda, travieso.

La voz de Ginés Méndez destila cariño y aprecio por su viejo camarada. Lo avisa de que tenga cuidado donde mete la nariz. O lo que sea.

–Hablamos en un rato, te lo prometo. Permíteme antes resolver unos asuntos.

–Pregunta por mí en las compañías de Sancho Dávila. Mientras, buscaré a Rodrigo. ¡Qué alegría se va a llevar cuando te vea!

–Con Dios, Ginés.

Íñigo Sánchez camina mirando al suelo. La guerra, sus caminos. «Tan inescrutables como los del Señor», concluye volviendo a sus pensamientos. Ginés Méndez está en ellos. Un regalo inesperado, la oportunidad que busca para llevar a buen puerto el asunto que se trae entre manos. Pero será a costa de traicionar a un viejo camarada por el que siente un gran aprecio; un tipo que, como Miguel de Cervantes o su hermano Rodrigo, nunca lo abandonarían por grande que fuera el peligro. La cara y la cruz de la misma moneda. Honor y traición. Se aleja de él pensando qué habría ocurrido si no hubiera conocido a aquellos dos hombres que fueron a buscarlo a una taberna de Madrid una tarde de finales de febrero.

¿Y si nunca les hubiera hecho caso?

Seguramente, la visita a Alonso de Guzmán no habría tenido lugar nunca.

Pero ocurrió.

Madrid, cerca de Puerta Cerrada. Atardecer del 25 de febrero de 1580

Íñigo Sánchez había pensado que no volvería a verlo nunca más, pero de nuevo se encontraba ante Alonso de Guzmán.

–Pase vuestra merced –le pidió nada más abrir la puerta.

–¡Idos con el diablo, maldito bujarrón! –respondió él.

Había tanto enfado en su rostro como pelos lucía el otro en su bigote, ya blanqueado por tanta cana.

–¿Acaso vais a dejar escapar la oportunidad de que ese tal Cervantes, amigo vuestro, sea rescatado de manos del infiel?

–Se llama Miguel de Cervantes.

Íñigo Sánchez aún se mantuvo unos instantes ante la puerta, pensativo. Entrar supondría aceptar lo que aquel tipo tuviera reservado para él. Y no sería nada bueno, intuía. Cuestión de experiencia. No hacerlo, sin embargo, condenaría quizá para siempre al amigo.

–Por eso estáis aquí. ¿O acaso os han puesto una espada en el pecho para haceros venir? Pasad, pues os conviene.

–¡Dejad al menos de sonreír de esa manera!

–¿Acaso os disgusta?

Íñigo Sánchez no contestó. Alonso de Guzmán se apartó para franquearle el paso. Eso le evitó ver la sonrisa de satisfacción que le dedicó el hombre mientras lo conminaba a seguir por un pasillo y entrar en la primera puerta que viera abierta. Por lo poco que sabía, era otro superviviente, como él. Con la cincuentena ya rebasada, sobrado de peso, el mismo rostro fofo, los mismos anteojos sobre una nariz carnosa, todavía gozaba de cierto prestigio en palacio. Tenía oídos en los sitios más inimaginables, y eso interesaba a las personas cercanas al rey. Había sido servidor de Antonio Pérez, anterior secretario de su majestad Felipe II, y también de Ana de Mendoza de la Cerda, aquella conocida como Princesa de Éboli, de la que seguía siendo fiel devoto. Intrigante como la que más, astuta y, sobre todo, rival del duque de Alba. Con muchas cuentas pendientes.

Se sentaron ante una mesa en madera de castaño y nogal, sin demasiadas filigranas. Apenas había más decoración en la sala que los cortinajes negros que ocultaban una gran ventana que daba a la calle y un escritorio con figuras talladas en alabastro y madera. Tardaron en hablar, pues dedicaron un tiempo a escrutarse mutuamente. Un par de hachones encendidos a ambos lados de la mesa iluminaban la sala.

–¿Cuánto tiempo ha pasado? ¿Dos años quizá desde la última vez que nos vimos? –se decidió a empezar Alonso de Guzmán.

Íñigo Sánchez no contestó. Siguió estudiando a su interlocutor.

–Cumplisteis bien. Por eso he pensado en vuestra merced para proponeros un asunto.

–¿Acaso soy el único al que recurrir de los de aquella noche?

–Huyeron de Madrid.

–¿Todos?

–Así es.

–¿Y por qué huyeron? –preguntó Íñigo Sánchez, suspicaz.

–Quizá prefirieron estar tranquilos. Sólo sé que a los pocos días ninguno de ellos se encontraba ya en Madrid.

–¿También Juan de Salazar? ¡Dios quiera que ese hideputa se me haya adelantado en la hora final!

–Lo que sé de él no son más que rumores. Los más apuntan a que se marchó... En cambio, vuestra merced os habéis ocultado bien…

–Me iba la vida en ello. No todos los días se ve uno involucrado en la muerte del secretario del hermano del rey.

–Hicisteis bien.

Su gesto de extrañeza provocó una carcajada en Alonso de Guzmán.

–Con el tiempo, os lo contaré, pues merecéis una explicación. De todas formas, no tuvisteis que dar cuentas a nadie –insistió el otro con la misma sonrisa bobalicona en los labios.

Íñigo Sánchez golpeó la mesa con rabia, harto de Alonso de Guzmán y de su sonrisa.

–¡No quiero explicaciones, y sí lo que me corresponde por haber tomado parte en ese asunto!

–No tengo la culpa de que Juan de Salazar se marchara de Madrid –chasqueó la lengua y se encogió de hombros–. Olvidaos ya de aquello. Lo pasado, pasado está. Además, ¿qué supone una muerte más cuando ya se conocen tantas? ¿Me vais a decir que ahora sentís remordimientos, a estas alturas de la vida?

Íñigo Sánchez resopló, enfadado, y miró a su interlocutor con desdén.

–¿Queréis dejar de escudriñarme de esa manera y contarme qué diantres quiere ahora la princesita? –le exhortó, violento, con una mezcla de odio y asco en el rostro.

–Será vuestra merced únicamente quien se haga cargo de lo que os quiero proponer.

Íñigo Sánchez desconfió y decidió permanecer callado.

–Así que queréis rescatar a ese tal Miguel de Cervantes… –Tras decir estas palabras, Alonso de Guzmán asintió en silencio, sopesando el asunto–. ¿Tan importante es para vuestra merced?

–Me salvó la vida en Lepanto.

–Aaaah…

–Además –lo interrumpió–, su vida vale más que la mía, que ya me importa bien poco. He quedado para esto: matar para vivir. Cuánto tiempo, sólo Dios lo sabe.

El comentario provocó la risa del tipo que tenía delante.

–Si en Lepanto os salvó, según acabáis de decir…, ¿acaso entonces teníais más ganas de vivir que ahora?

–Fue un inconsciente.

–¿Un inconsciente?

–Prefirió caer herido a que lo fuera yo. Se la debo. Además –dudó un instante sobre si hacer partícipe al otro de lo que venía rumiando desde hacía tiempo–. Podéis llamarme lo que queráis, pero algo me dice que Miguel de Cervantes será recordado por los siglos de los siglos. En cambio, yo sólo dejaré muerte a mi paso. Él obtendrá aplausos, reconocimiento, gloria. Yo, olvido.

–Está vuestra merced para salir a las tablas y hacer las delicias del vulgo –ironizó Alonso de Guzmán.

–Si no fuera porque os recuerdo como un enorme bujarrón, pediría que os amargaran el ojo del culo con un buen pepino –redobló la apuesta con expresión muy seria.

El otro, en cambio, se tomó a chanza sus palabras y rio con ganas.

–Pues vais a tener la oportunidad de rescatarlo –replicó al fin, más calmado–, si cumplís con lo que os voy a ofrecer. Recuerdo que sabíais leer, ¿verdad?

–Lo suficiente.

–Escribir también, supongo…

–Parecido. –Miró fijamente al otro–. Se lo debo a Miguel de Cervantes, así que decidme de una maldita vez qué tripa se le ha roto a la princesita.

–Cuentas pendientes.

–¿A quién hay que matar en esta ocasión?

–¿Quién ha hablado de matar? –En los labios de Alonso de Guzmán, la sempiterna sonrisa bobalicona que lo sacaba de quicio.

–La princesita gusta de encargar a otros lo que ella no se atreve a hacer.

–Ahora no se trata de matar.

–¿Entonces?

–Sólo tendréis que seguir los pasos de una persona.

Mientras hablaba, Alonso de Guzmán abrió un cajón de la mesa y extrajo una bolsa. La abrió con rapidez y dejó caer su contenido ante los ojos de Íñigo Sánchez. Muchas monedas, y muy brillantes. Un brillo acerado asomó en su mirada.

–Fernando Álvarez de Toledo y Pimentel.

Tras escuchar ese nombre, Íñigo Sánchez clavó la mirada en la del hombre que tenía delante. En su caso, una oquedad oscura y fría.

–¿Pretendéis que espíe al duque de Alba?

–Conocer sus intenciones, transmitirlas a quien se os diga y después esperar órdenes.

–Según tengo entendido, está desterrado.

–Ya no. Va camino de Portugal, si no ha llegado ya a la frontera. Puede que Badajoz. ¿Estáis al tanto de lo que allí se cuece?

–Algo he oído.

–Pues eso es lo que hay.

Inquieto, Íñigo Sánchez se removió en la silla. Demasiado dura, a su juicio. O quizás era por el malestar que le había provocado conocer la identidad del protagonista del nuevo encargo de Ana de Mendoza. Mariposas revoloteando en el estómago y la sensación de encontrarse ante un abismo insondable. Qué, por qué, para qué. Y de saberse preso de un juego de intereses en el que no era más que una pieza prescindible.

–Así que toca viajar…

–Salir de la capital del reino nunca viene mal. Así se os airea la cabeza. –A Alonso de Guzmán se le escapó una risa floja–. Como veis, el asunto es tranquilo, nada que ver con lo de Juan de Escobedo. Además, ¿quién os dice que no os reencontraréis con viejos compañeros de armas junto a la frontera?

Íñigo Sánchez se quedó pensativo un instante, sopesando el ofrecimiento. A su juicio, demasiado sencillo. Y, además, el protagonista del encargo imponía. «Demasiado sencillo», se repitió un par de veces, sin dejar de estudiar al tipo que tenía delante, tratando de escuchar los maullidos del gato para saber dónde estaba encerrado. O los gatos. Muchos, parecían. Sabiéndose observado, Alonso de Guzmán jugueteó un rato más con las monedas esparcidas encima de la mesa.

–Sé lo que estáis pensando... –dijo al fin para sorpresa del soldado.

–¿Ahora también sabéis leer el pensamiento?

–A pesar de esa pose que gastáis, sois demasiado transparente.

El comentario despertó el recelo de Íñigo Sánchez.

–¿A dónde queréis llegar?

–Que no os estoy contando la verdad.

No contestó. Más y más mariposas, y, por abismo, una infinita oscuridad. Alonso de Guzmán removía las monedas y sonreía de esa manera bobalicona que exasperaba a Íñigo Sánchez. Contenía las ganas de borrársela de un sopapo, mientras en sus oídos tintineaban las monedas. Recordó a Miguel de Cervantes cayendo herido, siendo trasladado a la nave que lo conduciría hasta Argel, en la cueva oscura donde ambos dieron con sus huesos. Su vida, inútil, sin sentido alguno, de la que nadie se acordaría una vez aquellos huesos fueran polvos, o la de un camarada al que debía la suya. Una vida, una intuición, una eternidad por ganar.

–¿Qué contestáis?

Alonso de Guzmán se tomó el bufido como respuesta.

–Sea entonces. Deberéis informar de todos los movimientos del duque de Alba, tanto en Llerena, donde se encuentra ahora, como cuando entre en Portugal con las tropas. Partiréis de inmediato y acudiréis a esta dirección del pueblo de Llerena –le entregó un sobre lacrado–, donde contactaréis con alguien. Aprendeos la dirección y deshaceos del papel. Esa persona se encargará de transmitiros cualquier avance y establecerá la manera de estar en contacto con vuestra merced. No temáis. Es leal, discreto y comprometido.

Cuatro días empleó en llegar a Llerena. Y poco tardó en toparse con Ginés Méndez. Esperaba encontrarse con otros tantos de su anterior etapa como soldado, como Rodrigo de Cervantes. Le interesaba recuperar los lazos que los unieron en otro tiempo, buscar acomodo en su círculo. Al primero lo había visto salir de la casa que ocupaba el duque de Alba en varias ocasiones, por lo que era consciente de su cercanía. De ahí que se hiciera el encontradizo. Quién mejor que él para tenerlo al tanto de sus pensamientos, acciones, planes. El resto se reducía a obedecer. Para eso era un soldado.

–Hay vidas que merecen ser vividas. Tú ya has vivido la tuya.

Tal cosa se dijo, convencido, al salir del encuentro con Alonso de Guzmán.

Quizá más que nunca en su vida.

Llerena. Mediados del mes de abril de 1580. Un par de horas después del encuentro con Ginés Méndez

Mejor esperar a la oscuridad.

Íñigo Sánchez había aprendido a manejarse entre las sombras. Tener ojos en la espalda, distinguir las sombras que se mueven de las que no. En Italia, gracias a esa cualidad, pudo llevar a cabo con éxito algunas acciones de alto valor; en Argel, lo mismo le evitó peligros en la prisión en la que dio con sus huesos tras ser capturado después de la batalla de Lepanto como le devolvió la libertad.

La luna es apenas un delgado surco en un cielo con el que juegan las nubes, ocultándola de la vista a su paso. Una noche agradable. Se ha guiado por la ubicación de la iglesia de Santiago para llegar al barrio de la Morería. Callejuelas estrechas, oscuras, peligrosas. La mano derecha, cerca de la daga; siempre dispuesta. Camina sereno, aguzando la mirada; por la que, si se lo propone, podría cruzar la sombra errante de Caín. Además, de noche todos los gatos son pardos. Por eso se ha embozado en una capa tan oscura como la misma noche que lo cobija. Cuestión de supervivencia.

Aquella frase la solía decir su abuela, y no le faltaba razón. Ella fue quien lo sacó adelante. De su madre apenas tenía recuerdos. Un buen día, sencillamente dejó de verla en casa, desapareció. Su abuela le contó que se había marchado lejos, y era verdad: los había abandonado. Eso lo supo quince años después, cuando la reconoció en una taberna en Nápoles mendigando monedas o un trozo de pan a cambio de satisfacer cualquier deseo sexual. Curioso, un día preguntó por ella. El hombre le contó cómo fue engañada al subirse a un barco y acabó en las tabernas del puerto de Nápoles, siendo el espectro en el que se había convertido. Se lo cuenta a todo el mundo que acaba con ella. Así se desahoga, le reconoció aquel hombre. Poco después, no recuerda en qué taberna, se le acercó. Desdentada, el pelo sucio y revuelto y la cara arrugada, como si le hubieran caído encima cientos de años de golpe. Se miraron. Él creyó que lo reconocería. Amor de madre, las entrañas y todo eso. Pasado un instante, la vio mirarle la entrepierna. «¿Hace cuánto que no os la chupan?», le preguntó. Él se levantó y abandonó de la taberna. Ni la miró al pasar a su lado.

Se detiene ante una puerta. Casa de paredes encaladas, como todas. Palpa la madera. Una hendidura en el centro, y allí, bien insertado, un clavo grueso. Llama tres veces. Dos golpes rápidos, secos, y un tercero más distanciado pero igual de seco. La señal.

La puerta se abre y aparece un hombre vestido con calzas oscuras y jubón gris que porta una palmatoria en su mano derecha.

–¡Jesús! –exclama, horrorizado.

El tiempo se para para los dos, incrédulos.

–¡Voto a Cristo que no veréis mañana el sol!

Íñigo Sánchez se abalanza sobre él, y el hombre reacciona arrojándole la palmatoria a la cara. Aquél la esquiva tirando de reflejos.

–¡A mí, miserable rata!

–¡En otro momento!

El hombre trata de cerrar la puerta, pero el soldado interpone la pierna izquierda y se lo impide. Aprieta los dientes con el primer golpe en un nuevo intento por cerrarla.

–¡Juro por mi fe que os voy a dar tantos puñetazos en la cara que hoy no tendréis que mirar al cielo para ver las estrellas!

Íñigo Sánchez aguanta el dolor tras un segundo impacto.

–¡Juro a la madre que me parió que os dejaré sin piel y luego os cortaré la carne a trozos para arrojársela a los cerdos y que se harten con ella!

No hay tiempo para un tercero.

Íñigo Sánchez asesta un fuerte empujón a la puerta con el hombro y la abre de nuevo. Sin dejar que el otro reaccione, extrae la daga que lleva en la cintura y lo empuja contra la pared del estrecho pasillo. Aquél siente la punta del frío acero presionándole la nuez. Y, sin embargo, aun consciente de que su vida está a punto de acabar, tiene arrestos de sonreír. Una sonrisa forzada, como la de un cristiano nuevo ante un plato de tocino.

–¡Qué alegría veros, Íñigo!

–¡Maldita sea vuestra estampa, Juan de Salazar! ¡Dadme razones para que no os mate ahora mismo, porque tengo unas ganas inmensas de hacerlo!

El soldado presiona la daga contra el cuello, y el otro no cesa de sonreír. La misma sonrisa que vestía aquella noche de Pascua en que se conocieron en una calle de Madrid, dos años atrás.

–¡No sabéis la alegría que me da ve…!

Juan de Salazar se estremece al sentir el frío de la punta de la daga a punto de rebanarle el cuello. En la mirada de Íñigo Sánchez no hay lugar para la misericordia. Se la comió el odio que siente por él.

–No perdamos el juicio y hablemos como lo que somos, viejos camaradas.

–¡Yo no soy camarada vuestro! –le chilla a la cara sin aflojar la presión de la daga.

–¡Dejadme al menos que me explique! –replica a gritos entonces Juan de Salazar, alarmado–. ¡A mí también me han engañado, pues no es a vuesa merced a quien esperaba!

–¿Qué estáis diciendo?

Íñigo Sánchez retira un tanto el acero. Juan de Salazar respira aliviado.

–¿A quién esperabais?

–A vuesa merced, no, desde luego –suelta el otro de manera atropellada y llevándose la mano al cuello–. ¿Cómo podría esperaros, si me juraron que habíais muerto?

Capítulo 11

La hora de las revelaciones

Inmediatamente después

Se sientan el uno frente al otro. Entre ellos, una pequeña mesa de madera que ha conocido épocas mejores. Un par de sillas también de madera y un escritorio de factura tosca completan la estancia de suelo apelmazado y techo con vigas a la vista. Junto a la palmatoria, que Juan de Salazar ha recuperado del suelo y encendido, una jarra de vino que se disponen a compartir.

–Con vino, las penas son menores –asegura.

Agradece la tranquilidad que transmite ahora el rostro de Íñigo. Juan de Salazar es un hombre de ojos saltones, más calvas que pelos en la cabeza y una cara extraña, llamativa. Imposible de olvidar. Es él quien da el primer trago, lo justo para quitarse la desagradable sensación de sequedad que se ha apoderado de su boca. Se restriega la manga de la camisa por los labios.

–¿A qué os referíais con eso de que yo había muerto?

–Eso fue lo que me aseguraron.

–¿Quién?

–Alonso de Guzmán.

Íñigo Sánchez trata de disimular la incredulidad que siente.

–Fui a verlo tres días después de lo de Juan de Escobedo. ¡Quería alejarme de Madrid lo antes posible! Era muy grande el temor que sentía, y por nada del mundo quería dar con mis huesos en una celda húmeda y oscura. Le pedí ayuda, y me la dio.

–¿Qué os dio?

–Papeles para huir y no tener que gastar el tiempo en explicaciones en caso de que me dieran el alto en cualquier camino. Por lo que argumentó, con todos se hizo igual... –Hizo una pausa intencionada y miró al soldado–. Salvo con vuesa merced. Cuando le pregunté por vuestra suerte, me dijo que os habían dado matarile al salir de una taberna cerca de Puerta Cerrada. Sin más, me firmó los papeles y escapé de Madrid como alma que lleva el diablo.

–Con mi parte de aquello...

–¡Estabais muerto! Me lo aseguró Alonso de Guzmán. Como también que habían huido todos los demás...

Íñigo Sánchez percibe el gesto pensativo, hundido en sus recuerdos, que compone su interlocutor. «Hay algo que no me quiere contar», se dice, y esta vez es él quien da un largo trago a la jarra, donde el vino ya comienza a ser un recuerdo.

–¿Qué fue realmente de los demás?

La pregunta hace regresar a Juan de Salazar de sus pensamientos. Mirada sincera, rostro calmado. Para qué seguir engañándolo, podría significar su expresión.

–Como recordaréis, nuestro propósito consistía en dejar expedita la huida a Martínez, Mesa, Enríquez, Bosques, Rubio y el espadachín Insausti, así como evitar que dejaran pistas en el lugar donde acabaron con la vida del secretario del hermano de su majestad.

–Hicimos lo que pudimos.

–No os lo discuto, pues era imposible llevarnos aquel arcabuz ni tampoco las otras armas que allí quedaron. Bastante fue que pudimos recabar algunas capas.

–Aunque dos quedaron allí. Pero, insisto, hicimos lo que pudimos. De haberlas recuperado, los apresados hubiésemos sido nosotros, y no los autores de la muerte de Escobedo. ¿O no recordáis cómo acudieron aquellos hombres a auxiliar al secretario del hermano de su majestad y a sus criados?

Juan de Salazar toma la jarra. Al ver que queda poco vino, da un trago corto. Carraspea antes de proseguir con su relato.

–Nuestros compañeros de aventuras huyeron a Aragón.

–¿Aragón?

–Querían estar a salvo de la justicia castellana.

–O sea, que todos escaparon y únicamente yo me quedé en Madrid oculto a la vista de todos...

–No fui el único al que facilitaron la huida. Por lo que he podido averiguar con el tiempo, varias personas prominentes se la facilitaron al resto. Incluso la mismísima princesa de Éboli proporcionó a uno un título de administrador de hacienda como salvaguarda. Y no sólo eso...

Juan de Salazar ofrece la jarra a Íñigo Sánchez, pero éste la rechaza, y entonces decide apurarla.

–También he oído –continúa luego– que el secretario Antonio Pérez ayudó a dos de ellos con una cantidad de dinero, y a otros tres les facilitó una carta firmada por su majestad.

–¿Por su majestad? –La sorpresa estalla en el rostro de Íñigo Sánchez.

–El rumor es que no sólo estaba al corriente de todo, sino que incluso pudo dar su consentimiento para matar al secretario de su hermano.

El soldado se echa hacia atrás y suspira grave. Mira confuso a su interlocutor. Por unos instantes, analiza la información. Rumores, en parte. Juegos de poder. Sucios, mortales. Dispuestos a mover sus piezas en un tablero imaginario sin importarles su suerte. Prescindibles. Todo se reduce a una cuestión de dinero y privilegios. El poder, sus prebendas. Vidas que no valen nada, si acaso unas monedas, para que las que de verdad valen se mantengan, medren o hagan valer sus derechos. Un juego tan viejo como la historia de la misma humanidad.

–¿Cómo acabasteis aquí? –inquiere al fin.

–Me crie cerca de Badajoz, por lo que tenía claro dónde acudir. Además, la cercanía de la frontera era una salvaguarda en caso de que las cosas se complicaran, pues también quedaría a salvo de la justicia. Meses después comenzaron a llegar soldados, miles de ellos. El rumor de que un gran ejército se disponía a invadir el reino vecino dejó de serlo. Un buen día recibí la visita de un emisario de don Alonso de Guzmán. Os juro que no sé cómo dio conmigo... –asegura, aunque Íñigo Sánchez lo mira inquisitivo–. Aquel hombre me pidió que empezara a espiar a los soldados, que estuviera al tanto de todo lo que se cocía en Llerena. En cuanto se conoció el nombramiento del duque de Alba, volvió a ponerse en contacto conmigo para que sirviera de enlace entre él y la persona que mandaría aquí para completar la misión. Lo demás correría por cuenta de esa persona.

Íñigo Sánchez tamborilea los dedos encima de la mesa. Los gatos, se dijo, de la conversación con Alonso de Guzmán. Los maullidos resuenan desgarradores en sus oídos.

–¿Lo demás?

Al ver la extrañeza que llena el rostro del hombre que tiene delante no le da buena espina.

–¿Es que no os han explicado lo que vais a hacer aquí?

Íñigo Sánchez prefiere callar y que sea el otro quien hable.

–La princesa de Éboli ha jurado acabar con la vida del duque de Alba.

Juan de Salazar se toma su tiempo. Cómo contarle lo demás, eso es lo que le preocupa. Siente estima por Íñigo Sánchez. Un tipo leal, noble, se dijo nada más conocerlo la noche que participaron en la muerte de Juan de Escobedo.

Por qué a personas así, tan nobles, sin dobleces, la suerte les es tan esquiva, prosigue en sus pensamientos mientras siente –casi como una herida– la mirada inquisitiva del soldado, que lo conmina a seguir hablando. Echa en falta más vino, lo necesita. Soltar aquello así, tan a la ligera, no es plato de buen gusto. «Juanito, mejor que se entere por ti que lo sepa por los labios de quien se lo ordenará», se anima.

–Si no lo mata la guerra o la edad, será vuesa merced quien tenga que hacerlo.

UN REINO POR CONQUISTAR

«Los guerreros victoriosos ganan primero y luego van a la guerra, mientras que los guerreros derrotados van primero a la guerra y luego buscan la victoria».

Sun Tzu

Capítulo 12

Espejismos

Mérida. 12 de mayo de 1580

Fernando Álvarez de Toledo no esperaba ser recibido tan pronto por el rey. Quizá más tarde, cuando se hubiera recuperado del viaje, pero no de manera tan inmediata. Está cansado, aún tiene el cuerpo cubierto de polvo y la garganta seca. Mataría por beber un poco de agua. Pero ahí está, nervioso, aguardando a Felipe II.

«A ver qué te encuentras, Fernando», piensa mientras camina tras Sebastián Cordero de Nevares, secretario de su majestad. «Ha pedido ver de inmediato a vuestra excelencia», fue lo primero que le dijo cuando se presentó ante él.

–¿De verdad? –le inquiere, un tanto extrañado.

Suben las escaleras que conducen a la estancia que ocupa Felipe II. El conocido como secretario Santoyo –su pueblo de nacimiento, en Palencia–, de nombre Sebastián Cordero de Nevares, puede presumir de contar entre sus antepasados con algunos vencedores de la batalla de las Navas de Tolosa; y de una extrema fidelidad hacia el rey, a pesar de su amistad con el recientemente defenestrado secretario Antonio Pérez.

–Despachaba unas cartas con el secretario Zayas cuando ha visto llegar a vuestra excelencia. Y ha pedido de inmediato que os reunierais con él.

«Será que Zayas ya lo ha puesto sobre aviso», elucubra el duque.

–Por lo que se ve, tiene muchas ganas de veros.

–Por el interés... –masculla el noble.

–¿Cómo?

–Nada. Cosas mías.

«Por el interés», se repite. «Por eso me quiere su majestad, por eso ansía recibirme tan pronto. No puede esperar ni a que me haya repuesto del viaje».

Sigue cavilando mientras, escalón tras escalón, con la mano izquierda aferrada al pasamanos, busca un apoyo vital que lo ayude a sortear mejor aquel infierno hecho piedra.

«¿Que ya no eres el de antes? ¿Que física y mentalmente todas estas semanas, todo el trabajo realizado, no tardarán en pasarte factura? ¡La honra, Fernando, la honra!».

Ha empleado los dos días anteriores en desplazarse hasta Mérida, donde el mismísimo Felipe II ha requerido su presencia. Más de veinte leguas de camino que se le han hecho eternas, malas como ellas solas, pero también debido a su impaciencia por reunirse cuanto antes con su majestad.

«Pero aquí estás, Fernando. Lo tienes a un paso. ¡Al fin se digna a recibirte!».

Agotadoras semanas de preparativos, comprobaciones y reuniones en Llerena.

«Pero ya puedes presentarte ante su majestad y asegurarle que todo está listo. ¡Hasta el mínimo detalle! ¿Quién puede hacer eso a tu edad, Fernando? ¿Dónde va a encontrar a alguien como tú? ¡Nadie, Fernando, nadie!».

Más de doce mil carros dispuestos para el transporte de vituallas para la tropa, municiones y otros pertrechos de guerra; interminables reuniones con un estado mayor de su máxima confianza, compuesto por su maestre de campo Sancho Dávila, su hijo Hernando de Toledo, el general de artillería Francisco de Álava y Pedro González de Mendoza, al frente de la infantería; los detalles de la operación anfibia ya cerrados en compañía de Alonso de Bazán, marqués de Santa Cruz. Tras la reunión que mantuvieron, este segundo puso rumbo a Cádiz para ponerse al mando de la flota atracada en su bahía.

«Nada ni nadie pueden echarte en cara todo lo que has hecho por él. Y, si la salud te respeta, darás a su majestad el reino que te ha encomendado. Y entonces, sí, Fernando, podrás morir orgulloso de haber recuperado tu honor».

Apenas quedan unos pasos para alcanzar la puerta.

«Cuida lo que vas a decir, Fernando. Has sufrido demasiado, y también la duquesa, con el destierro. Y la situación de tu hijo. ¿Te merece la pena? ¡Elige bien las palabras, lo que vas a decir! Plantéale la manera de entrar en Portugal y por dónde. Sé tú mismo, el de siempre. ¡Y que te recabe a una persona que hable portugués, por Dios! ¡No hay quien los entienda!

Él, la duquesa, su hijo. Y Portugal.

El dilema.

«Eres Fernando Álvarez de Toledo, tercer duque de Alba. ¡Que nunca se te olvide! Servidor, pero nunca siervo».

Sebastián Cordero de Nevares llama a la puerta y, al instante, desde el otro lado escuchan la habitual voz monótona del rey.

–Pasad, vuestra excelencia. –Le franquea el paso.

El duque de Alba se dirige de inmediato a Felipe II.

–Permitidme vuestra majestad que este vasallo y criado os bese las manos.

–¡Mi señor duque!

Pasad su sorpresa, el rey lo detiene. La cara de incredulidad no tiene paragón cuando el monarca lo abraza.

–Me alegra veros. Había oído cosas acerca de vuestra salud, pero he de decir que eran infundadas.

El duque de Alba tarda en reaccionar, abrumado por el cálido, a su manera, recibimiento que el rey le dispensa. «Te está abrazando, Fernando. Después de todo lo pasado», piensa con asombro. Deshecho del abrazo, se rehace de inmediato. «Servidor, nunca siervo», insiste. En ese momento, le vienen a la memoria unos versos de su querido Garcilaso, tan reveladores como de costumbre:

¡Qué duros estos destierros,
esta cárcel, estos hierros
en que el alma está metida!

Dignidad ante todo, se convence.

–Contadme, ¿qué tal el viaje? Imagino que ya no está vuestra excelencia para tanto trote…

–Despreocupaos, vuestra majestad. Serviros está siempre por encima de todo.

–Tomad asiento, os lo ruego.

A requerimiento de Felipe II, el duque de Alba espera a que primero lo haga el monarca y luego se aposenta una jamuga preparada para él. La sala es pequeña, con las paredes decoradas con ricas telas de color oscuro y un par de grandes ventanales que la riegan de luz. La mañana es calurosa, y el duque se da cuenta de que han dispuesto para ellos una jarra de agua fresca con un par de copas. Se miran en silencio unos breves instantes. Fernando Álvarez de Toledo aguarda, cortés, a que sea el rey quien inicie el diálogo. No obstante, lo que más desea es refrescarse la garganta.

–Celebro veros tan en forma a pesar de los años.

–Los años pesan, vuestra majestad. –El duque de Alba trata de sonreír con afabilidad–. Otra cosa es el espíritu, que se ha encendido con este nuevo encargo vuestro. El cuerpo se deja llevar –se encoge de hombros–. Lo que aguante. En realidad, yo…

–Podéis guardaros el ceremonial para otra ocasión –le pide Felipe II con un movimiento de su mano izquierda–. Decidme, ¿está todo listo?

Fernando Álvarez de Toledo encaja la pregunta sin pestañear. La preveía. Interés, puro interés. Su cordialidad, las ganas de verlo, de reunirse con él. Todo.

–Lo está –afirma, serio, rehaciéndose. Imprime a sus palabras una fuerza y altivez propias de otros momentos de su vida–. Siguen llegando tropas a Llerena, y la reunión con el marqués de Santa Cruz fue satisfactoria. La estrategia está lista, y sólo queda trazar las líneas exactas para desarrollar el plan que tenemos entre manos.

–Fue idea mía que Álvaro de Bazán se pusiera en contacto con vuestra excelencia para ultimar los detalles de la toma de Portugal. Es preciso que mis dos principales generales, mar y tierra, establezcan las estrategias que consideren oportunas en común.

–Soy consciente de la mucha confianza que vuestra majestad se gasta con él. Y os lo agradezco de veras después de todo lo pasado.

El rey, de habitual inexpresivo, alza una ceja que, a continuación, relaja, y deja escapar una risa poco común en él. El duque de Alba permanece serio y expectante. De una gran confianza, y así se lo confesó en Llerena, hacen gala su majestad y Alonso de Bazán, marqués de Santa Cruz. Al contrario que él mismo, la mantiene toda, por eso le resulta un tanto artificial la escena que está viviendo en ese instante. No obstante, decide aprovechar la coyuntura.

«Servidor, pero nunca siervo, Fernando. Soldado al servicio de su majestad, pero persona. Marido, padre y cabeza de una familia», elucubra.

–Sea lo que sea, decídmelo antes de que empecemos a hablar del asunto que nos ocupa, que es mucho e importante.

–Lo sabéis bien –contesta el duque de Alba, flemático.

–La situación de vuestro hijo, supongo.

–Así es.

–Ya… –Felipe II chasquea la lengua.

Entonces se abre un silencio entre ellos. Fuera, posado en la rama de un árbol, junto a uno de los ventanales, un pájaro canta. El duque de Alba aprieta los dientes, gesto del que se percata el rey, que lo escruta desde ese inmenso azul tan difícil de adivinar que tiene por mirada. «Puede que te hayas adelantado demasiado, Fernando», se lamenta en silencio mientras lo ve cavilar. Al cabo, pasados unos instantes, Felipe II vuelve a hablar:

–Podéis estar tranquilo. Daré la pertinente orden de que vuestro hijo Fadrique pueda vivir junto a su nueva esposa. Eso sí –hace un inciso con media sonrisa en los labios–, confinado en vuestros dominios de Alba de Tormes.

–Agradezco infinitamente tan bello gesto –contesta Fernando Álvarez de Toledo sin perder la compostura.

–Las cosas, claras; que lo que nos concierne es importante y es necesario centrar todos los sentidos en ello. Ahora, contadme: ¿cómo marchan los preparativos?

–Pues veréis…

Aquellas palabras sirven de preámbulo para los tres días que habrán de permanecer encerrados en aquella sala. Tres días para que el duque de Alba le dé buena cuenta del número de tropas disponibles, de la estrategia definida con el marqués de Santa Cruz, quien espera órdenes para partir de Cádiz al mando de su escuadra; para explicarle por dónde es mejor entrar en Portugal, una vez examinado el terreno y analizados mil veces los planos y distintos documentos e informes relativos a su geografía que Juan Delgado, secretario de la Guerra, ha puesto a su disposición. Tres días de discusiones, encuentros y desencuentros, voces unas más altas que otras, que terminarán con una frase del duque que encenderá la mirada del rey Felipe.

–De esta manera os daré el reino prometido. Después, sólo os pediré una cosa.

–¿Cuál?

–Descansar. Creo que me lo he ganado. Sólo pido eso a vuestra majestad. Lo considero una justa recompensa tras tantos años a vuestro servicio.

–Bueno, vuestra excelencia, ya tendréis tiempo de descansar...

Fernando Álvarez de Toledo se dedica unos instantes a examinar el rostro de Felipe II, tan inexpresivo como de costumbre. Sin embargo, su mirada indica algo, quizás interés, y eso lo escama. Por eso fija los ojos en él, y éstos chillan una desconfianza imposible de esconder.

–Un hombre de vuestra valía siempre es necesario –admite al fin el rey.

–Tengo ya una edad.

–Experiencia. La mejor de las virtudes.

El duque de Alba se muerde la lengua. De haber contenido veneno, se hubiera emponzoñado sin remedio y al instante.

–Sólo pido a vuestra majestad que me conceda la venia para volver a mis tierras, con los míos, después de serviros fielmente tantos años –insiste el duque.

Lo siguiente es un nuevo y espeso silencio que casi se podría rasgar con una daga. Silencios que callan cosas, que evitan otras. Silencios tan crueles como dañinos cuando de ellos depende un futuro tan incierto como deseado. Y ver al monarca tan callado y con pose distraída no inspira al duque de Alba ninguna confianza.

Capítulo 13

El infierno en la tierra

Terreiro do Paço, Lisboa. Atardecer del 13 de mayo de 1580

Ebou contempla con recelo los grandes barcos anclados en el estuario del río Tajo. Nunca consigue desprenderse de esa sensación. No son menos de una docena las enormes naos, de unas quinientas toneladas cada una, mecidas por las aguas del río. Salvo un par, la mayoría tiene las velas recogidas, por lo que interpreta que deben de haber arribado esa misma tarde al puerto de Lisboa o bien estar a punto de zarpar. No es el único que las observa. Desde la distancia puede ver que hay varios como él junto a la orilla del Tajo. Mismos recuerdos, mismas pesadillas. Ninguno pasa de los veinte años. Altos, fibrosos, rostros serios y miradas en las que la tristeza reina para siempre. Son igual de jóvenes que él. Capturados en una tierra a la que saben que no volverán jamás.

A veces, por las noches, reflexiona sobre ello. Vive en una tierra extraña, arrancado de la suya a la fuerza, tras ver morir a las tres personas que más quería en el mundo, y la que ama aún está tan cerca como lejos de él. Puede verla, incluso disfrutar de su presencia a hurtadillas, pero no comparten sonrisas, no conoce a qué saben sus besos, ni mucho menos contemplan las estrellas como hacía con Isatou tumbados en la arena de la playa.

–Ebou… –oye que le dice ésta.

«¡Ahora, no! ¡No es momento!», le contesta él en forma de pensamiento.

La hermana se echa a reír.

–¡Desagradecido!

Ebou alza la mirada hacia las nubes. Aún hay claridad por oriente, mientras que por occidente el cielo es un incendio prendido de una calidez y un colorido que lo maravillan.

«¡Si hablo contigo en la calle, los que me vean creerán que estoy loco!».

–Peor para ti...

«He de llevar este cargamento de agua a la casa de mi amo. Luego iré a mi cuarto y podremos hablar todo lo que quieras».

Un tipo repulsivo a ojos de cualquiera. Señor Sequeira, les había ordenado que lo llamaran desde el mismo momento que compró la partida de esclavos de la que formaba parte. De inmediato le encargó el mantenimiento de agua para sus negocios: tomarla de fuentes como la de Chafariz, llenar tantos cántaros como pudiera y venderla a cualquiera que se la requiriera, sobre todo a esclavos. «Si me engañas, lo lamentarás», le advirtió el primer día. Y aquella advertencia en forma de rostro feroz era para tenerla muy en cuenta.

–Ebou...

«¡Ahora, no, Isatou!», insiste él, un tanto enfadado.

–Entonces no te cuento quién está paseando por la plaza, al pie del Paço da Ribeira... –deja caer ella con tono burlón.

El muchacho busca con la mirada el lugar al que se refiere su hermana. Se trata del palacio en el que vive el rey de Portugal, aunque ahora –por lo que ha escuchado a su amo– no haya quien lo habite. Hay mucha gente en la plaza: paseantes, gente curiosa que acude a contemplar los grandes barcos anclados, corrillos que se detienen a hablar junto a la fuente dedicada al dios Neptuno...

–Sí, Ebou. Está paseando. Y lo mejor de todo: está sola. No creo que tengas muchas más oportunidades como ésta...

«¿Cómo que está sola?».

–Su ama anda parloteando desde hace un rato con otras mujeres tan bien vestidas como ella. Según parece, le ha dado permiso para dar un paseo por los alrededores del palacio. Y me da la impresión –Isatou hace una pausa interesada– de que te está esperando. Creo que te ha visto...

Ebou tira de la bestia de carga de la que se ayuda para dirigirse al punto que le ha indicado su hermana. A esa hora de la tarde no le sorprende ver a tanta gente en la plaza.

–¿Sigue sola?

–Sí, su ama está muy entretenida con la conversación.

La excitación detona el ánimo de Ebou. ¡Lleva tanto tiempo sin hablar con Nyima! La última vez fue unas semanas atrás, y lo hizo también gracias a un aviso de su hermana. Desde entonces, sólo han podido verse desde la distancia, cuando se dedican miradas llenas de esperanza de una vida distinta.

–¡Ahí, ahí! –le señala su hermana–. Al pie de la torre. Está mirando el río. Lo de que vayan a entrar los españoles da para mucho...

Ebou la busca con la mirada. La sonrisa ilusionada que se dibuja en su rostro nada más verla no es del mundo terrenal. Nyima luce una saya sencilla de paño de color oscuro, una camisa interior y un pañuelo de color blanco en la cabeza. Como antes el muchacho, ella también contempla las grandes naos. Posiblemente, elucubra él, tiene los mismos pensamientos, las mismas sensaciones y recuerdos; un viaje atroz, eterno, que la sacó de sus raíces y la trasplantó en una tierra extraña.

–¿Españoles? –pregunta a su hermana mientras prosigue su camino hacia la protagonista de sus desvelos.

–¿Es que no te has enterado? ¿En qué mundo vives?

–¿De qué me tengo que enterar?

–De los soldados españoles que aguardan en la frontera para entrar en el reino. ¡Son miles!

El rostro de Ebou muestra un estupor de peso incalculable. No tiene más remedio que detenerse un momento para asimilar aquellas nuevas.

–Ahora entiendo el temor de mi amo…

–Si sólo fuera el de tu amo… –apostilla ella, socarrona–. Aún es pronto, pero el miedo se extenderá por todo el reino como la peste. El rey de los españoles reclama su derecho al trono, que sigue vacío tras la muerte del rey Enrique, y trae consigo al ángel de la destrucción. Se acercan malos tiempos, Ebou. Has de estar preparado.

Ebou trata de espantar de su cabeza aquella retahíla de apocalípticas amenazas. Y es ver a la muchacha y quedar todas ellas pausadas de inmediato, como si no existieran. Para él sólo existe Niyma. Ése es su mundo.

–¡Niyma!

Ésta se esfuerza por localizar a quien la ha llamado, y enseguida una sonrisa de naturaleza similar a la que viste el rostro de Ebou decora el suyo. Con paso apresurado, evitando un par de corrillos, se acerca a él, no sin echar un último vistazo a su ama, que sigue entretenida hablando con otras cortesanas.

–¡Qué alegría verte!

–¡Yo también siento lo mismo!

Ebou extiende la mano derecha, y ella se la aferra un efímero instante que se le hace eterno. Su mirada brilla como las estrellas que contempla cada noche a través del agujero del cuarto donde malvive.

–¿Tu ama te sigue tratando bien?

–No tengo queja –replica ella, encogiéndose de hombros–. Tú, en cambio, estás más delgado…

–Es un hombre malo, un *faniya foola*.* Nos promete comida, pero nos tenemos que conformar con un poco de pescado cada noche.

–¡Qué bonito escuchar palabras en nuestra lengua…! Casi la tengo olvidada –se lamenta ella, componiendo un gesto de tristeza.

–¡No la pierdas! ¡Es la mejor manera que tenemos de sentirnos vivos!

–Vivos… –repite Niyma con la pena hecha mirada. La fija en la del muchacho–. Ya estamos muertos, Ebou. Lo que fuimos se fue para no volver.

–¡No, aún no!

–Nunca dejaremos de ser esclavos. –Ella niega con la cabeza–. Éste es nuestro destino. Vivir a la sombra de quien es dueño de tu vida. Además, ¿no te has enterado...?

–¿De que vienen los españoles?

–Dice mi ama que son sanguinarios, que si entran en Lisboa no quedará piedra sobre piedra. Y cuenta que los dirige un duque que es el mismísimo demonio. Tendrías que verle la cara cuando explica cómo sembró odio y destrucción en tierras del norte. Si de verdad entran en Lisboa, será nuestro fin.

–Te prometo que ni tú ni yo veremos ese fin. Es más, estoy seguro de que llegará un momento que seremos libres.

–¿Y cuándo será eso, Ebou?

–¡Pronto, muy pronto! –Él vuelve a tenderle la mano–. ¿Confías en mí?

Lo mira por un instante en silencio. Al cabo, habla:

–¿Sabes una cosa? Me es difícil definir lo que siento por ti.

Esa confesión causa una honda impresión en Ebou.

–¿Qué? –balbucea, boquiabierto.

* Hombre malo, en lengua mandinga.

La sonrisa que esboza la muchacha lo relaja un tanto.

–No te asustes. Es simplemente que ya he asumido que mi vida está unida a la tuya, porque tú me amas.

–¿Y tú no? –pregunta él, cauto.

–Amar... –vuelve a hacer una pausa–. ¿Acaso he tenido posibilidad de experimentar esa sensación? Soy una esclava, Ebou. Pertenezco a mi ama, y entre sus posesiones soy sólo una más. Me trata bien, pero no dejo de ser una esclava para ella.

–Niyma...

–Por eso tengo siempre tantas ganas de verte. Tú me traes el recuerdo de unos tiempos felices, aunque entonces no te hiciera demasiado caso –se le escapa una tierna sonrisa–. Si supieras la de malas cosas que te deseaba... –dice al fin con sinceridad.

–¿Y ahora?

–Ahora... –Ella se encoge de hombros–. No puedo decirte que te amo, porque no siento lo mismo que tú por mí. Sí mucho cariño, y un profundo agradecimiento por velar por mí. Puede que, con el tiempo, eso se consolide lo suficiente en algo que pueda llamar amor.

–¿Y si te digo que mi último fin es sacarte de aquí?

–¿Para regresar a nuestra tierra y estar expuestos otra vez a lo mismo?

–¡No! Hay un lugar donde eso no ocurrirá.

El comentario despierta el interés de la muchacha.

–¿Dónde está ese lugar?

–Lejos, muy lejos de aquí. Juro que haré todo lo posible y hasta lo imposible para conseguirlo. Espero que allí me dejes demostrarte cuánto te amo. –Le besa la mano de nuevo.

Niyma mira hacia atrás.

–Tengo que irme. Ya se han marchado algunas de las mujeres con las que hablaba mi ama.

–¿Confías en mí? –pregunta Ebou, apretándole la mano por última vez.

La muchacha detiene en él una mirada de infinita ternura. Es el único asidero que le queda de lo que fue su vida, su mundo.

–Tengo que hacerlo.

El muchacho la ve marchar embargado por la tristeza. Incluso a él le cuesta creer que alguna vez se hará realidad la promesa que acaba de hacer.

–¿Alguna vez me amará? –se pregunta, buscando la complicidad de su hermana.

–Sabes que no puedo decirte nada.

–Ya lo sé.

De mala gana, Ebou comienza a caminar en paralelo a la orilla del río tirando de la bestia de carga. Sin saber por qué, repara en una de las naos fondeadas en el estuario del Tajo.

–Pero confía, Ebou –le pide Isatou–. Recuerda de dónde vienes, lo que has pasado. ¿O acaso te has olvidado ya de aquella isla y del viaje? ¡Estás aquí, Ebou! ¡Estás vivo! No todos podemos decir lo mismo…

Asiente. Su gesto es grave. Aquella isla. Cómo olvidarla. El peor de los lugares que alguien pudiera imaginar nunca. Si de verdad existe un lugar donde la gente mala penaría sus faltas por toda la eternidad, como oye decir a su amo, sería lo más parecido a esa isla que Ebou, Isatou, Niyma y otros tantos conocieron.

No había mejor representación del infierno sobre la tierra que la isla de Gorea.

Isla de Gorea. Finales de junio de 1574

«Así que es cierto», se dijo Ebou la primera vez que puso los pies en la isla. Había transcurrido una quincena, o al menos eso pensaba. Llevaba la cuenta por la cantidad de veces que habían salido del barracón. Una vez al día para orinar y defecar. Una sola vez. Apenas unos instantes. Quince veces, quince días.

Aquello que una noche les contara su padre después de cenar era cierto. No eran cuentos ni invenciones. Existía una isla cerca de la costa, una isla pequeña de la que nunca se volvía. Quienes allí llegaban jamás regresaban. «¿Dónde van?», le había preguntado él. Su padre se encogió de hombros mientras masticaba el trozo de pescado que se había llevado a la boca. «¿Por qué los llevan allí?», pero obtuvo de su hermana idéntica respuesta. Nadie lo sabía. Y, sin embargo, la isla existía. Juraba haberla visto en alguna ocasión con sus propios ojos cuando salían a pescar. Había algunas casas pintadas de colores, y de tanto en tanto arribaban a su costa unos barcos inmensos, gigantescos. Nunca había visto barcos tan grandes, les decía tras deglutir los trozos de pescado.

Una isla maldita. Nadie se acercaba a ella, sólo se oteaba desde la distancia.

La celda apestaba; el barracón apestaba.

Aquella isla apestaba.

Una vez al día. Eso es todo lo que los dejaban salir. ¿Cuánto medía la celda? Apenas había luz, pero podía intuir que eran muchos los que allí vivían encerrados. Ciento cincuenta personas, quizá más. Piernas contra piernas, espaldas pegadas a las paredes de las que colgaban los grilletes que los sujetaban por el cuello. Y sudor, mucho sudor, cuyo olor rancio se mezclaba con el de los orines y la mierda acumulados en el suelo, saturando la atmósfera. En un suelo que era una mezcla de tierra apelmazada, charcos de orín y excrementos esparcidos por doquier. Nadie aguantaba hasta el momento de salir. Nadie miraba ni tampoco pedía permiso o perdón. Simplemente salía, ya fuera sólido o líquido, manchando brazos o piernas.

Una vez al día.

Ése era el momento en que veía a Isatou y a sus padres. También Niyma había acabado en aquel pedazo de roca perdido en medio del mar.

Una vez al día.

Y la luz hacía tanto daño a los ojos una vez fuera…

Cuerpos entumecidos, miembros doloridos, expresiones dolientes, miradas de temor; atados a las paredes con cadenas, arrastrando pesados grilletes cada vez que abandonaban el barracón para que no pudieran escapar. ¿A quién se le podía haber ocurrido semejante locura?, pensaba Ebou. Primero habría que deshacerse de los grilletes, y después salvar la distancia que separaba la isla de la costa. «Moriréis ahogados», les advirtió un tipo que no se separaba de su látigo y nunca se cansaba de azotar. Dos, tres, cuatro, cinco latigazos. Brazos, espaldas. Dijo llamarse João y hablaba portugués, idioma en el que Ebou se defendía. Su padre estaba acostumbrado a hacer tratos con ellos, como tantos otros en la aldea. «Hay que aprender la lengua de los hombres blancos», decía su padre. Llevaban muchos años visitando sus tierras, comerciando con sus habitantes, intercambiando mercancías. Palabras sueltas, después frases completas. Más y más tratos, palabras y frases.

Hombres blancos que traían consigo historias, rumores.

Y horrores.

El mayor de todos era aquella isla.

Sólo una vez al día veía a Isatou, a su madre y a su padre. Y también a Niyma. Los niños, los enfermos y los hombres más revoltosos eran encerrados en lugares separados. El mismo infierno, los mismos golpes, pero distintas celdas. Isatou era quien más visitaba aquellas celdas, la que más golpes recibía de ese hombre llamado João y del otro que lo acompañaba. Este último se llamaba Damião.

Ebou era incapaz de olvidar la noche en que los arracimaron en la playa. Hombres, mujeres y niños fueron sacados a rastras de sus chozas, conducidos a empellones hasta la playa. Aquellos que se resistieron o trataron de revolverse fueron golpeados salvajemente. El sonido de los látigos restallando en la oscuridad y las voces, lloros y gritos se confundían con el de las olas que iban y venían. La paz y el horror apenas separados por unos metros.

João y Damião. El primero era un tipo desgarbado, de pelo justo, nariz grande y ancha, y barba poblada. No hablaba, sino que chillaba, y con una voz estridente, muy desagradable. Una voz inimaginable en un tipo así. Fue lo primero que pensó aquella noche, cuando fueron capturados y hacinados en barcas para ser trasladados a la isla. No se hartaba de fustigar con el látigo a quienes se interpusieran en su camino, especialmente a los hombres. Parecía encantado de hacerlo, borracho de odio y de alcohol, ávido de apagar sus frustraciones. Damião parecía más tranquilo; se contenía hasta que, para reafirmar su autoridad, azotaba. Maneras y maneras.

Aquella noche fue la última que habló con su familia. La expresión de su padre era el miedo hecho rostro. Su madre sólo lloraba. Fueron separados según edades. Los padres, juntos. Él y su hermana, también. A una relativa distancia, Niyma. La luz de la luna llena, que bañaba la playa, le permitió escrutar su rostro: pura resignación.

–Pase lo que pase, no te separes de mí –pidió a su hermana.

–Saldrás de ésta, no te preocupes –le aseguró ella, apretándole con fuerza la mano derecha.

–Saldremos.

La mirada de Isatou ardía.

–No, Ebou. Acuérdate de las palabras de *bamaa* Fatou.

–¿Qué quieres decir?

–¿No te acuerdas de lo que predijo para mí?

Un escalofrío devastó a Ebou.

–Eso es lo que me espera –afirmó Isatou, y después miró a la inmensa negrura que vestía el horizonte–. Vaya donde vaya, éste será mi primer y último viaje.

Quince días ya.

Aunque sí había algo que lo escamaba de aquel barracón en el que estaban hacinados: un pasillo estrecho y oscuro que terminaba en una puerta. Lo veía cada vez que abandonaba la celda, y no dejaba de preguntarse qué habría tras aquella puerta. A dónde conduciría. Aún no sabía que todavía tardaría unos meses en abrirla, y sólo entonces comprendería que estaba equivocado: isla Gorea no era el mayor de los horrores.

Esa isla no era más que la antesala del verdadero horror.

Era imposible concebir uno mayor que ése.

Pero existía.

Isla de Gorea. Finales de agosto de 1574

Damião de Gouveia sonreía mientras dejaba sobre el tosco escritorio la carta que acababa de leer. Delante de él, de pie y expectante, João Homem, su socio de fechorías.

–¿Buenas noticias? –preguntó éste.

–Vicente Godinho. Necesita esclavos. Cada vez le reclaman más.

–¡Fantástico! –bramó el otro, alborozado–. ¿Cuándo viene?

–La carta es de un par de semanas antes de su partida, el mes pasado, por lo que imagino que no llegará aquí antes de otro mes. Tiempo suficiente para tener preparada una buena mercancía –dirigió la mirada hacia el suelo. Ahí debajo, en la planta inferior, se arremolinaban los esclavos–. Ya sabes lo que toca. Ceba bien a los que veas famélicos. Que estén presentables. A los que estén en condiciones, basta con mantenerles la ración. ¡Ah! Hay que revisarles también las dentaduras, que no nos echen a perder el negocio. ¿Cuánto reis crees que podemos sacar?

–Una buena suma, sin duda –apuntó Damião–. Pero la mercancía debe ser buena, así que manos a la obra. Para empezar, menos látigo –advirtió a João, desafiante.

Este último comentario despertó un gesto de claro recelo en la cara fofa del otro.

–¿A qué te refieres?

Damião rio, mostrando un colmillo.

–A que cuides de nuestra mercancía. Ya sabes a qué me refiero –susurró, acompañando sus últimas palabras de una estúpida sonrisa–. No saques a pasear el látigo con tanta ligereza.

El recelo de João se transformó en enfado. Un volcán en erupción. Apenas había espacio para nuevas manchas en su camisa, y tampoco en el pantalón desgastado hasta las rodillas, desnudas.

–¿Me estás diciendo que maltrato a mi mercancía?

–Nuestra.

Damião era el contrapunto de João. Él sí sabía manejar mejor sus demonios. Alto, de pelo oscuro y ojos del mismo color, tenía un rostro anguloso decorado por una barba cuidadosamente rasurada. También atendía más su vestimenta, que lucía distinta aun siendo de parecida antigüedad a la de João.

–¡Ah! Y ojo con lo que haces a las esclavas…

El gesto de João se heló al instante, furioso.

–¿O crees que no sé que fornicas con ellas? Ten cuidado con lo que haces... –le reconvino, señalándolo con el índice de la mano derecho.

–Eso es cosa mía.

–Permíteme decirte, querido amigo, que tienes unos gustos un tanto raros. Sólo ten cuidado.

João se relajó. Una sonrisa se dibujó en sus labios cuando se tocó la entrepierna.

–Voy a examinar el estado de la mercancía.

–Ten cuidado... –volvió a advertirle el otro con tono amenazador.

Damião lo vio marcharse con tanto odio en la mirada que rendiría reinos enteros con tal de no sufrir sus consecuencias. Lo oyó descender las escaleras que conducían a la planta donde se hacinaban los esclavos, un centenar de hombres, mujeres y niños repartidos en distintos cuartos.

Se asomó a la ventana y contempló aquella porción de mar recortada por las hojas de un par de palmeras. Pronto, bajo sus pies se desató una tormenta de gritos que, al momento, encontraron eco entre las paredes y los demás esclavos. Esposos y padres también gritaban, impotentes al escuchar los lloros desgarradores de sus mujeres e hijas.

No le terminaba de gustar la querencia de João por holgar a las esclavas. «Por delante y por detrás, no sé por dónde me gusta más», le contaba luego a la luz de una vela, mientras trasegaban algunas jarras de vino. También se estaba agotando, recordó Damião; tendrían que conseguir una nueva remesa. El vino le daba la vida lo mismo que el sexo a su compañero de fechorías.

Una pareja perfecta en un lugar deshumanizado.

* * *

Damião, sostenía João, era la cara buena de la sociedad que habían establecido. Tenía don de gentes e incluso conocía bien las letras y los números tras su paso por un monasterio. Todo lo contrario que João, que no sabía ni de una cosa ni de otra. Según le confesó, era hijo bastardo de un noble; conde, marqués, algo así, y acabó en aquel lugar por la intención de su padre de que hiciera carrera dentro de la Iglesia. Lo abandonó un día, harto de tanto rezo, de una vida oscura y sin sentido, y comenzó a vagar por la Alfama de Lisboa. Allí se conocieron. Una noche, João había tratado de robarle en un callejón oscuro después de abandonar la última taberna. Forcejearon primero y pelearon después. Una pelea corta y sin resultado. Cuando se miraron, en un *impasse*, estudiándose, armados con sendas dagas en la mano y el odio inyectado en las miradas, se cercioraron de que podría irles mejor juntos que separados.

Desde entonces, borracheras y espacios comunes en la Alfama, y jarras de vino hasta el amanecer mientras elucubraban maneras de buscarse la vida. Hasta que en sus vidas se cruzó una pareja de comerciantes que alardeaban de un buen negocio. Fue una noche, en una taberna de la que ni siquiera recuerda el nombre. Ingenuos, dejaron caer de un par de bolsas las monedas ganadas y las contaron con ojos cargados de codicia. En los de Damião y João, que compartían una jarra de vino en un banco contiguo, estalló la ambición, y al instante determinaron que aquellas monedas serían suyas.

Sólo tuvieron que esperar a que abandonaran la taberna para salir tras ellos. Dos rápidas cuchilladas, y las bolsas cambiaron de propietarios. Una noche fantástica para sus intereses de no ser porque alguien los vio y comenzó a gritar pidiendo misericordia. Corrieron todo lo que pudieron por las calles de la Alfama, dejando que se los tragara el silencio. Pero la noticia del asesinato de dos venecianos comenzó a correr como el viento por toda Lisboa, y a la misma velocidad que el dinero con el que habían puesto precio a su cabeza. Mucho dinero. Y no eran pocos quienes ya conocían la identidad de los autores o sospechaban de ella. Con ellos de por medio, siempre había viejas cuentas que saldar o simplemente gente que quisiera matarlos. Cuantos menos competidores, mejor.

«No tenemos más remedio que huir de Lisboa», instó Damião a su compañero. Y cuanto más lejos, mejor. En consecuencia, embarcaron de inmediato en el primer barco listo para abandonar el puerto. Una parte del dinero del robo lo gastaron para convencer al capitán de la nao, cuyo destino era África. Esclavos, les dijo. Un buen negocio, les explicó durante el viaje, que duró algo más de dos meses. A requerimiento de Damião, los puso al tanto, les explicó en qué consistía, los lugares para capturarlos. Y les habló de la isla de Gorea, donde quince años atrás se había construido allí la primera casa de esclavos. Un lugar ideal para hacer negocios, insistió sin miramientos. «Todos ganamos allí», concluyó.

En aquel viaje también conocieron a Vicente Godinho, el hombre que había flotado aquella nao. Un tipo sin escrúpulos siempre ávido de dinero. De mediana estatura, ralo de pelo y nariz aguileña, les explicó los pormenores del negocio: dónde conseguir esclavos, cómo trasladarlos hasta Gorea, de qué manera se trabajaba allí... Y, así, el resto del dinero lo destinaron a comprar barcas, a contratar a gente dispuesta a ayudarlos a capturar esclavos por unas buenas monedas.

Cinco años después, Damião y João ya disponían de la cantidad suficiente como para levantar su propia casa en la isla de Gorea. Vicente Godinho era su respaldo. Un negocio sin fin. Siempre había gente ávida de esclavos. «Y habrá más», les aseguraba el tipo. Las nuevas tierras conocidas y descubiertas al otro lado del océano. Mucho, mucho dinero.

Ahora ya se habían convertido en dos reputados traficantes de esclavos. La mejor mercancía para los mejores clientes. Y el mejor de todos ellos, Vicente Godinho, no tardaría en arribar a la isla.

Isla de Gorea. Principios de octubre de 1574

Vicente Godinho recorrió los últimos metros que lo separaban de la casa de esclavos de Damião de Gouveia y João Homem con paso cansado y gesto molesto. Hacía demasiado calor. A su paso arrastraba unos zapatos planos de color oscuro sin medias. Bajo el sombrero cilíndrico oscuro de copa aplastada, se escurrían gotas de sudor que perlaban una frente ancha y despejada. De mirada neutra y rostro indefinido con una expresión imposible de interpretar, vestía unos gregüescos de color pardo y un jubón holgado con el que disimulaba un cuerpo grueso. Cincuentena ya rebasada, ojos pequeños e inquisitivos, nariz ancha y una sempiterna expresión facial de asco en su cara, parecía ir perdonando vidas allá por donde pasaba. Lo único que le interesaban eran los negocios.

Un par de baobabs daban sombra al tejado de la casa ante la que lo esperaba la pareja de esclavistas. No ocurría así en el otro extremo de la isla, hacia donde dirigió la mirada. La arboleda era mucho mayor, pespunteada por algunos tejados de otras casas de esclavos. Se quitó el sombrero, con el que se abanicó la cara.

–¿Por qué diantres no construisteis la casa allí? –les preguntó, señalando el lugar.

–Era más cara –contestó Damião.

–Más cara... –repitió, acentuando su expresión de asco.

Lo acompañaba una docena más de hombres. A uno de ellos lo reconocieron de inmediato: Tomás Nunes, el capitán de las últimas embarcaciones que Godinho había fletado para llevarse consigo a los esclavos que compraba. Un tipo callado con fama de sanguinario. Por vestimenta, un pantalón bombacho ajustado a la pierna por debajo de la rodilla y jubón claro cerrado con cordones. Alto, huesudo, su seña de identidad era el parche que le ocultaba el ojo derecho. Unos decían que había nacido sin él; otros, que lo había perdido en un lance en una taberna. Incluso había quienes aseguraban sin temor a equivocarse que se lo sacó una mujer una noche mientras dormía. Cosas de celos. Tomás Nunes no era hombre de una única cama.

–No sé cómo aguantáis este maldito calor.

–A todo se hace uno –respondió Damião.

–Ya... –Vicente Godinho asintió despacio–. ¿Puedo ver la mercancía?

–Cuando quieras.

A un gesto suyo, los hombres se desplegaron con rapidez hacia la planta baja de la casa. Al momento, dentro, los gritos se desataron. Unos accedieron a las celdas de pesaje, donde se encontraban los hombres y mujeres aptos a la espera del embarque; otros, a la reservada para que adquirieran el peso adecuado para realizar el viaje; otros cuantos, a una tercera, la mazmorra, donde estaban los más rebeldes; dos más a una cuarta, ocupada únicamente por niños; y sólo uno de ellos a una quinta, donde habían apartado a los enfermos o débiles.

–Quiero verlos a todos.

–Son más de ciento cincuenta –le confirmó Damião.

Vicente Godinho alzó la mirada. No había ni una sola nube en el cielo, brillaba el sol con fuerza. La sonrisa ácida que se dibujó en sus labios significaba toda una declaración de intenciones.

–Hasta que anochezca hay tiempo más que de sobra. Quiero saber qué me voy a llevar y por qué voy a pagar.

–Parece mentira que aún no te fíes de nosotros –escupió Damião, sin disimular el enfado por sus palabras.

–¿De vosotros? –se echó a reír–. No me fío ni de mi madre. Con eso te lo digo todo.

–Sabes que siempre te ofrecemos lo mejor –insistió.

–Damião... –Vicente Godinho le acarició la cara. Sabía aquél, por lo que había oído, de sus gustos sexuales. Sus preferencias, apenas críos de mirada aún inocente–. No me toques más los huevos, que ya lo hace demasiado este jodido calor.

Puso los pies en la celda de engorde acompañado de un hombre armado con una tea encendida. Damião los seguía, temeroso de que su mercancía perdiera valor. El esclavista aguantó como pudo las ganas de vomitar. Aquel sitio apestaba.

–Abridles la boca.

Fieles, sus hombres obedecieron. Uno a uno, todos los hombres y mujeres allí arracimados, atados a la pared con grilletes, fueron examinados por el esclavista. Asentía despacio tras cada examen. Sólo negó en dos ocasiones.

–¿Por qué? –preguntó Damião.

–Les faltan dientes.

–Pero pueden trabajar.

–He dicho que les faltan dientes –abundó el esclavista con tono amenazador–. O me los dejas a la mitad de precio, o te comes esta basura como te dé la real gana.

–Eres un cabrón, Godinho.

El aludido rio con ganas.

–Por eso soy quien soy. ¡Llevadlos al pasillo y preparadlos para el viaje! –ordenó a sus hombres–. Éstos de aquí, apartadlos –dijo, señalando a aquellos dos–. No quiero que contaminen el resto de la mercancía. Revisad las demás salas. La de los niños podéis vaciarla ya y los lleváis al comienzo del pasillo.

De repente, se volvió a Damião con cara de asco infinito.

–Sé buen chico y dime: ¿con cuántas niñas ha fornicado tu socio?

–Puede que alguna –le respondió éste, sosteniéndole la mirada. Despedía tanto asco como la del otro–. A quien ha respetado es a los niños. A él no le gustan esas cosas, como a otros.

–Cuidado con lo que dices… –lo amenazó Godinho, violento–. O me encargaré de que se os acabe el negocio en un abrir y cerrar de ojos.

Damião no respondió; sólo se apartó para dejarlo pasar. Poco a poco, el pasillo se fue llenando de hombres y mujeres. Unos lloraban, otros no podían contener su nerviosismo. Miedo, temblores. Las respiraciones eran aceleradas, y los ojos apestaban a miedo tanto o más que la atmósfera que envolvía la planta. A una señal del esclavista, dos hombres accedieron al interior de la celda de enfermos o débiles. Apenas tardaron un instante en regresar.

–¿Ninguno? –preguntó al ver que uno de ellos negaba con la cabeza.

–No resistirán el viaje, y es mejor que no hagan enfermar al resto.

–¿Cuántos?

–Seis.

–No los quiero ni regalados –afirmó el esclavista mirando a Damião y João.

–Dales tiempo –intervino el primero.

–Si os los compro, es para hacer lo que ya sabéis, pero por un tercio de su valor –exigió–. Eso, u os los coméis. Elegid.

João y Damião no tardaron en aceptar el ofrecimiento. Sabían qué iba a hacer con ellos. Un buen negocio.

–Hecho.

–Sacadlos de ahí y llevadlos fuera –ordenó a sus hombres.

Dos de los hombres llevaron a rastras a la madre de Ebou e Isatou. Unas fiebres acompañadas de una diarrea la habían consumido en unas semanas, el mismo tiempo que su esposo e hijos llevaban sin verla. De la oronda mujer de rostro redondo y lleno de vida no quedaba apenas ni el recuerdo. Otros hicieron lo mismo con el resto de los esclavos.

–Dejadlos ahí –ordenó Vicente Godinho. Se volvió a João y Damião, que aguardaban detrás de él–. ¿Dónde guardáis a los revoltosos?

–Allí –le indicó João, señalándole el lugar.

–¿Cuántas mujeres y hombres me habíais dicho que hay en total, revoltosos aparte? –quiso saber de nuevo.

–Ciento setenta y seis –precisó Damião.

–Bien. Traed aquí a esos revoltosos.

Uno a uno, sus hombres le presentaron a quienes, por su comportamiento, habían sido apartados de los demás. Entre ellos, hombres, mujeres y varios niños. Una soltaba patadas y lanzaba bocados a los hombres que la sacaban del barracón. Eso excitó a Vicente Godinho.

–¡Vaya! ¡Menuda fierecilla!

Ebou, que como tantos otros aguardaba en el ancho pasillo, palideció al reconocer la voz de su hermana Isatou.

–Lástima que no seas un chico. Me habrías arreglado el viaje…

Le acarició la cara con interés sin dejar de mirarla. Sin pensárselo, Isatou le mordió la mano, y el esclavista aulló de dolor. Como respuesta, la abofeteó.

–¡Esta salvaje muerde peor que un caballo!

Ebou trató de acercarse para proteger a su hermana, pero al instante uno de los hombres de Godinho lo derribó de un puñetazo y, ya en el suelo, le asestó dos patadas.

–¿Dónde crees que vas, pedazo de mierda?

Aún desde el suelo, lanzó una mirada hacia su hermana. A pesar de la escasa luz que despedían las teas, ella se percató de su gesto.

–Ebou, debes vivir –le pidió en su lengua.

–¡Isatou!

Una nueva patada de su captor lo acalló.

–Los revoltosos y enfermos, fuera. ¡Ya! –gritó Vicente Godinho.

Agarrada por dos de los hombres del esclavista, Isatou fue sacada al exterior. La luz hirió al principio su mirada. Cuando se acostumbró a ella, se dio cuenta de que estaba en un promontorio de la isla al pie del mar. Estaba calmado y era muy azul, tanto o más que el cielo, y soplaba una ligera brisa. En ese momento, vio que otros hombres llevaban consigo a un grupo de esclavos. Su madre estaba allí también.

–Ésta, para más tarde –les dijo Vicente Godinho–. Al resto, despachadlos.

Horrorizada, Isatou vio cómo arrojaban al agua a sus vecinos de aldea. De inmediato, los tiburones surgieron entre las olas, por todas partes. Los infelices eran arrastrados al fondo del mar por los escuálidos o bien morían despedazados en sus fauces entre gritos desgarradores, mientras el mar se teñía de sangre. La muchacha apenas podía respirar. Le temblaban las manos, las piernas. Al reclamo del olor a sangre, llegaban más y más tiburones. En ésas, notó un contacto cálido en la mano izquierda.

–*Bamaa* –murmuró.

Por mirada tenía una inmensa carga de pena. No pestañeó, tampoco atendió a la llamada de su hija.

–¡Una cuerda, rápido! –pidió Vicente Godinho.

Tardaron en traérsela. Pero, una vez la tuvo en la mano, se colocó detrás de madre e hija y las ató de manos.

–¡Las dos juntitas! ¿Estás contenta? Ya no te separarás de ella.

Isatou aún tuvo tiempo de lanzarle un salivazo a la cara, consciente de que iban a morir.

–A ver si eso tienes agallas de hacérselo a los tiburones.

Las arrastró al borde del promontorio. Isatou miró a su madre por última vez. Poco le importó que estuviera sumida en su mundo, que éste ya no fuera el de los mortales.

–¡Te quiero, *bamaa*!

Sólo en ese momento Kaddy miró a su hija para regalarle una mirada clara y penetrante. Una lágrima le bañaba la mejilla izquierda.

–¡A dar de comer a los tiburones!

Vicente Godinho las arrojó al agua, y al momento los escualos se pelearon por los cuerpos. Bajo el acantilado, el azul del mar era un recuerdo, teñido de un color malva que resbalaba por la piel de los tiburones.

–¡Subidlos a todos al barco! –ordenó a sus hombres–. Mientras, iré a pagar el precio de esta basura a esos dos condenados.

–¡Ya habéis oído! ¡Al barco! –se hizo oír Tomás Nunes.

Con un fuerte empellón, Ebou fue conminado a caminar. La puerta en la que moría el pasillo, aquella que tanto le había escamado hasta entonces, se abrió dejando pasar la luz. Le costó mucho acostumbrarse a la inmensa claridad. Lo primero que vio una vez recuperada la visión fue un inmenso barco al que una marea de gente era dirigida entre golpes y azotes de látigo. Miró a todos lados, buscando a su padre. Sólo consiguió ver a Niyma, que caminaba con la mirada perdida.

Un desgarrador grito se propagó desde el comienzo de la fila que formaban los esclavos para subir al barco. Pronto le sucedieron varios más. La hilera siguió avanzando, sin que los gritos cesaran, y no tardó en conocer su origen una vez el que iba delante de él fue conminado a subir al barco.

–¡No, no! –chilló entonces Ebou, horrorizado.

–¡Ven acá, escoria!

Dos hombres lo agarraron para evitar que echara a correr mientras un tercero lo marcaba con un hierro a fuego vivo.

Ebou aulló de dolor como nunca lo había hecho hasta entonces.

Capítulo 14

Recuerdos que hieren el alma

Badajoz, casa solariega de Pedro Rodríguez de Fonseca y Ulloa, señor de la casa de Fonseca. 12 de junio de 1580

Hace calor esa mañana. Apenas hay nubes en el cielo, y el viento, siquiera una mínima brisa que refresque el ambiente, ni está desde hace varios días ni tampoco se lo espera. En definitiva, calor. Felipe II prefiere cerrar la pequeña ventana de la habitación. Le da lo mismo todo; el calor, sus efectos, las reducidas dimensiones de la estancia, sin más mobiliario que un escritorio y una silla ante él. La sala es bonita, bien decorada. El dueño de la casa le ha confesado que es su rincón favorito para escribir, pensar, estar solo. Allí se relaja.

El monarca necesita soledad en ese momento para escribir una carta. Está en Badajoz desde el día 21 del pasado mes de mayo, después de haber permanecido varias semanas en Mérida, donde se vio con el duque de Alba a lo largo de tres jornadas. Espera encontrarse con él al día siguiente en un lugar llamado Dehesa de Cantillana, a unas dos leguas de distancia. En aquellas tres jornadas ambos trataron temas concernientes a las tropas, su composición, la manera en que se les pagaría; incluso la forma en que sería recibido a su entrada en Badajoz o cómo se trasladarían las pertenencias que traía consigo, cuáles quedarían en la ciudad y cuáles serían trasladadas a Portugal junto con el ejército. Tres fructíferas jornadas en las que, en silencio, disfrutó de la capacidad organizativa y del genio militar del duque de Alba. Tan meticuloso, tan preciso. Lo que había ocurrido en los últimos tiempos no era óbice para reconocer su genio, su fuerza, su mentalidad militar. Su inteligencia, su capacidad para ir más allá, de anticiparse a las cosas.

Flandes fue como fue, piensa mientras toma la pluma. Tras cerrar la ventana –¡cuánto echa de menos las vistas de la Sierra de Guadarrama que tanto le gusta contemplar desde el Alcázar!–, se ha sentado ante el escritorio. Ha pedido unas cuartillas y un tintero. La carta que se dispone a escribir no admite más demora.

–Flandes… –musita antes de ponerse a escribir.

Se muerde el labio inferior. Tiene la mirada perdida. Curioso el cerebro, asiente, sin variar el objeto de atención de la mirada. Qué extraño mecanismo, capaz, a partir de un simple recuerdo, de desatar una tormenta de sentimientos tan profundos.

–Aquello salió como salió… –susurra.

Agarra la pluma, pero se demora un instante.

Los recuerdos.

–Dice que lo dejaste abandonado –suspira profundamente–. Y no es así, Felipe. Tú sabes que no es así. No lo abandonaste. Hubieras ido a Flandes como le prometiste, para impartir justicia, para que todos te vieran y aquello quedara en un mero suceso sin importancia. Ése era tu deseo, Felipe –vuelve a suspirar con parecida intensidad–, pero no pudo ser… No fuiste porque no pudiste ir, y sin embargo el duque insiste en que lo dejaste abandonado. Tú no tuviste la culpa, Felipe.

Traga saliva.

Los recuerdos.

Un hombre con recuerdos queda siempre preso de sus miedos, de lo que ya no podría ser; de lo que se le escapó sumiéndolo en un mar de dolor.

–Ella… –murmura con idéntica mirada perdida, por la que asoma ahora un velo acuoso.

«Ella era la luz, ¿verdad, Felipe?», le viene entonces ese pensamiento. «Y Dios la apagó para siempre para sumirte en una dolorosa oscuridad».

–¿Cómo podías abandonarla, Felipe, si era tu luz y tu misma vida?

«Porque con ella fuiste feliz, inmensamente feliz. Como nunca lo fuiste ni lo volverás a ser», se reconoce. Las lágrimas cubren sus ojos.

–Tu amor, tu vida –solloza.

Esas mismas lágrimas derramó doce años atrás cuando despidió a su tercera mujer, Isabel de Valois. La que más amó. Ni muy guapa ni tampoco muy fea. Alta, esbelta, de ojos y cabellos oscuros, rostro ovalado y tez blanca.

–Te devolvió la vida, te animó a amarla –continúa el rey, enjugándoselas.

Pero, triste, deja la pluma en el tintero y se echa a llorar amargamente. Allí, donde nadie lo puede ver. Solo, amparado por una soledad que, sabe, siempre lo acompañará, aunque a su lado sean cientos, miles, los que lo rodeen. Por mucho que ahora sea Ana la que ocupe el lugar que fue el de Isabel.

–¿Por qué te la llevaste, Señor? ¿Por qué permitiste que se fuera? –arremete con amargura mirando al cielo y apretando los dientes–. ¡Yo la quería! ¡Era mi vida! ¡Y se me murió!

Había sido un matrimonio por interés. Políticamente, el mejor posible. Al fin la paz con Francia. Y por poderes, representado por Fernando Álvarez de Toledo, tercer duque de Alba.

–Si hasta semejó consumar el matrimonio esa misma noche y después, siempre tan galante, tan servicial, te dedicó una reverencia –recuerda Felipe II, alzando ahora la mirada al techo. En sus labios asoma un atisbo de sonrisa–. Aunque eso a ti no te hizo ninguna gracia, lo sé. Nunca terminaste de verlo con buenos ojos.

Veinte años los separaban. Lo que comenzó siendo fruto de un acuerdo político se convirtió en una relación de amor puro.

–Cierto que tuve mis aventuras después de tu primer aborto –suspira–, pero ¡qué alegría cuando trajiste al mundo a Clara Eugenia! ¡Me convertí en la persona más feliz del mundo! Luego vino Catalina Micaela –tuerce el gesto–. Lo sé, lo sé. –Vuelve a mirar al techo–. Aquello te deprimió. ¡Había tantas esperanzas de que fuera un varón...! Y tú quisiste contentar a todos, quisiste darme un hijo como fuera.

Felipe II arranca de nuevo a llorar.

Un nuevo embarazo. Vómitos, vértigos y mareos más fuertes de lo normal que los médicos trataron de aliviar con sangrías. Luego, un parto prematuro. Una nueva niña. Apenas sobrevivió un suspiro. Y, de seguido, la despedida. Se miraron, se sonrieron. Y, a continuación, ella cerró los ojos, vencida por un sopor sin fin.

–¿Cómo podía ir a Flandes con todo ese dolor que me quemaba el alma?

En apenas unos meses había enterrado a su primogénito y a la mujer que más había amado. Dolor y más dolor.

–¿Cómo iba a ir así a Flandes? –Mantiene la mirada fija en el techo. Los ojos llorosos, el rictus destrozado–. ¡No lo dejé solo porque no quisiera ir! ¡No podía, Isabel! ¡Tú lo sabes bien!

Felipe II termina de desahogarse. Pasado el mal momento, se recompone, más aliviado. Salvo el día de la muerte de Isabel, nunca nadie lo ha visto llorar, y así quiere que sea el resto de su vida.

–Ahora ya no podrá decirme que lo he dejado solo.

Por eso está allí ahora, en Badajoz, junto a la frontera con Portugal, esperando para apoderarse de lo que considera suyo. Él es el legítimo rey de Portugal, y cuenta para ello con la mente militar más brillante de su época, quizá de todas. Él no sabe nada en absoluto del arte de la guerra, por eso lo ha llamado de nuevo, para que haga lo que mejor sabe hacer.

–Esta vez será distinto, Felipe.

Toma de nuevo la pluma y comienza a rasgar con rabia el papel; con la prisa de quien quiere dejar constancia de un deseo, a sabiendas de que el tiempo tiene su peso y posponerlo es indicio de fragilidad. Escribe durante un buen rato. Cuando acaba, se levanta y se acerca a la ventana. Apoyado en el alféizar, la repasa:

> Por la presente, constituimos, elegimos, nombramos a vuestra excelencia como nuestro lugarteniente del ejército de Extremadura y de la gente que haya en él…

Se detiene, cansado, y levanta la mirada al techo. Lo mira un buen rato, en silencio. Se acerca de nuevo a la mesa, se sienta ante ella y rubrica la misiva.

–Esta vez, no…, mi buen duque –musita con la mirada perdida–. Esta vez, no.

Capítulo 15

Un ejército para ganar una corona

Dehesa de Cantillana, cercanías de Badajoz. Amanecer del 13 de junio de 1580

Sancho Dávila camina presto hacia la tienda del duque de Alba. Mira a su alrededor, impresionado por el real montado en lo que los del lugar llamaban Dehesa de Cantillana, a dos leguas de Badajoz. El real, una extensión que limita con el río Gévora por una parte y por un bosque por otra, se ha dividido según las nacionalidades de los soldados, con plazas de armas, viandas y mercados en todas ellas. Una obra de arte a cargo de ese genio que es el ingeniero militar Juan Bautista Antonelli, se maravilla al contemplar la variedad de armas, divisas y estandartes, la policromía de colores, la marcialidad y disciplina que exhiben aquellos a los que el duque de Alba llamaba mis señores soldados. Al ser tan corta la distancia con la frontera de Portugal –apenas una legua–, tanto la parte que mira hacia allí como la del norte se han fortificado con trincheras.

–Me encanta el aroma de la tropa recién levantada y lista para lo que sea menester. ¡Huele a victoria! –murmura casi para sí.

Ha llegado el día. La jornada crucial, marcada a fuego en el calendario. Pero...

«A ver cómo lo encuentro», cavila.

En su pensamiento sólo hay sitio para el estado de salud del duque.

A su alrededor, todo es ruido. Voces, órdenes, cascos de caballos, pasos de los soldados. Son miles los que aguardan para desfilar ante su rey. Aunque quizá no tantos como estaban previstos en un primer momento. Las levas no han aportado lo esperado; de los refuerzos de Flandes han venido los justos; y de algunos de los mercenarios alemanes, llegados con anticipación, ya se ha encargado el clima del lugar, inmisericorde. En cuanto a los caballos, tanto Fernando Álvarez de Toledo como él consideran que no serán precisos, por lo que su número se ha reducido de manera intencionada. Aun así, el alarde de tropas preparado para Felipe II impresiona.

De pronto, estalla un grito.

–¡El rey! ¡Ha llegado el rey! –braman los soldados.

El griterío se intensifica.

–¡El rey! ¡Es el rey! ¡Viva su majestad!

Alza la mirada lo justo para ver que, en ese momento, Felipe II entra en el real acompañado de la reina, el príncipe, las infantas y el cardenal Alberto de Austria, además de la corte que trae consigo. A esa hora de la mañana aún hace fresco, pero en previsión del fuerte calor se ha levantado una tribuna engalanada con esmero para que, bien resguardados, puedan contemplar el alarde de tropas que se ha preparado en su honor.

Sancho Dávila repara entonces en la gente que aguarda delante de la tienda del duque de Alba. Allí están su hijo, el prior don Hernando y una serie de soldados –Pedro de Toledo, Luis Dávora o Álvaro de Luna, entre otros– que conoce perfectamente. Rostros circunspectos todos ellos.

–Vamos a ver…

Si hay alguien capaz de conducir aquello, ése es Fernando Álvarez de Toledo. A pesar de todo lo ocurrido, seguía siendo fiel y servía con total lealtad a su rey, Felipe II. Y, antes que a él, a su difunto padre, el emperador Carlos. En Mérida, semanas atrás, durante tres días hablaron de planes, discutieron alternativas, establecieron las órdenes y la manera de trabajar. Hablaron, alzaron la voz, la bajaron, la volvieron a subir. El rey era el rey, pero quien mejor conocía a sus soldados era el duque de Alba. También hablaron de fechas. Felipe II tiene prisa. En su opinión, la presión militar debe bastar para que la Junta de Regencia lo proclamara rey de Portugal. El reino carece de ejército tras el desastre de Alcazarquivir, y enfrentarse a uno como el que esa mañana se ha concentrado en la Dehesa de Cantillana es poco menos que un suicidio. Por eso es tan importante esa jornada. Un alarde para mantener la moral de los suyos e intimidar a los portugueses. Felipe II no tiene duda alguna.

Lo que Sancho Dávila desconoce es el estado de salud del duque.

–¿Qué tal está? –pregunta a su hijo.

–Compruébelo vuestra merced.

Suspira con gravedad. Toma aire, mira al cielo y se santigua. El duque pasó el día anterior en la cama, dolorido, incapaz de levantarse y tosiendo como un condenado.

Al poner los pies en la tienda, se queda boquiabierto.

–¡Pero, pero...!

–¿Qué esperaba vuestra merced? ¿Creíais que iba a perderme el alarde preparado para su majestad?

El duque de Alba está terminando de vestirse; de blanco y azul, los colores de su familia. Uno de sus sirvientes le cubre la cabeza con un sombrero con plumas mientras otro lo ayuda a colgarse la espada y una daga de plata a la cintura. Se mira despacio y asiente a los dos hombres. Luego, se encara con su viejo compañero de armas, también vestido de gala, y se encuentra una cara de sorpresa que daría para escribir más de uno y de dos poemas.

–¿Estáis seguro? ¿Os encontráis bien?

–Completamente –contesta el duque, dotando a su voz de la mayor seguridad posible.

Sancho Dávila se llega su altura, sonriente.

–¡Don Fernando, sois incorregible!

–Me debo a mi rey –dice muy serio.

–Ayer no os podíais mover de la cama...

–Y hoy me encuentro más animado que nunca. ¿Veis qué cosas tiene la vida?

Fernando Álvarez de Toledo se permite media sonrisa. Un espejismo, pues de inmediato su rostro adquiere la constitución granítica habitual.

–No puedo hacer ese feo a su majestad.

–Esto os va a costar la salud... –Sancho Dávila le palmea el hombro derecho con camaradería.

–Ya descansaré cuando muera.

–¿Morir don Fernando Álvarez de Toledo? –bromea el otro.

–Sólo veis la fachada, pero el cuerpo no engaña. No soy más que la ilusión de lo que fui. Pero eso sólo lo veo yo, y conmigo queda.

–Suficiente para llevar a los soldados a la victoria.

–Espero que sea rápida.

–¿Esperáis? –La sonrisa queda impresa ahora en los labios de Dávila–. ¡Vive Dios que se me hace raro escucharos hablar en tales términos!

–Espero y deseo –recalca.

–¿Os encontráis bien, de verdad? –se interesa de nuevo Sancho Dávila, escamado–. ¡Me resulta tan extraño oíros hablar así...!

–¿Cómo así?

–Derrotado.

Al momento, la expresión del duque de Alba se vuelve roca pura.

–¡Eso nunca, don Sancho! No obstante...

Con una señal, pide a sus sirvientes que abandonen la tienda e invita al maestre de campo a tomar asiento en una jamuga.

–Será sólo un instante, no temáis. El rey se hará cargo –lo tranquiliza, dándose cuenta de que no deja de lanzar miradas al exterior–. Además, tengo claro que sólo soy un instrumento para alcanzar el fin que desea. Las buenas palabras, su simpatía hacia mí… ¡Simpatía, don Sancho! –recalca, elevando los brazos al techo de la tienda–. Que el hombre tiene la simpatía donde las abejas el aguijón.

Los dos toman asiento a la vez. Sancho Dávila asiente mientras escruta el rostro de Fernando Álvarez de Toledo: serio, inexpresivo. Sin embargo, su mirada es distinta.

–¿Qué veis? –le pregunta el noble.

–Veo al general que nos conducirá a la victoria.

–Veis lo que siempre habéis visto. No os dejéis engañar por las apariencias. Cansado me hallo, y mi salud no es ni por asomo la que fue. Por eso confío en una campaña rápida. Es más, es lo que deseo. Su majestad me ha sacado del destierro para esto, así que haremos una campaña rápida. ¡Bastantes humillaciones he sufrido ya! ¿Os parece poca cosa que sea él quien dirija el ejército?

El duque de Alba se incorpora con dificultad y se aproxima a una pequeña mesa, de la que toma un documento que tiende a Sancho Dávila.

–Echad un vistazo.

Su maestre de campo obedece y, en cuanto acaba, mira sorprendido al noble.

–¿Lugarteniente?

–Que no general. Lugarteniente, don Sancho –repite–. ¡Si hasta se ha arrogado el derecho de dar cada noche la contraseña a los centinelas del real! Yo, un vulgar lugarteniente suyo. ¡Yo! –exclama, golpeándose el pecho con el puño–. ¡Y no sólo eso!

–¡Bajad la voz! Si bien es mucho el revuelo que hay ahí fuera, os pueden oír.

El duque de Alba, rabioso, deja escapar un sonoro bufido. Es mucha la ira que lo ahoga. Para repartir y, aun así, quedarse servido si quisiera.

–Cuando me reuní con don Juan Delgado al comienzo de este asunto, bien que se lo dije: el rey me manda para Portugal con los grilletes encima. Y esa sensación ya no me la quita nadie. Estoy atado de pies y manos. Pero la guerra es la guerra, así que...

–Por lo de la rapidez de la campaña podéis estar seguro. Las tropas que hay ahí fuera serán suficientes para lograrlo.

–Todo está calculado con precisión. Se han vaciado distritos enteros de Andalucía, e incluso guarniciones tan alejadas como las de Ibiza o el Peñón tendrán que vivir una temporada con restricciones, pero gracias a las provisiones que se han reunido se podría mantener al ejército seis meses como mínimo. Sin embargo, ¿sabéis qué es lo que de verdad me quita el sueño?

–Sospecho que tiene que ver con la intendencia...

–¡Bien me conocéis! Si nos atacaran en cualquier camino, sería una tragedia. El tren de campaña que arrastramos es inmenso. ¿Acaso os habéis fijado en la cantidad de carretas tiradas por bueyes?

–Demasiado lentas...

–También vuestra merced lo veis. ¡Retrasarán nuestra marcha! Eso es lo que me quita el sueño. No os negaré que sigo dándole vueltas a la cabeza.

–A pesar de todo, será una campaña rápida. Nuestros hombres no tendrán apenas oposición.

–Seguramente, en pocos días entraremos en Portugal. Que el rey lo sea también de Portugal está en nuestras manos, y no en la de los diplomáticos. Don Cristóbal de Moura cuenta cosas en sus cartas, pero también tengo mis propios informadores. –Fernando Álvarez de Toledo ve que Dávila ha alzado las cejas–. Sé por ellos que en Lisboa se están aprestando a luchar. El prior Antonio de Crato no cederá en su ambición. Quizá sí el resto de los pretendientes. Él, desde luego que no. No obstante, estáis en lo cierto en vuestro análisis: no creo que encontremos demasiada resistencia. Además, por lo que sé, en Lisboa y sus alrededores se ha desatado una epidemia de peste. Eso puede ayudarnos a conseguir el objetivo. Y se hará a mi manera. Cuanto antes lleguemos, mejor. ¡Y cuanto más claras dejemos nuestras intenciones, antes le daré a su majestad lo que me ha pedido! Después, ya haré caso a mi mujer. Ahora es tiempo de encontrarnos con él. Lo que acabamos de hablar queda entre vuestra merced y yo. ¿Entendido?

–Parece mentira, vuestra excelencia...

Lo primero que hace Fernando Álvarez de Toledo nada más salir de la tienda es echar un somero vistazo al cielo. Los que aguardan en el exterior lo observan con rostro relajado.

–Pinta que hoy hará calor, no, lo siguiente.

–A ver cómo lo salvamos –suspira Sancho Dávila, mirando también hacia el cielo–. Pero sí, pinta que volverá a ser otra jornada inclemente. ¡Vive Dios!

–En nada estará el suelo como para freír un par de huevos… –se permite bromear el duque de Alba–. Los que me importan son mis soldados. ¡Que pase esto lo antes posible, por su bien! ¡No me gustaría que algunos cayeran por culpa de este calor inhumano, como ya les ha pasado a los alemanes!

Los soldados le abren un pasillo que acaba al pie de una tribuna alta y engalanada. Lo esperan el rey, su familia y la corte.

No tarda Felipe II en llamar la atención del duque de Alba.

–Su majestad os reclama –lo avisa Sancho Dávila.

Fernando Álvarez de Toledo otea el paisaje. Las banderas y estandartes, las picas, los cañones, el sonido de los pífanos, de los tambores. Tanto y tanto color en sus hombres, en su maestre de campo, en sus hombres más directos, le elevan el ánimo. Tras Felipe II, ve a un soldado con el pendón real en sus manos, de paño rojo carmesí con las armas completas del monarca.

–¡No lo hagamos esperar más! ¡Éste será un día para recordar!

Capítulo 16

Una, dos, tres...

A pocos pasos de allí

Inés Arias termina de ajustarse la gorra plana sobre la cabeza. Como de costumbre, lleva el pelo recogido en trenzas anudadas. Ocupa un buen rato en cerciorarse de que no le queda ningún mechón libre mientras se sujeta la gorra al peinado con varios trozos de alambre convertidos en rudimentarias horquillas.

A sus pies, Lorenzo Dávila ronca. Se quedó dormido después de vaciarse en sus entrañas horas antes. Su aliento apestaba a vino, pero aun así se trabó a su boca como si de ella dependiera no caer en un abismo insondable; después, se alejaron del real amparados por la oscuridad, bajo un cielo cuajado de estrellas, y la embistió una y otra vez hasta desbordarse en su interior en una ola de jadeos cuya intensidad disminuía conforme las acometidas se hacían más lentas y pesadas.

Inés aún se mantuvo despierta un buen rato, mirando el cielo. Una estrella fugaz lo cruzó, y contempló su rastro hasta verla desaparecer. Esbozó algo parecido a una sonrisa, pues apenas sonreía ya. No tenía razones, ni tampoco recordaba la última vez que lo hizo con franqueza. No había sido feliz, y sospechaba que nunca llegaría a serlo. Si alguien le preguntaba por la última vez que lo fue, respondía que experimentó algo parecido a esa sensación una noche tormentosa golpeando la cabeza de la madre abadesa hasta la muerte con una piedra. Vivía, nada más, sabiendo que cualquier momento podría ser el último.

–¡Una!

La última vez que fue feliz de verdad fue una noche cualquiera de verano en la que contó estrellas fugaces. Tendida sobre la hierba junto a sus hermanas, contemplaban el cielo con ojos ilusionados. Veinte años han transcurrido ya desde entonces, se lamentó en silencio.

–¡Otra! –chillaban las tres, siguiendo el rastro en el cielo con un brazo.

Inés, María e Isabel, las tres hijas del capitán Arias. Isabel era la mayor; María, la mediana, e Inés, la más pequeña. De pelo castaño las tres. Ojos negros la segunda y tercera, de color miel la primera. Miradas intensas en todas ellas. Igual de delgadas y menudas que su madre. Muchos secretos y confidencias, y siempre unidas ante sus dos hermanos mayores, Álvaro y Luis, ansiosos por conocer aventuras, por experimentar las sensaciones del padre en aquellos campos de batalla donde se iba dejando jirones de su vida. Ellas, en cambio, estaban destinadas a acabar en un convento. Palabra de Baltasar Arias, capitán de los ejércitos de su majestad. La madre agachaba la cabeza, consciente de que así debían ser las cosas.

–¡Y otra más!

–¡Y otra!

Al día siguiente serían llevadas a un convento del que nunca saldrían, pero aquella noche de verano disfrutaron viendo muchas estrellas fugaces desintegrándose en el cielo. Olía a hierba mojada y no lejos discurría un arroyo que refrescaba una noche un tanto calurosa. Le oían cantar siempre el mismo verso, pero con distinta agua. Con el cielo desparramándose en sus miradas, apuntaban al lugar por donde había cruzado un bólido antes de extinguirse.

El convento fue el fin de su existencia como mujeres. Dejaron de ser Isabel, María e Inés, y pasaron a ser hermanas. Sumisas, obedientes, a cargo de labores tediosas; resignadas a ver su vida pasar, extinguiéndose como aquellas estrellas fugaces, pero sin la celeridad con la que éstas dejaban de existir. Inés nunca aceptó su suerte, y pagó cara su rebeldía. La madre abadesa la convirtió en el mal a ojos de las demás, en lo que no debían ser. Castigo tras castigo, en su ánimo creció el deseo de escapar, de abandonar una vida para la que no estaba hecha.

–De todos mis hijos, Inés es la que más se parece a mí –oyó al padre confesar a su madre en una de las pocas ocasiones que estaba en casa–. Lástima que naciera mujer…

Preparó su huida durante más de un año. Incluso escogió la piedra con la que mataría a la madre abadesa. Pequeña, manejable, la moldeó de tal manera que tuviera una punta con la que dejarla ciega. La noche que entró en sus aposentos lo hizo amparada por una enorme tormenta. Truenos que hacían estremecer las paredes de piedra, agua repiqueteando furiosa en el tejado del convento, acribillando las hojas de los árboles del claustro.

Abrió la puerta con sigilo, se acercó hasta la cama y se abalanzó sobre ella. No la dejó reaccionar. Mientras con la izquierda le tapaba la boca, con la derecha le asestaba golpes con la piedra. Uno, dos, tres… Como cuando contaba estrellas fugaces con sus hermanas las noches de verano. En los ojos, en la frente. Cuatro, cinco, seis. Sintiendo la sangre caliente en los dedos de la mano. Fuera, más truenos. La madre abadesa fue cediendo poco a poco en su resistencia conforme los impactos le reventaban la cabeza. Lo último que Inés Arias vio fue su cadáver sobre el jergón, las manos extendidas y la cabeza ladeada. Sus ojos abiertos miraban a la eternidad. Tampoco volvió a saber nada más de sus hermanas.

–¡Despertad! –chilla a Lorenzo, al tiempo que le da una patada.

–¿Qué?

Abre los ojos, alterado. Con rapidez, se incorpora y toma la daga de acero vizcaíno que le pende del cinturón.

–¿Qué hago aquí?

–Dormir. ¿O acaso no recordáis para qué me trajisteis aquí?

La mujer se lo dice con mirada dura y gesto serio, y aquel hombre al que sigue a todas partes como el perro de un lazarillo sonríe. Él la mantiene viva. Por él mata y obedece órdenes sin importarle su naturaleza. Lorenzo es todo su mundo. Aunque su carácter arisco no lo demuestre, está enamorada de él hasta los tuétanos. Sin él, su mundo sería ínfimo, y el corazón guardaría más pedacitos de hielo de los que ya contiene.

–Va a empezar el alarde. O eso parece, por los gritos que acabo de escuchar.

Lorenzo Díaz se guarda la daga y sigue los pasos de la mujer. No.tardan en llegar a la Dehesa de Cantillana. Tras apartar unas últimas ramas que les entorpecen el paso, él se detiene para contemplar el espectáculo. La cantidad de tiendas desplegadas, las tropas listas para desfilar ante la tribuna en la que, por lo que ha deducido de las palabras de Inés, ya se encuentra su majestad.

Ella no se para. Quiere desfilar ante el rey, empezar la guerra, asolar ciudades, asaltar fortalezas, matar enemigos. Sólo entiende así la vida. Y, si la muerte le llega, que lo haga en los brazos del único hombre que ha amado.

Capítulo 17

El alarde

Dehesa de Cantillana. Poco después

Fernando Álvarez de Toledo muestra un semblante relajado. Hasta cierto punto. El monarca va a disfrutar de lo que le ha prometido; un inmenso ejército con el que le dará lo que tanto ansía: ser rey de Portugal. Pero, por dentro no todo funciona como a él le gustaría. Lo sabe, pero no es momento de mostrarse doliente. Ya habrá tiempo para descansar, piensa mientras sube las escaleras de la tribuna para situarse junto a su majestad.

–Me alegra ver a vuestra excelencia con tan buen porte.

–Permitid que este humilde vasallo y servidor bese las manos de vuestra majestad.

–Por favor, por favor… –Felipe II conmina al duque de Alba a que no doble tanto la cerviz ante él. Está a punto de decirle «por Dios, que tenéis una edad», etcétera, mas calla por pudor–. Sentaos a mi lado y contadme –lo invita. Mira al horizonte. El cuadro estremece a la vista–. ¡Qué magnífico ejército!

–Los portugueses estarían locos si se les pasara por la cabeza siquiera resistir… –deja escapar un cortesano a espaldas del rey.

–Se lo parecerá a vuestra excelencia, por lo que es a mí… No sé si con esto bastará para acometer esta empresa –replica otro.

El duque de Alba se vuelve para determinar quién es el autor de ese último comentario. Rostro ancho, nariz del mismo aspecto y barba poblada. El tipo le dedica una reverencia desde su asiento. Como respuesta, él le asesta una mirada cargada de un odio infinito. Por dentro se cisca en toda su familia y antepasados.

–Debéis saber, majestad, que se ha juntado mucha y muy buena gente, y muy en orden. Más de veinte mil hombres. La mitad son soldados españoles y veteranos de Flandes. La otra mitad, mercenarios alemanes e italianos –detalla al monarca, sin poder evitar el orgullo–. Lo mejor de los Tercios Viejos de Nápoles y Lombardía, al mando de Mendoza y Sotomayor, está aquí. Más los tres italianos de Colonna, Spinelli y Caraffa, a la orden de Médicis.

–¿Artillería?

–Veintidós piezas gruesas de batir, además de culebrinas, sacres y esmeriles. En total, más de un centenar.

–Bien, bien… No obstante –Felipe II frunce el ceño–, a mis oídos ha llegado que la caballería no es demasiada.

–No será necesaria. No llegan a dos mil los caballos disponibles, pero ésta será una guerra de infantería y de mucho apoyo en la gente de mar que manda el marqués de Santa Cruz, cuya flota está ya lista para zarpar. Ha reunido más de sesenta galeras, cerca de veinte naos de alto borde y no menos de setenta chalupas.

–¿E impedimenta? ¿Cuánta hay?

–Os diría que unos tres mil gastadores, más de tres mil quinientos carros y algo más de tres mil acémilas..., y no yerro mucho.

–Impresionante… –acierta a decir el rey, con la boca abierta.

–Las tropas esperan una señal para desfilar ante vuestra presencia.

–Sea.

La orden corre por todo el real. A continuación, suenan clarines y tambores. El ejército con el que el duque de Alba pretende poner la corona de Portugal en manos de Felipe II se dispone a desfilar.

–Ruego a vuestra majestad que os acomodéis, que va para largo.

Capítulo 18

Tiempo de reencuentros

Esa misma jornada. Antes de anochecer

El alarde de tropas finaliza cuando el sol del ocaso empieza a impregnar de sangre el cielo. Las nubes que lo surcan adquieren al momento parecida tonalidad. El calor, con ser intenso en las horas centrales de la jornada, ahora lo es menos. El rey ha regresado ya a Badajoz acompañado de su familia y de la corte que ha llevado consigo a Extremadura. El bullicio del alarde es poco más que un recuerdo. Pero a muchos les costará olvidar lo vivido allí durante horas.

Los soldados regresan a su zona del real. Ginés Méndez camina con paso tranquilo, aún sorprendido por los acontecimientos de la jornada. No todos los días se tiene la oportunidad de desfilar ante el rey. Un instante, fugaz, pero suficiente para aprehender en su retina la figura del hombre en cuyo nombre mata, rinde voluntades y somete otras. Se siente un privilegiado por ello. Ese efímero instante lo hace distinto a los demás. «¡Si lo viera mi padre!», piensa.

–¿Crees que entraremos pronto en Portugal? –le pregunta Rodrigo de Cervantes, que camina a su lado.

–Por lo que dice don Sancho, *ná*, cuatro días. Que tanta gente como aquí *s'arrejuntao* es menester que se entienda antes de dar el paso.

–Vaya por Dios.

–Es lo que hay, compadre.

Rodrigo de Cervantes es flaco de carnes, algo más alto que él, y luce bigote con los extremos en punta y perilla bien cuidada. Mueve un brazo con dificultad a causa de un arcabuzazo. Lo mira todo con curiosidad, como si quisiera captar todos los detalles.

–¿Es vuesa merced Rodrigo de Cervantes?

Ambos se giran al oír aquella voz a su espalda. Lo que encuentran es el rostro sereno de Íñigo Sánchez. Por mirada, cierta ilusión por un reencuentro al que tenía ganas.

–¡Íñigo!

Se abrazan largamente.

–¡Ay, compadre! ¡Te escapaste sin dar calor a la jarra de vino que nos esperaba el día que me abandonaste! ¡Vengan ahora esa jarra y todas las que el cielo nos quiera regalar! –incita Ginés a Íñigo.

–¡Eso! –añade Rodrigo.

Tras la palmada en el hombro que el sevillano asesta a Íñigo Sánchez –más que palmada, un mandoble que haría temblar el tronco de un árbol y que aquel segundo aguanta sin torcer el gesto–, se dirigen a una zona donde los vivanderos ofrecen toda clase de mercancías a los soldados españoles. El bullicio es considerable. Voces, risas. En las conversaciones, el recuerdo de lo vivido en la jornada que está a punto de concluir.

–No os vayáis, que estos ojitos ven mucho –les pide Ginés Méndez, llevándose el índice izquierdo a uno de ellos.

Íñigo Sánchez lo ve pasar entre gente a la que saluda o de la que recibe saludos, hasta que es engullido por ella.

–Así que aquí estamos de nuevo... –dice a Rodrigo de Cervantes.

–Haciendo lo único que sabemos.

Callan un instante, como si todavía les costara creer que no están allí, sino en otro lugar, en otro espacio, en otro mundo. Rodrigo de Cervantes sonríe con afabilidad.

–Pero estamos aquí.

–Al menos tú lograste escapar. Miguel no puede decir lo mismo.

–Más o menos. –Rodrigo de Cervantes se encoge de hombros–. Él se quedó allí mientras que yo regresé. Lo decidió así.

–¿Qué me estás diciendo? –acierta a preguntar Íñigo, sorprendido.

–Verás, hace cosa de tres años, los padres mercedarios llegaron a Argel con una cantidad de dinero que habían reunido nuestros padres. Imagínate cuánto sufrimiento para conseguirla. ¿Sabes lo que hizo el maldito bellaco de Dalí Mamí? ¡Pidió más! La cantidad era insuficiente para liberar a los dos, por lo que mi hermano decidió que yo fuera quien quedara libre. A cambio, me pidió…

Ven regresar a Ginés Méndez con dos jarras de vino, una en cada mano, y el semblante sonriente. En verdad, Íñigo Sánchez no lo recuerda de otra manera desde que se conocieron algo más de una década atrás en el puerto de Mesina. Podía decir que era un hombre pegado a una sonrisa.

–¡La de gente que *s'ha arrejuntao* junto al carro del vivandero! ¡No veáis cómo está esto! Hoy más de uno termina durmiendo la papa donde Dios lo pille.

El sevillano da un largo trago a la jarra y se la ofrece luego a Rodrigo de Cervantes. Íñigo Sánchez arranca uno más corto a la que aquél ha puesto en sus manos.

–¿Ya has atendido la necesidad por la que me abandonaste el otro día? –le pregunta el sevillano.

–Discúlpame por aquello.

–¿Pero la necesidad quedó bien satisfecha? –le guiña el ojo de manera intencionada–. Si te surge otra parecida, llévame donde sea, que, con tal de dar alegría a la pija… –Se lleva la mano libre a la entrepierna.

–¡Oh, sí, sí! –sale el otro como puede.

–No es mala la compañía que se ha asentado en este real. Algunas hacen maravillas con la boca –asegura Rodrigo de Cervantes entre risas.

–Hay una… –Ginés Méndez entrecierra un ojo, pensativo–. Aldonza, de Burgos. Si no fuera por esos dientes…

–¿Qué pasa con ella? –pregunta Íñigo Sánchez, curioso.

–Que cuando te la chupa deja en la verga las marcas de los dientes. ¡Y, como le pone tantas ganas, ¡no sabe uno si gritar de placer o del daño que te provocan semejantes dagas! –concluye el sevillano.

Ríen durante un buen rato, dedicando la atención que merecen a las jarras de vino. En un corrillo, al costado del carro, se ha desatado una pelea entre varios soldados. El vino, la tensión, y las ganas de resolver cualquier palabra malintencionada o broma similar.

–¿Qué ha sido de tu vida? ¡Que no te cuentas nada! –inquiere el sevillano a Íñigo Sánchez.

–¿Rodrigo no te ha contado nada?

–¡Pardiez, Rodrigo! ¡Que hay que sacarte las palabras del gaznate una a una!

–¿Nada de nada? –insiste Íñigo.

–No es plato de buen gusto –se pronuncia el aludido al fin, con gesto serio.

–Desde luego.

–¡Eh, eh, compadres! ¡A mí no me vais a dejar con la mosca detrás de la oreja, que ni uno ni otro habéis abierto la boca! –estalla Ginés Méndez, algo soliviantado.

Los otros dos beben mirándose a los ojos. Ambos navegan por unos recuerdos nada gratos para ellos. ¿Acaso lo puede ser dejar de ver el sol y la luna y que pasen los días con la oscuridad como única compañía? Un lugar, una celda, otro mundo. Meses sin retorno, una vida robada sin misericordia. Resignación, incertidumbre, rabia, cólera. Sentimientos encontrados. Y la sensación de que la vida es eso que en apenas un lapso se convierte en algo completamente diferente, cuando las risas se convierten en lloros, los sueños en pesadillas o el placer en dolor.

Mar Mediterráneo, entre Marsella y Cadaqués. 26 de septiembre de 1575

Cercano el final del viaje, Íñigo Sánchez y los hermanos Cervantes podían respirar tranquilos.

Lo peor había pasado.

Se miraron. La sonrisa de Rodrigo de Cervantes era limpia, deseosa de poner los pies en tierra española. La de su hermano, un tanto agridulce. En el rostro de Íñigo Sánchez, expresión ninguna. Mismo destino, distinta tierra. Lo tenía asumido. Igual le daba un lugar que otro. Sabía qué haría fuera donde fuera.

Rodrigo de Cervantes no era el único que sonreía satisfecho. Mirara donde mirara, veía idénticos rostros. El peligro turco había pasado una vez dejaron atrás el golfo de León. Entonces escuchó la voz de su hermano Miguel:

Galeras del rey
apremiad los remos
el destino ya es de ley,
pronto lo avistaremos.

–¿Ya has escrito alguna de esas cosas? –le preguntó Íñigo Sánchez.

–Alguna, alguna… –acertó a decir Miguel de Cervantes, sonriendo con modestia–. Y habrá más si cuento con la tranquilidad necesaria y una labor que me la pueda proporcionar.

–¿Ya tienes pensado qué vas a hacer?

Miguel de Cervantes se encogió de hombros, negando al mismo tiempo.

–Aún es pronto. Cuando vuelva a casa, ya tendré tiempo –mintió.

Lo sabía, pero no lo quería confesar. Se miró la mano izquierda, que no podía mover, pero ahí estaba. Se lo debía a Dioniso Daza Chacón, toda una eminencia. Un nervio seccionado por un trozo de plomo. No se la amputó, pero jamás volvería a utilizarla. Lo siguiente fueron seis meses de hospital para curar las heridas recibidas en el pecho. ¿Quién le daría una ocupación en esas condiciones? En eso había pensado durante buena parte del trayecto, de ahí lo de escribir. Obras de teatro. Daban dinero, el público estaba ávido de novedades, y él traía consigo historias que contar de todo lo vivido y sufrido. Disponía de material suficiente.

–¿Y tú? –fue él quien preguntó ahora a Íñigo.

–A casa... –Éste hizo una pausa–. Supongo que después de descansar seguiré matando. Es lo único que sé hacer. Y el rey siempre necesita gente para matar.

–Atractiva ocupación, y muy adictiva.

–No conozco otra. Dios no ha tenido a bien regalarme un don, como a ti. Me contento con lo que puedo hacer, y matar no se me da mal.

Miguel de Cervantes se echó a reír.

–¡Vaya! ¿Aún me vas a decir que Dios me sonríe teniendo este aparejo inútil por brazo? –Lo señaló, para que el otro soldado reparara en él.

–Date tiempo, Miguel. Tengo claro que serás aplaudido y admirado. Tu nombre causará admiración, te lloverán los elogios.

–Peligroso mundo el de escribir, lleno de rivalidades, envidias y celos.

–Cuenta con mi acero, llegado el caso –le aseguró Íñigo Sánchez, serio como siempre.

–¡Vamos, Íñigo! –Miguel de Cervantes dejó escapar una risa–. ¿Te vas a complicar la vida por una crítica o una palabra de más?

–Te recuerdo que te debo la mía –le aseguró–. Si oigo hablar mal de tu persona, juro por mi fe que serán sus últimas palabras.

–Bueno, ya veremos...

Miguel de Cervantes posó de nuevo la mirada en el mar. Habían partido del puerto de Nápoles a comienzos del mes de septiembre, no recordaba si el día 6 o el 7. Un viaje largo y costero, de tierra en tierra y siempre de día, pues la flota compuesta por cuatro galeras hacía noche en un puerto distinto de la ruta. Tras dejar atrás Génova y Buccoli, las tres galeras junto a la que navegaba la *Sol* afrontaban el último tramo de la ruta. Un viaje singular, pues hubo que preocuparse lo mismo por lo de fuera que por lo de dentro. Lo de fuera: dos grandes tormentas en el golfo de León. Horribles; tanto, como para temer por sus vidas. La primera los llevó hasta Córcega; la segunda, los devolvió a Tolón. Lo de dentro: la vida en una galera. Única y para contarla, pues lo mismo te maltrataban las chinches que te robaban los forzados a la mínima que uno se descuidaba, y había que ser muy santo para aguantar los enfados de los marineros y soportar los ataques de los ratones, tan dados a roer todo lo que encontraban a su paso.

Habían tardado en zarpar por culpa de una serie de disputas entre don Juan de Austria e Íñigo López de Mendoza, tercer marqués de Mondéjar, nombrado recientemente por Felipe II para aliviar la tensión entre su hermano y quien fuera el virrey de Nápoles. El primero necesitaba hombres para sus expediciones en el Mediterráneo, y el segundo, mantenerlos en Nápoles para la defensa del reino. Las cuatro galeras, a cuyo mando se encontraba el capitán Sandro de Leiva, fueron unas piezas más dentro de la batalla entre aquellos dos hombres.

El trío se alegró al ver cómo los marineros izaban todas las velas de la *Sol*. El viento soplaba con la suficiente fuerza como para llevar las embarcaciones a puerto. Con unas ganas inmensas de tocar al fin tierra española, miraban el horizonte en busca del ansiado puerto. El hogar del que partieron años atrás los estaba esperando.

De repente, un marinero sentado en la parte de proa comenzó a gritar. Apuntaba hacia delante.

–¡Arma, arma, que bajeles turcos se descubren!

Las sonrisas se helaron de inmediato, y quien más quien menos se acercó al marinero. El primero en llegar fue el capitán de la galera. Se llamaba Gabriel Pedro, natural de Villena, y tenía experiencia, pues se había visto en más de una y de dos parecidas.

–¿Cuántos?

–¡Creo que tres!

Con entereza, evitó que en su rostro se instalara cualquier atisbo de temo.

–Seguid vigilando –ordenó.

Abandonó la proa, y los dos Cervantes e Íñigo Sánchez lo vieron dirigirse a varios soldados y marineros, que se desplegaron por toda la galera.

–¡Vive Dios! –estalló Íñigo–. ¡Parece que nos quieren mantener entretenidos hasta el final!

–¡A las velas unos! ¡El resto, a las armas! –ordenó el capitán.

–¡A las armas! –repitió Miguel de Cervantes.

Rodrigo miró a su hermano.

–¡Ni se te ocurra! ¡No estás condiciones de luchar! ¡No me hagas aquí otra como la de Lepanto! –lo conminó muy serio.

Miguel de Cervantes no contestó. Se quedó quieto rodeado de un mar de voces, órdenes y movimientos que se sucedían en la cubierta de la galera.

–Si os digo que tengo un mal presentimiento... –murmuró.

–¡Vienen, vienen! –gritó de nuevo el marinero de proa.

–¿Cómo de malo? –le preguntó Íñigo Sánchez.

De nuevo, no contestó. Aunque hubiese querido, el grito del capitán los paralizó a todos.

–¡A las armas!

Miguel de Cervantes escrutó la vela. No se movía. El viento había cesado súbitamente. Su rostro adquirió una tonalidad parecida a la de la leche.

–El peor.

–¡Miguel, ve a buen recaudo! –le ordenó Íñigo Sánchez–. ¡Tú y yo iremos allí a disparar contra esos hijos del demonio en cuanto se aproximen! –instó a continuación a Rodrigo.

Armados con arcabuces, esperaron la llegada de los turcos.

–¡Vienen, vienen! –chilló fuera de sí el marinero de proa.

Un enorme ruido precedió al impacto que hizo estremecer la galera.

–¡Nos abordan! –gritó alguien.

Un buen número de bajeles los rodeaba ya. Rodrigo de Cervantes escuchó estremecido la confesión de un compañero de armas:

–Es inútil resistir.

Todos se miraron. Algunas de esas miradas apestaban más a miedo que otras ante el futuro incierto que se les presentaba. Los turcos seguían apuntándolos desde sus bajeles. Íñigo Sánchez trató de hacerse una idea de la situación. A ojos de cualquiera, muy complicada.

–¡Viene una barca! –oyeron que alguien gritaba desde el otro extremo de la galera.

Curioso, el soldado se acercó hasta allí. Cuatro hombres junto a dos remeros venían en ella. Al llegar a la altura de la galera, subieron por la escalerilla que les tendieron. Uno de ellos, el que parecía ser el jefe, lucía un aspecto lustroso. Por sus rasgos, Íñigo Sánchez se percató de que no era turco. El recién llegado se paseó por la cubierta arrastrando una de sus piernas.

–Es un renegado –reconoció al hermano.

Miguel de Cervantes, que había regresado junto a ellos, se estremeció.

–¡Vive Dios! ¡Ésos son los peores!

–¿Me lo dices o me lo cuentas? –le contestó el otro Cervantes.

–Quiero hablar con el capitán –ordenó con voz chillona el recién llegado.

–Aquí lo tenéis –exclamó Gabriel Pedro acercándose a él.

Se estudiaron en silencio unos instantes. El capital de la galera había reconocido al tipo que tenía ante sí por su defecto físico.

–Sois Dalí Mamí, aquel al que llaman el cojo, y estáis a las órdenes de otro de vuestra misma ralea llamado Mami Arnaute.

El hombre enrudeció su gesto de soberbia.

–Soy quien decís. Y, si me conocéis, también sabréis que mi fama me precede.

–Algo he oído.

–Entonces no alarguemos más este asunto. Rendid la galera, pues no tenéis posibilidad alguna.

–¿Y si no lo hago? –se mantuvo firme el capitán.

–A quien dispare, lo colgaremos del trinquete. Palabra de mi general, a quien Alá guarde muchos años. Al resto, los desollaremos vivos después de arrancarles los testículos y hacer que se los coman crudos.

El renegado rio entonces con suficiencia. Un murmullo de espanto se extendió por la cubierta. Gabriel Pedro mantuvo la compostura y se tomó un tiempo para analizar la oferta. Miró hacia atrás, calculando las posibilidades de los suyos, y después por detrás del renegado. Chascó la lengua. No tenía ninguna opción. No obstante, en su rostro no apareció gesto alguno de contrariedad.

–Iros con el diablo –decidió mostrarse inflexible–. O a vuestra nave, que viene a ser lo mismo.

La risa de Dalí Mamí estremeció a muchos de los que contemplaban la escena en la cubierta de la galera.

–Ahí es donde acabaréis la jornada tanto vuestra merced como toda vuestra tripulación.

El renegado regresó a la barca, y acto seguido los remeros pusieron dirección a su bajel. Cuando estaba lo suficientemente cerca de su navío hizo una señal, y acto seguido la artillería abrió fuego. Al momento, el resto de los bajeles turcos se unió al festival.

–¡Fuego! –ordenó Gabriel Pedro.

Lo que vino a continuación fue una ensalada de disparos; una orgía de fuego, sangre, humo y gritos.

–¡Aleja de este infierno a tu hermano! –gritó Íñigo Sánchez a Rodrigo de Cervantes.

–¡Déjame luchar! ¡Soy tan válido como los demás!

–¡Escúchame! –Íñigo Sánchez agarró por el cuello a Miguel. Su mirada ardía–. ¡Ya estuviste a punto de morir en Lepanto! ¿Es que no ves que no estás en condiciones siquiera de sostener un arma? ¡El Señor ya te ha sacado de una! ¡No lo pongas en el brete de librarte de otra!

–¡Pero...!

–¡Rodrigo! –ordenó a su hermano–. ¡A la bodega con él! ¡Después, dispara desde donde puedas!

–¡Soy un soldado del rey! –Miguel se deshizo del intento de Rodrigo de llevárselo–. Y, si de morir, ¡moriré como el soldado que soy!

–¡Miguel, por el amor de Dios! –insistió Íñigo Sánchez.

–¡A mí un arma, bien sea una espada, un arcabuz o una mísera piña! ¡Perdí la siniestra para mayor gloria de la diestra, pero aún soy útil!

Íñigo Sánchez miró a Rodrigo, y éste se encogió de hombros. La suya no era una mirada de resignación, sino de comprensión. El soldado y su vida; su ventura y desventura.

–Todo hombre es bueno para luchar –admitió al fin Rodrigo, lacónico.

–¡A ellos! ¡A ellos! –los instó Miguel de Cervantes para transmitirles parte de su valor.

–¡A ellos! –le contestaron varios soldados, enardecidos.

El aire no tardó en hacerse irrespirable. Los disparos se sucedían. Los gritos se multiplicaban. Insultos, una ayuda, el recuerdo de la madre o del padre antes de morir. Un disparo lanzado desde la galera *Sol* acertó junto a la cinta de un bajel que se disponía a arremeterla.

–¡Al infierno con esos infieles! –gritaron no pocos al ver cómo el bajel comenzaba a hundirse de inmediato y la tripulación saltaba al agua para salvar la vida.

Su hundimiento acrecentó el odio de los turcos contra la galera cristiana. Todo lo visto hasta entonces pasó a ser un mero entremés comparado con lo que desató a continuación.

–¡Aguanta! –bramó Rodrigo de Cervantes a Íñigo Sánchez.

–¡Aguanta! –repitió este último–. ¡Aguanta y sigue disparando! ¡Si salimos de Lepanto, también saldremos de ésta!

Una nueva sacudida hizo crujir la estructura de la galera. Miguel de Cervantes fue de los primeros en caer al suelo. Cuando se levantó, lo hizo con dificultad y con el rostro sudoroso. Se tomó su tiempo para escrutar la escena que tenía ante sus ojos. Apretó los dientes. Respiraba con dificultad por culpa del humo. Podía sentir cómo su corazón latía desbocado. Demasiados infiernos había conocido ya en tan pocos años. Y un pensamiento navegaba por su cabeza; no se le iba: quien está en el infierno nunca sale de él, ni puede. ¿Le merecía la pena?

Nuevas sacudidas, y otras más. Todos los bajeles de la flota turca arremetían contra la *Sol.* Los soldados que aún se mantenían en pie, negándose a la evidencia, trataban de causar el mayor daño posible a las naves enemigas y sus tripulaciones.

–¡No cejéis vuesas mercedes! ¡Lepanto, Lepanto! –se hizo oír el capitán entre los disparos.

–¡Lepanto, Lepanto! –le respondieron no pocos.

–¡Al demonio con ellos!

–¡Al demonio!

Rodrigo de Cervantes e Íñigo Sánchez se afanaban en disparar, dispuestos a vender caras sus vidas. Miguel de Cervantes, también. «Más hermoso parece el soldado en la batalla que sano en la huida», pensó por un momento. Disparos y más disparos, más embestidas de los bajeles turcos y una atmósfera que asfixiaba, que llenaba los ojos de lágrimas y convertía el ejercicio de respirar en un esfuerzo que agotaba las exiguas fuerzas de los soldados.

–¡El capitán ha muerto!

El grito cayó como una losa sobre los que todavía luchaban en cubierta. Íñigo Sánchez miró en la dirección de donde había venido el grito. Apoyado en el trinquete, el capitán tenía la mirada perdida y la cabeza reventada de un arcabuzazo. Apretó los dientes con rabia maldiciendo su suerte.

–¡Han matado al capitán! –volvieron a gritar.

–¡Cesad el fuego! –chillaron desde la popa–. ¡Por nuestro bien, cesad el fuego!

–¡No! –respondió él.

–¡No disparéis!

–¡Maldita sea! –bramó Íñigo Sánchez, fuera de sí–. ¿Acaso no conocéis el futuro que nos espera?

–¡Mejor preso que muerto! –le respondió un soldado.

–¡Eso, eso! –lo secundó otro.

Los disparos se acallaron. Sólo se oían los quejidos y lamentos de los heridos y el del mar meciendo la galera.

–No sabéis lo que estáis haciendo –arremetió contra aquel segundo–. ¡Se arrepentirán vuesas mercedes!

El soldado no respondió. Íñigo Sánchez, que apretaba los puños para contener la rabia que lo devoraba, quiso reprenderlo más, si cabe, pero se lo impidió la aparición en cubierta de Dalí Mamí, enseñoreado. Había llegado acompañado de un nutrido grupo de hombres. Se acercó al cuerpo de Gabriel Pedro, que miraba a un infinito eterno, y le escupió con rabia.

–Sacad a los vivos y llevadlos a la galera. Dejad a los muertos donde están y a los que aún no lo están, aligeradlos.

Tal y como había ordenado el renegado, sus hombres trasladaron a los supervivientes. Dos de ellos se acercaron a él llevando consigo a Miguel de Cervantes. Por detrás marchaban su hermano e Íñigo Sánchez. Se detuvieron ante Dalí Mamí.

–Mirad lo que lleva éste consigo –dijo uno de ellos, señalando al preso–. Se aferraba a este papel como si la vida le fuera en ello.

El renegado tomó el papel. Una vez leído, sonrió. Cualquiera se hubiera meado encima al recibir una sonrisa así. Y Miguel de Cervantes no iba a ser menos.

–Vaya, vaya. Una carta firmada por el mismísimo Juan de Austria… A éste –dijo refiriéndose a Cervantes–, tratadlo con el cuidado que merece. Sospecho que vamos a sacar una buena tajada por él.

En ese mismo momento, un turco asestó una patada en la espalda a Íñigo Sánchez, que se resistía a caminar.

–Para que vayas aprendiendo, perro cristiano –lo increpó su captor–. De éstas te vas a llevar muchas en Argel.

Capítulo 19

El pañuelo del pajarito

Real de la Dehesa de Cantillana. Antes de la medianoche del 13 de junio de 1580

Los caminos de Ginés Méndez, Rodrigo de Cervantes e Íñigo Sánchez se separan después de apurar la última de las cuatro jarras de vino que han compartido a costa de las monedas que ya engrosan la bolsa del vivandero. Vino fuerte, recio. Ideal para despertar las ansias de luchar.

Íñigo camina por el real recordando todos los detalles que Ginés Méndez ha revelado. Todo ello concerniente al duque de Alba, que es el objeto de su interés, animado por el vino, por el clima de buena camaradería en el reencuentro de los tres soldados. Detalles que debe poner en conocimiento de Juan de Salazar para que éste los transmita a Alonso de Guzmán. Lo fácil es eso; lo difícil es cómo hacérselos llegar. Mira a todas partes, escruta rostros, aun a sabiendas de que puede buscarse un problema; no pocos soldados consideran eso una afrenta, sobre todo si están borrachos, y de ahí a un duelo imprevisto media un paso.

Por caminar tan absorto en sus pensamientos mientras mira de lado a lado no ve venir de frente a la persona con la que se choca. El impacto lo derriba. Lo mira desafiante antes de incorporarse.

–Así me lleve el diablo si miento cuando os digo que vuesa merced no tiene ojos sino huevos con los que no sois capaz de ver ni a dos pasos de distancia –lo amenaza.

–Podría deciros lo mismo.

El que tiene delante es un tipo con el que no parece agradable jugarse los cuartos. Su rostro pendenciero apesta tanto o más que el lugar apartado del real donde cada uno alivia la tripa cuando le viene en gana. Tiene los ojos inyectados en sangre y una fea cicatriz junto a la comisura izquierda de los labios. Íñigo Sánchez no tarda en arrepentirse de su reacción; justo lo que quería evitar con sus indagaciones. Repara en el mango de la daga que asoma en la cintura. Mal compañero de viaje. Ahora se trata de solventar aquello de la mejor manera para sus intereses. Se previene cuando ve que el tipo echa una mirada a la daga.

–Tiene ganas de probar sangre, que está sedienta desde hace unos cuantos días.

–Iba pensando en mis cosas. Ruego que me perdonéis.

–Mis cosas... –dice el otro, riendo de manera siniestra–. ¿Y qué cosas son ésas, si se puede saber?

«¡Cuidado!», se advierte Íñigo Sánchez. Que el tipo busca problemas salta a la vista, lo que menos le conviene en ese momento; además, no son pocos los que ya han reparado en ellos. Miran, murmuran. Le ha bastado con echar un somero vistazo a su alrededor para percatarse de lo difícil que se ha vuelto la situación. Así que, en previsión de lo que pueda ocurrir, relaja la mano izquierda, presta para agarrar la daga que él también lleva consigo.

–Por ventura que hay pájaros deseando hacer llegar esas nuevas a quien las está esperando.

Le cuesta encajar las palabras. El silencio se hace entre ellos mientras trata de asimilarlas. Asiente despacio. Vuelve a mirar a su alrededor. Miradas de desilusión entre quienes esperaban una pelea que no se va a producir, e indiferencia en los que deciden regresar a sus quehaceres, sean los que sean.

–¿De cuántos hombres estamos hablando? –le pregunta entonces.

–Por el momento, el que veis delante. Si hicieran falta más, los habrá.

Sólo en ese momento repara Íñigo Sánchez en el pañuelo rojo que el tipo lleva anudado en el cuello.

–Imagino que es la señal.

–De alguna manera tienen que destacar los pájaros que han de llevar las nuevas que son esperadas en ciertos lugares.

–Comprendo.

–Cuando lo consideréis, sólo tenéis que poner por escrito esas cosas de las que os hayáis enterado. Me encontraréis en aquella tienda. –Con un gesto, invita a Íñigo Sánchez a buscarla con la mirada.

–Tengo noticias.

–No esperéis más. Acudid a verme.

El tipo le da la espalda y camina hacia la tienda.

–Decidme al menos vuestro nombre.

El otro aún se detiene. Se gira lentamente. Lo ve sonreír de idéntica manera a como lo hizo después del empujón.

–Gabriel me pusieron cuando vine a este mundo, y así me iré cuando me marche de él, espero que dentro de mucho tiempo.

Íñigo Sánchez se queda pensativo. Desconoce cuántos lo ayudarán en el cometido que tiene entre manos; ni siquiera puede asegurar que el tal Gabriel se llame así. Mientras lo ve alejarse, se da un tiempo para pensar en todo lo que lo rodea en el asunto para el que han requerido sus servicios. Por lo que intuye, mucha gente. Y eso cuesta dinero, mucho dinero. Hasta dónde puede llegar el odio hacia una persona para gastarlo de esa manera. Él no es más que una pieza en toda esa organización. Quizá la más importante, llegado el momento. Asiente despacio mientras lo asimila. «Cada uno es artífice de su propia ventura», le aseguró Miguel de Cervantes una noche en Argel. Siempre lo escuchaba atento, para aprender de sus frases, de sus palabras. El gesto serio, pensativo, la mirada perdida en cada momento. Sereno. Un ser como aquél, pensaba mientras lo escuchaba, no podía seguir cautivo. Merecía que todos lo conocieran, que leyeran lo que se decidiera a escribir. Merecía una eternidad.

Si había que matar al duque de Alba con tal de saciar la sed de venganza de Ana de Mendoza, como le advirtió Juan de Salazar, pero también para ofrecer a Miguel de Cervantes la oportunidad de ser inmortal, Íñigo Sánchez no pestañearía llegado el momento.

Lo tiene tan claro como el cielo que lo cobija en ese momento.

Capítulo 20

El zorro viejo

Dehesa de Cantillana. Tarde del 15 de junio de 1580

El calor ha decidido no conceder misericordia alguna al real desplegado junto a la frontera con Portugal. Las moscas revolotean alrededor de los ociosos soldados. Algunos las matan, otros las dejan hacer. Rostros expectantes, miradas alerta; conversan entre ellos o pasean por las calles. Los hay que ríen despreocupados, otros revisan sus armas. «Podemos partir en cualquier momento», dicen a quienes se preocupan por su proceder. Y única pregunta en sus cabezas, que luego va de boca en boca: cuándo se entrará en Portugal. El número de personas que conocen ese dato se pueden contar con los dedos de las manos.

Un jinete pone pie en tierra con premura frente a la tienda del duque de Alba. Atento, el que guarda la puerta se hace con las riendas.

–¡Correo urgente para su excelencia, el duque de Alba!

–Dentro os espera.

Agradece saberse resguardado del sol por unos instantes. El viaje le ha resultado fatigoso, y aún ha de regresar a Badajoz. Encuentra a Fernando Álvarez de Toledo solo, con las manos apoyadas en una mesa. Sobre ella, hay desplegados un plano y no pocos papeles. Lo escruta todo con calma. Mirada fiera, rostro concentrado. Los detalles. Caminos, veredas, los posibles puntos conflictivos. Sus ojos absorben la información para extraer el modo de actuar concreto en el lugar adecuado y el momento exacto. Por él, sus soldados y el rey.

–¡Correo de su majestad!

El duque levanta la mirada. A un gesto suyo, el soldado abre el morral que cuelga de su espalda y le extiende varios documentos. Lo mira inquisitivo.

–¿Su majestad espera respuesta?

–No, vuestra excelencia. Es para vuestra información.

–Que os den acomodo. Os vendrá bien un poco de descanso.

Una vez se marcha el mensajero, el duque se sienta en una jamuga y comienza a leer. En ocasiones, alza las cejas; en otras, se acaricia la barba blanca, larga y descuidada. Ni se inmuta cuando acaba. Deja caer con languidez la mano que sostiene los documentos. Mira resignado a ninguna parte, pues nada en aquel lugar podría ser capaz de atraer su atención en ese momento.

–Si esto es lo que su majestad desea, así será.

Se incorpora, deja los documentos sobre la mesa y llama a Juan de Albornoz, su asistente principal.

–Presto, haced saber a don Sancho Dávila que me urge verlo.

Regresa junto a la mesa y busca un punto, un lugar trazando un curso imaginario con el índice derecho sobre el plano. Ya se lo sabe de memoria. Cada punto, cada fortaleza, cada camino. Se detiene en Elvas.

–Aquí ha de ser.

Rebusca entre los papeles. Cuando halla el documento, escruta el punto elegido trasladando al plano los detalles recogidos en aquellas líneas escritas. Apoya la mano libre en la mesa para acercarse al plano. Detalles, seguridad. Máximas que siempre tiene en cuenta antes de emprender cualquier acción. Cuantos más de los primeros, mejor; cuanto más de la segunda, mejor para sus soldados.

Sancho Dávila no tarda en aparecer.

–¿Qué deseáis, excelencia?

–Sentaos.

El duque de Alba sigue concentrado en el plano.

–Su majestad ha confirmado las Ordenanzas. Cuarenta y tres en total –le informa sin mirarlo.

–¿Lo que sospechabais?

–Punto por punto. El rey quiere serlo también de Portugal, con todo lo que eso significa. Ahí –señala los documentos– está el cómo. Yo me atendré a lo dispuesto en ellos.

Sancho Dávila se detiene en una ordenanza concreta.

–«Cuando lleguemos a una plaza, se solicitará su rendición de inmediato a la vista de nuestro ejército» –lee en alto–. Pero... –trata de protestar.

–Sólo soy un lugarteniente, don Sancho. Su majestad es el general y quien dicta las órdenes. –Su voz suena resignada–. Yo me limito a obedecer y cumplir sus designios.

–Disculpadme, vuestra excelencia, pero...

–No hay nada más que hablar. Así son las cosas y así se harán. Estamos aquí para cumplir el mandato de su majestad. Haremos las cosas tal y como él desea.

La melancolía se adueña de la mirada del duque de Alba. El destello de sus iris revela un estado de ánimo turbado. Resignado, sí, pero también indignado. Relegado a una mera comparsa, a un ejecutor de las órdenes reales.

–Esto no es lo que queríais.

El duque mira con interés a Sancho Dávila.

–¿Qué esperar ya de la vida en el ocaso de mis días? Estar aquí ya es un regalo, pues hace menos de cuatro meses paseaba junto a la duquesa por las tierras de Uceda sin más esperanza que el encuentro con el Señor.

–Pero su majestad no sabe nada de la guerra, y vuestra excelencia, sí.

–La guerra es lo que cada uno quiere que sea. La guerra es coraje, valentía, esfuerzo, lucha, determinación. Y muerte –recalca esta última palabra–, pero también templanza, saber esperar, calcular los movimientos del contrario, anticiparse a sus pensamientos. Y diplomacia, tacto, mano de seda envuelta en guante de hierro. Confieso que he luchado, he ordenado matar, también he sembrado la destrucción allí por donde he pasado, pero siempre ha sido en nombre de su majestad. Él es quien propone y dispone. Así lo hizo el emperador, a quien el Señor tenga en su gloria, y así lo hace el hijo, su majestad Felipe. La guerra se puede entender de muchas maneras.

–Pero no deja de ser guerra…

–Sé dónde queréis llegar. Una cosa son los papeles, las órdenes recogidas en ellos, y otra es la realidad, el campo de batalla, verte ante unos muros y recibir por respuesta una negativa ante la petición de rendirse. Pero esta vez las cosas son distintas, don Sancho. No venimos a destruir, sino a sumar. En cierto modo… –se queda pensativo por un instante. De lejos, pueden oír las voces de los soldados, sus risas; el día a día de un real sin guerra que batallar–, puede que su majestad tenga razón. Debemos ser vistos como amigos, y no como enemigos. Viene a tomar lo que considera suyo por herencia, no a conquistarlo. Se impone otra manera de hacer las cosas.

–¿Es por eso por lo que estamos tardando tanto en entrar en Portugal?

El bufido que suelta el duque de Alba se podría interpretar como «Bonita pregunta ésa. Por mí, ya mismo; por su majestad, aún hay que esperar».

–Su majestad quiere dejar un par de días más a don Cristóbal de Moura, para comprobar si surten efecto sus esfuerzos negociadores. Al menos, por lo que me transmitió cuando estuvo por aquí, hasta que la junta portuguesa decida quién será el rey… ¡Pobre crédulo! –deja escapar con ironía.

–A fe que no creéis demasiado en sus trabajos…

–¡Para nada! –alza la voz Fernando Álvarez de Toledo, vehemente–. ¿Acaso tengo que creer a un tipo que va diciendo en Portugal que me he vuelto un blando gracias a su política de acuerdos? ¡Un blando, yo! ¡Una cosa es cumplir lo ordenado por el rey, y otra bien distinta es ser un blando! ¡Que nos dejen a solas y veremos si le convencen mis razones para considerarme un blando!

Sancho Dávila ríe con ganas.

–Blanduras a mí, a estas alturas de la vida. ¡Dad libertad a un asno para rebuznar, que lo hará solícito las veces que estiméis oportuno! –se jacta el duque–. Su majestad quiere ser rey de Portugal, y eso es lo que voy a procurar. Pero el mando de los soldados sigue siendo mío, así que ya os aviso de que mañana, al amanecer, tengo una sorpresa preparada para mis valientes.

–¿Qué sorpresa? –pregunta Sancho Dávila, arrugando el entrecejo.

–¡Demonios! Si os la revelo, ¡ya no lo será! –replica Fernando Álvarez de Toledo.

–Hombre… –tercia el maestre de campo con una sonrisa.

–Una hora antes de amanecer, ordenaré tocar alarma. Quiero comprobar cuánto tardaríamos en desplegarnos ante una amenaza.

Sancho Dávila cavila, silencioso. A sus ojos, el hombre que tiene ante sí no es más que un anciano. ¡Pero qué anciano, Jesús!, juraría a quien quiera escucharlo. Listo como él solo. Mirada lobuna muy abierta, las comisuras elevadas. Disfrutando del momento.

–¡Si no fuera por el aprecio que os tengo, diría que sois el mismísimo demonio! –reconoce al fin entre risas.

–Hasta el día que me muera. Parece mentira que todavía no lo sepáis.

–¿Entonces?

–Si el rey quiere ser de Portugal, pongámonos a ello. Cuanto antes empecemos, antes terminaremos. En verdad os digo que deseo terminar este asunto lo antes posible.

Sancho Dávila se queda atrapado en la mirada brillante del duque de Alba. Viva. Puede que su cuerpo se apague a velocidad del trote de un caballo, pero su ánimo y determinación permanecen intactos. No le cabe duda de que el rey Felipe ceñirá la corona de Portugal en su cabeza.

Capítulo 21

Las órdenes están para ser cumplidas

Dehesa de Cantillana. 19 de junio de 1580. Nueve de la mañana

Sancho Dávila se encamina con premura a la tienda del duque de Alba. Lo hace en compañía de Álvaro de Luna y Sarmiento, capitán de los continos de las Guardias de Castilla. «Llevadme vuestra merced a ver al duque, pues tengo que hablar con él», le rogó. Camino de la tienda, se toma un tiempo para analizar cómo respiran las tropas. La atmósfera es rara. Caras de insatisfacción en unos, de frustración en otros; de esperar más, mucho más de lo que ha acontecido. Para ellos, nada; para su majestad, mucho. Sutiles diferencias, maneras opuestas de ver lo mismo. Felipe II puede estar muy contento con lo ocurrido, y Sancho Dávila no alberga duda alguna de que lo está, pero no sus soldados.

La primera ciudad portuguesa ha caído. Para Elvas ya no hay más rey de Portugal que Felipe. Las caras que observa camino de la tienda del duque de Alba no muestran la satisfacción que sí debe vestir la del rey. Rostros serios, meditabundos, incluso contrariados son los que deambulan de un lado para otro del real, hacen corrillos y bajan la voz mientras pasa a su lado.

De pronto, una frase lo alerta. Pronunciada con voz queda, y sin embargo la ha llegado a escuchar. Mira a su autor sin detenerse, y éste agacha la mirada con tal de no encontrarse con la del maestre de campo. La imagina encendida, soliviantada. Está en lo cierto, y asiente despacio mientras uno de los ayudantes del duque de Alba le franquea el paso.

«Para esto no hemos venido aquí», ha dicho el soldado. Y tiene razón.

Encuentran a Fernando Álvarez de Toledo sentado ante el pequeño escritorio del que se hace acompañar. Gesto pensativo, pluma en mano. Repara en ellos sin evitar un gesto de sorpresa al ver a Álvaro de Luna. Caballero de la Orden de Santiago, es hijo de Antonio de Luna y Valois, sexto Señor de Fuentidueña, lo tiene por valiente y decidido. Una pieza importante en sus ejércitos. Mirada intensa, rostro concentrado y gesto serio, acude a él vestido igual que Sancho Dávila, con gregüescos de color oscuro con cuchilladas, sujetos a mitad del muslo, y jubón acolchado en paño de lana en ambos casos.

–Enseguida estoy con vuestras mercedes.

–¿Acaso vuestra excelencia está escribiendo una carta a su majestad? –le pregunta Sancho Dávila.

–Cumplo con mi obligación como lugarteniente. Que se vea que lo hago con diligencia –afirma, socarrón–. Soy un soldado, cumplo órdenes –insiste el duque de Alba, serio–. Seré sucinto. Después, tenemos que hablar.

–Para eso he traído conmigo a don Álvaro.

Fernando Álvarez de Toledo lanza una mirada rápida al hombre que acompañaba a Sancho Dávila.

–¿Qué os ocurre?

–Debo pedir merced a vuestra excelencia –murmura aquél.

La duda queda impresa en el rostro del noble. Mantienen la mirada unos instantes. La baja el primero y se pone a escribir.

–Dadme unos instantes.

El maestre de campo se fija en cómo el duque toma la pluma, en su rostro cansado. En otros tiempos, lo de Elvas lo hubiera resuelto de otra manera. Quizás habría sido más laborioso, incluso más costoso en tiempo, pero a su manera. Ahora no es más que un servidor de su majestad. Se debe a él. Incluso cree ver que le tiembla la mano. El rostro caviloso y la mirada al frente. Tose en un par de ocasiones.

Una vez formado el discurso en la cabeza, Fernando Álvarez de Toledo no duda:

> Como recordará vuestra majestad, el día diecisiete de este mes envió una embajada comandada por don Pedro de Velasco a Elvas, villa bien artillada y defendida con mucha gente de pelea, con el objeto de volverla fiel a vuestra majestad. Se les hizo entender que, si se mostraban a favor de lo expuesto por vuestra majestad, se les tendría en cuenta a la hora de concederles algunas mercedes. De no ser así, se arrasaría la ciudad hasta sus cimientos. En principio, la propuesta fue bien recibida por quienes estaban dispuestos a rendirse visto el peligro, pero rechazada por quienes no estaban de acuerdo. Después de un periodo de negociaciones, los de Elvas rindieron la ciudad y su castillo y anunciaron que acudirían a Badajoz a besar la mano de vuestra majestad como rey de Portugal. Toda la justicia y corregidores, y con ellos Antonio de Melo, alcaide del castillo, entregaron las llaves de una y del otro. Después, una vez regresaron a Elvas, levantaron en la torre del homenaje una bandera por vuestra majestad, que allí quedó fija, mientras a voces gritaban Portugal por el rey de Castilla.
>
> Hubo después, por la noche, grandes alegrías con música y luminarias por las calles de la ciudad, y tañeron las campanas de sus iglesias. Luego vinieron a dar obediencias a vuestra majestad las villas de Campoamor y Olivenza.

Luego, toma el sobre y escribe: «Al muy magnífico señor Gabriel de Zayas, secretario de S. M. y su Consejo».

–¡Correo presto! –pide a Juan de Albornoz, también presente en la tienda–. A Badajoz.

Ya retirado el ayudante, el duque de Alba se vuelve hacia las dos personas que aún lo acompañan en la tienda. No sin esfuerzo, se levanta y coloca la jamuga frente a ellos.

–He querido referir a su majestad lo que aconteció en Elvas de una manera resumida.

–Fue muy sencillo.

–Demasiado.

Sancho Dávila ve que el duque de Alba se atusa la barba con gesto pensativo.

–Algo me dice que Elvas va a ser la excepción.

–Pudiera ser.

Fernando Álvarez de Toledo le dedica una mirada intensa. Álvaro de Luna permanece expectante, ansioso por abrir la boca.

–Éste es un país de fortalezas y atalayas. Vuestra merced ha visto como yo los despachos e informes que hay sobre esta mesa. El camino hasta Lisboa está plagado de ellas. Por eso tengo una ligera percepción de cómo va a ser la estrategia del prior de Crato.

–¿Qué prevéis?

–En su lugar, yo plantearía el desgaste a lo largo de la ruta que conduce a Lisboa para complicar los movimientos de mi enemigo. Plazas fuertes, con la gente de armas precisa para aguantar lo que sea menester. Y, mientras, organizaría el grueso de las huestes en torno a Lisboa. A ser posible, en un lugar accidentado, con acceso al mar, para contar con ayuda de la marina. –El maestre de campo lo ve hablar concentrado–. Y allí plantearía dura batalla con lo que quedara de mi enemigo.

Termina sonriendo con acidez, lo que sorprende a Sancho Dávila.

–¿Me he perdido algo? –pregunta al duque de Alba, escamado.

–Atalayas, fortalezas… ¿No os recuerda algo esa manera de proceder?

Tanto el maestre de campo como Álvaro de Luna y Sarmiento lo miran con la duda impresa en los rostros. El primero lo relaja enseguida, comprendiendo las palabras del noble.

–¡Por las barbas de Cristo! ¡Está haciendo lo mismo que los herejes de Flandes! –responde.

–Seguramente el prior habrá pensado que esa estrategia es la mejor manera de desangrarnos, pero ha errado el tiro, pues ni las fortalezas portuguesas son las de Flandes según estos informes –el duque de Alba dirige la mirada a algunos de los papeles que había sobre la mesa–, ni tampoco el clima ni la tierra son un impedimento, como allí arriba.

Los ojos de Sancho Dávila se abren en una sorpresa infinitiva. A Fernando Álvarez de Toledo le brilla la mirada. En su frente también lo hacen algunas gotas de sudor. Como las anteriores, la que acaba de comenzar será una jornada calurosa. El duque asiente, satisfecho. Análisis de la situación, posibilidades y plan de actuación; todo tiene cabida en su cabeza. Conviene Dávila en que su salud no es la de antaño, pero desde luego la cabeza le funciona como siempre.

–Así que haremos algo que no espera.

–¿Qué tenéis pensado?

–Una guerra rápida.

Sancho Dávila no puede reprimir la sorpresa. La excitación se apodera por completo de Álvaro de Luna y Sarmiento.

–Avanzaremos rápido por territorio portugués, lo más rápido que podamos. Así someteremos a las ciudades que se muestren hostiles o nos cierren las puertas.

El maestre de campo lo ve sonreír.

–Hay que llegar a Lisboa cuanto antes para evitar que se fragüen los apoyos que el prior pueda estar recabando –insiste el duque de Alba–. Me consta que está pidiendo ayuda a los franceses. Cuanto más tardemos en comenzar la marcha, mayores podrían ser las ayudas.

Sancho Dávila lanza entonces una mirada de interés a la persona que lo acompaña, conminándolo a hablar.

–Dadme vuestro beneplácito para hacer algo importante con mis hombres.

–Explicaos.

–En Elvas no pudimos hacer nada, pero ahora están listos para cuando consideréis menester nuestra presencia.

Fernando Álvarez de Toledo se incorpora y se acerca a la mesa, movimiento que imitan los otros dos. Hasta allí llegan los ecos de la vida del real. Voces, gritos, relinchos apagados de caballo. Observan el plano de Portugal y los diversos papeles con toda información relativa a la orografía del país. El duque señala un punto, convencido, y echa una mirada hacia Sancho Dávila. Con ella lo dice todo.

–Sería de suma importancia apoderarse primero de Villaviciosa, esa que los del lugar llaman Vila Viçosa, por ser más cercana, y después de Vila Boim –indica en el plano los lugares, por turnos–. Y demostrarles, si no van por el camino que han de ir, de qué somos capaces, aunque es la cosa del mundo que más sentiré –despega la mirada del plano para ver la reacción de los otros dos–, pues es lo que conviene para dar ejemplo a todo el reino.

–Ambas pertenecen al duque de Braganza –apunta Sancho Dávila con interés. Arquea los labios y se acaricia la barba–. Aún no se ha manifestado en contra de su majestad…

–Ni tampoco a favor, que es lo que cuenta. Sería conveniente ganarnos su apoyo por las buenas… –Por la mirada del de Alba, conviene el maestre de campo, las nubes esperan descargar una tormenta terrorífica–. O por las malas.

Pero hay que hacerlo entrar en razón. Un ataque rápido, como el de Elvas. Que lo pille desprevenido. –Vuelve la mirada entonces hacia Álvaro de Luna y Sarmiento.

–No habrá menos de diez leguas hasta Villaviciosa... –calcula éste, examinando el plano.

–Por eso sería conveniente que partierais esta misma noche. Que vuestros cien continos se armen de todo tipo de piezas.

–Será como ordenéis.

–Don Sancho, tomad a vuestro cargo cuatro compañías de jinetes. Mucho es el camino, y es preciso recorrerlo con premura.

–¿Arcabucería a caballo?

–Umm... –El duque se acaricia la barba, muy descuidada–. Quizá con otras dos compañías sea suficiente.

–Entonces vendrán conmigo las de Martín de Acuña y Diego Ossorio Barba. Llevaré también mosqueteros. Toda ayuda será poca.

–Hay que asegurarse de que el de Braganza dé su brazo a torcer de la manera que desea su majestad.

–Despreocupaos. En un par de días, esas plazas serán nuestras.

Sancho Dávila y Álvaro de Luna y Sarmiento se intercambian miradas cómplices. Por delante, horas de trabajo antes de la partida. El segundo saluda al duque de Alba y desaparece de su vista.

De haber escuchado el duque de Braganza aquella conversación, habría claudicado ante el de Alba sin dudarlo por un instante. Juan I, duque de Braganza, un admirador, un amigo, un siervo, un esclavo, habría jurado de inmediato. Sin pestañear. Fernando Álvarez de Toledo es único moviendo sus piezas. Una maestría única posee. Dos enclaves, dos puntos esenciales para tomar el pulso a una campaña que deseaba finiquitar lo antes posible.

El duque de Alba regresa a la jamuga, buscando ese punto que necesita para que su cuerpo descanse. «Cuánto tiempo podrás aguantar así», se pregunta en silencio, mirando a la nada. Lo que más desea ahora mismo es acabar cuanto antes el encargo del rey para regresar a casa.

–La última, Fernando –musita, convencido.

No le importa la presencia de Sancho Dávila, que lo observa con una mezcla de tristeza y resignación. Igualmente, convencido, en su caso, de que nunca más conocerá a alguien como Fernando Álvarez de Toledo y Pimentel. Una cabeza que sólo piensa en la guerra.

Capítulo 22

El niño que soñaba con ir a la guerra

Dehesa de Cantillana. Un rato después

–Padre, ¿iré alguna vez a la guerra?

Esa pregunta siempre había estado en la cabeza de Álvaro de Luna y Sarmiento, que ahora camina presto en busca de sus hombres. Curiosos los mecanismos que rigen la cabeza, cavila. Por qué le ha venido ese recuerdo, en ese momento.

Él soñaba con la batalla; justo con lo que tiene: ponerse al frente de los continos de las Guardias de Castilla y conducirlos a la victoria. «¡Luchad, luchad por el rey!», les gritaba en sus sueños, armado con una espada rudimentaria de madera y mirando a un infinito azul sin nubes.

–Claro que irás, hijo. Nunca le faltarán guerras a nuestro rey Felipe por las que luchar, como nunca le faltaron a su padre, el augusto emperador Carlos.

Quizá tuviera ocho o diez años cuando hizo aquella pregunta a su padre por primera vez. La guerra, el honor. Levantar la espada y luchar en nombre del rey, defenderlo ante sus enemigos. Gloria siempre al rey, fuera quien fuera. Mi deber, nuestro deber.

Ha crecido escuchando historias de familia; las hazañas de hombres valerosos como don Álvaro de Luna y Bobadilla, gobernador del Milanesado, quien había dejado constancia de su presencia en aquellas tierras en forma de crónica muy admirada; o la de aquel antepasado que llevaba su mismo nombre y llegó a ser condestable de Castilla y también valido del rey Juan II de Aragón. Él quiere ser un hombre antes que un nombre, pues, como le decía su padre, sólo los primeros se convierten en lo segundo.

–Puedes ser un nombre, pero lo que de verdad cuenta es dejar como legado que fuiste un gran hombre. Nombres hay muchos, pero hombres sólo unos pocos. La historia únicamente recuerda a los primeros, por su valor, por sus gestas. Por significarse de tal manera que es imposible olvidarlos. El olvido mata al hombre. La eternidad es la que da vida.

Aquel día lo tuvo claro. Ha crecido sintiendo como suyos a aquellos hombres de armas miembros de una compañía fundada al calor de los reyes españoles. Conoce muchas de las batallas en las que participaron sus antecesores, cómo no pocos de sus familiares sentaron sus reales en las últimas islas que veían los españoles antes de poner rumbo al Nuevo Mundo. Gente noble, leal, valerosa, única. De una pieza.

Hombres.

–Tú también dirigirás a los continos, hijo, y los llevarás a grandes victorias.

Ahora tiene en su mano la oportunidad que tanto ha buscado, la que lo ha llevado a una guerra en la que espera obtener mercedes. Pero, sobre todo, gloria eterna con la que engrandecer el apellido de su familia, siempre ligado a esos continos a los que encabezará para tomar Villaviciosa. Esa villa portuguesa no es más que el comienzo. Cuestión de confianza en sus posibilidades y en las de los hombres que comanda. «Primero Villaviciosa, después Lisboa. ¿Por qué no?», elucubra dejando atrás soldados, tiendas y pertrechos para la guerra. El calor empieza a sentirse, y ve rostros sudorosos, prisas, escucha órdenes. El real hiede a batalla.

Ser un hombre. Eso es lo que pretende, lo que anhela.

Dios le ha otorgado dos hijas y un hijo de su matrimonio con Isabel Enríquez de Almansa y Manrique. Y ya anhela hacer con su hijo Antonio lo mismo que hizo él con su padre; con inculcarle el honor que le ha supuesto ser nombrado virrey de Nueva España, con contarle que él ha sido uno de los grandes hombres que dio el reino de Portugal al rey Felipe II. Con hacer de él un hombre.

Lo recibe Antonio Enríquez al pie de su tienda. Hay más levantadas alrededor, y de ellas salen hombres que lo esperan. Los rostros concentrados, miradas duras, inmisericordes. Enríquez es como un hermano para él. Natural de Fuentidueña, pronto se convirtió en su compañero de correrías; después, en confidente y encubridor de sus primeros amores, y, finalmente, en su mano derecha de armas. Es cinco años mayor que él, y, sin embargo, piensan, miran y actúan igual.

El capitán de los continos llega contento, casi eufórico. La mirada le brilla como pocas veces recuerda. Por la expresión de su rostro, Antonio Enríquez no duda de que trae buenas noticias para ellos y sus hombres.

–Partiremos al anochecer para conquistar Villaviciosa.

–¿Os ha escuchado el duque de Alba?

–En compañía de don Sancho Dávila. Villaviciosa será la primera, y en cuanto la tomemos marcharemos contra Vila Boim. Quiere una campaña rápida.

–Llegar a Lisboa cuanto antes.

–Por descontado. En su opinión, puede que allí nos espere el prior de Crato con el grueso de su ejército.

–¿Os imagináis allí una gran batalla?

El brillo de los ojos de Álvaro de Luna se acentúa. Marrones, profundos. La faz ilusionada, como si en su lugar quien allí estuviera en ese momento fuera el niño que un día preguntó a su padre si lucharía alguna vez en nombre del rey.

–Primero Villaviciosa. Luego ya vendrá la gran batalla.

Capítulo 23

Tratos y tretas

Dehesa de Cantillana, afueras del real. Media mañana

Cuando el soldado llamado Gabriel se hizo el encontradizo con él, Íñigo Sánchez supo que lo había estado buscando. No se dijeron nada, pues las miradas evitan desperdiciar palabras innecesarias; ni tampoco que el encuentro resultara extraño a ojos de cualquiera. Dos soldados frente a frente en uno de los caminos del real. Desde que se conoce la orden de preparar el ataque contra Vila Viçosa, no son pocos los que han comenzado a preparar la partida.

El otro decide apartarse del real y tomar una senda, e Íñigo Sánchez sigue sus pasos. Un sentimiento de recelo lo invade. Nunca miedo. Conoce el percal, con quién se la está jugando. La mano izquierda, lista para sacar la daga. «Y, si has llegado hasta aquí, que sean unos pocos los que te acompañen en el viaje. Para que no te aburras», piensa. Atrás quedan las voces de quienes ensillan sus caballos, limpian y revisan mosquetes y arcabuces; de quienes esperan una batalla y no una rendición sin más, como la de Elvas; de quienes ambicionan una jornada que concluya con el ánimo encendido y los bolsillos llenos. Y si puede ser cabalgando sobre el cuerpo de una puta después de haberlo hecho a lomos de su caballo, mejor.

Caminan un trecho sin hablarse, él siempre detrás, por una senda estrecha jalonada de sauces y alisos. Agradece el frescor del cercano río Gévora, aunque su corriente no sea más que un hilillo de agua. Ni uno ni otro han participado en la jornada de Elvas, por lo que están descansados. Íñigo Sánchez ve asomar la cabeza de un caballo a través de las ramas de un aliso. Le extraña oír otro relincho a su lado. Sin mediar palabra, Gabriel lo conmina con la barbilla a acercarse al corcel. Lo hace tranquilo, nada receloso, pues imagina qué va a encontrar allí. O a quién.

–¡Menos mal! ¡Me estaba asando vivo!

Juan de Salazar se incorpora, aliviado. Íñigo Sánchez prefiere ser precavido. No olvida que el tipo está a las órdenes de Alonso de Guzmán. Tras lo que le reveló aquella noche en Llerena, ha decidido ser más cauteloso.

–¿Qué hacéis aquí?

–Esperaros. No pensaréis que este lugar es un paraíso ni tampoco esta tierra... –Pisa el suelo, del que levanta una nube de polvo– una linda pradera en la que holgar el tiempo que sea menester.

–¿A qué se debe que me estéis esperando?

–Hombre, dos caballos y yo esperando a vuesa merced... Si con eso no atáis cabos todavía...

Juan de Salazar se echa hacia atrás, empujado por el enfado que provoca en Íñigo Sánchez.

–Partimos de inmediato.

–¿A dónde?

–A Villaviciosa.

–¿A Villaviciosa? –replica el soldado, escamado–. ¿Dónde está eso?

–A unas diez leguas de aquí, frontera adentro. Con suerte, y si las monturas aguantan puede que lleguemos allí ya de noche, pero con tiempo suficiente.

–¿Suficiente para qué?

–¿Es que no estáis al tanto de lo que se cuece en el real?

Íñigo Sánchez dedica un instante a escrutar la expresión del otro, y no tarda en concluir que miente. Ha desarrollado esa habilidad. Tics, manera de arquear los labios, cómo lo mira. Se aproxima más a Juan de Salazar, y éste retrocede otro par de pasos.

–Vamos a llevarnos bien... Me vais a contar ahora mismo qué me ocultáis.

–¿Quién está ocultando algo aquí? –le pregunta, buscando con la mirada al soldado llamado Gabriel, cuya ayuda no le vendría mal en caso de que Íñigo Sánchez la emprendiera a golpes con él.

–Vuesa merced. Guiñáis un ojo cuando habláis.

El soldado continúa su avance. Para su desgracia, no encuentra rastro alguno de Gabriel.

–Eso es de nacimiento. Cuando hay demasiado sol, guiño mucho los ojos, sobre todo el derecho. No me negaréis que no está calentando hoy. ¡Que esto parecen ya las aguas que cuecen en la caldera de Pedro Botero!

–Yo sí que os voy a hacer sentir los dolores de la puta de vuestra madre cuando os trajo al mundo como no me digáis la verdad –lo amenaza, muy serio.

–Esperad.

Es lo último que dice antes de que Íñigo Sánchez lo agarre del cuello y lo lance al suelo.

–¡Esperad! ¡Os lo explicaré! –chilla Juan de Salazar, tratando de impedir que el soldado la emprenda a patadas con él–. Son órdenes de don Alonso de Guzmán.

–¿Órdenes de Alonso de Guzmán? ¡Es imposible! ¡Está en Madrid!

–No está en Madrid, sino en Badajoz.

Íñigo Sánchez, perplejo, deja que se incorpore.

–Llegó hace una quincena o más, junto con la corte del rey, pues su majestad quiere estar cerca de los acontecimientos. No tardó en requerir mi presencia, y lo primero que me pidió fue que me trasladara con él. En cuanto se conocieron esta mañana las órdenes del duque de Alba, un jinete partió para Badajoz a uña de caballo. Al momento, me ordenó que acudiera en vuestra búsqueda con instrucciones. Gabriel me procuró un caballo para vuesa merced.

–¿Por qué hemos de partir para Villaviciosa?

–Alonso de Guzmán quiere que las cosas no le salgan al duque tan fáciles como en Elvas. Considera que la toma de esa ciudad fue sencilla y no ha supuesto mácula alguna de su imagen ante su majestad. Al contrario, está contento con el devenir de los acontecimientos, por lo que es menester que la que luzca en adelante no sea tan bonita a sus ojos. Además, hay que pensar en nuestros compañeros. Seguro que bastantes no dirían que no a abandonar Villaviciosa con los bolsillos llenos.

–Hablad más claro, y no como ese hideputa de Guzmán.

–Tenéis que procurar que encuentre la mayor resistencia posible.

–¿Y cómo cree que voy a conseguir eso?

–Se dice que muchos portugueses profesan simpatía hacia el prior de Crato, un apoyo incondicional a su figura para convertirlo en rey de Portugal. Además, lo de Elvas ha hecho que otros pueblos y ciudades hayan extremado la cautela por una posible llegada nuestra. De ahí la partida de esta noche. Claro que siempre pueden enterarse... –le asegura, guiñándole un ojo–. Convendría que en Villaviciosa estuvieran preparados para la llegada de Sancho Dávila y sus hombres.

–Quiere que alerte a sus gentes.

–Eso mismo –responde el otro, encogiéndose de hombros.

Íñigo Sánchez dedica unos instantes a sopesar el plan que Juan de Salazar ha esbozado. Éste viste de manera decorosa: buenas calzas, buen jubón, botas lustrosas. Buena imagen, en suma. Todo lo contrario de lo que recuerda de la última vez que lo vio en Llerena. Vestimenta costeada por Alonso de Guzmán, sospecha.

–Así que una mácula…

–Sé que os arreglaréis para poner sobre aviso a las gentes de Villaviciosa. Regresad al real y volved aquí con lo oportuno para el viaje. Procurad que nadie repare en vuesa merced.

–¿Pensáis que eso es sencillo, sabiendo con quién trabo confianza?

–Si permanecisteis oculto unos cuantos meses en Madrid, no dudo de que…

Sin mediar más palabra, Íñigo Sánchez no duda en asestarle un puñetazo en la cara que le impide acabar la frase.

–Y aún me debéis lo mío de aquella noche, que no se me ha olvidado.

Deja inconsciente en el suelo a Juan de Salazar. Unos pasos más adelante, aguarda el soldado Gabriel.

–¿Y eso? –le pregunta por el puñetazo.

–Cuentas pendientes.

–Linda manera de resolverlas.

–Aún no me las he cobrado todas.

El soldado asiente sin más y echa a andar. Íñigo Sánchez debe darse prisa en partir. Lleva ventaja frente a las tropas de Sancho Dávila, pero desconoce la naturaleza de su montura, cuánto será capaz de correr, hasta dónde podrá aguantar. Aunque lo que más le preocupa en ese momento es cómo alertar a las gentes de Villaviciosa de que se acercan los españoles y no sufrir daño alguno por ello.

Él, un español más.

Capítulo 24

Viejas cuentas pendientes

Santarém. 19 de junio de 1580. Poco antes del mediodía

Cristóbal Freire odia a los españoles.

Cuestión de principios.

Por eso no le gusta que Elvas se haya rendido sin resistencia alguna.

Portugal no se rinde. Y menos a los españoles.

Es mentárselos, y juramenta con rabia. Gesto de asco en los labios, de repugnancia infinita. La mirada se le endurece sólo con oír a alguien hablando esa lengua del demonio. Su iris adquiere entonces un brillo acerado, que por él parecen cabalgar a galope todos los horrores del mundo. De habitual es reservado, parco en palabras, pero no puede permanecer ajeno a los acontecimientos del reino.

–Aljubarrota –replica para zanjar cualquier conversación sobre el tema–. No lo olvidéis nunca.

Él no lo hace. El recuerdo, el sacrificio de los suyos. Libertad. Cosas que no se deben ignorar.

Apoyado en una pared, espera y calcula. Vigila una puerta, a unos hombres apostados ante ella. Bien armados. «Posiblemente haya más dentro», conjetura. Habría que hacerlos salir. «Y matarlos», elucubra. El miedo doblega, rinde voluntades.

Sabe de qué habla, pues es lo único que ha conocido en sus primeros cuarenta años de vida. Muerte y desolación.

También una cárcel en el norte de África con otros soldados como él, los restos de un desastre que se llevó por delante al mismísimo rey de Portugal. Como tantos, también él pagó la locura de un rey joven, soberbio, inexperto y orgulloso. A diferencia de Sebastián, él sí puede contarlo. Sobrevivió a las cadenas y cepos que lo mantuvieron atado a la pared de aquella apestosa y oscura prisión. La locura de un rey lo condujo hasta allí. Gente voluble, caprichosa. Acostumbrada a jugar con vidas ajenas. Para ellos, números. Perfectamente prescindibles. El objetivo es lo que cuenta. Cuántos mueran, no. «Hay más soldados», oyó decir a uno de ellos. Para eso están.

Y ahora le quieren imponer uno a la fuerza.

Y español.

Alza la mirada al cielo azul, limpio de nubes. El mismo calor que días anteriores, inmisericorde en las horas centrales del día. Vestido con jubón acolchado y bombachos de color oscuro, se entremezcla con la gente que va llegando a la plaza. Rostros sudorosos. Sonrisas de complicidad, miradas rápidas. Asentimientos en silencio. Asomando por el cuello de las camisas, una flor de lirio amarilla, muy común en las riberas del Tajo. La señal. Son los míos, los reconoce. Lo miran con curiosidad, algunos lo señalan. Es él, cuchichean sin discreción alguna. Quien más quien menos ha oído hablar de sus hechos. Los hay que juraban haberlo visto en Santarém. Allí se decide el futuro del reino desde hace semanas.

Cristóbal Freire no presta atención; se limita a estudiar el edificio que tiene enfrente. Advierte que los soldados que custodian la puerta de la Cámara de Santarém intercambian un diálogo rápido. Mira hacia allí, acariciándose un bigote por el que ya asoma alguna cana. Las arrugas del entrecejo marcan dos líneas rectas simétricas. «Honestidad, sinceridad», le adivinó una anciana en una ocasión. No recuerda dónde. «Eres entero, de una pieza», prosiguió. «Escondes una alma buena bajo esa coraza dura e inflexible». Él le arrojó un par de monedas. Lo hizo viendo su rostro de hambre. A su espalda la oyó darle las gracias. Que Dios os guarde, etcétera Dios. ¿Dónde estaba cuando lo necesitó? ¿Dónde estaba el día que aquellos forajidos entraron en la aldea donde malvivía junto a La Raya? ¿Dónde estaba cuando ensartaron a su padre por defender las dos gallinas que guardaba? ¿Acaso evitó que su madre se colgara de una encina a los pocos días tras ser violada una y otra vez mientras veía cómo mataban a su esposo?

–Honestidad y sinceridad... –se dice con rabia.

Españoles. Los oía hablar de continuo, los veía venir a su aldea. Su padre cruzaba por costumbre al otro lado. Un terreno peligroso, inseguro. Era consciente. Aun así, decidió establecerse allí con su familia. Aquellos forajidos españoles lo mataron; y su madre acabó como acabó. Por ser el mayor, cuidó de sus hermanos lo mejor que pudo, inculcándoles una serie de valores. «Aprendedlos y desarrolladlos», les dijo el día que se despidieron. Nunca más los ha vuelto a ver. «Y odiad a los españoles». Ellos nos separaron de nuestros padres.

«Ahí están», piensa entonces con la mirada puesta en la pareja de soldados que custodia la puerta de la Cámara de Santarém, inquietos por lo que se está cociendo a su alrededor. «Yo también lo estaría. Alguno morirá», prosigue en silencio. «El resto vivirá si eligen bien». Aquellos soldados alertan a varios compañeros, que no tardan en aparecer por la puerta. Cada vez hay más gente en la plaza. La situación es cuando menos inquietante. Rostros serios, miradas amenazantes. Cristóbal Freire se percata de que los soldados hablan entre ellos con aspavientos. Sin saber que están a punto de morir.

Unos cascos de caballo se aproximan. Se separa de la columna y camina varios pasos. Sobre la montura, un viejo conocido, Enrique Simões. Mucho más que eso. Un tipo de mirada abierta y dientes de conejo. Duro, leal. Hermano de brega, de luchar hasta el último aliento, y también de cautiverio. Saberse perdidos los reforzó; soñando con una libertad que llegó de la manera más imprevista como absurda.

–¿Todo sigue según lo previsto en el monasterio de San Bento? –le inquiere, directo.

–Me marché cuando el obispo de Guarda se disponía a proponer a don Antonio como rey de Portugal. Esto ya no se puede parar –responde el recién llegado, echando un vistazo a su alrededor–. ¿Cuánta gente hay?

–Mucha.

–¿Suficiente?

–Para esto, sí. –Enrique Simões capta el sentido de la mirada de Cristóbal Freire–. Lo que viene después ya será cosa de su majestad.

–Nos aguardan después, tanto él como don Diego de Meneses.

Cristóbal Freire chasquea la lengua.

–Eso es lo que menos me gusta.

–¿Hablar con don Antonio?

–Con el rey. Me da igual que sea don Antonio o el difunto Sebastián.

Enrique Simões chasquea a su vez la lengua, imitando a su compadre.

–Nos debemos a ellos.

–Lo sé –responde el otro. Seco, malencarado–. Claro que, puestos a elegir, prefiero que el que reine sobre mí sea uno de los míos y no un extranjero.

A la plaza continúa llegando más gente. Más de un centenar de personas se agolpa ya ante las puertas de la Cámara de Santarém. La inquietud crece en los rostros de los soldados que las custodian.

–Di a don Diego que la bandera real ha sido ondeada en la plaza en honor de don Antonio, rey de Portugal.

–¿Acudirás después?

–En cuanto la bandera sea nuestra.

No intercambian más palabras, pues ya está todo hablado. Cristóbal Freire ve alejarse a su viejo camarada. La multitud espera. A Santarém ya han llegado las noticias de la entrada de los españoles en Portugal, y también que la Junta de Gobernadores se ha plegado a las exigencias de Felipe II nombrándolo rey de Portugal. Su señor, don Antonio, se ha negado a reconocerlo. Por lo que ha oído, dice importarle poco la amenaza de ser desposeído de sus bienes y sufrir daños. Seré el rey que esperan los portugueses, dice a quien quiera oírlo, pues cuenta con aliados importantes, de los que ha escuchado algunas pinceladas. Indispensables, conjetura, para afianzar al rey en el trono ante quien pretende arrebatárselo viniendo desde oriente.

Decidido, se acerca al primer grupo de hombres que encuentra en su camino. Dice algo al oído a uno de ellos. Se quedan mirando unos instantes en silencio para, de seguido, proseguir camino de las puertas de la Cámara. A su espalda no tarda en estallar un grito que resuena en toda la plaza. Un grito único, poderoso.

–¡Rial, rial, por don Antonio, rey de Portugal!

Luego viene el silencio. Asfixiante. El temor ha fijado su residencia en los rostros de los soldados que custodian la puerta de la Cámara de Santarém. «Gritad una vez y dejad pasar un tiempo. Después hacedlo una segunda y una tercera con más fuerza», ha pedido al hombre.

–¡Rial, rial, por don Antonio, rey de Portugal!

–¡Rial, rial, por don Antonio, rey de Portugal!

Es el momento. Un ejército así es imposible de derrotar. Los que guardan la puerta luchan por una soldada; los centenares de personas reunidos en la plaza, por la libertad de su reino. Dispuestos a dejarse la vida por defender a su rey, el único que reconocen. Portugueses siempre, nunca súbditos de un rey español.

A pocos pasos de la puerta, se detiene. Estudia la escena por unos instantes. Los soldados están listos para defenderse. Tres fuera y, seguramente, bastantes más dentro que no tardarán en aparecer. Se gira para echar un vistazo en derredor. Santarém cuenta con algo más de quince mil habitantes. Los que están en ese momento en la plaza ansían lo mismo que él.

Ahora el que grita es él:

–¡Rial, rial, por don Antonio, rey de Portugal!

Un grito seco, convencido. Lleno de ira y de convencimiento.

–¡Rial, rial, por don Antonio, rey de Portugal!

El griterío se convierte en una explosión de voces, aullidos y exaltaciones hacia don Antonio de Crato. Con un movimiento rápido, toma la daga que porta atada a la cintura y acuchilla al primer soldado que se acerca a él.

–Uníos y vivid. Resistíos y morid.

Los otros dudan un instante. Uno arroja al suelo su alabarda. El tercero lo imita.

–No queremos un rey español –le asegura uno.

–No lo queremos –abunda el otro.

–Uníos. El reino os necesita.

–¡Defenderemos la vida del nuevo rey! –aúlla el primero de aquellos soldados, convencido.

–¿Qué ocurre aquí? –llega gritando un cuarto desde el interior de la Cámara de la villa. Lo acompañan más soldados.

–Uníos y vivid. Resistíos y morid.

Sin mediar palabra, los recién llegados retroceden en sus pasos y regresan al interior del edificio cerrando la puerta.

–¡Abajo con ella! –ordena Cristóbal Freire.

No se ha dejado nada a la improvisación. Días de trabajo en silencio ultimando detalles, previendo posibles complicaciones, estableciendo la estrategia punto por punto. La puerta cede al empuje de la turba, que penetra en la Cámara. Con paso decidido, se dirige a la sala principal seguido de una decena o más de los suyos. Varios hombres lo ven entrar. Rostros temerosos. Sin mediar palabra, toma la bandera real. Con ella en las manos, mira a los presentes.

–Don Antonio es el nuevo rey de Portugal. Si en algo estimáis vuestras vidas, reconocedlo de inmediato.

–¿Y el alcaide? –pregunta uno.

–Preocupaos por vuestras vidas. En la fortaleza va a ocurrir lo mismo que acabáis de vivir aquí. Ya tendrá tiempo él de preocuparse por la suya.

–Defenderemos al nuevo rey –afirma uno de aquellos hombres, dando un paso al frente.

–¿Y los demás?

Los restantes se miran indecisos, también temerosos. Las armas que lucen los recién llegados los animan a cambiar de postura.

–¡Viva don Antonio rey de Portugal! –grita uno.

–¡Viva! –responden los demás.

–Seguidnos.

Cristóbal Freire y los demás, incluidos los que estaban en la estancia, regresan a la plaza. En silencio, y mostrando en alto el estandarte real, se encamina hacia al centro a través del pasillo que le abren los allí concentrados.

–¡Rial, rial, por don Antonio, rey de Portugal! –grita, ondeando el estandarte.

–¡Rial, rial, por don Antonio, rey de Portugal! –responde la muchedumbre.

Se desata una algarabía. Freire asiente en silencio, rostro serio y mirada impenetrable. Es un momento para ser disfrutado.

Ahora le toca negociar los siguientes pasos con el nuevo rey de Portugal.

Santarém, monasterio de San Bento. Esa misma tarde

Cristóbal Freire aguarda junto a la puerta del monasterio de San Bento. A su alrededor, zumban algunas abejas, y, por delante, un precipicio se desparrama hasta el cercano río Tajo, que taja un lienzo infinito de huertas y tierras de labranza. De cuando en cuando le llegan gritos desde la fortaleza, no lejos de allí, también tomada por el pueblo de Santarém. La villa está con su rey, dispuesta a defenderlo con sus vidas. Apartado, a un par de pasos, Enrique Simões también espera junto a los caballos.

Por la puerta ven salir a Diego de Meneses. Media sonrisa en los labios, gesto convencido, mirada profunda.

–El rey os espera.

–Se lo diré a Enrique.

–Vuestra merced solo.

El tono no ofrece réplica. Una vez dentro, suben por unas escaleras para, después, recorrer una larga galería abierta a un patio. Le agrada el frescor que regala la fuente levantada en mitad de aquel espacio. El día es igual de caluroso que los anteriores. Diego de Meneses se detiene ante una puerta y llama con un par de toques.

–Pasad.

–¿Y vuestra merced? –le pregunta Cristóbal Freire, un tanto receloso.

–Quiere hablaros a solas.

–¿Puedo saber el motivo?

El otro titubea, escrutando el rostro del hombre. Serio, para pocas bromas.

–Desea hablaros con calma.

–Conocerme.

–Eso es lo que pretende –le confirma Diego de Meneses, sonriendo ahora con afabilidad–. No temáis. Ha oído hablar de vuestra merced.

–Ése es el problema.

–¿A qué os referís? –La sonrisa se esfuma para dejar paso a un ceño fruncido.

–Yo también he oído hablar de él.

Cristóbal Freire deja a Diego de Meneses con la palabra en los labios. Leal y recto como pocos, le aseguró alguien que decía conocerlo. Capaz de aglutinar a hombres en torno a él dispuestos a seguirlo hasta donde él diga. Demasiado sincero, también.

Encuentra a Antonio de Crato sentado ante una mesa delante de una ventana abierta. Por ella entra una ligera brisa procedente del río Tajo. Escribe, seguramente alguna orden. La sala es sencilla, sin apenas decoración. Una habitación de convento con una cama, una jamuga y aquella mesa. Cuando el que se hace llamar rey nota su presencia, deja la pluma en el tintero y se levanta.

–Cristóbal Freire, supongo.

A Antonio de Crato le incomoda la manera en que lo mira el recién llegado. Tan profunda es la mirada que la puede sentir dentro de él, recorriendo hasta el último rincón de su alma.

–Suponéis bien.

El autoproclamado rey alarga la mano para que el recién llegado se la bese, mano que retira después de dejarla un instante en el aire sin que el otro lo hiciera. Sin dejar de mirarlo fijamente, carraspea, incómodo.

–Sentaos. –Señala la otra jamuga.

–Preferiría permanecer en pie.

–Puede que estemos largo tiempo hablando…

–Quizá sea así. O no.

El prior de Crato vuelve a carraspear. Aquel tipo le resulta muy incómodo. Ya le habían advertido de su parquedad, de su carácter seco, pero no pensaba que pudiera llegar a tanto. Pretende una conversación larga, conocerlo mejor. Pero la actitud de Cristóbal Freire denota que éste no es su deseo.

–Me han hablado muy bien de vuestra... –le dice buscando atraerlo a su terreno–, de vuestra lealtad, de cómo sabéis dirigir a buenos hombres con un fin marcado.

–A mí nadie me ha hablado de vuestra persona. Me basta con recordaros.

El nuevo rey de Portugal palidece.

–Me contaron cómo escapasteis después de lo de Alcazarquivir. De vuestra participación en aquella batalla, poco. Del después, mucho. Sé que vuestros ropajes de la Orden de Malta os permitieron obtener un rescate a buen precio, y por eso fuisteis de los primeros en regresar a nuestra querida tierra –relata Cristóbal Freire–. En cambio, yo sí luché en aquella jornada y acabé pagando la derrota. No tuve tanta suerte.

–Esa batalla nunca tuvo que haber ocurrido, pues...

–Pero ocurrió. Todos perdimos aquel día. Unos más que otros.

–Os recuerdo que soy vuestro rey. –Antonio de Crato endurece el tono, molesto por haber sido interrumpido. Su rostro se viste de una soberbia infinita.

–¿Vais a ordenar que me ahorquen por deciros la verdad?

El nuevo monarca nota la respiración agitada, el corazón palpitando con fuerza. Su interlocutor demuestra una insolencia que no puede consentir. Cosas así, concluye, se arreglan como él mismo ha dicho. Sin embargo, prefiere volverse y tomar un documento de la mesa. Por unos instantes, hace ver que lee. Necesita un poco de silencio, una pausa, para retomar la conversación por los cauces que pretendía. Pese a su insolencia, Cristóbal Freire es importante para él. Si alguien es capaz de aglutinar a los portugueses, es el tipo seco que tiene delante. Al fin, devuelve el documento a la mesa.

–No, no lo voy a hacer –asiente y lo mira a los ojos–. Os necesito.

–Sabéis que podéis contar con mi lealtad.

Ante esas palabras, Antonio de Crato relaja el gesto.

–Ya os lo dije antes. He oído hablar muy bien de vuestra merced. Por eso os necesito.

–Decidme, entonces. –Cristóbal Freire no muda su expresión seria.

–Don Diego de Meneses partirá de inmediato para tierras de Estremoz. Hemos de reunir un ejército lo más grande posible. ¿Estáis enterado de lo ocurrido en Elvas?

–Más o menos.

–Mi primo Felipe está decidido a ocupar un trono que no le corresponde, y para eso ha enviado un ejército al mando del duque de Alba. Si bien es cierto que buena parte de nuestros mejores hombres quedaron enterrados en las ardientes arenas de Alcazarquivir, todavía los hay, y muchos, dispuestos a luchar por mí. ¿Entendéis por dónde voy?

–No aceptaremos nunca a un rey español.

La voz de Cristóbal Freire sonó rotunda en sus oídos.

–Es menester mantener vivo el recuerdo de don Juan, el maestre de Avis.

–Aljubarrota.

–En efecto, nuestra libertad.

–Somos portugueses, nunca seremos súbditos de un rey español.

–Mi primo Felipe desconoce la veneración que sienten los portugueses por sus reyes, y yo soy el suyo. ¿Qué os parece ese argumento que esgrime ahora de que la unión de ambos reinos es necesaria para la defensa de la religión? –Antonio de Crato ríe su propio comentario y niega con la cabeza.

–Es un extranjero. Nunca reinará en Portugal –insiste Cristóbal Freire, mecánico.

–En cambio, yo soy como esta brisa. –En ese momento, ha entrado una ráfaga de aire a través de la ventana–. Portugal necesita un rey joven, fuerte, todo lo contrario de lo que fue mi tío, el cardenal Enrique. Además –sonríe, arqueando los labios, en un gesto hasta cierto punto de soberbia–, desconoce que la derrota de Alcazarquivir y la pérdida de los territorios del norte de África apenas ha supuesto merma alguna.

–No estuvo allí, no sabe lo que pasó.

–Por eso la naturaleza de la misión que os voy a encomendar... –Se miran una vez más–. Reclutad buenos hombres dispuestos a luchar.

–Sé dónde encontrarlos en Lisboa.

–¿De cuántos estaríamos hablando?

–Muchos o pocos. Depende.

Cristóbal de Freire capta la mirada inquisitiva que le dedica el nuevo rey de Portugal.

–Esclavos.

–Ah, esclavos…

–¿Sabéis la cantidad de ellos que hay allí?

–Imagino que miles.

Ve ahora asomar cierto recelo en la mirada de Antonio de Crato. Lo encara acentuando la mirada, tan sombría como una noche sin luna.

–Lucharán, porque tienen algo mucho más importante que incluso ser rey de Portugal.

–¿Acaso hay algo más importante? –pregunta Antonio de Crato con una sonrisa irónica en los labios.

–La libertad.

–Ah, claro, la libertad.

–Prometédsela, y tendréis el ejército que ansiáis.

El prior sopesa el ofrecimiento en silencio. Da dos pasos para acercarse a la ventana. Toma un papel, moja la pluma en el tintero y escribe unas líneas. Después se lo entrega a Cristóbal Freire.

–No sé leer.

–Es una orden por la que concedo la libertad a todos los esclavos que se unan a mi causa. Podrán unirse a mí incluso en contra de la voluntad de sus amos y sin necesidad de que se les pague una cantidad por quedarse sin ellos. Son órdenes del rey.

–Dudo también de que alguno sepa leer. No todos tenemos esa suerte.

–Tomadlo, no obstante. Mi firma os abrirá las puertas necesarias.

Cristóbal Freire se guarda el documento y mira al rey con escepticismo.

–Mientras, en esta situación es obligado enviar a personas a Francia, Alemania e Inglaterra, y también a los príncipes de Italia, para darles cuenta del trabajo en el que estoy y de cuánto les va a ellos ayudarme. No dudo de que enviarán muchas armas y municiones, que por otra parte ya debían estar aquí desde hace días.

–Perfectamente.

–¿Y qué opináis?

–Que tendréis a esos hombres.

Antonio de Crato asiente sin dejar de escrutar a su interlocutor. «Una persona en quien confiar», admite para sí. Cristóbal Freire le dedica un saludo con la cabeza que quería hacer pasar por reverencia y abandona la sala sin que el rey se lo pida. Por la puerta una vez abierta, entra Diego de Meneses con la perplejidad bañando su rostro.

–¿Ya?

–Tipo curioso, desde luego. De una insolencia insoportable, pero entero, de una pieza.

–¿Ha aceptado el cometido?

–El plan sigue según lo previsto. Partiréis para Estremoz. Mientras, yo marcharé a Lisboa. Presumo que ese hombre hará lo mismo de inmediato. El pueblo tiene que aclamar a su rey. Después comenzaré a plantear la defensa de la capital del reino.

–Los españoles no llegarán allí. Tenéis mi palabra.

Antonio de Crato sonríe. Convencido de que con hombres como Diego de Meneses y, por qué no, como Cristóbal Freire, su primo Felipe tendrá complicado ser lo que únicamente le corresponde a él. Cuestión de honor, de orgullo, de dignidad.

Fuera del monasterio. Un instante después

A lo lejos, todavía se escucha, lejana, alguna voz en favor de Antonio de Crato cuando Enrique Simões ve llegar a Cristóbal Freire. Su paso apresurado y su rostro, tan serio como siempre, no le permiten a Simões adivinar cómo ha ido la reunión con el nuevo rey, así que espera a tenerlo delante para preguntárselo.

–Tenemos trabajo –contesta Cristóbal Freire con su habitual parquedad antes de poner un pie en el estribo de su caballo.

–¿Qué trabajo?

–Reclutar hombres para su causa. Nos dirigiremos a Lisboa.

–¿A Lisboa? ¿Y por qué no vamos por aquí, en los alrededores?

–De eso se encargará Diego de Meneses, que parte de inmediato para Estremoz con el propósito de dificultar la marcha de los españoles.

–¿Nada más?

–¿Qué más quieres conocer?

–Sabes a lo que me refiero.

Cristóbal freire resopla para, acto seguido, palmear el lomo de su caballo con ambas manos. Se los ha proporcionado Antonio de Crato. Dos buenas monturas, rápidas y de gran resistencia. Se toma su tiempo para explicar al otro de manera somera qué ha hablado con el rey.

–¡Pero...! –Enrique Simões da una patada a un guijarro–. ¿Te has vuelto loco? ¿Cómo has osado llamar cobarde al rey? ¿Acaso quieres que te ahorque?

–No se ha atrevido a hacerlo. Nos necesita.

–¡Es el rey! –Simões lo mira perplejo–. ¡Hasta estos caballos son suyos!

–Nos necesita para seguir siéndolo. Aunque...

Cristóbal Freire niega en silencio. El otro se percata del gesto.

–¿Qué ocurre?

–No me fío de él.

–¿Cómo?

–Este asunto me da mala espina.

–Explícate.

–Vi lo que hizo ese hombre en África, cómo salió de allí.

–Ahora es el rey.

–Por eso mismo.

–No te entiendo.

La mirada de Cristóbal Freire es tan franca como abisal.

–Tenemos todas las de perder, Enrique. Vamos a enfrentarnos a un ejército comandado por el hombre más sanguinario que haya parido Dios. Nos exterminarán, y nada ni nadie me puede quitar de la cabeza que todos, menos el prior, perderemos la vida.

Estremecido por tanta sinceridad, Enrique Simões desvía la mirada hacia el monasterio. Imagina a Antonio de Crato tranquilo tras aquellos muros, disfrutando de su nueva posición. Está al cabo de los rumores relacionados con su condición, de sus intentos por legitimar su posición. Ahora es rey de Portugal, aclamado por el pueblo. Y es a ellos a quienes corresponde a partir de ahora la tarea de encabezar a ese pueblo en defensa de su rey.

–Nos traicionará en cuanto pueda. –Cristóbal Freire también fija la mirada en el monasterio–. Estuve allí, Enrique, luché codo con codo con los mejores hombres de este reino. Y a él no lo vi allí. En cuanto tuvo ocasión, aprovechó para regresar como si nada hubiera ocurrido. En cambio, yo me pudrí meses y meses.

–No le des más vueltas a eso.

–Desde luego que no, pero acuérdate de mis palabras.

Cristóbal Freire sube a su caballo y toma las riendas. Antes de espolearlo, suelta una mano y muestra el documento que el rey le ha entregado.

–¿Y eso?

Examina las letras escritas por Antonio de Crato. Trazos con un significado que desconoce. Acto seguido, lo rompe en varios pedazos y los arroja al suelo. Un ejército para un rey. Eso le ha pedido. No le hace falta, ni tampoco que nadie le enseñe cómo reclutar hombres aptos para la pelea. Le basta con recordarles su historia, a qué sabe la libertad. La que nunca tendrán siendo súbditos de un rey extranjero.

–¿Acaso sabes leer? –demanda Cristóbal Freire a su compañero.

–No.

–Para qué preguntas entonces.

Capítulo 25

El arte del engaño

Vila Viçosa. Amanecer del 22 de junio de 1580

–¿Y bien?

Íñigo Sánchez no contesta. Se acaricia la barbilla, pensativo. Tras unos olivos, escruta la fortaleza que se alza ante ellos. Los muros son altos y recios. Un castillo importante, difícil de tomar. Repara a continuación en las dos torres cilíndricas, bien artilladas, que delimitan una de sus puertas. Aunque la luz es débil, se distingue la presencia de varios soldados paseando por la muralla, vigilantes.

Se echa hacia atrás para tomar una mejor perspectiva. A su espalda, el amanecer es un velo de claridad que se despereza tras unos montes cubiertos de olivos que pespuntean el cielo. Juan de Salazar se rodea el cuerpo con los brazos para darse algo de calor. Hace fresco, aunque ambos sospechan que el calor será importante conforme avance la jornada. La noche transcurrió tranquila y cabalgaron guiados por la luna. Han dejado atados los caballos en unos árboles, a prudente distancia del castillo. Los necesitarán para abandonar el lugar en cuanto el infierno en forma de proyectiles se desate entre portugueses y españoles. Es lo que se le ha ordenado, y piensa conseguir su objetivo.

–¿Habéis pensado ya en algo? ¡Por ventura, daos prisa, que parece mentira que vaya a morir de frío aquí cuando de día no hace falta sartén alguna para freír huevos en el suelo!

–Los nuestros no tardarán en llegar…

–¿En qué estáis…?

–¡Sssh! –le chista, sin variar su gesto pensativo–. ¿Veis aquella puerta?

–Sí.

–Tengo una idea.

Sin decir más, se aproxima a ella con sigilo.

–¿Dónde vais? ¡Nos van a ver!

–Todavía hay oscuridad. Hay que aprovecharla. Procurad no hacer ruido.

–¡Y con este relente!

–¿Queréis dejar ya de protestar, por el amor de Dios?

Dan algunos pasos, aún resguardados por los olivos. Una vez llegados a un punto seguro, se agazapan. Íñigo Sánchez examina la muralla, la puerta, los árboles que crecen a su vera, no menos de cuatro o cinco.

–¿Cuántos soldados atisbáis?

–Que se hunda la tierra ahora mismo si lo que veo no son cuatro.

–Eso me parece a mí también. Y sólo hay en la torre, ¿verdad?

–Eso ven mis ojos.

–Sólo en la torre…

Levanta la cabeza por un momento para acabar de conformar el plan que está ideado. Falta una pieza por encajar. No depende de él, por eso quiere cerciorarse bien.

–Quedaos aquí.

—¿Dónde vais? ¡No me dejéis solo! —grita Juan de Salazar con voz queda.

Pero sólo puede ver cómo Íñigo Sánchez se aleja, sigiloso. «Dónde vais, no me dejéis aquí solo, y si esos soldados me descubren...»; su cabeza explota en preguntas sin respuesta. Cree haberlo visto ocultarse tras unos olivos hasta que lo pierde de vista.

–Quién te mandaría a ti... –se reprocha, resignado sin apartar la mirada de la puerta. El arco apuntado, tres merlones en el centro y otros dos de mayor altura pegados a cada una de las torres. Los soldados apostados tras ellos otean el horizonte–. Con lo a gusto que estabas tú en las calles de Madrid, a lo tuyo...

Es consciente de que ha sido engañado por Alonso de Guzmán, como tantos otros. Pero ¿tenía otra opción? Él sólo es una espada de apoyo para lo que sea menester, pues nunca ha matado y no cree que vaya a hacerlo ya. Siempre ha carecido de valentía. Las calles de la villa y corte, oscuras, traicioneras, eran su vida, su manera de ganársela. En compañía de otros, nunca solo, pues no se atrevía a perpetrar ciertas cosas por su naturaleza cobarde y pusilánime.

–¡A Juan le dan miedo las ratas, a Juan le dan miedo las ratas, a Juan le dan miedo las ratas!

«Curiosa la cabeza», piensa. Escupe recuerdos cuando menos te lo esperas. Los otros niños se burlaban de él. Sí, le daban miedo las ratas. Y la oscuridad. Sobre todo, la oscuridad. Horrible, llena de gritos, de silencios. Vio morir a su madre con cinco años y a su padre con diez; a su hermano menor con once, y a sus dos hermanas con trece y catorce. Se quedó solo en el mundo, en una tierra arrasada por el hambre y sin esperanza alguna. Acabó en Flandes, pero podía haber acabado en cualquier otra parte. Allí pagaban y podría comer; suficientes argumentos para tomar unas armas que le quedaban grandes. Huyó de allí harto de recibir la soldada prometida de Pascuas a Ramos, de un clima frío, lluvioso y gris, todo lo contrario de lo que había conocido en su Badajoz natal, y de una población hostil. Se marchó a Madrid, pensando que podría buscarse la vida donde vivía el rey, y ahí se topó con Alonso de Guzmán. Un tipo habitual de la corte, con influencias.

–Vuestra merced podría serme de utilidad según qué asuntos.

–Lo que estiméis oportuno.

–¿Habéis estado en el ejército?

–En Flandes, nada menos.

–Habréis vivido situaciones complejas y matado a no pocos hombres...

–¡Mi acero ha conocido tantas muertes que me llevaría horas relataros cómo fue cada una!

En la cabeza de Juan de Salazar, sin saber por qué, apostado junto una de las puertas del castillo de Villaviciosa, estalla el diálogo que mantuvo el día en que se conocieron. Cinco años han pasado ya. Encargos ocasionales como compañía de fieros espadachines, trabando confianza con tipos de escasa catadura a tanto el espadazo y el silencio en la huida. Él, el primero. Por pura cobardía. Como la noche en que un grupo de seis matarifes asesinaron a Juan de Escobedo. Íñigo Sánchez alejó con su espada a quienes quisieron auxiliar al secretario de don Juan de Austria; luego, recogió del lugar las pruebas que pudo, y las que no, las ocultó. Después, huyó a la carrera, al igual que aquellos espadachines, abandonando a Íñigo Sánchez. Ellos, por seguridad. Él, por pura cobardía.

–¡A Juan le dan miedo las ratas, a Juan le dan miedo las ratas, a Juan le dan miedo las ratas!

Vuelve a recordar esas palabras de su infancia y los rostros burlones de los muchachos que las proferían. Cobarde, cobarde, cobarde. Y sabe que nunca dejará de serlo. Supone luchar contra su naturaleza. Ensimismado en sus recuerdos, da un respingo ante la repentina llegada de Íñigo Sánchez.

–He detectado a varios de nuestros espías.

–¿Dónde?

–No lejos de aquí, tras aquel cerro. –Dirige la mirada hacia aquel punto.

–¿Y ahora?

–Sois natural de Badajoz, ¿verdad?

–Del barrio de Carnicerías. De la calle que va de la Plaza a las Carnicerías.

–Apuesto a que sabéis hablar algo de portugués...

Íñigo Sánchez se permite una sonrisa al ver la repentina tonalidad lechosa que por un momento cubre el rostro de su compinche.

–¿Qué estáis diciendo?

–Vamos, Juan, no me digáis ahora que no habéis cruzado la frontera, aunque sólo fuera para meterla en caliente.

–Quitaos ese pensamiento de la cabeza, pues no hablo portugués.

–Seguro que sabéis algunas palabras.

–Os repito que…

Sin decir más, Íñigo lo empuja para que quede a la vista de los soldados que vigilan la puerta de entrada al castillo de Vila Viçosa.

–¡Cuán bellaco sois!

–¿Quién vive? –grita uno en portugués.

La cara de susto del pacense divierte más si cabe a Íñigo Sánchez.

–¡Responded! –lo insta.

–¡Apenas lo entiendo!

–¡El que tiene que entenderos es él, diantres!

Juan de Salazar gruñe, soliviantado. Pero el enfado le dura un suspiro, pues la almena se ha llenado ya de soldados que le apuntan con mosquetes y arcabuces.

–¡O habláis de una vez u os regalarán una linda rociada! –le advierte Íñigo Sánchez sin llegar a gritar.

–¿Qué les digo?

–¡Decid lo que tengáis que decirles en su lengua!

–¿Quién vive? –insiste un soldado desde la almena, muy nervioso.

–¡Avisad a los demás! –grita otro.

–Esto no me puede estar pasando a mí…

–¿A qué estáis esperando? –lo apremia el soldado.

«¡Cómo te tienes que ver!», cavila Juan de Salazar. «Pero, si no haces algo, esos soldados lo harán por ti. Y no parecen guardar buenas intenciones…». Busca excusas, palabras, cómo decir lo que quiere decir, hasta que se echa a reír.

–¡Disparad! –gritan desde las almenas.

–¡Vienen los españoles! –chilla al fin Juan de Salazar en portugués.

–¿Quién lo dice? –le preguntan, sin dejar de apuntar.

–He visto soldados por allí. –Señala hacia donde Íñigo Sánchez creía haber detectado a los espías.

–¿Cuántos?

–No lo sé –responde únicamente. Su portugués tampoco da para más–. ¡Muchos! –añade, ayudándose de las manos.

Al ver que los soldados apostados en las almenas parecen reclamar la presencia de otros compañeros y se dan instrucciones unos a otros, lentamente Juan de Salazar da unos pasos hacia atrás.

–¿Os han entendido? –lo recibe Íñigo Sánchez.

A Juan de Salazar no le da tiempo a responder. La puerta del castillo se abre con estruendo.

–Parece que sí.

Capítulo 26

Bautismo de fuego

En ese mismo lugar. Varias horas después

Por la boca, Sancho Dávila suelta espumarajos e insultos de tal calibre que podrían derribar por sí solos los muros del castillo de Vila Viçosa. Decir que está enfadado por la feroz bienvenida que les están tributando los defensores portugueses es ser demasiado generoso. Braman los mosquetes desde las almenas, zumban las pelotas por el aire. Voces, insultos, y un olor acre que lo envuelve todo, una neblina que sobrevuela las cabezas de los soldados hasta ascender a un cielo tan azul que duele verlo. Y el calor, sofocante.

–¡Mis hombres primero! –se dirige a los que responden al fuego portugués–. ¡A aquella ladera, presto! –Da un codazo a Álvaro de Luna, a su lado–. ¡Replicad la orden! ¡Hay que preparar bien el ataque, y éstas no son las mejores condiciones!

–¡Al terraplén, tras los árboles! –grita entonces Álvaro de Luna.

El contingente de soldados busca resguardarse de los disparos de mosquetes. Desde el castillo, los portugueses los insultan como si les fuera la vida en ello mientras disparan con rabia u odio. Difícil discernir dónde está la barrera que separa uno del otro, elucubra, una vez protegido en la nueva posición, una ladera junto al castillo que ofrece cierta seguridad a sus hombres.

–¡Cuán disparan esos hideputas! –maldice Álvaro de Luna–. ¡Pero mal mayo les parta si en terminando este asunto no pagan caros sus disparos!

–¿Vuestra merced no haríais lo mismo?

La intensa mirada del maestre de campo lo turba. El silencio entre ambos lo rompen los disparos. «Pum, pum». «Vai se foder», «vai a tomar no cu», «filhos da puta», profieren. Del resto se ocupan las bocas de sus mosquetes.

–¡Disparan bien! –exclama Álvaro de Luna, alzando la voz para hacerse oír.

–¡Ríanse vuestras mercedes y hagan sonar sus armas, que en cuanto tome este castillo no quedará de él piedra sobre piedra! –estalla un colérico Sancho Dávila.

Lejos de felicitarse por no haber descubierto emboscada alguna de los portugueses, ordenó una aproximación cautelosa hasta el castillo. La experiencia de Flandes. Trampas y más trampas. «Pero esto no es Flandes», le había asegurado el duque de Alba algunas noches atrás en su tienda de la Dehesa de Cantillana. Fija la mirada en la almena que corona la puerta. Se ha tomado su tiempo para estudiar el castillo con calma: las almenas, las dos puertas. Y soldados en todas partes que parecían estar esperándolos.

–¿Creéis que tenían constancia de nuestra llegada?

–Mmm… –Sancho Dávila se acaricia con calma la barbilla–. ¡Que me parta en pedazos una pelota de esos portugueses si no es así! –Escruta la muralla con tanta intensidad que podría derretirla–. Pero hemos venido aquí a apoderarnos de este maldito castillo, ¡y eso es lo que vamos a hacer!

A su izquierda, a resguardo, un grupo numeroso de mosqueteros del Tercio de Nápoles esperan órdenes. Hombres rudos, veteranos, hermanos de la infelicidad, hechos a cualquier tipo de penuria.

–¡Soldados, valor y valentía os sobra para acometer esa puerta y hacerla nuestra! ¡Nada de misericordia contra esos portugueses, ni mucho menos apuro por la pólvora!

–¡Mantenedlos alejados! –insta un soldado en portugués a sus compañeros desde lo alto de la muralla.

–¡Fuego con fuego! –ordena Sancho Dávila a los mosqueteros–. ¡Batamos las almenas!

Sin decir más, los mosqueteros abandonan la protección de los árboles. De inmediato, mientras los más avanzados plantan las horquillas en el suelo para disparar, los que vienen por detrás los protegen con sus armas ya listas. En su poder, más de veinte pelotas de onza y media, incluso de dos, que arrojarán contra el enemigo con unos cañones de seis palmos. Potencia suficiente como para atravesar cualquier rodela o armadura. Para destruir, para herir a los de la almena. O para matarlos sin más.

–¿Quién quiere saber lo que guarda ese castillo?

–¡A ellos, sin descanso!

–¡A ellos!

Sucios después de dos jornadas de marcha, rostros sin afeitar, la turba de mosqueteros avanza hacia la puerta con el fuego de sus armas por compañía, el peor heraldo para los defensores que los aguardan.

–*Enfia no cu essa merda!* –los desafían desde arriba, sin dejar de disparar con parecida saña.

–¡Avíen mortajas para esos soldados, que no tardando mucho se nos abrirán esas puertas! –creen oír la voz de Sancho Dávila mezclada con el ruido de los disparos, de las pelotas impactando contra la puerta y la muralla.

El maestre de campo se adelanta unos pasos. Se lleva la mano a la nariz. El olor a pólvora. Tanto le molesta como también le excita; y le hace pensar más rápido. Nunca le agradecerá lo suficiente al astrólogo que le quitó de la cabeza completar la formación religiosa para la que estaba destinado, tras recibir las órdenes menores, y que en cambio le vaticinó que se convertiría en un afamado general si ingresaba en el ejército. Ese olor tan familiar era parte indispensable de su vida. Lo ha acompañado el día que vadeó el Elba para regalarle al emperador Carlos las barcas que necesitaba para montar el puente y así derrotar a Juan Federico de Sajonia; en la jornada de Mahdia, asimismo en Amberes...

–Las murallas...

A un gesto suyo, Álvaro de Luna acude a su lado.

–¡Hay que escalar las murallas!

–¿Pretendéis desbordar el castillo por todos los puntos?

–¡Mientras sigamos batiendo la puerta, no habrá nada que temer! ¡Es tiempo de que tiemblen de miedo mientras ven cómo nos echamos sobre ellos! ¡Que no tengan más posibilidad de salvación que la rendición!

–¡A las murallas! ¡A las murallas! –ordena de súbito Álvaro de Luna.

A su voz, decenas de soldados siguen a los que portan consigo las escalas.

–¡Fuego de apoyo! ¡Fuego de apoyo!

El grito de los cien continos, ansiosos por participar en la batalla, hubiera deshecho las tripas y aliviado de inmediato las vejigas de los defensores de cualquier plaza.

–¡Que suenen los tambores y pífanos!

La infantería del Tercio de Nápoles arremete contra las murallas protegida por los disparos de los continos. Por la primera escala tendida sube un soldado con la codicia impresa en el rostro, la cabeza descubierta y la mirada inyectada en sangre. Lo sigue otro con morrión.

–¡Lorenzo, por el amor de Dios! ¡Dejadme a mí, que vuesa merced va con la cabeza al aire! –chilla Inés Arias unos peldaños por debajo.

–¡De Elvas no saqué más que el bolsillo vacío! ¡Esta vez no será lo mismo!

En su avance, los mosqueteros del Tercio de Nápoles casi han alcanzado la puerta sin apenas sufrir bajas ni dejar de disparar. «Pum, pum, pum». Más disparos, más humo, más fuego por la boca de los mosquetes. Gritan enardecidos, pues saben que la defensa de los portugueses mengua.

–¡Esto no será como Elvas! –repite Lorenzo Díaz mientras sigue subiendo por la escala. Los latidos del corazón le martillean las sienes–. ¡Para nosotros todo lo que haya dentro!

–¡Lorenzo, voy con la cabeza cubierta! ¡Dejadme ir delante!

–¡La puerta! ¡Se abre!

Sancho Dávila fija la mirada hacia donde señala Álvaro de Luna.

–¡Ya no disparan desde la muralla! –insiste.

–¡No cejéis! ¡Fuego y más fuego! ¡El infierno sobre ellos, y que se bañen en sus llamas camino de la perdición!

Se permite un suspiro. La victoria está segura.

–¡Caballería, tras los mosqueteros! –aúlla entonces, de repente.

Los jinetes se aproximan a la puerta. A cierta distancia, Lorenzo Díaz ya pisa el suelo de la muralla.

–¡Malditos sean estos portugueses! ¡Lindo es vuestro castillo, así que espero que sus riquezas merezcan la pena!

Su codicia le impide ver la llegada de un soldado armado con una espada. Intenta sacar la daga para defenderse, pero no tiene tiempo. De súbito, cae de espaldas.

–¡Hideputa!

Lo siguiente que ve desde el suelo es a Inés Arias ciega de ira clavando una y otra vez su daga en el cuerpo del portugués.

–¡Caballería, presta! –dispone Sancho Dávila.

Enseguida, la puerta del castillo se abre. Varios mosqueteros gritan de júbilo, pero la mayoría no dejan de disparar. Los jinetes contienen a sus monturas. Piafan unas, relinchan otras.

–¡Caballería, a la puerta!

–¡Santiago, Santiago! –gritan los primeros jinetes, lanzándose al galope.

–¡Santiago, Santiago! –vocean todos.

Inés Arias corre hacia Lorenzo Díaz. Bajo la sangre que le cubre el rostro, muestra un gesto contraído, y por mirada exhibe un miedo atroz al verlo caído en el suelo. Esa mirada oscura, profunda, tan severa cuando encara a los enemigos, se doblega ahora por la angustia.

–Me ha pillado desprevenido el muy bellaco –reconoce él con media sonrisa en los labios.

–¡Cuando os digo que os cubráis la cabeza, cubríosla, maldito bellacón! –le grita, agarrándolo primero del cuello para, a continuación, besarlo como si en ese momento fuera a acabarse el mundo. Sin importarles nada ni nadie.

Sancho Dávila rebasa la puerta del castillo seguido por algunos de sus hombres. Pronto deja atrás el arco de entrada y recorre con premura un pasillo que lo conduce hasta el patio de armas.

–¡A mi orden, quietos todos! –brama con su voz profunda para que se escuche en todo el recinto–. Buscad al alcaide de la fortaleza –ordena a varios soldados.

Álvaro de Luna lo alcanza un instante después. Expectantes, los defensores portugueses que han bajado de la muralla aguardan en el pasillo que da acceso al patio.

–*Rendiçao!*

Sancho Dávila ve venir hacia él a un hombre de mediana estatura. Va vestido con gregüescos y jubón hecho en seda y terciopelo, bordado en hilo dorado con herretes latonados, sobre el que luce un herreruelo de color oscuro. Lo mira fijo, a su rostro redondo y la expresión de resignación que lo baña.

–*Rendiçao!* –insiste.

–Vázquez, ¿dónde demonios está Vázquez?

–Aquí –contesta el aludido, acercándose a la carrera.

–Preguntadle de quién se trata.

Pacense, Juan Vázquez conoce bien el portugués. Moreno, de estatura menuda, frisa los treinta. Dos meses atrás se acercó hasta la Dehesa de Cantillana para ofrecer sus servicios en calidad de lo que fuera. Al saber de sus conocimientos de portugués, Sancho Dávila lo escogió como su traductor.

–Dice llamarse Tobar y es el alcaide del castillo.

–Decidle que nada les ocurrirá si la rendición es formal. Sus vidas serán respetadas, y no habrá saqueo del castillo ni tampoco de la villa.

La traducción despierta algunos murmullos entre los soldados.

–¿Estáis seguro de lo que decís? –le pregunta Álvaro de Luna al oído.

La mirada de Sancho Dávila no admite réplica alguna.

–¡Órdenes del duque! ¡Y yo obedezco órdenes!

Álvaro de Luna agacha la cabeza. Órdenes. Nada de discusiones, ni mucho menos rebatirlo.

El alcaide se lleva las manos al pecho cuando responde, y al instante Juan Vázquez traduce:

–Os entregará de inmediato las llaves. El castillo y la ciudad son de vuestra merced.

–¡Arriad el estandarte!

Un gesto, y un soldado ya echa a correr a la muralla e iza el estandarte de Felipe II.

–¡Portugal por el rey de Castilla! –grita.

–¡Portugal por el rey de Castilla! –lo acompañan los presentes en la plaza.

–¿No vamos a saquear?

Lorenzo Díaz se incorpora poco a poco. Los gritos de sus compañeros ascienden al cielo. Vuelve el rostro para buscar a Inés Arias. Su mirada habla por ella: fría, llena de enfado.

–Eso ha dicho el maestre.

–¡Otra vez como Elvas, no!

Se siente frustrado. A pesar del júbilo que ha estallado a su alrededor, sospecha que no son pocos los que se sienten como él. Inés Arias lo agarra del brazo.

–¡Venid!

La lujuria estalla en su mirada. Él se deja hacer mientras ella lo conduce hasta una torre. Allí, se baja las calzas.

–¿A qué esperáis?

–¿Lo deseáis?

–¡Bajaos las calzas! –lo insta, justo antes de asestarle un beso demoledor.

Inés Arias deja que la penetre. Ella no conoce otra manera de relajarse. Ninguno de los dos concibe una forma mejor de aliviar la tensión que hasta hace un instante se apoderaba de sus cuerpos. Se miran. Él, acometiéndola con rabia; ella, doblegada por su mirada, por su virilidad, y luego se agarra a su cuello con la firmeza de quien siente que ése es el único motivo que la mantiene con vida.

Se suceden los gritos de celebración por la conquista del castillo de Vila Viçosa.

–Informaré presto por carta de esta victoria al duque. Haced recuento de todo lo que haya en el castillo. Pólvora, armas, lo que encontréis. Dejaremos aquí una guarnición de mosqueteros y partiremos de inmediato con la caballería hacia Vila Boim.

–¿Sin dar descanso a los hombres ni cebada a los caballos? –replica Álvaro de Luna con una media sonrisa–. Al menos son cuatro leguas de camino, y los animales lo necesitan.

–Ni plantarán batalla en cuanto nos vean llegar. Sospecho que los ecos de esta victoria les llegarán incluso antes que nuestra presencia a sus muros.

Sancho Dávila lo dice convencido, sin mirarlo. Se dedica a contemplar el cielo, de un azul extraordinario.

–Conquistemos las plazas con premura. Cumplamos las órdenes de su majestad. Así él estará contento, y yo podré volver a mi rincón cuanto antes –le pidió el duque en su tienda en privado momentos antes de la partida hacia Vila Viçosa.

Después lo vio toser molesto.

Un mal presentimiento se apoderó de Sancho Dávila.

Por eso quiere alcanzar Lisboa cuanto antes. Para él no existe otro objetivo antes de que de Fernando Álvarez de Toledo no quede más recuerdo que su leyenda.

Capítulo 27

El temor del hombre

Dehesa de Cantillana. 26 de junio de 1580. Una del mediodía

> Escribo estas líneas a vuestra majestad para informaros de que Villaviciosa ya os rinde obediencia. A las cuatro de la tarde me reuniré con los coroneles y maestros de campo para ordenarles qué se ha de hacer mañana y cómo han marchar. De hecho, ya he ordenado que los carros y el bagaje abandonen Badajoz y comiencen la marcha. A medianoche, ordenaré levantar el real para entrar en Portugal según lo previsto.

Fernando Álvarez de Toledo lee sus líneas para Gabriel de Zayas, secretario de Felipe II. Otra carta informativa conforme a su papel de lugarteniente del ejército capitaneado por el propio rey. Se acaricia la muñeca derecha; le duele, pero no es lo que más le molesta. Él mismo es un dolor continuo. La cabeza, el pecho, las piernas...

Al levantarse, estuvo seguro de que la jornada iba a ser tan calurosa como larga. Y no es la primera ojeada que echa a la cama. Aun así, vehemente, niega con la cabeza.

–No, Fernando.

¿Tenía ganas de tenderse en ella y hacer de la cama lo más parecido a un edén para él? ¿Es el único sitio donde siente algo parecido a paz y tranquilidad?

Sí.

¿Quiere hacerlo?

No.

Las palabras y el pensamiento van por un lado, y el cuerpo, por otro. Unas y otro los defiende el yo que quiere ser lo que siempre ha sido, el deseo azuzado por el recuerdo, las ganas de rememorar un pasado ya marchito. La realidad, no obstante, frena el ímpetu. No existe peor juez que el tiempo, que avanza inexorable. Siempre lo ha creído así y, conforme el suyo se agota, más claro tiene que debe aprovecharlo sin dejar escapar ni un solo instante. Aunque no pueda ni moverse.

Hoy el cuerpo le duele una barbaridad. Se recuesta en el respaldo de la jamuga y estira las piernas. De su boca escapa un suspiro de alivio.

–Volveré, María.

«Nunca más volveréis. Moriréis lejos de los vuestros, pero es lo que habéis elegido». Esas palabras de la duquesa, como balas de las gruesas piezas de batir, percuten su alma una y otra vez cual muralla, desgastándola poco a poco y dejándola tan desnuda como su madre, Beatriz de Pimentel, lo trajo al mundo en Piedrahíta.

–Volveré –se juramenta.

Siente un nudo en la garganta, asfixiado por los recuerdos que le asaltan con la misma fiereza que sus hombres lanzándose contra el enemigo. Sin piedad alguna. Ha dado orden de no ser molestado bajo ningún concepto después de recibir el último correo del rey Felipe II. Descanso. Un rato. Sólo eso.

–Y eso que aún no te has puesto en marcha, Fernando…

Antes ha dado la orden de levantar el real.

–Al fin vas a entrar en Portugal…

La mano derecha aprieta con firmeza el brazo de la jamuga. En otro momento de su vida le habrían dicho que dejara de hacerlo, que terminaría partiéndolo. Pero no hay nadie con él en la tienda ni tampoco él está ya en condiciones. Y quizá nadie se atreve a decir abiertamente lo que piensa, lo que ve, pero lo intuye. Sabe leer las miradas, interpretar las expresiones y gestos; conoce la naturaleza humana como pocos. Y si hay algo que no soporta es la lástima ni tampoco la condescendencia; ni mucho menos las palabras quedas o los murmullos a su espalda. Ahí va lo que fue el duque de Alba, etcétera.

–¿Quién va a dirigir el ejército, Fernando?

El nudo en la garganta le impide seguir hablando. Una terrible rabia se apodera de él; una rabia infinita por verse así, impedido; preso de un cuerpo que ya no es el suyo. Sin embargo, el espíritu no ha perdido ni un ápice de determinación. Él, un hombre fuerte, arrogante, firme en sus convicciones. Le gustaría hablar con el hombre de ayer, pero no puede. Éste se fue hace años, y lo que queda es el viejo que es ahora.

–Lo va a dirigir un hombre que ni siquiera puede mantenerse en pie.

Golpea el brazo de la jamuga. Mirada vidriosa, dientes apretados, gesto furioso. A solas, en su tienda, reconoce su derrota vital. Él, un militar obsesionado con los detalles, la victoria en el pensamiento y en la mirada, derrotado por el enemigo más despiadado.

Eso es el tiempo.

No caerá ante las huestes del prior Antonio de Crato que lo esperan a lo largo del camino hasta Lisboa para plantarle cara.

Lo ha derrotado el tiempo.

Tan listo como lo era también él, que sabía aprovechar su momento para asestar el golpe definitivo. Un golpe de realidad demoledor.

–Perdón, María...

«Se lo tenías que haber dicho esa noche, cuando pudiste, y no lamentarte ahora», piensa, conteniendo la ira. «Orgullo, Fernando. ¡El maldito orgullo! ¡El maldito honor! ¡La maldita gloria! Cuánta razón tenía...».

–Te pudo el orgullo.

«Te pudo, Fernando. Tenías que haber dicho no al emisario del rey, informarle de que ya no estabas en condiciones; que preferías morir deshonrado pero en compañía de los tuyos, con el amor de tu esposa. Cuidándote, estando a tu lado. Morir a su lado».

–Pero te pudo.

Mira entonces al infinito de la tienda. Por mirada, una tragedia griega en varios actos.

–*Acta est fabula,* Fernando.

Le vienen entonces los que, quizá, considera algunos de los versos más atinados de su añorado Garcilaso:

> Marchitará la rosa el viento helado,
> todo lo mudará la edad ligera,
> por no hacer mudanza en su costumbre.

Recuerdos, emociones, realidades. Se dispone a entrar en Portugal en compañía de su ejército y ni siquiera sabe si podrá hacerlo a caballo. Lo embarga el miedo de que los más veteranos, sus señores soldados, que a casi todos conoce por su nombre, no digan al verlo pasar ahí va Fernando Álvarez de Toledo, hijo de García de Toledo y nieto de Fadrique Álvarez de Toledo, el gran duque de Alba; Mühlberg lo contempla, también Italia, rendida a sus pies.

–¡El orgullo, Fernando, el maldito orgullo!

Golpea con rabia otra vez el brazo de la jamuga. El maldito orgullo. Lo repite una, dos, hasta tres veces.

«Nunca más volveréis. Moriréis en tierra extraña, lejos de los vuestros, pero es lo que habéis elegido».

Se dispone a entrar en Portugal, así lo ha ordenado, para no regresar nunca más a su casa. El tiempo está en su contra, y por primera vez en su vida no podrá derrotarlo. Es imposible hacerlo.

Quien rumia su impotencia solo en su tienda no es el militar invicto, la leyenda a ojos de sus hombres, el mayor genio militar que vieron los siglos pasados ni verán los venideros. Es un hombre sin más, desvestido de su orgullo, mortal como todos.

Solo, en tierra extraña.

Como su padre.

Capítulo 28

Pasados sin futuro

Lisboa, Terreiro do Paço. Atardecer del 25 de junio de 1580

El aire huele al río Tajo en su lenta agonía hacia el mar y a sardinas asadas traídas desde Setúbal y Sesimbra. Lisboa rezuma alegría. De ahí, conviene Cristóbal Freire, que aquellos peces sean asados en no pocos lugares cercanos a la plaza donde se levanta el Paço da Ribeira. Incluso ha oído un grito ya conocido procedente de algún punto de dicha plaza. «Rial, Rial, por don Antonio, rey de Portugal». Una, dos, tres veces. Gritos de celebración, pues Lisboa presume de haber tenido otra vez al rey en casa, aunque fuera apenas por un breve lapso. Partió para Setúbal el día anterior con el propósito de asegurar la defensa de la capital del reino una vez fue jurado como rey por la Cámara Municipal. El pueblo lo aclamó, pero no así los representantes del alto clero ni tampoco de la alta nobleza, que declinaron su asistencia.

El sol inflama el cielo con sus últimos rescoldos. Repara en las torres de las varias iglesias que se yerguen tras el palacio, recortando un cielo anaranjado y surcado por regueros de nubes delgadas y oscuras. Recostado contra el muro que delimita la plaza del río, Cristóbal Freire observa la corriente y tararea una canción:

Par Deus, coitada vivo
pois non veu meu amigo;
pois no ven que farei
meus cabelos, con sirgo.

Posee buena voz y le gusta cantar. Lo relaja. Suele quedarse con las letras de las cantigas que escucha en las calles de las villas por las que pasa. También puede presumir de buena memoria. Por eso retiene letras y melodías.

Del río que discurre a su espalda no le importa tanto la corriente, sino lo que arribe a puerto. Espera la llegada de los pescadores negros. Tiene una orden que cumplir. Ya ha reclutado algo más de mil esclavos. Les ofrece luchar por el nuevo rey de Portugal a cambio de su libertad. Miradas ilusionadas, rostros sonrientes en todos los casos, aunque desconozcan a qué se enfrentan. Tiempo tendrá de explicárselo. Ahora pretende reclutar a otro buen número. Esa misma mañana los vio partir. Fuertes, altos; así los ve regresar con el atardecer por compañía. Se aproxima haciéndose el distraído. Se los imagina entonces armados con picas azuzando a la infantería castellana. Fieros, salvajes. Luchando por lo más preciado que puede tener un hombre.

Aguardan su llegada toda clase de vivanderos, aguadores y vendedores. Hombres de buena planta, de pasado seguramente atroz y futuro incierto. Cicatrices en los brazos, en las piernas, en el pecho, en la cara. Latigazos, seguramente. Gente hecha al sufrimiento, a la miseria, a vivir una vida con la que nunca soñaron. Uno de ellos lo sorprende. Algo más alto que los demás, apenas sonríe y se hace acompañar de una mula en cuyos serones transporta cántaros de agua que vende a los pescadores esclavos.

Conforme descienden de las embarcaciones, los esclavos marchan prestos para comer algo o beber un trago de agua fresca. Algunos llevan consigo las capturas del día en cestas.

Amén de los vivanderos, también los esperan allí unos hombres bien vestidos que miran con recelo al representante de Antonio de Crato. La circunstancia no le pasa desapercibida.

–¿Qué buscáis aquí? –suelta a bocajarro uno de éstos.

Cristóbal Freire repara en sus calzas. Después baja la mirada a los zapatos, con cuchilladas en los empeines. Luego examina el jubón con cuello alto y el sombrero inclinado. Gordo, rostro fofo, sudoroso. Expresión de soberbia. Un esclavista.

–Llevarme a estos hombres.

La risa del otro se puede escuchar en toda la plaza. Los que lo acompañan también ríen. Los esclavos, inquietos, no saben qué hacer.

–¿Puedo saber la razón?

–Mi señor, don Antonio de Crato, los necesita para luchar contra el rey español.

–¿Ese bastardo?

La suya es una mirada de serpiente. El gesto, ensombrecido.

–¿Perdón?

–¿Es que no me habéis oído? Antonio de Crato no es más que el bastardo del infante don Luis. Si somos inteligentes, rendiremos homenaje al rey Felipe, que es quien…

Con un rápido movimiento, Cristóbal Freire saca la daga y le rebana el cuello. El tipo cae al suelo llevándose las manos a la herida mortal. Se agita preso de un estertor violento antes de quedar sumido en una quietud eterna. El temor anida en la mirada de sus acompañantes y en la de los esclavos.

–Vosotros nada debéis temer; ellos, sí –se dirige a los primeros–. Os ofrezco ser hombres libres.

Los esclavos se miran con recelo, cuchichean entre ellos. Salvo Ebou, que se acerca al tipo de rostro duro, mirada aviesa y vestido de manera desastrada que acaba de matar al esclavista. No ha hecho caso a su rey, recuerda entonces

Cristóbal Freire, que le recomendó vestir con más decoro. «Que vean a uno que luchará con ellos codo con codo, mi señor», fue su respuesta.

–¿Qué hay que hacer?

–Luchar por el nuevo rey de Portugal, don Antonio de Crato.

El esclavo duda y da un paso atrás. Ojos temerosos, rostro teñido de temor.

–Nunca he luchado.

Cristóbal Freire lo agarra del brazo derecho y le aprieta el bíceps. Duro, acostumbrado al trabajo. Armado con una pica, bien entrenado y con la libertad como acicate, un enemigo que puede complicar las cosas. Pero lo que más le impresiona es su mirada, llena de vida a pesar del temor que se ha apoderado de ella.

–Dame una quincena para solventar esa carencia. Éste no es tu mundo. Lo único que deseas es regresar al tuyo, y tú lo harás. ¿Cuánto tiempo llevas en Lisboa?

–Cinco años.

–¿Y en ese tiempo no has intentado escapar ni una sola vez?

–No conocéis a mi amo.

Por la manera en que lo mira, Cristóbal Freire se convence de que no miente. Tampoco lo hacen las cicatrices que luce en los brazos. Atroces. Ha oído historias en boca de otros como él. Capturados en su tierra, supervivientes de una travesía mortal para no pocos, vendidos en un mercado como si fueran ganado..., y fin a sus vidas como las conocieron. Mercancías en manos de tipos como el dueño de Ebou, que ha anulado a la persona para convertirla en un animal doméstico. Dócil, obediente.

Ebou se encoge de hombros y mira al suelo.

–El mismo día que me compró ya demostró de qué es capaz.

Isla de Gorea. Principios de octubre de 1574

Tomás Nunes impartía órdenes al pie del barco. Lo hacía con serenidad, de manera profesional, sin asomo alguno de piedad o lástima por los esclavos que iban embarcando. Una vez marcados, hombres, mujeres y niños eran despojados de sus escasas ropas y conducidos al interior de la nave.

–Hombres, a proa. Mujeres, a popa. Niños, al centro de la nave. Y atadlos bien con cadenas. No quiero que se mareen durante el viaje.

Estas últimas palabras salieron de su boca teñidas de una ironía que el esclavista Vicente Godinho captó al vuelo. Tomás Nunes se percató de su presencia y lo saludó con una ligera inclinación de cabeza.

–Da la orden de zarpar cuando las bodegas estén llenas –le ordenó el esclavista.

El capitán asintió, aún silencioso. Escrutaba a los últimos esclavos que subían al barco. En el aire quedaban los gritos y chillidos de los que ya habían embarcado.

–Parece mentira. Seis meses a oscuras y ahora protestan por regresar a la oscuridad –apuntó Vicente Godinho, irónico.

–Dejarán de hacerlo en cuanto zarpemos.

Vicente Godinho emitió una risa queda y le palmeó la espalda. Le gustaba ese tipo. Por su personalidad, incluso su inhumanidad, pero también por su manera de trabajar. Recto, serio. «Sabe cómo dirigir su nave y también cómo tratar la carga que transporta en las bodegas», le aseguraron quienes le recomendaron sus servicios. Le gusta trabajar con él, y le paga bien. Siempre cumplía de manera satisfactoria. Mínimo número de bajas, máxima rentabilidad de la inversión. Aunque había algo que lo preocupaba.

–¿Cuántos crees que no llegarán?

–La cuarta parte no vivirá para conocer Lisboa.

–Procura que sean menos.

–Su salud no depende de mí. Las condiciones son las que son. Puedo obligarlos a comer, tengo práctica en ello. –Tomás Nunes esbozó algo parecido a una mueca de orgullo–. Pero la salud escapa de mis posibilidades. Dependerá de su resistencia al viaje. Parecen fuertes, sanos, pero será un infierno para ellos. Conforme avancen las semanas, aparecerán el escorbuto, la malaria, las fiebres..., y sólo Dios sabe cuántas más enfermedades. A los que sobrevivan, les daremos más comida conforme nos aproximemos a Lisboa para que luzcan mejor y así puedas sacar un mayor beneficio por ellos.

–No obstante, insisto que sean los menos quienes no lleguen a tierra.

–Se hará lo que se pueda.

El esclavista palmeó de nuevo el hombro derecho del capitán y se alejó unos pasos de él.

–Zarpa cuando dispongas.

–De inmediato.

Tomás Nunes observó cómo desaparecía el último esclavo a través de una de las trampillas de acceso a la bodega. Gritos, aullidos, lloros. Intensos, crueles. Vicente Godinho se volvió, interrogándolo con la mirada, pero el capitán le dedicó un gesto despreocupado con una mano.

–Tanto aullido y tanto grito me están provocando dolor de cabeza... –maldijo el esclavista–. Si no fuera por el dinero que voy a sacar por ellos en Lisboa, sería capaz de hundir el barco con mis propias manos para que se callaran de una maldita vez.

–¿Acaso no harías lo mismo si te vieras en esas circunstancias? Desconocen a lo que se enfrentan, y la oscuridad los oprime. Hay que estar en su piel para comprender por qué reaccionan así.

–¿Me estás llamando insensible?

Un atisbo de amenaza amaneció en la mirada de Vicente Godinho. Tomás Nunes lo dejó hacer. Era su trabajo, reacciones como ésa iban implícitas.

–Sólo digo que hay que estar en su piel. No obstante, sabes que haré lo posible y lo imposible por mantener el valor de la mercancía. Por si se te ha olvidado, yo también me juego mucho en cada viaje –afirmó Tomás Nunes con la seguridad de quien ha hecho ya unas cuantas travesías por el océano Atlántico transportando esclavos en la bodega.

Al verlo de brazos cruzados, vigilando las últimas maniobras antes de zarpar, el esclavista esbozó una sonrisa que no necesitó palabras para revelar su significado. Lo que arqueó hacia arriba las comisuras de los labios de Vicente Godinho era el paradigma de una falta de escrúpulos absoluta. Sabía que su mercancía estaba en buenas manos. En las mejores.

Océano Atlántico, alta mar. Comienzos del mes de noviembre de 1574

La bodega del barco hedía a vómitos, excrementos y orines. Los primeros rápidamente se apoderaron de los esclavos, menos habituados a los movimientos del mar. Los segundos y los terceros, consecuencia de la resistencia de cada uno. Aguantaban lo que podían, y luego poco importaba quien estuviera al lado. La cuestión era no reventar, y más pronto que tarde todos caían.

Y el calor. Asfixiante. Sin luz ni aire fresco.

A Ebou lo rodeaba este mar de orina y heces. Una y otras, propias y ajenas, le cubrían el cuerpo. Encadenado como estaba a su padre por las muñecas y los tobillos, trataba de aguantar el dolor, pues los sentía en carne viva. A pesar de todo, de cuando en cuando se obligaba a hablar para sentirse hombres en vez de simples bestias de carga camino de su venta. Y, cada día, notaba cómo la voz de su padre se debilitaba un poco más. Únicamente recibían dos comidas cada jornada: gachas de maíz, unas habas, en alguna ocasión mijo... Musa apenas podía comer por sí mismo, por lo que los marineros lo obligaban. Le abrían la boca y le hacían ingerir los alimentos a la fuerza, ayudándose de un embudo. El día que más resistencia puso, le quemaron los labios para que le sirviera de escarmiento. Ese día, Ebou se cercioró de que su padre había perdido las pocas ganas de vivir. Las había abandonado en la isla de Gorea, al pie del acantilado donde murieron su hija y su mujer devoradas por los tiburones.

Les daban de comer cuando los subían a la cubierta, donde los marineros también se divertían haciéndolos saltar y bailar. Quien no lo hacía era azotado sin piedad. Ebou era de los que aprovechaban el momento para hacer sus necesidades por la borda; para aliviarse un tanto y, asimismo, tomar una bocanada de aire fresco.

–*Famaa*... –susurró.

El padre no contestó.

–*Famaa*... –insistió.

–No va a contestar –le dijo un esclavo.

–*Famaa*...

–Está muerto.

–No, no está muerto. *Famaa*...

–Ebou... –lo oyó rezongar al fin.

El hijo suspiró.

–Como si lo estuviera –volvió a la carga aquel esclavo.

–¿Y *bamaa*? ¿E Isatou?

–Está delirando. En breve morirá –insistió aquél.

–Están bien, *famaa* –mintió Ebou a su padre con un nudo en la garganta.

–Descansa, hijo... –bisbiseó–. Mañana pescaremos.

–¡Claro que voy a descansar! ¡Tengo muchas ganas!

–Huelo el mar...

–¡Tan azul como siempre, *famaa*! –A Ebou le costó contener las lágrimas.

–Serás un buen pescador...

En ese momento, la puerta de la bodega se abrió, y la luz penetró como una avalancha de fuego, dañando los ojos de los esclavos.

–¡*Famaa*, nos sacan fuera!

La súbita luz le permitió observar los labios de su padre, completamente quemados. Apenas era ya un recuerdo de lo que había sido. La enfermedad lo estaba devorando. Del hombre fuerte no quedaba más que un fétido amasijo de huesos y carne colgando.

–El que esté muerto o cerca de estarlo, fuera –anunció entonces Tomás Nunes, asomado desde la cubierta.

Varios marineros bajaron a la bodega y comenzaron a dar patadas a los cuerpos que encontraban a su paso. El destino de quien no respondía ya estaba echado.

–Desatad a éste –ordenó, a su vez, un marinero tras golpear varias veces a un esclavo–. Y a éste, también. Y a éste.

Ebou veía que los marineros se acercaban. Su padre había cerrado los ojos, por lo que se afanó para que los abriera.

–¡Vamos, *famaa*! Ahora nos darán de comer. Abre los ojos, ¡ábrelos!

Pero el padre ya no respondía. Lo único que salía por su boca era un pitido ronco que sonaba a muerte.

–¡Vamos, *famaa*!

–Está muerto.

Aún con la mirada aturdida por la luz, Ebou atisbó los rasgos del marinero que había hablado. Patilludo, pañuelo en la cabeza y gesto de asco perpetuo.

–¡No! –protestó Ebou–. ¡No está muerto!

–¡Como si lo estuviera! Si no está muerto, morirá en un par de días, y para cuando volvamos a abrir la bodega lo que tenga también te habrá matado a ti, y eso no nos interesa.

Sin más, varios esclavos señalados, entre ellos el padre, fueron subidos a la borda.

–Ése, también –ordenó Tomás Nunes desde arriba.

–Éste no está muerto –dudó un marinero, pues Ebou estaba bien vivo.

–Quiero que lo vea.

Al momento, otro marinero agarró a Ebou de los brazos y lo llevó consigo. Una vez arriba, Tomas Nunes se aproximó a él.

–Aquél debe de ser su padre. Llevadlo junto a la borda y encargaos de éste. Hoy aprenderá una buena lección. –Le tocó el brazo y asintió–. Y dadle ración doble conforme nos acerquemos a Lisboa. Pagarán una buena suma de dinero por él.

Ebou sintió cómo un marinero lo trababa por detrás y lo inmovilizaba.

–¿Tu padre sabe nadar?

Lo oyó reír. Su aliento apestaba a vino. Ni siquiera opuso resistencia. Débil por el encierro y la escasez de alimentos, se dejó hacer.

–Terminemos de una vez con esto, que tenemos mucho trabajo que hacer.

Tomás Nunes dio la vuelta para regresar a su camarote. Los marineros no necesitaron más orden para, uno por uno, arrojar a los esclavos al mar.

–¡No, no! –pataleó Ebou al ver cómo los marineros agarraban a su padre por tobillos y muñecas.

Al instante siguiente, el mar lo engulló.

–Pues no, tu padre no sabía nadar. Así que ya sabes lo que te toca. Ésa es la lección que has aprendido hoy.

Horrorizado, Ebou notó cómo la risa del marinero le penetraba en el oído. Permanecería allí adherida durante un buen tiempo, y en su alma para toda la vida. Quiso llorar, pero no pudo.

–El resto, fuera. Seguro que alguno tiene ganas de bailar.

A la orden del encargado de supervisar la operación, los marineros fueron sacando al resto de esclavos de la bodega. Ebou agradeció verse libre de su captor. Clavó la mirada en la borda del barco, tratando de calcular lo que tardaría en llegar hasta ella corriendo. Un salto, y adiós al sufrimiento. Sin *bamaa, famaa* e Isatou, su vida ya carecía de sentido. Siguió calculando la distancia, cómo salvar al marinero que hacía guardia delante de ella. «Un salto y serás libre, Ebou. Son apenas cuatro pasos. Un salto y serás libre».

Dio un paso hacia atrás. Una buena carrera, la última. Siempre había presumido de correr bien, más que su hermana. Cerró los ojos, convencido. «Hazlo, no lo pienses más».

–¡No, Ebou! ¡No lo hagas!

El grito lo sumió en una enorme perplejidad. Una voz inconfundible. La de su hermana Isatou.

–No lo hagas, Ebou –oyó que le pedía su hermana.

–¿Eres tú, Isatou? –contestó sin saber hacia dónde mirar.

–No lo hagas. Tiempo tendremos de hablar, pero no lo hagas, Ebou, por mucho que eso sea lo que te pide el cuerpo. Debes vivir. Eres nuestro recuerdo, lo que queda de nosotros. Tienes que seguir adelante. Además, acuérdate de lo que dijo *bamaa* Fatou. Tu motivo para seguir viviendo acaba de salir de la bodega.

Un marinero había subido a Nyima. Nunca la había visto tan sucia, tan abandonada a sí misma.

–Ella es tu razón para luchar, Ebou. Lucha, no dejes de hacerlo.

Desde la distancia, Nyima lo miró y, de inmediato, ahogó su mirada en la madera de la cubierta. Avergonzada de que Ebou la viera despojada de su orgullo habitual, reducida a un pedazo de carne que apestaba como ni él ni ella nunca hubieran podido imaginar.

–Lucha por ella, Ebou. Es tu destino.

La rabia se apoderó de él. En su cabeza ya no había espacio para el deseo de ser libre, ni tampoco cálculo de posibilidades para llegar hasta la borda y saltar al mar. La imagen de Nyima, tan desvalida, había hecho pedazos todos sus pensamientos.

En ese instante, con la cubierta llena de esclavos bajo un sol abrasador y una brizna de viento que impulsaba las velas de la nave, se juró que nunca más volvería a verla así.

La quería demasiado como para abandonarla a su suerte.

Lisboa, Terreiro do Pelourinho Velho. Mediados de diciembre de 1574

Ebou miraba al cielo nublado buscando respuestas. Quien se las debía dar era su hermana, Isatou, pero ese día parecía no querer hablar con él. «Contéstame», le pedía una y otra vez, «atiéndeme». Por respuesta, el silencio. Un silencio devastador en su interior, que no a su alrededor. Lisboa se henchía de vida. Mercancías de todo tipo, conversaciones a voces, dedos que lo apuntaban, unos riéndose de su desgracia, otros compadeciéndose de su suerte.

Terminó por bajar la cabeza, resignado. Caminaba por una calle polvorienta con los pies descalzos y grilletes en los tobillos. Cuál le era indiferente, pues todas semejaban igual de grandes, atestadas de gentes, con edificios altos a un lado y a otro. De haber querido echar a correr, dos cadenas se lo hubieran impedido. La primera unía los grilletes atados a los tobillos; la segunda, a los demás esclavos, en una suerte de cuerda tan humillante como deshumanizada.

–El 56.

Así lo llamó aquel hombre que se limitó a inscribirlo en una hoja tras mojar la pluma en un tintero.

–Mi nombre es Ebou.

Su arranque de dignidad fue correspondido con una risotada. Gordo, de pelo ralo y con una papada que ocultaba su cuello, el hombre lo miró de manera condescendiente.

–Te llamarás como quiera tu amo el día que te compre, que no será dentro de mucho. Hasta entonces serás el número 56. Así que ve olvidando quién eres...

Un fuerte empellón en la espalda lo obligó a moverse para no interrumpir el registro de esclavos. Aún pudo ver cómo algunos marineros llevaban a rastras los cuerpos de los últimos desgraciados que no habían conseguido alcanzar Lisboa. Si su destino fue el mar mientras navegaban, cuál sería ahora una vez llegados a tierra. Fue un pensamiento fugaz, agrio, pero enseguida se obligó a enterrarlo en lo más profundo del olvido. Estaba vivo. Y, aunque no había podido verla aún, sabía que también lo estaba Nyima.

–¡No paréis! ¡No paréis!

El hombre que conducía la cuerda de esclavos ordenó a sus ayudantes que golpearan a los remolones o a los asustados por la muchedumbre que aguardaba en el Terreiro do Pelourinho Velho. La plaza era grande y se veía rodeada de edificios tan altos como baobabs. Los vecinos más curiosos esperaban asomados a la ventana; y entre los lisboetas concentrados en la plaza se movían esclavos ya veteranos vendiendo sus mercaderías. Soplaba un viento frío que hacía temblar a esclavos recién llegados. Pronto, todos ellos fueron reunidos junto a un elemento que les despertó la curiosidad: una columna alta con cuatro ganchos de hierro.

–¡Quietos! –ordenó el hombre que los conducía.

Sus ayudantes tomaron la orden al pie de la letra y golpeaban a los que hacían cualquier movimiento, por nimio que fuera. Cuando al fin todo fue calma, otro hombre tomó su lugar. Éste vestía igualmente de tono oscuro, pero de manera claramente más rica: escarpines, medias bajo el calzón, jubón y capa de buen paño.

–¡Miren bien la mercancía! ¡Hechos al trabajo duro! ¡Buenos hombres y mujeres para cualquier labor!

Los ciudadanos se acercaron entonces a los esclavos para examinarlos por sí mismos. Piernas, brazos, dentadura… Nada quedaba al albur de los posibles compradores.

–¡Espero que sean mejores que los de la remesa de comienzos de año! ¡Sólo dos sobrevivieron a la primavera y al verano! –protestó un hombre que no soltaba el brazo izquierdo de un esclavo.

–¡Éstos son buenos! ¡No os decepcionarán!

Aquel hombre compuso un gesto de no terminar de creerse las palabras. Soltó el brazo del esclavo y abrió la boca de otro que tenía a su lado.

–Tranquilo –oyó Ebou.

Alzó la mirada al cielo.

«¿Qué me va a pasar?».

–¿Acaso todavía te lo tengo que contar?

No le gustó la risa de su hermana, por lo que endureció el gesto.

–Te van a comprar. Eres un esclavo.

Llegó su turno. Un tipo más bajo que él lo agarró de la barbilla y lo obligó así a ponerse a su altura para abrirle la boca.

–¡Le falta una muela!

–¡Pero tiene las demás piezas intactas! Además, ¿qué más os da que tenga una muela de más o de menos? ¡Está sano!

El hombre, para nada convencido, centró su atención en el esclavo que Ebou tenía a su izquierda. Ése sí que pareció ser de su gusto.

«¿Qué pasa ahora?».

–Discuten el precio.

La conversación duró poco. A una orden del esclavista, fueron desatados el recién examinado y otros dos más. Ninguno de los tres se atrevía a levantar la mirada del suelo. Ebou buscó con la suya a Nyima, que estaba un poco más allá. Todavía nadie se había interesado por ella.

–Es lo normal. Los hombres fuertes como tú son los más demandados. Sois esenciales para las labores más duras. Las mujeres están destinadas a tareas en las casas. Tranquilo, pues tendrá mejor destino que tú.

«¿Qué me va a pasar a mí?».

De repente, se desató un tumulto entre los tres esclavos recién comprados y el que parecía ser su amo. Uno de ellos, aprovechando una distracción de los sirvientes, echó a correr.

–¡Que no escape! –ordenó con voz chillona el que los había comprado.

Dos hombres salieron tras el esclavo, que a toda prisa trataba de esquivar a quienes intentaban cerrarle el paso. Miró hacia delante por un momento. La plaza era muy grande y no sabía por dónde proseguir su huida. Atisbó el río Tajo por una de las salidas, tan gris su corriente como el cielo que lo cobijaba. Fue lo último que vio antes de caer al suelo derribado por un golpe en la cabeza.

–¡Colgadlo! –chilló el dueño, una vez lo trajeron a su presencia–. Eso servirá de escarmiento a los demás –dijo mirando a los otros dos.

Los sirvientes tomaron una de las cuerdas que traían consigo y la enlazaron en uno de los ganchos de hierro de la columna. El otro extremo lo ataron al cuello del esclavo, que pugnaba por liberarse del abrazo de la cuerda.

–¡No, no! –gritó, aún aturdido por el golpe.

–¡Arriba con él!

Los sirvientes comenzaron a izarlo entre los gritos asustados de los esclavos y el lloro de las esclavas al verlo retorcerse en el aire y agitar las piernas de manera nerviosa. Los gemidos aún rasgaban la brisa cuando el cuerpo quedó rígido y balanceándose en el aire.

–¡Espero que tú no me hagas lo mismo! ¡Tengo que sacar partido a los treinta y cinco mil reis que he pagado por ti!

Ésa fue la primera vez que Ebou vio el rostro del que sería su amo a partir de ese instante. Cejijunto, rostro fofo, mirada sibilina y dueño de una barriga desproporcionada.

–¡Estos dos, también!

Otros dos esclavos fueron soltados de la cadena. Ebou se sentía espantado por las escenas que contemplaba. Hombres, mujeres y niños eran comprados como una mercancía más y conducidos a otros lugares de la plaza a la espera de ser trasladados donde sus amos quisieran. Buscó de nuevo a Nyima. Ocho o diez pasos los separaban. Una distancia tan insignificante como insalvable. Miraba al suelo mientras otras dos esclavas, a su lado, no dejaban de llorar.

–No sufras por ella. Ha tenido más suerte que tú.

–¡Miradme! –La voz fuerte y autoritaria de su nuevo amo lo sacó de la conversación con su hermana. Paseaba delante de los esclavos recién comprados con lo que parecía un látigo en la mano derecha y vestido de manera lujosa–. Los que no habláis mi lengua no tardaréis en hacerlo. A partir de ahora, me llamaréis señor Sequeira, porque soy vuestro amo. Del resto de condiciones ya os iréis enterando. ¿Entendido?

Ninguno respondió. El tipo siguió examinándolos en silencio, paseando de arriba abajo, hasta que se detuvo frente a Ebou.

–¿Has entendido lo que te he dicho?

El muchacho mantenía la mirada agachada. Temblaba de puro miedo.

–¡Que si me has entendido! –gritó de nuevo, agarrándolo de los pelos para levantarle la cabeza.

Sólo entonces respondió, asintiendo en silencio y con el horror por mirada.

–¿Y por qué no me contestas?

Apretó los dientes para aguantar el latigazo. La herida en la pierna derecha le quemaba, el dolor se hacía insoportable, pero no se podía mover ni tampoco responder, so pena de acabar como el compañero recién colgado.

–¡Atadlos! Es hora de llevarlos a su pocilga.

Una vez atados de nuevo con otra cadena, los conminaron a caminar. Aún se oían voces de conversaciones en la plaza. Precios que se regateaban, llantos de los esclavos, gritos de los nuevos amos. Ebou quiso mirar a Nyima quizá por última vez. La vio marchar como él hacia un destino desconocido con la cabeza agachada, despojada de todo.

Ya no tenían humanidad.

Lisboa, Terreiro do Paço. Atardecer del 25 de junio de 1580

Ebou hunde la mirada en el suelo después de contar a Cristóbal Freire cómo conoció a su amo. El portugués dedica unos instantes a reflexionar cómo un muchacho fuerte, alto, de planta soberbia, se haya convertido en un perrillo dócil, contento con no recibir ninguna patada de su amo. Todo se reduce a una cuestión de mentalidad, de convencimiento; de luchar contra el destino, de rebelarse ante sus designios. De enfrentarse a él sin importar las consecuencias. De eso sabe mucho, quizá más que nadie. Para él, vivir es una continua tienta a la suerte. Todo se reduce a eso. Empeñarse en vivir o empeñarse en morir, en vivir una vida muerta, sin expectativas.

Aún en silencio, al fin Ebou levanta la cabeza. Cristóbal Freire nota que sus pupilas se dilatan. Sigue su mirada y observa a la mujer blanca, bien vestida –luce basquiña sujeta con agujetas al jubón largo, mangas atacadas y partidas a la española– que ha llamado su atención. Tras ella, tres mujeres negras vestidas con sayas sencillas.

Cristóbal Freire asiente levemente con una media sonrisa en los labios.

–¿Cuál es?

–¿Cómo? –responde Ebou, sorprendido.

–¿De cuál de ellas estás enamorado?

–De la que lleva el pañuelo rojo en la cabeza.

La vida, sus misterios. Su curso natural, sin importar grandezas ni miserias, pues siempre se abre paso sin importarle las circunstancias. Y de todos los sentimientos, el amor es el más grave. Incontrolable, capaz de desarmar al más fuerte y de insuflar ánimos al más débil, da y quita la vida por igual. Cristóbal Freire lo sabe por experiencia, pues a él se la quitó. Lo sumió en el peor de los infiernos, en un dolor que nunca podrá superar. Cuando amas tan fuerte y el amor desaparece de golpe, te desarma, te anula; te destroza hundiéndote en un abismo sin fin. Se arma de una nueva media sonrisa para preparar el terreno. La escena dibuja un escenario tan incierto como más favorable para sus intereses.

–¿Quieres que sea tuya?

Las pupilas de Ebou se dilatan aún más.

–¿Qué queréis decir?

–Lo primero, no me hables así. Soy una persona, como tú, así que déjate de remilgos. Si te unes a los hombres que estoy reclutando para luchar contra los españoles, no sólo serás libre, sino que también te casarás con ella.

–¿Podrías conseguir eso?

–Ya te lo he dicho: tengo orden del nuevo rey de Portugal, don Antonio, de reclutar un ejército. Si expulsamos a los españoles, yo mismo me encargaré de que sea el propio rey quien os case.

–¿Casarme con ella?

–Eso he dicho.

Ebou hace de nuevo de Nyima el objeto de su mirada. Sólo la aparta una vez para elevarla al cielo, gesto que extraña a su interlocutor.

«¿Qué hago, Isatou?».

–No puedo responder a esa pregunta.

«¿Por qué te empeñas en tratarme así?».

–No puedo decirte nada de tu futuro. Ése era el pacto. ¿O acaso no te acuerdas?

Cristóbal Freire lo observa con una mezcla de extrañeza y curiosidad, y mira a su vez al suelo. Ebou posa en ese momento la mirada en el suelo, como si necesitara ordenar sus ideas, sus pensamientos, y más tarde busca de nuevo a la chica de la que está enamorado.

–¿Cuántas veces tengo que repetirte que recuerdes lo que te dijo *bamaa* Fama el día que fuimos a verla?

–*Bamaa* Fama –musita Ebou.

La imagen estalla en su cabeza. Una choza oscura, una mujer estudiando la palma izquierda de su mano, unas palabras. Nyma después en su mirada, las palabras de *bamaa* Fama en su cabeza: «Tu vida correrá peligro en no pocas ocasiones. En una de ellas, hará todo lo posible por atraparte, pero vivirás. El futuro incierto, el presente aún más incierto». Ahora, en su mano, una posibilidad de hacer realidad aquellas palabras.

–¿Qué dices, entonces? –le pregunta Cristóbal Freire.

–Nunca he luchado –se disculpa Ebou.

–De eso ya me encargaré yo. Además, el rey ha ordenado que puedas unirte a su causa incluso en contra de la voluntad de tu amo. Nada tendrás que temer por esa parte.

«Nunca volverás a tu tierra», había sido la última advertencia de aquella extraña mujer. «¿Acaso merece la pena hacerlo?», piensa, devorando a Nyima con la mirada.

–Tienes una razón poderosa para seguir vivo, y lo harás.

Así es la vida, que volvía a ponerlo en una encrucijada, jugando con su destino. Dos caminos distintos, inciertos. Uno ya lo conoce; el otro, no. Miserable el uno, inseguro el otro. Sólo entonces mira fijamente a Cristóbal Freire, que parece a punto de agotársele la paciencia. Su expresión exige ya una respuesta.

Capítulo 29

Empeñarse en vivir o empeñarse en morir

Afueras de Setúbal, barrio de Troino. Atardecer del 5 de julio de 1580

El aire apesta a miedo. Una sensación atávica imposible de ocultar. Atenaza, nubla pensamientos, controla voluntades. Mire donde mire, Pedro Nunes sólo ve su cara asomando por cada esquina, allí donde las sombras decoloran formas creando lienzos sin calidez alguna. Con blusón y zaragüelles anchos de color pardo, y portando algunos aparejos de pesca, camina un paso por delante de su hijo, que viste igual que él y por nombre y primer apellido lleva los suyos. Son pescadores del barrio de Troino, al oeste de las murallas de Setúbal. Apenas un par de conocidos le devuelven el saludo levantando la barbilla. Ni una palabra. Miedo. En sus rostros, en los ademanes. Y, en derredor, calles solitarias, silenciosas.

Ven a una familia a punto de marcharse. Han llenado con lo poco que poseen un carro que ocupa la calle y dificulta el paso. Teresa, la madre, ya está subida a él. Tras ella, sus hijos. Dos niñas y dos niños de pelo revuelto, caras sucias y miradas asustadas. Duarte, el padre, levanta las varas con esfuerzo y endereza el carro para emprender la marcha. Pedro Nunes padre lo aborda. Por rostro, una súbita extrañeza.

–¿Os marcháis?

–Hay barcos a punto de zarpar para Lisboa. Quiero que vivan. –Se vuelve para mirar a su familia–. A mí no me dejarán partir, pues querrán que luche por mi rey, pero al menos ellos estarán a salvo.

–Ya… –La respuesta no le extraña.

–Quiero que tengan la oportunidad de llegar a mi edad –prosigue Duarte.

–Lisboa es buen sitio –asegura Pedro Nunes, mirando a los críos–. En Seixal ya se ha desatado la peste. O al menos eso dicen.

–Y también dicen que vienen los españoles. ¿Qué es peor? –Duarte chasquea la lengua–. Nunca hemos vivido buenos tiempos, pero éstos que nos contemplan son los peores que quizás hayamos conocido jamás. Morir por culpa de la peste, ser saqueados y que la violen –cruza la mirada ahora con la de su mujer–, o me maten a mí por querer defenderla. ¿Y ellos? –Niega con la cabeza–. ¿Piensas que dejo gozoso que se marchen? –Su mirada es un canto a la resignación–. Tú deberías hacer lo mismo con tu mujer e hijas. Vosotros estáis en condiciones de luchar; ellas, no. Salva lo que puedas, que lo lleven consigo. Lisboa es la salvación. Aquí no nos quedará pronto más que muerte y destrucción.

El padre toma aire. Endereza el carro, se mueve, y las dos grandes ruedas comienzan a girar. En los rostros de la mujer y sus hijos no hay espacio más que para la tristeza; sin ilusiones, sin esperanza. Hay que vivir, pues así lo quiere Dios, como insiste Teresa. Y hasta que él quiera, se resigna.

Pedro Nunes padre no tarda en posar la mirada en el suelo, una suerte de guijarros y tierra. Aún hace calor, y el naranja y el rojo se adueñan de un cielo limpio de nubes.

–Padre…

–Sabes que no van a querer –responde, adivinando la intención de su hijo.

–Tenemos que insistir.

Cuando el padre alza la cabeza, le cuesta ocultar la desidia que impregna su mirada.

–Eso se lo dices ahora a tu madre.

–¡Pues se lo diré!

–Deseando escucharte –ríe con acidez.

A diferencia de su hijo, Pedro Nunes es parco en palabras. Justas, medidas. Se muestra más elocuente pescando en las aguas del estuario del Sado. Rebasada la cuarentena, de andar desgarbado, largas patillas y pelo ralo, se caracteriza por una mirada apocada, un tanto huidiza. Toda la valentía que demuestra en las aguas del estuario se desvanece al poner los pies en casa. Padre e hijo pescan desde la primera luz del alba hasta que la última se extingue a su espalda. Sobre todo, rayas y sargos. La planta de su hijo, que roza la veintena, resulta atractiva a ojos de las muchachas que acuden en busca de agua a la Fuente Nueva, que ahora luce distinta gracias a los arreglos ordenados por el difundo rey Sebastián con fondos aportados por el barrio. A veces acompaña a sus hermanas después de la jornada de trabajo. Son tres: Beatriz, Isabel y María. Distintas, únicas. La primera y la tercera, más atrevidas que él y su padre. Salen a su madre, Beatriz. Oronda, poco más de media altura, es puro genio, siempre con el gesto torcido y la mirada crispada. La misma mirada y el mismo gesto en Beatriz e Isabel, más relajado en María. De las tres, ella es la más guapa. Delgada, morena y una cara que enamora, a diferencia de sus hermanas, dos copias de su madre. Aun así, en cuanto a carácter, es la que más se parece a su padre y hermano.

–¿No paramos hoy? –pregunta el hijo al pasar por delante de la iglesia de Nuestra Señora de la Anunciada–. Deberíamos darle gracias por traernos de nuevo a casa como todos los días.

–Mejor mañana.

Recorren un tramo de la rua Direita hasta que se detienen delante de una casa pequeña de dos plantas y muros de mampostería y piedra. Abandonan en la primera los aparejos que traen consigo y suben las escaleras para acceder a una cámara de suelo apelmazado. Huele a pescado. Las tres hijas ayudan a la madre. Visten igual: falda drapeada de color oscuro bajo la que asoma otra más clara y corpiño de un color algo más oscuro, atado con una cinta de seda en la parte delantera. Muy escotado el de Beatriz y sus dos hijas mayores, no tanto el de la más pequeña. Las mangas son iguales, grandes y cubiertas. La madre repara en padre e hijo con su habitual gesto adusto y lleno de desprecio. Después regresa a la olla donde prepara la cena.

–¡Ya era hora! –exclama.

Pedro Nunes padre omite cualquier respuesta y echa un vistazo al interior de la olla. Hay sardinas, de lo que se congratula. Esboza algo parecido a una sonrisa al recordar lo que de ellas ha escuchado alguna vez en boca de un compañero pescador:

Porque com duas sardinhas
fico eu mais satisfeito
que vôs com vosso desfeito,
nem com capões, nem galinhas;
não vos fazem mais proveito.

Se sienta en un tosco taburete de madera. Duda si escupir lo que siente. Pasea la lengua por delante de los dientes. Con ello exaspera a su mujer, que por respuesta emite un bufido.

–La familia de Duarte marchó ya. Ha llevado a su mujer e hijos a que embarquen para Lisboa –escupe al fin.

–Pues que Dios los ampare. ¡Y ahora, a cenar!

La familia se arracima en torno a la olla y meten las manos para coger tantas sardinas como puedan. Las comen en silencio durante un buen rato. Padre e hijo intercambian miradas. La madre se percata.

–Sea lo que, suéltalo, porque el *tolo* de tu padre no se atreve a hacerlo.

Pedro Nunes padre niega con la cabeza y, con una sonrisa de resignación, deja hacer a su hijo.

–Deberíais hacer como ellos y embarcar para Lisboa.

–Nos quedamos aquí –responde la madre, seca.

El hijo sólo obtiene de su padre un encogimiento de hombros. «Hijo mío, la madre que te parió, la que te trajo al mundo. Ésa es. Ahora, a seguir cenando», le dice con la mirada.

–¡Si vienen los españoles, nos matarán! –contrataca.

–¡Y también la peste que se extiende en Palmela! ¿Y quién te dice que no se haya extendido ya por Lisboa? ¡A los españoles los veremos venir! ¡A la peste, no! ¿O es que no te das cuenta, *pau no cu do caralho*? No les será fácil entrar por estas calles. Y, si lo hacen, se llevarán una buena ración de agua hirviendo. ¡Toda la que quepa en esta olla!

–¡Son miles!

–¡Pues reuniremos piedras! ¡Todas las que podamos! Se las arrojaremos por la ventana en cuanto lleguen. Pero de aquí no me muevo. ¡Ésta es mi casa, y, si he de morir, en ella lo haré!

La voz de Beatriz suena dura, enérgica. Mete la mano en la olla, y a continuación devora la sardina que tiene entre las manos.

Las dos hermanas mayores asienten a su vez. Pedro Nunes hijo sabe que la pequeña, María, piensa como él. Así lo indica su mirada triste, pero es incapaz de abrir la boca, amedrentada siempre por su madre y hermanas mayores.

–¡Yo me quedo aquí! –grita de seguido Isabel, la mediana–. ¡Nadie me echará de mi tierra! ¡Lucharé por ella!

–¡Eso! ¡Lucharemos! –la acompaña en el grito Beatriz.

–¿Estáis mal de la cabeza? –quiere frenarlas su hermano–. ¿Dónde vais a luchar vosotras? ¿Acaso no habéis oído las historias de las cosas malvadas que hacen los soldados en la guerra?

–¡Yo no me voy de mi casa! –chilla Beatriz hija.

–¡Yo me quedo con ella! –insiste Isabel.

–¡Eres igual de cobarde que tu padre, carallo! –le escupe la madre.

–¡Padre! –reclama su ayuda entonces.

Pedro Nunes padre se incorpora para abandonar la cámara. Cansado, su única pretensión es descansar.

–Ya tienes la respuesta. ¿No quieres más sardinas?

–No tengo hambre…

–¡Pues más nos tocarán!

El hijo las ve comer, despreocupadas, con un ansia que le repugna. Como su padre y Duarte, preferiría enfrentarse a la peste allá donde fuera. En el puerto ha oído hablar de ella. Un enemigo invisible. Mucha tos acompañada de sudores. Unos enferman y mueren, y otros la pasan sin más. Un rayo de esperanza. La llegada de los españoles significará la desolación; y más, como también ha oído en el puerto, si Setúbal abraza al nuevo rey. Un enemigo temible, visible y sin piedad.

Tras un rato en silencio, el joven se incorpora. Su hermana María le dedica una mirada silenciosa. Ojos tristes, resignados; presos del dictamen de sus hermanas y de su madre. Una voz dulce siempre callada. La tercera, la pequeña, la opinión sin interés. Una mirada que grita sus ganas de huir de allí, de buscar refugio, con unas ganas de vivir que no sabe cuánto tiempo durarán.

Capítulo 30

El regreso del águila

Alojamiento de Landeira. Atardecer del 15 de julio de 1580

He de decir a vuestra majestad que me embarga una gran soledad por no haber recibido cartas vuestras en los últimos tres o cuatro días. Como, gracias a Dios, me encuentro bien, me gustaría resumiros lo acontecido una vez capitularon Villaviciosa y Vila Boim, tomadas conforme a vuestros designios, y no hay cosa que me plazca más que cumplirlos de tal manera que le agraden.

Tras conquistar Villaviciosa, en cuyo castillo quedó una guarnición de mosqueteros, la caballería partió hacia Vila Boim. Sus habitantes, conocedores de la noticia, decidieron entregar la plaza. Por este motivo, decidí mover el real hacia Estremoz, a donde hice llegar a don Álvaro de Luna para ofrecer un pacto de capitulación tanto a los regidores del lugar como al alcaide de la plaza, don Juan de Acebedo, que es también almirante de Portugal. Don Álvaro de Luna no les ofreció más que dos horas para decidirse. Don Juan de Acebedo insistió en que no entregaría la fortificación ni a don Antonio de Crato ni tampoco a vuestra majestad, sino sólo a los gobernadores que le habían encomendado su custodia. Y por ello decidí encaminarme hacia allí, para hacer una demostración de fuerza ante los muros de la fortificación. Visto el alarde, don Juan de Acebedo se avino a hacer entrega de ella al día siguiente, cosa que no cumplió. Mi oferta final, y sabe vuestra majestad que no me quedó más remedio, fue batir la fortaleza de inmediato y pasar a cuchillo a todo el que estuviere dentro. Así, capituló y fue conducido como prisionero al castillo de Villaviciosa. El siguiente en capitular, sin resistencia, fue el castillo de Montemayor, a media legua de distancia de allí, que como sabe vuestra majestad pertenece al duque de Braganza.

Hasta la fecha no ha habido necesidad de sangre, y ruego a Dios que suceda de igual manera de aquí en adelante.

Lo que de verdad me ha sorprendido, y no tengo reparos en confesarlo a vuestra majestad, es haber recibido carta de don Antonio de Crato a primeros de julio pidiéndome explicaciones por la invasión del reino en vuestro nombre. Mi respuesta fue clara: quien se oponga a los designios de vuestra majestad será destruido. También recibí carta de un emisario del duque de Braganza en la que éste dice estar dispuesto a convertirse en vasallo de vuestra majestad y serviros fielmente.

Ahora, el siguiente objetivo es Setúbal, donde ya han llegado los cerca de sesenta carros cargados con pólvora y arcabuces, así como algunas piezas de batir. Admito a vuestra majestad que ha costado llevarlos hasta allí, pues los caminos de este reino son tan malos que los carros de bueyes se rompen como si fueran de tronchos; la campiña es la peor que he visto en mi vida, tiene unos surcos tan anchos como dos veces los de Castilla, y son duros como una piedra. Mientras escribo estas líneas, ya han regresado don Sancho Dávila, el prior don Hernando y don Pedro de Médicis de reconocer esa ciudad que defiende Diogo Botelho. Afirman que guardan férrea determinación y que los anima Gabriel de Brito. Me pesa que oponga tanta resistencia...

Además, también he recibido noticia de que Cascáis y San Julián están en poder de don Antonio, lo cual me ha dolido en el alma.

Vuestro vasallo y criado, el duque de Alba, besa las manos de vuestra majestad.

Fernando Álvarez de Toledo deja impresa su firma en el sobre y se lo entrega al jinete que aguarda órdenes. Lo miran, expectantes, su hijo, el prior Hernando de Toledo, y Sancho Dávila. El calor no da tregua y aún se sienten sus efectos. El maestre de campo se pasa la mano derecha por la frente, perlada de gotas de sudor. La sola presencia sobre la cama de la habitual piel de armiño con la que el duque se cubre le provoca una fatiga que no puede disimular. El duque de Alba lo mira con socarronería.

–Comprendedlo, don Sancho... Voy a estar mucho tiempo muerto y tanto o más será el frío que pasaré, así que es menester que tome algo de calor antes de mi partida.

–¡Vamos, vuestra excelencia! Aún tenéis mucho que guerrear.

–¡Ay, mi fiel Sancho! Cómo se nota que no veis como yo tan cerca el filo de la guadaña de la parca… –admite Fernando Álvarez de Toledo sin abandonar el tono socarrón–. En fin, ¿nuevas de Setúbal?

–No serán menos de tres mil sus vecinos, y es muy fuerte de cercas y muros. Por una parte la bate el mar, que va a dar a esos muros. Allí se han avistado unas veinticinco naves, algunas de ellas bien artilladas y con mucha gente de pelea. Además, también había tres galeones.

–Y en todas las torres de la villa tenían levantadas cuatro banderas de guerra –aporta el prior.

–También se sabe que mucha gente, sobre todo mujeres, niños y viejos, han embarcado para Lisboa llevándose consigo no poca buena ropa, oro, plata y dineros. La mayoría de los que habitan el burgo han entrado en la villa con su gente y haciendas, por lo que extramuros puede que no quede más gente que la de pelea –prosigue Sancho Dávila.

–Y muy bien provista de munición –añade Hernando de Toledo.

–Por su parte, Palmela se levanta en una montaña muy alta junto a Setúbal, a mano derecha. En lo alto tiene un gran castillo, y habrá allí unos mil quinientos vecinos. Los merodeadores y espías refieren que hay unos doscientos jinetes y cuatrocientos soldados, sin contar la gente de la villa –sigue explicando el maestre de campo.

–Hum…

–Al oeste se encuentra la Torre de Outao, sobre una roca muy fuerte, cuyo mando ostenta un tal Mendo Mota. La guarnición sería un centenar de hombres con al menos cincuenta piezas de artillería gruesas y otras pequeñas –detalla el prior.

–Una plaza indispensable, si queremos que la armada acuda a nuestro encuentro –apostilla Dávila.

El duque de Alba se lleva la mano derecha a la barbilla, que se acaricia con los dedos pulgar e índice.

–Plazas bien defendidas y no menos artilladas…

–Prestas para defenderse bien –afirma el maestre de campo–. Dicen que hay dentro unas trece banderas. Además, he recibido aviso de que en Palmela han entrado otras tres banderas que no sabemos si las dejarán allí o las pasarán a Setúbal. Sin olvidar la artillería del castillo...

–Es menester entonces desplegar el real en medio de las baterías de Setúbal y de Palmela. Es la única manera de hacer frente a tan buen fuego. No obstante, me preocupa la peste, ¡que vive Dios lo rápido que se extiende! –confiesa el duque de Alba.

–Parece ser que Setúbal está libre de ella, no así Palmela –comenta el prior.

–Sí, eso refieren merodeadores y espías... –consigna Fernando Álvarez de Toledo con gesto pensativo. Centra la mirada en el maestre de campo–: ¿De cuánta gente disponemos?

–En total, unos doce mil setecientos infantes, contando los Tercios de Nápoles, Sicilia y Lombardía, más los de don Gabriel Niño, el de Pedro de Ayala y los de don Luis Enríquez y don Antonio Moreno. Todo ello sin alemanes e italianos.

–Suficiente para batir Setúbal. Esta villa es la importante, y sobre ella centraremos nuestros esfuerzos. Dependiendo de cómo evolucione la peste, decidiremos Palmela. Partiremos mañana a medianoche. Irán en vanguardia los continos de don Álvaro de Luna; tras ellos, don Pedro de Médicis, con las tres coronelías a su cargo –enumera el duque de Alba con gesto serio–. Don Pedro González de Mendoza, don Gabriel Niño y don Pedro de Sotomayor también partirán a la medianoche para amanecer en las huertas de Setúbal, y con ellos la compañía del conde de Cifuentes y las del marqués de Montemayor. Luego seguirá la artillería, con los alemanes y los dos tercios de Luis Enríquez y Antonio Moreno.

–¿Y la retaguardia? –interpela Sancho Dávila.

–Ahí irán las dos compañías de los dos tercios de infantería. Vuestra merced –se dirige entonces a su hijo– tendréis a vuestro cargo tres compañías de celadas, arcabuceros a caballo y los jinetes de la costa. Debéis cubrir todo el costado del carruaje de la mano derecha desde su retaguardia hasta su vanguardia. Los conduciréis de manera que resguarden todo el hilo del carruaje, pues la campaña es larga. Procurad que hagan gran frente y así tengan menos cola.

–Como ordenéis.

–Tengan en cuenta vuestras mercedes que hasta aquí no hemos topado con enemigo para ir con el cuidado y recato que convenía. Ya hemos llegado donde parece que quieren esperar los de Setúbal, y es bien que nos vean como soldados –añade, circunspecto–. Espero que, aún a media rienda, la caballería llegue allí todavía siendo de día a la vista del mar sobre Setúbal.

–¿Y la manera de proceder, una vez allí? –pregunta el maestre de campo.

–Hará alto la primera compañía de celadas hasta que lleguen las otras dos –detalla el duque de Alba, dotando a su mirada de la intensidad que requiere el momento–. El cuerpo debe hacerse alto, alargando cada una de aquellas compañías, e ir siempre cerca del costado derecho de los carros. De todas formas, que se detengan antes de llegar a Setúbal, guardando siempre el costado para que, de haber enemigo, se le pueda hacer daño, aunque evitando tocar arma alguna en el carruaje. Don Hernando –regresa a su hijo–, procurad que se haga alto hasta tener el carruaje dentro del cuartel que se levante allí. Entonces me enviaréis a algún emisario para que transmita nuevas órdenes.

–Es decir, lo mismo que hasta ahora –apunta con intención el maestre de campo.

–Es lo que hay, don Sancho.

–Esto no es Montemor, tampoco Villaviciosa, ni mucho menos Vila Boim, como vuestra excelencia acaba de decir.

Fernando Álvarez de Toledo escruta el rostro grave de su maestre de campo, la barba bien cuidada y el bigote frondoso, ya blancos. Y la mirada, esa que tan bien conoce. La misma de Mühlberg antes de cruzar el río, o la de Amberes, poco antes de abandonar la fortaleza. Dura y determinada.

–Sabéis tan bien como yo cuáles son las órdenes. Dejemos el rigor para cuando sea indispensable.

Sancho Dávila y el prior Hernando de Toledo abandonan el alojamiento del duque de Alba, al que espera un sirviente para ayudarlo a desvestirse y meterse en la cama. En ella posa la vista.

Su cama de Uceda.

«Mi señor duque morirá en cama extraña», se repite cada noche antes de acostarse con la soledad por compañía. Sin la duquesa a su lado, la vida se ha vuelto más fría e inesperada. Regruñe tratando de espantarla de cabeza, pues nada le hace más daño que las palabras de la duquesa. Ni el peor arcabuzazo podría causarle tanto dolor.

–Si has de morir, al menos será en la tuya –sonríe con acidez y melancolía.

Ya en la cama, ordena al sirviente que lo deje solo. A oscuras, se oye al viento batir las ramas de algunos árboles cercanos. También le llegan voces quedas, alguna risa, relinchos de caballo. Levanta la mirada al techo de la tienda.

–No me pongas demasiadas dificultades a partir de ahora –suplica al Señor–, que me urge acabar con este asunto cuanto antes para regresar en compañía de los míos.

Lo ansía.

Otra cosa es que Dios escuche su súplica.

En ello confía.

Capítulo 31

Presencias tan sorprendentes como peligrosas

Alojamiento de Landeira. Anochecer del 15 de julio

Íñigo Sánchez observa con inquietud los preparativos del ejército del duque de Alba. Se ha vestido, pero no sabe qué hacer. Hace días que no ha recibido noticia alguna de Juan de Salazar. El cuerpo le pide unirse a la marcha con sus compañeros. «Sangre de mi sangre de aquí a la eternidad»; «A morir por los míos», etcétera. Un trabajo como otro cualquiera, una soldada por matar en nombre del rey.

Hay buena luna, y fácilmente advierte que se le acercan Ginés Méndez y Rodrigo de Cervantes, con paso rápido. A distancia, recelosa, la mirada intensa, encuentra a Inés Arias. Lorenzo Díaz, a su lado, departe con otros compañeros mientras espera a iniciar la marcha. Cubierta la cabeza con un morrión, jubón de satén negro –fruto de una rapiña, le ha confesado Ginés Méndez– y calzas a franjas, la soldado no le quita ojo de encima.

–¡Compadre! ¿Aún no estás listo? ¡Vayamos, vayamos! –lo apremia el sevillano–. Que ya sabes que los soldados españoles no vamos a la guerra como obreros, según el uso de los soldados mercenarios, sino a ganar gloria, triunfos, victorias y reputación.

–En un suspiro os estaré haciendo compañía.

–¡Pues deprisa! El duque quiere tomar Setúbal, y esa villa será del rey en menos que canta un gallo. ¡Mañana estaremos celebrando la victoria sobre sus murallas! –exclama Rodrigo de Cervantes.

–O dando cuentas a Dios. ¡Nunca se sabe!

–¡Siempre tan optimista! ¡Vamos, avívate! –ríe el de Cervantes.

Íñigo Sánchez los ve alejarse con la misma celeridad que vinieron.

–¡Ssssh! –escucha, de repente, a unos pasos de distancia.

Cauteloso, mira en derredor y luego camina hacia los arbustos de los que ha surgido aquel ruido. Allí, oculto, se topa con Juan de Salazar.

–¿No quedamos que me avisaríais con un silbido?

–¡No sé silbar! ¡Mirad que lo intento, pero no sé hacerlo!

–¿Por qué no habéis dado señales de vida en tantos días?

–Eso no depende de mí –se disculpa el otro, encogiéndose de hombros–. Hasta hoy no había órdenes concretas.

–¿Y cuáles son?

–Ser un soldado más.

La voz de Alonso de Guzmán sorprende a Íñigo Sánchez. Lo ve aparecer de entre un par de arbustos algo más alejados. Viste como siempre y arrastra su humanidad más mal que bien.

–¿Qué hacéis aquí? –le pregunta, cuando sale de su estupor, Íñigo Sánchez.

–Seguir al ejército. Así es más sencillo recibir la información e impartir las consignas adecuadas.

–Así que ahora he de desempeñarme como un soldado más.

–Eso es lo que sois, ¿no? –responde Alonso de Guzmán. Después se echa a reír.

–¿Tanta gracia os hace?

–En absoluto. Sois lo que sois, y como tal habéis de actuar. No obstante, os recomendaría mucha prudencia. Seguid a vuestros compañeros, pero evitad las operaciones más peligrosas y no os expongáis al fuego enemigo. No quiero perderos en un ataque menor como éste.

Ahora el que se echa a reír es Íñigo Sánchez.

–¡Vaya! ¿Ahora también entendéis de armas?

–Para nada, pero sí me dejo asesorar por gente que sabe de ellas. Por lo que me han explicado, Setúbal es una plaza menor. Quizás el mayor peligro radique en Palmela, cuyo castillo está bien artillado, aunque sospecho que el duque de Alba se centrará en la toma de Setúbal.

–¿Puedo saber la razón de ese pensamiento?

–La peste.

–Ah.

–Así que ésas son las órdenes: marchad con vuestros compañeros y esperad en Setúbal. Una vez resuelta esa cuestión, serán menester nuevas decisiones. Quizá convendría que agitarais un poco el avispero…

–¿A qué os referís?

–¿No notáis enfado entre los soldados? –Alonso de Guzmán habla sin dejar de sonreír–. Villaviciosa, Vila Boim, Estremoz… Conquistas sin recompensa, capturas sencillas y sin nada que llevarse a los bolsillos. Sí, es cierto que el duque de Alba ha castigado con la horca algunos desmanes, pero no lo es menos que muchos de sus hombres se preguntan por qué no se les ha permitido saquear las villas tomadas.

–Según parece, son órdenes del rey.

–Creo que aún no conocéis a un soldado llamado Lorenzo Díaz, ¿no es cierto?

Escuchar ese nombre eriza la piel de Íñigo Sánchez. El tipo en sí es peligroso, pendenciero. No obstante, lo que lo inquieta y a la vez despierta su curiosidad es la compañía que arrastra: Inés Arias, su mirada profunda, su rostro anguloso, duro. «Aléjate de ella», le insiste siempre Ginés Méndez.

–Convendría que, una vez rendida Setúbal, os acercarais a ese soldado y lo incitarais a iniciar el saqueo. Estoy convencido de que no serán pocos los que lo seguirán en el empeño, y entonces el duque de Alba se verá en un grave problema. ¿Entendéis ahora por qué os digo que cumpláis con vuestra condición de soldado?

Íñigo Sánchez asiente en silencio. Comprendiendo, una vez más, que se encuentra entre la espada y la pared.

–No me gusta lo que me pedís.

–¿Alborotar el gallinero? –prosigue el otro, sonriendo.

–Son mis camaradas. Me estáis pidiendo que conduzca a la muerte a no pocos de ellos.

–Os recuerdo que os habéis comprometido a algo.

Molesto, Íñigo Sánchez da la espalda a Alonso de Guzmán. Éste, sin abandonar la sonrisa, lo ve pasar junto a Juan de Salazar, al que tampoco habla, para regresar al real. El soldado no puede evitar una pesadumbre que le embarga el alma.

–Si me permitís…

–No os permito nada –interrumpe Alonso de Guzmán al pacense, serio ahora–. Ese hombre se ha comprometido y hará su trabajo hasta las últimas consecuencias.

Juan de Salazar sigue con la mirada los pasos de Íñigo Sánchez hasta que desaparece en el real. A pesar de todo, lo aprecia. Incluso siente admiración por él. Un hombre valiente, íntegro, con el honor por delante. Defensor de los suyos, al que, sabe, aguarda una suerte que no la querría para sí ni para nadie.

Íñigo Sánchez recoge sus cosas y marcha en busca de Ginés Méndez y Rodrigo de Cervantes. Caminarán juntos como en los viejos tiempos, hombro con hombro. Hablando, recordando momentos, una vida que se les escapa a chorros siendo conscientes de que, cuando la muerte quiera, no serán más que un recuerdo momentáneo para, después, caer en un olvido eterno. Repara de repente en Inés Arias. Sospecha que lo ha visto abandonar el real. Eso lo inquieta. Cuando la observa, advierte en ella parquedad de palabras, miradas oscuras, siempre a la sombra de su hombre siendo ella un sol de brillo infinito. Un mar contenido, en suma. Cuando la cólera sale de madre, no tiene la lengua padre, ayo ni freno que la corrija, recuerda haberle oído en alguna ocasión a Miguel de Cervantes en Argel. Y de cólera, por lo que le han dicho Ginés Méndez y Rodrigo de Cervantes, Inés Arias anda servida.

Nada ni nadie le pueden quitar de la cabeza que sospecha de él, de sus idas y venidas, de su papel allí.

Si algún enemigo lo preocupa de verdad, es ella.

Capítulo 32

El olfato del viejo zorro

Burgo de Setúbal. 17 de julio de 1580. Poco antes del anochecer

Fernando Álvarez de Toledo estudia los muros desde la distancia. De poco ha servido la insistencia de sus ayudantes ni la del mismo maestre de campo o la de su hijo para que descanse. «Ya lo haré cuando muera», exclamó, airado, una y otra vez. «No lo haré hasta dar a su majestad lo que le he prometido», añadía por si aún había dudas.

–Esa villa caerá mañana como me llamo Fernando Álvarez de Toledo y Pimentel –asegura.

Tras él, vigilantes, atentos a sus movimientos y a cualquier directriz, su hijo Hernando de Toledo y Sancho Dávila. En sus miradas se perfilan las murallas de Setúbal, a las que la luz de la luna llena baña de un color azulado. De fondo, el mar va y viene, regando la arena de una espuma efímera.

–Balance de la jornada y situación después del encuentro con ese majadero de capitán inglés –les solicita.

–Bueno, en general –replica rápidamente Sancho Dávila, deseoso de descansar tras la dura jornada.

–Cuán más presto me relatéis lo ocurrido, antes nos echaremos en los brazos de Morfeo, así que aligerad –lo reprende el duque de Alba, percatado de sus intenciones.

–Vuestra excelencia…

–No me iré a descansar sin tener claro lo que ha ocurrido. He dicho que esa villa caerá mañana, y así será.

–Como recordaréis, el encuentro con ese capitán inglés ocurrió después de enviar un trompeta a la villa para decir a sus representantes que la entregaran y juraran a nuestro rey como suyo, como su legítimo señor –comienza a relatarle su hijo, el prior.

–¡Insensato! –niega el duque de Alba con el gesto adusto de costumbre–. Anda que pedirme dicho capitán que aguardemos hasta mañana para responder... ¡A mí!

–Una vez plantado el real en el lugar convenido, salieron varios jinetes a reconocer el terreno. Uno de ellos se aproximó tanto a los muros de Setúbal que fue capturado –detalla Sancho Dávila–. Según contó luego, lo llevaron dentro de la villa con tanto estruendo como si hubieran vencido a un ejército. Capturaron además a otros cuatro soldados. Tras preguntarles por cuántos componían nuestro ejército, los dejaron andar con total libertad por la villa. En cuanto pudieron, aprovecharon la oportunidad y escaparon.

–¡Bravo por esos hombres!

–Además...

A una señal del maestre de campo, dos soldados se marchan con premura.

–Traigan al prisionero.

–¿De quién se trata?

–Quiero que veáis algo que os va a sorprender.

–¿Sorpresas a estas horas de la jornada? ¡Y eso que queríais acabar cuanto antes el informe!

Los soldados no tardan en regresar trayendo consigo a un hombre más alto que ellos. La luz azulada de la luna desvela su identidad a ojos de Fernando Álvarez de Toledo.

–¡Jesús! ¡Pero si es negro!

–Lo poco que ha salido de su boca es que lucha para don Antonio de Crato, pues le ha prometido la libertad en caso de victoria. Según parece, hay muchos como él entre sus huestes. Venía armado –le muestra un arcabuz.

–¡Pobres ilusos! ¿Cómo os llamáis? –se dirige al recién traído. Toma el arcabuz y se lo muestra–. ¿De verdad me vais a decir que sabéis utilizar esta arma?

El hombre, tembloroso, teme responder. Sólo una vez levanta la cabeza para encontrarse con la mirada fulminante del duque.

–¡Pero será...! –estalla éste, acto seguido, indignado.

–¡Se ha orinado encima! –apunta Sancho Dávila, atónito.

Bajo las piernas del esclavo se está formando un charco.

–Y ese hideputa de prior pretende hacernos frente con este ejército... –El noble ríe, seco. Con un gesto despide a los soldados–. ¡Al real con él, y dadle algo de comer, pues tiene pinta de no haber probado bocado en horas! ¿Qué más nuevas hay?

–Por mi parte, tal y como vuestra excelencia ordenó, mandé al Tercio de Nápoles para que diera una linda rociada a los que estaban en lo alto de los muros de Setúbal –explica Hernando de Toledo–. Ellos también respondieron con buen fuego, no creáis, por lo que hubo un bonito intercambio de tiros. Pero pronto se dispersaron por los cerros cercanos para tener a tiro a los del muro, donde pudieron reponer fuerzas tanto hombres como animales, pues tanto unos como otros llevaban bastantes horas sin llevarse nada al estómago.

El duque de Alba los mira con gesto grave. Desconfía de ese tipo de acciones sorpresivas.

–¿Ha muerto alguno de los míos?

–Los que vigilan y defienden el muro de Setúbal han matado a cuatro. Eso sí, también hemos acabado con la vida de cinco de ellos. Además, justo antes del anochecer, salió un grupo de jinetes por una de las puertas de Setúbal para encontrarse con los nuestros. Al no hacerlo, regresaron por donde vinieron. Aunque, por lo que dicen nuestros merodeadores, la caballería está en estado de alerta –añade Sancho Dávila–. Gente con arrestos, sin duda. ¿Queréis saber qué dijeron a los nuestros cuando se acercaron a parlamentar?

–Sorprendedme.

–Allá que se fueron cuatro mosqueteros del Tercio de Nápoles y gritaron a los de la muralla que por qué no se rendían, pues de no hacerlo caería sobre ellos la fuerza de Castilla. Según ha referido uno de ellos, los portugueses les hicieron gran escarnio y a gritos los llamaron españoles perros, y que cercarán sus viñas con nuestros huesos.

El duque de Alba no contesta. Ya lo hace su rostro, duro y serio. Calcula la forma de poner en marcha el plan que tiene en la cabeza.

–Bueno, basta de explicaciones. ¿Veis esa casa? –Apunta a una. No lejos se levanta la muralla que defiende la ciudad–. ¿Pensáis como yo que sería un buen lugar para resguardarnos y tirar desde allí a los defensores? Pues vamos a tirarla abajo.

–¿Tirarla? –repite, estupefacto, el prior.

–Abriremos un hueco por uno de sus lados, y haremos lo mismo con las contiguas. Así la artillería se emplazará lo más cerca posible de la muralla, y la batiremos en cuanto salga el primer rayo de sol.

Fernando Álvarez de Toledo se queda en silencio. Escruta la muralla como un objeto de deseo del que quiere apoderarse como sea y cuanto antes.

–La orden, ya –se dirige al maestre de campo–. El silencio y la oscuridad nos amparan. ¡Que caigan las paredes de una casa tras otra! Es de suma importancia acercar la artillería a los muros de la villa.

–Enseguida.

El duque de Alba no despega la mirada de la muralla. De cuando en cuando, la posa en las casas del burgo. El prior se coloca a su lado, sin decir nada, y lo mira esquinado. Sabe que está engrasando el plan; su cabeza nunca para de hacerlo. Hombres necesarios para acometer su última orden, el tiempo que tardarán en hacerlo, la cantidad de piezas de fuego que después serán instaladas en ese punto…

–¡Ah, malditos bellacos! ¡Qué despertar tendrán mañana! Pedirán a Dios a gritos no haber nacido con tal de no vivirlo.

Bregado en el arte de la guerra, un escalofrío devasta Hernando de Toledo al escuchar las palabras de su padre. Palabras de un soldado al que nada ni nadie importan con tal de entregar a su rey lo que le había prometido.

Y en ésas ha estado desde por la mañana, desde la conversación con el capitán inglés. Lo vio llegar desde aquel montículo, mientras estudiaba el mejor lugar para plantar la artillería. Muy cortés, vestido con una celada dorada y pavoneándose de su condición, pidió hablar a solas con el duque. Con un gesto le indicó que lo hiciera cuando quisiera, pues estaba dispuesto a escucharlo. El rostro del duque era de una gravedad cincelada con todo detalle.

–¿Y bien? –preguntó el noble al capitán inglés en su lengua.

–La población de Setúbal necesita más tiempo para pensar qué hacer. Dadle al menos hasta el amanecer.

Fernando Álvarez de Toledo le dedicó una sonrisa sarcástica que anticipaba todos los males.

–Lo primero, buen hombre, dejad este asunto, que ni os va ni os viene, que a los de vuestro reino nadie os ha dado vela en este entierro. Lo segundo, y se lo podéis transmitir a los representantes de la villa de Setúbal, es que de no rendirse ya habrá muchos entierros dentro de sus murallas. ¡Juro que pasaré a cuchillo a todos los que en ella estén, y después la derribaré hasta sus cimientos! *Do you understand?*

Capítulo 33

La traición del traidor

Real español entre Setúbal y Palmela. En ese mismo momento

Hay formados varios corrillos en torno a los negocios desplegados por los vivanderos. En uno, varios soldados comparten jarras de vino sentados sobre asientos de grandes y torneadas losas que habían servido de tapaderas de caños. Beben a la luz de velas mal despabiladas sobre mesas que son retazos viejos de tajones de cortar carne.

–¡Más vino, vivandero, o como demonios llaméis a semejante brebaje que vendéis como tal! –alza la voz Lorenzo Díaz.

–¡Por la olla de Satanás! ¡Dadnos del que guardáis en el otro tonel!

–¡Que sabemos que el vino bueno lo guardáis en ese barril como si fuera la joya más preciada!

–¡Eso, hideputa!

El vivandero, un hombre sobrado de peso, vestido con calzas, botas con demasiados remiendos a cuestas y jubón que ha conocido ya demasiadas campañas, lanza una mirada al corrillo por la que asoman los cuatro jinetes del apocalipsis al galope. De repente, lo sorprende un soldado de mirada sombría y gesto adusto.

–¿Qué deseáis?

–Servid una jarra del vino que guardáis como si os fuera la vida en ello.

–¿Cómo os…?

Íñigo Sánchez le muestra la moneda que oculta en la palma de su mano izquierda, tan reluciente que el vivandero se queda estupefacto.

–Y ahora concededme la merced de compartir la jarra con estos compadres.

El hombre obedece, e Íñigo Sánchez le da la espalda y se une al corrillo. Para su sorpresa, otro soldado le sale al paso para detenerlo. Ha adivinado su intención, y a él tampoco le hace ninguna gracia tener delante a Inés Arias vestida de tal manera que resultaba imposible adivinar en ella la mujer que es.

–¿Dónde creéis que vais?

–A compartir esta jarra de buen vino con mis compadres.

–Entonces, si me permitís…

Él se deshace con brusquedad del intento de la muchacha por quitarle la jarra.

–¡He dicho que me dejéis a mí! –insiste Inés Arias, tratando de asir la jarra.

–¿Qué ocurre aquí? –alza la voz Lorenzo Díaz desde el centro de la mesa, advertido de la escena.

Íñigo Sánchez e Inés Arias cruzan las miradas por última vez, y de inmediato el primero prosigue su camino.

–¿Quién sois? –le pregunta Lorenzo Díaz.

–Un soldado que no está dispuesto a dejar pasar la oportunidad que se nos presenta esta noche. Y qué mejor manera de discutirlo que compartiendo una jarra de buen vino y no ese indigno brebaje al que este hideputa de vivandero osa llamar como tal.

–¿A qué os referís?

Lorenzo Díaz da un trago sin apartar la mirada de quien le ha ofrecido la jarra. Asiente aprobadoramente, la comparte con los demás y se limpia la boca con el dorso de la mano derecha.

–He podido saber que el duque de Alba ha ordenado a los zapadores derribar algunas casas del burgo para emplazar la artillería con la que, en cuanto amanezca, batiremos los muros de la villa. Los rastreadores han visto a no pocos extranjeros y negros merodeando –le informa Íñigo Sánchez, con la mirada brillante.

–¿Extranjeros y negros? –quiere saber el otro.

–Los primeros son franceses. Se ve que hay bastantes luchando en nombre del prior de Crato. Con los negros ocurre tres cuartas partes de lo mismo.

Lorenzo Díaz lo observa con interés. Su mirada acerada aligera las tripas de quienes no se atreven a sostenérsela. No es el caso de Íñigo Sánchez. Ni se inmuta.

–Quien dice extranjeros y negros a los que hacer escapar también dice un burgo limpio para conseguir después una buena saca –insiste el soldado.

–Tenéis buenos arrestos, desde luego... –reconoce Lorenzo Díaz–. ¿Dónde servís? Apenas sé nada de vuestra figura.

–Aunque es recién llegado al real, Íñigo Sánchez es soldado viejo, y juro a vuesa merced que lo he visto atizar al turco tanta candela que podría haber incendiado los mares y consumir en llamas sus galeras. Pero tiene un aquel aquí mi compadre –sale al paso Ginés Méndez. Un paso por detrás de él, lo escolta Rodrigo de Cervantes–. Pero es mi compadre. ¡Anda que no hemos corrido juntos! ¡Ni más ni menos que en la de Lepanto nos vimos! ¿A que sí? –Le aprieta fuerte un brazo, e Íñigo asiente sin más–. Pero tiene un aquel... –Menea la cabeza en un gesto tragicómico–. ¡Que se le va la lengua hablando! ¿Qué os parece?

El sevillano trata de llevarse a Íñigo Sánchez. Sabe que Lorenzo Díaz y sus compinches no son la mejor compañía, y menos alternando una jarra de vino.

–No lo había visto hasta ahora... –deja escapar Lorenzo Díaz con mirada sombría.

–Vino hasta Cantillana con el aviso del maestre Sancho Dávila. Ese día tuve la suerte de cruzarme con él, y me dije: «¡Éste para ti, Ginés!». ¡Mejor arcabucero, imposible! ¡Y no veáis cómo se maneja con la espada! ¡Más de diez estocadas seguidas lo vi arrear a un turco que quiso asaltar *La Marquesa* en la de Lepanto! ¿O fueron más? –inquiere con la mirada a Íñigo Sánchez a la vez que cabecea para hacerle ver que ha llegado el momento de marcharse cuanto antes.

El otro se desentiende del sevillano y encara a Lorenzo Díaz. A sus oídos llegan los epítetos mascullados por el otro. Nada elogiosos para él.

–Podéis tener tan claro como el cielo que nos ampara que mañana no se nos permitirá el saqueo de Setúbal.

–¿Cómo sabéis eso? –quiere saber Lorenzo Díaz, receloso.

–Ha llegado a mis oídos.

–Ha llegado a vuestros oídos... –repite con desdén.

–Ginés Méndez puede dar fe de ello.

La alusión enciende más si cabe el rostro del aludido. «Calma, Ginés, que aquí podemos volver a vivir la de San Quintín y no es momento ni lugar para recordar aquello», admite para sí. No obstante, sabe que la frase ha despertado el interés de Lorenzo Díaz. Hay rumores que son mucho más que eso. Entradas y salidas de los alojamientos del duque de Alba, el maestre de campo que gusta de conversar con un viejo camarada sevillano. Compañías, amistades. Mucho más que rumores.

–Luego es cierto... –articula Lorenzo Díaz, tras dar un buen trago a la jarra de vino.

–El duque tiene orden de respetar las ciudades que se rindan al rey, y dudo mucho que Setúbal no lo haga antes de que amanezca. Sólo nos queda entrar en el burgo, echar a los extranjeros y negros, despojarlos de todo lo que podamos y hacer lo propio con los naturales que aún no hayan huido. Eso, si queremos sacar beneficio de este asunto.

Sin decir más, Lorenzo Díaz se incorpora y lanza una mirada a los que lo acompañan. Éstos, a su vez, aguardan su próximo movimiento. Lo que hace es vaciar la jarra de un solo trago para, a continuación, estrellarla contra el suelo, donde se rompe en mil pedazos.

–¡Por la barba de Caifás! ¿Quién tiene ganas de jarana esta noche?

Durante un breve instante, nadie dice nada. No son pocos los que contienen la respiración mientras dan vueltas a la pregunta. Mire donde mire, ve gestos pensativos, caras meditabundas.

–¡Yo! –responde al fin un soldado, poniéndose en pie.

–¡Y también meterla en caliente!

–¡Eso, eso!

–¡Que se extienda la voz! –ordena Lorenzo Díaz–. Que ya conocen aquello de no dejar para mañana lo que se pueda ganar hoy. Y vuesa merced –se dirige entonces a Ginés Méndez– ¿qué dice? ¿No decís que estuvisteis en Amberes?

El soldado sevillano trata de ocultar la ira que lo embarga. No responde.

–Más nos tocará.

La voz de Lorenzo Díaz viaja de corrillo en corrillo, y en nada son varias decenas los dispuestos a lanzarse a las calles del burgo de Setúbal. Satisfecho, Íñigo Sánchez se permite sonreír con brevedad. Pronto se ve rodeado por Ginés Méndez y Rodrigo de Cervantes.

–¡La madre que te parió, que seguramente de saber lo que iba a traer a este valle de lágrimas se hubiera cerrado de piernas con tal de que tu padre no se la metiera esa noche! ¿Se puede saber qué te propones? –lo asalta el sevillano, enfadado.

Íñigo Sánchez no contesta. A su alrededor crecen los gritos de quienes ya sólo piensan en asolar el burgo de Setúbal.

–Ya te lo explicaré.

–¡Pues empieza ya, porque esto me lo vas a tener que contar muy lindamente para que me lo crea!

Al sevillano lo aparta con rabia un soldado de estatura mediana que se planta ante Íñigo Sánchez. Su mirada arde de ira. Labios entreabiertos y dientes apretados.

–¡Si mañana cuelgan a Lorenzo por esto, juro a vuesa merced que yo misma os vaciaré las tripas y luego os ahorcaré con ellas del primer árbol que vea!

Íñigo Sánchez aparenta mantener la calma. Sin embargo, por dentro se estremece. Ha conocido a muchos hombres de toda clase de condición y naturaleza. Sin escrúpulos la mayoría, deshumanizados, carentes de sentimientos. Con todo, ninguno de ellos podría igualarse en crueldad a una mujer despojada del calor de su contrario. No hay nada más peligroso que una hembra con ansias de venganza.

Y menos si esa mujer responde al nombre de Inés Arias.

Capítulo 34

Ya están aquí...

Burgo de Setúbal. Poco antes de la medianoche

La noche ha traído un silencio asfixiante y pesado que se desliza por el suelo embarrado de las calles y se adhiere a las paredes de las casas. Setúbal huele a mar y a incertidumbre bajo un cielo que es un océano de estrellas. Ninguno de los pocos vecinos que han decidido no marcharse son conscientes todavía de que se aprestan a vivir la noche más larga de sus vidas.

Primero es una voz.

Luego, otra.

Pronto, de varios puntos del burgo surgen más voces gritando al cielo palabras de horror.

–¡Que vienen los españoles!

Pedro Nunes se despierta de súbito. Le ha costado dormirse, por eso maldice a quien da voces por las calles. Pero tarda poco en percatarse de su naturaleza, de la importancia del cruel mensaje que corre de calle en calle, de puerta en puerta.

–¡Que vienen los españoles!

Lividece. A su lado, la mujer duerme. Como también sus hijos, sobre los camastros repartidos por la habitación. No quiere alertar a nadie, por lo que se incorpora silencioso. Gracias a la luz de la luna que entra por la ventana, sortea con éxito los jergones y alcanza la escalera. Con cierta prisa, sale a la calle. Cierra los ojos, inspirando con fuerza. Es parte de su ritual. Olor a mar, a vida. Los abre, obligado por la llegada, desde la esquina, de un hombre que vocea a la carrera. En las ventanas hay vecinos asomados preguntando qué pasa.

–¡Ay, qué pena! ¡Ay, qué pena!

–¿Qué está pasando? –le inquiere Pedro Nunes.

–¡Vienen los españoles a tomar la ciudad! –El hombre, entrado en carnes y vestido de manera simple, blusón y zaragüelles de color claro, se dirige a los vecinos–: ¡Huid si queréis vivir! ¡Aún estáis a tiempo!

El pánico se desata. Gritos, más voces, cascos de caballo. Un jinete empuja como puede a su montura por las calles, jugando con las esquinas, tratando de calmar al animal, que piafa, nervioso.

–¡Dentro de las murallas, rápido! –chilla–. ¡Ya vienen los españoles a tomar Setúbal! ¡A las murallas! ¡A las murallas!

Los hombres gritan, las mujeres y niños lloran. Las calles pronto se llenan de gente descalza sin más pertenencias que lo puesto, con el único afán de sentirse seguros en el interior de la muralla.

–¡Vamos, vamos, vamos! –apremia un padre a su mujer y cinco hijos.

–¡Que vienen los españoles! –continúa voceando el hombre–. ¡A las murallas, a las murallas!

Al darse la vuelta, Pedro Nunes se topa con el rostro asustado de su hijo.

–¿Qué pasa, padre?

–Los españoles ya están aquí.

Al joven se le eriza la piel. Las palabras de su padre son de resignación, de aceptación implícita de su suerte.

–¡Tenemos que refugiarnos dentro de las murallas! ¡Nos quedaremos fuera si no nos damos prisa!

El padre tarda en contestar. Las alternativas, se convence, tampoco son las mejores.

–Si accedemos al interior de la villa puede que tengamos una posibilidad de seguir vivos. Aquí, desde luego, no. Recojamos lo poco que podamos y salvemos nuestras vidas.

Suben las escaleras de dos en dos.

–¿Qué pasa ahí fuera? –pregunta la mujer en cuanto los ve entrar.

–Los españoles ya están aquí. Hay que resguardarse dentro de las murallas.

–¡Yo no me voy de mi casa!

–¡Yo tampoco! –se le une su hija Isabel.

–¡Beatriz! *Pelo amor de Deus! Que arrogância!*

–¡Ningún español me echará de mi casa! ¡Si me la quieren quitar, tendrán que matarme!

–¡Y a mí!

Pedro Nunes padre mira entonces a María, la pequeña. Su mirada suplicante lo dice todo.

–María, di lo que quieres, ¡dilo!

–Yo quiero vivir… –dice ella en forma de susurro.

–¡Yo no voy a dejar mi casa por mucho que vengan unos españoles! ¡Además, ésta es una casa humilde! ¡Nada encontrarán aquí que les pueda servir de valor!

–¡Les bastará con vosotras! –la interrumpe entonces el hijo–. ¿Es que acaso no has oído lo que ocurre en los saqueos? ¡Roban, violan a las mujeres y matan a todo aquel se resiste!

–¡Historias para amedrentar a los niños! –responde la madre, vehemente–. ¿Dónde queréis que vayamos? ¿A las murallas? ¿Cuánto tiempo creéis que tardarán en asaltarlas, sin soldados para defenderlas? ¡Moriremos tanto allí como aquí! ¡Así que, si he de morir, que sea defendiéndome en mi casa! –brama convencida, sin dejarse intimidar por la situación–. ¡Y eso es lo que haremos! ¡Isabel, María, Beatriz! ¡Llenad de agua el caldero y encended el fuego! ¡Poned a hervir cuanta más agua, mejor! ¡Y vosotros –se dirige entonces a su marido e hijo–, traed de abajo agujas, subid los aparejos, todo lo que penséis que pueda servirnos en caso de necesidad!

–Estás loca… –farfulla el padre, incapaz de llevarle la contraria.

–Estaré todo lo loca que tú quieras, pero, si he de morir, ¡que sea con los míos y en mi casa!

Capítulo 35

El horror

Murallas de Setúbal. Un rato después

Diego Botelho sube a las murallas de Setúbal y recurre el adarve con prisa. El que ha sido designado como capitán de la villa por don Antonio de Crato apoya las manos en el muro y respira de manera acelerada. En sus ojos ve impreso un lienzo de horror: llamas devorando casas en varios puntos del burgo y un mar de gritos, voces y sollozos. A las murallas llegan algunos de los pocos habitantes que aún habitaban allí.

–¡Rápido, rápido! –los apremian los que las defienden.

–En cuanto crucen estos últimos, cerrad las puertas –ordena Diego Botelho.

–¡Pero...! –trata de protestar uno.

–¡La villa está por encima de todo! ¡He de responder por ella ante don Antonio, y no seré yo quien le diga que la ha perdido!

Hombres, mujeres y niños lloran. Acarreando sus escasas posesiones, miran hacia atrás y dan gracias a Dios por sentirse a salvo.

–¡Cerrad la puerta! –chillan los soldados desde las murallas.

–¡Esperad, esperad! –suplican a su vez los que aún se encuentran lejos.

–¡Por Dios, ayudadnos!

–¡No cerréis!

Varios soldados dirigen miradas apenadas a Diego Botelho, pero éste se mantiene inflexible. Como responsable máximo de la defensa de Setúbal, sobre él pende la suerte de todos los que se encuentran intramuros. El duque de Alba ha amenazado con pasarlos a todos a cuchillo si no rinde la villa antes del amanecer.

–¡Don Diego! –lo llama un soldado que llega a la carrera.

–¿Qué ocurre?

–¡Venid, rápido!

Lo sigue, de inmediato, y de repente el soldado se detiene.

–¡Ahí! –Apunta a un lugar concreto.

–¿Qué pasa?

–¡Escuchad!

Golpes, piedras cayendo unas sobre otras. El sonido lo sobrecoge.

–¿Cuándo ha empezado?

–Diría que es cosa temprana.

–¿Cuánto de temprano?

–Ya oscurecido del todo.

Más piedras que caen, más golpes contra paredes. De fondo, los gritos de quienes son saqueados por los españoles.

–Parece que están derruyendo las casas para acercar las piezas de artillería y, de este modo, batir la muralla con más facilidad.

El soldado que lo ha conducido hasta allí se queda lívido. El devastador escalofrío viene después. Frío como el peor de los inviernos.

–Si lo consiguen, los muros no aguantarán más que unas horas..., según la cantidad de piezas que utilicen para batirla.

–¡Aún podemos salvar la vida! ¡Rendid la ciudad a los españoles! –le pide el soldado, cuyo rostro es un canto al horror.

–¿Qué ocurre? –los sorprende una voz recia por detrás.

Cristóbal Freire se ha personado junto a ellos sin que se dieran cuenta.

–¿Os parece poco? –le muestra Diego Botelho, abriendo los brazos.

El burgo arde. Con todo, lo que más intriga a Cristóbal Freire es el monótono y constante ruido.

–Los españoles están derribando casas en el burgo para aproximar sus piezas de fuego a la muralla –oye en boca de Diego Botelho.

–¿Llevan mucho rato?

–Parece que no.

–¿Creéis que los muros aguantarán?

Diego Botelho recibe la pregunta de Cristóbal Freire como si él fuera la misma muralla y ya hubiera comenzado a ser batida por los españoles. Dedica un momento a analizar la situación, para nada favorable a sus intereses. Entrado en carnes, pelo cada vez más escaso y rostro ovalado, examina el escenario con los brazos cruzados. Calcula que aún restan unas cuantas horas para el amanecer, lo que juega a favor de sus intereses. Cristóbal Freire aguarda su decisión, como también lo hacen los soldados encargados de la guardia.

–¡Rendid la ciudad! ¡Hablad con quien dirige nuestros destinos! –insiste el soldado.

–¡Rendidla ya! –vocean otros soldados.

Diego Botelho piensa con rapidez. De su decisión depende todo. La delgada línea que separa la vida de la muerte de miles de personas está en su mano. Los soldados lo observan con rostros inquisitivos y miradas que apestan a miedo, mientras Cristóbal Freire parece contener la respiración. La rendición no es una opción para él. Vivir de pie, nunca arrodillado. Y, si se ha de morir, que sea con la cabeza bien alta y encarando al enemigo.

–¡Cristóbal, corred la voz! ¡Todos los soldados, a las naves! –ordena al fin Diego Botelho.

El aludido lo mira atónito.

–¿Cómo decís?

–¿Es que no lo habéis oído? ¡Zarpamos para Lisboa! ¡Al muelle, rápido!

–¿Os habéis vuelto loco? –Cristóbal Freire estalla–. ¡Estos muros son fuertes! ¡Pueden aguantar los envites de la artillería castellana! ¡Y haremos todo lo posible por que no entren en la villa!

–No podemos aventurarnos a la suerte. Los hombres son los que son. Hay que reservarlos para cuando la ocasión lo requiera.

–¿Vais a dejar a toda esta pobre gente abandonada a su suerte?

–La guerra es así. Lo que hoy es un pequeño paso atrás mañana podría serlo para adelante. ¡Embarcamos!

Cristóbal Freire aún detiene a Diego Botelho por el brazo antes de que eche a correr.

–¡Reconsideradlo, al menos! Sabéis lo que supondrá la pérdida de esta villa, ¿verdad? ¡Estaremos entregando un puerto de mar perfecto para la armada española! ¡Nuestro fin!

–¿Me lo vais a decir a mí? –le pregunta el otro con sarcasmo–. ¡Soy un fiel servidor de don Antonio! Las veinticuatro banderas que ahora defienden Setúbal más la de los franceses serán fundamentales para salvar Lisboa. Allí nos esperan diez mil infantes, prestos para plantar cara a los españoles. ¡Lo primero es que los hombres de armas salgan de aquí! ¡Acto seguido, rendiremos la ciudad!

Diego Botelho se deshace del agarre de Cristóbal Freire y se dirige a las escaleras.

–Don Antonio es un traidor –oye entonces el primero a su espalda.

Se detiene al poner el pie en el tercer escalón. Su mirada se tiñe de un infinito desprecio hacia Cristóbal Freire. Con presteza, desanda lo recorrido para llegarse hasta él y, sin dilación, lo agarra del cuello y lo empuja hacia atrás. Está a punto de arrojarlo desde la muralla. Medio cuerpo del otro pende en el aire.

–Podría mataros ahora mismo por lo que acabáis de decir. Es más, ¡debería hacerlo!

–No lo haréis, por dos motivos –replica Cristóbal Freire con sangre fría–. El primero es que me necesitáis para dirigir a la compañía de negros, como ya habéis podido comprobar desde que llegamos de Lisboa. El segundo es que sabéis tan bien como yo que digo la verdad. Os voy a decir más: Antonio de Crato nos traicionará a todos llegado el momento. ¡Grabaos estas palabras a fuego!

Los soldados de guardia apenas pueden creer lo que ven. A pocos pasos de la muralla, los españoles intensifican su empeño en derribar más casas para obtener una mejor ubicación de la artillería. El escenario que tienen ante sus ojos es un infierno de llamas.

–¡Vamos! ¡Todos los hombres de armas, hacia Lisboa! ¡A los muelles! –grita Diego Botelho trayendo hacia sí a Cristóbal Freire–. Ahora, elegid si queréis seguir viviendo o bien preferís esperar la llegada de los españoles –le escupe a la cara y, sin más, comienza a alejarse.

Al momento, los soldados lo escoltan en su camino. Cristóbal Freire se frota el cuello con la mano derecha mientras los ve perderse de vista. Una vez se queda solo, mira al frente y después a su espalda. Por delante, centenares de españoles esperan el instante para demoler la muralla y abalanzarse sobre la villa, ahora que ya han sumido el burgo en una orgía de muerte y fuego. Por detrás, un par de miles de familias aguardan el destino. El peor, conviene, pues, sin resistencia alguna, Setúbal será presa fácil. Freire había llegado allí con el firme propósito de defenderla hasta la muerte, dado su interés estratégico. Sin embargo, la partida de Antonio de Crato días atrás le hizo sospechar algo que venía manejando desde tiempo atrás: sólo le importa Lisboa. El resto es una manera como otra cualquiera de entorpecer la marcha del duque de Alba. Y la conquista de Setúbal, admite resignado, no le va a suponer esfuerzo alguno al noble español.

Mientras baja las escaleras que conducen al adarve, se topa con Ebou, que lo andaba buscando.

–Reúne a los tuyos. Abandonamos la ciudad.

–¿Por qué? –pregunta el esclavo, incrédulo.

–Órdenes del rey.

–Pero ¿y toda esta gente?

–¡Cállate, reúnelos y dirigíos al muelle, si quieres seguir viviendo!

Ebou tarda en reaccionar. A su alrededor, prisas, carreras, voces. Los soldados huyen hacia el puerto, donde los esperan no pocas naves con las velas ya izadas. Repara de repente en un vecino que lo observa a través de una ventana y se le eriza la piel. Como él, también le llegan los ecos del infierno que se ha desatado en el burgo de Setúbal. No recuerda una expresión de pánico así desde el día que fue introducido en las bodegas del barco que lo llevó a Lisboa.

Capítulo 36

La mirada de la muerte

Cerca del burgo de Setúbal. Amanecer del 20 de julio de 1580

–No lloréis nunca. Ni por mí ni por nadie.

Lorenzo Díaz se lo había dicho el segundo día que se conocieron. Más que una petición, una orden. Inflexible. A aquel hombre mal afeitado, malencarado y de mirada vidriada por el alcohol, el aliento siempre le apestaba a vino. Inés Arias lo miró seria, tanto o más malencarada que él.

–Nunca lloro.

–Es bueno repetirlo.

Lo amaba de una manera salvaje. A vista de cualquiera, Lorenzo Díaz era un soldado pendenciero, borracho y fanfarrón. Mala compañía. Soberbio, le gustaba levantar la voz, hacerse notar; ser quien llevara la voz cantante, rodearse de otros soldados que, a su lado, se sentían importantes. Sabía que lo suyo era un amor irracional. Nunca le había preguntado si al revés ocurría lo mismo; si ella era algo más que una hembra en la que vaciarse cuando le viniera en gana. Sin embargo, él era un pecho en el que recostar la cabeza para mirar las estrellas, unos brazos que le daban el calor que nunca tuvo.

–¿Sois una mujer?

Se lo preguntó sorprendido, incapaz de admitir que lo era aquella cosa menuda que se había atrevido a hacerle frente el día que se conocieron. Menudo, silencioso y con la cabeza siempre cubierta con una gorra plana, tuvo un encontronazo con él en Nápoles y ya no se quiso apartar de su camino. Él iba en compañía del mismo grupo que siempre le reía las gracias, que lo envalentonaba más si cabe. Tan borracho como siempre, cuando se cruzaron desenvainó la daga, dispuesto a dejarlo desangrarse en una oscura esquina de un callejón cualquiera. Pero sucedió todo lo contrario, ante las miradas atónitas de su particular guardia pretoriana. Quedaron asombrados, incapaces de reaccionar al ver a su particular héroe arrinconado, a punto de ser ensartado por lo que no era un simple soldado menudo.

–Sí, soy una mujer.

Se lo confesó mientras su daga lo pinchaba en el cuello. Aquella mirada asesina, irracional, lo atrapó de inmediato. Una mujer en el cuerpo de un hombre. Una mirada de desprecio infinito en el cuerpo de un niño insolente. De repente, ella retiró la hoja y se separó lo justo para examinarlo en silencio.

–Lorenzo Díaz. Español viejo.

–Inés Arias. Da igual lo que sea. Bastante tengo con vivir.

Él sonrió. Arrestos parecían sobrarle a ese cuerpo menudo que costaba adivinar bajo el jubón holgado. Sin decirse nada, se besaron como si su vida fuera a acabar en ese mismo momento. Él la agarró de una mano y la empujó al fondo de un callejón oscuro, donde se dejaron llevar. No les importó nada ni nadie; ni siquiera el Vesubio, cuyo penacho de humo avisaba de que podía acabar con todo en cuestión de un suspiro.

Esa noche, en aquel callejón de Nápoles, entrelazados en medio de la oscuridad, se lo dijeron todo con la mirada. Ella sólo buscaba ese abrazo que la redimiera de la eterna soledad; y él, la madre que nunca conoció, una sequedad de palabras que lo llenaba de calor y una ternura imposible de distinguir en un carácter tan desabrido como el que exhibía Inés Arias. Una manera como cualquier otra de defenderse de un mundo cruel en el que sólo estaban de paso, y en el que la puerta de salida estaba en cada esquina entreabierta. Esperándolos.

Esa noche reconocieron que estaban hechos el uno para el otro y que se seguirían por siempre, hasta que la muerte dijera lo contrario; que velarían por el otro sin más, sólo por ese amor irracional que los había atrapado para convertirlos en lo que no eran a ojos de los demás y que, sin embargo, sentían como nunca. Porque a ojos de los demás se menospreciaban, perdían el norte, respondían de manera abrupta, recomendaban a todos apartarse de su camino porque a nadie más que al otro querían en él. Dos caracteres difíciles, indómitos, insoportables, que, sin embargo, se querían con locura.

Ya habían pasado cuatro años desde aquella noche.

–No lloréis nunca. Ni por mí ni por nadie.

Vuelve a recordar aquellas palabras mientras el cuerpo de Lorenzo Dávila cuelga de una soga junto al de tantos otros compañeros. Su cuerpo lo zarandea el viento que barre el real español levantado a mitad de camino entre Setúbal y Palmela. Sobre sus cabezas, un mar de estrellas navega por la infinita oscuridad del cielo.

Las recuerda, pero no puede evitarlo.

Inés Arias se arrodilla ante el cadáver de aquel otro que todo lo fue y llora. Sin más compañía que la oscuridad de la noche; vencida por el dolor, la rabia, la ira; por la gélida sensación de volver a sentirse sola en un mundo cruel. Llora como nunca lo había hecho hasta entonces por nadie, aun sin creerse del todo que lo esté haciendo de verdad, sin creer que había podido llegar a amar a alguien. Llora por quien se ha ido y la deja huérfana de calor y la protección que su alma pide a gritos.

Se sorbe los mocos y se incorpora al fin. Entonces, se acerca al cadáver, aún colgado, le acaricia los pies y mira la expresión que la muerte ha impreso en su rostro. Conforme lo hace, un calor indómito la consume. Una necesidad de matar como nunca ha experimentado. Y necesita calmarla.

La guerra hace y deshace, te da lo poco que puedes sacar de ella, pero te lo quita todo. Su lugarteniente es la muerte. «No la temas, hazte respetar. Si lo haces, la respetarás también. El día que decida llevarte con ella, hazlo con el alma en paz y vacía de todo». Eso le confesó Lorenzo Díaz una de esas noches en que, después de hacer el amor de manera irracional, ella le pedía que la abrazara, que la aplastara con sus brazos, que le insuflara calor porque sentía frío. Un frío glacial eterno llamado soledad.

Inés Arias es consciente de que puede morir en cualquier momento. Así es la guerra. Sin embargo, ante el cuerpo inerte de la única persona que le había regalado algo que se podría llamar amor, jura que antes de hacerlo se llevará por delante la vida de aquel que lo incitó a lanzarse al saqueo del burgo de Setúbal.

–Juro a vuesa merced por mis pecados que ese ganapán de Íñigo Sánchez no llegará a ver Lisboa.

Aprieta los dientes, traga saliva y se da la vuelta. Se ha permitido llorarlo sin miradas incómodas. Pero Lorenzo Dávila ya es pasado. En realidad, ella misma ya lo es también; y duda que llegue a ser futuro alguna vez. Se siente un presente sin más afán que prolongarlo todo lo que pueda; incapaz de ver más allá cuando el futuro es una quimera que, convencida, jamás conocerá.

Capítulo 37

Las dudas del rey

Badajoz, casa solariega de Pedro Rodríguez de Fonseca y Ulloa. Primera hora de la mañana del 20 de julio de 1580

Escribo a vuestra majestad para informaros de los negocios de la villa de Setúbal tras su rendición. Ya han hecho juramento de obediencia y mañana os enviaré el acta de juramento. En cuanto a los extranjeros que en ella había, salieron de medianoche y, aun así, una vez rendida, se ha prendido a mucha gente. Entre ella está Diego Botelho, que era el coronel de don Antonio. Espero órdenes de vuestra majestad sobre la justicia que se ha de hacer con él.

Quiero que sepáis que intenté guardar dos burgos que tiene esta villa para que no fueran saqueados por los soldados, pero pronto me convencí de que era cosa imposible. Ya sabéis cuán grande consideran este agravio, aunque, no obstante, sigo haciendo todo lo posible para evitar que los desmanes se descontrolen. Así, tras arcabucearse con los extranjeros hasta que éstos abandonaron la villa, los nuestros entraron en las casas a por ropas y lo que encontraran en ellas. Después asaltaron los burgos siguiendo a los enemigos (que era lo que había que hacer), y muy en contra de mi voluntad he hecho castigar a algunos soldados por ello. Particularmente tengo preso a un capitán y a un alférez del Tercio de Nápoles, porque se halló en su poder un escritorio del monasterio de San Juan.

En resumen, la persecución de los enemigos acabó en grandísimo desorden entre los nuestros, lo cual es normal, pues ya sabéis que la gente queda desenfrenada en ocasiones como ésta. Aun así, esta situación me ha picado mucho, por lo que se han ahorcado y se ahorca a tantos que creo que van a faltar sogas. Por otro lado, no ha llegado hasta nosotros ninguna noticia de la Armada, aunque algunos sabemos el uno del otro por cartas y tengo para mí que el marqués de Santa Cruz vendrá.

Del campo de vuestra majestad en el burgo de Setúbal a 18 de julio de 1580. Vuestro vasallo y criado besa las manos de vuestra majestad.

El duque de Alba

Felipe II mira distraído a través de la ventana, todavía cerrada. El palacio en el que se aloja ocupa casi la totalidad de una gran manzana, y desde allí disfruta de una buena vista de la plaza de los Fonseca de Badajoz. Hay gente que pasea; también unos jóvenes enlazados de la mano, un par de niños corriendo, un hombre de media estatura que lleva a una mula con una cuerda… El sol empieza a calentar, y aventura que será una jornada tan calurosa como las anteriores. Echa un somero vistazo al cielo. Ni una nube.

A su espalda, de pie, el secretario de Estado, Gabriel de Zayas, aguarda la respuesta ahora que ha terminado de leer la última carta del duque de Alba. Está acostumbrado a los silencios del rey, a la tardanza en hablar, pues sabe que analiza con calma la información antes de actuar. Al fin, ve que se da la vuelta para encararlo. Su gesto denota que ha reflexionado bastante. Carraspea antes de hablar:

–¿Qué os parece?

–El duque de Alba sigue los planes que hizo saber a vuestra majestad en su momento. Hasta la fecha, ha conseguido los objetivos que se ha propuesto.

–No es eso lo que quiero saber.

Felipe II le da la espalda y se centra de nuevo en la ventana. Se cruza de brazos.

–Don Gabriel, ¿lo veis capaz de llevar este asunto con diligencia?

La pregunta tiñe de sorpresa el rostro del secretario de Estado.

–¿A qué se refiere vuestra majestad?

–En los últimos días no hago más que darle vueltas a una idea... –El secretario lo oye suspirar con fuerza–. No sé si hubiera sido más conveniente encargar este asunto a una persona con otra manera de ver las cosas.

–Si vuestra majestad me disculpa, sigo pensando que el duque es el más apropiado. Hasta la fecha está consiguiendo los objetivos de manera eficaz e importunando adecuadamente al pueblo portugués.

–El burgo de Setúbal…

–Soldados. –El secretario se encoge de hombros, aunque el rey no lo vea–. Es su naturaleza. Ya habéis escuchado su propósito de controlar la situación. La villa se ha respetado. Eso es lo que de verdad importa. Vuestra imagen de rey clemente ante el pueblo portugués sigue incólume.

–Me preocupa Lisboa.

–Deberíais confiar en el duque de Alba. Sabéis lo que se trae entre manos.

–Lo que se trae entre manos… –El rey hace una pausa intencionada–. Más le vale.

–¿Acaso lo preguntáis por lo que le exhorta el cardenal Alexandrino, enviado de su santidad Gregorio XIII?

–Con la Iglesia hemos dado –exclama Felipe II, volviéndose de nuevo hacia su secretario–. Dejemos ese asunto por ahora. ¿Noticias de mi primo, el prior de Crato?

–Las últimas que ya conocéis. Por los informes, parece determinado a enrocarse en Lisboa y allí plantar batalla a don Fernando Álvarez de Toledo. Parece que ha diseminado tropas por distintas fortalezas de la costa para dificultar la navegación de la armada.

–Me sigue preocupando Lisboa, y me decís que allí piensa resistir mi primo y también que confíe en el duque de Alba... –insiste el monarca. La desigualdad de sus cejas transmite una actitud de reproche.

–Es el mejor hombre de vuestra majestad. Nadie como él sabe cómo tratar una situación así.

El monarca resopla una vez más y regresa junto a la ventana. En la plaza hay más gente ahora. Le resulta curioso ver cómo pasean, hablan de manera despreocupada, charlan de temas relacionados con el día a día, temas que les importan de verdad, que afectan a sus vidas. ¿Qué haría él en su lugar?, se pregunta. ¿Le gustaría ser alguien como ellos?

–Tomad nota de estas palabras para su excelencia el duque de Alba.

Gabriel de Zayas se sienta ante un escritorio próximo y comienza a plasmar sobre el papel el dictado de Felipe II. Son palabras serenas, educadas, pero con la suficiente intención para que el duque capte sus órdenes. De cuando en cuando, levanta la vista y se fija en su mirada perdida. Tiene la íntima convicción de que el rey no termina de confiar en el noble para la misión que le ha encomendado.

Capítulo 38

Mis señores soldados

Cerca del burgo de Setúbal. A esa misma hora

Fernando Álvarez de Toledo, brazos en jarra, reflexiona con la vista puesta en la veintena de soldados ahorcados un par de días antes. El viento juega con los cuerpos. Hombres valientes, de una pieza. También pendencieros, en no pocos casos indisciplinados. Y, aun con todo, son sus soldados, concluye con un suspiro y la mirada en el suelo.

Sus soldados. Y también sus hijos.

Le duele en el alma lo que está haciendo con ellos, pero las órdenes del rey Felipe II son inflexibles. Nada de saqueos ni de violencia injustificada. No está allí para conquistar un reino, sino para devolver a su señor lo que considera suyo.

A aquellos ajusticiados hay que sumar otros tantos en días anteriores y asimismo los que han desertado, de los que nada se ha vuelto a saber ni tampoco se sabrá jamás. Bajas dolorosas. Hombres válidos, queridos en no pocos casos. Cuestión de disciplina, se repite una y otra vez, pues no era más que el lugarteniente del rey. Él cumple órdenes. Diseña planes, piensa las mejores estrategias, desarrolla maneras de acabar lo antes posible con la misión que su majestad le ha encomendado.

Pero le duele en el alma ver a esos soldados ahorcados por saquear el burgo de Setúbal. Castigo, llamada de atención, aquí quien manda soy yo, etcétera. Distintas formas de decirlo, aunque el resultado sea el mismo: hombres muertos, sus hombres, sus soldados.

Y, con todo, está decidido a obedecer al rey. La noche anterior ordenó a los guardias del real confiscar las ropas que trajeran los que todavía se cebaban con el burgo de Setúbal. Luego, mandó quemarlas, pues bien podían ser ropas de refugiados contagiados de la peste. Un enemigo invisible al que teme por encima de todas las cosas.

Fernando Álvarez de Toledo levanta de nuevo la mirada, cada vez más cansada; tanto o más que su cuerpo. Una mirada que infunde respeto, pero que en la soledad chilla por retornar al calor de los suyos. A un lado, la dignidad, el prestigio. Al otro, los suyos, su amor. Por mucho que en ese momento sus ojos vean los cuerpos de los hombres ahorcados, amoratados, despojados de su vitalidad, con los del alma contempla Alba de Tormes y añora la tierra querida, el calor de los más cercanos, la patria deseada. Curiosa la cabeza, piensa a menudo, que va más allá de lo que miras para mostrarte lo que ansías.

–Alba de Tormes... –musita.

Los recuerdos. Tan dolorosos como la pelota de un arcabuz. Queman, incluso asfixian. Así se siente en ese momento frente a sus soldados castigados; hombres que ya no regresarán a sus hogares, que no recibirán más abrazos queridos, que no volverán a besar a sus mujeres ni tampoco a sus hijos. Por decisión suya, por orden ajena. Un escalofrío atroz lo sume en el desespero.

> Presto será que'l cuerpo, sepultado
> en un perpetuo mármol, de las ondas
> podrá de vuestro Tormes ser bañado.

Esos versos de su querido Garcilaso salen de su boca como un grito de auxilio que, está seguro, nadie escuchará, pues quien tiene que hacerlo se encuentra a centenares de leguas esperando una vuelta que jamás se producirá.

Lo tiene tan claro como las aguas cristalinas de su querido Tormes.

El duque de Alba se imagina como cualquiera de aquellos cuerpos balanceados por el viento. Sueños perdidos, esperanzas rotas, anhelos sepultados. La vida arrebatada en un segundo, el fin de todo. Aprieta con rabia el puño derecho. Desea acabar cuanto antes y morir junto a los suyos. Siente próximo ese aliento. Conoce de sobra su rostro tras tantos años viéndola pasar por delante. Ahora está a su merced consciente de que ha puesto sus ojos en él, como también lo hizo en los soldados ahorcados.

–Vuestra excelencia, noticias del fuerte de Outao.

La voz del soldado a su espalda lo devuelve a una realidad a la que no querría haber regresado. Tras aquel hombre, expectante, aguarda Juan de Albornoz.

–¿Qué ocurre?

Le entrega un papel que el duque desdobla y lee. De inmediato, Fernando Álvarez de Toledo le ordena que se retire y se encamina hacia su alojamiento en el burgo. El día anterior dio la orden de poner cerco al fuerte de Santiago de Outao, para lo que envió, entre otras tropas, a los Tercios de Nápoles y Lombardía. El castillo de Palmela resistía, y sus defensores incluso habían acabado con la vida de una treintena de soldados italianos, pero el duque considera esencial la conquista del fuerte para dejar expedito el paso a la armada. La carabela que ronda el fuerte le ha permitido hacerse una idea de la situación. Y ahora la orden es clara: hacerse ver, pero nunca pelear hasta que él lo ordene.

–Que preparen mi caballo. Marcho al fuerte de Outao –ordena a Juan de Albornoz.

–¿Estáis seguro? Deberíais...

–¡Diantres! ¿Ahora también me vais a ordenar lo que tengo que hacer? –estalla, contrariado–. ¡Por el amor de Dios! ¡Sí, no soy más que el lugarteniente de su majestad, pero digo yo que algo mandaré todavía! ¿O no?

El ayudante agacha la cabeza.

–Hay una guerra que ganar. Y, si queremos volver a nuestros hogares, debemos hacerlo cuanto antes. ¡Vestidme, presto! Quiero llegar lo antes posible para hacerme una idea de la situación. Con suerte, a media tarde podría estar ante los muros de Outao.

En su mano derecha, el duque de Alba aún acoge la nota de su maestre de campo, Sancho Dávila. Trincheras cavadas ante el fuerte, duelo de artillería, algunas bajas ya entre los suyos. Está determinado a conquistar el fuerte, vital para permitir la llegada de la armada comandada por el marqués de Santa Cruz.

–Ese fuerte caerá sí o sí. Y, si no es hoy, será mañana. Como que me llamo Fernando Álvarez de Toledo y Pimentel.

Juan de Albornoz se estremece al escucharlo. Su determinación, la mirada fiera ahora, concentrado mientras lo visten con la armadura.

–Fuertes a mí… –bisbisea el noble, convencido. Y muy enfadado.

Capítulo 39

Santiago de Outao no se rinde

En el interior del fuerte de Santiago do Outao. Ese mediodía, a media tarde

Morir o morir.

No existe otro camino. Y su determinación es máxima.

–¡Morir o morir, pero nunca entregar el fuerte a los españoles!

Mendo Mota se lo ha advertido al apenas centenar de hombres que resisten el asedio. Todos ellos piden más de lo que pueden ofrecer a la cincuentena de piezas de artillería de que disponen.

–¡Morir o morir!

Hombres hechos a un lugar golpeado por los vientos, azotado por los temporales; vigías de la entrada a Setúbal desde el mar, guardaespaldas de un reino que seguirá a su rey hasta donde se lo pida con tal de no obedecer a quien no quieren que lo sea. La artillería española percute los muros del fuerte, pero éstos todavía aguantan la rociada de pólvora y balas. Los defensores tosen después de cada disparo. El aire se hace cada vez más irrespirable, pican los ojos y la nariz. Nubes y nubes de pólvora y disparos de unos que contestan a otros componiendo una sinfonía que resuena a muerte.

–¡Balance de la situación! –ordena Mendo Mota a voz en grito.

El sol cae a plomo sobre el fuerte levantado al pie de la ladera junto a la desembocadura del río Sado, a algo más de una legua de Setúbal. La puerta de la resistencia, como la conocía el rey Antonio. Y Mendo Mota no será quien le informe de que la ha rendido a los españoles. Él es una leyenda para sus hombres, aunque su origen sea una incógnita para no pocos de ellos. Unos aseguran que el gobernador del fuerte de Santiago de Outao ha luchado en África, otros que lo ha hecho en las Indias portuguesas. Alto, fornido, rostro anguloso y mirada avispada, no mostró reacción alguna cuando el amanecer le regaló un puñado de trincheras excavadas por los españoles en lo alto del monte que cobija el fuerte.

–¡Nuestras piezas aguantan como pueden el fuego de esas malditas trincheras! –le chilla un soldado que viene a la carrera hacia él. Todos están centrados en su cometido–. ¡Siguen golpeándonos desde un costado!

–¡Están determinados a tomarnos al asalto desde ese punto! –afirma Mendo Mota, que camina con prisas hasta el lugar indicado por el soldado–. ¡Rociad bien esas trincheras! ¡Hay que aguantar como sea! –ordena.

–¡No podremos aguantar mucho! ¡Las reservas de pólvora y la cantidad de munición es la que es! –prosigue el soldado.

–¡Si llega el momento en que no pueda defenderme, entonces me arrojaré al mar desde lo más alto del fuerte antes que rendirme, como bien he prometido al rey don Antonio!

–¡Gobernador!

Otro soldado lo reclama a gritos desde otro punto del fuerte, junto al muro que da al mar.

–¿Qué ocurre ahora?

–¡Aquí!

Mendo Mota baja las escaleras lo más rápido que puede. Antes de hacerlo, aguza la mirada, y lo que atisba no le gusta en absoluto.

–¡Es el *San Mateo*!

–¡Maldición! –bisbisea con los dientes apretados.

Uno de los galeones de defensa del fuerte, el *San Mateo*, ha arriado las banderas de guerra para reemplazarlas por la de paz.

–¡Hay que hundirlo antes de que marche hacia Setúbal! ¡Fuego al galeón! –exhorta a los de la batería más próxima–. ¡Fuego al *San Mateo* en cuanto se acerque!

A su orden, los artilleros disparan una andanada contra el galeón.

–¡Fuego, fuego! ¡Al fondo del agua con él!

Los artilleros lanzan dos andanadas más. Mendo Mota tose con fuerza. Apenas queda aire limpio a su alrededor, devorado por el olor acre de la pólvora y con los tímpanos a punto de estallar de tanto estruendo, propio y ajeno. Bum, bum, bum. Disparos y más disparos. Pero no puede reprimir su alegría cuando, tras una nueva andanada, ve caer el mástil del *San Mateo*.

–¡Va a ir a pique!

A Mendo Mota le cuesta encontrar el porqué de la alegría del artillero que tiene más cerca debido al intenso humo, pero lo halla: un boquete en el casco amenaza con hundirlo.

–¡Gobernador! ¡Presto, presto!

«¡Esto es un sinvivir!», resopla, casi extenuado de tanto ir de un lado para otro.

Quien ahora requiere su presencia es un artillero situado en un extremo del fuerte. Señala hacia el mar, muy nervioso.

«¡No, no...!».

Corre hacia allí, rogando a Dios que no sea lo que imagina; que no le ponga en la tesitura de cumplir lo que acaba de afirmar con tanta rotundidad.

–¡Viene la armada!

Mendo Mota palidece. Ve barcos y más barcos. La armada española, de la que tanto ha oído hablar, al mando de un marino como Álvaro de Bazán, del que conoce tantas historias que no sabría por dónde empezar. La desazón lo invade por un instante. Están rodeados de trincheras por tierra y de aquella potente armada por mar. El peor escenario posible. El artillero lo ve por primera vez sobrepasado por la situación. Y teme por su vida, por la de todos. Cuánto podrán aguantar así y qué harán con ellos llegado el momento. Porque tiene claro que su suerte y la de todos sus compañeros del fuerte ya está echada.

«¡Qué diantres!», piensa entonces, espantando todos aquellos pensamientos. Inspira con fuerza, aprieta los dientes y los puños, y mira hacia el interior de la fortaleza. De repente, en medio del fragor de los disparos, se oye alta y clara la voz Mendo Mota:

–¡Soldados! ¿Santiago de Outao se rendirá? ¡Muerte al que lo diga! ¡Santiago de Outao no se rinde! Lo reducirán a polvo, su suelo se abrirá vomitando llamas, ¡pero, entre los escombros, entre los muertos, habrá siempre una lengua viva para decir que Santiago de Outao no se rinde!

Capítulo 40

Cuentas pendientes

Trincheras frente al fuerte de Outao. En ese mismo momento

–¡La armada! ¡Llega la armada!

Los gritos enardecidos de los soldados recorren las trincheras frente al fuerte de Santiago de Outao. En lo alto de la montaña, a caballo y acompañado de su hijo, Hernando de Toledo, y de varios capitanes y caballeros, el duque de Alba escruta el escenario: sus tercios asedian sin descanso el fuerte y por el inmenso océano, formando una media luna para cercar a los buques enemigos, se aproxima la armada al mando de Álvaro de Bazán.

–¿Qué disponéis ahora? –le pregunta su hijo.

–He convenido con el marqués de Santa Cruz que la armada se mantenga así hasta mañana, asustando a la guarnición con su sola presencia –le explica, con la mirada concentrada en el enjambre de barcos–. Y ya mañana, ancha es Castilla.

–Sin misericordia, imagino.

–Decidlo como queráis.

Fernando Álvarez de Toledo cambia el centro de su atención a lo que ocurre junto al fuerte. Poco es lo que consigue atisbar desde allí, pues una espesa nube de pólvora cubre la escena.

–¡Atizadles candela, don Pedro! –grita, enardecido.

Por debajo, la trinchera más cercana al fuerte es la que defiende el Tercio de Italia, bajo el mando de don Pedro de Médicis.

–¡Más fuego, más fuego! ¡La pólvora va a cargo de su majestad!

Cada orden suya es acompañada de una salva de disparos.

–¡Más, más! ¡Ya son nuestros! –brama para hacerse oír por encima de la artillería.

–¡Ya son nuestros, ya son nuestros! –lo secundan sus hombres con entusiasmo.

–¡Los de ahí arriba, apostaos lo más cerca que podáis de ese muro!

A su orden, medio centenar de soldados descienden y se sitúan donde el capitán les ha señalado. Ginés Méndez, Rodrigo de Cervantes e Íñigo Sánchez están allí, y bajan juntos y a toda prisa. Cerca, otro hombre, menudo y avispado, no los pierde de vista. Se parapetan cerca del fuerte tras unas piedras grandes. La tierra tiembla a cada disparo de la artillería propia y ajena.

Ya a cubierto, Ginés Méndez e Íñigo Sánchez se miran. Es la primera vez que lo hacen desde que abandonaran el real para asediar el fuerte de Santiago de Outao.

–¿Se puede saber qué tripa se te ha roto? –le pregunta Íñigo Sánchez.

–*¡Cohone!* ¡Al fin tienes la decencia de dedicarme unas palabras con tu bonita voz!

–¡Eres tú quien no se ha dignado a dirigirme la palabra hasta hoy!

–¡No me saques de mis casillas…! ¡Que bastante tenemos con lo que tenemos! –estalla el sevillano, muy enfadado.

Éste se toma su tiempo para cargar el arcabuz. Primero ceba la cazoleta con polvorín del frasquillo y la cierra; luego introduce en el ánima la pólvora precisa, que extrae de la polvorera que lleva a la espalda, y a continuación carga la pelota de plomo y aplica la mecha, previamente encendida, sobre el serpentín y sopla para avivar la yesca. Satisfecho con la labor, al fin abre la cazoleta, encara el arma, apunta media vara sobre el morrión del soldado que ha elegido y pulsa la palanca para que la mecha, al caer sobre la cazoleta, inicie la secuencia del disparo.

¡Chisssboom!

Ginés Méndez recibe la coz del arma. Un segundo después, el del morrión ha caído en el abrazo de la muerte. Vuelve a encararse con Íñigo Sánchez.

–¿A santo de qué me dejaste con el culo al aire?

–¡Cómo! ¿Desde cuándo me haces merecedor de tal deshonor? –responde Íñigo Sánchez, sorprendido.

–¡Desde el momento que vas por ahí contando lo que te confieso!

Íñigo Sánchez, ojiplático, no da crédito a lo escuchado.

–¿Estás en tu sano juicio? ¿Estamos aquí, jugándonos el pellejo contra esos hideputas, y ahora me vienes con ésas?

–¡Cada uno digiere las cosas cuando quiere, que soy *mú sentío*! –prosigue el sevillano, muy molesto–. ¡Que no, Íñigo, que no! ¡Semejante bellaquería no me la esperaba!

Durante dos días, Ginés Méndez ha evitado cruzarse con él. Cuando lo veía cerca, se alejaba, ponía distancia de por medio. Malas caras, peores gestos. Y a Íñigo Sánchez le escamaba su actitud. Antes de abandonar el real trató de hablar con él, pero el sevillano se negó a entablar conversación alguna. Tampoco lo hicieron por el camino. Aunque aún no podía decirle la verdad, había pensado en una excusa. Todo menos revelarle el porqué de su manera de proceder.

Los soldados del fuerte responden con una rociada de pelotas que vuela por encima de las piedras que los soldados usan como parapeto; también lo hacen las esquirlas que arrancan a las piedras. Tan peligrosas como las mismas pelotas.

–Los vapores del vino.

–¿Qué? –alza la voz Ginés Méndez para hacerse oír entre el estruendo de cañones, arcabuces y mosquetones.

–Hablé impulsado por los vapores del vino. Sé que no actué bien –miente Íñigo Sánchez.

–¡Los vapores del vino…! ¡Parece mentira, a estas alturas! ¡Que no habrás bebido brebajes más infames que los que despachan los vivanderos del real! –maldice–. ¡Pero bien poco me importa la vida de los hideputas que se envalentonaron contra el duque de Alba! ¡Lo que no te perdono es que revelaras cosas que no se deben saber!

–Eso no estuvo bien, Íñigo. A un compañero no se lo deja así –añade Rodrigo de Cervantes.

–¡Os pido perdón! Fue algo…

–¡Y esos cagalindes no cesan de disparar, que bien protegidos están!

Ginés Méndez carga de nuevo el arcabuz y, para sorpresa de sus dos compañeros, se incorpora buscando mayor precisión para disparar.

–¡Nefandos portugueses! ¡Pero aquí estamos, luchando no como leones, más como verdaderos españoles!

Desde un lateral del fuerte, un soldado dispara con su mosquete. Íñigo Sánchez observa el fogonazo. El único afán del sevillano, cegado por la ira, es recargar el arcabuz. La pelota de plomo se aproxima. Zumba. Destino: su pecho, apenas cubierto con un coleto desgastado de tanto uso.

–¡Van a saber esos hideputas cómo las gastamos en Sevilla! ¡En cuanto pongamos pie en esa fortaleza, se sentirán como allí en agosto, ardiendo como lindas fogatas!

Rodrigo de Cervantes intuye el impacto. Se vuelve para avisar al sevillano. La muerte vuela hacia él.

–¡Ginés!

Íñigo Sánchez salta sobre él y lo derriba. La bala pasa zumbando sobre sus cabezas. Un sonido seco, mortal.

–¡Ginés! –chilla Rodrigo de Cervantes, alarmado.

Aquel primero mira aún aturdido a su salvador. Íñigo Sánchez se incorpora y lo ayuda a levantarse para regresar al resguardo de la piedra.

–A fe que acabas de salvarme la vida… –acierta a decirle, aún con la muerte en la mirada mostrándole los dientes, enfadada por la pieza que se le ha escapado.

–¡Y mil veces más lo haría si pudiera!

Ginés Méndez tarda en asimilar lo ocurrido, lapso que Íñigo Sánchez emplea para disparar contra los soldados del fuerte. Esboza una sonrisa mínima de agradecimiento; como si con ella olvidara lo sucedido instantes atrás, cuando parecían fieros contendientes.

«Te ha salvado la vida», piensa para sí.

Entonces busca con la mirada a Inés Arias, que se mueve tras ellos. Tan sigilosa como mortal. Cumpliendo órdenes, pero también a la espera de ejecutar la venganza que se ha propuesto. A sus oídos ha llegado algo. Rumores, quizás algo más que palabras. En verdad, bien poco le importan aquellos que fueron ahorcados por asaltar el burgo de Setúbal. Para Ginés Méndez, Lorenzo Díaz y su corte de palmeros se lo buscaron. Un final acorde a su naturaleza. No lo aplaude, pero sí agradece al duque de Alba que se haya servido de ellos para escarmiento general.

–Perdóname, Íñigo, pero tenía muy adentro ese reconcome.

–¡No hay nada que perdonar! ¡Apúrate, y matemos a cuantos podamos antes de que ellos lo hagan con nosotros!

Sin embargo, ella es otra cosa. Nunca se comportará como la persona a la que amaba; al contrario, obedece de manera leal al duque de Alba. Y, mientras, espera su oportunidad para saciar su venganza. Y un asedio es una como otra cualquiera para hacerlo. Una pelota perdida en pleno asalto, quién la ha disparado, cómo ha podido morir así uno de los nuestros. Preguntas para las que nadie tendría respuesta. Ginés Méndez dedica una rápida mirada a Inés Arias. Con el rostro sucio y malencarado, la muchacha aguarda en retaguardia el momento de asaltar el fuerte.

–¿Lo harías también por ella? –pregunta entonces a Íñigo Sánchez.

–¿Por quién? –se sorprende el otro.

–Por ella. –Lo conmina a mirar hacia atrás.

Íñigo Sánchez vuelve la mirada hacia la joven. Repara en su rostro, en la manera en que lo mira, y se le hiela la sangre de inmediato, lo cual no es habitual en él. Se ha jugado la vida en no pocas ocasiones y ha evitado los abrazos de la muerte en no menos, pero siempre contra hombres. Una mujer es otra cosa, le advirtieron una noche en el puerto de Mesina muchos años atrás. Si tiene cuentas que ajustaros, lo hará, tarde o temprano, y no descansará hasta lograrlo.

–Se oyen cosas, Íñigo –le advierte el sevillano, muy serio–. Yo me guardaría las espaldas, y mucho más en estas lides. Mira bien por delante, pero no descuides tampoco tu retaguardia.

Íñigo Sánchez sonríe. Una sonrisa que apesta a ironía.

–¿De qué te ríes? –le pregunta el sevillano.

Pero el otro calla. Carga el arcabuz y dispara de nuevo. Mientras, se imagina la soga que se estrecha alrededor de su cuello, cada vez más cerca. Poco importa que quien se la haya puesto sea Ana Gómez de la Cerda, desde que aceptara el trato en Madrid, o Inés Arias. Una soga siempre era una soga, sin importar quién sea su dueño. Si le faltaba algo para cerciorarse de que nunca saldrá vivo de Portugal, ya lo tenía. Blanco y en un vaso, es leche.

Entretanto, arriba, en lo alto de la colina, un jinete llega al galope. Detiene su caballo con premura y se acerca al duque de Alba.

–¡Mi señor duque!

–¡Bendito sea Dios, Núñez! ¡Que estoy analizando los acontecimientos! –brama el noble, dirigiéndose al soldado–. ¿No podéis esperar a que termine de hacerme una idea del asunto? ¡Desde luego, pocos estoy dando a la soga teniendo en cuenta cómo los modales caen en desuso! –eleva la voz mirando al cielo.

–¡Ha llegado gente de Palmela! ¡Y traen bandera blanca!

La sorpresa esculpe una de sus mejores obras en el rostro de Fernando Álvarez de Toledo.

–¿Cómo es eso posible?

–¡Esperan a vuestra excelencia en el real para hablar! ¡Os lo suplican!

–¡Diantres!

–¡Juran que quieren rendirse y ser leales servidores del verdadero rey de Portugal!

Capítulo 41

La soga o el cuchillo

Setúbal. Media mañana del 21 de julio de 1580

Me satisface escribir a vuestra majestad para contaros que Palmela ya os rinde homenaje. Después de la media tarde, comparecieron en el real sus alcaldes y regidores con bandera blanca de paz. Se me arrojaron a los pies pidiéndome la mano para besarla y que fuera clemente con ellos. Según confesaron, siempre habían sido leales al rey de Castilla, pero un tal Vasco Yáñez Pacheco, que así se llama el alcaide de su castillo, los conminó a no rendirse, pues el propio don Antonio, quien se arroga el derecho de ser llamado rey de Portugal, le había entregado la plaza. Pero, las cosas como son, el alcaide está bien satisfecho de rendir el castillo en su nombre al verdadero rey de Portugal. Mientras, a estas horas, vuestros soldados concentran el fuego en los muros del fuerte de Santiago de Outao, que ya no se defiende con tanta alegría. Además, don Francisco de Álava, general de artillería, ha hecho subir por orden mía seis esmeriles a lo alto de la montaña y está causando tanto daño que los del fuerte no tardarán en dar su brazo a torcer. El capitán que los dirige, que se hace llamar Mendo Mota, aguanta a sabiendas de que todo está perdido. Ayer, ante la oferta de rendición, prometió lanzarse al mar antes que entregar el fuerte a vuestra majestad. Pero os puedo asegurar que, de una manera u otra, el fuerte será hoy vuestro; y como hay Dios que, si el mismo Mendo Mota no se lanza al mar, será este vasallo y criado vuestro quien lo haga personalmente.

Del campo en el burgo de Setúbal, a 21 de julio de 1580, vuestro vasallo y criado besa las manos de vuestra majestad.

El duque de Alba

Se hace sentir ya el calor, por lo que esa mañana ha decidido vestir jubón de cerro de lino y unas calzas ligeras. Por la tienda zumban algunas moscas, y el no poder acabar con ellas lo pone de mal humor.

–¡Por el día que me bautizaron, que no voy a dejar ninguna viva!

Arremete con rabia contra una de ellas, posada en la mesa, a la que asesta varios palmetazos sin resultado satisfactorio para sus intereses. Eso lo enerva aún más, y se incorpora con la decidida intención de acabar con ellas. Lo evita la entrada de Juan de Albornoz, su ayudante, que lo encuentra pegando palmadas al aire. Plas, plas, plas.

–Vuestra excelencia...

El duque de Alba lo mira lleno de ira, sin importarle que haya entrado con alguien a quien no conoce.

–¿Qué ocurre? ¿Quién es este hombre?

El extraño viste por atuendo blusón con capucha y calzón ancho. Es menudo, de pelo revuelto, rostro enjuto y mirada inquieta. Trae consigo un plato que tiembla por los nervios que lo atenazan. En él, un cuchillo y una soga.

–Es un marinero…

–¡Hasta ahí llego, por santa María! –interrumpe al ayudante. Todavía le dura el enfado de su combate con las moscas–. ¿Quién es vuestra merced? –interpela al extraño.

–Me hace venir el señor Mendo Mota, gobernador del fuerte de Santiago de Outao –contesta el marinero en portugués.

–Don Juan, haced llamar al traductor, que el entendimiento que voy a tener con este hombre es el mismo que tenía con los herejes en Flandes –dice el duque de Alba tras pegar un bufido, marca de la casa.

Una vez solos, Fernando Álvarez de Toledo mira con interés al tipo para, a continuación, estudiar los objetos en el plato, que es lo que de verdad le interesa. Los mira escamado. Se puede hacer una idea de su significado, pero prefiere esperar al traductor.

–¿Me necesita vuestra excelencia? –pregunta éste, nada más entrar.

–Desde luego, don Diego, gracias a Dios que la perspicacia que demostráis no está a la altura de vuestro don de lenguas… –arremete con ironía.

Diego Cubero es español, de una villa que recibe por nombre Mojados, situada a algo más de cuatro leguas de Valladolid. Frisa la treintena, es bien parecido y siente gusto por la guerra; como su padre, un efímero soldado del que recibió el nombre y fue herido en la batalla de Mühlberg. Habla bien portugués a fuerza de entablar conversaciones con los comerciantes que acudían a las ferias que se celebran en Medina del Campo, y con ello ayuda a su padre, que se gana la vida redactando documentos de compra y venta.

–Preguntadle quién es y qué narices significa lo que trae en ese plato...

El marinero habla acelerado y con un acento que suena duro a oídos de Diego Cubero.

–Dice llamarse Tomé y lo envía Mendo Mota, el gobernador del fuerte, que…

–¡Lo del plato, lo del plato! –lo apremia.

El marinero se explaya en una respuesta que el traductor tiene problemas en entender, dado lo rápido y cerrado que pronuncia. Diego Cubero dedica unos instantes a dar forma a la explicación.

–Cuenta que tiene el fuerte por mano del rey don Antonio y que…

–¡Qué diantres va a ser rey! –lo corta de nuevo el duque, malhumorado.

–Si no es por orden suya, no entregará a nadie el fuerte –prosigue el traductor, tirando de paciencia–. Además, Mendo Mota pide que vuestra excelencia entienda que él es soldado y viejo y que su vida es corta, por lo que está determinado a acabar peleando, como ha prometido a su rey.

–¡Y dale!

–Y que, si cae en manos de vuestra excelencia, tendréis que acabar con su vida. Por eso os pide que escojáis entre hacerlo con el cuchillo o la soga, pues la cuestión de su muerte la deja a vuestra elección.

Fernando Álvarez de Toledo asiente sin dejar de mirar con fijeza al marinero, que aguanta como puede el tipo ante el intenso escrutinio del noble, tirando de una entereza que jamás pensó poseer.

–Que transmita a don Mendo Mota que hace mal en no rendirse, pero que puede hacer lo que le venga en gana, pues lo mismo haré yo llegado el momento. Y, por si le queda alguna duda, asolaré el fuerte hasta los cimientos, y después ordenaré que la guarnición al completo sea pasada a cuchillo. Su muerte la dejaré a su elección: o cuchillo o soga.

En cuanto escucha la traducción de las palabras del duque de Alba, el marinero abandona la tienda.

–¡Presto! ¡La armadura! –ordena el noble a Juan de Albornoz–. ¡He jurado hacer desaparecer ese fuerte de la faz de la tierra y no pienso esperar lo más mínimo para lograrlo!

Capítulo 42

El miedo viaja en barca

Proximidades del fuerte de Santiago de Outao. Atardecer de ese mismo día. Armada castellana

–Se acerca una barca. Trae bandera blanca.

Álvaro de Bazán, capitán general de las galeras del rey Felipe II, se asoma al costado de babor. Por su rumbo, no duda de que la barca ha salido del fuerte de Santiago de Outao. Bajo un sol que amarga la existencia, distingue en ella a tres personas. Hasta allí llegan los ecos del intercambio de disparos entre los soldados del fuerte y los de los tercios españoles. Más espaciados los primeros, más apabullantes y asesinos los segundos.

–Preparad la escala para que suban a bordo.

Un par de marineros obedecen. Al que es marqués de Santa Cruz aún le quedan unos meses para cumplir los cincuenta y cuatro años. Vestido con armadura damasquinada y lechuguilla, del cuello le cuelga una cadena de oro de la Orden de Santiago, que venera. Luce la frente ancha y despejada, una mirada clara e inteligente y bigote y barba bien cuidados, ya encanecidos tanto una como otra.

La barca se abarloa al costado de babor de la nave capitana de la armada española.

–Suban a bordo –les pide un soldado español ayudándose de un gesto para acompañar las palabras.

Sopla una ligera brisa que agradece la mayoría de la tripulación, pues el calor es importante. El mar, calmado, mece la galera en un vaivén que apenas se nota.

–Avisen a quien habla su lengua.

Un hombre de estatura mediana vestido con blusón y calzas de color oscuro se persona ante el marqués. Por su manera de vestir y la tez morena, en nada parecida a la de los españoles contra los que han estado luchando las últimas horas, los tres marineros lo identifican como portugués.

El marqués de Santa Cruz asiste el diálogo entre el intérprete y uno de los marineros. Hablan rápido, y no entiende nada.

–¿Qué os han dicho? –pregunta al fin, cuando acaban.

–Son marineros de las galeras que guardan el fuerte. Traen un mensaje de don Mendo Mota, el gobernador.

–¿Y qué quieren? –continúa, sin apartar la mirada de los marineros.

–Que sigamos sin disparar, como hasta ahora.

–Eso no depende de mí, sino del duque de Alba.

–Aseguran que el gobernador necesita tiempo para tomar una decisión. Por eso, si no abrimos un nuevo frente contra él, antes podrá hacerlo.

–¿Y qué determinación es ésa?

–Mendo Mota está dispuesto a rendir el fuerte.

Álvaro de Bazán se lleva la mano derecha a una de las puntas de su bigote, que acaricia con gesto pensativo.

–¡Nicolás! –eleva la voz a continuación.

A su orden se le acerca un soldado de pelo moreno y tez pálida, vestido también con armadura. Como el marqués, luce una frente despejada, aunque por apariencia es mucho más joven.

–¿Está todo listo?

–Tal y como ha convenido vuestra señoría ilustrísima. Esas galeras –apunta a las que defienden el fuerte– no representan peligro alguno. Están desarboladas y con los trinquetes abatidos. No obstante, los cañones de proa están listos para repartir candela si fuera preciso.

Álvaro de Bazán centra su mirada en el fuerte, cuya defensa huele a un final no demasiado lejano tras el continuo y tremendo castigo de fuego. No le cuesta imaginar al capitán Pedro de Médicis ordenando el asalto. Una vez se ha conformado una idea de la situación, se dirige al traductor:

–Decidles que esta armada no abrirá fuego contra el fuerte.

Los portugueses respiran aliviados.

De pronto, unos gritos alertan a todos.

–¡Se rinden, se rinden!

El número de soldados que señalan al fuerte se multiplica.

–¡Bandera blanca! ¡Se rinden! ¡Se rinden!

Un relámpago de temor asoma en los rostros de los tres marineros, pues no esperaban que el gobernador lo rindiera tan pronto. El miedo se apodera de sus miradas. Dándose cuenta, el marqués de Santa Cruz habla al traductor:

–Dejadles claro que nada les pasará. Aquí están seguros, pero también lo estarán una vez regresen al fuerte, si así lo desean.

–¿Tenemos vuestra palabra? –pregunta uno de ellos, tras cruzar una mirada con sus compañeros–. ¿Podríamos quedarnos aquí? Nos sentimos más seguros que volviendo al fuerte.

–Pueden volver, pues tienen mi palabra. Y también la del mismísimo duque de Alba –responde el marqués–. Nada han de temer.

Lejos de tranquilizarse, un rictus de preocupación todavía decora el rostro de los marineros. Son conscientes de su destino, por muy buenas palabras que tenga para ellos el capitán general de la armada española. Con suerte, acabarán en una galera como la que ahora pisan para bogar a mayor gloria del rey Felipe hasta que las fuerzas les fallen. ¿Es eso mejor que la muerte, la peor de las posibilidades? De preguntarles, cualquiera de los tres elegiría la segunda opción.

Capítulo 43

Outao se rinde

Interior del fuerte de Santiago de Outao. En ese mismo momento

«¡Hasta aquí hemos llegado». Eso piensa Mendo Mota tras ordenar a sus hombres que levanten banderas blancas de paz y arríen las de guerra. Siente como propias las miradas de miedo de sus hombres, y también el estremecimiento que les causa escuchar los gritos de victoria de los españoles más allá de los muros. Gritos que suenan a muerte, a ganas de entrar en el castillo y reducirlo a cenizas en medio de una tormenta de odio y codicia.

Ha jurado ser el primero en lanzarse al mar antes de rendir la fortaleza, pero también es consciente de que no tienen posibilidad alguna de victoria; que resistir era aplazar una muerte segura bajo el asalto de los españoles, cuya presencia estima en miles, según pudo constatar el día anterior al asomarse a los muros. Ya nada queda de la lengua viva que, surgiendo entre los muertos, recordaría que el fuerte no se rindió. Miedo, dolor, consternación por la decisión tomada. Decenas de vidas dependen de él, de su habilidad para negociar con los españoles. «Al menos vosotros tendréis suerte», reconoce para sí, mirando a los suyos. En cambio, su vida está finiquitada, pero no se lamenta de su suerte. Mal que bien, sus soldados podrán salir con vida, dependiendo de la magnanimidad del duque de Alba. Él, nunca. Así es la guerra. Los peones abandonan el tablero; su papel es mínimo. En cambio, si la reina cae, es aniquilada. De ella sólo queda el recuerdo. Como en el ajedrez. Un juego curioso ése, pura estrategia. Vencer para que no te venzan, atacar para no ser atacado, defenderte para contratacar con más fuerza.

–Abrid las puertas –ordena con temple tranquilo.

Varios hombres lo miran horrorizados.

–No temáis, pues yo avanzaré el primero. Si piden una vida inmediata para saciar su sed de venganza, contarán con la mía.

Un par de soldados se aprestan a obedecer. Contienen la respiración antes, como si quisieran aprehender el momento, sabedores de estar viviendo sus últimos instantes de vida. Al otro lado de las puertas, impaciente, les espera un infierno deseoso de desparramarse por toda la fortaleza. Y no harán prisioneros. Eso lo saben los de dentro.

El primero en entrar en el fuerte es Hernando de Toledo, hijo del duque de Alba, acompañado de Pedro de Médicis. Éste mantiene la mano derecha levantada, gesto con el que contiene a sus hombres.

–El que se sobrepase se las verá con la soga.

Tras ellos, dos docenas de soldados lo miran todo con ojos codiciosos.

Mendo Mota se encamina hacia ellos con paso tranquilo, consciente de la situación; de que lo único que les permitiría seguir con vida sería humillarse y pedir perdón las veces que hicieran falta ante el hijo del duque de Alba. Perdón y humillación. Esas dos palabras resuenan en la cabeza del gobernador.

–¡Beso las manos de vuestra merced, mi señor!

Mendo Mota se inclina y las besa con todo el ardor del que es capaz en ese momento.

–Tranquilizaos...

–¡Suplico amparo para mis hombres y para mí mismo! ¡Cumplíamos el deber del soldado, que no es otro que obedecer la determinación de su rey!

–Insisto, tranquilizaos. Tiempo habrá de hablar. Lo importante es que habéis tomado la decisión correcta.

Mendo Mota da un paso atrás. Hernando de Toledo lo observa con rostro relajado.

–¿Qué nos va a pasar? –inquiere el gobernador.

–Por lo pronto, no temáis por vuestras vidas. Esta noche me quedaré aquí. ¡Don Pedro! –llama al de Médicis–. ¡Guardias de inmediato ante las puertas y prohibición expresa de que nadie tome nada de este fuerte so pena de acabar en la horca! –ordena–. Tanto vuestra merced como vuestros soldados –vuelve al gobernador– seréis puestos a buen recaudo.

–¿Se nos respetará la vida?

–Se os respetará. No estoy en la cabeza de mi padre, pero creo conocerlo bien, y estoy seguro de que vuestra merced le seréis más útil vivo que muerto. Eso sí, no esperéis más complacencias por su parte... A sus ojos, sois un traidor y os habéis excedido en vuestro cometido.

Mendo Mota yergue la cabeza para dar a entender que asume lo que el destino le traiga. Gallardía, honradez, entereza. Un gesto sencillo y lleno de contenido.

Bastantes pasos más atrás, a Ginés Méndez, Rodrigo de Cervantes e Íñigo Sánchez, que acaban de entrar en el fuerte, les llegan algunos de los cuchicheos que ya corren de boca en boca por la plaza del fuerte. El tercero tuerce el gesto.

–Tampoco habrá saqueo…

–Pues sí, compadre, eso parece. Pero no me montes otra como la de Setúbal, ¿eh? Vigilaré la cantidad de vino que injieras esta noche.

Íñigo Sánchez esboza una tenue sonrisa.

–Puedes estar tranquilo, Ginés. Nos hemos ganado el descanso, ¿no crees?

–Pues tengamos la fiesta en paz.

El sevillano se toma un tiempo para mirar en derredor. Curiosidad. La orden es taxativa: no habrá saqueo. La sola presencia del hijo del duque de Alba sirve como aviso. No obstante, repara en un grupo de hombres que rodea a algunos de los capitanes. Hablan entre ellos y lo miran todo con atención. Inés Arias también permanece vigilante a lo que allí se cuece. Las conversaciones cesan. Puede imaginárselas: «los días que hemos asediado este fuerte merecen recompensa»; «algunos de los nuestros han caído por conquistar este pedazo de tierra»; «no se nos puede hacer lo mismo que en Setúbal», etcétera. Ve que los capitanes asienten. Rostros circunspectos en su caso. Lo entienden. Los soldados, sin embargo, permanecen serios. Miradas aviesas se extienden por sus rostros. Y un murmullo que crece.

–Pues no tengo tan seguro que esta noche no haya más de un gato pardo haciendo de las suyas...

Íñigo Sánchez sopesa las palabras de Ginés Méndez. Las miradas que intercambian los soldados que rodean a los dos capitanes no resultan nada tranquilizadoras. El duque de Alba puede ordenar lo que quiera, pero son ellos quienes siempre tienen la última palabra. Los conoce bien. Y no siempre tiene por qué colgarlos, por muchos desmanes que provoquen.

Eso ahora, al atardecer. ¿Y cuándo caiga la noche?

De repente, ve que Inés Arias está junto a la puerta, esperando. Tanto ella como él lo saben. Y no está dispuesto a concederle el placer de vengarse.

Capítulo 44

Cobardes

Burgo de Setúbal. 23 de julio de 1580

Por fin dispongo de un poco de tiempo para relataros con calma lo ocurrido los dos días siguientes a la rendición de Setúbal y del fuerte de Santiago de Outao, pues son muchos e interesantes los detalles para conocimiento de vuestra majestad.

El veintidós de julio, día de la Magdalena, la justicia y regidores de Palmela, así como el alcaide del castillo, acudieron con las varas de justicia levantadas. Los recibí con palabras que los pusieron contentos, tras lo cual me entregaron las llaves y juraron lealtad a vuestra majestad.

La llegada del marqués de Santa Cruz me colma de placer, pues su ayuda es bien estimada. Estuvo un buen tiempo rindiendo los galeones que guardaban el fuerte de Santiago de Outao hasta que lo consiguió con la condición de que su gente pudiera marchar donde quisiera. Don Francisco de Álava y don Próspero Colonna capitularon con más libertad de la que yo quisiera, y sin comunicármelo, y sé que ha habido un poco de exceso. No obstante, lo he pasado por alto, pues importa más ganar una hora de tiempo que todo lo demás. Como bien se dice en Castilla, agua pasada no mueve molino.

En cuanto al próximo objetivo, que consideramos ha de ser Cascáis, el marqués de Santa Cruz y este vasallo vuestro ya hemos comenzado a plantear la estrategia. Hará unos días vino a comer conmigo su señor, don Antonio de Castro. Holgamos mucho los dos, pues es muy buen caballero, bien entendido y muy aficionado a vuestra majestad. Me confesó el miedo que se respira en Lisboa. Vuestra majestad puede tener por seguro que pronto nuevos e importantes lugares os jurarán lealtad. Me encargaré personalmente de que sea así.

Besa vuestras manos este vasallo vuestro,

El duque de Alba

Burgo de Setúbal. Noche del 23 de julio de 1580

«Eres tan cobarde como tu padre».

La frase percute en los oídos de Pedro Nunes una y otra vez, como antes lo hiciera el sonido de los arcabuces de los españoles. Cobarde, cobarde, cobarde. Un día tras otro. Y también mes tras mes, año tras año.

Cobarde, cobarde. Cobarde.

Se le acerca su hermana María. Otra cobarde a ojos de su madre. Tan insulsa, tan tímida. Nada que ver con sus hermanas Beatriz e Isabel, que son como su progenitora. Tres gotas idénticas de una tormenta vital; tres fuerzas de la naturaleza, tres maneras de entender la vida sin fisuras. Tres personalidades fuertes, cargadas de tanta arrogancia y confianza en sí mismas que ni el mayor vendaval podría derribarlas.

Se abrazan en silencio, sin mirarse. «Eres tan cobarde como tu padre».

Pedro Nunes acaricia la cabeza de su hermana pequeña con cariño infinito y, después, se la besa. María es más baja que él, más liviana; una mujer aún por formar, pero con unas ganas de vivir que le desbordan la mirada.

Aún abrazados, posan las cabezas en el rostro de su madre, que yace en el suelo con las manos en un vientre por el que se le ha escapado la vida. Y, con ella, toda su soberbia y valentía. Rostro congestionado, mirada ausente.

«Eres tan cobarde como tu padre».

–¿De verdad somos cobardes? –María se lo pregunta con un tono de voz que rezuma tanta ternura como el abrazo que los mantiene unidos.

Cobarde, cobarde, cobarde. Esa palabra, ese estigma. Esa característica que los hacía tan distintos de sus hermanas. A cada ruido, a cada palabra en voz alta, le seguía un respingo, unos ojos saltones, el susto hecho obra de arte en sus rostros como respuesta. Dos gotas de agua idénticas a su padre. «Cagados y peídos». Eso decía para referirse a ellos con tono despectivo. No como cuando hablaba de Beatriz e Isabel: «Mis hijas»; con ese sentido de posesión, con ese sentimiento del escultor cincelando una obra perfecta. Ellas. Sus hijas.

–Nosotros seguimos aquí.

Pedro Nunes besa de nuevo la cabeza de su hermana pequeña, apenas una chiquilla. Ya ha visto demasiados horrores en poco más de dos jornadas.

–Ellas decían que no eran cobardes, que eran como madre.

María posa la mirada en los cuerpos desnudos de sus hermanas. Yacen en el suelo. Beatriz tiene la cabeza reventada; Isabel está boca abajo, sobre un charco de sangre. Después se vuelve hacia su padre. Está sentado en el suelo con la espalda apoyada en la pared. No tuvo tiempo de luchar cuando los soldados españoles irrumpieron en la planta superior de la vivienda. Recibió una puñalada mortal en el vientre. Raaas. Un tajo por el que sintió cómo la sangre y las tripas se desbordaban sobre unas manos incapaces de contener tanta naturaleza caduca. Lo vio entonces sentarse en el suelo y, desde allí, asistir como mudo espectador a la demostración de la irracionalidad humana, al espectáculo del hombre dando rienda suelta a sus sentimientos más primarios. Hasta que el espíritu de su existencia se marchó por la herida abierta. Beatriz, la madre, fue degollada cuando se resistía a deshacerse de una camisa de su marido, como si le fuera la vida en ello. Beatriz hija fue violada por un soldado, al mismo tiempo que otro hacía lo mismo con su hermana Isabel. No follaban como hombres, sino como animales. Miradas inyectadas de un odio irracional, cuerpos deseosos de aliviar días de espera. Ellas gritaron; no pararon de hacerlo mientras eran penetradas por más y más hombres. Beatriz dejó de sufrir cuando el último que la tomó por detrás le estampó la cabeza contra la pared. Una, dos, tres veces... Tantas como las sacudidas que el orgasmo le provocó. Isabel aún sufrió varias embestidas más. Al final, un soldado, harto de sus lloros y lamentos, le rebanó el cuello. Luego, mientras se subía las calzas, dijo algo en español, sonriente.

Pedro Nunes y su hermana María asistieron a aquel macabro espectáculo ocultos bajo los esparaveles que él y su padre usaban para pescar, amparados por la oscuridad. «Nadie reparará en unos aperos de pesca cuando hay tantas cosas que llevarse», había pensado él. Se escondieron cuando oyeron subir a los soldados por las escaleras. A través de la ventana abierta les llegaba el sonido de la obra de Caín. Luego vinieron el caos, las voces, la rapiña. Y la muerte. «No hables, no te muevas. Aguanta», le pidió. Ella cumplió.

«Eres tan cobarde como tu padre».

Pedro Nunes toma a su hermana de una mano para salir cuanto antes de allí. En la calle los recibe la noche estrellada y un aire nauseabundo. Huele a humo, a madera quemada, a cuerpos que comienzan a pudrirse. Vuelve a abrazarla para que esa visión no quede impresa en sus recuerdos.

–No.

María se deshace de él con naturalidad. Quiere ver la vida con sus ojos. Ya no quiere que se la cuenten. Si tiene que enfrentarse a ella, que sea conociendo su verdadera cara para saber a qué atenerse.

–Vamos dentro de las murallas. Al menos allí podremos comer algo.

Para su sorpresa, es ella quien tira de él. Lo hace con una energía impropia en un cuerpo tan pequeño; con la misma determinación que su madre, sin mirar atrás, empujada por unas ganas indómitas de aferrarse al mundo que la rodea, por siniestro que sea. Y en ese momento Pedro es consciente de las palabras que un día le dijo su padre. Faenaban. Una jornada cualquiera. Hablaban de ellas, de su madre y sus hermanas. Del carácter difícil de la primera, de cómo se enamoraron, de qué vio en ella. Una muchacha guapa, con mucha personalidad. «El amor, hijo. Ya lo entenderás».

–Madre dice que María es igual que tú y que yo.

El padre le dedicó una mirada melancólica y arrojó el esparavel al agua. Aguardaron, pendientes de comprobar cuántas capturas habrían hecho.

–Si tengo esperanzas en alguien es en ella –susurró al fin–. Tu hermana María es quien saldrá adelante en esta vida. No tiene la soberbia de tu madre, pero es tan fuerte o más que ella. Y tiene cosas de mí que la ayudarán a ascender la agreste montaña que es vivir.

–¿Y yo?

Pedro Nunes padre lo miró entonces con intensidad, con una chispa de complicidad. Dibujó al instante en los labios una sonrisa sincera.

–Eres tan cobarde como yo a ojos de tu madre. ¿Y sabes lo peor?

–¿El qué, padre?

–Que tu madre tiene razón.

Capítulo 45

Cascáis en el horizonte

Burgo de Setúbal. Primera hora de la mañana del 24 de julio de 1580

Fernando Álvarez de Toledo observa con calma a Álvaro de Bazán, marqués de Santa Cruz. De pie ante una mesa, con las manos apoyadas en ella, reflexiona y estudia un plano de la ría de Lisboa. Lo mira de esa forma como signo de respeto. Es un hombre querido entre los suyos, que le tienen una fe ciega. La suya, una hoja de servicios plagada de éxitos; entre ellos, la victoria sobre el infiel en el golfo de Lepanto. Al igual que el duque, viste gregüescos de color oscuro y jubón claro. La frente ancha la tiene perlada de gotas de sudor, pues el día ha amanecido caluroso. Tan pronto se atusa una de las puntas del bigote como la de la barba. Por su cabeza caben infinidad de tácticas, de despliegues navales. De ahí, como sospecha, que esté calculando los pros y los contras del plan que le ha presentado para tomar Lisboa. Arriesgado, no, lo siguiente. Ya lo puso en conocimiento de Felipe II, y hasta que no llegó su respuesta no ha consentido organizar el presente consejo de guerra.

En esa sala de la casa habilitada en el burgo de Setúbal para alojar al duque de Alba se han reunido, entre otros, Sancho Dávila, su hijo Hernando de Toledo y varios pilotos. En cuanto se lo pide Álvaro de Bazán, éstos hablan entre ellos y trazan líneas imaginarias sobre el plano. Intercambian miradas, palabras técnicas, gestos pensativos.

–Después de analizar en detalle las características de la ría y las fortificaciones que allí hay levantadas..., sí, consideramos que es apropiada –responde un piloto alto, seco, de mirada inteligente–. Lo más probable es que don Antonio despliegue sus galeones junto a la Torre de Belén, para cerrarnos el paso a Lisboa.

–¿Cuántos en total, según los espías?

–Nueve. El *San Martín*, el...

–¡Los nombres son lo de menos! –lo corta el duque de Alba con vehemencia. A continuación, se dirige a Álvaro de Bazán–: ¿Cómo van de aprovisionadas nuestras naves?

–Si no me fallan las cuentas, en las galeras de Nápoles hay un total de 248 barriles que contienen 160 quintales de pólvora –enumera el marqués de Santa Cruz, entrecerrando el ojo derecho–; en las de Sicilia, 103 quintales en 156 barriles. También transportan 110 quintales de cuerdas de arcabuz, otros 110 quintales de plomo, más 150 cofas, zurrones, mazos de madera, azadones, palas, etcétera. ¿Qué os parece?

–¡No es Lepanto, pero tampoco don Antonio es el infiel! –se permite bromear el duque de Alba, y su comentario despierta la risa de todos.

–Una buena zaragata, sin duda.

Si las risas ya eran importantes, las palabras del marqués de Santa Cruz las convierten en carcajadas. Con un leve gesto, ya el rostro serio, Fernando Álvarez de Toledo pide silencio.

–Entonces ha llegado el momento de sorprender a don Antonio.

El duque de Alba esboza una sonrisa esquinada al ver la curiosidad en el rostro de quienes lo rodean.

–¿Qué estáis tramando? –pregunta Álvaro de Bazán.

–Marcharemos hacia Cascáis con la armada, pero, mientras, desarrollaremos un ardid... Por mis pecados que don Antonio espera un ataque frontal. Entretanto, don Sancho y el prior –los cita sin levantar la mirada del plano que tiene ante los ojos– irán a buscar vituallas, pues nos serán de gran utilidad.

–¿Pensáis de veras que el prior de Crato espera ese ataque? –vuelve Álvaro de Bazán.

–¡Que me aspen si no estoy en lo cierto! Así que he determinado prepararle una pequeña sorpresa.

La sonrisa de Fernando Álvarez de Toledo gana en intensidad y malicia. Sancho Dávila, que lo conoce casi como si lo hubiera parido, no puede aguantarse:

–¿Qué se os ha ocurrido?

–Jugar con don Antonio.

–¿Qué tramáis, mi señor duque? –se le une Álvaro de Bazán.

–Mandar a parte del ejército a Santarém, con la correspondiente artillería, donde ha de encontrarse don Antonio.

–¿A Santarém? –se escama Sancho Dávila.

–Pero no llegarán hasta allí, sino que quedarán a la vista de sus espías. Una vez nos detecten, correrán a informarle, y entonces mis señores soldados pondrán de nuevo rumbo hacia Setúbal para embarcar con destino a Cascáis, que es nuestro verdadero objetivo.

Álvaro de Bazán niega con la cabeza, sonriendo, y termina por hacerlo de manera abierta. Sancho Dávila suelta una carcajada para, luego, dar un golpe sobre la mesa con el que celebra la sagacidad del duque.

–¡Permitidme deciros que sois peor que el mismísimo demonio!

–Dad órdenes de que marchen para Santarém, como escolta de la artillería, los tercios de Nápoles y los alemanes. Después han de partir todas las compañías de hombres de armas, caballos ligeros y arcabuceros a caballo. Mientras, aquí quedarán los continos, el Tercio de Lombardía y otros tantos jinetes. Mañana por la mañana habrá más disposiciones, pero éstas que acabo de exponer a vuestras mercedes son urgentes.

No hay más palabras. El silencio del duque de Alba es entendido por todos. La reunión ha llegado a su fin. Uno tras otro abandonan la sala.

–Don Hernando –llama a su hijo antes de que siga el camino del resto.

–¿Qué deseáis, vuestra excelencia?

–Aguardad un momento.

Un gesto de sorpresa queda impreso en el rostro del hijo.

–Tomad asiento.

Obedece, al ver que su padre hace lo mismo. Una vez finalizada la reunión, ha relajado el gesto. No obstante, lo nota cansado, muy cansado. Demasiada actividad, sospecha el prior. Además, no deja de toser. Lo ha hecho en un par de ocasiones, y con fuerza, durante el consejo de guerra. Pero lo que más lo inquieta es la mirada. Antes encendida, ahora más apagada.

–Esta campaña me está desangrando.

–¿Es por vuestra hacienda?

–He tenido que adelantar diez mil escudos a cuenta –hace énfasis en sus palabras– para socorrer a la infantería italiana. Don Próspero Colonna ha pedido que se le pague el alojamiento en dinero, pues había de dárselo a su coronelía. Supongo que sabéis lo que eso supone.

–Mucho dinero.

–De mi bolsillo. Y sin saber si su majestad me satisfará la cantidad de vuelta. Cierto es que, por lo que me cuentan, parece que se ha recuperado de los impagos que decretó hace cuatro años, pero...

Fernando Álvarez de Toledo calla. Su hijo lo ve navegar por sus pensamientos, como si no quisiera seguir compartiéndolos con él.

–Vuestra excelencia, si en…

–Es mucho dinero, hijo –lo mira con intensidad–, así que hay que buscar avituallamiento que no suponga más daño para el bolsillo.

–¿Dónde?

–Refieren nuestros espías que, a tres leguas de aquí, en un lugar llamado Conna, se encontraron con tres o cuatro compañías de negros que custodiaban unos hornos con mucha vitualla. Partid esta misma noche, en compañía de don Sancho Dávila, con trescientos caballos y doscientos arcabuceros. Todo lo que traigáis de allí será bien recibido.

–Así será. No obstante…

El duque ve vacilar al prior. Mientras duda si hacerle o no la pregunta que tiene en la cabeza, el silencio los ahoga. Al fin, Hernando de Toledo niega con la cabeza.

–¿Acaso no vas a compartir con tu padre eso que rumias? Soy Fernando Álvarez de Toledo y Pimentel, tercer duque de Alba, pero, ante todo, soy tu padre.

Hernando enarca las cejas, un tanto sorprendido por el trato cercano. Sabe que es poco habitual en él, y siempre en privado. Una muestra de cariño hacia las personas que quiere y aprecia. Él es una de ellas. Se plantea hacer lo mismo. Es su padre, en efecto. Tiene por él un gran respeto y siente profunda admiración. Y le ha abierto la puerta a hacerlo.

–No creo que sea el momento.

–¿Y cuándo lo será? ¿Cuando ya esté muerto?

«Tiene razón», cavila Hernando de Toledo, sosteniéndole la mirada. A ojos de cualquiera, un anciano. Tan lleno de ira, de soberbia. Una mente privilegiada en la que caben todas las maneras de hacer la guerra. También capaz de provocar una paz acorde con los intereses de su señor. Pero, aun así, un anciano. Lo ve él, como todos los demás. Otra cosa es quién tiene valor para decírselo a la cara, aunque él tiene una ventaja: es su hijo.

–¿Te sientes con fuerzas para sacar adelante este asunto?

Un estallido de furia asoma en la mirada del duque de Alba. Trata de contenerse.

–¡Perfectamente!

–Entonces voy a preparar la partida.

–Que Dios te guarde.

El prior desaparece por la puerta con rostro tenso. ¿Tenía ganas de decirle a su padre que, por una vez en la vida, piense en sí mismo más que en el rey? Todas las del mundo. Pero no se ha atrevido. Y ni mucho menos osaría contrariarlo, como tampoco abrirle los ojos a una realidad que, sin embargo, admite, tiene muy asumida. Es su hijo, lo conoce bien, y nada ni nadie le pueden quitar la idea de que morirá al servicio de su majestad.

Cuestión de lealtad, honor y dignidad.

–Honor u olvido. Tan sencillo como eso. ¿Verdad, padre? –se pregunta entre dientes, echando un último vistazo a su espalda.

Dentro, Fernando Álvarez de Toledo se relaja. Cierra los ojos, complacido, y agradeciendo, al fin, el silencio. La sala es pequeña, como también lo es la casa, pero agradece la efímera comodidad como un regalo de Dios. Dinero, dinero y dinero. Y su procedencia siempre es la misma: su hacienda. De ahí la necesidad de acabar cuanto antes con la campaña, so pena de quedar peor que las arcas reales cuatro años atrás, cuando Felipe II decretó la segunda quiebra de su reinado.

–Y descansar, Fernando. Sobre todo, descansar.

Lo que más ansía por encima de todas las cosas.

Real entre Setúbal y Palmela. Poco antes del anochecer

No son pocos los soldados que preparan la marcha para Santarém, tal y como el duque de Alba ha dispuesto. Los demás no tardarán en embarcar en las naves de la armada. A algunos, el asunto de hacerse a la mar les hace la gracia justa; que Dios no los ha creado para eso de pisar un suelo que se mueve sobre las aguas, como admiten con jarras de vino en la mano, sentados en los bancos dispuestos bajo varias carpas junto a las que un vivandero vende su mercancía.

Ginés Méndez comparte asiento con Íñigo Sánchez y Rodrigo de Cervantes. Al primero lo ve relajado, incluso sonríe cuando algún soldado recuerda lances pasados en otros lugares. El segundo interviene más en las conversaciones. No es como su hermano, del que recuerda una elocuencia como jamás antes había conocido, pero tampoco se desenvuelve mal. «Eso se debe de llevar en la sangre», piensa mientras se levanta. Tiene algo que hacer.

–¿Dónde vas? –le pregunta Íñigo Sánchez.

–A sacarla a pasear un rato –responde el sevillano, ufano, tocándose la entrepierna.

–Siempre estás con ganas… –apunta Rodrigo de Cervantes con una media sonrisa.

–Sólo voy a aliviarla. Este vino no será bueno, pero provoca tantas ganas de mear que de ser lluvia apañaría a más de un campo.

Ginés Méndez se aleja y los otros dos regresan a la conversación. Dos soldados discuten acerca de dónde están las mejores putas, si en el Compás de la Laguna, en el barrio del Arenal de Sevilla, o en Nápoles. La disputa se enciende. Las de Sevilla son más finas, defienden unos; las de Nápoles hacen cosas que las de Sevilla no, contratacan otros. Pinta que la discusión se alargará, para solaz del vivandero, encantado de ver cómo las jarras menguan a la velocidad que lo hacen las monedas en los bolsillos de los soldados.

Íñigo Sánchez se levanta.

–¿También tú? –ríe Rodrigo de Cervantes.

–El condenado vino de ese vivandero va a reventarme la vejiga si no la alivio antes.

–¡Alíviala bien! –le desea un tercer soldado entre carcajadas.

Ginés Méndez se ha acercado a orinar cerca de unos árboles. Atardece, y en el cielo comienzan a asomar las estrellas. No lejos de allí, unos grillos hacen oír su canto estridente. Aún se siente el calor, y Ginés sabe que esa noche también le costará conciliar el sueño. Decide no regresar junto a sus compañeros. Debe buscar a un soldado con el que tiene pendiente una conversación. Sabe que lo encontrará solo, pues así permanece desde la muerte de Lorenzo Díaz. No tarda en encontrarlo sentado en el suelo mirando las estrellas.

–Veo que también os fascinan.

Inés Arias endurece la mirada al posarla en el recién llegado. Resopla, molesta, y sin decir nada se levanta, presta a marcharse. Ginés Méndez la detiene.

–Permitidme unas palabras con vuesa merced.

–No tenemos nada de que hablar –responde ella, deshaciéndose del agarre del sevillano.

–Sí tenemos que hacerlo –insiste él, tomándola de nuevo por el brazo.

–Vistos vuestros modales, buscaos una que os entretenga esta noche.

–No me seáis malaje. Creo que tenemos pendiente una conversación sobre un amigo mío que es además vuestro peor enemigo.

La otra lo mira entonces con el entrecejo fruncido y el gesto inquisitivo.

–De sobra sabéis que ansío matarlo, ¡y así será si Dios me da la oportunidad!

–¿Podríamos discutir ese particular? ¿Qué os parece si damos un paseo?

Ginés Méndez atisba una sombra de recelo en la mirada de Inés Arias.

–Dadme unos instantes, por favor.

La muchacha asiente al fin, en silencio.

Echan a caminar por una senda que discurre entre pinos. Se nota la cercanía del mar. De cuando en cuando, la brisa les trae su olor y un alivio que consideran una bendición, pues calma la calor que asfixia el ambiente. Cercano, resuena el ulular de una lechuza. Sobre sus cabezas, cada vez más estrellas. Ginés Méndez ve cómo en ellas fija su mirada la mujer. Observa su rostro, ahora un poco más relajado. Sin su sempiterno rictus de enfado con el mundo, es una chica agraciada, con unos ojos marrones en los que hundirse sin miedo a perecer ahogado.

–Veo que también os gusta solazaros con la obra de Dios.

–De niña me encantaba hacerlo con mis hermanas. Nos tumbábamos en el suelo, en un prado cercano, y jugábamos a contarlas.

–¿Tenéis hermanas?

–Desconozco si aún viven o no. Acabamos en un convento. Ellas se hicieron a esa vida; yo, no.

–Algo he oído.

–Entonces para qué contaros nada, si ya lo sabéis.

–Yo, en cambio, las veía mientras cuidaba cerdos con mi padre.

–¿Erais porquerizo? –La joven esboza una clara sonrisa.

Eso sorprende a Ginés Méndez. Una vía abierta, se felicita. No la piensa desaprovechar.

–¡Distingo a un marrano a la legua! ¡Y no sólo a los que caminan sobre cuatro patas! –exclama–. Ésa era la vida que me esperaba, pero hete aquí que me pudo el ansia de aventuras.

–Os llaman el sevillano...

–De allí soy. Nací cerca de la muralla, y crecí ayudando a mi padre, que cuidaba una piara. Por ello le daban lo justo y las más de las veces tocino, que era lo que nos llevábamos a la boca mis hermanos, mi madre, mi padre y yo un día sí y, con suerte, también al siguiente. En ocasiones, salíamos con él al campo y mirábamos a los animales. Esos andares... –sonríe con el recuerdo–. Cuando quedaba libre de obligaciones, me escapaba al Arenal con alguno de mis hermanos, y allí, en las tabernas, escuchábamos las historias de hombres que iban y venían. Tantas que prendieron en mí las ganas de aventuras. Y ya me veis, pasados los años, aquí ando, gastando mi vida por unas monedas al servicio del rey.

–Cada uno tiene sus motivos.

La sonrisa ha quedado en el olvido. No obstante, su rostro relajado invita a Ginés Méndez a buscar una mayor complicidad.

–¿Sabíais que conocí a otra antes que a vuesa merced?

–¿A una mujer tomando las armas?

–En verdad supe que era mujer cuando acabó la batalla del golfo de Lepanto. ¡Qué ocasión aquélla! ¡Y qué hembra!

–¿Estuvisteis allí? –La mirada de Inés Arias se ilumina.

–¡Digo! Allí luchamos unos cuantos de los que hoy estamos aquí. Mis compadres Rodrigo de Cervantes e Íñigo Sánchez, por ejemplo. Y esa mujer que os refiero decía llamarse María, aunque no pocos la conocíamos por «la Bailaora», por ser tan diestra con la espada en mano como alegrando la vista a los demás con sus bailes. Nadie volvió a saber de ella. Dicen que se embarcó en compañía del hombre al que amaba.

Ginés Méndez nota cómo el gesto de la muchacha se crispa. Veintipocos, calcula. Ropa ancha y holgada para disimular lo que es, aunque no son pocos quienes conocen su naturaleza. Aun así, callan. Es valiente, leal y honesta. E íntegra. Y por eso también no son pocos los que se preguntan qué hacía una mujer así junto a un tipo como Lorenzo Díaz.

–A mí vuestro compadre me ha robado esa oportunidad, ¡y os juro que no dejaré que se pongan más soles antes de cobrarme su vida!

–Os ofrezco un trato –le propone Ginés Méndez por sorpresa.

La otra lo mira con recelo.

–¿Qué trato?

–Se viene bulla de la grande en las próximas jornadas. Harán falta todos los soldados disponibles. ¿Veis por dónde voy...?

–No –responde ella, tajante.

–No me seáis porculera y esperad a que acabe.

La oye resoplar con enfado, la mirada clavada en el suelo. El sevillano interpreta su gesto como una venia para proseguir.

–En dos semanas, quizás en tres, pero se huele gran batalla en los arrabales de Lisboa. Y...

Inés Arias se detiene en seco. Mira fijamente al sevillano, y en sus ojos arde un incendio imposible de extinguir. Ni con toda el agua del mundo podría hacerlo, sospecha el soldado.

–¡Lo mataré cuando yo quiera, no cuando a vuesa merced os plazca! ¡Y si es cierto eso que afirmáis acerca de esa batalla..., si no es antes, será entonces en esa jornada cuando me cobre mi venganza!

–Si ocurre antes será por encima de mi cadáver –le advierte el sevillano, muy serio.

Ginés Méndez ha conocido miradas serias, amenazantes; y también miradas de mujeres despechadas, heridas en su orgullo o deseosas de cobrarse una venganza, pero ninguna se asemeja a la que Inés Arias le deja como recuerdo antes de abandonar su compañía con paso apretado. Con ella, no lo duda, le ha dado a entender que ya da por descontada la vida de Íñigo Sánchez. Y también la suya si se obceca en dificultarla en su propósito.

Cerca del burgo de Setúbal. En ese mismo momento

Íñigo Sánchez, se encamina hacia el burgo. Se respira una inquieta tranquilidad en las primeras calles de Setúbal. No sabe por dónde va ni tampoco cuánto tendrá que esperar. Espera una señal, la convenida, y eso lo hace sonreír de manera efímera.

–Por la olla de Satanás, ¡si no sabéis silbar!

–¡Lo intento, pero no puedo!

Juan de Salazar aparece por un costado. Sonríe, aun a sabiendas de que no va a recibir ninguna otra a cambio, pero no desespera en su intento de congraciarse con Íñigo Sánchez.

–¿Cuáles son las nuevas? –pregunta el soldado sin siquiera saludarlo.

–Esta vez vais a tener que actuar con diligencia.

De entre las sombras surge la figura oronda de Alonso de Guzmán. Sonrisa siniestra, mirada ladina. Ya sospechaba Íñigo Méndez que sería él quien le informaría de los siguientes pasos cuando, esa misma tarde, se topó con Gabriel. Lo había instado a acudir a una de las primeras calles del burgo de Setúbal para recibir instrucciones. «Esperad hasta la salida de las primeras estrellas, justo antes de la partida de los contingentes que tienen Santarém por destino. Id allí entonces». La repentina marcha de Ginés Méndez le ahorró sus incómodas preguntas.

–¿Acaso consideráis que no lo estoy haciendo? –le replica Íñigo Méndez con intención. Su tono, cargado de reproche.

–Al contrario. Estáis actuando en consecuencia, lo cual os agradece quien ha contratado vuestros servicios.

Íñigo Sánchez detesta el tono irónico del tipo que tiene delante, pero no tiene más remedio que aguantarse. Juan de Salazar, conocedor de la escasa afinidad entre los dos hombres, observa la escena con recelo.

–¿En qué va a consistir mi papel? ¿He de embarcar junto a los míos para llegar hasta Cascáis?

–Eso es lo que haréis.

–Entiendo.

Sin mediar más palabra –tampoco tiene ganas de seguir escuchando a Alonso de Guzmán–, el soldado se da la vuelta para regresar al real.

–Sé que no es la vuestra, así que os las tendréis que ingeniar para acercaros a la nave capitana de la flota, pues tenéis un cometido por cumplir.

Íñigo Sánchez se detiene. Suspira y mira al frente, a una nada que es la calle vacía que tiene ante sus ojos. Decide no volverse hacia el otro. No desea seguir viendo su rostro fofo, ni mucho menos su sonrisa bobalicona. Bastante tiene con escuchar su voz.

–Quizá si la nave no llegara a su destino a tiempo, la guarnición de Cascáis tendría tiempo de organizar mejor su defensa o de recibir un mayor aporte de defensores.

Se gira entonces Íñigo, con la incredulidad impresa con fuerza en el rostro.

–¿Cómo pretendéis que haga eso?

Sin mediar palabra, el otro le tiende una pequeña bolsa, que él caza al vuelo.

–Semillas de lino molidas. Echadlas al amanecer en el agua destinada para los galeotes.

–¿Pretendéis que los envenene?

–Lejos de mí esa intención –responde Alonso de Guzmán, riendo a carcajadas–. Pero conseguiréis que sientan unas ganas enormes de aliviar el estómago. Y ya sabéis que, cuando el ojo del culo reclama atención, nada es lo suficientemente importante como para quitarle el protagonismo que se arroga. Ver a dos centenares de galeotes que, de improviso, sienten unas ganas enormes de cagar será tan excitante como el enfado del duque de Alba cuando no disponga de remeros para empujar la nave.

–Por eso sabéis mejor que nadie eso de que el ojo del culo os reclame su atención. Para vuestra desgracia, nadie os reclama atención.

–Tenéis una misión que cumplir. De no ser por eso, quizá no os vendría mal que os cortara esa lengua...

El rostro de Alonso de Guzmán se ha revestido de una seriedad que asusta, y por su mirada asoma un relámpago de odio. Íñigo Sánchez permanece en silencio. Decide examinar la bolsa. Curioso, con un dedo remueve su contenido. Al levantar la mirada, descubre que Alonso de Guzmán ha desaparecido. Sólo queda allí Juan de Salazar, que se encoge de hombros.

Íñigo Sánchez masculla una imprecación y se aleja sin despedirse del pacense. Ya planea cómo acceder a la galera insignia de la armada y de qué manera mezclar el contenido de la bolsa con el agua que reciben los galeotes antes de comenzar a bogar. Nada sencillo.

Conforme se aproxima al real, crece la intensidad de las voces, de los preparativos de quienes se aprestan a cabalgar hacia Santarém. Incluso se topa, por sorpresa, con Ginés Méndez, que también está de vuelta. Se miran y caminan juntos, en silencio. Siente la curiosidad de preguntarle dónde ha ido, pues sospecha que aliviar la vejiga era un pretexto como cualquier otro para verse con alguien, pero no lo hace. A su lado, el sevillano tiene el mismo pensamiento que él. Un poco más lejos, oculta tras un matorral, Inés Arias los ve alejarse. Todavía se tomará su tiempo antes de volver al real. Le arde la mirada, tiene el gesto crispado.

Nunca como ahora ha tenido tantas ganas de matar a alguien.

Capítulo 46

Vendrán cosas aún peores

Ciudadela de Cascáis. Amanecer del 28 de julio de 1580

Um amor que deixei, deixei na praia.
Ela olhou para mim a chorar, a chorar a sua tristeza.
Um amor me espera, me espera na praia
sonhando com um beijo, um beijo no rosto.

La voz suena a lamento. Un lamento profundo, desgarrador. Es de un hombre. Joven, quizá no pase de los veinte, y duda de que conozca algún año más.

La brisa acaricia el rostro de Henrique Pereyra de la Cerda, alcaide de la ciudadela. Asomado a los muros, contempla, por delante, el inmenso océano. A su derecha, decenas de pinos pespuntean un cielo violáceo. A su izquierda, el día ya ha prendido, y el sol llena de luz y pinta las nubes que surcan el azul de un color tan rojizo que incluso daña la vista.

–¿Cuántos más días verás amanecer? –le pregunta.

«Sólo Dios lo sabe», musita, convencido. Luego, asiente en silencio. Varios soldados lo observan, absorto como está junto a la muralla. Se percata, y decide dar varios pasos a su izquierda. Es un hombre de mediana estatura, algo rechoncho, barba frondosa y mirada serena. Vestido de manera ligera, calzas azules y ropilla verde sobre jubón rojo, sonríe aliviado por recibir la caricia en forma de brisa que le regala el amanecer. Más abajo, el mar muere en la arena, deshaciéndose en trazos de espuma irregulares. Mira a los soldados; a sus rostros jóvenes, casi aniñados. El ardor patriota, el odio hacia el español o porque sí, porque no les queda más remedio. Números insuficientes para repeler la amenaza que está por llegar.

Se detiene. En la mano derecha, una carta. Ya la ha leído un par de veces. Y teme que volverá a hacerlo a lo largo de esa jornada que acaba de comenzar. Llegó cuando el nuevo día no era más que un proyecto de luz asomando por el oriente. No hizo falta preguntar al jinete por la identidad de su autor. El sello de la carta se lo reveló de inmediato. La leyó al instante bajo la luz de una vela. Lo hizo rápidamente, con el ánimo encendido. Luego la leyó una segunda vez, más calmado; consciente de la realidad, de su peso.

–¿Ahora qué, Henrique?

Se toma un tiempo para examinar a las tropas que dirige. Muchos jóvenes, como ha podido comprobar, y también no pocos veteranos. Insuficientes para lo que se les viene, según ha podido saber por la carta que aún sostiene.

–Los has visto, Henrique, sabes cómo son, cómo luchan...

Peores que una plaga, sanguinarios y sin piedad alguna. Así son los españoles. Diego de Meneses, que ha acudido a informarlo, le ha hablado de cómo entraron en Vila Viçosa, en Estremoz, en Montemor... Y, dentro de nada, estarán en Cascáis.

–No quedará piedra sobre piedra.

Observa cómo varios soldados forman por mandato de un capitán. Una instrucción rápida, muy acelerada, para afrontar una amenaza silenciosa y terrible.

Cuándo.

Henrique Pereyra de la Cerda vuelve a leer la carta que lleva la firma de don Antonio, su rey. Le pide que transmita a Diego de Meneses que ha sido víctima de un engaño por parte de los españoles, que en buen número se detuvieron a una relativa distancia de Santarém, lo que aprovechó para perseguirlos para, luego, descubrir horrorizado que todo había sido una maniobra de distracción.

> Sabed que el duque de Alba nunca contempló un ataque frontal contra Santarém. Varios espías los siguieron en su vuelta, y hallaron que marchaban a Setúbal, donde la armada los esperaba para ser embarcados.

Había contemplado esa posibilidad.

Pero ahora es real.

Diego de Meneses le contó la noche anterior que siempre sospechó de las intenciones reales del duque de Alba. A diferencia de don Antonio, no había descartado la vía naval, pues una gran armada como la castellana es imposible de detener. Como matar moscas con la carta que ahora ha dejado de leer. Podrá abatir a una, quizás a dos, pero, cuando la avalancha sea mayor, el papel no será más que elemento de artificio.

Henrique Pereyra de la Cerda vuelve a escuchar la voz del soldado. Suena a lamento, a recuerdo amargo por la boca que ya no volverá a besar, a la oscuridad sin la luz de unos ojos que te aman.

> Sé que no puedo ofreceros más que palabras de aliento, pero vuestra posición es fundamental para detener a los españoles en su camino a Lisboa. Confío en vuestra merced, en vuestra tenacidad y sacrificio. Mis esperanzas y las de mi pueblo están puestas en vuestra merced y en vuestra guarnición. Honrad al pueblo al que pertenecéis y defended con orgu-

llo cada piedra de la ciudadela, pues vuestro ejemplo servirá de inspiración para todos los que ansían la libertad y un rey que hable su misma lengua.

Vuestro siempre,

Antonio I, rey de Portugal

–Vendrán, Henrique. Ahora todo depende de ti.

Dobla la carta y echa a andar por el pasillo que recorre la muralla. Cuando desciende a la plaza de la ciudadela, llama a varios de sus capitanes. Sus caras tornan en preocupación conforme comienza a explicarles.

–No va a quedar piedra sobre piedra.

Henrique Pereyra de la Cerda se encara con el que ha hablado. De altura similar, ojos pequeños y mostacho frondoso, lo mira con cierta pesadumbre; como si estuviera arrepentido por lo dicho. Atempera el gesto, entonces, y le dedica una mirada compasiva, que luego vuelve hacia los demás capitanes.

–El valor necesita primero fuerza y luego un arma. Mientras tengamos armas, nada habrá que temer. Nos debemos a nuestro pueblo, y no lo vamos a decepcionar. ¿Lo han entendido vuestras mercedes?

El capitán asiente. El alcaide le devuelve una mirada silenciosa como respuesta. Los demás, al verlo, asienten de manera automática. Querrían hacerlo henchidos de valor, pero no pueden. Saben lo que se acerca, lo que les espera; y que sólo tienen eso, el valor que cada uno sea capaz de demostrar ante un enemigo que no hará presos ni mostrará clemencia.

Decide entonces regresar a sus aposentos, una cámara secreta dentro de la ciudadela. Por el camino, se encuentra con Diego de Meneses, que ha salido a tomar algo de aire. Parece relajado.

–No rindáis la ciudadela bajo ningún concepto –le ordena.

–Así será, aunque sabéis perfectamente que nos matarán a todos.

Diego de Meneses mira al alcaide, quien, a pesar de todo, mantiene un gesto sereno.

–Pero será después de resistir todo lo que podáis. Seréis un ejemplo para nuestro pueblo. Si algo se necesita ahora, son ejemplos. Si habéis de morir para preservar Lisboa, no habrá muerte más necesaria que la vuestra.

Setúbal. Mediodía del 28 de julio de 1580

Álvaro de Bazán sonríe con malicia al ver subir al duque de Alba a la nave capitana. En tierra, el atambor mayor, un tipo vestido con traje muy adornado y armado con un largo bastón de vistosa empuñadora y borlas de colores, marca el compás de la música que acompaña el embarque de las últimas tropas en las galeras de la armada castellana. Ya han tendido pendones y gallardetes, y sobre sus cabezas luce un sol inclemente. Setúbal respira algo más tranquila tras lo ocurrido una semana atrás.

–Habrá buen tiempo, ¿verdad? –le inquiere Fernando Álvarez de Toledo con gesto nada amistoso.

–Eso sólo lo sabe Dios –replica el marqués de Santa Cruz, sin poder reprimir una sonrisa al verlo tan nervioso–. ¡Guardaos, vuestra excelencia! En menos que canta un pájaro alcanzaremos Cascáis.

–Pues no sé dónde verá vuestra señoría ilustrísima posarse a ese pájaro en cuanto echemos a navegar –insiste el duque de Alba mirando a mar abierto–. Si es que encontramos algún pájaro, de lo cual permitidme que dude.

–Hay buen tiempo, y todo indica que nos acompañará hasta alcanzar Cascáis.

–¿Y eso me lo podéis asegurar? –insiste Fernando Álvarez de Toledo, entrecerrando el ojo derecho.

–Eso…

–Sólo Dios lo sabe, etcétera. Ya lo sé –lo corta con brusquedad.

La media sonrisa del marqués de Santa Cruz no le hace ni pizca de gracia al duque de Alba, pero tampoco pretende recriminarle la chanza. Siente respeto por el mar. Nunca miedo, pues a pocas cosas se lo tiene, pero sí recelo. En ese momento, recuerda en voz alta aquellos versos de Garcilaso:

> Pasando el mar Leandro el animoso,
> en amoroso fuego todo ardiendo,
> esforzó el viento, y fuese embraveciendo
> el agua con un ímpetu furioso.

–Bellos versos ésos –oye que le dice Álvaro de Bazán.

–Cosas que se dicen del líquido elemento.

El duque de Alba echa un vistazo al puerto. Ya no quedan soldados por embarcar. Suena la música, conversan los hombres entre ellos allá donde mire. Vuelve la mirada hacia el frente, hacia el mar infinito.

–Haced llamar a un artillero –se dirige entonces a Juan de Albornoz, siempre a su lado.

Al momento, ante él se presenta un hombre achaparrado, calvo, nariz ancha y orejas de considerable tamaño. Viste de manera desastrada, aunque eso no parece importarle.

–¿Todo listo, vuestra señoría ilustrísima? –pregunta el duque entonces al marqués de Santa Cruz.

–Cuando vuestra excelencia disponga.

–Disparad una pieza. Es hora de partir –ordena sin más.

Fernando Álvarez de Toledo se vuelve de espaldas y apoya las manos en la borda. Recibe el repentino estruendo sin inmutarse. Desde donde está, observa cómo los marineros levan el áncora y nota el movimiento de la nave, impulsada ya por centenares de remeros. La galera se adelanta, aunque de inmediato varias más comienzan a navegar a su altura. Busca con la mirada la pieza que ha hecho el disparo. «Me guía la belleza de nuestras armas», piensa el duque, ansioso por valerse de ellas para entregar al rey lo que tanto desea.

–Cascáis nos espera –anuncia Álvaro de Bazán.

–Primero tomaremos Cascáis. Después, Lisboa –responde el duque de Alba, serio, convencido.

Contiene como puede una tos que está pidiendo a gritos salir de su boca. «Ahora no», se dice. Más tarde, cuando esté solo; cuando nadie lo mire ni repare en él, para que no puedan decir quién es ese viejo que ha tosido de esa manera. Que de aquí a que le den sepultura en el camposanto no hay más que un paso, como pudo escuchar a sus espaldas en el puerto de Setúbal antes de embarcar.

Capítulo 47

Lamentos a destiempo

Campo junto a la ermita de Nuestra Señora de Guía, cerca de Cascáis. 30 de julio de 1580

He ordenado la toma de la fortaleza de Cascáis, donde me dicen los espías se halla don Diego de Meneses, capitán general del prior de Crato. Su captura se me antoja esencial para advertir al pretendiente el futuro que le espera si no cede en sus pretensiones de arrebataros lo que por naturaleza y ley os corresponde.

El día de la partida, veintiocho de julio, se levantó una gran borrasca a la puesta de sol, de tal manera que las fuerzas de los remeros no podían contrarrestar el viento de proa, y anduvieron las galeras abarloando tanto que, de haberse avivado algo más el viento, hubiera dado con ellas en alta mar. Conseguimos quedar al abrigo de unas rocas altas, donde pasamos parte de la noche.

Al tomar tierra hoy en Cascáis, los partidarios del prior se habían atrincherado en dos desembarcaderos, con gruesas piezas de artillería. A poca distancia se levantaba la ciudadela, bien protegida. Don Antonio de Castro, señor de la villa de Cascáis, viene con nosotros desde Setúbal, donde nos ofreció sus servicios.

Viendo que era imposible hacer tierra en cualesquiera de los dos desembarcaderos, convino que la armada se desviase mar adentro y pasase por delante de Cascáis para alcanzar un boquerón de aguas muy fragosas y altas rocas. No niego a vuestra majestad que costó trabajo hacer puerto allí, pero también es cierto que fue ésta una medida audaz, pues los portugueses nunca pensaron que podríamos conocer tal lugar.

Una vez en el boquerón, ordené el desembarco de las galeras. Zorro viejo como es don Diego de Meneses, al vernos pasar por delante de sus narices, mandó a parte de su caballería e infantería recorrer la costa para ver dónde podríamos desembarcar. Tuvimos entonces un intercambio de disparos, y desde nuestras galeras fue tan intenso el fuego que, primero, se consiguió espantar a los portugueses, y, segundo se aseguró el desembarco de nuestra infantería.

Todo esto pude verlo con mis propios ojos, pues pedí un esquife para saltar a tierra cuanto antes. Sin embargo, debo reconocer que me pudieron las ganas, pues quise subir hasta una sierra muy áspera para tomar una mejor vista del lugar, y las fuerzas me abandonaron de repente, por lo que pedí una silla de mano.

Mañana proseguirá el desembarco de la infantería y marcharemos hacia Cascáis, que tomaré en nombre de vuestra majestad. Si me preguntáis por lo que le pueda pasar a don Diego de Meneses, me excusaréis de tomarme la libertad de hacer lo que considere oportuno.

Desde el campo junto a la ermita de Nuestra Señora de Guía, este humilde servidor vuestro besa las manos de vuestra majestad.

El duque de Alba

Ciudadela de Cascáis. Primera hora de la mañana del 1 de agosto de 1580

Oculto en su celda secreta, Diego de Meneses escucha el intercambio de disparos –duro, despiadado– entre portugueses y españoles. Su rostro aparenta serenidad, pero está intranquilo. Si se mirara a un espejo, se vería avejentado; un paso del tiempo acelerado que cuenta los meses por minutos. Sólo lo tranquiliza la relativa seguridad de sus aposentos en las entrañas de la ciudadela.

–Unas horas, Diego. Sólo eso.

Ha dado órdenes a Henrique Pereyra de la Cerda, alcaide de la ciudadela, para que nadie revele dónde se ha escondido. Su objetivo es aguantar hasta la noche, cuando una barca acudirá en su auxilio para sacarlo de allí y, así, informar a su rey de la caída de la ciudadela. Lisboa está ya en el horizonte de los españoles, y es preciso organizar lo antes posible la defensa de la ciudad.

Un nuevo impacto retumba sobre su cabeza. Los muros se estremecen, desprenden nubes de polvo que permanecen suspendidas en el aire. Es una ciudadela de recios muros. Aguantará todavía al menos esa jornada, se convence.

–Lo importante es aguantar, repeler el fuego español –pidió al alcaide la noche anterior.

–¡Vuestra merced pide demasiado! –protestó el alcaide, asustado.

–¡Somos una esperanza para los nuestros! ¡Eso es lo que tenemos que transmitir!

–¡Por el amor de Dios! ¡Estamos en sus manos, porque el castigo de los españoles será inmisericorde!

–¡Es de vital importancia resistir! Sólo así estaremos en condiciones de defender Lisboa. ¡Debéis resistir, por nuestro rey!

–Resistir… –repitió el alcaide, confundido. Los ojos como platos–. ¿Me estáis pidiendo que resistamos cuando abandonaréis esta fortaleza antes de que los españoles la tomen, y seremos nosotros los que suframos las consecuencias?

–¡Esto es más grave que perder la ciudadela! –chilló el otro, fuera de sí–. ¡Lo que importa es la capital del reino! Esta fortaleza ha de resistir todo lo posible para dar tiempo a reforzar las defensas de Lisboa. ¡Y ése es mi principal cometido a partir de ahora! ¿Lo habéis entendido?

Lo primero que ordenó Diego de Meneses fue excavar trincheras junto a los desembarcaderos, para poner las cosas difíciles a los españoles. Sin embargo, con lo que no contaba era con que el señor de Cascáis fuera de ayuda para el duque de Alba y le revelara un lugar donde desembarcar. Empero, confía en el alcaide. De mediana estatura, barba larga y siempre vestido de manera ligera, a sus ojos es un tipo entero, de una pieza, leal, duro, servicial. Y, sobre todo, comprometido con su reino, con su rey. De él admira su capacidad de organización y de empatizar con su guarnición. Si le ha pedido que no se rinda, sabe que no lo hará.

El último disparo de la artillería castellana ha caído cerca. Lo ha sentido. Mira hacia el techo, por donde sobrevuela una nube de polvo provocada por el impacto. El día acaba de amanecer. Faltan aún muchas horas de encierro y sufrimiento.

–Aguanta, Diego. Mañana estarás camino de Lisboa y esta pesadilla habrá terminado.

Afueras de la ciudadela de Cascáis. Poco después

Fernando Álvarez de Toledo y Antonio de Castro ven acercarse a un franciscano vestido con hábito de lana de color marrón. El sol arranca destellos de la armadura del duque de Alba. El descanso le ha venido bien, pues permanece en pie, estudiando el terreno desde una posición elevada junto a la ciudadela. Su estrategia es clara: disparar y disparar hasta que la fortaleza quede reducida a escombros. En el mismo momento en que el alcaide le informó en persona de que no la rendiría, ordenó plantar toda la artillería disponible para batirla.

–¡Sin misericordia, mis señores soldados, pues ellos tampoco la tendrán con vuestras mercedes!

El franciscano es un vano intento por parte del señor de Cascáis de forzar la rendición del alcaide de la ciudadela, Henrique Pereyra de la Cerda. Mientras el duque de Alba ordenaba el bombardeo, Antonio de Castro, por su cuenta y riesgo, instó al religioso a entrar en la fortaleza para lograr un imposible, visto el resultado.

–¡Se aproxima el fraile! –gritan varios soldados.

–Por el rostro que trae, presiento que el recital de pólvora va a ser espléndido –admite Antonio de Castro, cuyo rostro en absoluto rebosa alegría.

–¿Y bien? –se adelanta el duque.

El fraile rebasa la cincuentena. Es un hombre grueso, de rostro y manos fofas. Suda de manera copiosa, tanto por el calor como por el hábito que viste.

–No se rinde.

–¿Qué os dije? –ríe el duque de Alba con acidez, mirando al señor de Cascáis–. ¡De esa ciudadela no va a quedar piedra sobre piedra! ¡Mis señores soldados, gastad pólvora sin reparo y rociad de pelotas esos muros, que si es preciso costearé de mi bolsillo esta fiesta! –brama a continuación, con la vista clavada en los muros.

–¿Qué ha ocurrido? –demanda Antonio de Castro, resignado, al fraile.

–Me presenté ante el alcaide crucifijo en mano y le pedí por nuestro señor crucificado que se rindiese, pues de no hacerlo las tropas españolas demolerían la ciudadela y pasarían a cuchillo a toda la guarnición.

–¡Que es lo que ocurrirá! –grita de nuevo el duque de Alba, con el odio inyectado en la mirada–. ¡Ya verán vuestras mercedes cómo se le apagan esos modales tan gallardos que demuestra!

–Traté de persuadirlo con otras muchas razones, pero en todo momento se negó a rendirse –prosigue el franciscano–. Me ha asegurado que, si ha de morir, lo hará peleando.

–¡Y tanto! Fray, id preparando las palabras para el entierro, que me ocuparé de darle muerte en persona. ¡Y, si hace falta, con estas manos! –Se las enseña.

Don Antonio de Castro se limita a suspirar. El duque de Alba, por su parte, alza la voz para que lo escuchen mosqueteros, arcabuceros y artilleros:

–¡Mis valientes soldados! ¡Es nuestro deber conquistar esta fortaleza en nombre de su majestad, y eso es lo que haremos! ¡El esfuerzo no será en vano, pues ya procuraré que esta jornada sea de feliz memoria para vuestras mercedes!

Durante unas horas se sucede un intercambio intenso de fuego entre españoles y portugueses. Tiembla el suelo a cada disparo, y disfruta el duque de Alba con ello. Antonio de Castro aguanta como puede. Se lleva las manos a los oídos en no pocas ocasiones. Sin embargo, ese sonido, en los del noble español, es lo más parecido a un coro de ángeles. El señor de Cascáis quiere que todo acabe cuanto antes. Gran parte de la población ha huido a Lisboa por miedo al saqueo de los españoles. Él aún consiguió poner a salvo algunos bienes y también recoger en la iglesia a todos aquellos que se le habían encomendado. «Serán respetados», le prometió el noble español. Y así está siendo.

De improviso, un lienzo de la muralla de la fortaleza se derrumba. Caen piedras enormes al suelo, una nube de humo lo cubre todo y se mezcla con la de la pólvora que unos y otros queman como si no hubiera un mañana.

–¡Que siga cantando la artillería! ¡La ciudadela ya es nuestra! –se oye gritar al duque de Alba, alegre.

Un par de soldados portugueses caen abatidos desde lo alto de la muralla. Los demás se resguardan como pueden tras los parapetos del fuego de arcabucería y mosquetería. Tiembla el suelo a cada disparo de la artillería.

–¡Y el gusto que da disparar pólvora que no sale de nuestra soldada!

Ginés Méndez disfruta del combate. No lo puede ocultar. A su lado, un sonriente Rodrigo de Cervantes asiente. El rostro de Íñigo Sánchez, sin embargo, no abandona la circunspección que se ha apoderado de él desde el desembarco de la infantería. El plan de Alonso de Guzmán ha fallado, o al menos no ha sabido ponerlo en práctica con la pericia necesaria. Dos días atrás, al amanecer, vació el contenido de la bolsa en los baldes de agua destinados a los galeotes. No pocos de ellos se sintieron sin fuerzas para remar, pero la tormenta evitó que la nave capitana quedara a merced de las olas. En ese momento, Íñigo maldijo su suerte. Ahora dispara como los demás porque es su cometido, pero no lo hace con la misma alegría que sus compañeros.

–¡Por ventura que no habrá de quedar nadie allá arriba! –grita Ginés Méndez, apuntando a la muralla de la ciudadela con el mentón–. ¡Un pellejo de vino a que soy quien más portugueses pone en camino del infierno!

–¡Veo ese pellejo! –acepta la apuesta Rodrigo de Cervantes.

Apenas quedan ya soldados en lo alto de las murallas. Al pie de ellas, en el interior de la ciudadela, Henrique Pereyra de la Cerda trata de hacerse una idea de la situación. Arrastra la armadura como si fuera el mayor peso del mundo. Los muertos se cuentan por decenas, y apenas quedan hombres en pie capaces de seguir luchando. Le viene entonces a la cabeza una imagen: lo que les ocurrirá a todos. No quiso rendir la ciudadela ante el duque. Le pudo el deber, el orgullo; la lealtad a unos ideales, a un rey; su deber con un reino. «Hay que resistir», le había ordenado Diego de Meneses. Unas palabras sencillas de decir cuando sabes que tu vida no está en peligro.

–¡Ay, madre! ¡Ay, madre!

Henrique Pereyra de la Cerda es un manojo de nervios. Sabe que la suerte está echada para todos ellos, y sabe también que no son pocos los soldados que lo miran desde la distancia. Repara en algunas de sus miradas. Implorantes. Rendición y que sea lo que Dios quiera, interpreta.

Rendición.

Justo lo que no quiere Diego de Meneses.

«¿Cuántos quedan en pie?», se pregunta, echando un somero vistazo al interior de la ciudadela.

–¡Y ese hideputa, bien oculto! –masculla contrariado.

Un nuevo disparo de la artillería castellana revienta otra parte del lienzo de la muralla. Tendidos en el suelo quedan los cuerpos de tres soldados. Dos de ellos no se mueven; el tercero gime, dolorido. Bajo el cuerpo de los primeros se extiende al instante un charco de sangre.

–¡Vamos a morir! –gritan varios de manera desesperada.

–¡Clemencia! ¡Clemencia! –chillan cerca.

–¡Que cese el fuego o moriremos todos!

–¡No, no nos rendiremos! –replican otros a gritos.

–¡Orgullo y dignidad! ¡Muerte antes que rendirnos! –los acompañan otros más.

Henrique Pereyra de la Cerca sopesa qué hacer, las dos opciones que tiene. Para él ya está todo perdido, pero de su actuación depende la vida de muchos soldados para los que, todavía, puede que exista alguna esperanza. No todos serán pasados a cuchillos o ahorcados, cavila. Es cuestión de intentarlo. Decidido, avanza con paso apresurado y sube las escaleras que conducen hasta la parte alta de la ciudadela, donde ondean dos banderas de guerra. Oye un silbido a su espalda y, por instinto, se agacha. Una pelota pasa volando a escasa distancia y se estrella contra el lienzo de un parapeto.

–¡Esas banderas, al suelo con ellas!

–¡Presto!

El soldado que allí soporta el fuego español, aliviado, obedece al momento. Mecidas por el viento, las banderas bajan en círculos hasta caer al suelo de la ciudadela.

–¡La blanca, arriba la blanca!

El soldado asiente, sin reprimir la alegría que le embarga.

–Y que sea lo que Dios quiera –masculla de nuevo el alcaide.

Estallan voces de júbilo entre los soldados españoles al ver ondear una bandera blanca en lo alto de la ciudadela; también entre los portugueses que siguen vivos dentro de la ciudadela.

–¡Se rinden! ¡Se rinden! ¡La ciudadela es nuestra!

La algarabía se extiende alrededor de la fortaleza hasta llegar a oídos del duque de Alba. Impertérrito, dirige la mirada hacia la bandera ondeante.

–¡Se rinden! –exclama a su lado, alborozado, don Antonio de Castro.

El franciscano suspira también con alivio y dirige una mirada de gratitud al cielo.

–¡Tarde! –replica, inflexible, Fernando Álvarez de Toledo para sorpresa de ambos–. ¡He jurado que no quedará piedra sobre piedra, y eso es lo que pienso hacer! ¡Y ese soldado que ha izado la bandera, al infierno con él!

De inmediato se suceden los disparos de la artillería castellana, y con ellos mueren más portugueses.

Henrique Pereyra de la Cerda echa un vistazo al mar. Varias galeras de la flota castellana se aproximan.

–¡Abrid la puerta! ¡Parlamentaremos con los españoles!

–¡Parlamentemos, por Dios!

–¡Eso, eso!

Antonio de Castro es el primero que lo ve aparecer por la puerta, con los brazos levantados, agitándolos, mientras grita para ser escuchado.

–¡Parlamento, parlamento!

–¡Es el alcaide! –alza la voz don Antonio de Castro–. ¡Y parece querer parlamentar!

–Parlamentar... –se echa a reír el duque–. Será acerca de la manera en que acabarán sus días. A lo mejor hasta le concedo el honor de escoger cómo quiere morir.

–Pero...

–¡Prior, id a ver qué quiere esa sanguijuela! –ordena.

Mientras Hernando de Toledo se encamina hacia las puertas, un soldado aparece por la espalda del alcaide y corre hacia los españoles con los brazos en alto. Henrique Pereyra de la Cerda no puede reprimir un gesto de sorpresa al verlo.

–¡Merced, merced! –chilla el hombre.

Son varios los soldados que lo apuntan con sus armas, aguardando el momento para derribarlo de un disparo.

–¡Otro pellejo de vino para quien derribe primero a ese portugués! –se anima a apostar Rodrigo de Cervantes.

–¡Ya puedes ir aflojando el bolsillo! –responde Ginés Méndez.

Un disparo estalla a los pies del soldado, que se detiene, aún con las manos levantadas.

–¡Merced, merced, merced! –implora casi entre lágrimas.

–Id a por ese soldado, a ver qué quiere –insta el duque de Alba a Sancho Dávila–. ¡Que cese el fuego de inmediato!

El maestre de campo echa un somero vistazo a su alrededor antes de ordenar:

–¡Fin del fuego! Es hora de parlamentar.

Silenciados los disparos, el hijo del duque de Alba se acerca a la puerta de la ciudadela. Rebasa en su camino al soldado portugués, bajo cuyos pies se extiende un charco húmedo. Se ha meado encima, concluye el prior. Sancho Dávila lo toma de un brazo y lo lleva a rastras hasta la posición que ocupa el noble español. Le cuesta respirar. Encontrar un resquicio de aire limpio es poco menos que un milagro. Lo que sí le llega a la nariz es un intenso y putrefacto olor que les despierta un gesto de asco.

–¡Por Dios, también se ha cagado encima! –reprende al portugués.

Lo empuja para que quede frente al duque de Alba, quien arruga el ceño al sentir el aroma que desprende. Su vestimenta, llena de manchas y agujeros, refleja la dureza del combate. Tiene la camisa cubierta de sangre, diversas heridas en los brazos y el rostro cansado.

–¿Qué se os ofrece?

–¡Merced, merced! –repite.

–¡Don Diego! –reclama la presencia de su traductor–. ¿Dónde narices os encontráis cuando necesito vuestros servicios?

–Si vuestra excelencia así lo desea, yo mismo podría serviros de ayuda –se ofrece Antonio de Castro.

–¡Adelante!

Ambos mantienen un corto diálogo delante del noble, tras el cual el señor de Cascáis se dirige a Fernando Álvarez de Toledo.

–Dice conocer un secreto que os hará muy feliz.

El duque de Alba y el soldado portugués se sostienen la mirada. Nada tiene que perder el segundo. Si acaso, el ofrecimiento le puede permitir salvar todo lo que tiene, que es su vida. Por eso no la agacha, sino que la mantiene firme. El duque asiente mientras en sus labios asoma una tenue sonrisa.

–¿Qué secreto es ése?

–Pide que se le respete la vida. A cambio, asegura que el secreto será de vuestra completa satisfacción –traduce el señor de Cascáis.

–¡Ya veremos!

Regresa en ese momento Hernando de Toledo, que solicita la atención de su padre.

–El alcaide pide clemencia para él y los suyos.

–¡Clemencia! –Fernando Álvarez de Toledo suelta de pronto una enorme risotada–. Id a decirle que no pida ningún partido ni para él ni para nadie, que ya dispondré lo que sea menester llegado el momento.

El prior asiente y vuelve sus pasos de nuevo hacia la puerta de la ciudadela. El duque de Alba lo ve conversar brevemente con el alcaide. Acto seguido, la puerta se abre por completo.

–¡Prior! Adentro, y prended al alcaide y a todos los que queden vivos –ordena a voces–. ¡Acompáñenlo vuestras mercedes! –se dirige a otros capitanes, Sancho Dávila entre ellos–. ¡Guardia en el castillo y vigilancia sobre todos ellos! Y este prisionero –se refiere al portugués–, ¡que vaya cantando ese secreto que guarda con tanto celo, no me vaya a arrepentir de la oportunidad que le concedo!

Capítulo 48

¡Que viene el duque de Alba!

Ciudadela de Cascáis. 2 de agosto de 1580

El cielo es de un azul que daña la vista. No hay nubes. Al paso del duque de Alba, todo son murmullos. Aunque su rostro muestre la severidad de costumbre, viene contento; tanto por lo que se dispone a hacer, como por lo que sucedió hace un rato: una docena de caballeros portugueses le hizo entrega de la villa de Sintra, a tres leguas de distancia. En ella hay un castillo a las órdenes de don Antonio de Crato, que no está dispuesto a deponer las armas, por lo que ha resuelto enviar allí a Álvaro de Luna con veinte continos y doce jinetes.

Se respira una calma tensa en la plaza de la ciudadela. Repartidos por diversos puntos, los soldados españoles la vigilan arcabuz en mano. En una esquina aguarda el grueso de la guarnición, que ya conoce su suerte: el duque ha decidido perdonarles la vida, pero pagarán una condena bogando en las galeras de su majestad el rey Felipe.

–¡Yo no quiero ir a galeras! ¡No he matado a nadie! –protesta, consternado por la noticia, uno de ellos.

–¡Pedid al duque de Alba que nos conceda audiencia! –implora otro, de rodillas, a uno de los soldados que los custodian.

–¡Eso! ¡Nosotros no hemos hecho nada!

–¡Silencio! –les ordena un español, apuntándolos con el arcabuz!

–¡Dadnos la oportunidad de contarle la verdad! ¡Se nos está condenando de manera injusta! –insiste el arrodillado.

Uno de los vigilantes se lo piensa y decide acercarse al hombre arrodillado para escucharlo.

En el centro, a la vista de todos, se ha levantado un cadalso. Lo escolta un grupo de soldados alemanes; todos ellos, altos, rubios, vestidos de manera chillona, con calzas de colores. Fernando Álvarez de Toledo acude por su pie hasta donde lo esperan algunos de sus mandos, entre ellos Sancho Dávila, que contempla el cadalso con extrañeza. La jornada anterior fue dura, pero se encuentra bien, con el ánimo alegre. Los planes están saliendo tal y como preveía, y ya tiene expedito el camino a Lisboa.

El soldado que ha hablado con el preso se acerca a los altos mandos.

–Venia para hablar, excelencia.

El duque de Alba lo mira con recelo.

–¿Qué ocurre?

–Los condenados a galeras desean que vuestra excelencia conozcáis su versión, para que podáis reconsiderar el castigo impuesto.

–¿Cuál es esa versión, si se puede saber?

–Ese que está arrodillado –se vuelve para mirar al soldado, y Fernando Álvarez de Toledo lo imita– refiere que fueron traídos hasta aquí desde Sintra por don Diego de Meneses, porque así lo ordenó don Antonio. Insisten en que no han cometido ningún delito, pues no han matado a ninguno de nuestros soldados.

–¿Les parece poco delito oponer resistencia? –responde con fuego en la mirada–. ¡Suerte tienen de mi benevolencia, pues no me temblaría el pulso para decidir que acaben ahora mismo sus días pegándose un baile con un lazo en la cabeza!

El soldado asiente con la cabeza, mientras ve marchar al duque de Alba. Sancho Dávila parece estarlo esperando.

–¿A qué se debe? –le pregunta en cuanto llega a su lado, señalando el cadalso con el mentón.

–Órdenes de su majestad.

La mirada sorprendida que le dedica su maestre de campo merece una explicación por su parte.

–Su majestad ha ordenado que, desde este momento, se corten las cabezas de todos aquellos que sean apresados con las armas en la mano, para dar ejemplo.

–¡Pardiez, que ardo en deseos de conocer la respuesta de vuestra excelencia!

–¿Qué queréis que os diga que no sepáis ya? –le contesta, obsequiándolo con una mirada hastiada–. A mí se me hace ciertamente muy mal derramar sangre de caballeros y ganar el nombre de cruel que, no por mi culpa, esta nación ha querido darme. Pero –suspira y se encoge de hombros antes de proseguir– ya sabéis que siempre tengo el negocio del rey muy delante de mis particularidades, por poco que sea.

–Siendo así…

–¡El alcaide, a mí! –alza la voz el duque de Alba, poderoso.

Al instante, dos soldados se adentran en una dependencia de la ciudadela y sacan de allí, atado de manos, a Henrique Pereyra de la Cerda Es la pena hecha rostro. Viene acompañado de un fraile de gesto adusto y baja estatura y de otros dos portugueses también presos.

–¡Fray, a mi lado! –reclama la presencia del fraile que acompaña a Antonio de Castro, señor de Cascáis.

–¿Qué deseáis?

–¿Se han confesado y ordenado sus ánimas?

–Así han hecho.

–Bien. ¿También don Diego?

–También.

–Empecemos entonces.

El alcaide y los dos soldados son arrastrados ante la presencia del duque de Alba, que les dirige una mirada siniestra. Reparan entonces en el cadalso, y al instante el horror queda impreso en sus caras. El noble se percata al instante.

–No temáis, que os tengo reservada otra muerte.

Mientras les habla, dirige la mirada a una almena de la parte más alta de la ciudadela, donde todavía aguantan en pie dos gruesas piezas de artillería. Hay tres sogas allí que la brisa del mar balancea.

–Arriba, y que se cumpla lo que Dios quiere.

Henrique Pereyra de la Cerda se deja hacer, resignado. Mira al cielo. Su mirada es un mar de paz. Quiere acabar con todo cuanto antes. No se arrepiente de lo hecho. Los dos artilleros sí oponen algo más de resistencia, aunque la soga termina luciendo en sus cuellos.

Al instante, Fernando Álvarez de Toledo los ve retorcerse de manera violenta.

–¡Qué manera de bailar! ¡A eso lo llamo yo irse con alegría de este valle de lágrimas!

Tras unos vaivenes, los cuerpos quedan rígidos, balanceados por el viento, que juega con ellos. Toda la guarnición de la ciudadela contempla la escena. Alguno, en su fuero interno, al ver los cuerpos colgados del alcaide y de sus compañeros, hubiera querido para sí una muerte rápida y no ver terminar sus días exhausto bogando en una galera.

–Que traigan a don Diego.

Un hombre vestido de negro y con un crucifijo en el pecho entra en el patio enseguida, acompañado de dos frailes y dos sacerdotes. Trae consigo una mula que arrastra con una cuerda. Sobre los lomos del animal, viene aquel a quien se va a ajusticiar. La mula, parsimoniosa, se detiene ante el duque de Alba, que mira a Diego de Meneses. No hay rastro de miedo en su rostro, sólo dignidad. Sabe que está a punto de morir, y sin embargo no quiere darle ese gusto. Ha dirigido una rápida mirada al cadalso y a los soldados que allí lo esperan. Sonríe de manera queda mientras lo ayudan a bajar de la mula.

–Habéis escogido un bonito día para morir –le dice el duque de Alba a modo de saludo.

El otro levanta la mirada al cielo. Ese azul, tan intenso, que lo mismo ha bañado su vista en esa tierra portuguesa que lleva prendida en el alma como más allá de los mares, en las descubiertas, para mayor gloria de su rey. No ha tenido mala vida, piensa entonces.

–Quiero saber de qué se me acusa.

–¡Qué cuajo tenéis! –recibe por respuesta del noble.

–¿Acaso no me vais a conceder esa merced?

–¿Aún tenéis el valor de preguntármelo?

–Voy a morir. Exijo saber de qué se me acusa para ajusticiarme como se va a hacer. –Lanza una mirada al cadalso y la vuelve a continuación hacia el alcaide y los artilleros, cuyos cuerpos mece el viento a su antojo.

–Se os acusa de conspiración, de ordenar que se nos dificultara el desembarco en la playa de Cascáis y de alentar la resistencia de esta fortaleza a don Henrique Pereyra de la Cerda. ¿Satisfecho?

El gesto sobrio del duque de Alba no se altera ni un ápice. El otro, mientras, asiente en silencio, con la mirada agachada.

–¡Subidlo!

Diego de Meneses es conducido hasta el cadalso, cuyos peldaños sube con calma. Tras él marchan los dos sacerdotes. Algo más retirado espera el verdugo, un soldado alemán armado con un gran alfanje. La hoja brilla bajo el sol. Los sacerdotes hablan un instante con Diego de Meneses, que asiente en silencio. Al cabo, el verdugo le pide que se arrodille.

–Dejadme decir unas últimas palabras –pide entonces al duque de Alba.

–Decid.

Diego de Meneses mira a los prisioneros. Se le enciende la mirada, se le acelera el corazón, le laten las sienes. Luego se centra en el noble español, al que abrasa con ella.

–Venceréis, pero no convenceréis. Podréis quitarnos la libertad, pero nunca la dignidad. Haréis vuestra esta tierra, pero su espíritu nunca lo será. Sobrevivirá, esperando el momento de liberarse de sus cadenas. Tarde o temprano, ese momento llegará. Yo no lo veré, pero llegará.

Dicho lo cual, se arrodilla. El verdugo le cubre la cabeza con una caperuza dejando a la vista el cuello. El tajo que asesta llega acompañado de un silencio extraño, asfixiante. El calor es insoportable. Varias moscas sobrevuelan el cadalso con un zumbido molesto. La cabeza rueda por el tablado.

–¡Quitadle la caperuza! –ordena el duque de Alba.

El rostro de Diego de Meneses, para su asombro, transmite una quietud absoluta. El reguero de sangre se extiende por la madera. El alemán cubre el cuerpo del portugués con una capa, pero no la cabeza, que queda a la vista de todos. La escruta con calma, deteniéndose en la mirada, ya vacía de vida. Se le clava de tal forma que no puede evitar un escalofrío.

«Caballero sois, don Diego, por lo que pido que me perdonéis por esta afrenta», se dice Fernando Álvarez de Toledo, alzando la mirada al cielo azul y cerrando los ojos. «¡Señor, no llenes nuestro camino de obstáculos! ¡Permíteme al menos la venia de regresar con los míos para descansar!», implora.

Capítulo 49

La cólera del rey

Badajoz, casa solariega de Pedro Rodríguez de Fonseca y Ulloa. Mediodía del 4 de agosto de 1580

Vuestra majestad conoce mi determinación de ver acabado este negocio sin sangre. Por eso tengo que informaros del ofrecimiento que he recibido por parte de un fraile franciscano de Belém para mediar entre nosotros y don Antonio. Según me explicó, venía de Lisboa, porque muchos hombres y personas principales, viendo el ejército de vuestra majestad, movidos por querer evitar el derramamiento de sangre, lo enviaban por ver si yo estaba dispuesto a alcanzar un acuerdo. Entonces le pedí que me revelase qué personas particulares eran las que le habían pedido que viniera a verme, pero me contestó que no podía decírmelo, aunque insistió en que eran muchos. Persistí en mi empeño de conocer los nombres, y que sólo entonces le respondería. Dicho lo cual, este fraile me pidió que tuviese piedad con Lisboa, a lo que le respondí que eso sólo está en manos de don Antonio, quien tan sólo tiene que reconocer a vuestra majestad como rey y señor. En ese momento me respondió él muy resoluto que Lisboa haría lo que don Antonio mandase.

Confieso a vuestra majestad que esta conversación me despertó la cólera, y a punto estuve de darle un puñetazo en las narices, porque habló de una manera desvergonzada.

Es más, le prometí que, si yo llegaba antes a Lisboa y no se me hacía entrega de las llaves de la ciudad y se ponía bajo la obediencia de vuestra majestad, no dejaría piedra sobre piedra. Así le pedí que lo transmitiera a quien correspondiera.

De Cascáis, a uno de agosto, este vasallo y criado besa vuestras manos.

El duque de Alba

Juan Delgado, secretario de la Guerra, sabe que esta carta no es lo que ha provocado el enfado que atisba en el rostro de Felipe II. Pocas veces lo ha visto así, tan colérico, desde que el duque de Alba entró en Portugal. Lo ve perdido en sus meditaciones, con la mirada fija en el ventanal, que ha decidido abrir para ventilar la estancia. Hace calor, y el secretario repara en las gotas de sudor que perlan la frente real, pero el rey se niega a desprenderse de ninguna de las prendas que conforman su hábito. Poco le importa también el ruido que asciende desde la plaza. El pulso de Badajoz late a escasos metros, en una realidad tan alejada de la que los cobija. Voces, el trasiego de carros, niños jugando. La vida de una ciudad. Felipe II desconoce tanto una cosa como otra. De ciudades, lo justo. La sobriedad y el recogimiento de sus palacios es lo que de verdad ansía. En cuanto a la vida, ya le ha asestado bastantes golpes, por lo que prefiere dedicar su tiempo a otros menesteres de mayor cuidado y no perderlo en entenderla.

De su enojo tiene culpa la carta que sostiene con la mano derecha, a su espalda. Trazos graves, marcados. La realidad. La que el duque de Alba, por la razón que sea, no ha querido contarle todavía. O bien, como sospecha el secretario, porque, consciente de su gravedad y del mal que va a causar en la opinión que de él tiene el rey, prefiere tomarse su tiempo para ponerlas en negro sobre blanco. Pero el monarca, para desgracia del duque, conoce lo que ocurre en el ejército, sus movimientos.

Y también sus desmanes.

Juan Delgado carraspea para llamar la atención de Felipe II, que se vuelve hacia él. Ceño fruncido, labios cerrados, gesto grave. Se observan en silencio. Por la ventana sigue entrando el latido de Badajoz.

–La reunión de la que habla el duque de Alba en su carta podría ser interesante. Quizás ese encuentro cara a cara con don Antonio…

–¿Estáis todavía seguro de que he tomado la decisión correcta nombrando al duque de Alba lugarteniente de mis ejércitos?

Juan Delgado suspira con languidez; no puede hacer otra cosa. Sabía que la carta que Pedro Bermúdez, persona de confianza del monarca, despertaría de nuevo en él viejos recelos. Ni siquiera le importa la posibilidad sugerida por el duque de Alba de encontrar una solución al conflicto. Para el rey, todo es una cuestión de imagen, de tacto. Aquello no es una guerra de conquista, insiste una y otra vez a sus secretarios. No es Flandes, sino un reino amigo, casi hermano, recalca una y otra vez.

–¡Está viejo! –estalla Felipe II, dando la espalda a su secretario de la Guerra–. ¡Está viejo! –insiste–. ¡Ni siquiera es capaz de atajar los desmanes de sus hombres!

–Vuestra majestad… –trata Juan Delgado de reconducirlo.

–¡Nada de vuestra majestad! –Felipe II cierra el ventanal con un golpe furioso. Da varios pasos rápidos para llegar a la altura del secretario y lo mira con rabia, al tiempo que deposita la carta encima del escritorio–. Los soldados han actuado en Cascáis sin consideración de amigos ni enemigos. Mirad incluso lo que dice aquí Pedro Bermúdez –señala una línea–. ¿Lo leéis? Teme algún castigo de Dios. ¿Qué hace, mientras, el duque? ¡Nada! Que hace lo que puede a pesar de su edad…

La voz de Felipe II suena rabiosa a oídos del secretario de la Guerra mientras pasea por la sala, enojado y atenazado por las dudas, por ser responsable de algo que no está en sus manos.

–Ahí lo tenéis –insiste, instándolo a leer la carta–. Pedro Bermúdez se queja de que el duque se ejecuta muy mal en todo lo que hace. ¿Y lo que ha hecho en Cascáis? –Se detiene de nuevo ante el secretario, con gesto grave.

–Es de gran lástima, desde luego… –se atreve a apostillar Juan Delgado, casi con un hilo de voz.

–Mejor no se ha podido portar don Antonio de Castro, el señor de aquella villa. Pocas veces se ha visto a un caballero servir así a su rey, como manifiesta Pedro Bermúdez. Pero habéis comprobado cómo se lo han pagado los soldados… Y quien tiene voz y mando sobre ellos no es capaz de contenerlos. ¿Quién manda entonces? ¡¿Quién?!

Juan Delgado calla. Prefiere dejar pasar la tormenta. Conoce al rey, y es mejor dejar que se desahogue. Después, tiempo habrá de reconducir la situación. Por su parte, sigue confiando en la figura de Fernando Álvarez de Toledo, en sus dotes de mando, en su personalidad. Viejo, cansado y enfermo, pero el mejor de los mejores para el trabajo que se le ha encomendado. Y de lo contrario nadie puede convencerlo. Otra cosa es lo que piense el rey.

Felipe II sigue paseando por la estancia. Se detiene, avanza, regresa al ventanal. Masculla, reniega, resopla. Juan Delgado, expectante, mantiene la mano cerca de la pluma, por si tiene que tomar nota de sus palabras. De todas formas, sospecha que será el rey quien lo haga en persona. La respuesta al duque de Alba será dura. De eso no tiene ninguna duda.

–¿Me podéis repetir qué han hecho los soldados que dirige mi lugarteniente?

–Han robado y destruido Cascáis –contesta al fin, evitando mirarlo. Le duele cómo menosprecia al duque–. Diría a vuestra majestad, pues, que hiciera caso a lo que le ruega Pedro Bermúdez y escribiera a don Fernando Álvarez de Toledo para que haga justicia y reprenda como merecen a quienes tienen cargos principales en el ejército para que no vivan con tanto descuido.

–Eso es lo que pienso hacer. Tomad la pluma y ordenadle que tome las medidas que estime oportunas, que terrible es ciertamente este negocio –le urge con severidad–. ¡Hacedlo, de inmediato! Más tarde seré yo quien le escriba con nuevas órdenes.

–¿Vuestra majestad se refiere a Lisboa?

–A ello me refiero. ¡Siento pavor sólo de pensar lo que pueden hacer esos soldados una vez asalten la ciudad sin nadie que los frene ni los meta en vereda! ¡No admitiré de ninguna manera que haya saqueo de Lisboa!

Juan Delgado toma nota a toda prisa de las palabras del rey, que pasea sin descanso por la estancia. Lo observa de reojo: fuera de sí, el rostro enfurecido y la mirada severa. No es buen momento, por lo que decide guardar la carta que pretendía mostrar al rey. Felipe II, de un rápido vistazo, se apercibe del movimiento del secretario.

–¿Qué hacéis? –le pregunta, enojado.

–Ordenar papeles.

–¿Acaso me estáis ocultando una misiva?

–En absoluto.

–Estáis ocultando una carta a vuestra majestad –le dice con tono nada cordial mientras se aproxima a él.

Vencido, Juan Delgado se la muestra.

–Son asuntos ordinarios del duque…

–¿Cómo que asuntos ordinarios del duque? ¿Acaso el rey no tiene derecho a conocerlos?

Felipe II toma la carta y se acerca de vuelta al ventanal.

> Ya veis el estado en que está lo de mi paga y estáis al tanto de las deudas que he contraído por esta campaña. Por lo tanto, os ruego que despachéis este negocio con su majestad. De esta manera, tanto mi vida como mi alma encontrarán el alivio necesario. Sé que puedo morir en cualquier momento, y no puedo ocultar a vuestra merced la congoja por lo mal que están tanto la disposición de mi alma como la vida de la duquesa. Si yo faltara... Si su majestad no resuelve esta situación en vida, tampoco lo haría después de que yo hubiera muerto…

El sol empieza a abrasar las calles de la ciudad. Felipe II deja la carta sobre la mesa y, sin siquiera mirar a su secretario de la Guerra, abandona la sala. Juan Delgado se echa hacia atrás, cierra los ojos y niega en silencio. Se lo llevan los demonios con las reacciones extemporáneas del rey; y más cuando sabe bien de la situación personal del duque de Alba, de su sufrimiento, y de todo lo que está haciendo para conseguir el objetivo de Felipe II.

Su mirada queda fija en cuatro palabras «Sé que puedo morir». Siente que un escalofrío le recorre el cuerpo. Frío, devastador. «En cualquier momento». Quizá, es lo que desea el monarca. Lo que más ansía, se atreve a pensar. Y puede que no vaya desencaminado.

Capítulo 50

Arrepentimientos

Lisboa, Paço da Riberia. 5 de agosto de 1580

Antonio de Crato da paseos por la sala que ocupa en el palacio que domina el Terreiro do Paço. Inquieto, se acaricia la punta de la barba con los dedos de la mano izquierda. Ha querido aislarse allí por deseo propio, pues son demasiados los rumores que circulan por la capital del reino y no quiere saber nada de ellos. Vestido a la manera española, con coleto y tudesco negros que subrayan la riqueza de las calzas y el jubón, bordados en oro sobre fondo blanco, lleva varios días sin dormir, de lo que son muestra las oscuras ojeras; y el mismo cansancio se refleja en su mirada, triste y apagada, y en las arrugas que le surcan la frente.

Por mucho que se lo pida el cuerpo, evita tomar asiento. Sólo una cosa le devolvería cierta tranquilidad, pero la vuelta de Diego de Meneses no se ha producido. Sospecha que debe de ser el protagonista de los muchos rumores que circulan por Lisboa, así como de alguna carta en espera de lectura sobre el escritorio. Informes de espías o de gente bien relacionada con los españoles.

–Ya debería estar aquí… –dice entre dientes, asomándose al ventanal abierto, por el que entra la luz del atardecer.

Lo último que supo de él fue su intención de refugiarse en la ciudadela de Cascáis por miedo a ser interceptado por los españoles en su camino de Lisboa. Pero, tres días atrás, tenía que haber sido recogido por una carabela una vez hubiera caído la noche. Y, sin embargo, todavía no hay noticias ni de una ni de otro.

Los últimos rayos de sol se reflejan en las aguas del Tajo, cuyos destellos dorados le agradan a la vista, así como el color del cielo, un lienzo anaranjado libre de nubes. Abajo, en el río, varias naves recogen las velas tras descargar las mercancías de sus bodegas. Intuye que habrá muchos corrillos por todo el Terreiro do Paço. Conversaciones, miedos, temores e ilusiones corriendo de boca a oídos; las mismas que, más tarde, estarán presentes en no pocas casas de la ciudad.

En ese momento, llaman a la puerta. En pie en mitad de la sala, invita a entrar a su chambelán.

–Un marinero solicita veros.

El chambelán viste de manera ceremoniosa. La trusa presenta una bragueta prominente, y las medias calzas le llegan por encima de la rodilla. A pesar del calor, viste cuera de color claro y camisa que asoma por el cuello. Sobre la cabeza, un sombrero plano y claveteado con orfebrería. Antonio de Crato tuerce el gesto.

–¡Hacedlo pasar!

Entra al momento un hombre vestido con harapos y cojeando. Se deja caer ante él y le agarra las manos para besárselas. Antonio de Crato no puede evitar una mueca de repugnancia al ver su aspecto. No sólo es la ropa, sino también el olor que despide y le irrita el olfato.

–¿Quién es vuestra merced? –le pide, retirándole las manos y llevándoselas a la espalda para entrelazarlas.

–Mi nombre es Vicente Anes do Canto y soy miembro de la tripulación de la carabela que enviasteis a Cascáis para traer a Lisboa a Diego de Meneses.

El prior nota que se le acelera el pulso. En nada, la boca se le ha secado, y mataría por un vaso de agua.

–¿Qué ha pasado con la carabela? ¿Qué noticias tenéis de don Diego de Meneses, si es que podéis darme alguna nueva?

–Don Diego fue ajusticiado en el patio de la ciudadela.

De manera breve, Antonio de Crato cierra los ojos y suspira. De repente, su alma se ha quebrado en un hondo pesar. Mira entonces con intensidad al marinero.

–Contadme qué ocurrió.

–Arribamos a la ciudadela de Cascáis la noche del primero de agosto, sin saber que los españoles la habían tomado esa misma tarde. En total, éramos una tripulación de trece marineros. Tal y como nos pidió vuestra majestad, abarloamos la nave todo lo que pudimos junto a la ciudadela –describe con detalle–. Entonces llamamos a voces a los de las almenas. Tardaron en responder, pero al fin lo hizo uno de los nuestros. Le pedimos que abriera la puerta de la ciudadela, pues traíamos con nosotros vituallas y cosas necesarias para la guarnición. Así, desembarcamos y entramos en la ciudadela con aves, pan, vino y otros bastimentos. Para nuestra sorpresa, una vez dentro, fuimos apresados por los españoles. Luego supimos que habíamos sido engañados, pues quien nos habló al pie de la muralla era un prisionero.

–¿Qué ocurrió después?

–¡Me duele el alma sólo de recordarlo! –grita el marinero, al borde del llanto–. Fuimos conducidos a las mazmorras, donde pasamos la noche junto al resto de la guarnición. Al amanecer, nos sacaron para que presenciáramos cómo eran ajusticiados el alcaide y otros dos soldados, a los que colgaron de unas sogas en lo alto de la ciudadela. A don Diego de Meneses le cortaron la cabeza en un cadalso.

–¿Y el resto de los prisioneros?

–Todos fuimos condenados a remar en las galeras del rey español. Y ése habría sido mi infausto destino de no ser que, aprovechando un descuido, logré zafarme de la vigilancia de los españoles. Subí hasta la parte superior de la ciudadela y, una vez allí, me arrojé al mar, con tan mala suerte que me golpeé con una piedra, que de ahí esta cojera que arrastro y que me ha supuesto duro obstáculo para salvar las cinco lenguas que distan de Cascáis a Lisboa.

–Vuestra hazaña no quedará en vano.

–¡Tenía que dar noticia de lo ocurrido a vuestra majestad! Solo y aún cojo, anduve como pude evitando caminos principales, atravesando sendas y montes, siempre siguiendo la marina, hasta que llegué a Sant Gián de Hueras, en cuyo castillo me atendieron y proporcionaron la manera de venir hasta aquí.

–Retiraos y descansad, que os vendrá bien. Yo sabré cómo recompensar vuestro esfuerzo y valor.

El marinero vuelve a besar las manos que ahora le tiende Antonio de Crato. Por la puerta abierta asoma el chambelán, al que hace un gesto con la mirada para que lo retire de su presencia. De nuevo a solas, ahora sí toma asiento. Resopla con languidez.

Diego de Meneses, muerto.

Cascáis, en manos de los españoles.

El camino hacia Lisboa, expedito.

Cinco leguas de distancia. Eso es lo que media entre su voluntad de seguir siendo rey de Portugal y la fuerza española comandada por el duque de Alba. Y sin el genio ni la sabiduría de Diego de Meneses para combatirlos. Las manos, que hasta entonces habían permanecido quietas, en reposo, se las lleva delante de la boca y se sopla las puntas de los dedos.

–Hay que salvar Lisboa como sea –dice con la mirada perdida.

Cinco leguas que, en condiciones normales, la infantería española podría recorrer en un par de jornadas. A lo sumo. A su favor juega el hecho de que necesitan a la armada, y ahí todavía tiene cartas a su favor. Con una voz reclama la presencia del chambelán.

–Avisad a Fernando de Meneses y al conde Vimioso, que vengan a mi presencia. ¡Presto! ¡Y que Diego López de Sequeira y Gabriel Brito, de las fuerzas navales, también vengan a verme cuanto antes!

Mientras espera la llegada de los dos primeros, da vueltas a la estrategia. En su camino hacia Lisboa, la armada castellana aún tiene que pasar por delante de la fortaleza de Sant Gian de Hueras, y también por la Torre de Belén.

–Es preciso reforzar esos dos puntos y detener a la infantería castellana antes de que llegue a Lisboa.

Entonces le asalta un recuerdo. Una imagen, un momento. Es él delante del rey Felipe II, en Madrid. En ese tiempo se trataban de primos y la vida no era tan complicada. Ahora, a sus ojos, un error de juventud, una tontería de la que se arrepiente.

¿Y si…?

La maldita condicionalidad, la eterna pregunta que surge una vez pasado el tiempo, cuando tratamos de dar la vuelta a lo ocurrido pensando qué hubiera ocurrido de no haber hecho lo que hicimos. Arrepentimiento, remordimiento, pesar. Distintas maneras de llamarlo, pero la misma conclusión, el mismo resultado, idéntico dolor.

–¿Y si no hubieras ido a Madrid a pedir ayuda a tu primo, el rey español? –se pregunta con la mirada perdida, y no escucha la petición para entrar que le hace su secretario de la Guerra, que aguarda bajo el quicio de la puerta–. ¿Y si no hubieras ido? –repite.

Nunca lo sabrá. Fue a verlo pensando que lo ayudaría, y sin darse cuenta le dio un conocimiento preciso de la situación de la casa real portuguesa.

Se aproxima al escritorio que suele utilizar. Acaricia la superficie. Madera bien labrada, un gran trabajo. Al momento, lo golpea con rabia. Tras descargar su ira, queda con las manos apoyadas sobre la mesa, respirando de manera acelerada. En su cabeza, la imagen de Felipe II recibiéndolo en Madrid dos décadas atrás.

Ese día abrió la puerta del corral a un lobo con piel de cordero.

Real Alcázar de Madrid. Un día cualquiera de mediados de 1565, por la mañana

Sofonisba Anguisola, dama de compañía de la reina Isabel de Valois y dueña de una gran destreza con los pinceles –ha pintado ya a varios miembros de la familia real y ansía poder retratar al propio rey–, hubiera matado en ese instante por tener ante ella, delante de un lienzo, a Felipe II con aquella expresión de sorpresa que le ha provocado la identidad de la persona que le pedía audiencia.

–¿Ahora? –preguntó al sumiller de corps, Ruy Gómez de Silva.

–Ha manifestado mucho interés en ser recibido por vuestra majestad.

–¿Cuántas más quedan?

–Con la de vuestro primo don Antonio, tres más.

Que Felipe II torciera la boca transmitía a Rui Gómez de Silva el pesar por conocer que aún le quedaban audiencias esa mañana; algo que le gustaba tanto como padecer un ataque de gota, conforme a lo que le había confesado en más de una ocasión.

–¿Vais a recibirlo? Tened en cuenta que se ha presentado sin avisar, y hay otras gentes que llevan tiempo esperando ser recibidas.

Vestido por completo de negro, con la lechuguilla asomando por el cuello del jubón, y sosteniendo con ambas manos una gorra plana de lana decorada con plumas, Ruy Gómez de Silva era un tipo de rostro anguloso, nariz fina, barba cuidada y bigote con las puntas hacia arriba. Lo que más llamaba la atención de su aspecto era la mirada, profunda e inteligente. Y Felipe II sentía por él un gran aprecio.

–¿Qué haría vuestra merced?

–Recibirlo de inmediato –replicó el otro, sin dudar–. Quizá nos pueda dar información de primera mano de cómo marchan las cosas por la corte de Lisboa. Si es así, junto con la de don Cristóbal de Moura, tendríamos una idea clara.

–Hacedlo pasar.

El sumiller de corps salió de la estancia, dejando abierta la puerta de la cámara del rey. Las paredes estaban desnudas, pues Felipe II había pedido redecorarla, y aquel aspecto frío le desagradaba, así que tenía ganas de que las obras concluyeran lo antes posible. Un escritorio junto a una de las paredes y varias sillas componían el exiguo mobiliario, además de una chimenea ahora apagada.

–Vuestro primo don Antonio de Crato, hijo del infante don Luis de Portugal.

Tras ser anunciado por el sumiller, Antonio de Crato se inclinó ante Felipe II y le tomó las manos para besarlas. El segundo las retiró, un poco cohibido.

–Vamos, primo, sentaos y contadme –le pidió en portugués.

Ambos quedaron sentados frente a frente. El monarca dedicó unos instantes a escrutar el rostro de su primo, cuya fisonomía le recordaba a su madre, la emperatriz Isabel.

–No puedo ocultaros mi sorpresa al saber que os encontrabais en Madrid.

–Nadie lo sabe.

–¡Ah! –respondió el rey, arqueando levemente las cejas.

–He venido para imploraros ayuda.

–¿En qué puedo ayudar a mi querido primo Antonio?

–Desearía que vuestra majestad me ayudara a ocupar el puesto que me corresponde en la corte de Portugal. Ahora mismo, la situación es insostenible.

–Alguna cosa me ha llegado…

–El reino está en manos de vuestra tía, la reina Catalina, quien se apoya en su secretario, don Pedro de Alcaçova, hasta que don Sebastián, el hijo de mi tío don Juan, a quien nuestro Señor tenga en su gloria, y de vuestra hermana, doña Juana, sea mayor de edad.

–Por lo que sé, vuestra relación con mi tía no es la mejor…

–¡Me maltrata! –estalló de repente don Antonio, airado.

–Calmaos…

–¡Es que…! –Apretó los puños, enfadado–. ¡Hasta ha degradado mi estatus en el ceremonial de la corte, sentándome a la derecha, en segundo escalón del estrado real, mientras que a don Duarte le ha asignado un lugar a su izquierda!

–Vuestras palabras denotan poco aprecio por vuestro primo…

–¡No sabéis cuánto lo odio!

–Pero tengo entendido que el rey Juan, a quien el Señor tenga en su gloria, decidió nombraros condestable del reino…

–¡Lo cual nunca he aceptado! –lo interrumpió don Antonio, furioso. Al momento, pidió perdón al rey con un gesto y agachó la mirada.

–¿Y vuestro tío el cardenal qué dice?

–Tampoco ve con buenos ojos mi determinación para ocupar el lugar que me corresponde –respondió, ahora más sereno y mirando al monarca.

–Supongo que querrá que sigáis sus pasos…

–No es eso lo que quiero.

–¿Acaso os disgusta?

–¡En absoluto! –A Antonio de Crato se le iluminó la mirada–. ¡Nunca he tenido problemas, siempre fui feliz mientras permanecí en el monasterio de Santa Cruz! ¡Mis mejores amigos son hombres de religión! ¡Es más, si vierais mi biblioteca…! ¡Abundan en ella los libros de salmos, y no tanto los de caballería!

–Entiendo…

Felipe II se quedó en silencio, acariciándose la barba y mirando a su primo, que aguardaba su opinión.

–Luego pretendéis un lugar en la corte acorde con vuestra posición...

–¡Soy el hijo del infante don Luis! ¡Debo defender mis derechos!

–Está bien. –El monarca se levantó y dio unos pasos hacia su primo, hasta quedar frente a frente–. Desde este mismo momento, os ofrezco los servicios de mis embajadores. Creo que nuestra relación es necesaria para reavivar la amistad que siempre ha existido entre nuestros padres. Por lo tanto, también pediré a mis embajadores que abran negociaciones tanto con mi tía, la reina Catalina, como con vuestro tío, el cardenal Enrique, para que vuestras exigencias y posición dentro de la corte sean respetadas. Mientras tanto, me encantaría que os quedarais en la mía como huésped. Seréis tratado de excelencia, como lo que sois.

–¡Sabía que podía contar con la ayuda de vuestra majestad! –alzó la voz un exultante Antonio de Crato, que besó de nuevo las manos de Felipe II.

Éste lanzó una mirada a la puerta, bajo cuyo quicio aguardaba el sumiller de corps. A un gesto y una mirada suya, éste se llevó consigo a Antonio de Crato. Una vez solo, Felipe II volvió a sentarse y aguardó con paciencia el regreso del objeto de aquella mirada. No tardó en llegar con paso acelerado Cristóbal de Moura, gentilhombre portugués a su servicio, quien se descubrió la cabeza en presencia del rey. Eso dejó a la vista una frente arrugada y despejada por la que resbalaban los pelos de un flequillo exiguo. Era un tipo delgado, de rostro fino y arrugas en los ojos. A punto de cumplir la treintena, vestía de negro y con la lechuguilla habitual entre los cercanos al rey.

–¿Os sorprende la visita? –le preguntó sin más preámbulos.

–En absoluto. Aunque hemos de dar gracias a Dios por ello.

La sonrisa enigmática del portugués conminó al rey a preguntarle el porqué de su reacción.

–Don Antonio quiere ser rey de Portugal.

–Lo había sospechado.

–Ésa es la razón por la que ha viajado hasta Madrid. Es conocedor del rechazo que provoca vuestra tía, la reina Catalina, entre gran parte de la corte y del pueblo por ser española, rechazo que alienta el cardenal. Sin embargo, lo que hay es un gran miedo.

–¿Cómo es eso?

–Sebastián es la esperanza que les queda, puesto que don Enrique no puede concebir hijos; y don Antonio, por mucho que lo pretenda, no deja de ser un bastardo.

–¿Estáis seguro de eso?

–Por completo. Lleva tiempo intentando demostrar que su padre, el infante don Luis, se casó de palabra, pero no hay constancia alguna de tal cosa. En consecuencia, si don Sebastián no llegara a la mayoría de edad o muriera joven...

–El trono quedaría vacante.

–Y no está de más recordaros de quién es hijo vuestra majestad...

Felipe II frunció el ceño. Pensativo, se incorporó para dar un breve paseo por la habitación mientras analizaba con calma las dos últimas conversaciones. En ocasiones, se acariciaba la barba y, cuando no, se llevaba las manos a la espalda y daba cortos pasos sin mirar en ningún momento al portugués, que permanecía a la espera.

–Vigilad de cerca a don Antonio mientras permanezca en Madrid, y a la vez maniobrad para alentar sus deseos en la corte portuguesa –dijo al fin–. Nos interesa protegerlo y determinar su camino de cara a acontecimientos futuros.

–Será como vuestra majestad ordenéis.

De nuevo a solas, el rey se relajó. Mantuvo la mirada perdida unos instantes, con las manos apoyadas en los brazos de la silla, y poco después las levantó hacia el techo de la sala.

–Madre, no tardaréis en ver sobre mi cabeza la corona del reino que tanto os amó.

Capítulo 51

Una nueva traición

Cascáis. Mediodía del 6 de agosto de 1580

Íñigo Sánchez se ha alejado lo suficiente de una villa que hiede a destrucción. En sus retinas aún permanece impresa la brutalidad días atrás de tantos de sus compañeros. Cualquier objeto, por pequeño que fuera, tenía valor a sus ojos.

Se lo han ganado, reclaman su derecho sobre cualquier cosa. La victoria, la codicia, la sombra de la destrucción derramándose por donde antes crecía la vida. Han tomado Cascáis, es suya. Es la ley de la guerra. Una ley que cada vez entiende menos; un proceder que le queda lejos, una manera de obrar distante, de unos tiempos que ya no le pertenecen. Respeta los códigos, aunque ahora no los comparta, pues, si algo le ha enseñado el tiempo que lleva enrolado en el ejército, es que todo tiene su momento en la vida. El ardor de la juventud, las ansias de comerse el mundo, los deseos de aventuras, las ganas de cruzar una espada con el enemigo, de violar a las mujeres mientras se saquea una ciudad tras otra. Con los años, la misma vida se encarga de atemperar los ánimos, y entonces un saqueo no es más que la manera de ganarse el sustento cuando la paga escasea. Unos deben morir o bien perder todo lo que tienen para que otros sigan cumpliendo con su oficio.

Ha recorrido ya un buen trecho en su camino hacia el encuentro de Alonso de Guzmán, siguiendo las indicaciones del soldado llamado Gabriel. «Alejaos de Cascáis por la senda del mar. Él os encontrará». En ese momento, se detiene frente al mar, que lame las rocas a varias decenas de pasos de distancia. Pequeños arbustos alfombran la pendiente pespunteada de piedras de distinto tamaño que va a morir a las aguas. Oye su quejido al estrellarse contra las rocas. La brisa le acaricia el rostro barbudo y le hace olvidar por un momento el intenso calor. Cierra los ojos. Respira con calma. Paz. ¿Cuándo fue la última vez que disfrutó de un instante para él, sin voces ni ruidos a su alrededor? Si por él fuera, Alonso de Guzmán podría retrasar su llegada todo lo que quisiera para aprehender ese regalo de la naturaleza que tiene ante sí. Una gaviota vuela por encima de su cabeza sobre un cielo sin nubes. Huele a mar y a pino. A su espada, se extiende una pineda donde una chicharra acompaña el batir de las olas con su sonido estridente.

Lo siguiente que escucha son los cascos de un caballo.

–¡Qué lástima de pintor que no retrate esa estampa vuestra pensativa junto al mar! –le dice Alonso de Guzmán a modo de saludo.

–Tampoco conozco yo a ninguno que sea capaz de retratar a tal marrano montando a caballo.

La alusión al presunto pasado judío de su familia agría el rostro del recién llegado. A su lado, Juan de Salazar contiene la risa como puede. A él sí le ha hecho gracia el comentario.

–¿Qué hay de cierto en los desmanes de los soldados de su majestad?

Íñigo Sánchez chasquea la lengua, fastidiado.

–¿Para eso me habéis hecho venir hasta aquí?

–Quería asegurarme de si es cierto lo que me han contado.

–Podéis tenerlo por cierto.

–Me cuentan que el duque de Alba no da abasto de ahorcar a tanto hombre como le ha ordenado su majestad.

–Si os lo han contado, así será.

–Y que es incapaz de contener tanto desmán...

–Será así.

El hastío de Íñigo Sánchez enerva a Alonso de Guzmán, que deja escapar un sonoro resoplido. Decide bajarse de la montura, al tiempo que, con un gesto, ordena a Juan de Salazar que él no lo haga. Una vez se coloca frente a Íñigo, pretende distender el diálogo, por lo que posa la mirada en el océano infinito. El otro lo imita.

–Todo un regalo de Dios, os lo aseguro.

–¿Tanto desmán?

–Ya sea coronel, maestre de campo, capitán, oficial... –La esquina de la sonrisa de Alonso de Guzmán apesta a gozo–. Ninguno cumple con su oficio. ¿Sabéis lo que eso significa?

–Que los planes de vuestra merced van por buen camino, supongo –responde el soldado, sin apartar la vista del mar.

Alonso de Guzmán se vuelve hacia él.

–Que el duque haya ordenado ahorcar a muchos soldados y echado a galeras a más de cincuenta es signo de que la situación se le ha ido de las manos. Aunque, si os soy sincero, andar con tanta chusma...

Con un rápido movimiento, Íñigo saca la daga y se abalanza sobre Guzmán, quien siente el frío filo sobre su cuello. Juan de Salazar desciende del caballo para ayudarlo, pero lo detiene al momento la amenazadora mirada del soldado.

–Esa chusma, como los llama vuestra merced, son mis camaradas, hombres que se ganan la vida con la guerra. ¡No lo hacen por gusto, sino por necesidad! Mientras nosotros matamos y morimos en nombre de un rey al que le importamos una higa, gente como la vuestra disfruta de una apacible calma e incluso engorda sus bolsillos con asuntos como el que nos tiene ocupados. Esa chusma, como la llamáis, respeta al suyo, está dispuesta a dar la vida por los suyos. Gente noble, leal, respetable. ¡Que sea la última vez que insultáis, a mí o a los míos, en mi presencia!

Alonso de Guzmán respira aliviado cuando el soldado retira la daga de su cuello. Juan de Salazar se acerca para ayudarlo a incorporarse, pero el otro lo aparta con desdén. Mascullando, se toma su tiempo para sacudirse el polvo adherido a la vestimenta. Íñigo Sánchez lo sigue traspasando con la mirada.

–Está claro que no habéis perdido vuestros principios...

–¿Acaso lo habíais puesto en duda? –bisbisea el soldado, que, de inmediato, resopla y posa de nuevo la mirada en el horizonte azul–. La situación ha llegado a oídos de su majestad, que parece muy contrariado con cómo gobierna el duque de Alba los asuntos de sus ejércitos.

–Parece que el asalto de Cascáis ha escocido en palacio...

–El duque se ve incapaz de atajar la indolencia y el desacato que reina entre las tropas. –Decide mirar a Alonso de Guzmán–. Eso es lo que tenía que contaros.

Aquél asiente en silencio. El azul del mar se refleja en su mirada. Le tranquiliza el oleaje, el graznido de la gaviota que vuela sobre sus cabezas. Apenas cuatro o cinco pasos los separan, pero también un mundo de valores, de maneras de entender la vida y sus misterios. Diferentes códigos. Alonso de Guzmán esquina la mirada para escrutar al soldado. Vestimenta gastada, barba descuidada, pelo desaliñado; y una mirada sincera, brillante. Verdadera.

–Sería bueno que la situación siguiera como hasta ahora. ¿Estáis al tanto de los próximos movimientos del duque?

–Es posible que se levante el real en un par de jornadas para poner rumbo al castillo de San Gián de Hueras.

–¿Posible?

–El duque y el marqués de Santa Cruz hablan cuando pueden.

Alonso de Guzmán enarca una ceja.

–La salud del duque no es la mejor –prosigue el soldado.

–¿Se sabe qué le pasa?

–Ayer estuvo en cama buena parte de la jornada, con calentura. También parece que la gota le está haciendo sufrir lo suyo.

–Quizá tercianas –apunta el otro–. Aquí abundan.

–Quizá.

–No obstante, el objetivo es Lisboa. A ojos de los vuestros –Alonso de Guzmán se percata ahora que Íñigo Sánchez vuelve un poco la cabeza para mirarlo–, lo más parecido al paraíso. ¿Habéis estado alguna vez allí?

–Aún Dios no ha encaminado mis pasos hacia ese lugar.

–Para vuestros bolsillos, serían jornadas únicas. Portugal no tendrá un rey fuerte, pero sí es un reino con muchas riquezas. Y Lisboa es el lugar donde se guardan todas ellas. Haced correr la voz, contad lo que allí espera a los hombres de su majestad. Además, el vino portugués es tan dulce como sus mujeres. ¡Ah! Sería lo más parecido a abrir las puertas del Edén... Por desgracia para el duque de Alba, significaría su caída definitiva a ojos del rey –detalla Alonso de Guzmán con una risa queda.

–Aún no me habéis informado de cómo marcha nuestro asunto.

–¿Qué asunto?

Íñigo Sánchez encara al otro. Arde su mirada.

–Llevo ya varios meses aquí y aún no me habéis explicado de qué manera se están desarrollando los trabajos para liberar a Miguel de Cervantes.

Es ahora Alonso de Guzmán quien compone un gesto calculador que escama al soldado.

–Es lo justo. Soy yo quien se está jugando el pellejo, no vuestra merced –insiste Íñigo Sánchez.

–¿Recordáis la misión de la que os hablé en Madrid?

–Algo recuerdo.

–Por lo que sé, a finales del pasado mayo partió de Valencia una galera con destino a Argel. En ella marcha un fraile, fray Juan Gil, con orden de redimir a todos los cautivos que pueda. Entre ellos está el nombre de vuestro Miguel de Cervantes. Incluso puede que en este mismo momento ya esté regresando sano y salvo a la tierra de sus padres.

–Y he de creeros... –concluye Íñigo Sánchez, con gesto displicente.

–En lo tocante a asuntos de dinero, no bromeo –apunta Alonso de Guzmán con rictus serio.

–Como buen marrano...

El comentario le despierta una sonrisa que exhibe el suficiente sarcasmo como para hundir cualquier galeón, ya sea español o portugués.

–Cuando acabéis con este particular, si es que salís con vida, yo mismo me encargaré de sacaros esa lengua y echársela a los perros.

El soldado gruñe y vuelve a mirar al mar. Cuestión de fe. Creer o no creer en las palabras de Alonso de Guzmán. Algo en su interior le dice que no miente, que Miguel de Cervantes gozará de la libertad que merece a costa de un trabajo que le desagrada.

–Nuestra labor está hecha. Es el turno de vuestra merced.

Alonso de Guzmán da por zanjada la conversación. Monta de nuevo y espolea a su montura. Enseguida, tanto él como Juan de Salazar, que no ha abierto la boca en ningún momento, se internan por la pineda. Íñigo Sánchez no aparta la mirada del mar. Un azul inmenso, imposible de abarcar. El único paisaje del que pudo disfrutar mientras estuvo preso en Argel en compañía de los hermanos Cervantes. Quizá, piensa, todo acabe antes y mejor de lo que preveía. Sólo tiene que saber azuzar a sus compañeros. Y sabe cómo hacerlo.

Oculta en la pineda, a varios pasos de distancia, una sombra menuda vigila al soldado. Lo ve tomar el camino de vuelta a Cascáis. Ha escuchado algunas cosas, pero no tantas como quisiera. En todo caso, suficientes para sus propósitos. Ahora, Inés Arias sólo tiene que esperar a que se haya alejado lo suficiente para regresar también al real.

Capítulo 52

Tempus fugit

En el campo, junto a la fortaleza de Sant Gián de Hueras. Tarde del 12 de agosto de 1580

No sabe vuestra majestad la alegría que siento al saber que gozáis de tan buena salud. La mía, en cambio, ha sido muy ruin estos días, pues la gota me ha llegado hasta la rodilla. El ocho del presente ordené el traslado del real desde Cascáis a Sant Gián de Hueras, fortaleza leal a don Antonio. Una vez allí, ordené al prior y a don Sancho Dávila que partieran para reconocer el lugar y preparar la marcha del ejército. Junto a Sant Gián hay un gran castillo en la marina que dicen que es el más fuerte y artillado de Portugal. Tenía veintidós piezas gruesas de batir, algunas con dos varas de medir de grueso, y, además, más de cien sacres y esmeriles y mucha cantidad de ingenios de fuego con barriles de pólvora, pez y azufre listos para ser usados.

Desde entonces y hasta el día diez, hubo gran intercambio de disparos entre los del castillo y el ejército de vuestra majestad. Sin duda, el que se batió el cobre desde las trincheras cavadas en torno al castillo fue el Tercio de Nápoles. En éstas, a eso de las diez de la mañana, se dio alarma en el real por haber descubierto alguna caballería portuguesa. Envié a los tercios en escuadrones comandados por mi hijo, el prior, acompañado de Sancho Dávila, don Álvaro de

Luna y sus continos, y don Pedro de la Gasca, entre otros, junto con sesenta jinetes. Habiendo caminado tres cuartos de legua, y tras una argucia de don Sancho, mataron en el enfrentamiento a tres caballeros portugueses, siendo uno de ellos sobrino de don Diego de Meneses. Otro portugués, también herido, fue traído hasta el real para que yo pudiera hablar con él. Según nos refirió, Lisboa contaría con seis mil infantes y cerca de quinientos caballos; y que, en lo tocante a la infantería, el que tiene arcabuz no tiene con qué cargarlo y que muchos de ellos van sin espadas. Por desgracia para él, murió esta mañana.

Ya por la tarde, me vestí para reconocer en compañía de los ingenieros el emplazamiento de la artillería, y de inmediato ordené que, al amanecer, se mudara la batería para situarla a poco más de doscientos pasos. A la puesta de sol, una bala disparada por los hideputas del castillo pasó bien cerca de mí. Bien sabe vuestra majestad que estas cosas me enardecen cosa mala, por lo que ordené redoblar la intensidad de la batería, de tal manera que a la anochecida ya se había abierto una gran brecha en la parte alta del castillo por el costado de la marina, tan ancho como ocho varas de medir.

Por último, quisiera agradeceros la merced de dar tan buen recaudo a la carta de la duquesa. Dios os guarde, pues si no fuera por vuestra majestad sería grande el dolor mío y suyo por no saber nada de ambos.

Nuestro señor guarde y acreciente la muy magnífica persona de vuestra majestad.

El duque de Alba

Cuando firma la carta que enviará a Juan Delgado, secretario de la Guerra de Felipe II, Fernando Álvarez de Toledo contiene como puede un grito de dolor. En sí, es un dolor continuo. Si bien las tercianas y la gota parecen haberle concedido una tregua, anoche, antes de acostarse, le dio tal latigazo en el cuello que estuvo durante un buen rato sin poder volver la cabeza; más tarde, el latigazo le bajó a la rodilla, y le ha hecho pasar el peor rato de su vida, según ha jurado a sus ayudantes. Para su tranquilidad, desde hace horas no se oye ruido alguno en los alrededores, pues ha cesado el fuego. El alcaide, un hombre que se hace llamar Tristán Vaes de la Vega, ha accedido a discutir los términos de la rendición.

Ha pedido que lo dejen solo en su tienda. Necesita descansar tras poner en orden todo lo que tenía que contar al rey. Agradece el silencio. Los cañones callan, la paz vuelve a imperar. «¿Hasta cuándo?», se pregunta. Si bien los planes marchan según lo previsto, las negociaciones para evitar el enfrentamiento con las exiguas tropas de don Antonio de Crato y un más que posible saqueo de Lisboa quedan supeditadas a la rendición del castillo. Es lo único que le importa en ese momento. ¿Cada día tiene más ganas de acabar con el asunto que le ha encomendado el rey. Sólo ve Alba de Tormes en el horizonte, regresar al lado de la duquesa, estar a su lado cuando el último hálito de vida se le escape por la boca.

Con dificultad, logra ponerse en pie. Aprieta los dientes, cierra los ojos, resopla con fastidio.

–*Tempus fugit*... –gruñe.

Le cuesta un mundo dar los tres pasos que separan la silla de la cama. La estudia con calma para determinar cómo echarse en ella, pues no es cosa fácil con el dolor constante. Al final, se tumba sin siquiera desvestirse. No desea más que un poco de descanso. Cierra los ojos, y le vienen a la mente unos versos de su añorado Garcilaso.

Marchitará la rosa el viento helado
todo lo mudará la edad ligera
por no hacer mudanza en su costumbre...

–*Tempus fugit,* mi querido amigo –suspira, refiriéndose al poeta–. ¡Qué bien supiste plasmarlo en negro sobre pliego! Qué poco somos, qué rápido pasamos por este valle de lágrimas. Cuando apenas somos capaces de dar dos pasos, todo nos parece tan atractivo, tan inmenso; después, las ansias de vivir te piden acelerar el proceso natural, quieres crecer rápido, completar las etapas en el menor tiempo posible. ¿Y qué queda al final? –Nuevo resoplido, sin dejar de mirar al techo–. La conciencia de que todo ha pasado tan rápido que apenas te has dado cuenta, y por eso te gustaría volver atrás y decirle a ese niño que tenga paciencia; o a ese joven de diecisiete años que se plantó ante los muros de Fuenterrabía que no se deje llevar por el ardor juvenil, que tiempo tendrá para hartarse de tanto guerrear. ¿A que sí, mi querido Garcilaso? ¿A que tú también se lo dirías? Que sea paciente, que disfrute de lo que la vida pone a nuestra disposición cuando parece tan accesorio, sin apenas valor. Y, sin embargo, es el beso de una muchacha, la caricia de su mano, su mirada misteriosa, lo más valioso que pueda existir.

Se revuelve, molesto. No sabe en qué posición ponerse. Todo es dolor, físico y mental. Porque la campaña también le está pasando factura a su espíritu. «Su majestad se queja de que estáis viejo y no podéis mantener a raya a los hombres», le hizo saber Juan Delgado, el secretario de la Guerra, hace unos días por carta. Sinceridad, cariño, lealtad. Hay tantas y tantas maneras de llamar lo que aquel secretario le profesa... «Y puede que tenga razón», asiente el duque de Alba en silencio. Veinte años atrás hubiera abofeteado a cada uno de sus hombres si fuera preciso; les hubiera soltado a la cara qué pensaba de cada uno de ellos, por qué los consideraba indignos de defender el nombre de su majestad. Los hubiera colgado él mismo. Pero ahora...

–No queda más que este viejo, Fernando. Con eso te toca lidiar.

Hace un rato ordenó al maestre de campo, Gabriel Niño de Zúñiga, que entrara en el interior de la fortaleza con trescientos de los suyos. Asimismo, pidió al contador Bernabé del Pedroso y al oficinal del veedor general que hicieran recuento de todos los bastimentos y vituallas del castillo, cometido que también solicitó al contador de la artillería.

En ese instante, alguien pide audiencia. Tras su consentimiento, a la tienda accede Gómez de Monroy, ayudante del fiel secretario Juan de Albornoz, para quien trabaja desde hace casi diez años. Éste no ha tenido más remedio que quedarse en Cascáis por culpa de unas fiebres que aún lo tienen postrado en cama. Gómez de Monroy es un hombre de cincuenta años, rechoncho y bajo, y dueño de una agudeza que hace las delicias del noble. De escaso pelo, rostro ovalado y mirada tan marrón como observadora, viste jubón y gregüescos demasiado justos para el cuerpo que gasta, por lo que el aspecto que transmite es el de una morcilla a punto de reventar.

–El alcaide de Sant Gián de Hueras y don Antonio de Castro, señor de Cascáis, solicitan ver a vuestra excelencia.

–¡Por Dios! ¡Concededme tiempo para arreglar este desastre de presencia y así atenderlos como se merecen! –exclama el duque de Alba.

A una señal del secretario, dos asistentes entran en la tienda y visten al noble con jubón, cuera, calzas y medias de color negro, lo que le da un aspecto recio a pesar de la poca salud que transmite su rostro. Se mira con brevedad en un espejo.

–Esto ya parece otra cosa... ¡Y no me digáis nada de la cara! ¡Es la que me concedió el Señor!

Los visitantes son el señor de Cascáis y el alcaide del castillo. Éste es más alto que el duque, de recia estatura y mirada severa. También ha elegido el negro para la ocasión, pues considera el encuentro vital para sus intereses. Parece un tipo íntegro por la severidad que transmite su rostro, deduce Fernando Álvarez de Toledo. Antes de llegar a ellos, y para su sorpresa, el alcaide se echa a sus pies.

–¡Mi señor duque, dejadme loaros como merecéis! –dice en portugués.

El duque de Alba dirige la mirada al señor de Cascáis, que entiende al momento que será él quien haga la labor de intérprete entre ambos.

–¡Por favor, incorporaos! –le pide–. Dejaos de lisonjas, que son innecesarias entre nosotros. Y no temáis, pues habéis rendido el castillo, y eso os hace merecedor de mi gracia.

A un gesto del noble, los asistentes acuden con tres jamugas que emplazan en el centro de la tienda.

–¡Este negocio me queda muy grande! –responde el alcaide. Habla rápido, suda y tiene los ojos encharcados. Rostro redondo, cejijunto, bigote ancho y frondoso, y mirada intensa–. ¡El mando de este castillo me lo entregaron los cinco gobernadores que acordaron el gobierno del reino tras la muerte de don Enrique, a quien Dios tenga en su gloria! ¡Pero juro a Dios que sólo he cumplido órdenes! –insiste, mirando al duque–. Pero ¿qué podía hacer, si vuestra excelencia nos tenía rodeado por tierra y por mar? Son muchos los hombres que están a mi cargo, sus vidas dependen de mí. ¿Quién soy yo para jugar con ellas tan a la ligera? Además, me ha venido el recuerdo de don Diego de Meneses, al que degollasteis en Cascáis… –El alcaide se echa a llorar. Se levanta y vuelve a arrodillarse ante el duque de Alba, cuyas manos agarra con fuerza–. ¡Suplico vuestro perdón para mí y para la guarnición del castillo! ¡Lo hemos rendido, no queremos más guerra! ¡Somos fieles servidores de su majestad, el rey Felipe! –Su mirada líquida y sincera conmueve al duque–. ¡Incluso tomaremos las armas en su nombre y lo defenderemos como el único y legítimo rey de Portugal!

–Rogadle que se tranquilice… –solicita el duque a Antonio de Castro.

El alcaide esboza una media sonrisa.

–¿Cuántos hombres componen la guarnición?

–Unos seiscientos.

El duque de Alba ve asomar a su hijo, el prior Hernando de Toledo, por la puerta de la tienda. Con una leve inclinación de cabeza, le pide que aguarde.

–No temáis por ellos ni por vuestra merced, pues el perdón lo tenéis ganado. Si os place –mira entonces al señor de Cascáis–, comed hoy conmigo y con don Antonio, y hablaremos como hermanos que somos. Acompañad a estos señores –hace un gesto con la mano derecha dirigido a sus ayudantes para que los saquen de la tienda–, mientras departo un instante con el prior.

En cuanto padre e hijo se quedan solos, el duque vuelve a hablar:

–Id de inmediato al castillo, pues el alcaide ya lo ha rendido. Que os acompañe don Sancho Dávila y don Álvaro de Luna y sus continos. Sacad a todos los soldados y mujeres que se hayan refugiado dentro y llevadlos al real. ¡No consintáis exceso alguno, y menos contra ellas! –exhorta a su hijo con vehemencia–. Después, concededles la libertad de marchar donde deseen. Asimismo, aseguraos de que veedores y contadores realizan su trabajo sin injerencias por parte de los hombres de armas.

–Como vuestra excelencia deseéis.

Fernando Álvarez de Toledo ve a su hijo vacilar por un instante. Enarca una ceja, sorprendido.

–¿Qué ocurre?

–Cuando terminéis con el alcaide y el señor de Cascáis, quizá tengáis curiosidad de charlar con un sacerdote portugués que ha venido hasta el real.

–¿Un sacerdote?

–Pide vuestra clemencia.

–¿Es que ese hombre de Dios ha matado a alguien?

–No de acto.

–Pero sí de palabra... –Fernando Álvarez de Toledo endurece la mirada.

–Por lo que le hemos entendido, son muchos los que, como él, encienden los ánimos a alcaides, soldados y hombres desde el púlpito o acercándose a los castillos. El Evangelio lo dejan a un lado para predicar la guerra. Dice que les dan a entender falsas razones de que la guerra es justa, y por eso los instan a defender el reino, pues es su obligación. Hasta traen a su memoria el recuerdo de Aljubarrota, ya que eso los enardece.

El duque de Alba procesa con calma lo que le ha confesado su hijo. A continuación, lo mira con gravedad.

–Acudid al castillo para acelerar mis demandas. Cuando acabe la comida, tendré un encuentro con ese sacerdote. Quizá me cuente cosas aún más interesantes...

La sonrisa con la que acompaña estas palabras convence a Hernando de Toledo de que así lo hará. Si hay algo que molesta en exceso a su padre es dejar cualquier cabo suelto.

Capítulo 53

Malas son las heridas, pero peores son las traiciones

En el campo, junto a la torre de San Gián de Hueras. Noche del 12 de agosto de 1580

Alborozo y mucho contentamiento. Mire donde mire, eso es lo que ve Ginés Méndez. Vivanderos exultantes despachando jarras de vino en sus carros y corrillos de soldados en torno a ellos. Voces de alegría, arengas de unos a otros. En el horizonte y en sus pensamientos, Lisboa.

Con todo lo que conlleva.

Los hombres que participaron en la avanzadilla comandada días atrás por el maestre de campo Sancho Dávila cuentan a sus compañeros que el ejército reunido por Antonio de Crato, acampado en las proximidades de la capital del reino, no les exigirá gran cosa. Quizá no sean superiores, pero disponen de más medios para luchar. Y el influjo de Lisboa es muy poderoso. Quien más quien menos ha oído de la delicadeza de sus mujeres, de las calles por las que pasean hombres y mujeres vestidas con ricos trajes, de los palacios con las paredes colmadas de preciosas y costosas telas. Y del dinero, todo ese dinero que fluye por la corriente del río Tajo.

Las jarras de vino corren de mano en mano, de boca en boca. Risas, codazos. Sobre sus cabezas brilla un océano de estrellas tan inmenso como el que muere al pie de los muros del castillo de Sant Gián de Hueras, deshecho en nubes de espuma. Decenas de hogueras rompen la oscuridad; fuego inocuo ardiendo sobre una tierra que horas atrás ha conocido el peor de los infiernos escenificado por el hombre, su morador más aventajado.

Ginés Méndez se separa de uno de esos corrillos. Rodrigo de Cervantes intentó retenerlo, pero el sevillano se deshizo de su abrazo. Reían los dos merced al vino, poderoso generador de la felicidad artificial. Pero él no quiere más, está harto. En cambio, prefiere descansar tras dar un paseo bajo las estrellas. Un poco de paz, despejar la cabeza tras tanto grito, voz y ánimo de saquear Lisboa.

Comienza a pasear con las manos a la espalda, mirando al cielo. No le vendría mal un baño, constata al reparar en el aroma que despide. Sudor, concentración por la campaña que los tiene ocupados. Decide aproximarse hasta el mar por un costado del castillo. La playa es ancha, de fina arena. De niño, le encantaba bañarse con sus amigos en las orillas del Guadalquivir. «Aprende a nadar», lo instó su padre un buen día, «así la muerte tendrá una manera menos de atraparte». Lo hizo. Más tarde, nadar se convirtió en una diversión de tardes eternas de agosto mientras el sol se deshacía en el cielo en una orgía de colores. Tardes que se alargaban hasta bien entrada la noche, sin más ocupación ni beneficio que vivir innumerables aventuras con sus amigos. Combates, asaltos, luchas sin fin. La vida como soldado se encargaría de enseñarle que la guerra no era tan divertida como parecía en la infancia, y que la muerte siempre aparecía sonriente, fiel a su cita, fuera cual fuera el escenario.

Se descalza al notar el contacto con la arena. Cierra los ojos y sonríe, agradecido por el cálido contacto. Lo separan del mar una decena de pasos. El rumor de las olas, la brisa que le acaricia el rostro. Decide aproximarse a la orilla para mojarse los pies. Poco a poco, un bulto se hace más nítido. Al llegar a su altura, permanece en pie contemplando las idas y venidas del mar, que le lame los pies. El océano es una franja oscura infinita. Si alza la vista, se maravilla con los enjambres de estrellas que refulgen en el cielo. Mira entonces hacia abajo, donde Inés Arias sigue sentada, impertérrita y ajena a su presencia. El soldado sevillano repara en el muslo izquierdo, a la vista por la importante rasgadura que luce el gregüesco que viste. Decide sentarse a su lado, y ambos miran hacia el horizonte sin intercambiar palabra alguna. Escuchan al mar, su misterioso y eterno lenguaje. A su espalda, apagados, se oyen los gritos del real español.

Ginés Méndez esquina la mirada. Le preocupan las heridas de la muchacha. Se puede considerar una afortunada, pues resultó herida durante el intercambio de artillería con los portugueses. Una bala cayó delante de un grupo de soldados. El impacto reventó el suelo y escupió una rociada de esquirlas. La bala posterior se llevó por delante la vida de varios camaradas.

–Diréis que me meta en mis asuntos, pero no os vendría nada mal descansar un tanto.

La muchacha vuelve el rostro. Gesto serio, ceño fruncido, ánimo de no querer hablar con nadie.

–Lo haré el día que tenga que rendir cuentas con Dios.

El tono de voz suena desganado. Algo habitual en ella, por otra parte, así que el sevillano no se arredra.

–¡Dejad a Dios con sus cuitas, que bastante tiene! No lo metáis en más complicaciones –sonríe.

Ella calla y mira de nuevo al frente. La seriedad de su rostro no ha variado ni un ápice.

–Juraría que nadie ha echado un vistazo a ese muslo.

Inés Arias ríe con ironía.

–¿Acaso pretendéis que adelante mi confesión?

–¡En absoluto! –ríe con sinceridad el soldado–. Pero yo no dejaría pasar más que me vieran esa herida. ¿Os duele?

–Cuando ando. Un día o dos de reposo me vendrán bien.

–Podéis estar tranquila, pues la caballería se las vería con los portugueses si tuvieran cuerpo de jarana y decidieran regalarnos alguna visita. Por lo que sé, nos espera un descanso de un par de jornadas como poco.

Inés Arias lo mira con interés. Aunque él se percata, mantiene la vista al frente.

–¿Qué nos separa de la infantería portuguesa? ¿Unas leguas? *¡Na!* Eso, así –con dos dedos de la mano derecha recrea el gesto de caminar–, dos jornadas a lo sumo. Lo que interesa es dejar expedito el camino de la armada a Lisboa.

–De ser así, bienvenido sea ese descanso –reconoce ella.

–Así que descansad, y que el maligno no os meta los perros en danza.

El comentario preña de suspicacia el rostro de la muchacha. El mar se desliza bajo sus pies. De su rastro no queda más que una nube de espuma que pronto se disipa.

–¿Qué queréis decir? –mientras lo pregunta, cae en la cuenta y sonríe con sorna–. Claro, vuestro amigo…

–¡Vive Dios que lo odiáis en extremo!

–¿Acaso no tengo motivos?

El sevillano ríe.

–¡Hasta el mismísimo diablo huiría de vuesa merced si se encontrara con ese rostro que componéis cuando tenéis cerca al bueno de Íñigo!

La mirada penetrante que la otra le dedica rompe la risa del soldado.

–No sabéis de la misa la media.

La confesión viste el rostro del soldado de una extrañeza que no pasa desapercibida para Inés Arias.

–Uy, esa cara… Algo me queréis contar y no sabéis cómo. ¿A que no me equivoco?

–Ese hombre es un traidor.

La confesión eriza el vello de Ginés Méndez. En boca de la soldado ha sonado como un disparo de cañón. Atroz, demoledor.

–Tened cuidado, que ésa es una acusación muy grave –apunta él, meneando la cabeza y dibujando una sonrisa para distender la situación.

–Estoy dispuesta a defenderla ante el mismísimo rey, si es necesario. O ante el duque de Alba, que es aquí su representante.

–¿La compartiríais conmigo? –Ginés mantiene la sonrisa.

Ella asiente. Se mira el muslo. Le quema. Se lo acaricia apretando los dientes. «Cuánto dolor debe de estar aguantando», se pregunta él. En silencio, sin dar cuenta de él a nadie. En vida de Lorenzo Díaz era conocida por su querencia de la soledad. O él o nadie. Sin él, no tiene más compañía que la soledad y el silencio. Nadie habla de ella, nadie dice quién es por respeto a su compañero. Los códigos. Todos los respetan. Se deja la vida en cada combate, apoya al camarada, y está dispuesta a morir por él. Respeto, honor, lealtad.

–Hace una semana, en Cascáis, lo vi abandonar el real. Ese proceder me escamó, pues no tomó el camino de las letrinas, sino que se adentró por una senda que discurría paralela al mar. Decidí seguir sus pasos desde la distancia. Llegado a un punto, lo vi detenerse.

–Tendría ganas de hacer sus cosas… –le guiña un ojo.

–Aproveché una pineda que se abría a su espalda para ocultarme. Al cabo de un rato, llegaron dos jinetes –prosigue la otra, seria–. Uno bajó del caballo y departieron un rato. El otro permaneció en todo momento subido a su montura.

–¿Un par de jinetes? –La mira ahora extrañado.

–El que no bajó de la montura vestía de manera basta, pero no así el que estuvo conversando con él.

–¿Recordáis cómo vestía?

–De manera bastante llamativa, eso sí os lo puedo asegurar. Desde luego, no era un soldado.

–¿Pudisteis escuchar algo de lo que hablaban?

–Había no menos de una veintena de pasos de distancia. Considerad que trataba de ocultar mi presencia, por lo que no podía acercarme más. No obstante, nada más llegaron los dos desconocidos, Íñigo alzó la voz para decir algo de un marrano montado a caballo. Algo así.

–¿Marrano? –El sevillano compone un gesto pensativo–. Eso no suena nada bien, desde luego.

–¿Os fijasteis si hablaba con alguien en especial cuando decidisteis acudir hasta aquí para regalarme vuestra compañía? –quiere saber ella.

–No se despegaba de Pedro de Ávila. ¿Por qué deseáis saberlo?

–Habéis oído hablar de su fama, ¿verdad?

–¡Hombre! ¡Como para no conocerlo! ¡Menudo berzotas! No es por traeros malos recuerdos, pero era muy amigo de vuestro Lorenzo Díaz. De carácter… –Ginés Méndez decide callar. En sus labios queda impresa una sonrisa traviesa.

–Fue de los primeros en incitar el saqueo de Cascáis. Una voz con mucho predicamento.

La suspicacia se apropia del rostro y tono de voz del sevillano.

–¿A dónde queréis llegar?

–Pensad lo que queráis, pero atad cabos acerca de su manera de actuar en las últimas semanas. –Lo mira con fijeza–. Está repitiendo el mismo proceder que usó con Lorenzo. Precisamente él, siempre tan parco en palabras.

–Pero ¿qué interés podría tener en fomentar los saqueos? ¡Que me aspen, que intento seguiros pero no comprendo a dónde queréis llegar! –replica Ginés Méndez con media sonrisa en los labios.

Inés Arias se incorpora. Reprime un grito de dolor. El soldado también se levanta, pero ella rechaza su ayuda. Se le adelanta en su intención de regresar al real. Deja a su espalda el mar, sus idas y venidas; y al sevillano, que la mira incrédulo. Lo que atisba delante es un escenario oscuro roto por diversos puntos brillantes.

–Eso es lo que tendréis que averiguar –le dice ella al fin–. Pero tened claro que, si tengo oportunidad de matarlo en los próximos días, lo haré. Ya no puedo contenerme más.

Capítulo 54

La realidad de la guerra

Alrededores de Lisboa. Mediodía del 13 de agosto de 1580

Ebou no sabe si incorporarse o permanecer sentado al ver venir a Cristóbal Freire. Comparte conversación con un grupo de esclavos. Todos visten de la misma manera: bombachos de color rojo y una camisa blanca que, con el paso de los días, ha perdido buena parte de su color original. A diferencia de otros soldados, los esclavos van descalzos.

El lugar en el que ha acampado el grueso de las tropas al servicio de Antonio de Crato, a poco menos de dos leguas de Lisboa, es amplio, rodeado de pinos, olmos y madroños, cuyas sombras –el sol cae a plomo sobre ellos– buscan y agradecen los soldados. Unos lo hacen desde hace semanas; otros dan gracias a Dios por estar allí tras salir vivos de varios encuentros con los españoles. Tanto a Cristóbal Freire como a cualquiera de los lugartenientes del nuevo rey portugués les resulta difícil calcular cuántos hombres se han reunido allí. Los más optimistas aventuran que serán algo menos de veinticinco mil infantes y dos millares de jinetes. Los menos, sin embargo, rebajan esas cifras a diez mil de los primeros y algo más de mil de los segundos. Sí tienen por seguro que cuentan con la ayuda de tres millares de esclavos negros, mal armados y peor preparados.

Todos esperan.

No saben qué, pero esperan. Algunos, por distraerse, se alejan hacia el sur, donde se deleitan con una sobrecogedora vista del río Tajo en su camino hacia el océano. Los más aguardan noticias. Cuáles, no saben. Rumores, muchos. Certezas, pocas o ninguna. Los primeros asustan a los soldados. Algunos han desertado ya. Entre la alternativa de morir y dejar que el destino decida por ellos sin tener que enfrentarse a los españoles, han optado por esto último. Cuestión de supervivencia, o de hacer caso al miedo. Agarrota los músculos, niebla la conciencia, cercena toda posibilidad de razonamiento. No hace prisioneros. Ordena. La muerte está llamando a su puerta, y el ánimo no es el mejor entre los esclavos reunidos por Cristóbal Freire, quien oculta que los conduce a una muerte segura. Inexpertos, faltos de preparación y prisioneros del miedo, no duda de que aguantarán en manos de los españoles menos que una jarra de vino.

Con todo, lo peor es haber recibido las instrucciones dadas por don Antonio de Crato. Siente enfado e impotencia a partes iguales. El primero lo consume, amenaza con devorarlo; la segunda lo desborda. Miles de vidas para nada, salvo para satisfacer el deseo de una persona que no puede seguir por más tiempo detentando una responsabilidad que, en su opinión, le queda grande.

Una carnicería. Eso es lo que pretende don Antonio.

–¿Me estáis hablando en serio? –preguntó horas atrás a Fernando de Meneses, lugarteniente de quien se hace llamar rey.

–Por completo –afirmó, encogiéndose de hombros–. Pretende forzar el asalto a Lisboa por parte de los españoles.

–¡Ese hombre está loco!

–Cuidad lo que decís –lo detuvo el otro, serio–. Es vuestro rey.

–Pues es un rey loco.

Cristóbal Freire viene de estudiar el terreno donde tendrá lugar el enfrentamiento con los españoles. Ha querido analizarlo con sus propios ojos para ver dónde habrá mayores garantías de supervivencia para sus hombres. Mínimas. No obstante, su deber es sacar con vida al mayor número de los que han embarcado en una aventura cuyo premio es una libertad que muchos de ellos, por no decir todos, nunca disfrutarán. Por lo que sabe, don Antonio planea que la batalla se dé junto a la desembocadura del arroyo Alcántara, apenas un curso seco encajonado entre pendientes abruptas. El puente que une ambas orillas será la clave que determine el resultado. Lo tiene claro.

Al fin, Ebou se levanta y lo encara con gesto preocupado. Un par de esclavos lo acompañan con la mirada. Sus facciones se endurecen. Disciplina y valor. Son las armas con las que cuentan, no tienen más. Y en apenas unos días, teme, debe conseguir que aquellos hombres ofrezcan algo de resistencia a lo que considera la maquinaria de guerra más perfecta de su tiempo.

–¿Qué ocurre? –pregunta.

–¡Instrucción! ¡Rápido! ¡Levantaos, todos! –ordena Cristóbal Freire.

Otros capitanes repiten la misma orden. A su alrededor, todo son voces, murmullos. No hay nube alguna en un cielo, que viste un azul intenso. En la lejanía, el portugués repara en el vuelo en círculo de un par de buitres. Quizás hayan descubierto algún animal muerto. Sobrevuelan el lugar, y esperan. Puede que no dentro de mucho hagan lo mismo sobre sus cabezas, esos buitres y otros muchos más, pero ya no le importará, porque estarán todos muertos. Su único cometido, como el del resto de capitanes, es intensificar la instrucción de los soldados. Arbolar, tercio, paso. Bote, bote, como ha oído a los españoles. Una, dos, tres veces. Otra vez. Disciplina, valentía. Una y otra repetición hasta que los esclavos se sientan cómodos con el manejo de un arma que es nueva para todos ellos. Una vez eso ocurra, a esperar que aguanten lo que puedan durante el combate mientras Lisboa se prepara para resistir el vendaval.

–No me gusta tu cara –le dice Ebou.

–No tengo otra, así que tendrás que aguantarte.

–No has respondido a mi pregunta –insiste.

–¿Acaso tengo que hacerlo?

–Merezco una explicación –prosigue el esclavo–. Hace días que no abres la boca salvo para ordenar instrucción. Merecemos una explicación de por qué estamos aquí y qué estamos esperando.

–No hay ninguna explicación que dar. He dicho que instrucción.

–Entonces no me moveré.

Cristóbal Freire lo agarra por el cuello, y Ebou lo mira aterrorizado por tan súbita reacción del portugués. Está nervioso, muy nervioso. Lo atisba en su cara, en su mirada, en la rigidez de su rostro. Quizá, interpreta, no quiera preocuparlos con malas noticias. El esclavo pugna por liberarse del puño que lo asfixia.

–He dicho que instrucción, y eso es lo que vas a hacer. –Lo mira fijamente. Luego vuelve la mirada al resto de esclavos–. ¡En pie, todos! ¡Tomad vuestras picas y a formar!

Obedecen. Cristóbal Freire suelta a Ebou, que se lleva las manos al cuello. El dolor de su mirada se traduce en un largo suspiro del portugués, brazos en jarras ahora y la pierna izquierda más adelantada. Por mirada, una furia impostada. Es lo que debe transmitir, a sabiendas de que nada de lo que haga servirá para evitar la muerte de muchos de ellos.

–Perdóname –le dice, sosteniéndole la mirada, con un gesto de abatimiento.

–¿Qué te ocurre, Cristóbal?

–Marcha con los tuyos.

Cuando Ebou se dispone a caminar hacia donde guardan las picas, Cristóbal Freire lo detiene poniéndole la mano izquierda en el pecho.

–Aguarda.

Por su mirada, Ebou sospecha que el portugués no trae buenas noticias.

–Los españoles han tomado Cascáis y se aproximan a Lisboa. Quizás en un par de días estén aquí. –Lanza una ojeada al resto de esclavos y soldados repartidos por la llanura–. Ahora mismo somos lo único que se interpone entre ellos y la ciudad, y no hay esperanza, Ebou. –Cristóbal Freire suspira, resignado–. Pasarán por encima de nosotros, saquearán e incendiarán la ciudad. No quedará piedra sobre piedra ni nadie con vida entre sus muros para contarlo.

–¡Niyma!

–Tu valor es la única arma de que dispones, además de esa pica. –Mira ahora a un esclavo que ya la agarra con una de sus manos–. Si quieres a esa muchacha, lucha por ella y evita que los españoles entren en la ciudad. Si lo hacen, te aseguro que para ti no será más que un recuerdo. Aunque eso te dará igual, pues para entonces sólo serás comida para ésos –le dice, señalando los buitres.

Ebou alza la mirada hacia las aves. Pacientes, sobrevuelan en círculos, esperando el momento para posarse en el suelo y deleitarse con los restos del animal que vigilan desde las alturas. Bestias siniestras. Conoce su manera de actuar. No obstante, considera que son más nobles que algunas personas. Más que su dueño, por citar alguna. Si algo caracteriza a Jorge Sequeira, es su escasa empatía y carencia de sentimientos. Basta con que Ebou se despoje de la camisa que viste para que la inhumanidad de su amo quede a la vista de todos.

Lisboa. Mediados de junio de 1575

Jorge Sequeira sudaba, pero sonreía de una manera maléfica mientras disfrutaba del espectáculo, del que estaba siendo uno de los protagonistas. El otro era Ebou. Con los brazos colgando del techo y una cuerda atándole las manos, aguardaba un nuevo latigazo de su amo. Lo de menos era la espalda ensangrentada; lo peor, el rastro de la vergüenza que estaría obligado a pasar a ojos de todos hasta que su amo quisiera. Y todo por no haber evitado que se rompiera uno de los cántaros de agua que transportaba.

Para su desgracia, ese día su amo estaba presente en el Terreiro do Paço. No era lo habitual, pero sucedió. Departía con otros hombres y alguna mujer. Era una mañana soleada, y todavía se podía pasear por las calles de la ciudad sin miedo a un calor que no tardaría en llegar. Las mujeres se hacían acompañar de esclavas, y una de ellas no levantaba la vista del suelo. Aún sentía una enorme pena por una condición que no acababa de asumir, y que temía ya fuera para siempre.

De pronto, escucharon un ruido. Ebou discutía con el otro esclavo mientras, en el suelo, esparcidos, habían quedado los restos del cántaro. Parecía que iban a pelear entre ellos. Más y más esclavos los rodearon al momento, dispuestos a divertirse. Pero la llegada de Jorge Sequeira los espantó y cada uno regresó a sus quehaceres. Ebou se humilló ante él, le pidió perdón por su torpeza. De la boca de su amo no salió ni una sola palabra. Ordenó a otros esclavos que lo condujeran al lugar donde ahora lo azotaba, una sala oscura apenas iluminada con hachones donde gustaba de infligir castigos diversos. Cuatro paredes desnudas y un techo de madera con vigas anchas en las que colgaba las cuerdas de las que pendían los desgraciados a los que azotaba vaciando su crueldad sobre sus espaldas.

Aún le dio tres latigazos más antes de que, cansado y sudoroso, arrojara el látigo al suelo. Se secó el sudor de la frente con un pañuelo que le ofreció otro esclavo. Tenía la camisa empapada. Ésta se le pegaba a la piel, revelando su prominente barriga.

–Descolgadlo y dejadlo en el suelo. Quien ose acercarse a él o tenga ánimo de ayudarlo recibirá el mismo castigo. ¿Lo habéis entendido?

Dos esclavos obedecieron al instante. Ya con Ebou donde Jorge Sequeira había pedido, abandonaron la estancia y los dejaron solos. Ebou gemía en el suelo, sin apenas fuerzas para incorporarse. Ni siquiera gritó cuando Jorge Sequeira lo tiró del pelo para levantarle la cabeza y obligarlo a que lo mirara. Entreabrió un ojo, y entonces vio la estúpida sonrisa que decoraba los labios de su amo.

–Siempre os he servido bien, es la primera vez que os fallo.

–Espero que así sea, porque ¿ves ese látigo? –Le levantó más la cabeza para que pudiera verlo–. Por tu culpa, sus puntas se han desgastado.

–Pero... –trató de protestar. Sabía que no era más que un ardid de su dueño. Tras azotarlos, siempre ordenaba que se arrojara al suelo un látigo desgastado.

–Me encargaré de que pagues el precio de uno nuevo. Trabajarás el doble de lo que lo haces ahora, y lo harás con el torso desnudo, para que todos sepan lo que has hecho. Para tus compañeros, serás un ejemplo de lo que les pasará si desobedecen mis órdenes o tienen un mal comportamiento. A los ojos de otros dueños de esclavos, reafirmaré mi fama de saber cómo trataros.

Entre risas, lo soltó y se marchó. Miles de pensamientos asaltaron en ese momento al esclavo, ninguno bueno. Vivir así era morir de horror, asistir a una muerte lenta y dolorosa, ser un mero objeto en manos de un sátiro que nunca lo mataría, sino que lo dejaría morir mientras extraía de él el mayor beneficio posible.

–Isatou…

Su voz sonó al lamento de un moribundo. Levantó la mirada al cielo. Tenía los labios resecos y la boca pastosa. En ese momento, lo que más deseaba era hablar con su hermana.

–Isatou, por favor…, háblame.

Por respuesta, el silencio. Ese día su hermana no quiso hablar con él. Permaneció toda la noche tirado en el suelo hasta que, a la jornada siguiente, el mismo Jorge Sequeira fue a por él y le ordenó salir a trabajar como todos los días, bajo su supervisión, pues lo estaría vigilando en el Terreiro do Paço, donde varias embarcaciones se disponían a zarpar. Ebou faenó bajo la atenta mirada de su amo hasta que los esclavos abandonaron el puerto. Aprovechando un momento en que lo vio conversar con un par de damas, buscó un resguardo tras un muro y se sentó con mucho cuidado. Las aguas del Tajo le lamían los pies en sus idas y venidas. No pudo reprimir un chillido de dolor al apoyar la espalda, en carne viva, en el muro. Se separó y se quedó encorvado, con el rostro contraído y apretando los dientes.

Entonces notó que alguien le tocaba la espalda. A pesar de que quien fuera lo hacía con extrema dulzura, no pudo evitar un nuevo chillido. Al volverse, el rostro contraído quedó colmado de una sorpresa infinita.

–Pero…

–Sssh… –le pidió Niyma, sin dejar de aplicarle en las llagas un trapo húmedo que había traído consigo–. Mi ama está hablando con el tuyo, así que no te buscará. Lo entretendrá un buen rato. Sabe de su interés por ella desde hace tiempo.

–Cuidado, cuidado… –le pidió él, apretando los dientes.

–Mi ama dice que Jorge Sequeira es un hombre malo, posiblemente de los peores que hay en Lisboa, y que sabía que te azotaría sin piedad por romper el cántaro. Ella misma preparó anoche la mezcla de agua y sal en un cubo para curarte en cuanto aparecieras por la plaza. Luego intuyó que tu amo estaría presente hoy en la plaza para vigilarte, por lo que no tendría más que ponerse a hablar con él mientras yo te aliviaba las heridas.

–No sabes cuánto os lo agradezco…

–He pasado toda la noche pensando en ti, en lo mal que lo tienes que haber pasado. Cuando vi cómo te sacaban a rastras de la plaza… Ese hombre te matará, Ebou.

–¿Me viste? –preguntó él, aún sorprendido.

–Nuestros amos estaban juntos. Tu amo pretende a la mía desde hace tiempo, pues es viuda, pero ella lo mantiene a raya –le explicó, esbozando media sonrisa–. Es una buena mujer.

–Te cuida bien.

–Mejor que tu amo, desde luego.

Para sorpresa de Ebou, la oyó reír con brevedad.

–Es la primera vez que oigo el sonido de tu risa.

–Alguna vez tenía que ser la primera… –Ella le dedicó entonces una sonrisa completa.

–Ésa es la mejor medicina que me puedes dar.

–¿Mi sonrisa? –preguntó ella, sin dejar de aplicar, con cuidado, el pañuelo mojado en su espalda–. Mañana traeré un poco de miel. Dice mi ama que es buena para cicatrizar las heridas.

–¿Por qué haces esto?

La pregunta sorprendió a Niyma. Por primera vez, se miraron fijamente.

–Es la primera vez que hablamos y de tu boca no salen desprecios, ni tampoco me lanzas miradas de desdén. ¿Qué ha pasado, Niyma? ¿Qué te ha pasado?

–¿A mí? Nada. –La muchacha negó con la cabeza y se incorporó para mirar por encima del muro–. He de regresar. Tu amo está empezando a buscarte.

–¿Nos veremos mañana?

–Como te he prometido. Hay que seguir curando esas heridas, aunque tardarán tiempo en cerrarse. Tu amo no debe percatarse de los cuidados.

La mirada que entonces Ebou le dedicó sobrecogió a la muchacha.

–Gracias, Niyma.

Ella no dijo nada; se limitó a sonreír. Ebou la vio alejarse. Después buscó el río con la mirada y se pellizcó para comprobar que lo que acababa de vivir no era un sueño.

–¡Vaya con la estirada!

–¡Isatou! –gritó él, sorprendido, mirando al cielo–. ¿Dónde estabas ayer cuando tanto te necesitaba?

–No era el momento.

–¿No era el momento? –repitió él.

–Preferí dejarte tranquilo. Supongo que el dolor sería tan grande que te impediría hablar conmigo.

–Aun así, tus palabras hubieran sido el mejor bálsamo.

–¿Mejor que el de Niyma? –la oyó reír.

–Isatou...

–No lo sé, Ebou. En el cerebro de la estirada no puedo entrar, pero entiendo su reacción. Sois de la misma aldea, os habéis criado juntos. Lo quiera o no, eres el único nexo que le queda con lo que fue su anterior vida, y querrá agarrarse a él como a un clavo ardiendo.

–Así que eso soy para ella...

–De todas formas, si necesitabas una prueba para comprobar la veracidad de lo que *bamaa* Fatou te dijo aquel día en la aldea, la acabas de obtener.

–¿Qué quieres decir?

–Eres dueño de tu vida.

–¡Pero…!

A continuación, se hizo el silencio. La voz de su hermana desapareció. Miró al cielo, reprimiendo un gesto de dolor, aunque confiado en el buen hacer de Niyma para que las llagas acabaran convertidas en cicatrices. Un recuerdo de por vida de la brutalidad de su amo, Jorge Sequeira. Miró hacia atrás, por encima del muro, y lo vio echando vistazos en derredor. Los últimos esclavos acababan de subir a las barcas. Encontró atada a la bestia de la que se ayudaba para transportar los cántaros llenos de agua de un lado para otro. Echó un último vistazo a la superficie brillante del Tajo. Por la razón que fuera, el río le parecía más bello que nunca; también la plaza en la que se levantaba el Palacio Real y los edificios señoriales que contemplaba por encima de los tejados de las casas de la plaza.

Niyma lo había advertido de que su amo lo mataría tarde o temprano, pero Ebou se prometió a sí mismo que eso nunca ocurriría. Tenía una razón para vivir, una única razón.

Se llamaba Niyma.

Capítulo 55

Enfados que saben a destrucción

Real junto a la fortaleza de Sant Gián de Heras. Media tarde del 19 de agosto de 1580

–¡Juro que de Lisboa no quedará ni el nombre! ¡Y mandad aviso al prior de Belém para que pregunte a ese grandísimo bellaco de don Antonio cómo prefiere morir, porque que lo va a hacer es tan cierto como que mi padre don García está muerto y nunca se ha hallado su cuerpo!

Gómez de Monroy se asombra al ver al duque de Alba entrar dando voces en la tienda del real. Detrás de él, a prudente distancia, lo siguen su hijo, el prior don Hernando y el maestre de campo Sancho Dávila. Por los gestos del primero, entiende que es mejor dejarlo que se desfogue.

–¡Estas ropas fuera, presto! ¡Quiero descansar ya!

A una orden del secretario, varios asistentes acuden para desvestir al duque. En camisa, se tiende en la cama, dejando como testigo del momento un grito de dolor que, como poco, podría haber escuchado el mismísimo don Antonio desde Lisboa. Poco a poco se relaja y agradece el mullido contacto de la cama.

–Instad a mi hijo y a don Sancho que aguarden fuera. Me vendrá bien un poco de descanso –solicita a Gómez de Monroy.

–Será como ordenéis.

Salen todos, y en la tienda sólo quedan el duque de Alba y aquel ayudante, que regresa de inmediato a su lado.

–No es por meterme donde no me llaman, pero barrunto que el asunto de vuestra reunión con el prior de Crato no ha ido muy allá... –comenta el hombre.

Fernando Álvarez de Toledo le dedica una mirada que contiene tanta ira como la que el Vesubio esparció sobre Pompeya aquel ya infausto día del año 79 después de Cristo.

–¡Ese mentecato no ha hecho acto de presencia!

A Gómez de Monroy no le sale más que un largo suspiro por respuesta. Conoce de sobra el carácter del duque de Alba. «*Velaílo*, viene *grumao*. Mira por dónde el *romaizo* de don Juan te va a permitir vivir una buena», dice para sí, con ese deje y palabras del norte de Cáceres que tanto le gusta usar. Natural del Señorío de Valverde, saber escribir y leer de una manera aceptable le permitió entrar al servicio de Juan de Albornoz. Desde entonces ejerce de mano derecha y lo sustituye cuando aquél está ocupado en sus menesteres o indispuesto, como es la ocasión.

–¡Bastante bochorno para mí fue ya ser llevado en sillas de manos hasta las galeras, pues pensaba que me encontraba en mejor condición! –explica furioso.

–Si así acabamos de una vez con este asunto...

–Dios sabe que ésa fue la aspiración por la que embarqué en la galera, junto con mi hijo y don Sancho, para arribar al lugar donde debíamos reunirnos con don Antonio y acabar con este asunto de una vez. Estuvimos aguardando toda la noche..., ¡toda la noche! –mira al otro con vehemencia–, aguardando la orden de desembarcar, hasta que esta misma mañana, harto de tanta espera, ordené regresar al real. ¡El muy hideputa...! ¡Cómo nos la ha jugado!

–¿Y ahora?

–¿Ahora? Bien sabe Dios que quiero cumplir con lo exigido por su majestad, ¡pero ganas me entran de levantar ahora mismo el real y plantarme en las puertas de Lisboa en menos de una jornada! ¡Que sientan sus hombres y mujeres lo que se les viene encima por seguir dando ánimos a semejante adefesio que tienen ahora por rey!

Llaman desde fuera, y el duque atisba junto a Gómez de Monroy la presencia de un hombre vestido con medias armas. Intercambian unas palabras.

–Tiene catadura de trabajar para el portugués...

–¡Vaya por Dios! ¡Y no disponer ahora de la ayuda de don Antonio de Castro! ¡Dad aviso inmediato a don Diego Cubero!

El ayudante habla con uno de los asistentes del duque, que se marcha a la carrera. Con un gesto pide al hombre que aguarde. En ese lapso, se miran no pocas veces, sonríen, intercambian algunas palabras, y así surge entre ellos una suerte de comunicación primaria.

–¿Requerís mis servicios, excelencia? –se dirige a él Diego Cubero nada más llegar.

–¿Acaso creéis que os he hecho venir para disfrutar de vuestra presencia? –responde con sorna–. ¡Preguntad a ese caballero qué nuevas trae! ¡Presto!

Se vuelve al instante hacia el hombre, y departen unos instantes. Diego Cubero sabe qué quiere el duque, de ahí que hace varias preguntas al otro.

–¿Qué os dice?

Diego Cubero asiente a las últimas palabras del caballero y se dirige al duque de Alba:

–Pide a vuestra excelencia mil perdones en nombre de don Antonio por su ausencia de la reunión prevista.

–¿Mil perdones, ese hideputa? –De repente, el duque de Alba tose con violencia. El ataque de tos es grande, por lo que le cuesta recuperarse.

–Excelencia... –El secretario quiere hablar con él, pero un gesto suyo se lo impide.

–Proseguid, don Diego.

–Don Antonio no ha podido acudir a la reunión no por falta de voluntad, sino porque los suyos lo han estorbado por miedo a que lo mataran cuando se encontrara ante vuestra excelencia.

–¿Acaso me tiene por un asesino? –exclama el duque–. ¿Ésa es la imagen que tiene de mí ese grandísimo bellaco? ¿Cree que voy por ahí acuchillando a la gente porque sí?

–Además, suplica que, si lo deseáis, enviéis al prior en su lugar, pues le servirá igualmente para el cometido que se trae entre manos.

–¡Ah, claro! No viene hasta mí por miedo a que lo mate, y voy a permitir que sea mi hijo el que acuda ante él. ¡Maldito baldragas!

–¿Entonces?

–Decid a este hombre que se vaya por donde ha venido. ¡Don Juan, el prior y don Sancho, a mi presencia, presto!

Al momento, el caballero está fuera de la tienda, casi arrastrado por el secretario y el traductor. Son ahora su hijo y el maestre de campo quienes acceden a ella.

–Si de algo ha servido esta pantomima es de haber aprovechado el viaje para hacerme una mejor idea de la ubicación de la Torre de Belén y de cuál es la composición de la armada de don Antonio –dice el duque de Alba a estos dos a modo de saludo.

–¿Qué disponéis? –le pregunta Sancho Dávila.

–Si Dios quiere, mañana, domingo por la mañana, partiremos para la Torre de Belém. Lo que aún no sé es si emplazar una o dos veces el real antes de alcanzarla. Así que dad orden de que ningún soldado abandone su escuadrón sin orden de su capitán. Tal es la cercanía de los portugueses que temo que puedan estallar refriegas. Que los soldados se mantengan juntos, a la espera de órdenes.

–Así será.

Cuando el prior y Sancho Dávila abandonan la tienda, el duque se remueve, molesto, en la cama.

–¡Maldita sea! ¡Ya no recordaba lo mal que se duerme en una galera! –confiesa a Gómez de Monroy, quien vuelve a hacerle compañía–. De todas formas, ya me olía que esto iba a pasar…

El secretario lo ve rezongar, aunque, pronto, se queda en silencio. El duque parece dormitar, y él esboza una ligera sonrisa. El noble es la grandeza de un imperio donde no se pone el sol. Nadie mejor que él encarna ese sentimiento, esa hambre de gloria de millares de hombres que, en no pocos casos saliendo de la nada, matan en nombre de su rey con tal de alcanzar una pequeña cuota de gloria. Para su sorpresa, Fernando Álvarez de Toledo abre los ojos y se incorpora; necesita pasear, dar movimiento a las piernas, pues deberá estar ágil las próximas jornadas. El duque lo mira de una forma que el asistente queda sobrecogido. Esa mirada, piensa. Tan limpia y profunda.

–Don Guzmán, juro a vuestra merced que se me junta el cielo con la tierra sólo de pensar que he de entrar en Lisboa por la fuerza.

Lo suelta con tanta sinceridad que el ayudante de Juan de Albornoz no puede evitar un escalofrío. Siente la mirada sincera del duque de Alba sobre él. Hay tanto cansancio en ella como para asolar la Torre de Belém en forma de ola.

–Antes estaría dispuesto a perder la vida que hacer lo que acabo de referir. No sabéis las ganas que tengo de llegar a un acuerdo con don Antonio para acabar este asunto en paz de una vez.

El que habla es un hombre vencido, cansado; tal vez sobrepasado por los acontecimientos. Un hombre que no ansía más que acabar de una vez con el trabajo encomendado por su majestad.

Capítulo 56

Un mismo escenario, dos miradas distintas

Nave capitana de la armada española. Amanecer del 23 de agosto de 1580

Fernando Abad nunca ha visto un amanecer así, tan rojo. Como si anunciara la sangre que está a punto de derramarse. De eso él tendrá buena culpa. Nunca sabrá cuántos, pero su pericia se llevará por delante la vida de no pocos portugueses.

Está cansado, pues apenas ha dormido. Como sus compañeros, agradeció la llegada de la noche, la calma. Llevaba el jubón plagado de manchas y los gregüescos pegados a la piel por el sudor. La jornada anterior fue intensa; un duro y despiadado intercambio de disparos entre las naves de la armada y la torre. Disparos y más disparos. El humo de la pólvora cegándolos, reventándoles los pulmones, pero no cejaron en su empeño. Ellos o nosotros, muerte a ellos, de esa torre no ha de quedar ni los cimientos. Eso gritaban unos y otros para animarse. «¡Como si fuera tan fácil!», pensaba mientras tanto. Y, además, lloraba de pena. Una torre tan bonita, tan majestuosa, rociada una y otra vez con la intención de dejarla reducida a escombros, de matar a quienes, tras sus muros, disparan contra ellos con la misma intención.

Por eso fue de los que más se alegró con la llegada de la noche. Mirara donde mirase, las galeras presentaban idéntico aspecto: desarboladas; y, en muchos casos, como ocurría con la capitana, con los cañones de la crujía puestos en proa para ayudar a la batería. Rendido, se tendió en la cubierta y miró al cielo. Rubio, de media estatura y entrado en carnes, con la treintena ya rebasada, lo último que vio antes de quedarse dormido fue una estrella fugaz. «Dicen que, si ves una y pides un deseo, se te concede». Eso le había asegurado María el día que la conoció. Ella era hija de un pescador, y él, el tercero de unos padres que malvivían con lo poco que lograban arrancarle a una tierra seca. Tras algunas miradas de soslayo, por San Juan dieron un paseo y se tendieron en el prado, buscando su frescor. La vida, sus enigmas, sueños e ilusiones. De eso hablaron ese primer día sabiendo que sería el primero de los muchos el uno junto al otro.

La echa mucho de menos. Pero también a la hija mayor, la pequeña María, como su madre; a Fernando, el menor, y a quien haya querido Dios, pues cuando se marchó para unirse a la armada en Huelva su mujer estaba a punto de traer a una nueva criatura a este mundo lleno de desdichas. Si el amanecer le resulta hermoso, no menos lo es la torre ante la que aguardan las galeras de la armada española. Construida sobre una gran roca saliente en el río Tajo, se alza inusualmente bella. Presenta un bastión rectangular con varias torretas, desde las que los portugueses estuvieron escupiendo fuego la jornada anterior como si la vida les fuera en ello. Que les va, está convencido de ello, al igual que le va a la suya. Lo apena verla así, tan desmejorada; con dos boquerones producto del fuego español que, sin embargo, en nada perturban su belleza. Contempla extasiado las cuerdas esculpidas en piedra de su fachada, las galerías abiertas, la hechura de sus torres de vigilancia.

–¡Atentos vuestras mercedes! –Oye en ese momento, y vuelve la vista hacia la voz. Serena e imperturbable, la figura de Álvaro de Bazán, marqués de Santa Cruz, impone–. ¡Preparen las piezas para disparar! ¡Hasta que no se solicite nuestro concurso, quedaremos a la espera! ¡No se relajen! ¡La victoria está cerca!

Fernando Abad resopla, aliviado. Un mínimo descanso. No sabe cuánto durará, pero es algo que todos los soldados de la capitana agradecen.

Hasta que un enorme estruendo rompe la quietud del amanecer. La artillería española, asentada junto a la Torre de Belém, ha empezado a interpretar su sinfonía de destrucción.

Torre de Belém. En ese mismo momento

Cansado y hambriento. Así se siente Duarte Dias. Está apostado junto a la pieza que ha comenzado a disparar sin descanso, como hiciera la jornada anterior. La llegada del amanecer ha invitado a los españoles a redoblar sus esfuerzos por doblegar la resistencia de la guarnición de la torre. Bum, bum, bum. Pronto el aire se vicia del olor de la pólvora.

–¡Fuego, fuego, fuego! –brama Nicolao Rodríguez de Sequeira, alcaide de la torre.

Al igual que sus compañeros de guarnición, Duarte Dias obedece. Cuestión de supervivencia, pues la artillería española escupe fuego con tanta violencia y determinación que es difícil encontrar lienzo alguno de la torre que no haya resultado ya dañado.

–¡No aguantaremos mucho más! –grita a su lado Domingos.

–¿Y qué hacemos, si no?

Buen tipo Domingos, conviene Duarte Dias. Natural de Oporto, regordete, de frente ancha y despejada, lleva el torso desnudo. A pesar del relente de la mañana, es tal la intensidad del fuego español que tienen que responder como sea, aunque eso suponga que las reservas de pólvora se agoten a la misma velocidad que sus fuerzas y determinación.

–¿Nos rendiremos?

Duarte Dias busca al alcaide con la mirada. Sabe que el hombre trata de multiplicarse para estar en las distintas plantas a la vez, para alentar a la guarnición. Los artilleros cargan la pieza, lo que les lleva un tiempo, y hacen fuego. El estampido reverbera en la sala, de techos bajos sustentados por arcos de medio punto que descansan en una gran columna. Hay en total media docena de cañones en ese lado, y todos apuntan hacia la artillería española. Cada disparo es una agonía para sus oídos, y por eso gritan cuando se hablan, pues es la única manera de hacerse oír. En el punto desde donde disparan disponen de un recipiente para mantener encendido el botafuego. En el suelo, diseminados, hay un balde con agua, una plataforma con cartuchos de pólvora, un cucharón para ésta, polvoreros y diversos proyectiles. Varios grilletes y cuerdas sujetan el cañón para evitar su retroceso, y encima de la tronera tienen colgados tanto el escobillón como el atacador.

No le gusta la cara desencajada del alcaide, a quien ve asomarse en varias ocasiones por los vanos para examinar la disposición de la artillería española. Su cercanía a la torre es lo que más le preocupa.

–¿Han hecho fuego ya esas naves?

–¡Siguen en silencio! –le responden.

–¡Disparad!

La pareja de artilleros prepara con prontitud una nueva pieza. «¿Nos rendiremos?», le ha preguntado Domingo. «¿Qué pasará si lo hacen?», se pregunta él en ese momento. La guarnición de Sant Gián de Hueras salió indemne del envite tras la rendición; la de Cascáis, por las noticias que corren de boca en boca, no corrió tan buena suerte. De ahí la indecisión. Qué hacer. Si por él fuera, se rendiría de inmediato con tal de regresar a Lisboa junto a su mujer e hijos.

No puede hacerse a la idea de terminar esa jornada colgado de una horca o encadenado al asiento de una galera española hasta que su cuerpo diga basta. Quiere vivir, disfrutar más de la vida de lo que lo ha hecho esos cuarenta años, si es que a lo que ha hecho hasta entonces se le puede llamar de tal forma. Las guerras, para los reyes.

«¡Rendición, rendición!», implora él en silencio, deseándolo con todas sus fuerzas.

El día anterior, el duque de Alba exhortó al alcaide, pero éste se negó a rendirse. ¿Aceptará hoy? La pregunta permanece unos instantes suspendida en su cabeza.

–¡Cuidado! –gritan dos artilleros desde una esquina de la planta.

El impacto se los lleva por delante, y también al cañón que tienen asignado. La bala, que ha entrado por el vano y rebotado por las paredes, mata a varios soldados. Los españoles aún intensifican más la cadencia de disparos. Bum, bum, bum. Gritos, lloros, alaridos; voces que llaman a la madre, a la mujer, a los hijos. Humo, una nube de polvo que permanece suspendida en la sala. La escena impacta a Domingos, que se queda paralizado.

–¡Venga, sigue con lo tuyo! ¡Disparemos! –lo insta su compañero.

El amanecer ya es un recuerdo; el día comienza a manifestarse en forma de un calor que irá a más conforme avance la jornada. No sabe cuánto tiempo llevan disparando, pero no cree que les quede mucho más. Los proyectiles escasean, y ya se ha comenzado a racionar la pólvora. En esas condiciones, durarán un suspiro frente a la demoledora potencia de fuego española.

–¿Cuánta munición queda? –les chilla el alcaide cuando se persona otra vez ante ellos.

–¡Eso que veis! –Con la mirada, Duarte Dias le indica el lugar donde hay cuatro balas y dos sacos de pólvora.

–¿Sólo eso? –El rostro se le desencaja.

–¡No hay más!

Nicolao Rodríguez de Sequeira desaparece de su vista. Su rostro, cavila el artillero, es la crónica de una rendición anunciada; y después, que sea lo que Dios quiera. No lo sospecha, lo sabe. El alcaide corre hacia el lado opuesto, el que da al río, donde la armada española se mantiene a la espera. En cuanto el duque de Alba lo ordene, se verán atrapados entre ambos fuegos, sin esperanza alguna. Cascáis, Sant Gián de Hueras, una y otra realidad, dos escenarios distintos, dos destinos. No sabe cuál será el suyo. Eso se pregunta de nuevo mientras regresa al vano desde el que disparan Duarte Dias y Domingos. Advierte más cerca a la artillería española, o al menos ésa es la impresión. Cascáis, Sant Gián de Hueras. Echa un vistazo a su alrededor. Rostros sudorosos, cansados, en algunos casos desencajados. Buenos soldados y mejores hombres. Cascáis, Sant Gián de Hueras. De él depende que sea como una o como otra.

Decidido, se aleja a la carrera. La decisión ya está tomada.

Nave capitana de la armada castellana. En ese momento

Escamado, Fernando Abad contempla la torre. Desde hace unos instantes no se oyen disparos desde aquellas ventanas; y tampoco los de su propia artillería. De repente, se le ilumina el rostro, siente una felicidad como hacía tiempo no experimentaba; una sensación que creía que no volvería a sentir al menos hasta que regresara a casa.

–¡Se han rendido! ¡Los de la torre se han rendido!

Varios soldados se agolpan a su alrededor.

–¿Cómo lo podéis saber? –le pregunta uno, barbudo y con gesto desconfiado.

–¡No disparan desde hace un rato, y nuestra artillería también cesó el fuego hace un instante!

–¿Es cierto lo que decís?

El mismísimo Álvaro de Bazán se persona junto a él para cerciorarse de la situación.

–¡Sería capaz de dejar que me cortaran un brazo si se demostrara que miento!

–¡Muy seguro estáis!

–¡Debéis creerme! ¡Esa torre se ha rendido!

–¡Un esquife! –ordena el marqués de Santa Cruz a varios soldados–. ¡Los demás, no abandonéis vuestros puestos! ¡Esto ya es cosa de la infantería, pero permaneced atentos!

Antes de marcharse, Alonso de Guzmán le ha palmeado la espalda. Bien, soldado, bien. Un gesto del que podrá presumir hasta los restos; un gesto sencillo, nimio, pero que para él comporta muchas cosas. En primer lugar, la atención del máximo responsable de la armada, que ya sabe quién es, que ya lo conoce. En eso piensa Fernando Abad sin despegar la mirada de la torre, rodeada de un silencio que lo ha llenado de una felicidad infinita.

Torre de Belém. En ese momento

Nicolao Rodríguez de Sequeira lanza un suspiro de alivio. Ya ha visto caer la bandera de guerra que hasta ese momento ondeaba en el punto más alto de la Torre de Belém. Cascáis o Sant Gián de Hueras: la disyuntiva no se le va de la cabeza. ¿Cuál será para ellos la decisión del duque de Alba? Se siente sudoroso, sucio y cansado. Necesita un respiro. Lo que no sabe aún es si será temporal o eterno.

–Preparad un esquife –ordena a un par de artilleros–. Es preciso hablar con ese duque.

–¿Qué creéis que pasará?

–¿Acabaremos como la guarnición de Cascáis?

A su paso se suceden las preguntas, miradas en las que el miedo ha decidido instalarse por una temporada, rostros bañados de un terror que estremece. En sí, la torre despide un hedor a miedo. En otro momento de su vida, el duque de Alba diría que huele a victoria.

Mientras los soldados preparan el esquife, piensa en quién enviar a parlamentar con el noble español. Una persona íntegra, con una bonhomía que lo pueda conmover; alguien capaz de penetrar en los sentimientos de Fernando Álvarez de Toledo, que sepa transmitir lo único que desean, que es vivir. Alguien sincero, recto, transparente. De pronto, esa figura se materializa en forma de nombre dentro de su cabeza.

«Sí, él», se convence.

De inmediato, regresa a la planta donde están los artilleros, y allí se encuentra a Domingos y a Duarte Dias sentados en el suelo, con la espalda pegada a la pared. Descansan, como todos los demás.

–Duarte, ven conmigo.

–¿Yo? –se señala el otro, sorprendido.

El alcaide ha pedido que le traigan una camisa limpia y un jubón de lino. La imagen es esencial en estos casos, pues quien estará delante de él será el máximo responsable de las fuerzas españolas.

–Tienes una misión que cumplir –le dice, una vez están fuera–. De ti depende nuestra suerte.

–¿Una misión? ¿Yo?

–Vas a montar en ese esquife e irás a la orilla para parlamentar en nombre de toda la guarnición con el general español.

–¿Qué? –contesta el hombre con un hilo de voz y cara de pasmo–. ¿Por qué yo?

–¡Eres la mejor persona de la guarnición! El duque de Alba tiene que verse con alguien sincero e íntegro. ¡Y tú lo eres! Sólo tienes que decir que nos rendimos y cuáles son las mercedes que nos otorgará...

–¿Y si me mata?

–¡No te matará! –se muestra seguro el alcaide–. Monta en el esquife. Confía en mí.

Ya está todo dispuesto, y el alcaide y el artillero descienden por unas escaleras para llegar al río, donde los soldados custodian el esquife.

–Dile que nos rendimos y pregúntale qué mercedes nos otorgará. ¡Sólo eso!

Nicolao Rodríguez de Sequeira palmea la espalda de Duarte para infundirle ánimos. Cuando el esquife parte, lo sigue con la mirada. Al llegar a la orilla, varios españoles lo ayudan a saltar a tierra y lo llevan en presencia del duque de Alba. El tiempo pasa lento; le parecen años en lugar de ser minutos. Al fin lo ve regresar, acompañado de varios soldados. Al mismo tiempo, un numeroso grupo de arcabuceros se aposta junto a la orilla tras echar a la corriente del río numerosos esquifes. El alcaide sale al encuentro de Duarte sin esperar a que desembarque.

–¿Y bien?

–Dice el señor Fernando Álvarez de Toledo, que es al que se conoce como duque de Alba, que ya es tarde para pedir partido. O nos rendimos, o dice que la batería hará su oficio.

–¿Entonces?

–Si nos rendimos, esos soldados –señala a los que aguardan en la otra orilla– vendrán a por todos nosotros y nos trasladarán.

Cascáis. Ése el recuerdo que estalla en la cabeza de Nicolao Rodríguez de Sequeira. Su alcaide, ahorcado, y buena parte de la guarnición, condenada a galeras. Resopla con hastío para, de inmediato, negar en silencio. Se vuelve y echa un vistazo a su espalda. Toda la guarnición aguarda expectante su suerte. Miradas suplicantes, rostros aterrados, el miedo haciendo su trabajo. Asiente al fin en silencio y se encara al artillero.

–¿Una señal? –le pregunta.

–Sólo una señal.

El alcaide levanta el brazo.

Es la señal.

En la otra orilla. En ese mismo momento

–¡Don Gabriel, don Martín! ¡Esos arcabuceros, a la torre!

A la orden del duque de Alba, que lo observa todo desde la distancia enfundado en su armadura completa, Gabriel Niño y Martín de Acuña embarcan en los esquifes en compañía de dos centenares de arcabuceros. A su lado, expectantes, permanecen su hijo, el prior, y Sancho Dávila.

–¿Qué vais a hacer con ellos? –le pregunta el segundo.

–Los pondremos a buen recaudo. Luego, cuando hayamos tomado la torre y asentado nuestra guarnición en ella, los liberaré.

–¿Y ahora? –inquiere su hijo.

–Recordadme qué tal fue el encuentro de ayer por la tarde con esos portugueses, don Sancho.

–Era una caballería de arcabuceros a caballo, no más de doscientos. Los embestimos, y estuvimos enzarzados durante una media hora –relata–. En total, matamos a nueve de los suyos y sólo uno de los nuestros cayó herido.

–Lo cual quiere decir que el real de don Antonio está cerca.

–Al pie de un río que aquí llaman Alcántara.

–Salid al mediodía para examinar el terreno y la disposición de las tropas enemigas. Llevaos las compañías de jinetes y arcabuceros a caballo, y no dudéis en sostener batalla si así lo plantean ellos.

–Así será.

–¿Y yo? –pregunta el prior.

–Es hora de empezar a pensar cómo derrotaremos al ejército de don Antonio.

Hernando de Toledo examina el rostro de su padre, pura concentración. En ese instante, no duda de que Felipe II será rey de Portugal en cuestión de días.

Capítulo 57

El aroma del miedo

Lisboa. Primera hora de la mañana del 24 de agosto de 1580

No hay peor enemigo que el miedo. Paraliza, desnuda sentimientos, somete voluntades. Es imposible de disimular y también de ocultar. Demuda rostros, se aferra a piernas y brazos, y los hace temblar sin control. Esa mañana, Lisboa apesta a miedo. Impregna el aire que se respira, se cuela por puertas y ventanas, está presente en las conversaciones.

–¡Vienen los españoles! ¡Vienen los españoles!

–¡Están al otro lado del río Alcántara!

–¡Su armada viene hacia acá remontando el Tajo!

–¡Han rendido la Torre de Belém, y, si el ejército del rey no los detiene, saquearán Lisboa!

Miedo en las conversaciones, en las miradas. Se cuentan por centenares los hombres, mujeres y niños que se agolpan en el puerto desde hace varios días para abandonar la ciudad; también los que han tomado el camino del norte, a pie, tratando de huir. Porque hacia ellos vienen miles de soldados sin control, con la codicia inyectada en su mirada, ávidos de riquezas, de todo aquello que les suponga un beneficio, y también de mujeres sin importar condición y edad. Y comandados por el duque de Alba, sinónimo de destrucción.

El sol abrasa ya las calles de Lisboa, y sin embargo pocas son las que no están atestadas de gente. El miedo circunda todas las conversaciones. Cualquier detalle relacionado con los españoles, por nimio que sea, se exagera sin pudor alguno. Son decenas de miles, aseguran unos; traen consigo no menos de cien galeras y galeones listos para rendir la ciudad, apuntan otros; el rey Antonio apenas ha reunido poco más de diez mil hombres para detenerlos, refieren quienes están al tanto de los trabajos del nuevo monarca para evitar lo que consideran inevitable: el saqueo de Lisboa.

Muchas de esas conversaciones se desarrollan en el Terreiro do Paço, el mismo lugar donde, días atrás, el propio rey Antonio pasó revista a un destacamento improvisado de voluntarios. Alrededor del puerto, las gentes preguntan a los capitanes cuándo zarparán o bien si los aceptarían a bordo a cambio de dinero. Se oye que algunos han pedido auténticas fortunas.

–¿Lo habéis oído? ¡Han tomado la Torre de Belém!

–¿Qué esperabais? ¡No tenemos ejército, salvo los esclavos que han decidido unirse a ese usurpador del trono! ¡En cuestión de días los soldados españoles arrasarán la ciudad!

–¿Cómo podéis hablar con esa ligereza?

–Soy leal al auténtico rey, que es el español.

Jorge Sequeira exhibe un colmillo por la comisura izquierda de los labios. A ojos de Lucía Simões, resulta tan repulsivo como desagradable. Suda mucho, y ni siquiera se preocupa de limpiarse la frente. Ella, vestida con saya de mangas anchas, sin costuras en la cintura, y amplia falda de color violeta con escote redondo cubierto por una gorguera, mueve el abanico con elegancia. A su lado, Niyma se mantiene en silencio con la cabeza agachada.

–Eso no era lo que pensabais hace unas semanas, cuando aclamasteis a don Antonio...

El otro se enerva. Ella lo nota por el estallido de ira que le asoma al rostro. Su mirada la traspasa.

–¡Mentís! ¡Siempre he sido fiel a la causa filipina! ¡El verdadero rey de Portugal es el nieto de don Manuel, a quien Dios tenga en su gloria!

–¡Vaya! –Lucía Simões tuerce el gesto–. Quizá no os interpreté bien en su momento...

–Será eso, sí.

Dos jinetes entran a galope en la plaza. Se detienen ante la puerta del Paço da Riberia. Los ven desaparecer de su vista.

–El ejército de ese usurpador está formado por muertos de hambre, levas apresuradas, soñadores sin futuro y esclavos –al decir esta última palabra, escupe al suelo con rabia–. ¿De verdad pensáis que toda esa escoria va a defendernos de un ejército como el español?

–Es nuestro ejército –dice ella, firme.

–Nuestro ejército... –ríe con acidez Jorge Sequeira–. Si ardo en ansias de que tenga lugar esa batalla junto al río Alcántara es porque los españoles no dejarán portugués vivo. En lo que a mí respecta, estoy dispuesto a acercarme hasta allí a caballo para ver cómo matan a la partida de esclavos que se han unido a ese usurpador que se hace llamar Antonio I. Antonio I... –repite con gesto de asco.

Niyma da un respingo. La blancura de su rostro asusta a su ama. En cambio, Jorge Sequeira esboza una sonrisa desagradable.

–Sí, esclava. –Sequeira la mira con sorna–. Tomaré las riendas de mi caballo y asistiré al espectáculo de ver cómo los soldados españoles exterminan a los hombres del rey Antonio. ¡Ojalá que quien mate a ese perro de João lo haga clavándole una y otra vez su espada hasta desangrarlo! ¡O bien que un arcabuzazo le reviente la cabeza! –se recrea en los detalles–. ¿Qué te parecería verlo así, perra?

–¡Exijo respeto para ella! –estalla Lucía Simões, que se interpone entre los dos.

Niyma está pálida. Tiene la mirada perdida.

–Respeto... ¿Respeto por esta perra? ¿Acaso creéis que eso es una persona, como vuestra merced y yo?

–¡Lo es! –La dama se enfrenta al esclavista con fiereza–. La trato como lo que es: ¡una persona! ¡Son personas!

–Personas... –insiste Sequeira con su sonrisa estúpida–. No me extraña que se oiga lo que se oye.

–¿De qué estáis hablando? ¿Qué habéis oído?

El esclavista compone un gesto de altivez.

–Parece que gustáis de encamaros con esclavos. Se ve que el tamaño de su miembro es lo que os seduce de ellos...

–¿Cómo se atrevéis...? –El rostro de Lucía Simões es la viva expresión del odio.

–Es una lástima que vuestro nombre caiga tan bajo. Si aceptarais mi oferta, eso podría cambiar...

Sequeira acompaña sus palabras con una caricia lasciva y una sonrisa asomando en sus labios. Ella se retira con violencia. A sus cuarenta años, Lucía Simões aún es una mujer bella que llama la atención de no pocos nobles y caballeros. Para su desgracia, uno de los que se ha fijado en ella es uno de los tipos más repulsivos de Lisboa, y se llama Jorge Sequeira.

–¡Aunque fuerais el último hombre sobre la tierra, preferiría la muerte a yacer a vuestro lado!

La expresión de odio que ahora le dedica el esclavista no desmerece a la que ella le ha mostrado antes.

–Cuando entren los españoles y el rey Felipe lo sea también de Portugal, cambiarán muchas cosas. Después de que sus soldados os hayan violado una y otra vez, después de que saqueen vuestra residencia, vendréis arrastrándoos a pedirme ayuda. Entonces os recordaré esta conversación. –Mira entonces a Niyma–. Tú no tendrás tanta suerte, perra. Tras poseerte todos los soldados que lo deseen acabarás con el cuello cortado y tirada en el suelo, como lo que eres: ¡una maldita perra!

–¡Marchaos de aquí de inmediato! –lo amenaza su dueña con el abanico.

–¿O qué? ¿Me vais a golpear con eso? –señala el aventador riendo.

Jorge Sequeira mira a su alrededor. Comprueba que son el objeto de atención de todos, por lo que abandona a las mujeres sin despedirse de ellas. Lo hace silbando, despreocupado. Mientras, continúa el trasiego de personas que se dirigen al puerto. Por la plaza cruzan carros cargados de pertenencias.

–No hagas caso a lo que diga esa sabandija.

–Pero, ama... –balbucea Niyma, aún ausente.

–Pero ladrador, poco mordedor, como dicen los españoles. Me desea tanto que haría lo que fuera con tal de hacerme suya. –Lucía Simões dedica una sonrisa a la joven–. ¿Amas a ese esclavo del que ha hablado Sequeira?

Los ojos de la esclava adquieren una profundidad que estremece a su ama.

–No sé si es amor lo que siento por él. Es... –trata de buscar las palabras.

–El recuerdo de lo que eras.

Niyma asiente en silencio.

–Claro, vinisteis en el mismo barco...

–Vivíamos en el mismo poblado. En aquel entonces lo detestaba tanto... –se le escapa una sencilla sonrisa–. Mi hermana me pedía que fuera amable con él, pero no podía. ¡No me salía! –confiesa, ensanchando la sonrisa–. Detestaba que siempre estuviera detrás de mí, que me buscara, que quisiera hablar conmigo, que me hiciera saber de sus novedades...

–Eso es amor, Niyma.

–Amor... –repite ella. Su mirada es un pozo oscuro y profundo, en el que de repente asoma un estallido de luz brutal–. Nunca he amado a nadie, así que no sé lo que significa.

–Significa, por ejemplo, que, cuando fue azotado por su amo, fuiste a curarlo a escondidas.

Niyma se ruboriza.

–Eso es amor. El amor tiene infinitas maneras de mostrarse, de sentirse, de expresarlo. Sin darte cuenta, has aprendido a amarlo. A tu manera. Lo sientes, quieres tenerlo cerca, te asusta su destino… Eso es amor.

–Así que eso es amor…

El ama asiente sin dejar de mirarla con una dulzura que desarma.

–Eso es amor, lo más bonito del mundo, aquello por lo que de verdad merece la pena vivir.

–¿Mi ama ha conocido el amor?

A Lucía Simões se le escapa una risa fresca, natural.

–Será mejor que regresemos a casa. Aunque Jorge Sequeira no lo crea, llevo días pensando qué hacer en caso de un eventual saqueo de Lisboa. Es más, quiero hablar con todos vosotros para que, llegado el momento, estéis prevenidos.

Las dos echan a caminar por una plaza que apesta a miedo, como el resto de la ciudad. Lucía Simões lanza miradas esquinadas a la esclava, que no es capaz de ocultar la preocupación que la embarga.

Amor. Si ha estado enamorada alguna vez, le ha preguntado Niyma.

«Aunque fuera el último hombre sobre la tierra, preferiría la muerte a yacer a vuestro lado», ha jurado a Jorge Sequeira para quitárselo de encima.

Amor.

Su amor se llamaba João Pires.

Se conocieron en Brasil, donde ella huyó buscando la libertad y el respiro que su Oporto natal no podía proporcionarle. João era alto, rubio, y su mirada verde esmeralda traspasaba a quien hablara con él, en especial si se trataba de una mujer. Un comerciante que supo ganar una importante cantidad de dinero con sus primeros negocios. Nunca se preguntaron por sus pasados, ni tampoco hablaban del futuro, pues sólo les importaba el presente. Por el camino quedaron un par de abortos y una niña y un niño que murieron al nacer. Muescas en su alma que arrastraría de por vida, sin saber por entonces que la peor de esas heridas vendría en forma de naufragio de la nave en la que viajaba João. Con treinta años, se vio sola. Inmensamente rica, pero sola y apenada. Decidió encerrarse entre las cuatro paredes de su residencia y lo lloró durante meses. Fueron los esclavos quienes se ocuparon de ella y se afanaron por recuperar a la mujer que fue. Y más que nadie, Amira, aquella joven a quien ahora cree ver en Niyma. Dulce, servicial. También africana. Se la llevaron unas tercianas en apenas un mes. La lloró con amargura. Desde entonces, se prometió que respetaría a los esclavos, pues tanto habían hecho por ella. Delegó los negocios de su difunto marido en hombres de confianza y regresó a Portugal, pero su destino fue Lisboa, y no Oporto. Allí vive desde hace diez años, cumpliendo la promesa que hizo ante el féretro de su marido la noche que lo veló antes del entierro.

–Marchas a la eternidad, que es el lugar donde vive el amor que te profeso. Te recordaré todos los días que viva, tu recuerdo me mantendrá viva, y jamás querré saber de más hombres en mi vida.

Besó sus labios fríos. El féretro estaba rodeado de hachones, y sus ojos, resecos de tanto llorar.

Amor.

Capítulo 58

La hora de la verdad

Monasterio de Belém. Tarde del 24 de agosto de 1580

Como escribí a vuestra majestad el veintiuno de este mes, levanté el alojamiento de Sant Gián de Hueras y vine a aposentarme en el monasterio de Belém. Antes, me adelanté para reconocer el campo del enemigo, y fue ver a nuestra caballería y sacar toda la suya y mucha parte de la infantería, así que lancé contra ellos a tres compañías de caballos ligeros y a dos o tres de arcabuceros a caballo. La escaramuza acabó con la matanza de ochenta o noventa caballos suyos y más de treinta soldados presos, sin que muriese ninguno de los nuestros.

Después de la conquista de la Torre de Belém sólo queda acabar con este asunto con la mayor presteza posible. De ahí que confiese a vuestra majestad que la llegada del legado de su santidad me parezca de lo más impertinente. Desde luego, su presencia aquí no puede ser más dañina para la resolución que todos pretendemos, que acabará mañana en una batalla con el enemigo. Hace dos días recibí contestación de don Antonio, a través de Diego de Carcamo, de mi propuesta de arreglarnos por las buenas. Según sus palabras, morirá sin más. Claro que la llegada del legado de su santidad podría darle esperanzas, lo que sería la ruina para Lisboa y aquellas ciudades que aún no se han sometido a la voluntad de su majestad. Si su santidad supiera cómo estaba el daño que va a causar, estoy convencido de que no lo habría hecho venir.

Juro a vuestra majestad que deseo evitar la sangre y los daños que vendrán tras entrar por fuerza en Lisboa, pero es lo que hay. Aun así, no hago más que rogar a Dios para que alumbre a sus gobernadores y se den cuenta del daño y la ruina que se cierne sobre ellos si no guardan la obediencia debida.

Las próximas horas serán claves. De no haber noticias de don Antonio ni de Lisboa, será lo que Dios quiera que sea.

Vuestro vasallo y criado besa las manos de vuestra majestad,

El duque de Alba

Fernando Álvarez de Toledo emite un suspiro lánguido al dejar la pluma dentro del tintero. Se incorpora y, de pronto, siente las piernas flaquear, por lo que tiene que agarrarse a la mesa para no caer al suelo. Reniega en silencio, contrariado.

«¡Maldita sea, Fernando! No vas a poder estar en la batalla, como te hubiera gustado».

El temor que lleva rumiando desde días atrás está a punto de materializarse. Niega con vehemencia y golpea la mesa con rabia.

«¡Tienes que sacar fuerzas de donde sea!».

Pero ¿de dónde sacarlas cuando hace tiempo que se marcharon? Aguarda unos instantes. Quizás estar sentado tanto tiempo no le venga bien.

Pero no. Tiene que agarrarse de nuevo a la mesa para no caerse.

Chasquea la lengua, fastidiado.

Da una voz, y al instante llegan Gómez de Monroy y un par de asistentes, que lo llevan en andas hasta el lugar donde esa tarde se desarrollará el consejo de guerra. No deseaba que sucediera así, pero no le queda más remedio. Antes, esa misma mañana, se ha acercado a reconocer por última vez el real de don Antonio, las laderas escarpadas, la exigua corriente que discurre en un surco tan abrupto como aquéllas y el puente que la salva.

–Llamad a don Diego Cubero para que acuda a tomar nota de todo lo que diga en el consejo de guerra –pide a Gómez de Monroy.

En el centro de la sala, han dispuesto una gran mesa. Alrededor de ella se encuentran ya Álvaro de Bazán, marqués de Santa Cruz; Sancho Dávila, maestre de campo; su hijo, el prior don Hernando, y varios capitanes de caballería e infantería. Lo mejor de lo mejor de la infantería española: Luis Enríquez y Gabriel Niño, Francisco de Álava al mando de la artillería... También está presente Próspero Colonna, al que no pocos de los presentes tildan de un tanto alocado en sus decisiones. Tiene a su cargo un escuadrón compuesto por italianos, españoles y alemanes; en total, cerca de seis mil hombres bajo su mando. La sala es amplia, decorada con escudos y blasones nobiliarios que comparten protagonismo en los muros con querubines, ángeles y cardinas de sabor gótico. Sobre sus cabezas se levanta un techo de nervadura de arcos de medio punto sustentado en varias columnas.

Nadie habla. La entrada del duque es seguida por los presentes con una mezcla de respeto y cierta lástima por el estado de salud de ese hombre que guiará mañana al ejército. En cuanto logra tomar asiento, escruta con rapidez los rostros de los presentes. Impacientes, concentrados. Ávidos de saber las disposiciones y órdenes que ha de transmitirles. Justo en ese momento, llega Diego Cubero con paso acelerado. Viene cargado de papeles.

–¡Hombre, don Diego! ¡Al fin!

–Siento el retraso, mi señor duque –se disculpa.

–Espero que al menos hayáis heredado la caligrafía de vuestro padre.

El aludido le entrega una muestra de lo que es capaz de hacer con una pluma entre los dedos.

–¡Voto a Dios que la vuestra es incluso mejor que la suya! –lo felicita sin levantar la vista del papel. Eso le impide ver la sonrisa de satisfacción que ilumina el rostro del escribano–. Bien, ha llegado el momento de hablar de cómo será la batalla contra el ejército de don Antonio.

Diego Cubero toma asiento en un escritorio lateral, pegado a una de las paredes de la sala que acoge el consejo de guerra. El duque de Alba ha insistido en que debe tomar nota de todas las disposiciones que se expongan, incluidas las que corresponderán al marqués de Santa Cruz, máximo responsable de la armada española. Bajo su mando tiene cerca de dieciocho mil hombres y algo más de mil ochocientos caballos. El resto han quedado como vigilancia de los pueblos y castillos ganados, o bien han muerto de enfermedad; excepto las compañías del conde de Buendía y del adelantado de Castilla, que permanecen en Hielves. Todos lo miran tras leer los papeles.

–Me han dicho que vuestra ilustrísima señoría –alza la mirada al fin y la dirige al marqués– ha tenido fiesta esta mañana...

–Nada que reseñar –sonríe Álvaro de Bazán–. En cuanto los galeones entraron en el canal, desde el castillo de Torre Bella, al otro lado del río, quisieron regalarnos un poco de su música para impedirnos la entrada. –El marqués ríe ahora de manera abierta y rápidamente se contagian los presentes; el duque de Alba incluido–, pero no supuso daño alguno para las naves. Bastó con arrimarnos a la Torre de Belém para evitar el fuego enemigo.

–Perfecto –asiente el duque de Alba, y pasea la mirada por cada uno de los que lo rodean–. Este mediodía se ha plantado la artillería en unos altos, a tiro de donde ha ubicado la suya don Antonio. ¿Alguna novedad, don Francisco?

–Las piezas ya están asentadas. Cerca de una treintena. Los cerca de mil trescientos artilleros gastadores están prestos para la batalla. También está dispuesto el depósito de munición.

–Así sea. Quiero que sepan vuestras mercedes que he recibido carta de su majestad. Pide especial cuidado en desempeñar nuestro oficio, que no es otro que desbaratar el ejército que don Antonio ha desplegado en la otra orilla del río Alcántara.

Todos asienten en silencio. Satisfecho, el duque de Alba prosigue:

–Me he tomado la molestia de consignar las instrucciones para la batalla de mañana. –Ve que Diego Cubero toma nota–. Y quiero que las tengan vuestras mercedes a mano y las estudien con calma. Por resumir, dos horas antes de que amanezca, sonará la señal. De inmediato debe formar y armarse la caballería. Cada cual seguirá su estandarte, e igual hará la infantería. –Con esfuerzo, se incorpora, y al momento todos lo imitan. Encima de la mesa, desplegado, hay un plano–. La batalla se dará por tres partes: la caballería marchará sobre la mano derecha del enemigo, mientras que la artillería y la infantería lo harán por el frente. La artillería es cosa de don Francisco... Ya sabéis por dónde golpear, ¿verdad? –Lo señala, y éste asiente, silencioso–. Algo me dice que el olivar que crece junto a la orilla del río es un buen lugar para que se oculten las tropas. Por la izquierda –mira ahora a Alonso de Bazán–, bombardearéis al enemigo desde el mar. –Aquél asiente, concentrado.

–Todas las naves están ya formadas en escuadra –explica Álvaro de Bazán entonces–. Navegaremos hasta la desembocadura del río Alcántara, y desde allí rociaremos de muerte a los portugueses. Sin descanso, tanto a los enemigos en tierra como en el mar.

–De esta manera, atraeremos su atención –sigue el duque de Alba–. Al mismo tiempo, dos fuerzas escogidas, una de arcabuceros y otra de jinetes, se moverán con sigilo contra el flanco derecho, tratando de no ser detectadas. Don Hernando –se dirige a su hijo–, vuestra será la potestad de liderar a ese contingente de arcabuceros a caballo. Alargad vuestra posición hasta la zona del alto para, de esta manera, desbordar el flanco por su retaguardia.

El prior examina el plano. Traza sobre él la imagen que le ha transmitido su padre, y se acaricia la barbilla, pensativo.

–Habrá que tener cuidado con su artillería –dice al fin–. Ya sabéis que aquí las laderas son menos escarpadas que corriente abajo. Quizás eso lo tengan en cuenta los portugueses.

–Despreocupaos por eso –tranquiliza al prior un sonriente Francisco de Álava–. Las distintas baterías repartidas a lo largo del cauce no darán tregua en su fuego.

Hernando de Toledo le devuelve la sonrisa. El duque rompe a toser entonces, y todos lo miran. Ya repuesto, se vuelve hacia su maestre de campo, Sancho Dávila:

–Vuestra merced desbarataréis con vuestros hombres la resistencia del enemigo atacando el flanco derecho de sus trincheras. Ya sabéis lo que espero –le dice con una mirada cargada de confianza y admiración.

–Nos apoyaremos con seis cañones –le responde el otro. Hay arrobas de astucia en su mirada–. He dispuesto que trescientos gastadores se encarguen de abrir pasos entre los tapiales y las trincheras del enemigo según avancemos.

–El grueso de piqueros y artillería se plantará en vanguardia, en dos partes, con once piezas y un depósito con barriles de pólvora y pelotas de mosquete y arcabuz de reserva. Así fijaremos la posición del enemigo y podremos usar esas tropas como reserva. De eso se encargarán los tercios de Enríquez, Zapata y Niño, así como los de Lombardía, Sicilia y Nápoles. Vuestra merced –reclama ahora la atención de

Próspero Colonna– conduciréis a los alemanes e italianos, más un refuerzo de españoles, con el objetivo de tomar el puente. Ya habéis podido ver que hacia el sur hay una fuerte pendiente, por lo que la única manera de cruzar el río es ese maldito puente. Contaréis con el apoyo de diez piezas de artillería y también con el conde Jerónimo Lodrón y su regimiento de alemanes.

–Será cosa *petita* –dice el italiano con suficiencia.

–Eso espero –apostilla el duque de Alba, serio, pues conoce la manía de aquel italiano de actuar como le viene en gana–. Confío en cada una de vuestras mercedes para acabar con este asunto tal y como su majestad nos exige. Habrá que trabajar duro, pero estoy convencido de la victoria. ¿Qué pensáis de sus trincheras? –Se vuelve hacia Sancho Dávila–. ¿Pensáis, como yo, que son de tan pobre factura que mis señores soldados podrían derribarlas de un soplido si se lo propusieran?

El comentario despierta las risas de los asistentes.

–Según los tramos. Cerca del puente, están levantadas a continuación del lecho del río, que como sabéis está seco –explica el maestre de campo–. Por eso, primero habrá que superar el lecho mismo para, de seguido, acometer las defensas enemigas. Además, por encima del olivar, y aprovechando la pendiente, sus gastadores han alzado una doble línea de parapetos.

–Estoy convencido de que el grueso del ejército de don Antonio se esconderá en ese olivar –insiste el duque de Alba–. Por lo que he podido comprobar esta tarde, las líneas no tienen orden y están mal conectadas entre sí. Mañana, Dios nos guiará y nos dará la victoria que espera su majestad. ¿Queda todo claro?

Los presentes asienten, convencidos. Sus rostros transmiten una confianza que arranca una franca sonrisa a Fernando Álvarez de Toledo.

–Que Santiago acompañe a vuestras mercedes en este trabajo para mayor gloria de su majestad. En cuanto don Diego tenga listas las instrucciones, se las dará para que las compartáis con vuestros hombres.

Dicho lo cual, uno a uno, todos abandonan la sala. El duque se queda solo, rodeado de un silencio absoluto. Es en ese momento cuando se toma su tiempo para contemplar la decoración de la sala, subyugado. Levanta la mirada hacia el techo; en su opinión, una obra de arte. Lo contempla durante largo rato, por eso no advierte la presencia de los ayudantes tras la puerta, que aguardan sus instrucciones.

–Ya queda menos para estar a vuestro lado, María.

Suspira y cierra los ojos.

Primero será Lisboa. Luego descansará. Y algo le dice que no tardará en hacerlo de manera definitiva. Por eso quiere acabar cuanto antes.

–Tú no morirás en tierra extraña como tu padre –murmura.

Quiere creerlo.

Capítulo 59

Desconfianzas eternas

Orilla izquierda del río Alcántara. Atardecer del 24 de agosto de 1580

El cielo se desangra en las retinas de Cristóbal Freire. Fuego puro a punto de ser consumido por una oscuridad que no tardará en llegar.

El reino de los horrores.

Su madre siempre le decía que eso era la oscuridad, donde se albergan todos los horrores del mundo. Sombras, susurros, gritos. Todo lo que ampara es magnificado, se convierte en un terror capaz de doblegar cualquier voluntad, por férrea que sea.

Oscuridad y sangre.

Empieza a refrescar, y piensa que no debe demorarse en regresar en compañía de los que, al día siguiente, morirán a manos de los españoles. Ni uno concluirá la jornada agradeciendo a Dios seguir con vida. Ésa es la terrible realidad. Ni los soldados reclutados y formados a toda prisa ni tampoco la gran mayoría de los que componen el ejército del rey Antonio cuentan con la valentía, fiereza y entereza suficiente como para enfrentarse a los españoles. Quienes aunaban aquellas virtudes son ya polvo incorporado a unas tierras desérticas del norte de Marruecos.

–¡Estúpido rey!

A sus ojos, todos. Lo fue Sebastián, la esperanza de todo un reino, y también lo es Antonio, quien se ha arrogado un derecho aun consciente de que su reinado no será más que un suspiro en la larga historia del reino de Portugal. Estúpido por la manera de afrontar la calamidad que se cierne sobre el reino y su capital; por cómo ha decidido disponer a sus hombres para contener esa furia española que se desatará conforme la primera luz del día sea una realidad; porque lo conoce en estas lides, sabe cómo se comporta. Decir que no se fía de él es plasmar un pensamiento que ha compartido con todo el que se ha cruzado desde que acabó el consejo de guerra.

–Este hombre nos conducirá a la derrota más cruel –elevó la voz sin recato alguno al conocer de labios de Fernando de Meneses, uno de los máximos responsables de la infantería antonina, la estrategia para la batalla.

–Cuidaos de lo que decís –le recomendó aquél.

–Id entonces y decid a los esclavos que morirán mañana a manos de los españoles.

–¡No tienen por qué saberlo! –afirmó con gesto serio.

–Pues ya lo saben, porque yo mismo se lo he dicho.

Su mirada ardía de ira, de rabia, de odio. En su rostro no había más espacio que para una sonrisa ácida, tan agria como el destino al que se enfrentaban.

Oye pasos a su espalda. Buenas botas, intuye por el sonido. Persona recia, de buena constitución. Está sentado a escasa distancia de la corriente del Tajo. A sus pies discurre un hilo de agua que los del lugar llaman río Alcántara. El calor ha disminuido su caudal, y sus últimos metros son un reguero de aguas embalsadas en unos pocos tramos y un lamento en forma de corriente en los más. No hay más vegetación por allí que varios arbustos; no como más atrás, en las escarpadas laderas que delimitan el curso del río, donde se alza la espesura. Allí debe tener lugar esa batalla que él prevé efímera, como comparte de inmediato con Fernando de Meneses.

–Confío en poder presentar algo más de resistencia. Y también en vuestra disposición. No podéis plantaros ante vuestros hombres y decirles que van a morir.

–Les cuento la verdad, les muestro la realidad, no la égloga pastoril que tiene vuestro rey en la cabeza.

–También es el vuestro –le asegura el otro, firme y serio–. ¿O acaso no sois también portugués?

–Soy un hombre consciente de que su destino está en manos de un incompetente.

–Podría ordenar que os colgaran por esas palabras… –le advierte Fernando de Meneses con gravedad.

–Hacedlo –lo reta Cristóbal Freire, mirándolo fijamente.

–Cristóbal… –Fernando de Meneses chasquea la lengua–. Es mucho lo que nos jugamos mañana.

–¿Con quién? ¿Con los hombres que tenemos? –ironiza el soldado–. ¡Que Dios os guarde los oídos muchos años más, porque lo que es la vista…

–El valor es la única arma de la que disponemos ahora mismo.

–Se nota que ya habéis olvidado Alcazarquivir.

Fernando de Meneses toma asiento a su lado. Es un hombre alto, corpulento, de tez morena y ojos negros. Viste media armadura, como todos aquellos que forman parte del círculo estrecho de don Antonio de Crato. Por lo que pueda pasar. Aunque nadie espera que los españoles inicien el ataque cuando la jornada está a punto de terminarse.

–Cosas más raras se han visto –verbaliza sus pensamientos.

–Los soldados españoles están más que acostumbrados a luchar por toda Europa. Son hombres recios, disciplinados, hechos a las calamidades y listos atacar en cuanto se les ordene, pero creo que esperarán a que amanezca para plantear batalla.

–No olvidéis que contamos con el cañón de Dios.

Cristóbal Freire ríe con acidez.

–Si lo tenemos que fiar todo a un cañón, por grande que sea…

Se vuelve para comprobar el efecto de sus palabras en el rostro de Fernando de Meneses. Se miran a los ojos. Este último se mantiene serio; Cristóbal Freire no disimula la sonrisa cínica que decora sus labios.

–La mitad de nuestros hombres no ha visto un arma en su vida, y la mayor parte de ellos han sido reclutados de manera apresurada, con favores y privilegios –razona–. Diez mil hombres mal armados y peor preparados, un puñado que sobrevivieron al desastre de Alcazarquivir, y otro puñado de marroquíes y poco más de mil jinetes. ¡Ah, sí! Y seis o siete mil *escopeteiros* –añade con acidez–. ¿Cuánto pensáis que aguantaremos? ¿Un par de horas? ¿Una mañana? Si conseguimos llegar al final de la jornada sin que hayan cruzado el puente, podremos dar gracias a Dios.

La sonrisa ácida de Cristóbal Freire se ensancha.

–Y luego está el rey. ¡Ah! El rey. ¡Qué grandes palabras las suyas! Yo, el rey, hago saber que con la ayuda de Dios he determinado salir al campo y dar batalla a mis enemigos, de tal forma que espero que nuestro señor me dé la victoria –recita, pomposo–. ¿O no han sido ésas sus palabras antes de dar por concluido el consejo de guerra?

Fernando de Meneses calla y menea la cabeza. Al verlo, la indignación de Cristóbal Freire se desata sin pudor alguno.

–Sé de lo que es capaz el rey en campo de batalla, pues luché a su lado en Alcazarquivir... ¡Sabéis también como yo que fue hecho prisionero, como todos los que sobrevivimos a aquella carnicería! Pero, mientras que yo pené más de un año en aquel inmundo presidio del norte de África, él se valió de un hábito maltés para acelerar un rescate que le permitió regresar a Lisboa en menos de tres meses.

–Estaba destinado a ser rey. –Fernando de Meneses trata de disculparlo.

Cristóbal Freire ríe ahora sin recato.

–Ese al que llamáis rey nos traicionará a todos, porque lo único que le importa es su vida. En cuanto vea que todo está perdido, nos abandonará a nuestra desgracia, y los españoles nos harán prisioneros. Matarán y matarán hasta que tenga el camino expedito a Lisboa. –Harto de la conversación, se levanta.

–¿Regresáis al real? –le pregunta el otro.

Cristóbal Freire se aleja de él sin intercambiar más palabras.

–¡Por el amor de Dios, Cristóbal! ¡Callad ante los hombres! ¡Necesitamos soldados valientes! Si hundís su moral, estaremos perdidos.

En el último momento, Freire se detiene para volverse hacia Fernando de Meneses. Su rostro es una oda a la resignación.

–Ya lo estamos.

Sin más, pone rumbo a un real que, en cuanto caiga la oscuridad, vivirá lo más parecido a un infierno. Conoce a los españoles, su manera de proceder. El reino de los horrores está a punto de desatarse en las laderas del río Alcántara.

Capítulo 60

Los aullidos de la muerte

Cerca de la orilla occidental del río Alcántara. Noche del 24 de agosto de 1580

Son centenares los soldados que, junto a fogatas encendidas para verse las caras, se pasan jarras de vino de mano en mano. Ríen, hablan en alto y profieren insultos a los soldados portugueses. Palabras que anuncian la suerte que espera a estos últimos. La noche es cálida, y, de no ser por los mosquitos, podrían descansar al raso bajo las estrellas. Pero no lo hacen, ni tampoco tienen ganas con una batalla en el horizonte. Son soldados veteranos, curtidos en decenas de guerras, escaramuzas y encamisadas; representantes de una estirpe que se sabe única, tan salvaje e indisciplinada en la retaguardia como sanguinaria y efectiva en el combate. Perros viejos como la madre que los parió, que huelen la sangre y atisban el miedo con sólo olfatear el aire. Solitarios con daga o espada en mano, son duros de pelar. Formados en el campo de batalla, no se rendirán hasta que una lengua quede viva entre ellos para escupir a la cara al enemigo que cuente los cuerpos de los que yacen en el suelo si quiere saber cuántos eran.

–He oído que la mayor parte de las tropas del rey portugués son esclavos y campesinos –apunta uno a voz en grito, ebrio de vino.

–¡Nadie! ¡Apuesto lo que queráis a vuesas mercedes a que soy capaz de ensartar a tres de ellos de golpe de un solo espadazo! –los desafía otro, igual de borracho que el anterior.

–¡Qué vais a apostar, si no tenéis dónde caeros muerto y la última paga ya lleva tiempo en los bolsillos de ese bellaco de vivandero! –le responde el que tiene al lado, señalando al hombre que despacha las jarras de vino.

–¡Quien no tiene donde caerse muerto es vuesa merced, que hasta la misma tierra ruega a Dios no padecer la desgracia de recibir vuestros restos! –lo desafía de vuelta el soldado, con la mirada vidriada.

–¡Parece que alguien se va a presentar ante las puertas del mismísimo infierno antes de tiempo! –replica el otro, sacando la daga. Su filo brilla con el resplandor de la fogata.

–¡Pues que sea acompañado! ¡Así podré decir al diablo en persona que me atienda en cuanto despache al hideputa que me antecede!

Las acometidas de los mosquitos, el calor, todo deja de tener sentido cuando la jarra de vino estalla en el suelo y ambos soldados se encaran. Rápidamente se forma un corrillo a su alrededor. Jalean a uno y a otro, que se estudian lanzándose miradas que aliviarían el estómago de cualquier hombre. Pero, de súbito, un aullido desgarrador los paraliza. Cesan los gritos de apoyo. Silencio. Todos se giran buscando la procedencia del bramido.

Sentado en el suelo, borracho de vino, mantiene la mirada fija en un punto donde, intuye, hay soldados a los que el miedo esa noche no dejará dormir. Levas recientes, mal armados, muchos de ellos sin experiencia, por lo que han oído en boca de sus superiores. Y no hay peor cosa, sabe ese soldado, que aventar la calamidad que se les viene encima. Como los lobos, aúlla ávido de sangre y riquezas.

–¡Auuuh!

Los demás lo miran asombrados. Los dos soldados que hasta entonces estaban listos para despacharse el uno al otro se miran entre ellos con igual sorpresa. Al momento, se aproximan a él. Lo hacen abrazados por los hombros, como si lo vivido instantes antes no fuera más que una mera ilusión.

–¿A santo de qué aulláis de esa manera? –le pregunta uno.

El otro tarda en responder. No despega la mirada del punto de su atención. Lo ven sonreír de manera extraña. El vino y sus efectos, piensan, convencidos.

–El aullido de un lobo espanta a cualquiera –responde al fin con voz pastosa.

La extrañeza no se apea del rostro de aquellos soldados.

–Me crie en Ermua. Mi padre malvivía gracias a las pocas ovejas que le dejó el suyo. No olvidaré su mirada de miedo mientras viva –explica a duras penas; se le traba la lengua–, cuando, en las noches frías y ventosas, escuchaba aullar a los lobos. El lobo avisa en la distancia, y su aullido es el mensajero de la desgracia, me decía mi padre con la mirada. El mensajero de la desgracia... –repite como para sí–. Eso es lo que les espera mañana a esos desgraciados –apunta ahora al frente–. Somos como aquellos lobos de mi niñez. Anunciamos lo que está por venir.

La estupefacción se instala en el rostro de los dos soldados por unos instantes para, de inmediato, descomponerse en una risa que contagia al resto de hombres. El que está sentado en el suelo, tras escupir al suelo y mascullar toda clase de lindezas, vuelve a aullar con fuerza:

–¡Aaauuuh!

–¿Y si nos acercamos a la orilla y les damos las buenas noches? –propone uno de los soldados que a punto estuvo de enzarzarse en una pelea.

–¡Eso, eso! –responden los demás a coro.

–¡Llevad vino, vuesas mercedes, que esta noche no la van a olvidar esos perros mientras vivan! –exclama el soldado.

–¡Que no será más allá del día de mañana! –replica otro entre risas.

Al centenar de hombres pronto se les unen varias decenas más, y todos marchan, aún ebrios, hacia el supuesto campo de batalla. A lo lejos, en la otra orilla, donde se asienta el real portugués, pueden distinguir algunas fogatas encendidas. El cauce seco del río los separa. Para su sorpresa, se encuentran con unos músicos que tocan diversas melodías con las que pretenden alterar el sueño de los soldados enemigos, pero también mantenerlos despiertos en previsión de un repentino ataque. Un disparo de arcabuz sorprende a todos. Resguardados tras un cerro, surgen más soldados. Sonríen al ver a los recién llegados.

–No os asustéis. Son órdenes del duque de Alba. Hay que mantener alerta a los portugueses, para que no duerman.

La turba se echa a reír. Tretas de un viejo lobo que se las sabe todas, convienen no pocos.

–¡Aaauuuh! –comienza a aullar uno junto a la orilla del río Alcántara.

–¡Eso, eso! ¡Aúllen vuesas mercedes! –los anima otro–. ¡Somos lobos!

–¡Aaauuuh! –gritan todos al unísono.

–¡Todos los portugueses son unos cagalindes! –insulta uno a voces, tan ebrio de vino como los demás.

–¡Recua de ganapanes!

–¡Que no saben ni quién es su madre de lo puta que es!

Risas y más risas. Pronto, los aullidos son acompañados de varios disparos de arcabuz. Las jarras pasan de mano en mano, palmadas en la espalda. Camaradería en estado puro. Rodrigo de Cervantes es de los que aúlla y luego ríe con ganas. No así Ginés Méndez, que no deja de mirar a su alrededor, oteando las cercanías. A Rodrigo de Cervantes le extraña su comportamiento.

–¿Has visto a Íñigo? –le pregunta de repente el sevillano.

–¡No! –replica el otro, borracho. Tras responder, también él aúlla.

–¿Y a la muchacha?

–A ella, sí. La vi marcharse esta tarde por una senda.

–¿Por una senda?

–Iba detrás de él.

–¿Estás seguro? Mira que los vapores del vino ya te están cegando demasiado –le advierte con sorna.

–¡Maldita sea! –replica Rodrigo, molesto–. ¡Cuando se marchó estaba tan sobrio como tú ahora! ¡Auuuuh!

–¿Esta tarde? ¿A qué hora fue eso?

–Mientras estabas de feria en el monasterio.

Un mal presentimiento se apodera de Ginés Méndez, quien al instante echa a andar con paso apresurado.

–¿Dónde vas? –oye a su espalda que le pregunta Rodrigo de Cervantes.

El sevillano regresa a toda prisa al real. «Ojalá llegue a tiempo», se repite una y otra vez. Sabe que su temor es fundado, por eso necesita llegar cuanto antes al monasterio de Belém.

Una vez allí, se dirige al espacio reservado para la caballería. Se sube a un caballo y echa a galopar, escuchando tras de sí los improperios que le dedican los cuidadores de los animales. La oscuridad es importante, por lo que no podrá exigirle mucha velocidad, pero confía en llegar a tiempo al monasterio.

Al menos antes de que el mal presentimiento que se ha apoderado de él se haga realidad.

Capítulo 61

El rey acorralado

Orilla oriental del río Alcántara. En ese mismo momento

Brazos en jarras, el rey Antonio echa un vistazo a la disposición de sus tropas y las del enemigo, desplegadas desde la desembocadura del río Tajo hasta un monte cercano. Los soldados españoles los están insultando y tratan de acobardarlos con sus aullidos desde la otra orilla. Y esos aullidos suenan terribles en plena oscuridad. Se huele el miedo.

Los separan varios centenares de metros. Marcando la frontera, el curso del río se apresta a vivir una jornada histórica. No duda que, dentro de unos años, habrá canciones que recuerden esa batalla. A quien quiera escucharlo, repite que él será el vencedor al amanecer.

¿Lo creen sus hombres?

Confía en que así sea. Cuestión de fe, pues la realidad indica todo lo contrario. Los españoles los han arrinconado, como a un ratón, sin posibilidad de escapatoria alguna. El sur del reino está ya bajo su control y ha reconocido al rey Felipe como su monarca.

Antonio de Crato levanta la mirada al cielo, cuajado de estrellas.

–Si hubiera tenido un poco más de tiempo…

Los planes de alianzas y los intentos de ayuda que ha establecido a la desesperada con Francia e Inglaterra han quedado en vagas promesas y negociaciones postergadas. Ahora, dados los bloqueos de las fuerzas navales españolas en el norte del reino, en los ríos Sado y Tajo, resultan inviables.

–Ya sólo queda luchar.

Respira con calma mientras escruta el mar de oscuridad que tiene ante sus ojos, pespunteado por las diminutas luces de las hogueras. Su ardid de negociar con el duque de Alba le ha permitido ganar tiempo para retrasar el avance del enemigo, tan próximo a Lisboa que se puede percibir el aliento de sus soldados y atisbar sus ansias de saqueo.

–Lucharás hasta el final, Antonio. ¡Eres el rey de Portugal!

Lo ha dicho firme y convencido. Tanto es así que hace algunos días, y sin que los españoles se enteraran, el capitán general de Lisboa, don Pedro da Cunha, dejó preparada una pequeña flota para llevarlo a Brasil. Una vez allí, planea continuar la lucha y apoderarse del territorio.

A pesar de la oscuridad, busca con la mirada el puente que salva las aguas del río Alcántara.

–Ahí está la clave de la batalla.

Los españoles no deben atravesarlo. De hacerlo, estarán perdidos. Y entonces también caería Lisboa. Ha dado órdenes de defenderlo hasta el final cueste lo que cueste.

–De ese puente depende nuestro futuro.

El puente es el futuro de su reino y de una ciudad en la que hay vigilias de hombres y mujeres pidiendo a Dios que conceda la victoria a su rey. Un rey que, conforme a los versos de Gil Vicente, nunca dará su brazo a torcer.

Eu nam vos hei d'adorar
porque Deos é português.

Lo es. Dios es portugués y está con él. Por eso lo ayudará a derrotar mañana al duque de Alba y desbaratará los planes del rey Felipe, que ansía serlo también de Portugal.

Decide marchar a descansar. Unas horas de sueño le vendrán bien para estar lúcido durante la batalla que en pocas horas se desarrollará en el mismo lugar donde ahora sólo hay gritos y aullidos que llaman a muerte.

Capítulo 62

La paz del padre

Noche del 24 de agosto de 1580. Monasterio de Belém

Hernando de Toledo está solo en su cámara. Tumbado en el lecho con la mirada perdida, en silencio, aún mantiene la figura de su padre durante el consejo de guerra en la retina. Cuando no hablaba, lo vio meditabundo; quizá pensando en la estrategia que desplegaría para derrotar a Antonio de Crato. Volvía a ser el gran duque de Alba cuando clavaba los ojos en el plano desplegado sobre la mesa. En su rostro no había más que gravedad; aunque, por dentro, sabía, experimentara el hormigueo de los grandes momentos de su vida: Mühlberg, Roma, las primeras semanas en Flandes...

Es consciente de que su salud no es la mejor, que se consume poco a poco. El duque de Alba trata de mostrar una imagen férrea y determinada, pero Hernando sabe, porque así se lo ha dicho él, que su tiempo está a punto de acabarse y que no tiene ya más anhelo que regresar a casa para morir en compañía de la duquesa. Lisboa es su última meta, y luchará como nunca en su vida por entregar al rey la corona portuguesa.

Un tosido lo sobresalta. Su cara es la viva expresión de la sorpresa al ver a su padre ante él, mirándolo con gravedad, el gesto cansado y unas ganas inmensas de tomar asiento.

–¿Qué hacéis aquí? ¡Si queríais verme, no teníais más que haberme llamado y hubiera acudido a vuestros aposentos!

–Tranquilo, hijo. El alma marca los tiempos, decide cuándo abrirse a los demás, y es en este momento cuando la mía ha decidido abrirse a ti. No te muevas, te lo ruego.

Hernando de Toledo ayuda a su padre a tomar asiento, y luego se aposenta en otra jamuga libre. Los gruesos muros del monasterio regalan un frescor que se agradece, pues la noche es cálida. A su padre, sin embargo, ese frescor no parece reconfortarlo, pues ha acudido bien cubierto por esa piel de armiño de la que ya no se separa por las noches.

–Este frío me cala hasta los huesos. Si no me matan antes las huestes de ese hideputa, lo harán las noches portuguesas si esta guerra se extiende más de lo que debiera.

El duque esboza una ligera sonrisa, que se ve interrumpida al instante por un brusco ataque de tos.

–Mañana todo habrá acabado –le asegura Hernando de Soto con voz segura.

Su padre lo mira con gravedad. Rostro concentrado, los labios cerrados.

–Imagino que sigues dando vueltas a la estrategia –prosigue el otro.

–Lo decidido, decidido está. Sólo Dios sabe lo que pasará, aunque puedo hacerme una idea del resultado.

–Venceremos.

–Por el bien de mi salud… –El duque de Alba se crispa por un nuevo ataque de tos.

–¿Seguro que quieres tomar partido mañana en la batalla?

–Soy soldado del rey, hijo mío. Estoy aquí para cumplir sus órdenes. Y un soldado lo es hasta el día de su muerte –reconoce, serio, con la voz cargada de firmeza.

–¿Dirigirás entonces la batalla?

–¿Acaso no me conoces?

–No te puedes mantener en pie, por lo que te tendrán que llevar en silla de manos. ¿Quieres que te vean así?

Las facciones del noble adquieren una dureza parecida a la del hierro de los cañones que aguardan para comenzar a escupir muerte.

–Soy Fernando Álvarez de Toledo y Pimentel, tercer duque de Alba, tanto si voy a lomos de mi caballo como transportado en silla de manos. Lo que importa es mi presencia, mi análisis en cada momento de la situación. Mi cuerpo no es el de antaño, pero mi determinación es la de siempre –le asegura, sin que su mirada pierda ni un gramo de intensidad–. Y conservo la misma capacidad de saber qué hacer en todo momento. Sí, hijo, es cierto que tu padre ya no puede hacer la ostentación de gallardía de otras épocas, pero me basto y me sobro para determinar cómo mandaremos al infierno al prior de Crato y a sus huestes.

–Dios me libre de poner en duda tu valía, señor padre.

–Lo sé, hijo. Puedes dudar de todo, incluso de Dios cuando sus designios no son los esperados. Pero de mí, nunca.

El duque de Alba relaja las facciones y termina por sonreír. El hijo sonríe a su vez, pero pronto desvanece el gesto alegre, y queda en sus labios una mueca de certeza seria, de duda por resolver.

–Tenemos una conversación pendiente, ¿verdad?

Fernando Álvarez de Toledo tarda en responder. «Eres hijo mío, desde luego. El mejor de todos, el más parecido a mí», opina para sí, mirando con gravedad a su hijo.

–Respóndeme a una pregunta.

La seriedad torna en sorpresa en la faz del hijo del duque de Alba. Éste le hace un gesto de calma con la mano derecha.

–¿Me tienes por buen padre?

Hernando de Toledo se queda sin palabras. Por primera vez en su vida no sabe cómo responder. Su cara es una expresión atónita sin fin. Por dentro, la confusión devasta sus sentidos.

–¿Lo he sido de verdad? –abunda el duque de Alba.

–¿Por qué esa pregunta, señor padre?

–Llevo tiempo preparándome para esta conversación.

–¿Por qué ahora, en vis...?

De pronto, calla. Cambia las palabras por un asentimiento silencioso y lento. Mira con cariño a su padre. Ha comprendido el porqué de la conversación, del momento.

–Presientes tu final.

–Una batalla está llena de peligros: una pelota perdida, una bala de cañón... Somos lo que somos, Hernando. Meras comparsas en un escenario que Dios domina y sobre el que nos deposita para desempeñar un papel determinado. Yo siempre he sabido cuál sería el mío, y he tratado de ejercerlo con el mayor de los respetos. Soy hijo de la guerra; ella me lo ha dado todo, así que, si mañana decidiera cobrarse mi vida, ten por seguro que me dirigiría al seno de Dios con el sentimiento del deber cumplido y satisfecho por una vida plena. Sin embargo, siempre hay cuestiones que aclarar antes de dar el último paso. Y ésta lo es. En verdad, hay varias cosas que me quitan el sueño además de esta campaña. Pero es ahora, cuando está llegando a su fin, que quiero zanjarlas para quedar en paz.

–Y esa cuestión soy yo.

–Eres tú y lo que he supuesto para ti.

–¿Acaso no estás en paz?

–Hijo, no volveré a ver nunca más nuestra querida Alba de Tormes.

–¿Por qué dices eso?

Fernando Álvarez de Toledo entorna los ojos y alza la cabeza.

En la ribera verde y deleitosa
del sacro Tormes, dulce y claro río,
hay una vega grande y espaciosa,
verde en el medio del invierno frío,
en el otoño verde y primavera,
verde en la fuerza del ardiente estío.

Encara a su hijo a continuación. La perplejidad hecha rostro es el de Hernando de Toledo.

–Venceremos mañana, pero la guerra no habrá acabado hasta que el prior muera o sea apresado. Ya has visto cómo son los portugueses. Y los entiendo... –asiente mientras habla–. Orgullosos, dueños de su historia, libres. No quieren un rey impuesto, por lo que seguirán luchando hasta que no les queden fuerzas por el que consideran suyo, y ése es el prior de Crato. ¿Comprendes por qué te digo que no volveré nunca a casa?

–Su majestad te lo permitirá.

–Su majestad, su majestad… –El duque niega con la cabeza–. Reyes, seres obstinados, interesados únicamente por sí mismos. Lo fue el padre, el emperador, que en gloria esté, y lo es el hijo. Con la diferencia de que me entendía mejor con el César que con su vástago.

Hernando de Toledo se sobrecoge al ver la mirada sincera que le regala su padre.

–La duquesa me aseguró antes de dejar Uceda que moriría en tierra extraña, y así será. Siempre ha querido lo mejor para mí, pero sabía que ésta era la oportunidad que buscaba para redimirme ante su majestad y que no la desperdiciaría. Mañana le brindaremos la victoria que tanto desea, pero la guerra continuará. Su majestad será coronado, pero, en lo que a mí respecta, me obligará a permanecer aquí, a su lado. Mi salud no es la que era, por eso temo que Dios no demore mucho su llamada. Por esa parte no me quedaré en paz, pero sí lo haré si respondes a la pregunta...

Hernando de Toledo se levanta y mira fijamente a su padre a los ojos.

–Soy lo que soy gracias a ti, señor padre. Me diste una educación, me formé como soldado al lado del más grande general que haya conocido ejército alguno, y he tratado de no defraudarte en ningún momento. Conduje una compañía de lanceros en Mülhberg, te acompañé a Italia. Incluso he sido virrey de Cataluña, y ahora estoy aquí, a tu servicio. Como siempre.

–Y lo has hecho, Hernando. –El duque traga saliva después de pasear la lengua por los labios para humedecerlos. Siente que le quema la lengua. Años y años tragándose las palabras, esperando el momento de soltarlas–. De todos mis hijos, eres el que más se parece a mí. Ya me lo advirtió la duquesa una buena mañana de invierno hace ya muchos años. Te vio tomar una espada de madera mientras jugabas con tus hermanos. Ese gesto, esa mirada, esa determinación. «Es hijo vuestro, Fernando, no os quepa duda», me aseguró. «Es como vuestra merced cuando erais pequeño».

Un brillo de orgullo asoma en la mirada de Hernando de Toledo.

–Te eché de menos en tus ausencias, cuando debías marchar junto al emperador. Ansiaba tu vuelta para oírte contar las batallas en las que habías participado, los enemigos a los que habías derrotado. Crecí queriendo ser como tú. –Se aproxima más a su padre. Sus miradas brillan–. Quería ser tú, señor padre.

El hijo sonríe de manera sincera.

–Me diste todo lo que tenías, desde el momento que supiste que el hijo de la molinera era tuyo.

–Ay, ardores de juventud… –El duque de Alba se permite bromear–. Aquella tormenta, aquella noche, aquel molino de Saltillo..., y tu madre. –Mira a la nada, buceando en los recuerdos–. ¡Qué guapa era tu madre! –Niega acto seguido con la cabeza–. Sólo conocí a dos mujeres, a tu madre y a la duquesa, a la que he sido siempre fiel.

–Quédate en paz, señor padre. Eres mi padre, y ése es un orgullo que llevo por delante.

Hernando de Toledo no puede refrenar el impulso y lo abraza. Fernando Álvarez de Toledo acalla como puede el torrente de sentimientos que le ha despertado ese abrazo. Sin decirse nada, se separan y vuelven a sentarse en sus respectivas jamugas.

–¿Me permites a mí ahora?

–Cómo me voy a negar…

–¿Ha merecido la pena?

El duque de Alba se queda pensativo unos instantes. Conoce la respuesta. En realidad, sospecha que también Hernando la conoce, pero se la ha hecho porque desea escucharla de sus labios. Una nueva lección de vida, de grandeza, de dignidad. La respuesta de un hombre íntegro y único.

–Cómo no va a haber merecido la pena… –afirma, obsequiándolo con una sonrisa casi feliz–. He recuperado la dignidad, que era lo que más ansiaba. He vuelto a sentirme útil a ojos de su majestad, que era mi máxima pretensión. No moriré deshonrado ni tampoco desterrado, mi mayor temor. –La mirada del duque gana en dureza–. El apellido de la familia vuelve a recuperar el brillo que siempre ha tenido. Ése es el legado que dejo.

El prior lo ve asentir tranquilo. Lo mira con tanto orgullo que no puede evitar un escalofrío.

–¿Qué harás después de todo esto? –le inquiere entonces el duque de Alba, ya más relajado y atento al gesto de sorpresa de su hijo.

–Mi voluntad es permanecer en la corte. Sabes de sobra que mi relación con mi hermano Fadrique no es la que te gustaría.

–¿Me permites un consejo?

–Deseando escucharlo, lo sabes.

–Sé igual de consecuente y honra el apellido.

–Lo haré mañana, y lo seguiré haciendo siempre, igual que hasta ahora.

El noble deja escapar un resoplido de alivio.

–Es hora de descansar. Mañana será una jornada larga.

–¿Lo harás?

–Hazlo tú, pues tu concurso será más necesario que el mío.

Fernando Álvarez de Toledo intenta levantarse, pero no puede. La mirada que dedica a su hijo es de súplica, la de un hombre rendido por la naturaleza. Su hijo lo ayuda y, por unos instantes, sus ojos quedan frente a frente. Lo que tiene ante sí es un rostro en paz y una mirada tan clara como no recuerda haberla visto antes.

–¿Quieres que te acompañe a tus aposentos? –Al ver la negativa de su padre, añade–: Avisaré a un monje.

–Hijo, lo haré solo. Mañana he de guiar a mis hombres hacia la victoria. Flaco favor me haría necesitar ayuda para dar cuatro pasos. Además, el día que me presente ante Dios no seré yo quien le diga que me tienda la mano para llegar hasta él.

–Sea entonces como deseas. Que descanse vuestra excelencia.

–Ya descansaré cuando muera.

Hernando de Toledo ve marchar a su padre. Ya a solas, reflexiona acerca de lo hablado. Una fría ráfaga de viento penetra por la ventana abierta. «El hambre de gloria te matará», concluye. Levanta la mirada al techo decorado con nervadura, y por un momento mira las maravillas que es capaz de concebir la mano del hombre; sueños hechos piedra, cincelados con una paciencia y un tesón que parece inspirado por la mano de Dios. En pocas horas, será el diablo quien ponga en esas mismas manos toda suerte de armas concebidas para sembrar la muerte y la destrucción.

Capítulo 63

La vida y sus órdenes

Cercanías del monasterio de Belém. En ese mismo momento

La noche es cerrada, e Íñigo Sánchez lo agradece. Aguarda sentado ante la imponente fachada del monasterio de Belém. La oscuridad le impide apreciar la majestuosa fachada del edificio levantado por orden del rey Manuel I de Portugal para conmemorar el regreso de Vasco da Gama. Horas atrás, Alonso de Guzmán le ha explicado que, en ese mismo lugar, antes había una ermita, y allí fue donde aquel explorador y sus hombres pasaron la noche en vela antes de su partida hacia la India.

Él aún no sabe cómo terminará esa noche. La plaza que se abre a los pies del monasterio es amplia, y a sus arenas van a morir las aguas del cercano Tajo en su camino al océano. A pesar de la presencia de las naves castellanas, también las naves portuguesas fondean junto a la orilla, con las velas recogidas. La noche es calurosa, y ha de moverse con cuidado, para no ser visto por esas decenas de galeras y galeones castellanos que permanecen amarrados junto a la cercana Torre de Belém, que a su vez guarda la entrada al puerto de Lisboa. No lejos de él se oyen las voces de soldados y marineros; departen, discuten entre ellos o bien no tienen ganas de dormir. Si levanta la vista hacia el cielo, el lienzo de estrellas lo sobrecoge, pero no tiene tiempo para eso. Debe evitar que el duque de Alba dirija al ejército que batallará contra el del rey don Antonio. Y por ello está atento a la fachada del monasterio, en busca de una luz, un brillo, un reflejo. Una señal, en definitiva, tras la que accederá a sus dependencias para resolver lo antes posible su misión.

–Contaréis con ayuda desde dentro –recuerda que le aseguró Alonso de Guzmán.

–¿Y eso cómo lo sabré?

–Permaneced atento a la fachada. Por una de sus ventanas veréis brillar una luz. Entonces deberéis acercaros por el oeste, por donde os estarán aguardando. Tened cuidado, pues habrá vigilancia. No obstante, los monjes sabrán cómo mantenerlos alejados mientras os franquean el paso.

La mirada de desconfianza del soldado despertó la risa del individuo, que negó con la cabeza.

–Son muchos los monjes de esa comunidad que no quieren tener al rey Felipe como monarca. Ellos guiarán vuestros pasos por el interior del monasterio hasta las dependencias del duque. Una vez concluyáis vuestro trabajo, os devolverán a la plaza, y podréis regresar al real sin levantar sospecha alguna.

Dicho lo cual, le hizo entrega de una pequeña bolsa, y al momento detuvo el intento de abrirla por parte de Íñigo Sánchez.

–No lo hagáis hasta que diluyáis su contenido en la copa del duque.

–¿Pretendéis envenenarlo?

Alonso de Guzmán rio de nuevo con ganas.

–Nada placería más a quien vuestra merced ya sabe –le guiñó un ojo–, pero bastará con mantenerlo encamado durante algunas jornadas. El ejército derrotará al del rey Antonio, pero, fuera del control del duque, asolará Lisboa, despojando a sus gentes de toda riqueza, matando y arrasando allá por donde pase. En cuanto la noticia llegue a oídos del rey Felipe, su ira será tal que ordenará para él un nuevo destierro, y esta vez será el definitivo. Os puedo asegurar que quien ha contratado vuestros servicios vivirá días muy felices sabiendo que el duque de Alba fallecerá olvidado, desterrado y deshonrado por su majestad. ¡Qué mejor final para su carrera! –admitió alzando la voz, para concluir con una carcajada.

Íñigo Méndez no pudo evitar un gesto de desagrado impreso en sus labios. Al verlo, Alonso de Guzmán cesó en su risa.

–¿Qué pasa?

–Espero que vuestra merced y la princesita se pudran en el infierno.

Un estallido de ira asomó en la mirada del tipo, pero el soldado aún no había dicho su última palabra:

–Conocéis mis razones para aceptar esta misión. De no ser así, hubiera deseado que os dieran por el ojo del culo, lo cual os llenaría de gozo, pues es lo que más os place como inmenso bujarrón que sois, pero me habría evitado arrojar de nuevo al destierro y cubrir de deshonor a un hombre que ha dado su vida por engrandecer la obra de los reyes a los que sirve. Así que entiendo que con esto quedan bien pagados mis servicios.

–Cumplid con lo que se os ha pedido –insistió el otro con gesto de desagrado.

–¿Acaso no lo he hecho hasta ahora? –replicó, desafiante, Íñigo Sánchez.

–¡Hacedlo! –bramó Alonso de Guzmán.

–¡Que os lleve el diablo, y también a la maldita princesita!

El soldado dio la espalda a Alonso de Guzmán. Sólo unos ojos inquisitivos ocultos tras una arboleda fueron testigos del encuentro. Al pasar a la altura de Juan de Salazar, apartado de la escena, Íñigo Sánchez escupió delante de sus botas con un gesto de desprecio que estremeció al pacense.

Ahora, a la espera de la señal convenida, son muchas las preguntas que lo asaltan. Sin el duque de Alba, ¿habrá batalla al día siguiente? ¿Qué efectos tendrá el bebedizo que ha de echar en su copa? Por fortuna, la aparición de una luz en la fachada del monasterio acaba con todas sus elucubraciones. Embozado, camina en diagonal hasta alcanzar la entrada indicada, que encuentra huérfana de vigilancia. En su parte superior destaca una ventana de arco de medio punto rodeada de columnas formadas por doseletes que contienen esculturas de apóstoles y santos. Bajo el dintel aguarda un fraile de mediana estatura vestido con un hábito blanco. No sabe cómo dirigirse a él, pero, para su sorpresa, es el fraile quien habla, en un español que suena especial en sus oídos:

–No temáis. Los vuestros estarán entretenidos un buen rato.

–¿Qué habéis hecho con ellos? –pregunta Íñigo Sánchez, escamado.

–Están compartiendo dulces y vino con varios hermanos. A los soldados españoles es fácil convenceros si hay vino de por medio.

El fraile dibuja una sonrisa ácida al concluir, lo cual desagrada a Íñigo Sánchez, por mucho que reconozca que tiene razón; que ningún soldado dice que no a una jarra de vino, y más si es tan afamado como el portugués. A una seña, el soldado lo sigue a través de la nave de la iglesia. Un techo más, uno de los tantos que ha conocido, aunque no duda que en otros ojos la bóveda nervada, sostenida por seis columnas talladas, sea una obra de elegidos por Dios para hacer arte de las piedras. Luego, acceden al claustro, que es otra joya para cualquier menos para él, que tiene claro que está allí para cumplir una misión. El espacio está decorado con arcos festoneados, torrecillas retorcidas y columnas sobre los que se entrecruzan hojas, nudos y plantas de piedra. La mayor expresión de un estilo que lleva por nombre el del rey que impulsó esta joya en forma de monasterio. De ahí, suben las escaleras para dirigirse a la planta superior. El monje lo guía en silencio, envuelto por los ecos de sus pisadas, hasta que se detiene ante una puerta.

–¿Nadie vigila? –le inquiere, una vez más, extrañado.

–¿Acaso no os he dicho lo mucho que os gusta el vino a los españoles?

–Si el duque regresa y no encuentra a quienes se encargan de su guardia, puedo aseguraros que los colgará a todos.

–Eso ya no es cuestión mía –asegura el fraile, sonriendo de manera enigmática.

Íñigo Sánchez accede a la cámara, de una sencillez acorde con las exigencias de Fernando Álvarez de Toledo. Una cama, un par de jamugas y un escritorio son el único mobiliario de que dispone. Colgados en las paredes, un par de telares decorados con motivos religiosos. A través de la ventana entra una pequeña brisa que cimbrea la llama de la vela encendida encima del escritorio. Allí encuentra una pequeña copa junto a una jarra, ambas de sencilla factura.

–Acaba con esto de una vez –murmura.

Deshace el nudo de la pequeña bolsa que le ha entregado Alonso de Guzmán. Vierte el contenido en la copa y la rellena con un poco de vino. Por un instante, pensativo, se queda mirando esa copa que contiene la sentencia definitiva para el duque de Alba. Toda una vida al servicio del emperador Carlos y de su hijo, el rey Felipe, condenada al olvido. Años y años dirigiendo sus ejércitos, representándolos ante otros reyes en momentos especiales, borrados y enterrados. A sus espaldas, por toda la eternidad, la ignominia para quien estaba llamado a llevar el honor de su casa a lo más alto. En todo ello piensa, también con el recuerdo de la figura de su amigo Miguel de Cervantes, el motivo de su proceder.

–Gánate la inmortalidad, Miguel, pues estará cimentada en la vergüenza de un hombre al que han despojado de su honor con malas artes.

Se vuelve hacia la puerta, pero en ella se encuentra con un rostro circunspecto que lo mira como si estuviera delante de nuevo del río Elba, mientras el ejército de Juan Federico de Sajonia se burla de él desde la otra orilla por no poder sortear la bravía corriente del río.

–¿Quién es vuestra merced y qué estáis haciendo aquí? –pregunta el duque de Alba con voz grave y rotunda.

Capítulo 64

Ansias de vivir

Orilla oriental del río Alcántara. En ese mismo momento

«Qué clase de milagro, ¿eh, Ebou? Ahí las tienes, en el cielo. Nunca se caen. ¿Qué hará que las estrellas estén siempre ahí, brillantes?».

Tendido en el suelo sobre una manta raída, el esclavo ahonda en los misterios del cielo. Ante sus ojos, un lienzo oscuro que cobija toda suerte de sonidos, donde las estrellas mantienen con él un diálogo tan arcaico como el mismo hombre. Las contempla embelesado, esperando que su hermana le diga algo, como cada noche. Pero lo que escucha es una voz distinta, profunda y muy real, nada de imaginaciones suyas.

–Deberías descansar.

Ebou echa la cabeza para atrás y reconoce a Cristóbal Freire. Harto de la manta, que le da tanto o más calor que el suspendido en el aire, se incorpora para quedar sentado. De haber llevado más agua el río quizá no hiciera tanto bochorno, pero apenas un hilillo discurre por su cauce. Lo más molesto, los mosquitos, que los acribillan sin misericordia. Con todo, eso no es lo peor, sino los gritos y aullidos de los españoles desde la distancia.

Suenan a muerte.

Y su música. Cosa del demonio.

–¿Acaso tú puedes dormir?

Todo aquello es una manera de intimidarlos, de decirles que están ahí, esperándolos; que se harán carne en cuanto la primera luz del día rompa la oscuridad.

–Putos españoles...

Cristóbal Freire se sienta a su lado y levanta la mirada al cielo.

–¿Te gusta mirar las estrellas?

–Lo hacía de pequeño, en mi tierra, en la playa, en compañía de mi hermana. Siempre me he preguntado qué las mantiene ahí arriba, sin caerse. ¿Tú qué crees? Dicen que es cosa Dios.

–Dios... –ríe el portugués, irónico–. ¿Crees en él?

–En mi tierra creemos en otro dios diferente al vuestro, pero también en espíritus que nos protegen y ayudan a hacer la vida más fácil.

–Nadie te ayuda a que la vida sea más fácil. Ni siquiera Dios.

Callan un instante. Las miradas, fijas en las estrellas. Los españoles, a lo suyo, siguen chillando toda suerte de barbaridades contra ellos. De cuando en cuando, obtienen respuesta por parte de los portugueses, y entonces se envalentonan aún más.

–¿Crees que nos matarán a todos?

–No hacen prisioneros.

–No soy capaz de imaginarme lo que ocurrirá cuando amanezca...

–Es mejor que no lo hagas y descanses. Te vendrá bien.

–¿Cómo será?

–Muerte, muerte y más muerte.

Ebou agacha la cabeza. Hasta entonces todo han sido escaramuzas, idas y venidas. Bailes con la muerte, como los llama Cristóbal Freire. Se danza con ella, agarrada de su mano, sin dejar de mirarla a los ojos. Si tira de ti, estás perdido. Sé tú siempre el que domine el baile. Tan fácil de decir, tan difícil de hacer.

–Una batalla es matar, matar y volver a matar hasta que no te queden fuerzas. Y, entretanto, evitar que te maten. La muerte está presente en todo momento. Ella es la gran protagonista.

–No quiero morir –confiesa el esclavo, muy serio.

–Y no lo harás.

Ebou alza la mirada al cielo, un óleo sobre lienzo con trazos violentos, colores oscuros y una atmósfera que asfixia. Cristóbal Freire le dedica una sonrisa de comprensión.

–¿Cómo puedes estar tan seguro? –pregunta al fin el esclavo.

–No lo estoy, pero conozco lo suficiente a la muerte. Tú no morirás mañana.

Quiere calmarlo, atenazado por una sensación atávica. Ebou la conoció en labios de su padre. La vigilia de los guerreros, los nervios tensos, la expresión ausente. La guerra. Gente acostumbrada a luchar. Pero él no lo está.

–¿Cómo te atreves a decir eso? ¡Ya me has visto! ¡No sé luchar!

–Te repito que no morirás mañana. Muchos otros sí lo harán, pero tú, no.

Cristóbal Freire echa un vistazo en derredor, buscando en la oscuridad al ejército de Antonio de Crato. Pocos soldados de verdad, y muchos campesinos, gente reclutada a toda prisa, y esclavos. Pan para hoy y hambre para mañana, como dicen los españoles. Ellos sí tendrán delante al día siguiente una suerte de contrincante cuya única incógnita es saber cuántas horas aguantará sus ataques y embestidas.

–Tú sí has estado en batallas, ¿verdad?

–Alguna he vivido.

–Y estás aquí...

Cristóbal Freire deja escapar un resoplido. Casi un lamento de vida

–En la última ocasión, maté todo lo que pude. Luego sorteé a la muerte y me hicieron prisionero. Tuve la suerte que faltó a muchos de los míos, que quedaron enterrados bajo la ardiente arena del desierto.

Calla de repente. Silencio. Hundido en sus recuerdos, en aquella batalla en el norte de África siguiendo a un rey joven y atolondrado que decidió llevar a sus huestes a una muerte segura. Todos lo sabían, incluso hasta el mismísimo prior y ahora rey de Portugal, pero nadie consiguió quitarle de la cabeza aquella empresa. La muerte hizo el resto.

–Yo moriré para que tú puedas seguir viviendo. Tenlo bien presente mañana.

Estas últimas palabras sobrecogen a Ebou. Al percatarse, Cristóbal Freire sonríe con tristeza.

–Tienes motivos para vivir, y a ellos te aferrarás para seguir haciéndolo. En cambio, ¿a qué me puedo aferrar yo? Los españoles mataron a mis padres, no sé si mis hermanos estarán o no vivos, y ella…

Los recuerdos, su asedio. Tenaz. La mirada perdida, brillante, fija en el infinito oscuro; y la faz, relajada ahora. Consciente del testamento vital que ha decidido legar al esclavo. Por eso le dedica ahora una sonrisa sincera.

–Además, tienes una mirada que apesta a vida.

–¿Acaso la tuya no?

Quiere ser cuidadoso con las palabras, expresar lo que realmente siente, lo que desea transmitirle. Los recuerdos. Hacía mucho tiempo que no se dejaba dominar por ellos. Una tormenta de sentimientos se abate sobre él. Y la ve de nuevo. Su imagen le viene como un fogonazo de mosquete, nítida. Lucía. Guapa y menuda, ojos verdes y tez morena. Piel tersa y ademanes suaves. Una choza no lejos de Tomar, una recompensa de la vida después de tanta tragedia. Eso era Lucía para él. Cinco años de felicidad a su lado. Cruzaron las miradas en un día de mercado, y con ellas se siguieron por todas partes hasta que se encontraron. Él era una sombra humana, y ella, un regalo que Dios parecía haber puesto en su camino cuando todavía creía en él. Un alma gemela. Otra historia triste, muerte y desolación en sus recuerdos, y unas enormes ganas de vivir en compañía de alguien que la quisiera y la cuidara. Lo hizo. Lucía le devolvió la sonrisa, la felicidad. La vida. Pero unas fiebres se apoderaron de ella. Aguantó dos días, apretando los dientes. Al tercero cayó en la cama y nunca más se levantó. Se fue en apenas un mes. Antes de morir, le acarició la cara, se detuvo en sus ojos, deslizó los dedos por sus labios, perfilándoselos. En su mirada, la dura agonía. Y, sin embargo, hacía esfuerzos por sonreír.

–Había soñado con que envejecería a tu lado. Aun así, este tiempo contigo me ha reconciliado con la vida. A pesar de todo, muero en paz.

La enterró una tarde de primavera, al pie de la choza. Ese día se juró que no derramaría más lágrimas, pues todas se las llevaría ella. Y que tampoco pondría impedimentos a la muerte. El día que quisiera venir a por él, se lo pondría fácil. Ya no tenía más ganas de seguir en el mundo. No pudo marcharse en Alcazarquivir, pero lo haría al pie de ese río llamado Alcántara.

Cristóbal Freire mira al esclavo con una hondura que lo estremece.

–Nunca tuve aprecio por la vida, Ebou, pues sólo me ha enseñado su lado más oscuro, el más siniestro. Sus golpes son demoledores, y aún me sigo preguntando cómo es posible que te puedas rehacer de cada uno de ellos. Llega un momento en que no te levantas del suelo al que te arroja. Todas las ilusiones con las que te había engatusado saltan hechas añicos, y lo único que te queda es una sensación de vacío imposible de llenar. Yo ya he vivido, Ebou, y ahora eres tú quien tiene que hacerlo. Vive para amar a la persona que quieres. Disfruta de la vida a su lado. Sé feliz. Te lo mereces.

Sin decir más, Cristóbal Freire se incorpora. Mira las estrellas, que allí siguen, en el cielo, brillando como siempre desde el principio de los tiempos.

–Ahora descansa. Tienes que estar fresco mañana para la batalla.

Ebou lo ve alejarse hasta que la oscuridad devora su figura. En la lejanía, los soldados españoles no cesan de aullar, de gritar, descontando las horas para saciar su sed de sangre. Si es que alguna vez se sacian.

Capítulo 65

La vida y sus designios

Monasterio de Belém. En ese mismo momento

Íñigo Sánchez siente que las sienes están a punto de estallarle. La sangre fluye a galope por sus venas al ritmo de su corazón desbocado. Bajo el quicio de la puerta, mirada orgullosa y gesto altanero, lo observa el duque de Alba, quien no da crédito a que un simple soldado haya entrado en sus dependencias personales.

–Os he preguntado quién sois y qué estáis haciendo aquí –repite el noble con voz grave, decidida.

Se le acerca con paso lento pero decidido. «¡Reacciona, Íñigo!», trata de encontrar una salida a una situación que se le ha complicado demasiado. Hace memoria del camino recorrido hasta allí: el pasillo del claustro, las escaleras, la nave de la iglesia... *A priori*, sencillo. Los contras: no saber por cuánto tiempo mantendrán entretenidos los frailes a los soldados que hacen guardia. Y la presencia del duque de Alba.

Un caballo.

Sólo necesitaría eso.

Y la noche por compañera.

Recuerda haber oído algún relincho cerca de la Torre de Belém. «Eso sería lo más fácil», se convence. Lo más parecido a una encamisada, de las que puede contar más de una. Una aparición rápida, súbita. Y, para cuando los soldados que allí acampan quieran darse cuenta, podría sacarles ya una distancia más que aceptable.

Pero eso pasa por resolver el encuentro con el duque, que se le acerca con paso lento pero decidido.

–¿Acaso no pensáis responder? ¡Muy gallito os veo! ¡Veremos si demostráis tanta gallardía cuando os cuelgue un lazo en el cuello!

«Un golpe certero, que quede desmayado. Luego, correr como alma que lleva el diablo», prosigue con sus pensamientos. En su cabeza, el plan suena a música celestial. Impecable. Lo que tiene ante sí no es más que un anciano que, en las últimas semanas, se ha valido de una silla de manos para cualquier trayecto. «Un puñetazo en la barbilla, certero y rápido, para que quede inconsciente y no pueda alertar a la guardia. Y a correr hasta que no te queden fuerzas para hacerlo. Te va la vida en ello», insiste. Que le va, pues la situación no puede ser peor para sus intereses. Nada lo librará de la horca, tal y como le ha asegurado ya el duque de Alba.

«Si no lo mata la guerra o la edad en las siguientes semanas, será vuesa merced quien tenga que hacerlo», le aseguró Juan de Salazar aquella noche de mayo en Llerena. A diferencia de Alonso de Guzmán, el pacense nunca lo ha engañado, siempre ha ido de frente. Matar al duque de Alba. Demasiado premio para quienes lo han embarcado en ese asunto que se trae entre manos. «No tienes por qué hacerlo. Busca una salida, ¡rápido!», se apremia. Apenas un par de pasos lo separan del noble, cuya mirada arde de odio.

–¿Acaso sois tan cobarde que ni siquiera me vais a conceder la merced de escuchar vuestra voz antes de colgaros?

El soldado, impertérrito, reduce la distancia y lo mira de frente. «Un puñetazo seco, a la mandíbula». La posibilidad cuaja en su cabeza. Cierra el puño, lo aprieta con tanta fuerza que las uñas se le clavan en la palma de la mano. «Aguarda, Íñigo, aguarda», se dice, calculando la distancia. «Después, ¡a correr! Tu vida depende de ello». Lo tiene ya para golpearlo. A pesar de su avejentamiento, el rostro asusta; y su mirada destila ese odio que tantos protestantes conocieron en Flandes.

–¡Maldito cagalindes! –estalla el duque de Alba.

«¡Ahora!».

Íñigo Sánchez lo agarra por el cuello con la mano izquierda. La expresión del duque de Alba es de un asombro infinito; abre la mirada más que nunca. Levanta el puño para golpearlo, pero una súbita aparición lo detiene. Sorprendido, todavía manteniendo el agarre sobre el duque, el soldado no puede apartar la mirada de la puerta. Poco a poco, Íñigo Sánchez relaja la presión sobre el cuello del noble.

–Concededme la venia de matar a este hideputa, señor duque.

La voz es de mujer. Fernando Álvarez de Toledo aguza la mirada y constata que, en efecto, lo es quien se acerca a ellos. Por ojos, dos cañones listos para hacer fuego y llevarse por delante lo que encuentre. Íñigo Sánchez trata de mantener la compostura, aunque es consciente de que la presencia de Inés Arias no hace más que empeorar su situación.

–¿Quién es vuestra merced? ¿Acaso bajo esos ropajes hay un cuerpo de mujer? –inquiere el duque de Alba, aún sorprendido.

–Me llamo Inés Arias, sirvo en el Tercio de Nápoles, para mayor gloria de su majestad, soy mujer, y vivo para acabar con la vida de este bellaco que ha intentado envenenaros.

La revelación enciende la mirada del duque de Alba.

–¿Por qué no se lo contáis? –La joven mira al soldado con odio. En la mano sostiene una daga.

–¿Es eso cierto? –pregunta a su vez Fernando Álvarez de Toledo.

–No va a hablar. Además de traidor, es un maldito cobarde.

–Me habéis seguido… –dice al fin Íñigo Sánchez.

–No es la primera vez que lo hago, pues seguí también vuestros pasos el día que abandonasteis el real en Cascáis, junto a la fortaleza; y también esta misma tarde.

–¿Es cierto eso de que pretendíais envenenarme? –insiste el noble.

–Demostrad ahora vuestra valentía y revelad al señor duque con quién os habéis reunido en ambas ocasiones.

–¿Acaso estáis al servicio de don Antonio? –Fernando Álvarez de Toledo dedica una mirada sombría a Íñigo Sánchez.

Éste sopesa la situación. La soldado sí es un enemigo complicado; y su odio hacia él la convierte en más peligrosa si cabe. En ese momento, el peor rival que podría echarse a la cara. El duque de Alba se aparta para dejar paso a Inés Arias, que agarra la daga con la izquierda mientras con la derecha calcula la distancia que la separa del otro.

–No sabéis las ganas que tenía de que llegara este momento –bisbisea Inés Arias con tono amenazante.

–¿Qué pretendéis? –pregunta él, receloso.

–Justicia –responde ella.

–Esto no va con vuesa merced.

–¡Sí que va, sí! –replica. Por mirada, odio y más odio–. Además de asesino, no sois más que un maldito traidor.

«¡Reacciona o estarás completamente perdido!». Con un gesto rápido, saca su daga y la agarra con firmeza. El duque de Alba asiste al duelo de miradas. Ambos se estudian con calma. Inés Arias tiene claro que el soldado que tiene delante no saldrá de la cámara por su propio pie; Íñigo Sánchez se sabe perdido. Si no lo mata la soldado, lo hará el duque.

–Matasteis a mi razón de vivir –le dice con una voz que rezuma rencor.

–Esto no va con vuesa merced. No me obliguéis a hacer lo que no deseo.

Inés Arias lanza un derrote que el soldado evita dando un par de pasos hacia atrás. La distancia le permite estudiar con más detalle a la muchacha.

–Lo envenenasteis, igual que queríais hacer con el señor duque. Habéis vertido en su copa el contenido de la bolsa que os proporcionó esta tarde ese extraño por cuya presencia tenéis tanta querencia. A Lorenzo le envenenasteis el ánimo.

El duque de Alba toma entonces la copa que tiene sobre el escritorio y se la lleva a la nariz. La olfatea detenidamente, y de seguido mira a Íñigo Sánchez con una sonrisa que es toda una declaración de intenciones.

–¡Maldito berzotas! Qué gusto me dará veros bailar mientras la soga hace su trabajo.

Sabiéndose en el otro mundo, Íñigo Sánchez elucubra un movimiento rápido con el que matar a la mujer y huir a la carrera de allí. El duque de Alba llamará a la guardia en cuanto eso ocurra, pero es la única opción que tiene de seguir con vida, pues se sabe ya sentenciado. Qué más da una vida más si de ello depende la tuya, piensa sin dejar de escrutar a la figura que tiene delante, sus movimientos. Recuerda entonces momentos del pasado en parecidas situaciones, con hombres delante en lugar de una mujer. Oscuros callejones cerca de distintas tabernas de Madrid, a tanto la estocada. Un asunto de cuernos, una disputa de celos entre dos afamados autores de teatro, aquel que quería dar un escarmiento a quien le debía no poco dinero. Lo de menos era la razón. Meses y meses sobreviviendo de esa manera mientras su nombre corría de boca en boca. Discreto y efectivo. Y todo para sortear el hambre.

–¡Es hora de que acabe esta locura!

Sancho Dávila irrumpe en la estancia del duque de Alba acompañado de Ginés Méndez y otros soldados armados con arcabuces. Íñigo Sánchez, vencido y casi muerto, resopla. Para su sorpresa, Inés Arias se abalanza sobre él llena de rabia y con la daga en alto.

–¡No saldréis vivo de aquí, hideputa!

Es Ginés Méndez quien corre hacia ella. Con un rápido movimiento, la empuja, y ambos caen al suelo. Allí logra atraparla, aunque se las ve y se las desea para evitar sus patadas.

–¡Dejadme, maldito bellaco! ¡Tengo que matarlo!

–¡Basta! –grita el duque de Alba–. ¡Ese soldado! –Señala a Íñigo Sánchez–. ¡Póngalo a buen recaudo! ¡Y quiero a la mujer fuera de esta estancia, ya! ¡Hay una batalla por ganar, y ya va siendo hora de acabar con este embrollo!

–¡No! –grita Inés Arias, que vuelve a lanzarse sobre Íñigo.

Hacen falta tres hombres para reducirla, pues el odio no le permite ver más que la figura de Íñigo Sánchez. La guardia de Sancho Dávila se lleva al fin a Íñigo Sánchez e Inés Arias. El maestre de campo, con un gesto, pide a Ginés Méndez que lo deje a solas un instante con el duque, quien, una vez la calma regresa al lugar, decide tenderse en la cama. Sancho Dávila se le acerca, pero el recio ademán que le dedica el noble lo convence de que es mejor dejarlo solo.

Con el silencio por compañía, Fernando Álvarez de Toledo mira al techo, a la preciosa bóveda nervada. La visión lo relaja. Necesita tranquilidad, silencio. Declama con voz cansada:

> con tal furor, con una fuerza nueva,
> que un monte puesto encima rompería

Ni furor ni fuerza nueva, ni mucho menos romper un monte. Apenas quedan unas horas para ordenar a sus hombres que se preparen para el combate, y quien menos preparado está es él. Aquellos versos, su sentido, su autor. Un amigo, un compañero de vida. Una muerte inútil, repentina. La muerte, piensa entonces. Esa eterna compañera que siempre lo ha acompañado allá donde fuera. Ya ve su cara y atisba su sonrisa, tan ladina, tan malvada. Quiere mover una pierna, pero no puede. Le cuesta una barbaridad.

Traga saliva.

Morirá en tierra extraña.

Las palabras de la duquesa siempre presentes. Un augurio, una realidad.

Los ojos se le encharcan.

El recuerdo, la añoranza del calor lejano, de las palabras reconfortantes, de una presencia que le proporcione paz. Todo eso está perdiendo, todo eso ha rechazado por servir por última vez al rey. El rey, siempre el rey. El honor por encima del amor, de su casa.

Furioso, descarga el puño derecho contra el escritorio. Lo hace con rabia. Una, dos, tres, cuatro veces. La quinta queda en el aire, con el puño suspendido y el rostro incendiado de ira.

«El maldito honor, la maldita gloria», masculla para sí.

Capítulo 66

La hora de las confesiones

Monasterio de Belém. Un buen rato después

La puerta de la celda se abre, y por ella entra Ginés Méndez. La celda es oscura y sobria, sin ventanas, y por eso porta una palmatoria. Una cama y un pequeño escritorio son el único mobiliario. Las paredes, desnudas de decoración, son frías como el suelo en el que se encuentra sentado, con la espalda apoyada en la pared, a Íñigo Sánchez. Deja la palmatoria sobre el escritorio y toma asiento en la cama.

–Hay que ver la que has armado –resopla.

El otro se encoge de hombros. Seriedad en su rostro, mirada perdida.

–¿De verdad pretendías envenenar al duque de Alba?

–Eso es lo de menos –responde, lacónico.

–¡Qué *cohone*, compadre! –insiste el sevillano. La sonrisa no se marcha de sus labios.

–Se hace lo que se puede cuando no existe más opción.

–Del lacito en tu lindo cuello no te libra nadie. Por lo que ha contado la muchacha, jura haberte visto esta tarde recibiendo una bolsa de mano de una persona vestida con ropajes vistosos.

–Si ella lo dice, así será.

–¡Vamos, Íñigo! ¿Qué te importa ese hideputa? ¡Revela de quién se trata!

–Mis asuntos son míos, Ginés. –El soldado lo mira con severidad.

–Ya… –El otro chasquea la lengua.

Íñigo, al fin, levanta la mirada y se topa con la del sevillano, por la que navega una inmensa tristeza.

–Ya conoces el destino que te espera.

–Me parece justo –replica Íñigo Sánchez, lacónico–. De ser el duque de Alba, yo haría lo mismo.

–¡Por el amor de Dios, Íñigo! –estalla Ginés Méndez, harto del muro que su compañero ha levantado frente a él–. ¡Explícate! ¡Lo que has hecho no es normal!

–Mis asuntos son cosa mía –replica de nuevo.

–¡Voto a bríos, Íñigo, que son muchos los años que nos contemplan! ¿Acaso no ves que me preocupo por ti? ¡Tiene que haber alguna posibilidad, alguna razón por la que hayas actuado de esta manera!

–No insistas.

Ginés Méndez comienza a pasear por la celda. Íñigo, sin embargo, no varía su posición.

–¡*Cohone*, que me siento traicionado!

–Únete a la cola. No eres el primero, ni tampoco el último.

–Cuántos bailes nos hemos marcado con la Parca, ¿eh? ¿Cuántos? Y ahora me vienes con esto. ¡Habla, demonios! Es lo único que te pido.

La palmatoria ilumina parte del rostro de Íñigo Sánchez, jugando con sus claroscuros. En él adivina una sonrisa irónica. La mirada que lanza al sevillano rebosa de sinceridad.

–Siento haberte decepcionado, pero no me quedaba otra. Imagino que es ella quien te habrá puesto en antecedentes, ¿no es cierto?

Ginés Méndez asiente antes de responder:

–Esa muchacha… –niega el sevillano, vehemente–. ¿Recuerdas la noche de la toma del castillo de Sant Gián de Hueras? La encontré sentada en la arena de la playa, sola y herida, aunque las heridas recibidas en combate le importaban bien poco en ese momento. ¡Mira que la *jodía* no tenía ni pizca de ganas de estar con nadie...! Pero nos pusimos a hablar...

Le relata aquel encuentro, sus detalles, incluso lo que interpretó de los silencios de Inés Arias.

–Es una mujer valiente y lista. Sé que no desea hablar conmigo y que será la primera en alegrarse de mi muerte, pero dile que la respeto y admiro. –Asiente en silencio antes de seguir hablando–. Transmítele también mis disculpas por lo que hice con el camarada Lorenzo.

–¿Me vas a responder a una pregunta?

Íñigo Sánchez observa el rostro apenado y la mirada suplicante de Ginés Méndez.

–¿Eres en verdad un traidor?

–¿Lo piensas?

–¡No, no quiero pensarlo! –exclama el sevillano, casi entre lágrimas. La luz de la vela proyecta su sombra en la pared desnuda que tiene a su espalda–. Pero me lo pones tan difícil...

–¿Acaso lo piensas? –insiste el otro. La intensidad de su mirada impresiona.

–¡Nunca, te lo juro! –le asegura, con lágrimas en los ojos–. ¡Por eso no entiendo tanto silencio! ¡Habla, por santa María!

–Retírate a descansar. Te vendrá bien.

Por respuesta, Íñigo Sánchez obtiene un suspiro lánguido. El de un hombre vencido ante otro íntegro, sin miedo a su terrible destino.

–Si hubieras prometido una cosa a un amigo, ¿no harías lo posible y lo imposible por cumplir esa promesa? –le pregunta entonces, para su sorpresa.

–¡Eso es de justicia! Si no nos ayudamos entre nosotros, ¿quién lo hará?

–Pues eso.

–¿Y quién es ese amigo?

–Miguel de Cervantes.

Ginés Méndez se queda mudo. Los dos pueden oír sus respiraciones, ahora pausadas. Así permanecen un buen rato, compartiendo los mismos recuerdos. Una galera, un esquife, varios soldados arrojando proyectiles contra una galera enemiga. Y un soldado interponiéndose en la pelota disparada desde aquella galera destinada a otro que recarga su arcabuz para disparar de nuevo. El primer soldado recibe un segundo impacto antes de caer al suelo, y el segundo lo auxilia de inmediato en medio de un infierno de fuego y disparos.

–De esto ni una palabra a Rodrigo, ¿estamos?

Íñigo Sánchez fija la mirada en un punto concreto de la celda. Una mirada perdida, inerte. Eso hace que no pueda contemplar la expresión de inmenso cariño hacia él que viste el rostro del sevillano, que se seca las lágrimas. Mientras mira a la nada, un pasaje concreto de su vida toma forma en su cabeza. Un camino polvoriento y una promesa.

La que le va a costar la vida.

Cercanías de Argel. Enero de 1576

Íñigo Sánchez no terminaba de fiarse de aquel moro que había prometido llevarlos hasta Orán. El aspecto de aquel grupo de cristianos no era el mejor: ropajes andrajosos, pelos y barbas descuidados y pellejo cubriendo unos cuerpos enjutos. A su lado caminaban los hermanos Cervantes, Miguel y Rodrigo. El primero de estos dos sí se mostraba más optimista.

–¡Alégrate, Íñigo! ¡En nada llegaremos a Orán, y el recuerdo de nuestros días de cautiverio se perderá como lágrimas en la lluvia!

El aludido le dedicó una mirada trufada de escepticismo.

–Tú y tus expresiones…

–¡Anímate! ¡En verdad, ya el simple hecho de transitar por estos parajes es lo más parecido a estar en el parnaso!

Íñigo Sánchez echó un rápido vistazo en derredor. Habían abandonado Argel el día anterior y ahora caminaban por una senda flanqueada por pinos. El ambiente era un tanto frío, a pesar de que lucía el sol en el cielo, sin apenas nubes. El aroma a brezo hacía la marcha más agradable. Salvo el del soldado, el rostro de los demás era de cierta alegría por haber dejado atrás su cautiverio.

–Te juro que ese hijo de Alá no es de fiar.

–Despreocúpate. –Rodrigo de Cervantes lo palmeó en la espalda.

–¡A él debemos estar aquí, fuera de aquellos baños de infausto recuerdo ya! –añadió Miguel.

Íñigo Sánchez negó con la cabeza, intentando espantar el recuerdo de ese lugar: un espacio de poco más de setenta pies de largo y cuarenta de ancho donde, repartidos en altos y bajos y con muchas camarillas, malvivían los cristianos apresados por Hasán Bajá, hijo de Jeireddin Barbarroja y gobernador de Argel. En medio de la estancia, había una cisterna con buena agua, y debajo de ella la iglesia donde podían rezar aquellos que quisieran o aún tuvieran fe en Dios, lo cual no era su caso.

–Si el moro no anda desencaminado, no dudo de que llegaremos a Orán en unas semanas –dijo Rodrigo de Cervantes.

–Y de allí a casa, poco más que en un soplido si tenemos en cuenta el tiempo transcurrido desde que ese hideputa de Dalí Mamí nos apresara –añadió su hermano Miguel.

–¡Por ventura, qué ganas de volver! –clamó Rodrigo.

–¿Qué vais a hacer cuando regresemos a casa? –quiso saber Íñigo Sánchez.

–¡Encamarme con cuantas putas pueda y follar hasta perder el conocimiento! –estalló en risas Rodrigo, contagiando a los otros dos.

–¿Y tú?

La pregunta de Miguel de Cervantes encontró a Íñigo Sánchez sumido en sus cavilaciones sobre los baños de Argel.

–Pues... –tardó en responder–. La verdad es que no lo he pensado. Quizá vuelva a guerrear, quizá no. Quizá me asiente en Madrid, quizá no...

–¡Qué claridad de pensamiento! –se rio Rodrigo.

–Seguro que tú ya tienes claro a qué vas a dedicar tu vida –preguntó entonces Íñigo a Miguel.

–¡Cierto! –respondió éste, seguro y sonriente–. ¡Escribiré comedias que harán que el público se desternille de risa! Escribiré tantas como mi cabeza lo permita, y así dejaré mi huella en este valle de lágrimas. ¡Ten por seguro que ni nombre será recordado por los siglos de los siglos!

–Quizá vaya a ver alguna, si finalmente me establezco en Madrid.

–¡Ah, tus quizás! –abundó Miguel de Cervantes, sin perder la sonrisa.

Sin embargo, el recelo no se apeaba del rostro de Íñigo Sánchez, quien no perdía de vista al moro que los había sacado de Argel. No recordaba haber oído su nombre en ningún momento o si él se había presentado ante ellos diciendo cómo se llamaba. Les prometió guiarlos hasta Orán a cambio de algunos dineros al llegar a aquel puerto, algo que todos ansiaban. Los meses de presidio en Argel habían hecho mella en sus espíritus, y por nada del mundo deseaban regresar, por lo que aceptaron la propuesta del moro. Todos tenían ya Orán en la mirada.

–¡Ya ves qué deseos tiene mi querido hermano! –rio Rodrigo de Cervantes.

–¡Ah, la inmortalidad! ¡Cuán breve es el sueño de la vida! ¡Miente como un bellaco aquel que niegue no querer perdurar en la memoria de los demás! –exclama su hermano.

–Si tú lo dices...

Miguel de Cervantes se echó a reír al ver la cara de escepticismo de Íñigo Méndez.

–¡Claro que lo digo! ¿Acaso quieres ser olvidado por los tuyos?

–Los míos hace ya tiempo que me olvidaron –reconoció el otro, escupiendo al suelo–. Eso, en el caso de que sigan vivos.

–Pues yo sí quiero ser inmortal. No sabes cuánto ansío que mi nombre permanezca en el recuerdo. ¡Ah, esta comedia la escribió Miguel de Cervantes, dirán unos! ¡Oh, cuanto reí con las comedias de Miguel de Cervantes, dirán otros!

–¡Eso, eso! ¡Comedias, que la vida es demasiado seria! –apuntó uno de los cautivos que marchaba tras ellos.

–¡Y entonces yo podré decir que conocí a Miguel de Cervantes! –apuntó otro más.

Las risas se propagaron entre el grupo de esclavos.

La senda por la que caminaban de repente se estrechó, retorciéndose entre los pinos, y eso despertó las sospechas de Íñigo Sánchez. Sin decir nada, se separó de los hermanos y apretó el paso.

–¿Dónde vas? ¡Yo también quiero llegar a Argel, pero prefiero tomarme mi tiempo! –bromeó Rodrigo de Cervantes a su espalda.

Pero el soldado no contestó. Una terrible sospecha crecía en su interior. La charla lo había distraído en aquel punto donde el sendero se retorcía convertido en un pequeño camino entre pinos. A su izquierda, entre las ramas, se adivinaban las relucientes aguas del Mediterráneo.

–¿Dónde está ese condenado sarraceno?

Íñigo Sánchez apretó aún más el paso, pero no halló el rastro del moro. Al doblar un recodo del camino, el sendero se hacía más ancho y recto. A su izquierda se abría una ladera colmada de pinos que descendía hasta el mar, ahora a la vista de cualquiera, brillante y calmado.

–¡Maldición! –estalló lleno de ira, y dio una patada al suelo, levantando una nube de polvo.

Los demás cautivos no tardaron en llegar a su altura. Lo hallaron con los brazos en jarras y el rostro iracundo.

–¡Ese hideputa nos ha engañado!

La revelación turbó los ánimos. Sus rostros demudaron.

–¡No es posible! –exclamó Rodrigo de Cervantes.

–¡Sí lo es! ¡Ese hideputa nos ha abandonado a nuestra suerte!

–¿Qué hacemos ahora? –preguntó un cautivo.

–¡A Orán! ¿No era ése el destino que nos había prometido el maldito moro?

–No conocemos el camino –protestó otro.

–¿Es que estáis dispuestos a regresar a ese inmundo agujero de Argel? ¡Caminemos por esta senda! Ahora lo importante es alejarnos de Argel.

–Allí estamos seguros –indicó el primer cautivo.

–¿Seguros? –Íñigo Sánchez se acercó a él. Su hedor era considerable–. ¿Llamas estar seguros a permanecer atados de pies y manos en un lugar infecto?

–Nadie nos asegura que vayamos a alcanzar Orán con vida –replicó el hombre–. ¿Acaso no recuerdas lo que nos contó el moro ayer? ¡Ésta es una tierra de piratas! Si nos encuentran, puede que nos espere un destino aún peor que Argel.

–¡Eso es cierto! –lo corearon otros.

–¡Regresemos a Argel! –abogó la mayoría.

–Quien quiera llegar a Orán, que me siga –ofreció Íñigo Sánchez.

Los cautivos, uno a uno, le dieron la espalda y se confabularon para desandar el camino recorrido.

–¡Miguel, por el amor de Dios! –bramó, agarrándolo de un brazo–. ¿Dónde quedan los deseos de inmortalidad de los que hablabas? –Lo vio dudar por un momento, quieto en mitad del sendero–. ¿Vas a renunciar?

–No sabemos a cuánta distancia está Orán ni tampoco qué camino seguir. Quien lo conocía era el moro, no nosotros.

–¡Miguel, regresar allí es morir en vida! ¡Lo sabes bien!

Miguel de Cervantes chasqueó la lengua y lo miró con gravedad.

–Nadie nos asegura llegar a Orán con vida. En Argel, al menos, la mantendremos. Hasán Bajá sabe que puede sacar beneficio de nosotros, y tarde o temprano alguien vendrá a rescatarnos.

–¿Y si es más tarde que pronto?

–Confío más en lo segundo que en lo primero.

–Entonces nuestros caminos se separan aquí.

Miguel de Cervantes lo miró sorprendido.

–¿En verdad quieres llegar hasta Orán?

–Eso pienso hacer. Lo único que me queda por perder es la vida. ¿Acaso eso importa?

–Admiro tu valentía –reconoció su amigo, ofreciéndole la mano derecha, pues el brazo izquierdo lo tenía inutilizado–. Si nuestros caminos se separan aquí, ha sido un honor compartir tantas aventuras contigo.

–Nuestros caminos no se separan aquí, Miguel.

–¿Ah, no? –preguntó éste, frunciendo el ceño.

–Tengo una deuda pendiente, y no cejaré en mi empeño de saldarla.

–Ven a ver una de mis comedias cuando ya esté establecido en Madrid –le pidió guiñándole un ojo.

–Haré lo posible y lo imposible por rescatarte de ese inmundo agujero de Argel.

–Que Dios te provea.

Su hermano le pasó un brazo por encima, e Íñigo Méndez se quedó solo en medio de la senda, viendo alejarse al grupo de cautivos.

–Juro que volveré a por ti, Miguel, o bien haré todo lo posible porque regreses a casa y hagas realidad tu sueño de eternidad. Te debo la vida, y con la mía lo pagaré si es preciso.

Monasterio de Belém. Tres horas antes del amanecer del 24 de agosto de 1580

–Tardé un mes y medio en llegar a Orán. Mes y medio alimentándome de lo que encontraba por el camino, ya fueran raíces o, con suerte, cazando algún jabalí que me dejó más de un recuerdo por el cuerpo –recuerda Íñigo Sánchez. Se remanga la pernera izquierda del gregüesco para que el otro vea las cicatrices–. Pasé toda la sed que te puedas imaginar, pues aquélla es una tierra seca y apenas hay ríos o arroyos... Pero conseguí alcanzar Orán. Fue la mayor aventura de mi vida. Allí logré embarcar en un bajel que me llevó hasta las costas de Almería, donde permanecí unos meses, aprendiendo el oficio que después me ayudaría en Madrid a matar el hambre. Lo hice pensando en reunir la mayor cantidad de dinero posible para conseguir la libertad de Miguel de Cervantes, pero no lo pude conseguir. Alguien me propuso marchar a Madrid, seguro de que allí mis servicios serían bien pagados. De esa manera, me convertí en lo que soy. He matado y herido a gentes sin conocer las verdaderas razones de quienes me pagaban por hacerlo. Un buen día conocí a Alonso de Guzmán, quien me ofreció una buena suma por participar en un asunto que consideraba de suma importancia. Sin saberlo, me vi envuelto en el asesinato del secretario de don Juan de Austria, que en gloria esté. Después me oculté durante meses y volví a lo único que sabía hacer: matar. Incluso reconozco que ya había olvidado cómo ayudar al bueno de Miguel para recuperar su libertad, pues bastante tenía con malvivir. Pero surgió de nuevo ese maldito Alonso de Guzmán y este encargo... –gruñe y resopla, y luego calla por un instante. Ginés Méndez lo observa con interés–. Espero que pueda regresar a España para ser lo que sueña.

Una vez termina de hablar, el silencio regresa a la celda. De inmediato, cierra los ojos.

–Ahora quiero estar solo hasta que llegue el momento de que me lleven a la soga.

Ginés Méndez, lloroso, lo contempla durante unos instantes, y abandona la celda sin intercambiar más palabras con él. Tiene una idea en la cabeza.

Lo difícil va a ser convencer al duque de Alba para que no lo ahorque.

Al menos, no por el momento.

EL RÍO DE LA MUERTE

«Hoy el enemigo habría ganado, si hubiera tenido un comandante que fuese un ganador».

Julio César

Capítulo 67

Amanece, que no es poco

Monasterio de Belém. 25 de agosto de 1580. Algo más de las tres de la madrugada

Ha acabado la misa. Y, vestido con una armadura de hierro y acero repujado y damasquinado, obra de ese maestro que es el italiano Lucio Piccinino, Fernando Álvarez de Toledo ya está listo para dirigir a sus hombres. La excitación lo puede. Ha dispuesto que la llamada para el combate tenga lugar dos horas antes del amanecer; tiempo suficiente para que la caballería se arme y la infantería ultime los preparativos. Sin embargo, es sentir la emoción de la batalla y entrarle unas ganas inmensas de combatir. El olor a pólvora, la sangre corriendo desbocada por las venas, la respiración acelerada. El combate. Emociones únicas, indescriptibles, listas para ser revividas.

–¡Vamos! ¿A qué esperan? –masculla, contrariado.

Cual león enjaulado, espera impaciente la llegada de sus asistentes para ser trasladado en silla de manos hasta la orilla occidental del río Alcántara, desde donde comandará al grueso de la infantería española. En total, cuatro mil hombres bajo sus órdenes, reunidos en los tercios de Luis Enríquez y Gabriel Niño, y los de Nápoles y Lombardía al mando de Pedro González de Mendoza y Pedro Sotomayor, respectivamente. Las órdenes están dadas, cada cual sabe qué tiene que hacer. Confía en sus soldados, en su capacidad de sacrificio, en su valentía y lealtad. Por eso está convencido de la victoria.

–¡Hay que ver cuánto tardan! –masculla entre dientes–. ¡Al enemigo, ni un momento de ventaja!

Da varios pasos por la celda con las manos atrás, la una sobre la otra. Su sombra errante iluminada sólo por un hachón se refleja en una de las paredes. Siempre se ha sentido a gusto llevando su segunda piel, esa armadura que ha recuperado para entregar una corona al rey Felipe. Sobre el escritorio aguardan los guanteletes y el casco. Quiere alcanzar cuanto antes la orilla del río para asegurar el plan; siempre pendiente de los últimos detalles, de cómo se desarrolle la batalla, pues ninguna es igual a otra. Cada una tiene su propia vida, sus momentos clave. Pero para eso están sus hombres, curtidos en decenas de combates. Algunos como Sancho Dávila ni siquiera han de recibir instrucciones para saber cómo comportarse en cada lance.

Al fin oye la señal acordada, la misma que debe de haber sonado en el real. Una trompetilla sorda. De súbito, se imagina a los arcabuceros montando a caballo, a los portaestandartes delante de ellos; el ruido de los cascos contra el suelo, los relinchos de los caballos, las voces de sus jinetes. Santiago y cierra, España. Victoria. Ánimos encendidos. Algunos le llegan hasta la celda, y su ánimo se enciende más si cabe.

–¡Santiago y cierra, España! –grita en su soledad.

Se encorajina. Está listo para la nueva batalla. La última. Lo sabe, y también lo siente. La despedida soñada, el instante ansiado. Su mundo, sus circunstancias. Conducir a sus hombres hacia la victoria, lo único que sabe hacer. Ha hecho de todo para los reyes a los que ha servido. Incluso ha simulado yacer con Isabel de Valois para sellar el matrimonio con su señor, el rey Felipe II. Siempre a su servicio. Pero su mundo está junto a sus soldados, dirigiendo sus movimientos, atento a cada detalle de la batalla. «Yo soy así y así seguiré, nunca cambiaré», aseguró a la duquesa antes de abandonar Uceda. Es un hombre de armas, hijo de un hombre muerto en combate y nieto de otro gran batallador. Lo lleva en la sangre.

–¡Disfruta de la batalla, te lo has ganado! –brama, convencido.

Hace un año por estas fechas estaba desterrado en Uceda, sin el favor real. Olvidado y con el honor humillado. Hoy comanda los ejércitos que darán una nueva corona a su majestad, el rey Felipe II.

La puerta de la celda se abre.

–Es tu momento. ¡Vamos!

Un soldado vestido con armadura y casco en una mano lo recibe con gesto circunspecto.

–Todo listo, vuestra excelencia.

Tras el soldado aparece la figura de un sonriente Gómez de Monroy, quien observa maravillado la planta que luce Fernando Álvarez de Toledo.

–*Velaílo*! –brama, llevado por el momento.

–¡Al fin! –exclama, exultante, el duque de Alba.

Sale de la celda como el león que ha sido liberado. Fuera lo espera una guardia de soldados que lo acompañará hasta la plaza. Allí aguarda ya la silla de manos en la que será conducido hasta la orilla occidental del río Alcántara. El eco de sus pasos resuena en la bóveda del claustro. Secos, firmes. Los de un hombre convencido de una victoria que le saciará el hambre de gloria.

Monasterio de Belém. En ese mismo momento, en otra celda

Los dos soldados están vestidos para el combate. Nada más entrar, uno de ellos asesta una patada a Íñigo Sánchez, que duerme sentado en el suelo con la espalda apoyada en la pared y la cabeza agachada.

–¡Arriba!

Levanta la cabeza, somnoliento. La patada le ha sentado igual que si se la hubieran dado en los cojones. Mira circunspecto al soldado, que no se amilana y le devuelve un gesto parecido.

–Tampoco hace falta que lo tratéis así.

Reconoce la voz familiar. Los soldados se apartan, y entonces atisba, recortada en la oscuridad bajo el quicio de la puerta, otra silueta.

–Vuesas mercedes, a lo suyo. De éste ya me encargo yo.

–Soldado... –masculla quien le ha dado la patada antes de escupir con rabia a los pies de Íñigo Sánchez.

Abandonan la celda.

–Me han dado los buenos días de peores maneras.

–No se lo tengas en cuenta. En unas horas se las verán con los portugueses –los disculpa el sevillano.

–Al menos alguien conocido me conducirá al cadalso.

–¡Ah, bribón! –Ginés Méndez ríe con ganas–. ¿Piensas que te voy a llevar de un brazo hasta el cadalso con ellos haciéndote compañía?

–Sus modales no indicaban lo contrario.

–Descansa, que hoy no se pondrá el sol para ti... –hace una pausa intencionada. Le guiña un ojo–. De momento.

–¿De momento?

–Si está en mi mano, dalo por hecho. Otra cosa ya son los portugueses. Ésos ya quedan fuera de mi alcance –le dice con sorna.

Íñigo Sánchez lo mira con extrañeza.

–¿Cómo es eso?

–¡Combatiremos juntos! Así que, ¡en pie!

–Pero...

–Órdenes del duque.

–¿Cómo que órdenes del duque? –Íñigo Méndez no sale de su asombro–. ¿Me vas a contar qué está pasando?

–Está bien, pero salgamos de esta celda, que a mí la oscuridad que reina entre estas cuatro paredes me hace tanta gracia como un trozo de tocino a un marrano.

Ya en el claustro, Íñigo Sánchez agradece la brisa de la mañana que le acaricia el rostro. El sevillano marcha delante de él con paso apresurado.

–¿Me vas a...?

Con dos zancadas, se pone a su altura. Ginés Méndez viste coleto de color oscuro y un gorjal que le protege el cuello, y se cubre la cabeza con un morrión.

–Anoche, tras tu gloriosa actuación, conseguí convencer a don Sancho Dávila para que me recibiera el duque de Alba. ¡Hay que ver con qué cara me miró! ¡Por mi fe que he visto taberneros más simpáticos en el Arenal de mi Sevilla! Entonces lo hice partícipe de las razones de tu proceder, y también lo puse al tanto de tu hoja de servicios. ¡Qué gesto me dedicó al saber que luchaste con bravura en Lepanto! «Confiad en él», le imploré. «Poned en sus manos un arcabuz, y se llevará por delante la vida de no pocos portugueses. No os podéis imaginar a cuántos mandó al infierno en *La Marquesa*», proseguí. ¡Ay, Íñigo, lo que hubieras disfrutado viendo el rostro asombrado del duque!

–¿Y entonces?

–Aunque a regañadientes, y por mediación de don Sancho, conseguimos que aplazara tu sentencia de muerte hasta después de la batalla. Pero, si te digo la verdad, una vez ganada creo que te perdonará la vida –le guiña un ojo de nuevo y le asesta un mandoble en la espalda.

–¡Cuánta bondad! –responde éste con ironía, temblando por el golpe.

–Eso si no mueres durante la batalla –ríe el sevillano.

Fuera, en la plaza que se abre ante el monasterio de Belém, la actividad es máxima. A pesar de la oscuridad, los dos soldados pueden atisbar las velas desplegadas de galeras y galeones, jinetes a caballo de aquí para allá. El aire huele a batalla.

–¿Y ella?

La pregunta de Íñigo Sánchez detiene al sevillano, quien la esperaba de todas formas. La sonrisa ha desaparecido en su rostro. Ahora lo viste una seriedad nada fingida.

–Inés Arias no sabe nada.

–En una batalla pueden pasar muchas cosas...

Ginés Méndez escruta el rostro de su compañero, serio y cansado. El bigote y la barba conocen ya tantas canas como las veces en las que su vida ha estado en peligro. Su mirada también transmite cansancio. En su caso, vital; harto de ir de un lado para otro, de ganarse el pan despachando almas. Una vida anónima más, un recuerdo entre quienes lo conocieron que acabará desvaneciéndose cuando aquéllos lo olviden o yazcan bajo tierra. No como su amigo Miguel de Cervantes. En eso piensa mientras fija la mirada en un punto de la plaza, justo donde el duque de Alba espera para ser llevado al pie del río Alcántara.

–Ven.

–¡Pero…!

–¡Ven, diantres!

Varios soldados de la guardia del duque, alertados, echan mano a sus alabardas. Se relajan al reconocer la figura de Ginés Méndez. Fernando Álvarez los mira con gesto contrariado; es más, no reprime un resoplido de fastidio. No es la de Íñigo Sánchez una visita que le haga excesiva gracia.

–Listos para la batalla, vuestra excelencia –saluda el sevillano, inclinándose. A su lado, en silencio, Íñigo Sánchez agacha la cerviz.

–Podéis agradecerle no estar colgando ya de una soga a estas horas –replica el duque de Alba, señalándolo.

–Estoy listo para dar mi vida.

–Esto está bien. Así me ahorraré la molestia.

A una señal del noble, alzan la silla, y los soldados comienzan a caminar. Ginés Méndez e Íñigo Sánchez lo ven alejarse. A su alrededor, la actividad ya se ha desbordado: soldados y marineros embarcan en las galeras y galeones; otros se ocupan de los barriles de pólvora, portan arcabuces y mosquetones. Voces, órdenes.

–¿Cómo será la fiesta?

La pregunta de Íñigo desata la risa del sevillano, quien le explica su situación en el campo de batalla; también que la caballería comandada por Hernando de Toledo tiene la misión de desbordar el flanco derecho enemigo, y que los italianos y alemanes al mando de Próspero Colonna y del conde Lodrón, apoyados por los tercios de Argote y Córdoba, se encargarán de tomar el puente que salva la corriente del río.

–Ahí sí que habrá fiesta –concluye–. ¡Y de la buena!

–Nos llevará un buen rato llegar hasta allí. Si no recuerdo mal, hay algo más de una legua de distancia.

–No te preocupes, que llegaremos antes de lo que crees.

Ginés Méndez encamina sus pasos hacia un lateral de la plaza, donde crece una pineda. El caballo pace tranquilo, con la rienda amarrada al tronco de un árbol.

–¿Cómo piensas que vine anoche, estando como estaba en el real? ¡Que estas piernas ya no están para sostener tanta marcha, y este caballo tiene dueño!

Una vez desatado, el primero en subir a la grupa del corcel –un animal ligero, de poderosas patas– es el sevillano, que ayuda a su compañero para subir.

–¡Agárrate a mí!

–¿Pero no dices siempre que no sabes montar a caballo? –protesta Íñigo Sánchez, desconfiado.

–¡Y en verdad no sé! –responde el otro, riendo.

Real español, cerca de la orilla occidental del río Alcántara. En ese mismo momento

Inés Arias mira al cielo, aún estrellado. Pide a Dios que Íñigo Sánchez sea colgado antes de que comience la batalla. El jinete que la devolvió al real horas atrás la informó de la decisión del duque: horca para el soldado, agradecimiento para ella por su actuación, y también una sanción por abandonar su puesto en el real. Ante lo segundo, ni siquiera protestó. Lo que no supo confirmarle el jinete era la hora de la ejecución. Posiblemente antes de que amanezca, en cuanto suene la orden de marchar a la batalla. Sí le reconoció que el cuerpo quedará a la vista de todos durante un buen tiempo.

–Lástima... –masculla con fastidio–. Ésta no la vais a vivir, Lorenzo. No es la venganza soñada, pero al menos es una venganza.

Después del preceptivo toque de tambor, el real bulle: capitanes impartiendo órdenes, soldados protegiéndose la cabeza con morriones, otros revisando sus armas por última vez antes de la batalla... Los mismos soldados que la noche anterior estaban tan bebidos que eran incapaces de dar dos pasos, ahora hacen gala de una sobriedad impensable. Sus miradas anticipan lo que va a suceder en cuanto se desaten las hostilidades. Heraldos de una muerte encantada de desparramarse, una vez más, al amparo del hombre y su maldita costumbre de exterminar a los de su misma especie. Todos listos para formar y seguir al abanderado de su unidad hacia el campo de batalla.

La muchacha se revisa la pierna, todavía dolorida, aunque confía en que no le moleste demasiado a lo largo de la jornada. Ha sustituido la habitual gorra baja con que se cubre la cabeza por un morrión fruto de una rapiña de su añorado Lorenzo.

–Me queda grande –le confesó el día que él se lo probó.

–Se ajusta tirando de aquí –le enseñó la correa–, y así protegerá esta maldita cabezota de cualquier impacto.

Después la besó con su habitual ímpetu e irracionalidad. Nadie más la ha besado así, y está convencida de que nadie más lo hará. Por fuera, indómito y salvaje. A ojos de los demás, una bestia parda, una mala compañía. Por dentro, un océano de ternura, un niño pequeño, un ser indefenso que buscaba protección en sus brazos. A sus ojos, un amor incivilizado, una persona ansiosa de una brizna del cariño que una vez conoció y llevaba tanto tiempo reclamando. Su vida era el tercio: batallas, saqueos, descansos y la vida en un real. Se amaban con locura, y ni uno ni otro concebían una vida fuera del ejército. «Amamos juntos, follamos juntos, matamos juntos. Y si hemos de morir, que lo hagamos juntos», recordaban antes de cada batalla. Una especie de juramento privado. «Si vuesa merced muere, yo iré detrás, no sin antes llevarme por delante a quien le haya quitado la vida». Lazos de sangre. Con lo que Inés Arias no contaba es que quien arrebataría la vida de su amor sería un camarada valiéndose de malas artes; y que no sería en un campo de batalla, sino en la retaguardia.

–Y ahora, ¿qué? –se pregunta sin despegar la mirada del cielo.

Cascáis le resultó extraño sin su presencia... Y no menos la toma de la fortaleza de Sant Gián de Hueras. Empero, no fueron más que escaramuzas. Aguarda una batalla. Todo parece carecer de sentido sin él a su lado, empujándola, animándola a seguir adelante, a acabar con la vida de los enemigos; midiendo su espada con quienes conocían su condición y la aireaban sin respeto alguno. Por suerte, son los menos. Soldados cegados por los vapores del vino que hablaban de su condición o se burlaban de ella. Al día siguiente no era más que un cuerpo vacío de vida tendido en el suelo en las afueras del real. Lorenzo Díaz era de ajustar cuentas en privado, fuera de la vista de los demás.

Inés Arias siente una respuesta en su corazón; alguien que le dice adelante, vivid por los dos. Luchad. Y, si habéis de morir, os espero. La eternidad será nuestra.

–¿Presto para la batalla, Arias?

Oye la voz a su espalda. Presto, le han dicho. Es su capitán. Un hombre entero, noble e íntegro. Facciones duras en el rostro, cicatriz que le recorre la mejilla derecha desde la barbilla hasta la altura del ojo. Mal afeitado y peor encarado, siente un enorme respeto por ella.

–¡Presto, señor capitán!

–Formad con los demás. Es hora de luchar.

Lo ve alejarse con paso rápido, repartiendo instrucciones entre los soldados que encuentra en su camino. «Un buen tipo», reconoce en silencio. Mira por última vez al cielo mientras se santigua. Un gesto que tenía olvidado y que recuperó porque así lo quiso Lorenzo Díaz.

–Nunca mereceré el perdón a ojos de Dios –le confesó ella una noche, abrazados en el suelo, sobre una manta, después de dejarse las últimas fuerzas del día en combate amoroso.

Él conocía de sobra su historia. Y, sin embargo, la instaba a buscarlo, a encontrarse de nuevo con él.

–Seguid siendo hija de Dios. Él os considera como tal.

Por eso se ha santiguado. Antes, se ha atado la espada al cinto junto a la daga y ha tomado la pica con ambas manos.

–Ahora, que sea lo que tú quieras –dirige por última vez la mirada al cielo al pronunciar esas palabras, hacia el mismo Dios del que renegaba antes de conocer a Lorenzo Díaz.

Capítulo 68

Razones por las que luchar

Lisboa, Terreiro do Paço. Comienzos de junio de 1578

Lucía Simões gustaba de pasear a última hora de la tarde, cuando la temperatura animaba a lanzarse a las calles. Lo hacía acompañada de Niyma, su esclava preferida, a la que la unía una relación de confianza. No eran pocos los rumores que circulaban acerca de las libertades que concedía a sus esclavos. Niyma, en especial, se desvivía por atender a un ama que la trataba con una humanidad y bondad por la que muchos matarían. En ocasiones, podía advertir sus miradas sobre ella. Envidia, pena, rabia, resignación. Cada cual arrastraba un sentimiento imposible de ocultar. Podía decir que había tenido suerte. Todo lo contrario que Ebou, pues su amo sólo conocía una manera de atarlo en corto: propinándole palizas una semana sí y otra también. Ya fuera con el látigo o con sus propias manos y piernas, le satisfacía golpearlo con saña para hacerle saber quién era el dueño y quién un simple trozo de carne.

Aquella tarde de comienzos de junio, los corrillos eran numerosos en el Terreiro do Paço. No se hablaba de otra cosa que no fuera la nueva empresa africana que había determinado emprender el joven rey Sebastián. Para éste, el norte de África, donde Portugal contaba con colonias como Ceuta, Tánger o Mazagão, representaba el área natural de la lucha contra el turco. Tres años antes había emprendido una primera expedición, mas sin los resultados esperados. Pero la petición de ayuda de Muley Ahmed, quien pretendía recuperar el trono de Marruecos frente a su hermano, el sultán Abd al-Malik, sostenido por el infiel, inflamó los anhelos de cruzada del joven rey, aún soltero a sus veintidós años.

En su pasear, las dos mujeres se aproximaron a un grupo formado por hombres. Vestimentas similares en todos ellos: camisas de lino con cuello y faldones de muñeca a juego, mangueras acolchadas cortas de distintos colores que terminaban sobre las rodillas, medias y zapatos planos. Hablaban a voces, de manera acalorada.

–¿Y si el rey muriera en tierras africanas? ¿Qué sería de nosotros?

–Ése sería un gravísimo problema para el reino.

–El rey español está muy pendiente de lo que pase en África.

–¿De qué hablan, ama? –preguntó Niyma cuando dejaron atrás al grupo.

–Nuestro rey Sebastián está ultimando un ejército para luchar.

–¿Para luchar? ¿Dónde?

–Hasta donde sé, en el norte de África. Según parece, se entrevistó hace un tiempo con el rey español en Guadalupe, no lejos de la frontera, para granjearse su apoyo, pero aquél rehusó el ofrecimiento. No obstante, sí le garantizó el apoyo de Italia o Alemania. ¡Nuestro joven rey es tan alocado…! –se lamentó la dama–. No va a traer más que desgracias al reino, pues va diciendo a quien quiera oírlo que ansía liderar a sus soldados en el campo de batalla.

En un aparte, las mujeres sostenían su propia conversación, aunque en su caso centrada –por lo que Lucía Simões pudo escuchar– en las escasas ganas del rey de contraer matrimonio para asegurar la descendencia al trono. Con un gesto y sonriendo con malicia, instó a su esclava a acercarse a ellas. Aquellas mujeres rivalizaban en vestidos coloridos, que, gracias a tintes naturales como el índigo de India y Ceilán o el palo de Brasil, se convertían en prendas que despertaban la admiración, cuando no la envidia, de quienes no tenían la suerte de portarlas. En el centro, una mujer no cesaba de parlotear ayudándose de un abanico que tan pronto se llevaba a la boca para realizar una confidencia como lo usaba para darse aire.

–He oído que el rey está loco, y que las pretendientes huyen de él cuando lo saben –afirmó una joven apuesta.

–Vais muy desencaminada –le contestó otra, mucho más mayor que ella.

–Veo que estáis muy al tanto de lo que se cuece en la corte…

–Os llevo más de veinte años de ventaja, querida –respondió aquélla, cargada de veneno. La otra, como respuesta, la obsequió con una mirada que de morder la hubiera envenenado al instante–. No puedo presumir de belleza, como muchas de las que están aquí –dijo, mientras se abanicaba–, porque los años la han marchitado, pero sí de tener ojos y oídos en buena parte de los pasillos del palacio real. –Con estas palabras, obligó a las demás a dirigir la mirada al cercano edificio del Paço da Ribeira–. Y sé que el rey no quiere contraer matrimonio por un problemilla que tiene…

Para hacerse la interesante, se llevó el abanico a la cara, y entonces bajó el tono de voz:

–El rey se corre sin necesidad de meterla en caliente. –El abanico impidió que las demás vieran su sonrisa de pilla.

–¡Oh! –exclamaron varias.

–¿Cómo es eso? –preguntó una.

–En la corte circula el rumor de que padece una enfermedad que hace que se corra de manera involuntaria sin necesidad de encontrar coño que lo alivie. Pero eso no es lo peor…

–¿No? –quiso saber una mujer de menor edad.

La protagonista elevó la cabeza para mirar alrededor. Al ver allí a Lucía Simões, compuso un gesto de asco que divirtió a la otra. Sabía que Juliana Pires y Meneses, que así se llamaba quien compartía sus confidencias, no la soportaba, ni por su belleza ni por su independencia de todo y de todos. La otra bajó la voz y, de nuevo con el abanico delante de la boca, terminó:

–Lo peor es que esa enfermedad hace que también padezca fiebres y sufra desmayos y fuertes dolores de cabeza. Parece ser que tiene crisis con frecuencia, y la única manera de calmarlas es con reposo, agua de canela y comida caliente.

–¡Oh! –exclamaron varias, a coro.

Lucía Simões conminó a Niyma a retomar su caminar.

–Esa serpiente de Juliana tiene oídos en todas partes…

–¿La conocéis?

–¡Quién no ha oído hablar de Juliana Pires y Meneses! Y también de su lengua, que es famosa en toda Lisboa –rieron las dos–. Hay serpientes a las que les encantaría poseer el veneno que esa vieja destila cada vez que habla. Es una cortesana que ha ido perdiendo influencia, pero se resiste a ser olvidada. Así que estos corrillos le dan vida, pues ya no puede hacer lo mismo en palacio.

El comentario hizo reír de vuelta a Niyma. Lucía Simões se encaminaba al centro de la plaza, donde eran más numerosos los corrillos. Aún no hacía calor, pero se agradecía la brisa del cercano río Tajo, que surcaban naves de distintos tamaños. El trasiego de personas cerca de la orilla era importante. Comerciantes esperando la llegada de mercancías, curiosos y esclavos listos para trabajar en lo que se les requiriera.

–Ebou está aquí.

El rostro de Nyima se iluminó de tal manera que podría servir de faro en la oscuridad a los barcos que se aproximaban al puerto de Lisboa.

–¿Dónde?

–Al pie del río. Su amo está en ese corrillo –lo señaló con la barbilla– y no le quita ojo de encima. ¿Te apetece hablar un rato con él? Hace ya varias semanas que no lo ves…

La sonrisa de Nyima, tímida al principio, se ensanchó.

–Ya veo que sí –prosiguió la mujer, también sonriente–. Ve y búscalo. Yo me hago cargo de ese hombre.

–Mi ama no tiene por qué hacerlo… –susurró la esclava, sabedora de la repulsión que le provocaba el esclavista.

–Casi que, entre el veneno de esa mala pécora de Juliana y Jorge Sequeira, prefiero a este último –ensanchó la sonrisa–. Me divierte ponerle nervioso con mi presencia.

Una palmada en el culo hizo que Niyma se dirigiera a la orilla del río. El ama, por su parte, se aproximó al corrillo en el que el esclavista departía con otros hombres. Al verla llegar, la miró con interés y le hizo un hueco.

–¿Y si el rey muriera en el norte de África? –preguntaba en ese momento un hombre de tez morena, cejijunto y rostro redondo.

–Entonces sí que tendríamos un problema –concluyó el esclavista–. Muerto el rey sin descendencia, y sin otro candidato en edad de procrear, me temo que caeríamos en manos castellanas, pues el rey Felipe está al tanto de la cuestión y conoce de sobra sus derechos sobre la corona del reino.

–¡Ojalá que eso nunca pase! –bramó enfadado otro hombre más joven.

Lucía Simões buscó con la mirada a su esclava, que ya estaba cerca de la orilla. Que se encontrara con Ebou entre la gente que se arremolinaba junto al arenal era cuestión de tiempo.

–Es raro ver a vuestra merced aquí y no en el corrillo de Juliana Pires y Meneses, más de vuestro gusto… –la saludó entonces Jorge Sequeira.

La otra aceptó la ironía con una sonrisa.

–Tenéis toda la razón. Suele estar más informada que vuestra merced, aunque nunca viene mal conocer otras opiniones.

Al otro no le hizo ni pizca de gracia el comentario, pero le ofreció su más delicada sonrisa. Entretanto, ya había visto que la esclava se aproximaba a Ebou, junto al arenal que se abría ante el río Tajo.

Lo encontró meditabundo, con la mirada puesta en el río, en los barcos que lo surcaban. Se hacía acompañar del burro en cuyas alforjas transportaba los cántaros de agua que ofrecía a quienes tenían sed. Tras sortear a varias personas, consiguió ponerse a su espalda. Divertida, alzó el cuello para soplarle en una oreja. Él se volvió, sorprendido.

–Hacía tiempo que no nos veíamos… –murmuró ella con media sonrisa.

Ebou tomó al animal de las riendas y lo desplazó unos cuantos pasos a su izquierda, instándola a caminar hasta allí, donde la aglomeración era menor.

–Eres mi sol. ¡Tenía tantas ganas de verte…! –La mirada del esclavo brillaba.

–Hemos venido a dar un paseo. Mi ama consideraba que debíamos vernos después de tanto tiempo. ¿Cuándo fue la última vez?

–No lo sé –respondió él, negando con la cabeza–. Pero, desde luego, se me ha hecho tan largo…

–Veo que tu amo sigue igual –dijo ella al reparar en las nuevas cicatrices que le decoraban el brazo derecho.

–Hay cosas que no cambian –acertó a decir él, esbozando media sonrisa–. Aunque todos los males desaparecen cuando te veo. ¿Sabes qué es lo último en que pienso todas las noches antes de dormirme?

–¿En qué?

–Tu rostro. Lo busco en las estrellas que veo a través de un agujero del tejado. Me quedo embelesado hasta que te veo allí. Entonces levanto el brazo y trazo tus labios en el cielo, dibujo tus ojos…

La media sonrisa se hizo completa en el rostro de la esclava. Llevada por un impulso, le dio un beso en los labios. Luego, se miraron por un instante. Ella, sorprendida por su acción; él, perplejo. La sonrisa de Nyima se ensanchó y echó a correr, como si aún fuera la niña que corría por las arenas de la playa de sus orígenes. A su espalda, Ebou tardó tiempo en digerir el beso. Se tocó los labios. Lo siguiente que hizo fue pasar la lengua por ellos, para saborearlo. Y sonrió como nunca entonces en su vida. Tanto, que se echó a reír y a saltar de alegría sin importarle las miradas atónitas que le lanzaban quienes lo rodeaban.

Real del rey Antonio, orilla oriental del río Alcántara. Antes del amanecer del 25 de agosto de 1580

Cristóbal Freire despierta a Ebou, que lo mira somnoliento. Distingue su rostro. Tras él, un cielo en el que la claridad empieza a ganar terreno.

–Es hora de luchar.

No le dice más. El esclavo se incorpora fatigado. Le costó conciliar el sueño con los gritos y aullidos proferidos por los españoles, y se siente cansado. Resopla con fastidio, mientras el portugués despierta uno a uno a sus compañeros. Busca de nuevo el cielo con la mirada, y allí ve por última vez el rostro de Nyima; lo está mirando con esa media sonrisa tan enigmática, tan perfecta. Alza las manos para tocarlo, para acariciar sus labios mientras pronuncia su nombre con voz queda. «Eu fui ver a minha amada / lá p'rós baixos dum jardín», recuerda haber oído cantar anoche a un soldado en el real. Su amada, el amor de su vida. Al igual que ese soldado, Ebou soñó con ella antes de dormirse.

Su recuerdo lo acompaña en un despertar hoy distinto. El real está asentado entre pinos que crecen en un cerro cercano a la ladera oriental del río Alcántara. Desde allí se divisa la corriente del río Tajo, de donde le llega una brisa que lo ayuda a despejarse. Los grillos ya han callado, y se respira una calma tan tensa que se podría mascar.

Es hora de luchar, ha dicho Cristóbal Freire.

–Niyma –pronuncia Ebou en voz baja.

Lo único que desea es vivir para hacerlo en su compañía; salvar la vida para llevársela allí donde puedan vivir sin miedos. «Tienes razones para vivir», le reconoció el portugués la noche anterior.

La suya se llama Nyima.

Ebou echa un vistazo en derredor: casi todos los hombres ya departen entre sí, y la mayoría se prepara para la batalla o ya se dirigen a las trincheras. Hay mucho miedo en las miradas de sus compañeros esclavos, y también en las de quienes no lo son. Decide acercarse a uno. Se llama Biraago y, por lo que sabe, tiene un par de años más que él. Tiembla de puro miedo.

–No quiero morir.

Ebou resopla, apesadumbrado. Ése es el ejército que tendrá que enfrentarse a los españoles. Hombres duros, despiadados. Le da una palmada en un hombro, en un intento de infundirle algo de ánimo, a pesar de que siente tanto o más miedo que él. En su caso, aún lo salva una esperanza.

–Nos tenemos los unos a los otros. Si hemos de morir, hagámoslo libres, y no como esclavos.

Biraago le regala una sonrisa indefinida, la única que es capaz de esbozar en ese momento.

Se suceden las voces, las órdenes, los gritos.

–¡Los españoles! ¡Los españoles!

Suena un cañonazo. Al momento, un segundo, y un tercero. Estruendos que retumban en el alma de Ebou. Tiembla el suelo. Ve rostros asustados, hombres altos como castillos que empiezan a llorar como niños y que se abrazan los unos a los otros. Otros, en cambio, más curtidos, comienzan a insultar al enemigo con palabras gruesas que nunca imaginaron pronunciar. El odio infinito hacia el vecino, un odio visceral que crece hasta que estalla en ocasiones como ésta.

–¡Muerte al español! ¡Muerte! ¡A ellos!

Los soldados más curtidos, hartos de la noche que les regalaron aquéllos, responden con fiereza mientras se encaminan hacia una pineda donde, tal y como ha ordenado el rey Antonio, se harán fuertes mientras esperan a los españoles.

Ebou ve un charco húmedo de orina bajo los pies de Biraago. Por mirada, el terror infinito.

–La batalla ha comenzado, Ebou. Que Dios te proteja –oye que le dice su hermana Isatou.

Capítulo 69

Ira sobre la tierra

Orilla occidental del río Alcántara, extremo del flanco derecho. Sobre las siete de la mañana

Hernando de Toledo no sabe qué va más rápido, si el caballo que monta o la sangre que le corre por las venas. Quizás el primero, tal vez la segunda. O las dos, concluye, mientras ordena a sus trompetas que toquen sin cesar. Ondea con orgullo la cruz de Borgoña junto a estandartes como el pendón real de Felipe II, de paño rojo carmesí y corona real cerrada en lugar de la corona imperial de su padre, y las banderas de los Tercios, según los gustos de sus capitanes. Colores que los identifican, escudos que los representan.

–¡Alto! –ordena a voz en cuello.

Tras cruzar el cauce seco del río, lo que tampoco ha resultado fácil, pues las laderas son pronunciadas y aquél un tajo lleno de piedras de distintos tamaños y agua embalsada, el destacamento se detiene delante de una pared de piedra difícil de acometer. No lejos allí, en la otra orilla, según comprobó antes de abandonar su posición inicial, se encuentran las trincheras cavadas por los portugueses. Ése es su objetivo. De cuándo y cómo desborde el flanco derecho del enemigo dependerá buena parte del desarrollo de la batalla. El problema es el cómo. Difícil terreno, complicado de acometer. Cerca de mil doscientos jinetes dispuestos en cuatro líneas, con los arcabuceros a caballo en cabeza seguidos por las lanzas y la caballería ligera, aguardan nuevas órdenes. Más atrás, en la retaguardia, marchan los hombres de armas.

El día acaba de romper. Ni una nube en el cielo y, al igual que en las jornadas anteriores, se espera calor. Sin agua y con las dificultades que presenta el terreno, si la batalla se alarga, éste podría ser un enemigo mucho más cruel que el que tienen enfrente.

Hernando de Toledo es cauto. El avance ha sido rápido, y, si no fuera por la ladera que los ralentiza, podrían alcanzar las trincheras enemigas en menos tiempo del que preveía. Le escama el silencio, que podría masticar de lo denso que es. Con el día amanecido, esperaba un recibimiento de pólvora y fuego, y no está siendo así.

–¿Qué estáis pensando? –le pregunta un capitán.

Viste como él, peto y espaldar para proteger el tronco y morrión en la cabeza. Tras ellos, en vanguardia, arcabuceros a caballo portan las armas mechadas que permiten un disparo más fiable.

–Me preocupa tanto silencio –comparte con él su preocupación.

–¿Seguiremos adelante?

–Hay que buscar un lugar por el que rebasar al enemigo, cueste lo que cueste. Esa ladera –la señala– es un freno. Va a ser complicado subirla. Su excelencia el duque de Alba estima que el derecho es el flanco más débil, y por lo tanto el más asequible para desquiciarlo, pero...

Hernando de Toledo deja esa palabra colgando en su silencio posterior. Al igual que su padre, posee una extraordinaria capacidad para analizar la situación. Le preocupa la zona de olivos que se abre junto a la orilla del río. «Un buen lugar para resguardar a las tropas listas para asestar un buen golpe», deduce. De ahí la importancia de la artillería, para bombardear esa zona que se extiende ladera abajo a lo largo del río casi hasta la desembocadura del Tajo. Echa una mirada hacia atrás. Los artilleros, a las órdenes de Francisco de Álava, se mantienen a la expectativa.

–¡Caballos quietos! –grita de nuevo.

«¡Ah, qué hideputa es vuestra reverencia!», cavila para sí, escrutando el escenario que tiene ante sus ojos. «Está afinando los instrumentos para comenzar a interpretar la partitura».

–¿Creéis que…?

Un enorme estruendo corta la frase del jinete. Enseguida, varios más.

La artillería portuguesa ha abierto fuego.

–¡A cubierto, a cubierto! –ordena el prior–. ¡A la izquierda de la ladera, rápido!

El destacamento obedece bajo una lluvia de proyectiles que llama a muerte. Los jinetes azuzan a sus monturas, nerviosas, para alcanzar el lugar donde, cree Hernando de Toledo, podrán resguardarse de la artillería portuguesa. Tiene un momento para observar cómo se reparten a lo largo de la ladera.

–¡Menuda bienvenida nos están tributando esos hideputas! –grita el capitán.

–¡Ya se la devolveremos después!

El cañoneo es intenso, despiadado. Algunos de los jinetes bajan la cabeza ante los disparos; aún quedan lejos como para alcanzarlos, pero avisan del peligro. Una vez a resguardo, respiran aliviados. Hernando de Toledo rezonga.

–¡Así es imposible avanzar! ¡Nuestra artillería debe abatir a esos portugueses! –chilla para hacerse oír.

Mira hacia atrás, buscando la posición de las tropas que comanda Sancho Dávila. Más de dos mil arcabuceros que se hacen acompañar de seis piezas de artillería y no menos de trescientos gastadores. Serán los encargados de afianzar el terreno que ellos vayan abriendo. Según lo dispuesto por

Fernando Álvarez de Toledo, avanzarán por el centro para desbaratar la resistencia entre los olivares y, de inmediato, asaltar el cinturón de trincheras luso.

«¡Vamos, vamos! ¿A qué estáis esperando?», implora para sí.

Si quieren seguir avanzando, necesitan el fuego de cobertura.

–¡Cuidado! –grita de pronto, asustado por un proyectil que se les viene encima.

Los jinetes agachan la cabeza. Una enorme bala de cañón los pasa por encima y se estrella contra el terreno. Varios soldados saltan por los aires, y unos caen al suelo muertos, y otros heridos. Los primeros no se levantan, los segundos gimen de dolor, con las manos agarrándose las tripas, que asoman al aire. Eso es lo que Hernando de Toledo ha visto justo al volver la cabeza. La muerte empieza a sonreír, maliciosa. Pero sabe que no debe cejar en su empeño de abalanzarse sobre el río para cruzarlo y acometer al enemigo que se parapeta tras pinos y trincheras. «¡El cañón que ha disparado esa bala debe de ser enorme!», cavila. «Si sigue disparando así, provocará muchas bajas entre los nuestros».

Vuelve a mirar hacia atrás, buscando el punto en un cerro cercano desde el que su padre, el duque de Alba, controla la estrategia. Confía a ciegas en él, en su instinto guerrero. El envoltorio estará caduco, pero su mente se mantiene tan lúcida como siempre. Le puede el ansia de contar con el respaldo suficiente para continuar con el avance y desbordar al enemigo.

«¡Vamos, vamos! ¿A qué estáis esperando?», implora de nuevo.

Tanta espera bajo el fuego enemigo lo desespera. Mira a su derecha. El infierno se ha desatado a su alrededor, y él, mientras, tiene tiempo para examinar el terreno.

–Pero cómo... –masculla.

Trata de apaciguar a su montura, que se revuelve, inquieta, con tanto cañoneo. «¿Y si...?», reflexiona, concentrado, con la mirada puesta en un punto concreto. Retrocede unos pasos, donde Sancho Dávila y los suyos aguardan la señal para combatir, y de nuevo se centra en el lado izquierdo.

–Me juego la vida con vuestra merced a que, si cabalgamos hacia allá, retrocediendo si es preciso hasta nuestra orilla, encontraremos un terreno más favorable para cargar contra su retaguardia.

–¿Lo creéis así? –pregunta el capitán.

–Avisad al portaestandarte. ¡Vamos! –Hernando de Toledo le señala el punto al que quiere llegar.

El capitán lo mira sin poder ocultar cierta admiración hacia él. «Digno hijo de su padre», piensa, mientras, a voces, llama a quien porta la insignia que identifica al destacamento que comanda el prior y al trompeta para que toque el nuevo movimiento.

«Padre, ya puedes ir celebrando la victoria».

Hernando de Toledo lo piensa convencido.

Orilla oriental del río Alcántara, posición del rey Antonio. Sobre las siete y media de la mañana

Antonio de Crato sonríe satisfecho, pues la batalla no ha podido comenzar mejor para sus intereses. Los disparos del tiro de Dios, botín de guerra de una batalla acontecida en las Indias, están causando muchas bajas entre los españoles. A caballo, en el centro de la ladera, contempla el bombardeo al que está siendo sometida la orilla opuesta. Sin saberlo, o quizá siendo muy consciente de ello, ha desplegado una estrategia similar a la del duque de Alba. El centro de la batalla es cosa de Fernando de Meneses; el flanco derecho, de fray

Esteban Pinhero, y entretanto él se mantiene a la expectativa de lo que ocurra en el izquierdo. Lo asisten Francisco de Portugal, tercer conde de Vimioso, quien, como general y condestable del rey, es el encargado de comunicar las instrucciones reales a los mensajeros; Juan de Portugal, obispo de la Guarda y tío de aquel conde; y Muley Nacer, hermano del Xerife Muley Mohamet, que le guarda obediencia después de la batalla de Alcazarquivir y aporta una compañía de setenta moros.

–Deberíamos intensificar el fuego de la artillería antes de que la infantería salga de su escondrijo. Así la sorpresa será mayor para los españoles.

Antonio de Crato se vuelve para mirar a Juan de Portugal. Lo sabe sonriente, aunque no pueda comprobarlo por la celada que le cubre la cabeza. Vestido con una armadura de color oscuro, es uno de sus grandes valedores y quien más lo apoya en su determinación de ser rey de Portugal.

El inmenso cañón abre fuego de nuevo. Su disparo acierta entre las filas españolas. Hay muertos, heridos, gritos. El horror.

–Buen tiro –reconoce el obispo.

–Bastantes muertos, desde luego. Hoy serán muchos los que se presenten ante Dios. ¿Qué os parece, don Juan?

–Que hay hijos e hijos de Dios –reconoce el obispo–. A sus ojos, lo son todos, pero sus actos hacen que reciba con más cariño a unos que a otros. Oraré por aquellos que fallezcan hoy en esta batalla y para que envíe al infierno a los españoles.

Los dos ríen la ocurrencia del obispo. Francisco de Portugal, que también se cubre la cabeza con una celada, tuerce el gesto. Le escama que la artillería castellana aún no haya comenzado a disparar. Si bien considera que puede deberse a que tanto la infantería como los jinetes portugueses están ocultos en los olivares, no duda de que el duque de Alba se guarda de desvelar su estrategia tan pronto. Y eso lo preocupa. Pero no quiere transmitir sus pensamientos tan pronto a Antonio de Crato, quien se recrea viendo cómo su artillería bate los cuadros de infantería enemigos.

«¿Qué sorpresa os estáis reservando, maldito bellaco?», cavila el tercer conde de Vimioso, escudriñando la posición del duque de Alba en la orilla contraria.

Frente al estuario del Tajo. En ese mismo momento

Con las manos puestas sobre el cañón, Fernando Abad espera la orden para cargarlo y disparar contra el enemigo. Como todos, oye los ecos de los disparos lusos en tierra. Los marineros se miran entre ellos, confusos, y él, a su vez, dirige la mirada a Álvaro de Bazán, quien también aguarda la señal del duque de Alba. También ganarán la batalla naval. Se sabe superior al enemigo en naves –sesenta galeras y veinticinco barcos menores frente a nueve galeones y cinco galeras comandados por Gabriel Brito y Diego López de Sequeira– y en conocimiento de sus hombres y naves. Días atrás supo de la destitución de don Jorge Tubra al mando de la armada portuguesa, considerado por Antonio de Crato sospechoso de ser afecto al rey Felipe. Ni Brito ni Sequeira, concluye el marqués de Santa Cruz, han tenido tiempo de conocer a fondo lo que se traen entre manos. Además, cuenta con el aporte de mil arcabuceros embarcados para pelear contra el portugués.

Lo único que Álvaro de Bazán lamenta es que la falta de viento le impida navegar aguas arriba.

–Un poco de viento, un poco de viento... –clama, mirando al cielo.

Varios marinos y soldados repiten el gesto. Las aguas tranquilas mecen las naves. Por su parte, Fernando Abad no levanta la mirada del horizonte, donde espera ver aparecer las velas de las naves enemigas. Eso mismo aguarda, desde su posición, el marqués de Santa Cruz.

Porque esa señal teñirá de rojo las aguas del río Tajo y del mismo océano.

Orilla occidental del río Alcántara, posición del duque de Alba. Cerca de las ocho de la mañana

Impasible, sentado aún en la silla de manos, Fernando Álvarez de Toledo mira fijamente la ladera opuesta. El olivar se extiende casi hasta donde un puente cruza el cauce seco del río. Allí distingue lo que parece una casa fortificada y varios molinos. Hay más junto al cauce del río, por debajo de la posición que ocupa en un cerro, resguardado de la artillería lusa.

Su instinto le dice que Antonio de Crato oculta el grueso de su infantería y caballería en el olivar. Por encima de éste, una doble línea de trincheras protegida por la artillería guarda el acceso al real. Las instrucciones del día anterior fueron claras: mientras su hijo busca un punto por el que cruzar el río y desbordar al enemigo por el flanco derecho, apoyado por Sancho Dávila y sus hombres, Próspero Colonna debe encargarse de doblegar la resistencia en el puente.

Ésas son sus instrucciones, ésa es su estrategia.

La artillería portuguesa castiga con dureza las posiciones españolas. Lo lleva haciendo desde hace un buen rato, y él no despega la mirada del frente. Los más próximos a él aguardan cualquier movimiento suyo para responder, pero el duque de Alba aguarda.

Un jinete acude hasta su posición. Lo detiene otro vestido con armadura.

–¡Un proyectil portugués ha alcanzado el centro del escuadrón del Tercio de Nápoles! –explica el hombre, nervioso–. ¡Han muerto tres soldados y un alférez, y otros cuatro han resultado heridos, a pesar de estar resguardados por las alturas!

El soldado se encoge de hombros y pide al jinete que siga su mirada, que al momento centran en la figura del duque de Alba. Éste permanece pensativo, con el rostro serio, concentrado. Escudriña un olivar que ya conoce de memoria. El soldado suspira con fuerza, se santigua y se adelanta hacia el noble.

–Vuestra excelencia, el Tercio de...

–¡Lo sé! –le responde Fernando Álvarez de Toledo, frío y sin mirarlo. Su único interés es el olivar–. ¡Mandad a las tropas que se resguarden del fuego enemigo hasta que dé la orden!

«¿Y cuándo la daréis?», piensa el soldado. Está a punto de hablar cuando atisba un brillo acerado en la mirada del duque.

–¡Ah, condenado bellaco! Ahora empieza la batalla de verdad... –exclama el noble.

El hombre se vuelve. A su lado, en respuesta a un leve gesto, un soldado empieza a ondear un estandarte, y a su lado otro se lleva una corneta a los labios. Junto a ellos, un tamborilero está presto para marcar también la disposición ordenada por el noble español.

Capítulo 70

Una batalla, un reino

Orilla oriental del río Alcántara, posición del rey Antonio. En ese mismo momento

Francisco de Portugal no levanta la vista del puente. La artillería sigue haciendo estragos, pero aun así las tropas españolas están bien resguardadas. Como bien sospechaba, el puente es el objeto de atención del duque de Alba, y por eso ha concentrado allí a gran parte de sus efectivos. Estimado por el difunto rey Sebastián, quien lo nombró embajador en España, amante de la poesía y amigo de poetas como Sá de Miranda y Camões, confía en que las trincheras detengan el avance de las tropas españolas. A su juicio, el puente es el único lugar que permite salvar el cauce del río sin atravesar penurias.

–Convendría reforzar el puente –sugiere.

–¿Y el flanco derecho? –replica el que se hace llamar Antonio I.

La pregunta hace reflexionar tanto a Francisco de Portugal como al obispo de Guarda. El monarca señala el punto en el que aquellos dos concentran las miradas. Por encima de los molinos, también protegidos por un olivar, intuyen la presencia de un gran contingente de soldados.

–Las trincheras aguantarán –responde al fin, asintiendo con brevedad–, lo que llevará a los españoles a recorrer una amplia distancia si quieren atravesar el río. De hacerlo, nuestras fuerzas repelerán el ataque.

Los otros dos también asienten. Francisco de Portugal, menos convencido, pues sabe cómo se las gasta el duque de Alba. Si bien el escenario es el idóneo por su escarpado relieve, no duda de que el noble español habrá tenido en cuenta hasta el mínimo detalle. Y todavía no ha visto dónde se encuentra la caballería, algo que lo preocupa en demasía.

–Ha llegado el momento de que el ejército muestre todo su poder. ¿No lo creéis?

El obispo de la Guarda ríe. No tanto Francisco de Portugal, que, decidido, da la orden.

–¡Que se descubra nuestro ejército!

A su lado, un hombre toma el estandarte real y lo alza con orgullo. Cerca, otro da varios toques con una corneta, que al instante más soldados amplifican por toda la línea de ataque lusa. Suenan redobles de tambores, se alzan los pendones.

–¡Ha llegado el momento de luchar por nuestra libertad! –grita Antonio de Crato, optimista.

Orilla occidental del río Alcántara, flanco derecho. En ese mismo momento

–¡Ya es hora de pelear! ¡Santiago, Santiago! –ordena Sancho Dávila.

El fuego de la artillería bajo las órdenes de Francisco de Álava lo enardece. Está convencido de que, desde su posición, y una vez dada la orden, el duque de Alba estará celebrándolo como la música más deliciosa para sus oídos. Su intuición no le ha fallado, celebra el maestre de campo, cuando ve aparecer ante sus ojos a la caballería y al grueso de la infantería portuguesa, ambas superiores a las castellanas. Salen de la emboscada ondeando sus estandartes y profiriendo toda clase de gritos e insultos contra ellos.

Vestido con ropilla y calzones de hilos dorados y plateados, peto y espaldar, y una celaba cubriéndole la cabeza, el maestre de campo ordena avanzar a sus tropas, más de dos mil arcabuceros protegidos por seis cañones y trescientos gastadores de apoyo. Siendo accidentado el cauce del río, el verdadero peligro, estima, lo tienen delante en esa ladera empinada de roca viva cubierta de olivares en la que Antonio de Crato ha plantado buena parte de su defensa. Es ése el terreno que deben despejar para asegurar el objetivo del hijo del duque de Alba, quien, a lo lejos, conduce a sus jinetes con sangre fría demostrando ser hijo de quien es.

–Nunca podríais negar que es hijo de vuestra excelencia –le reconoció una vez en el real de Cantillana, copa de vino en la mano.

Sucedió una de esas noches en la que gustaban de recordar momentos pasados, épocas que colmaban de nostalgia sus miradas. Cómo no recordar el río Elba, cuando los soldados pidieron permiso al entonces capitán Dávila para cruzar el río con las espadas en la boca para traer consigo el puente de barcas de Juan Federico de Sajonia. Uno de ellos fue Cristóbal de Mondragón, ahora nada menos que el legendario coronel Mondragón, al que el duque de Alba tiene tanto que agradecer por su desempeño en Flandes. Noches de recuerdos, de vivencias, de estrechar una camaradería que los convertía en iguales.

–Lo es, aunque su madre no sea la duquesa –le aseguró Fernando Álvarez de Toledo, serio y contundente, aún con la mirada vidriosa por el vino–. Tiene más cojones que sus tres hermanos juntos. Si hay un Alba que se parece a mí, es él.

Sancho Dávila se estremece por un instante ante el enorme estruendo que llega de la otra orilla. Incluso ha sentido oscilar el suelo más de la cuenta. Sin duda, es culpa de ese enorme cañón que llevan consigo los portugueses; un arma demoledora, según los informes de los rastreadores del duque de Alba. Veintiún pies de largo y una potencia de fuego descomunal. Por fortuna, el enorme proyectil vuela por encima de su cabeza y se estrella contra la ladera. Sin embargo, ve con tristeza cómo se lleva por delante a cuatro o cinco soldados. Por detrás, otro levanta la bandera que portaba uno de los caídos y la ondea, lleno de rabia. Ese acto lo encorajina aún más.

–¡Soldados, más fuego contra ellos! ¡Mandemos al infierno a esos hideputas! ¡España! ¡España!

–¡España! –braman los arcabuceros, empuñando sus armas con la mano derecha.

El suelo vuelve a estremecerse bajo sus pies con la andanada castellana. Una lluvia letal, cuya metralla abre huecos, mutila o mata a los desdichados que encuentra en su camino. Los artilleros, gente robusta y vestidos con protecciones fuertes, vuelven a cargar los cañones. Se toman su tiempo para hacerlo. En ese intervalo, para protegerlos, el maestre de Campo ordena disparar a los arcabuceros.

–¡Ea, mis leones! ¡Hoy es el día de matar esa hambre de gloria que siempre tuvieron vuestras mercedes! ¡Para eso os ha traído Dios hoy!

–¡España! –vuelven a gritar los arcabuceros.

Listas sus armas, centenares de ellos se adelantan y disparan. A su espalda, otros compañeros terminan de cebar las suyas. Humo y más humo. Insultos, voces, arengas. Los artilleros chillan voz en cuello para hacerse oír. El grito de uno de ellos excita más si cabe a Sancho Dávila.

–¡Ea, mis leones! ¡No hay gloria sin muerte!

La siguiente andanada es igual de estruendosa que la anterior. El maestre de campo comprueba la efectividad de los disparos una vez se disipa la nube de pólvora. La nariz le empieza a picar, y tiene la garganta seca. Está convencido de que, si el escuadrón que dirige Hernando de Toledo logra desbordar el flanco derecho portugués, la batalla se inclinará de su lado.

–¡Más fuego de cañón! –ordena de nuevo–. ¡Arcabuceros, listos para avanzar!

«Más fuego. El de hoy no es rival».

No sólo lo piensa.

Lo sabe.

Orilla oriental del río Alcántara. En ese mismo momento

–¡Ahora! ¡Contened al enemigo!

La orden de Cristóbal Freire, que se mueve a caballo de un lado para otro, es obedecida al instante por los hombres. Al igual que el resto de los soldados que componen el ejército portugués, emergen por oleadas del olivar en el que se guarnecían hasta ese momento.

–Es salir y morir como hombres o quedarnos aquí y morir como ratas –le oyó decir Ebou, estremecido por los disparos de la artillería castellana.

Cristóbal Freire estudió, atento, el avance español, la disposición de su artillería, los movimientos de su infantería, el paso de la caballería. Después se volvió para mirar al contingente de esclavos a su cargo. Rostros aterrados, miradas que despedían un miedo atávico. «No son enemigo para los tercios españoles», se convenció, chasqueando la lengua. Y, sin embargo, debía confiar en ellos, en la instrucción que habían recibido. Sus vidas dependían de cómo respondieran en combate.

El portugués contuvo la respiración cuando escuchó la orden en boca de Fernando de Meneses, con el que ya había tenido un desencuentro la tarde anterior. «Si hoy es el día en que vas a morir, que sea matando a tantos españoles como puedas», pensó antes de dar la orden de atacar.

Ebou agarra con fuerza la pica. Ya está más que familiarizado con ella después de semanas de entrenamiento. Un arma de buena madera de más de veinte palmos de alto y cerca de cuatro libras de peso. «Esta pica es vuestra vida. Llevadla siempre bien agarrada y tendréis alguna oportunidad en el combate cara a cara con el enemigo. Perdedla, y seréis pasto de los buitres después de la batalla», recuerda que les advirtió el portugués el primer día que sostuvo el arma en las manos.

El esclavo abandona la relativa protección del olivar, pero, en cuanto pone un pie en la ladera, se queda paralizado. El olor a pólvora, los gritos y órdenes, los españoles que avanzan, el ruido de la caballería, las banderas y estandartes al viento. El suelo tiembla cuando los cañones propios y enemigos hacen fuego. Algunas balas enemigas pasan por encima de su cabeza. Silbidos mortales, árboles tronchados, cuerpos destrozados, hombres que se arrastran por el suelo sin un brazo o llorando de manera desgarradora con las manos en lo que antes era una pierna. Tan paralizado está que es incapaz de reaccionar al proyectil que viene hacia él. Suelta la pica, cierra los ojos y, de manera instintiva, se tapa la cara con los brazos, como si de esa manera inocente e infantil se protegiera de la muerte. Al momento, cae al suelo. Derribado. Raaaas, silba el proyectil a su espalda. Lo siguiente que escucha es un impacto brutal. Retumba el suelo. Luego, gritos desesperados, lloros, voces de soldados llamando a sus madres. Cristóbal Freire lo ayuda a incorporarse con una mirada llena de determinación. Él le devuelve otra atónita.

–¡No voy a estar salvándote todo el rato! ¡Lucha por lo que quieres y ten los ojos bien abiertos! –le ordena, recogiendo la pica del suelo y poniéndola en sus manos.

Ebou ni siquiera es capaz de balbucear un agradecimiento hacia el portugués, que con su acción le ha salvado la vida. Por un momento, otea con horror la escena que tiene a su espalda: hombres decapitados, mutilados de forma horrible, voces que agonizan. El rostro de la guerra. El que nunca les ocultó mientras los instruían en el manejo de las armas. La guerra es sangre y muerte. Desconfiad del que os hable de honor, de quienes os refieran que tuvieron la suerte de luchar en tal o cual batalla, de quienes alardeen de heridas de guerra. Tuvieron suerte, pues salieron con vida de esos envites. La mayoría no la tiene. Mueren, y lo hacen entre dolores o bien en manos de personas sin experiencia en la cura de heridas o que se ven sobrepasados ante tanto herido que atender. La guerra es muerte y desolación, imágenes que quedan impresas en el alma, que nunca se olvidan, que te asaltan mientras sueñas, que regresan una y otra vez para recordarte que el hombre es capaz de pergeñar las peores pesadillas posibles. Palabras de quien había visto y participado en no pocas batallas y que les vomitaba un día tras otro de instrucción su experiencia en forma de recuerdos y vivencias.

–¡Vamos! ¡Avanzad!

Ebou agarra la pica y da tres pasos hacia delante. Le tiemblan las manos. Tiene miedo, muchísimo miedo. Más cañonazos a su alrededor, más gritos, más voces. En su mirada no hay más espacio que para la muerte riendo a carcajadas, por mucho que lo que tenga sea un lienzo de españoles salvajes dispuestos a no dejar vida a su paso.

–¡Ebou, reacciona! ¡Toma esa arma y lucha! ¡Lucha hasta que no te queden fuerzas! ¡Salva tu vida si quieres volver a Niyma!

La voz de su hermana Isatou le insufla algo de valor. Da dos pasos más, otros dos más a continuación. Cuando quiere darse cuenta, marcha junto a sus compañeros, pica en mano, camino de un combate incierto contra una maquinaria de guerra que sólo sabe matar.

Orilla occidental del río Alcántara. En ese mismo momento

Odio. Eso es lo que siente Inés Arias.

Odio hacia los portugueses, pero también odio por una manera de vivir, de hacer las cosas, por un mundo que ya no es el suyo huérfana del calor de Lorenzo Díaz. Él era su sustento, su oxígeno, sus ganas de vivir. Sin él, no es nada, una gota de lluvia mojándole la cara. Su mundo es pequeño, y su corazón, pedacitos de hielo.

Así se siente.

Vacía, helada, desprotegida. Y llena de odio. Por todo, por todos. Y también hacia los portugueses, por haber matado a los compañeros que ya han caído en la batalla; esos camaradas del Tercio de Nápoles reventados por los proyectiles lusos.

–¡Dad la cara, hideputas! –grita fuera de sí, rabiosa e impotente.

Una nueva forma de hacer la guerra, de matar. De ello habían hablado no pocas noches Lorenzo Díaz y ella tumbados sobre la hierba húmeda o sobre una manta raída tras uno de sus habituales combates amorosos sin vencedores ni vencidos. Él la cabalgaba, y ella se dejaba hacer, esperando después, una vez se vaciara, sus rudas caricias, sus palabras, aunque su aliento apestara a vino. Se abrazaba a él porque era su centro de gravedad, el asidero al que agarrarse con tal de no caer a un abismo oscuro e infinito. Los tiempos, las armas, la guerra. Un tiempo en el que ni ella ni tampoco muchos otros ya tienen cabida. Nuevos tiempos, nuevas maneras, aunque un protagonista nunca cambia, siempre gana. Para la muerte, pase lo que pase, sean los tiempos que sean, todo es cuestión de esperar su momento.

–¡Aguanten vuestras mercedes! –oye Inés Arias que grita su capitán.

Pica en mano, el rostro contraído y el odio en la mirada, se contiene como puede. El cuerpo le pide cruzar ese maldito cauce que tienen ante ellos, ensartar a cuanto portugués pueda y, una vez concluida la batalla, esperar que el reparto del despojo del enemigo le sea provechoso. Y volver a empezar para reconciliarse con la vida, si es que lo consigue.

Donde sea, pero tiene ganas de hacerlo.

Orilla oriental del río Alcántara, posición del rey Antonio.
Un rato después

–¡Cuidado!

El grito de Francisco de Portugal, tercer conde de Vimioso, alerta a Antonio de Crato y a quienes lo acompañan. La artillería de los dos bandos escupe fuego sin descanso. Matar, matar y matar. Y avanzar, avanzar y avanzar. Sobre los muertos, rematando a los heridos. Eso llevan haciendo desde hace un buen rato: matarse, como si ése fuera el último día del mundo.

Antonio de Crato seguía el movimiento de sus soldados hacia el puente, donde los españoles los han sorprendido con una acción tan alocada como imprevista. Al momento, ordenó reforzar ese flanco mientras, en otro punto, los arcabuceros a caballo cargaban contra la infantería del duque de Alba. Por eso el grito del conde de Vimioso lo pilla por sorpresa. Cuando reacciona, ya tiene casi encima el proyectil disparado por la artillería española.

–¡Cubríos!

Da un tirón a la brida de su caballo. Éste, alarmado por la reacción, por el griterío, por el estruendo de los cañones, levanta las patas y, cuando vuelve a posarlas en tierra, se aparta del lugar. A ello ha ayudado el movimiento del autoproclamado rey indicándole hacia dónde. El estruendo del impacto es demoledor. Varios soldados vuelan por los aires. El caballo bufa, nervioso, y él cae el suelo.

El conde de Vimioso y el obispo de la Guarda descienden de sus monturas. Todo son gritos: de dolor, de rabia, de muerte. Al menos hay tres o cuatro soldados muertos y varios heridos. Antonio de Crato se incorpora como puede, todavía aturdido. Repara en los rostros de aquellos dos, tan asustados como, imagina, debe mostrar el suyo. El que más, el del segundo, que lo mira desencajado. El primero se abalanza sobre él.

–¿Estáis bien?

Antonio de Craso tarda en reaccionar, un tanto conmocionado. Varios soldados supervivientes lo ayudan a incorporarse. El conde es quien le quita la celada. Suspira entonces, aliviado. Sonríe.

–Ésa ha estado cerca.

Quien no sonríe es él. Sigue aturdido. Los sonidos le llegan amortiguados, igual que la voz del conde. Se aparta de él y camina hasta tener el frente de la batalla a sus pies. Sus pasos los sigue Francisco de Portugal, preocupado por verlo así. Cree que la caída le puede haber afectado. Lo rechaza cuando le quiere hablar.

Ha estado a punto de morir.

Eso lo paraliza.

Sus ansias, sus deseos de ser el rey de los portugueses, de mantenerlos libres de un rey que su pueblo no desea. Todo eso, a punto de esfumarse por culpa de una bala escupida de la artillería castellana. En ese momento, le asalta el recuerdo de Alcazarquivir, de cómo el rey Sebastián cayó muerto por su insensatez.

«No, no quieres acabar como él», se conjura, decidido. Y, pese a todo, regresa al infierno desatado en las dos orillas del río Alcántara. Los hombres del duque de Alba ya acometen el puente.

–Hay que reforzar ese puente –aconseja Francisco de Portugal, un par de pasos por detrás de él.

–Dad la orden para que parte de los hombres del centro se desplacen hasta allí. Hay que detener el avance español.

El otro da instrucciones a un soldado próximo a él, mientras Antonio de Crato no despega la mirada del puente. Ambas artillerías continúan castigando al enemigo sin misericordia alguna. Vuelan los proyectiles por encima de las cabezas de los soldados, y los que impactan en el suelo los levantan por el aire. Pocos de los que caen lo hacen vivos. Uno cae cerca, y sobre él cae una lluvia de guijarros. Pero no deja de mirar el puente.

–Si cae ese puente, moriremos todos –murmura.

Frente al estuario del Tajo. En ese mismo momento

Tres tiros. Tres tristes y malditos tiros. Eso es todo lo que ha disparado Fernando Abad desde que el marqués de Santa Cruz dio la orden de abrir fuego contra los navíos portugueses.

Tres tiros.

Ha tenido más suerte que el millar de arcabuceros embarcados. Ellos aún no han hecho ninguno. Desde su posición, Álvaro de Bazán atisba las velas de algunos galeones portugueses. Enarbolan la enseña de la cruz de la Orden de Cristo, que ha financiado no pocas expediciones portuguesas.

–Más cerca, más cerca… –musita.

Sólo pide eso: que el viento traiga hacia ellos a los galeones portugueses.

–¡Fuego, una vez más!

A su orden, resuenan los disparos. Pero éstos caen al agua, quedan huérfanos de naves a las que hundir, de soldados a los que matar.

–¡Cuatro disparos de mierda! –estalla entre dientes.

Sólo cuatro disparos.

Capítulo 71

El puente de la muerte

Orilla occidental del río Alcántara, posición del duque de Alba. Sobre las diez de la mañana

–¡Pero, pero!

Fernando Álvarez de Toledo tarda en reaccionar. Ojiplático primero, al instante su mirada se enciende y estalla de ira.

–¡Maldito mentecato! ¡«Cosa petita, cosa petita», me dijo el muy bellaco ayer! ¡Mil rayos lo partan! –brama, colérico.

Guarnecido en la colina, el duque de Alba está fuera de sí por la manera de proceder de Próspero Colonna. A su lado aguarda el grueso de las formaciones de piqueros y, por delante, la mayor parte de la artillería, repartida en dos unidades –once piezas de fuego y un depósito con barriles de pólvora y pelotas de mosquete y arcabuz de reserva–, al mando de Francisco de Álava, quien ha vuelto la mirada, como también buena parte de piqueros y artilleros, al escucharlo soltando espumarajos por la boca.

–¡Sólo tenía que atraer la atención y el fuego del enemigo! –protesta, encolerizado–. ¿Y qué está haciendo ese bellaco? ¿Lo ven vuestras mercedes o no lo ven? –pregunta a los más cercanos, que contienen la respiración–. ¡Está atacando la otra orilla! ¡Mil rayos lo partan!

Nadie rechista. Si pudiera, tomaría un caballo, se acercaría hasta el italiano y le dejaría las cosas bien claras. «¿Es que acaso no sabéis leer? ¿Qué expuse en las directrices que ordené poner en escrito?».

–¡Mal rayo lo parta! –insiste, colérico.

–¿Vuestra excelencia no creéis que…? –oye que le preguntan por detrás.

–¡Él solito se lo ha buscado, y él solito deberá salir de ésa! –corta, enérgico, a quien quería sugerirle el envío de refuerzos a Próspero Colonna. «Ya puede tomar ese puente; si no, tendremos más que palabras ese italiano y yo», se conjura para sí.

Algo por debajo, entre las guarniciones que aguardan sus órdenes, Rodrigo de Cervantes, Ginés Méndez e Íñigo Sánchez observan el desarrollo de la batalla. Si por ellos fuera, correrían a ayudar a los italianos, pero han de mantener la disciplina.

–¿Pensáis también que Próspero Colonna se ha precipitado? –pregunta el primero.

–Llamar a eso precipitación… –responde un irónico Ginés Méndez–. ¡Muy gallardo el italiano luciendo sus plumas, y se las han chamuscado en el primer encuentro! –se echa a reír.

–Esos molinos son la clave –Íñigo Sánchez los señala–. Están llenos de arcabuceros. Si caen, su resistencia menguará.

–¡Ole, ole! Ya va asomando el soldado –se felicita Ginés Méndez.

–Si recibe ayuda, podrá intentar un nuevo asalto, pero con lo que dispone sería una locura –insiste.

El trío no despega la mirada del puente, donde Próspero Colonna y sus hombres han retrocedido hasta una posición segura. Íñigo Sánchez se vuelve para buscar con la mirada al duque de Alba. Por un momento, está decidido a subir y pedirle que le dé permiso para bajar y unirse a los hombres de aquel italiano. El sevillano adivina sus intenciones y, con sutileza, le posa una mano en el brazo derecho. Lo mira con fijeza, sin que se borre la media sonrisa de sus labios.

–Todo a su debido tiempo, compadre. Sabes que vas a morir, pero tampoco es menester avivar a la parca para que venga tan pronto.

Junto al puente del río Alcántara. Un rato después

«¡Questo ponte fa cagare!».

A Próspero Colonna también se lo llevan los demonios.

«¡Principiante, que pareces un principiante!», se fustiga por lo que acaba de hacer, que es ordenar la retirada de sus hombres para evitar una escabechina. Todo por el ansia de tomar el puente que une ambas orillas del río Alcántara, tal y como le ha pedido el duque de Alba. Con lo que no contaba era con la resistencia tenaz de los arcabuceros portugueses, parapetados tras los molinos y la casa fortificada que se levantan justo detrás del puente. Defienden el acceso con una lluvia de fuego infernal. Decenas de arcabuceros rocían de proyectiles la retirada de sus soldados. Los italianos también responden con fuego para cubrir la retirada de los piqueros.

«Si te viera tu padre...», continúa con sus pensamientos, mientras arenga a los más atrasados para que se parapeten tras unos cerros junto al cauce del río.

–*Tutti indietro!*

Su padre. Siempre ha soñado ser como él, emular sus logros como soldado. Cuántas veces le pedía que le contara cómo los españoles saquearon Roma y mantuvieron preso al mismísimo papa Clemente VII en el castillo de

Sant'Angelo durante meses; o cuando estuvo presente en la coronación del emperador Carlos V en Bolonia, y cómo luchó en Argel bajo sus órdenes. Creció esperando su regreso a casa para que le contara sus hazañas, para imaginarse con sus palabras cómo era una batalla. Como la que le ocupa en ese momento.

No son pocos los que se preguntan por su edad. Un secreto que guarda con celo. La fachada que exhibe es imponente: de buena altura, tiene el pelo negro corto rizado, ojos marrones y le gusta cuidarse la barba. Aun así, ese día su presencia física queda oculta tras la armadura completa.

–¡Informe de bajas! –solicita a uno de sus capitanes a voz en grito para hacerse oír por encima del estruendo de la batalla.

–¡Seguras, las que veis en el suelo del puente!

–*Porca miseria!* –exclama, enfadado, golpeando el suelo con el puño izquierdo.

Próspero Colonna centra la mirada en el lugar que le ha indicado el capitán. No menos de cinco arcabuceros, cuenta. Despanzurrados, algunos con la cabeza abierta, otros con las tripas al aire. A su lado, las armas caídas al ser alcanzados. El puente, estrecho de por sí, se ha convertido en un embudo mortal para los suyos, que no esperaban encontrar tanta resistencia.

–¿Y ahora? –le pregunta el capitán.

Próspero Colonna levanta la mirada hacia el cerro en la lejanía, sobre sus cabezas. Allí sentado en su silla y colérico –se lo puede imaginar–, el duque de Alba estará maldiciendo su alocada manera de acometer la conquista del puente.

–¡Necesitamos la ayuda de los alemanes! ¡Poned en aviso al conde Jerónimo! ¡Sus piqueros nos vendrían como caídos del cielo!

–¿Y los españoles?

Próspero Colonna piensa también en los tercios de Córdoba y Argote. «Primero, los alemanes. De seguido, los españoles, para rematar la conquista», pergeña.

El capitán echa a correr. Los portugueses mantienen a raya a sus hombres con disparos continuos de arcabuz. La estrechez del puente juega en su contra. «Más fuego contra esos molinos y esa casa». Lo tiene claro. También que el siguiente asalto llevará su tiempo. Ha de esperar la llegada de los refuerzos del conde Jerónimo Lodrón y, entonces, juntos determinarán cómo cometer la conquista del puente. Se vuelve un momento para mirar a sus soldados. Rostros cansados, sucios, algunos están heridos. «No les vendrá mal descansar un rato», se convence.

«Questo ponte fa cagare!», rezonga.

Cruzarlo va a costar más de lo que preveía. Más tiempo y más hombres.

Orilla oriental del río Alcántara, al norte. En ese momento

El contingente de soldados que lidera Sancho Dávila intenta cruzar el cauce del río, pero la resistencia de los portugueses es rabiosa. Desde la orilla contraria, artilleros, arcabuceros y mosqueteros los mantienen a raya. Si aguza la vista, cuando las nubes de pólvora se disipan, alcanza a ver al destacamento de caballería que comanda el hijo del duque de Alba. Por lo que intuye, el terreno frena su avance. Tendrá que dar un rodeo si quiere sortear los obstáculos para sorprender a los portugueses, cavila. Han de cruzar el río y asaltar las trincheras para dejar expedito el camino a la caballería.

Se dispone a pedir a sus hombres que concentren el fuego de sus arcabuces en lo que tienen delante. «Esas trincheras serán nuestras sí o sí», piensa, convencido. El cauce seco, de laderas abruptas, dificulta sus planes. Ha tenido tiempo suficiente para examinarlas. «Fuego barriendo el frente para establecer una cabeza de puente. Lo demás, *pecatta minuta*, reflexiona. Quinientos arcabuceros abriendo fuego a la vez contra las defensas lusas. Las seis piezas de artillería que trae consigo continúan percutiendo sobre las posiciones enemigas. Delante, observa, tras los arcabuceros, un ejército de picas guarda las trincheras. Miles, por lo que ve. Ésa será la siguiente cuestión. Tal y como dispuso el duque de Alba, será el Tercio de Nápoles quien entre por ese sector como cuchillo en manteca de cerdo una vez ellos lo despejen de los tiradores lusos.

Sancho Dávila agacha la cabeza en repetidas ocasiones. La intensidad de la artillería enemiga no disminuye, y los suyos tampoco tienen intención de hacerlo. Algunos todavía disparan desde el resguardo del olivar y otros, desde las trincheras que protegen el real.

«Si cae la primera línea de trincheras, el real será nuestro. De eso se ocupará don Hernando».

–¡Don Sancho!

Un arcabucero reclama su atención. Señala a lo lejos, en dirección al puente.

–¡Don Próspero se las ve y se las desea para cruzar el puente!

–¡Maldición! –murmura.

Sus hombres esperan una decisión. Ya les había advertido de que había que cruzar el río sí o sí, pero las dificultades que agobian a Próspero Colonna pueden hacer cambiar de opinión al maestre de campo, sospechan no pocos. Lo ven meditabundo bajo esa lluvia de proyectiles que no cesa. Huele tanto a pólvora que es imposible encontrar aire fresco que llevar a los pulmones. «No es nuestra guerra», concluye. La suya es alcanzar la primera línea de trincheras portuguesas. Si lo consigue, está convencido de la victoria.

–¡España, España! –brama con rabia–. El enemigo está ahí delante. ¡Mandémoslo al infierno!

Puente del río Alcántara. Más allá de las once de la mañana

«¡Ahora, sí!».

Próspero Colonna respira aliviado. Regresa a su posición tras un cerro elevado después de trazar la nueva estrategia con el conde Jerónimo Lodrón. También contará con la ayuda de refuerzos de los tercios de Argote y Moreno, en retaguardia hasta ese momento. Aportes que considera suficientes para tomar el puente a la vez que sus arcabuceros despejan de resistencia los molinos y la casa fortificada. Desde estos lugares, los arcabuceros portugueses mantienen su potencia de fuego.

–¡A ellos! –ordena a voz en grito.

La segunda oleada de italianos es salvaje. El aire se llena de sus gritos, de los que profieren los portugueses, que se defienden como pueden, del estallido de los arcabuces, de nubes de pólvora que amenazan con hacer estallar los pulmones de los soldados, ya saturados después de tantas horas de batalla.

–¡A los molinos, a los molinos! –anima a sus hombres.

Piqueros y arcabuceros asaltan el puente con tal ímpetu que los portugueses se ven obligados a retroceder. Atento a la escena, fray Esteban Piñeiro se desgañita pidiendo refuerzos.

–¡Van a rebasar el puente!

Los piqueros alemanes y los refuerzos españoles acometen con rabia. A su lado, los arcabuceros italianos saltan al cauce, suben no si dificultad por la ladera y alcanzan los molinos y la casa fortificada. Los que vienen detrás los apoyan con su fuego.

–¡Pedid más refuerzos al rey! –insiste un desesperado fray Esteban Piñeiro.

Los italianos, ya seguros en su posición, se organizan para hacer fuego desde los molinos y la casa fortificada. En el puente, mientras tanto, la lucha es encarnizada.

–¡Avanzad! –chilla Próspero Colonna para hacerse oír–. ¡Gloria para quien lo consiga!

Ladera oriental del río Alcántara, posición del rey Antonio. Más allá de las once de la mañana

–¡El duque de Alba está concentrando sus tropas en el puente!

El tono de voz de Francisco de Portugal destila un tufo a pavor que asfixia los oídos de Antonio de Crato. Y no le falta razón: los españoles amenazan con desbordar el puente.

–¡Son miles! ¡Si no oponemos resistencia, pasarán!

El obispo de la Guarda tiene el rostro demudado. Asiste a los acontecimientos sin más, pero por dentro siente unas enormes ganas de azuzar a su montura y escapar de lo que, presiente, será una carnicería.

En ese momento, un jinete hace acto de presencia ante ellos. Rostro extenuado, manchado de pólvora, aspecto cansado.

–¡Fray Esteban Piñeiro pide refuerzos!

–¿Cómo está la posición de don Fernando de Meneses? –quiere saber Antonio de Crato.

–Los mantiene a raya.

–Mandaremos allí tropas de otros sectores, ¡decídselo!

El jinete espolea a su caballo y regresa por donde ha venido.

–El duque de Alba ha decidido concentrar todas sus fuerzas en ese punto. ¡Es preciso resistir como sea! Si lo hacemos, ¡la victoria será nuestra!

Al instante suenan las trompetas, se mueven los estandartes. Destacamentos enteros se dirigen al puente. También los que todavía se resguardaban en los olivares y en las trincheras ponen rumbo a aquel lugar.

«¡Rechacemos a esos hideputas, y la victoria será nuestra!».

Ese pensamiento permanecerá fijo durante un tiempo en su cabeza. La realidad se encargará después de borrarlo de manera calamitosa.

Ladera oriental del río Alcántara. En ese momento

–¡Al puente, al puente! –chilla un soldado portugués.

Cristóbal Freire trata de ver algo tras el velo que conforma la espesa humareda provocada por la pólvora. Una auténtica carnicería. Se gira por un instante: rostros en los que el miedo se ha aferrado con tal fuerza que costaría Dios y ayuda echarlo de allí. Picas, arcabuces. Españoles luchando, matando. Hordas sanguinarias, en cuyas manos sus hombres, descalzos, sin protecciones y mal armados, apenas durarán un suspiro. «Aunque ¿dónde aguantarán más?», se pregunta, echando ahora la mirada al frente. Los hombres de Fernando de Meneses mantienen a raya como pueden a los enemigos que tratan de cruzar el cauce del río. Mire donde mire, la amenaza es la misma. La muerte sonríe.

–¿Es que no habéis oído? –insiste el soldado–. ¡Son órdenes del rey!

Cristóbal Freire lo amenaza con la espada. Fernando de Meneses, que observa la escena, se acerca a caballo.

–¿Qué ocurre?

–¡El rey ha ordenado reforzar el puente ante el avance de los españoles!

El recién llegado se lleva la mano a la frente para protegerse del sol, que ya golpea con fuerza, y así ver mejor la situación. Oye muchos disparos, gritos y voces. Demasiado humo. Se vuelve un momento para escrutar lo que tiene delante, que son más de dos millares de soldados españoles aguardando el mejor momento para abalanzarse sobre ellos. Niega en silencio.

–¡No podemos abandonar este puesto! Si avanzan los españoles, ¡arrasarán las trincheras! –insiste Cristóbal Freire.

–Me llevaré a los que hagan falta. ¡Son órdenes del rey!

–Lo que propone es una locura –le advierte, serio.

–¡Hay que resistir en el puente! ¿Es que no lo veis? –le chilla el otro, rostro con rostro.

–¿Y no veis lo que tenemos ahí? –le señala Fernando de Meneses–. ¿Cómo contendremos a esos soldados si os los lleváis al puente?

–Son órdenes del rey –se mantiene el otro, inflexible.

Y, sin más, con un gesto, alerta al tamborilero. A su son, centenares de hombres armados con picas y arcabuces comienzan a marchar del olivar hacia el puente, tal y como se les ha ordenado. Impotente, Fernando de Meneses escupe al suelo con violencia. Todo por no asestar un puñetazo al emisario, que le dedica una mirada orgullosa con la que parece perdonarle la vida. Cristóbal Freire le dirige un gesto de respeto, que el otro recibe asintiendo con la gravedad esculpida en su rostro. Comendador de Castelo Branco y hermano de Diego de Meneses, decapitado por orden del duque de Alba en la ciudadela de Cascáis, Meneses no piensa dar facilidad alguna a los españoles. Es más, en su ánimo no hay más deseo que exterminarlos a todos. De ahí que haya ordenado a la artillería golpear sus posiciones sin descanso. Y, si avanzan, ya se las verá con ellos. Es ver las facciones duras de su rostro y convencerse Cristóbal Freire de que el que se hace llamar rey Antonio no ha podido escoger mejor defensor para ese frente.

En ese momento, llega junto a ellos Duarte de Castro. Buen soldado, eficaz y valiente, Freire ha oído hablar bastante de él, de su nobleza y bravura. Alto, fornido, de pelo ensortijado y mirada penetrante, se presenta firme y con el gesto serio.

–Haremos todo lo posible por aguantar las acometidas de los españoles. No obstante, tomad a cuantos hombres estiméis oportunos y encaminaos a la retaguardia. Protegeréis la retirada en caso de que sea necesario –le ordena Fernando de Meneses.

–Así será.

Aquél lo examina por un momento. Duarte de Castro acompaña la seriedad de su rostro con una determinación que raya la locura. Cristóbal Freire sabe, por lo que ha contado Fernando de Meneses, que aquel hombre aguantará si es preciso junto a los suyos hasta que no les queden fuerzas y el último aliento esté a punto de salir por su boca; y también que no es leal al nuevo rey Antonio, sino al reino, a su grandeza. De tal modo que, al igual que otros muchos, como es su caso, está dispuesto a dar la vida con tal de defender la libertad e independencia de una corona que no debe caer en manos de los españoles.

–¡A mí! –clama Duarte de Castro.

Reúne a un puñado de hombres, armados con picas, y se retiran para formar la retaguardia. A su lado, hay de todo: soldados con alguna experiencia militar y otros sin ella, presos recién liberados bajo la promesa de una libertad definitiva si se derrota a los españoles, levas mal preparadas. Freire suspira, hastiado.

Serán quienes luchen cuando ellos ya hayan muerto.

Fernando de Meneses desciende del caballo, cuyas bridas ata al tronco de un olivo, y encara a los soldados que, pica en mano, esperan sus instrucciones.

–¡Soldados! Muchos de vosotros estáis aquí porque queréis ser libres, y la libertad es lo más preciado que tenemos. Cada uno de nosotros va a luchar por una libertad que os sabrá distinta según vuestra posición. La vuestra –señala a buena parte de los esclavos– significará soltaros de las ataduras de la esclavitud. ¡Y juro que, si ganamos esta batalla, ninguno volveréis a ser jamás esclavo de nadie! ¡Todos hoy luchamos por nuestra libertad! Ya sea por liberarse de la esclavitud o por no depender de un rey extranjero, ¡luchemos por nuestra libertad! –grita, enardecido.

–¡Libertad, libertad, libertad! –responden los soldados a coro.

Ebou está en primera línea. Sostiene la pica con ambas manos. Cristóbal Freire se ha cuidado de mantenerlos alejados del combate mientras otros hombres más experimentados luchaban y siguen luchando contra los españoles, con los que intercambian disparos de arcabuz y de mosquete. Ve entonces que se le aproxima. Se quita el cinturón y se lo anuda.

–¿Y esto?

–Te hará falta, llegado el momento.

El esclavo mira asombrado la daga que cuelga del cinto.

–Tú tienes razones para vivir. No dudes en utilizarla para llegar adonde quieras llegar.

No se dicen más. El ademán de Cristóbal Freire es sereno.

–Ahora se trata de esperar.

–¿A qué? –le pregunta receloso.

–A que no pasen esos soldados que aguardan en la otra orilla. Y pasarán, Ebou. Ten claro que más pronto que tarde lo harán. Y tendrás que defender con tu vida esta orilla.

Capítulo 72

El asalto definitivo

Orilla oriental del río Alcántara. Poco después

Sancho Dávila no se lo puede creer.

–¡Están mandando a sus tropas al puente! –grita un capitán a su lado.

Examina con atención lo que tiene delante: un ejército de picas, pero con escasa potencia de fuego para replicar a la suya. «¡Van hacia el puente y dejan expedito este frente!».

–¡Es nuestro momento, pardiez! –reacciona al instante–. ¡Ese frente ha de ser nuestro! ¡Primero, el olivar! ¡Después, las trincheras! ¡España, España!

«Una vez hayamos cruzado, no podemos retroceder». Eso les pidió el duque de Alba la tarde anterior, y esa misma orden es la que él impartió horas atrás, antes de que comenzara la batalla, a los cerca de dos mil arcabuceros que componen su contingente de hombres. Selectos, escogidos. Lo mejor de lo mejor. Hombres duros, sacrificados, sin miedo, hechos a calamidades y miserias.

–¡Señores, España! –brama de nuevo dirigiéndose a sus arcabuceros.

–¡España! –responden, a voz en grito, dos millares de almas.

–¡Artillería, a mí el fuego!

Los artilleros intensifican sus disparos sobre la orilla contraria. Las mangas de arcabucería cumplen con efectividad.

–¡Por ese flanco! –chilla un soldado–. ¡Aflojan esos hideputas! ¡A ellos!

–¡España, España! –responden muchos más, abalanzándose hacia el cauce seco del río.

Es tan abrupto que se tienen que ayudar de la mano que tienen libre para alcanzar la orilla.

–¡España, España! –gritan los que vienen tras ellos.

Los primeros barren la resistencia enemiga con mayor facilidad de la esperada.

–¡Adelante! ¡Gloria a estos valientes soldados! –los alienta Sancho Dávila, quien también sortea el cauce.

–¡La ladera es nuestra! –gritan los primeros arcabuceros en alcanzarla.

Otros se dedican a matar a los portugueses que encuentran a su paso. Disparan a la cabeza, al pecho. Da igual que levanten las manos implorando una misericordia que no llegará. Es un gesto de cobardía a ojos de los arcabuceros españoles, que avanzan decididos.

–¡Las trincheras! –ordena Sancho Dávila, ya en la orilla portuguesa–. ¡A por las trincheras! ¡España, España!

Una oleada de arcabuceros corre hacia el objetivo que les ha marcado el maestre de campo. A su espalda, un sonriente Sancho Dávila, brazos en jarras, se detiene un instante para recuperar el resuello. Al ver cómo se despliegan sus hombres y la manera que acometen la ladera para alcanzar las trincheras, no puede evitar una sonrisa de satisfacción. Su primer pensamiento, sin embargo, es para el duque de Alba.

–Ya está. Vuestra excelencia se va a despedir con el honor que se merece.

Orilla occidental del río Alcántara, posición del duque de Alba. En ese mismo momento

–¡Bravo, don Sancho! ¡Bravo, mis valientes soldados!

Fernando Álvarez de Toledo, feliz, no ha podido evitar dar un respingo al ver cómo los hombres que dirige Sancho Dávila acometen la primera línea de trincheras portuguesas. Los ve luchar con denuedo, ondear las banderas. Los pocos enemigos que sobreviven corren ladera arriba para resguardarse en la segunda línea de trincheras, donde comienzan a prepararse para la batalla.

La artillería de Francisco de Álava mantiene su cadencia de fuego. El sonido de los cañones le suena mejor que un coro celestial. Aprieta con fuerza el puño derecho y busca el puente con la mirada.

–En cuanto lo toméis, Próspero, no quedará portugués alguno con vida para contarlo.

Su mirada arde, siente que la victoria es suya. Una batalla más. La última. «Ya no habrá más, María», eleva el pensamiento mirando al cielo. Una batalla para darle al rey aquello que le pidió. Una batalla para recuperar el honor perdido. Una batalla para, al fin, preparar su alma, ponerla en paz y encarar el encuentro con Dios.

Una batalla para calmar su hambre de gloria.

Fernando Álvarez de Toledo lanza un largo suspiro que extraña a no pocos de los que lo rodean, soldados incluidos. Se miran los unos a los otros, sorprendidos. «El duque de Alba suspirando cuando hace un rato se estaba ciscando en la madre del italiano», murmuran algunos. La vida, sus misterios. La extraña danza que ejecutan realidad y deseos mientras el alma camina por lugares que la primera desconoce. Su cuerpo está sentado en una silla de manos, desde la que contempla cómo sus soldados le van a regalar una nueva victoria militar. Su alma, en cambio, camina hacia el lugar donde siempre ha sido feliz y trata de volver.

–¿A quién de nosotros el exceso de guerras, de peligros y destierro ya no toca y no ha cansado el gran proceso? –musita con la mirada perdida, glosando los versos de Garcilaso de la Vega.

El amigo poeta, el amigo guerrero. Una muerte innecesaria, una muerte en sitio extraño.

Vuelve a dar otro respingo al ver qué Próspero Colonna se lanza de nuevo a la conquista del puente.

–¡Vamos, don Próspero! ¡Adelante, valientes soldados!

Desde el río Tajo. En ese mismo momento

–¡Abarloen contra la costa y fuego a la orilla oriental!

La orden del marqués de Santa Cruz es taxativa. Parte de la armada vigila a las pocas embarcaciones que componen la portuguesa, que hace tiempo se han rendido. Por lo que le han dicho quienes han subido a su nave capitana a parlamentar con Gabriel de Brito, la desmoralización es absoluta entre soldados y marineros. Otros, sin aquel tipo delante, lo acusan de falta de liderazgo y de no saber qué se trae entre manos. Así las cosas, es mejor rendirse que una muerte segura, gritaron los marineros. Incluso algunas de sus naves ya han puesto rumbo a Lisboa con las naves capturadas. Han presentado poca batalla y pueden servirle de cara a futuras campañas, pues intuye que la guerra con el prior de Crato no acabará aquí.

Desde esa posición, donde el río Alcántara cae de manera abrupta sobre el Tajo, Álvaro de Bazán goza de una mejor perspectiva del escenario de la batalla. Por lo que intuye y le deja ver la nube de pólvora que todo lo cubre, los portugueses aguantan la acometida de los tercios del duque de

Alba, aunque éstos luchan con denuedo por hacerse con el puente.

–Un poco de fuego no les vendrá mal para ayudarlos –explica, serio, a uno de sus ayudantes–. ¡Piezas listas para disparar!

Fernando Abad obedece presto sus órdenes. Carga el esmeril, eso que entre los artilleros llaman matacapitanes. Es una pieza de bronce fundido y de cámara cerrada capaz de disparar balas de plomo de ocho onzas de tamaño. En total, son cinco las piezas instaladas en la corulla sobre afustes de madera y fijas en el eje longitudinal de la galera.

–¡Fuego! –ordena el marqués.

Bum, bum, bum. Los esmeriles disparan casi a la vez, y los proyectiles caen en la orilla levantando nubes de polvo.

–¡Cargamos las piezas para disparar de nuevo!

Así lo harán durante un buen rato más, lo que estime el marqués de Santa Cruz. Al menos, hasta que el puente caiga del lado de las tropas que comanda desde tierra el duque de Alba. Por la posición del sol, estima que ya debe estar cercano el mediodía. Hace calor, demasiado en su opinión, para luchar, aunque en peores se ha visto. Lamenta que su papel esté siendo tan limitado, pues pensaba que las condiciones meteorológicas serían mejores y también que el enemigo opondría más resistencia. Sin embargo, algo le dice que su momento en este asunto del rey Felipe con el reino de Portugal todavía está por llegar. Un pálpito, una sensación. Quizá también un deseo de lograr una victoria rotunda, brillante, que embellezca más si cabe su hoja de servicios y lo convierta, si no lo es ya, en una leyenda.

Álvaro de Bazán no lo sabe en ese momento, pero esa victoria llegará tres años después.

Puente del río Alcántara. Sobre las doce del mediodía

Próspero Colonna se quita la celada. Bajo ella aparece un rostro sudoroso, cabellos y barba mojados. El sol abrasa. Respira con fatiga. Le cuesta llevar a los pulmones una mínima brizna de aire claro, contaminado como está por el olor de la pólvora. El poco que inspira lo revitaliza. Cierra los ojos. También sonríe. Poco le importa lo que sucede a su alrededor, el sonido de una batalla que ya se inclina a su favor. El honor es lo primero. No sólo lo primero, sino lo que distingue a un hombre, solía decirle su padre. Un hombre con honor es un hombre respetado. Sin él, no eres nadie.

Y él sigue siendo un hombre con honor, respetado.

Un par de horas antes a punto estuvo de perderlo. Le pudo el ansia, sus ganas de contentar al duque de Alba, de demostrarle de qué material está hecho. Honor. Es lo único que conoce, y está dispuesto a todo con tal de no perderlo nunca.

Abre de nuevo los ojos. Los alemanes se han hecho fuertes en el puente, y los bisoños españoles están demostrando un valor que anticipa en qué se convertirán con el paso del tiempo. Fuera del campo de batalla, son jóvenes de veintipocos años con ganas de comerse el mundo, de ganarse una gloria con la que llevan soñando mucho tiempo o bien con no tener que ver cómo el hambre los asedia un día sí y otro también. Dentro del campo, comienzan a ganarse un nombre, el respeto que hará de ellos dignos herederos de una estirpe cuya fama no tiene fin. Hombres aguerridos y valientes.

El italiano no dice nada. Se deja llevar. Sabe lo que viene a continuación, pues así lo ha dispuesto el duque de Alba en sus instrucciones. «Ese condenado viejo», piensa sonriente mientras se cala de nuevo la celada. Con ella ya en la cabeza, centra la mirada en los portugueses que aguantan como pueden las acometidas de los suyos, de los alemanes y de los españoles. Cree haber visto soldados descalzos, mal armados y peor vestidos. No puede evitar entonces un pensamiento de compasión hacia ellos, por su futuro, que ya está echado.

–Que Dios los coja confesados.

Flanco izquierdo de las trincheras portuguesas. En ese mismo momento

–¡Santiago, Santiago! –grita Hernando de Toledo, alborozado por alcanzar al fin la línea de trincheras enemiga.

–¡Santiago, Santiago! –lo acompañan numerosos arcabuceros a caballo, a su lado.

«¡Al fin!», se congratula.

Los portugueses, sorprendidos por la llegada de la caballería, huyen a la carrera. Gritan, sollozan, tratan de resguardarse tras lo que creían una defensa segura aunque se haya revelado todo lo contrario. Los caballos cruzan las trincheras sin dificultad; levantan las patas delanteras y patean a los hombres que allí encuentran, tal como les ordenan sus jinetes. Donde antes había hombres parapetados, ahora hay cuerpos sin vida y tierra que la sangre moja hasta formar charcos.

–¡Despejad la línea y afianzad la posición!

Los arcabuceros masacran a todo enemigo que encuentran en su camino. Algunos portugueses abandonan su posición y tratan de escapar. Los demás caen por el empuje de los caballos bajo sus pezuñas. Hernando de Toledo tira de las bridas; su montura está exhausta por el esfuerzo. El rodeo que han dado, las abruptas laderas que han tenido que superar, la exigencia de la cabalgada…, y el sol inclemente. El calor es sofocante, y piensa en cuánto desearía liberarse de la armadura; incluso llegar al río y meter los pies en su corriente, apoyando por detrás las manos en el suelo, viendo la vida pasar. Pero no puede. Quizá no dentro de demasiado tiempo, cuando no haya enemigos contra los que luchar ni hombres que se arroguen un derecho reservado a reyes de verdad. Mientras, seguirá luchando por ese rey, el único y verdadero que conoce. Por eso sonríe, aliviado; contento por haber logrado el objetivo que su padre le ha pedido.

Las trincheras ya son suyas, el enemigo ha sido derrotado por ese flanco. Que también lo sea de manera definitiva es cuestión de tiempo. Eso piensa al ver cómo se desarrolla la batalla en el puente que cruza el río Alcántara. Ajeno, a su alrededor acontece lo que ya ha vivido en demasiadas veces. La vida y la muerte separadas por una delgada línea. Los que matan, los que quieren vivir. Brazos levantados, palabras de clemencia. Vivir por encima de todas las cosas. Filos de espadas que brillan al sol, que atraviesan estómagos y gargantas. Pelotas de arcabuz reventando tripas, destrozando cabezas. La guerra.

–Trincheras tomadas.

Hernando de Toledo asiente en silencio, como ausente, ante la información que le acaban de dar. Sabe qué pasará a continuación. Órdenes de su padre, el duque de Alba. Le gusten o no, es su deseo, y es lo que tiene que cumplir. Levanta la mirada para encarar a su interlocutor.

–Que no quede nadie vivo.

El emisario espolea a su caballo y reparte la instrucción a voz en grito.

Nadie vivo. Ésa es la orden que le dio su padre. Pase el tiempo que pase, en él permanecerá el instinto del soldado que hace de la guerra su escenario natural, que vive por y para ella. Matar es algo más que una simple cuestión de confirmar una victoria. Es mucho más. Matar significa destruir al enemigo, reducirlo a cenizas, desterrar en los supervivientes cualquier intención de mantener la lucha, no dejar un enemigo potencial a tu espalda, asegurar un tiempo más largo de paz, incapacitar al contrario para atacar de nuevo.

Y él tiene la orden de matar.

Matar sin descanso.

–¡Vosotros, asegurad la posición de las trincheras y acabad con cualquier resistencia! ¡Los demás, conmigo, a desbaratar a esos portugueses que todavía luchan entre los olivos! –ordena.

Orilla occidental del río Alcántara, posición del duque de Alba. En ese mismo momento

Fernando Álvarez de Toledo se incorpora. Siente que su cuerpo gotoso se quiebra, pero le da igual. Presiente tan cercana la victoria que no quiere ser visto como un medio hombre, anciano y desvalido. No, él es el tercer duque de Alba, la persona a la que el rey Felipe ha ordenado entregarle una corona que considera suya, y eso es lo que piensa hacer.

Dirige la mirada hacia las trincheras portuguesas. Allí, todo es caos. Un caos provocado por la caballería que dirige su hijo Hernando. Apenas se oye ya la artillería lusa, algunas de cuyas piezas han sido llevadas al puente para intentar detener el avance de los españoles. Es allí, observa desde ese punto, donde todavía queda trabajo por hacer. No demasiado, admite con media sonrisa en los labios, pero sí el suficiente para no dejar enemigo en pie. Que el que se hace llamar rey Antonio siga o no con vida le importa poco o nada, pues el verdadero rey es el que aguarda la noticia en Badajoz. No ansía otra cosa el duque que sentarse ante una mesa para transmitírsela por carta.

Llama a un capitán que, cerca, aguarda órdenes.

–Es hora de rematar este asunto. ¡Los tercios, a lo suyo!

El capitán transmite la orden a un atambor, quien lanza al aire la señal que tanto esperaban los soldados. Al momento, vocean, aúllan, levantan los brazos que tienen libres. Con los otros sostienen las picas o los arcabuces con los que esperan segar la vida de cuantos más enemigos mejor.

–¡Compadres! ¡Que Dios os acompañe en esta nueva aventura! ¡Quien quiera llenarse los bolsillos, que me siga! –chilla un alborozado Ginés Méndez.

–¡España, España! –grita Rodrigo de Cervantes, también exultante por entrar en combate.

–¡Santiago! –gritan unos.

–¡Magdalena! –chillan otros.

En cambio, Íñigo Sánchez se mantiene impertérrito, casi circunspecto. Con ese gesto, echa mano a la espada. Cuerpo a cuerpo, mano a mano. Así es como quiere luchar. Y, si ha de morir, que sea a manos de un enemigo y no colgado de una soga.

No lejos de allí, Inés Arias toma la pica con ambas manos y avanza con firmeza al ritmo de los redobles de tambor que marcan los atambores. El Tercio de Nápoles está a punto de entrar en combate. Una nueva batalla para un emblema que sólo conoce la gloria. «Es tu hora, Inés. Lucha para hacer realidad tu sueño», se anima.

–¡Por Santiago! ¡Por la Magdalena! ¡Que salga la caballería! –atruena la voz del duque de Alba, tan poderosa que casi recorre todo lo largo y ancho del río Alcántara.

Los atambores tocan con fuerza, imprimen un ritmo que los soldados aguantan sin rubor. Tienen las trincheras enemigas en la mirada, también la zona del olivar, donde todavía aguantan los hombres que comanda Fernando de Meneses. Una vez salvan el cauce, no sin dificultad, y alcanzan la otra orilla, arrecian los vítores.

–¡Santiago! ¡Magdalena! ¡España!

Comienzan a ascender la ladera. Redoblan los tambores, se ondean con orgulloso las banderas. Fieros, los rostros de los soldados no engañan.

No piensan hacer prisioneros.

Orilla oriental del río Alcántara, posición de Antonio de Crato. Un rato después

Antonio de Crato mira desolado a su alrededor. Una parte de los hombres que luchan en su nombre todavía aguantan firmes más allá del puente, y hacia ellos se dirigen, furiosas, las tropas españolas. El resto yacen en el suelo o luchan contra aquéllos para salvar sus vidas.

–¡La caballería enemiga ha asaltado las trincheras! ¡Muchos hombres huyen! ¡Huid también!

Fernando de Portugal trata de convencerlo. Debe marcharse, huir, lo mismo que está haciendo la mayoría de sus soldados. Abandonan sus puestos junto a los cañones, desnudan las líneas de defensa. Pretenden alcanzar Lisboa y encerrarse tras sus puertas. Sólo entonces podrán decir que siguen viviendo, pues, a su paso, la caballería española lo desangra todo.

–¡Vienen, vienen! –grita el conde de Vimioso.

Un destacamento de jinetes se acerca a ellos al galope. Portan lanzas y blanden espadas, cuyos aceros brillan al sol. Los pocos soldados que se mantienen en pie junto al que consideran su rey se miran atemorizados.

–¡Protegedlo! –les ordena con un chillido.

Varios de ellos hacen un tímido intento por colocarse entre el enemigo y ese monarca a quien quieren defender. Algunos tiemblan tanto que apenas pueden sostener la pica con la que amenazan a los jinetes españoles, cuyo número es cada vez mayor.

–¡Nadie con vida! –se oye gritar.

–¡Huid, rápido! –insiste el conde de Vimioso.

Pero Antonio de Crato no tiene tiempo de hacerlo. Un soldado lo golpea en la celada con la lanza. Cae al suelo, junto a las patas de su caballo. Los jinetes españoles avanzan sin que nadie los pueda detener.

–¡No! –grita el conde, creyéndolo muerto.

Para su alivio, aunque aturdido, se incorpora dolorido y monta de nuevo.

–¡Retirada! –chilla con todas sus fuerzas el conde.

Antonio de Crato no habla. El golpe también ha afectado al gorjal. Saca fuerzas para agarrar fuerte las riendas del caballo y lo espolea para alejarse de allí. Lo siguen el conde de Vimioso, el obispo de la Guarda, varios jinetes más y un número importante de soldados. Huyen de la escabechina.

Todavía puede mirar atrás por última vez, hacia un lugar donde van a quedar enterradas sus ansias de ser el rey verdadero de Portugal, al menos por el momento. Lisboa es el destino, pero sabe que no será el definitivo, pues los españoles la tomarán en cuestión de horas. La joya de la corona portuguesa será saqueada e incendiada. Intenta borrar esa imagen de la cabeza, pero no puede. Su destino es el norte, lejos. Oporto, concreta mientras sigue espoleando a su caballo. Quizás allí pueda reunir a más hombres para luchar por lo que considera suyo, pues nadie más que él es el rey de Portugal.

Orilla oriental del río Alcántara; en el olivar, delante de las trincheras. En ese mismo momento

–¡El rey ha huido! ¡El rey ha huido!

El grito cae como agua helada sobre aquellos que ven venir a los Tercios españoles. Fernando de Meneses y Cristóbal Freire se miran por un instante. Saben lo que hay que hacer, lo que va a pasar, lo que les va a suceder.

Freire ríe con acidez.

–¿Os hace gracia? –gruñe el otro.

–Era tan evidente…

–¿Que huyera?

–A esa sabandija la vi escapar de una prisión del norte de África vestido con un hábito religioso. Tenía claro que sería el primero en poner pies en polvorosa.

–Esa sabandija sigue siendo vuestro rey –le recuerda el otro, serio.

–¿Estáis seguro? –sigue sonriendo con ironía Cristóbal Freire–. Lucharé hasta la última gota de mi sangre por la libertad de mi reino, pero no por la de ese cobarde. Dudo que siga siendo rey de Portugal tras esta batalla, pues ese Felipe reclamará lo que considera suyo. Don Antonio ya es historia.

–¿Por qué lucháis, entonces?

–Por mi dignidad.

Saca la espada y la eleva al cielo. Se da la vuelta y se dirige a sus hombres.

–El rey ha huido. No tengo por qué pediros que luchéis, pues, si un cobarde como él escapa cual perro con el rabo entre las piernas, a vosotros, que estáis aquí porque no tenéis otra elección, esta lucha ni os va ni os viene. No seré yo quien os pida cuentas. De aquí no saldré vivo, pero, si alguno tiene ansias de pelear a mi lado porque considera esta lucha justa, será bien recibido.

Oye murmullos, ve las miradas que se cruzan y siente un olor a miedo, comprensible, que apesta. Un par de ellos arrojan la pica ante él y salen corriendo ladera arriba, hacia las trincheras. El primero en dar un paso al frente es Ebou, que sostiene su arma con firmeza. Varios más lo imitan, y en un momento son centenares los que se unen a la causa de

Cristóbal Freire. Fernando de Meneses, de inmediato, saca también su espada y la eleva.

–No tengo más que añadir. Si acaso, que es un honor luchar a vuestro lado.

Gritan los soldados, agitan las picas. Cristóbal Freire le reconoce el gesto. Enorme, viniendo de quien viene, pues, si algo le sobra a Fernando de Meneses, es dignidad, tal y como está demostrando. No obstante, el rugido de los españoles, que ya han cruzado el cauce del río Alcántara, sobrecoge. Un mar enfurecido de picas al viento se dirige a ellos.

–Ebou... Esos soldados nos aniquilarán. Échate hacia atrás, y, si ves que las cosas se ponen feas, que se pondrán, huye –lo aconseja Cristóbal Freire, retrasándose hasta él.

–Tú me diste la libertad –le responde, mirándolo fijamente.

–Tú tienes algo por lo que vivir –insiste el portugués.

–Viviré. Sé que lo haré, por eso voy a luchar a tu lado. Cuando no pueda más o la derrota sea evidente, entonces me iré.

–Eres un buen hombre, Ebou.

Le palmea con calidez el hombro en señal de camaradería. Viviré, le ha asegurado. Se lo ha dicho con tal convicción que lo cree. Ha visto tantas ganas de vivir en su mirada que no duda de que él será de los pocos que puedan contar qué ocurrió a orillas del río Alcántara.

Orilla oriental del río Alcántara, en el olivar. Un poco más tarde

Todo está perdido.

Duarte de Castro lo sabe, aunque aún aguanta con sus hombres en la retaguardia del olivar. Más abajo, los soldados de Fernando de Meneses y Cristóbal Freire luchan contra los españoles, que los ganan claramente en número. Hasta allí van llegando los que escapan de la carnicería del puente, donde los tercios apenas han dejado vida a su paso una vez rebasado el puente. Desconoce cuántos son, pero sí que aguantarán lo que puedan, pues así lo ha prometido.

–¡Abandonen la posición! –insta a Cristóbal Freire y a Fernando de Meneses–. ¡Cubriremos la retirada!

–¡Hacia las trincheras! –ordenan éstos a sus hombres.

Comienzan a retroceder, aguantando las acometidas de los Tercios españoles. Meneses, de repente, repara en su caballo, aún atado al tronco de un olivo. Un buen ejemplar que ahora pasará a ser propiedad de cualquier capitán español. Si lo saben apreciar, que lo harán, disfrutarán de sus servicios, sostiene echando un último vistazo al animal, que relincha inquieto y pugna por librarse de la atadura.

–¡A las trincheras! –chilla Cristóbal Freire, caminando hacia atrás sin perder la cara a los soldados españoles que, picas en mano, ascienden tras ellos.

Duarte de Castro agarra con firmeza la espada, la única arma de que dispone. Poco le servirá ante un piquero, pero confía en matar a los enemigos que aparezcan armados de la misma manera. Los piqueros serán cosa de sus compañeros. Suspira, aliviado, al pensar que el rey Antonio ha escapado hacia Lisboa. «Quizás esté camino de Lisboa. Es nuestro rey. Ha de levantarse de nuevo y luchar contra los españoles», se dice, convencido.

Para su sorpresa, el suelo empieza a temblar. Otra vez, y cada vez más. A su alrededor, los soldados se miran entre ellos, asustados. Ruidos de cascos, voces a su espalda, gritos. Cuando quieren reaccionar, la caballería castellana penetra en el olivar llevándose por delante a todo aquel que encuentran a su paso.

–¡Santiago, Santiago! –gritan.

Los jinetes armados con arcabuces disparan contra los portugueses, los que portan lanzas las ensartan en sus cuerpos. Caen por decenas, hasta que el suelo es una alfombra de cuerpos destrozados por el que corre la sangre.

–¡A las trincheras! ¡A las trincheras! –grita, superado por la situación.

Un jinete trata de ensartarlo. Para el golpe con la espada. Se da la vuelta y detiene otro. El jinete insiste, busca su cuerpo con la lanza. Duarte de Castro se ve perdido. Entonces, decide arrojarse al suelo. El español trata de ensartarlo en varias ocasiones más, pero, con un rápido movimiento, se desliza debajo del caballo y le clava la espada en el bajo vientre. El animal relincha, se eleva sobre sus patas traseras y cae al suelo, llevándose con él al jinete. De Castro no tiene intención de esperar a que este último se incorpore. Se aleja y, mientras tanto, mira a su alrededor. Por doquier los hombres caen poco a poco ante el empuje de la caballería. Suenan los arcabuzazos, los gritos de los abatidos, los de quienes piden no dejar a ningún portugués con vida.

«¡A las trincheras, Duarte! Y desde allí, a Lisboa. Tu rey te necesitará».

Echa un último vistazo. Con la espada en la mano, ordena la retirada a los que todavía quedan en pie. Hombres valientes que han luchado con garra, útiles para las nuevas batallas que quiera sostener su rey. Se puede perder una batalla, pero nunca la guerra. Lo que no sabe en ese momento es que un par de años más tarde Antonio de Crato lo sentenciará a muerte por considerarlo un traidor. Un rey por el que ha luchado sin descanso a punto de dejarse la vida en no pocas ocasiones a lo largo de la jornada.

Orilla oriental del río Alcántara, delante de las trincheras. Un rato después

Nada detiene a los tercios españoles. Rodrigo de Cervantes, Ginés Méndez e Íñigo Sánchez matan a todo portugués que encuentran en su camino. Poco importa el sol, que se derrama sobre ellos como plomo derretido, ni que el aire todavía apeste a pólvora, aunque la artillería propia sea la única que dispara. Silencio en la portuguesa. A sus espaldas, no hay más que muerte, desolación y tierra conquistada. Una escena que estará entusiasmando, piensan, al duque de Alba, quien ya estará ordenando a sus hombres que lo lleven a la otra orilla para seguir más de cerca la persecución de lo que queda del ejército del rey Antonio.

–¡Esas trincheras son nuestras! –grita Rodrigo de Cervantes.

Los portugueses las defienden como pueden. De un rato a esta parte, no hacen más que retroceder ante el empuje de los españoles, con el único deseo de escapar de lo más parecido al infierno que jamás hayan visto en sus vidas. Han tenido que pisar cadáveres de compañeros para llegar a donde están ahora, y se los ve resueltos a vender cara su vida, pues se saben rodeados. La caballería ha arrasado la retaguardia, y sólo quedan ellos de lo que fue el ejército del autoproclamado rey Antonio.

–¡Ebou, vete de aquí! –chilla Cristóbal Freire, que lucha a su lado.

El esclavo arremete con su pica. Eso le permite respirar por un instante. Las enseñanzas del portugués le han servido para mantener la entereza por fuera, aunque por dentro su cabeza no haga más que preguntarse qué hace ahí. Los rostros de los españoles asustan. Barbudos, sucios, lo miran con los dientes apretados, siempre blandiendo también sus espadas y picas. Lo insultan, le escupen, enseñan las puntas de sus picas ensangrentadas.

–Ebou, haz caso a lo que te dicen. Tu lugar ya no está aquí.

Levanta la mirada al cielo de manera fugaz. Es Isatou, que le habla por primera vez desde que comenzara la batalla.

«¿Por qué has tardado tanto en hablarme? ¡Necesitaba tu apoyo!», le responde con el pensamiento.

–Es tu vida, Ebou.

«¡Y ahora me pides que me vaya!».

Se hace el silencio entre los dos. Con un golpe de pica, Ebou desbarata el intento de un soldado español de poner los pies en las trincheras. Un gesto inútil, pues tras él vienen más.

«Porque tú no debes morir hoy aquí», oye que le dice al fin.

Sin quererlo, sonríe. Una sonrisa en un rostro que, desde el inicio de la batalla, no ha conocido más que gestos serios y miedo.

«¿No decías que es mi vida y que no puedes decirme nada?», responde él, burlón.

–Considéralo un regalo de tu hermanita –la oye reír.

–¡Ebou, márchate de aquí! –insiste Cristóbal Freire.

Éste lucha con bravura. A su lado, también lo hace Fernando de Meneses. Sudan. No pueden más, están al límite de sus fuerzas. Aun así, siguen aguantando las acometidas de los españoles, que por centenares ya han alcanzado la segunda línea de trincheras.

Íñigo Sánchez se planta delante del esclavo armado con su espada. Su mirada es fiera y su rostro, el mismo mal. El golpe que el soldado español le propina pilla desprevenido a Ebou, y, asustado, deja caer la pica al suelo. Desarmado, es una presa fácil. Para su sorpresa, Cristóbal Freire lo empuja y ocupa su lugar.

–¡Vete de aquí! –le ordena, inflexible. Su mirada arde–. ¡Vive!

Con la mirada, Ebou se lo dice todo. Gracias por sacarme de la esclavitud, por protegerme, por respetarme como persona. Unas gracias eternas que quedan grabadas en los ojos del portugués.

Cristóbal Freire se planta ante el español. A su espalda, el esclavo corre a toda prisa, como cuando lo hacía por la playa acompañado de Isatou. Por pura diversión. «Corre, Ebou, corre más», le decía entonces. «A ver quién llega primero a aquella palmera».

–¡Corre, Ebou, corre! –oye ahora–. Corre como cuando éramos niños. Hoy no hay palmera a la que llegar. Es una ciudad la que te espera, es una nueva vida la que te aguarda. ¡Corre, Ebou, corre!

Una pelota de arcabuz pasa a su lado. Al instante, otra más. Un soldado portugués cae abatido a su lado. Delante de él, otro. Los están cazando. Aprieta los dientes y exprime las pocas fuerzas que le quedan. «Corre, Ebou, corre, le grita Isatou. Más disparos a su espalda, gritos de los que caen, que son rematados en el suelo por los perseguidores.

–¡Corre, Ebou, corre.

Más atrás, en las trincheras. En ese mismo instante

Cristóbal Freire está solo. No ve a Fernando de Meneses a su alrededor; puede que siga luchando o que ya esté muerto. Pero ahora debe centrarse en el experimentado soldado que tiene delante. Lo advierte por la manera en que maneja la espada, su rostro sereno y concentrado, las miradas que le dirige. Mal enemigo.

Ajenos al combate, no lejos de allí, Ginés Méndez y Rodrigo de Cervantes acaban con la poca defensa portuguesa que encuentran.

–Veo que voy a medir espada con un buen soldado español –le dice al otro.

–Habláis mi lengua.

–No me quedó más remedio. Gente como la vuestra robaba a menudo en mi aldea y mató a mi familia. Una manera como cualquier otra de conocer al enemigo.

–Ésos no eran soldados españoles.

–No, eran españoles a secas. Igual de hijos de puta. Todos los españoles lo sois.

Íñigo Sánchez contiene las ansias de abalanzarse sobre él, consciente de que lo está provocando. Calcula la distancia que los separa, cómo lanzarle un golpe de espada para ver de qué manera reacciona. Pasos necesarios antes de acometer cualquier intento de matar a un enemigo. Una lucha así es cuestión de cálculo, de analizar al contrario, sus flaquezas y debilidades. Y, por lo que intuye, ese tipo tiene pocas de ambas. Un hombre bregado, concluye. Posiblemente tan harto de matar como él.

–Esos hombres eran unos simples bandidos sin honor ni dignidad –replica al final.

–¡Ah! El honor y la dignidad... Siempre se les llena la boca a los soldados españoles con esas dos palabras.

–Porque creemos en ellas.

–Creer... –responde el portugués, esgrimiendo una sonrisa. Le lanza una estocada certera. El otro se echa hacia atrás–. ¿Y en Dios? ¿También creéis en Dios, como buen español?

–¿Y vuestra merced? –contrataca Íñigo Sánchez. La punta de su espada pasa cerca de la barbilla del otro.

Vuelven a estudiarse. Poco les importa lo que acontece a su alrededor, los muertos, los despojos, la cacería emprendida contra los que huyen.

–Dios hace ya tiempo que me abandonó –añade entonces, serio, Íñigo.

–¡Vaya! Entonces tendréis que dar respetos al mismísimo demonio, pues allí es donde os enviaré con gran placer.

–Puede que os quedéis con las ganas de verlo. Aunque, por mi parte, seguramente lo haré después de esta batalla, pues arrastro una sentencia de muerte.

El portugués alza las cejas, sorprendido.

–¿Qué habéis hecho para tal merecimiento?

–Intentar asesinar al duque de Alba.

Cristóbal Freire se detiene por un momento. En su mirada ha prendido una chispa de admiración y respeto por su contrincante. Tarda en reaccionar, espada en mano, pero refuerza su atención.

–Como decís los españoles, qué cojones habéis tenido.

Dicho lo cual, le muestra de nuevo la espada. Íñigo Sánchez responde de la misma manera. Es el portugués quien prueba primero. Un mal paso, dado que el terreno es irregular, acaba con él en el suelo. Intenta levantarse, enfadado, pero se encuentra con el español apuntándolo con su espada. Lo mira fijamente, de manera intensa.

–Maldito terreno… –se lamenta Freire.

–¿A qué esperas para rebanar el cuello a ese puto portugués? –le grita Rodrigo de Cervantes desde la distancia, tras examinar el cuerpo de un soldado muerto.

Ginés Méndez también lo jalea. Está contento, pues se ha apoderado de un par de bolsas de monedas que llevaban colgando del cuello sendos soldados. Se las enseña a Íñigo Sánchez. De repente, abre mucho los ojos. Ha visto a un soldado armado con una pica marchar hacia él.

–¡Íñigo! ¡No! –chilla.

No le da tiempo a reaccionar. Recibe el golpe por la espalda y cae al suelo. Su cara impacta en la tierra. Escupe sangre, le cuesta respirar. Cristóbal Freire gatea hacia atrás para alejarse de él, asombrado por la escena que está viviendo. Su sorpresa no tiene fin al ver la cara del soldado que ha derribado al que era su contrincante hasta ese momento.

–Daos la vuelta –exige a Íñigo Sánchez el que lo ha golpeado con la pica.

El soldado sonríe. La mirada se le vidria, la vida se le escapa por una boca por la que no deja de salir sangre. Esa voz. Inconfundible.

–¡Quiero veros la cara! –lo apremia.

Se vuelve poco a poco, y lo primero que ve es la punta ensangrentada de la pica que sostiene Inés Arias, cuya mirada refulge odio. Él asiente, dolorido, y dibuja una leve sonrisa. Suspira.

–Ya podéis estar en paz.

–¡Claro que lo estoy!

No dice más. Sólo le clava la pica en la garganta.

El empujón que le propina Ginés Méndez la aparta del lugar. Rodrigo de Cervantes también se ha llegado hasta allí. Inés Arias ha quedado sentada en el suelo, donde sonríe fatigada, sin dejar de mirar a un moribundo Íñigo Sánchez. El sevillano, lloroso, trata de incorporarlo, pero el otro se lo impide. Le dedica una última mirada, tranquila, sincera. Si pudiera hablar, le diría algo, pero no puede. Lo último que ve es un cielo brillante y luminoso. En su rostro queda impreso algo parecido a una sonrisa de satisfacción.

Ha cumplido su promesa.

Él ya es olvido.

A unos pasos de allí, jadeante, Inés Arias sonríe y también mira al cielo.

–Ya está. Se acabó.

Cierra los ojos, y de pronto echa a llorar.

Llora como si fuera una niña en un campo de trincheras donde sólo hay espacio para la muerte y la desolación.

Junto al puente del río Alcántara. Sobre la una del mediodía

Lo que el duque de Alba ve es el caos. Un caos conocido, pestilente. Ha vivido esta escena tantas veces que apenas lo impacta. Eso sí, se cuida de no pisar los cadáveres que alfombran el suelo. Un soldado, ya sea propio o enemigo, merece todo su respeto, pues da la vida por el rey al que sirve. El calor se hace notar con fuerza, por lo que, aunque ha pedido reconocer la zona del puente por su propio pie, sus ayudantes marchan tras él con la silla de manos, por si así lo requiere.

Varios buitres picotean los cuerpos de los soldados caídos, otros tantos sobrevuelan la cuenca del río, solazándose por el próximo festín. Todavía se oyen voces españolas. Son soldados que se toman su tiempo para ir cuerpo a cuerpo de sus enemigos arrancándoles las pocas posesiones de las que ya no podrán disfrutar. Un cinturón, un peto, una espada o una daga. Con suerte, alguna bolsa de dinero bien camuflada entre la ropa, atada a la cintura o al cuello.

Fernando Álvarez de Toledo se detiene en mitad del puente de piedra, donde apenas queda resquicio por el que ver las que conforman el suelo, de la cantidad de soldados que allí han muerto. Si levanta la mirada, obtiene la misma vista ladera arriba, en los cinturones de trincheras, en los molinos, en la casa fortificada. Heridas horribles, sangre seca en los cuerpos, charcos que ya son sólo manchas en un suelo agrietado y reseco.

La guerra.

Echa entonces cuentas. «Más de cincuenta años guerreando, que se dice pronto», admite silencioso. Fuenterrabía, Viena, Túnez, Argel, Alemania, Italia, Flandes… Muerte, desolación. Eso es lo que deja tras de sí. Poco le importa lo que pueda contar de él la historia. Es un soldado, siempre se ha considerado como tal. Un soldado al servicio de su rey. Quizás unos digan que fue un sanguinario, un ser inmisericorde. Otros, por el contrario, lo honrarán como el general más importante que conocieron y conocerán los ejércitos de cualquier rey de España. Pero poco le importa. Tenía una misión que cumplir, un trabajo para su rey, don Felipe, y ha cumplido.

Ya sólo tiene Lisboa en el horizonte, a la que espera salvar del saqueo de sus hombres, ahora mismo libres de cualquier atadura, ansiosos de riquezas. Si eso ocurriera, el rey nunca se lo perdonaría, y no está en condiciones de agraviarlo aún más. Buscaba restañar su honra, recuperar el prestigio perdido. Al fin, lo ha conseguido. En cuanto afiance los logros y obtenga la rendición de la capital portuguesa, le pedirá regresar a Alba de Tormes, donde la duquesa aguarda su regreso.

Se toma su tiempo para atravesar el puente bajo el sol abrasador del mediodía. Alza la mirada al cielo. Cada vez hay más buitres. La muerte los llama.

Suspira.

–Tu última batalla, Fernando… –musita.

Reclama a sus asistentes para que lo transporten en la silla de manos. Le urge proteger Lisboa de la rapiña de sus soldados.

–Luego descansarás, que ya va siendo hora.

Capítulo 73

El caos

Lisboa. Sobre las tres de la tarde del 25 de agosto de 1580

Antonio de Crato ha entrado en Lisboa por la puerta de Santa Catalina. A pesar de estar herido, se niega a que lo vea un cirujano, ni siquiera un barbero. Lo primero es defender la ciudad de los soldados del duque de Alba, que siguen persiguiendo con saña a los supervivientes para evitar que rehagan las líneas.

Nada más bajar de su caballo, se queda quieto. Necesita respirar, pensar con lucidez. Aire, lo busca con ansia después de respirar durante tantas horas una atmósfera viciada por la pólvora y el olor de la muerte. El conde de Vimioso y el obispo de la Guarda, quienes han galopado a su lado, fieles hasta el final a pesar de que saben que la derrota les va a complicar la vida, lo dejan hacer. El segundo es el único obispo que lo apoyaba antes de la batalla, y el primero sabe que su futuro está ligado al del monarca. Los pasos que dé serán también los suyos. Le ha jurado fidelidad, y así será hasta el fin de sus días. Lo que en ese momento no sabe es que sus días acabarán dos años más tarde, en una batalla naval frente a la isla de San Miguel, después de conocer el destierro. Y tampoco sabe que, también dos años después, el papa Gregorio XIII lo condenará por sus excesos y que morirá bajo el reinado de un rey al que nunca quiso.

Antonio de Crato agradece como nunca el aire limpio de Lisboa, que inspira con los ojos cerrados como si fuera la primera vez que lo hace en su vida. Los abre de pronto, sobresaltado por una realidad que está ahí, lo persigue, y que aún puede ser más dolorosa.

–¡No hay tiempo que perder! ¡Quiero arcabuceros en lo alto de las murallas para facilitar la retirada de los soldados! –ordena, señalando la puerta.

El pánico se desata entre los habitantes de Lisboa. Huyen de inmediato a refugiarse en sus casas. Mientras, no dejan de entrar en la ciudad más supervivientes de la batalla.

–¡Rápido, rápido! –los apremia Antonio de Crato.

–¡Al fin a salvo! –dice uno, sollozando. Se arrodilla y besa el suelo de la ansiada seguridad.

Son muchos los soldados que lloran y que portan a heridos de toda consideración. Observa todas esas escenas de dolor. Todavía algunos le dedican reverencias y le piden perdón por la derrota.

Quien permanece atento a lo que ocurre en la puerta es Francisco de Portugal, el conde de Vimioso. Hasta que un funesto pensamiento lo deja boquiabierto.

–¡No! –chilla.

–¿Qué ocurre? –quiere saber el obispo de la Guarda.

–¿Y si entre los nuestros entran también soldados españoles?

–¡Es cierto!

Miran los dos al autoproclamado rey, que continúa vigilando la entrada de hombres por la puerta de Santa Catalina.

–¿Y si entre esos hombres hubiera enemigos?

La pregunta lo pilla desprevenido, pues es algo que no había contemplado hasta entonces.

–No hay manera de saber si todos esos hombres son nuestros o enemigos que, aprovechando la confusión, han decidido entrar en la ciudad.

El monarca se gira para encarar la puerta.

–¡Es cierto! –se convence.

La posibilidad lo aterra. Por un instante, cavila las consecuencias que eso podría tener para Lisboa. Una auténtica tragedia, concluye.

–¡Cerrad todas las puertas y reforzad la vigilancia de las murallas con los arcabuceros!

–¡Entra demasiada gente! –grita uno de los soldados que vigila la entrada.

–¡Disparad contra ellos!

–¡Pero…! –El obispo de la Guarda lividece al escuchar la orden–. ¡Hay muchos soldados que todavía no han vuelto! ¡Tened piedad por ellos!

–¿Piedad? –se le encara Antonio de Crato–. ¡Hay que alejar a todos los que vienen! ¡No podemos correr el riesgo de dejar entrar a los españoles! –Se dirige de nuevo a los soldados–. ¡Fuego para dispersar a los que se acercan a las puertas! ¡Arrojad también piedras! En cuanto podáis, ¡cerradlas!

El obispo no da crédito a las palabras de quien se hace llamar rey. Cariacontecido, con la mirada pide ayuda al conde de Vimioso. Éste se encoge de hombros.

–¡Decidle algo! ¡No puede abandonar a su suerte a tanto hombre que ha luchado hoy por él!

–Son órdenes del rey –se limita a responder el otro.

Una decena de arcabuceros suben a la muralla y al momento comienzan a disparar.

–¡Los nuestros nos disparan! –chillan algunos de los que están más cerca.

–¡Dejadnos entrar!

–¡Fuego para dispersar a los que se arremolinan contra las puertas! –ordena uno de los arcabuceros a sus compañeros–. ¡Arrojad piedras para que no se acerquen!

–¡Tened piedad! –implora un soldado. Viene descalzo. De su vestimenta sólo mantiene el gregüesco, roto por decenas de partes. Ayuda a caminar a un compañero al que le cuelga la pierna izquierda.

–¡Fuego! ¡Alejadlos de las puertas!

–¡Los españoles, vienen los españoles! –se oye chillar desde más atrás.

La muchedumbre que se arremolina contra la puerta es importante.

–¡Dejadnos entrar, por el amor de Dios!

–¡Mantenedlos a raya! ¡Que no se acerquen! –sigue gritando el arcabucero.

–¡La puerta está despejada! –le advierte otro soldado.

–¡Cerradla, y no dejéis de disparar! –ordena a los suyos.

–¡Los españoles, vienen los españoles!

El pánico se desata entre los supervivientes, que no saben qué camino tomar.

–¡Rodeemos la ciudad! ¡Quizás otras puertas todavía estén abiertas! –insta uno de ellos a quienes le quieran hacer caso.

–¡Eso, busquemos otra puerta!

–¡Cesad el fuego y de arrojar piedras! –ordena el capitán de los arcabuceros a los suyos, una vez la puerta está cerrada.

Enfadado, aprieta los dientes, y después descarga un palmetazo rabioso contra el lienzo de la muralla. «Tantos hombres buenos no merecen esta suerte», maldice contrariado. Se gira buscando la figura de Antonio de Crato, que parece discutir bajo la puerta con el obispo de la Guarda.

–¡Maldito hideputa! –blasfema el arcabucero, muy enfadado.

–¿Un poco de piedad? ¿Eso os atrevéis a pedirme? ¿Dónde estaba esa piedad cuando me recomendabais actuar sin ella? –ataca en ese momento don Antonio al obispo.

Es lo último que le dice antes de abandonar su compañía y la del conde de Vimioso. Lo que más le preocupa ahora es encontrar alojamiento y que le curen las heridas. Tiempo tendrá después de pensar cuáles son los siguientes pasos, aunque sospecha que su presencia en Lisboa será efímera, pues sus gobernantes querrán que salga de allí para congraciarse con el que será nuevo rey de Portugal, el español Felipe II.

–Si creéis que voy a renunciar a lo que me corresponde, estáis muy equivocados –rumia para sí.

Capítulo 74

Una pica en Lisboa

Monasterio de Belém. Mediodía del 26 de agosto de 1580

En un rato partiré para asentarme en el burgo de Lisboa con el propósito de no permitir desorden alguno en los soldados. He de confesar a vuestra majestad que lo sucedido era un mal necesario, pues era preferible que asolaran los arrabales a que saquearan la capital del reino. No obstante, ha sido poco lo que los soldados han hallado por ahora, pues sus habitantes se lo habían llevado todo antes de refugiarse en la ciudad. Por eso no pocos han saqueado caseríos, quintas y cortijos en cuatro leguas a la redonda. He mandado que toda la caballería se aloje en los arrabales de Lisboa para guardar la ciudad, de tal manera que, esta noche, los continos vigilarán las calles.

Asimismo, en todos los monasterios se ha puesto guardia, aunque antes de que eso ocurriera los soldados hallaron ropa de particulares, ajuares de casa y mercaderías tales como trigo, cebada, vino, aceite, palo de la India, Brasil y otras semejantes. Podría ser que alguien os diga que algunos de ellos han sido saqueados por los soldados, pero también sabe vuestra majestad que a los soldados no se les puede quitar lo que es suyo, que vienen peleando hasta llegar a Lisboa.

No voy a extenderme más, pues ya detallé a vuestra majestad cómo fue la batalla y de qué manera se desarrolló. Sí que le puedo contar noticias que tengo acerca de las bajas en una parte y en otra. Si he de fiarme de lo que me dicen, mucha es la gente que ha muerto entre las huestes de don Antonio: no menos de tres mil en la batalla y más de cuatro mil, por ahora, los prisioneros. De los nuestros, me dicen que pueden haber muerto medio millar de soldados, quienes sin duda han dado su vida para mayor gloria de vuestra majestad, el nuevo rey de Portugal. Sí me gustaría insistir en que todos han servido muy bien a vuestra majestad: desde don Francisco de Álava hasta los maestres de campo, pasando por el marqués de Santa Cruz, que como siempre lo suele hacer con mucho cuidado y diligencia, o don Próspero Colonna y el conde Jerónimo, que también se batieron valientemente

Mi próxima determinación es ordenar la rendición de Lisboa y que sus gobernantes entreguen a don Antonio, si es que aún se halla allí. Al cabo de llegar al burgo de la ciudad, dijeron los de la cámara que querían rendirse. Me entregaron las llaves de la ciudad, y me dijeron que ellos estaban prestos a hacer lo que yo les mandase de parte de vuestra majestad. De inmediato les ordené que volviesen a la ciudad y cerrasen las puertas, que más adelante les diré cuándo y en qué forma sería tiempo de hacer los asuntos necesarios. Vuestra majestad será servido de mandarme sus órdenes.

Por otro lado, he de decir a vuestra majestad que mi secretario, Juan de Albornoz, está tan mal de salud que mucho temen los médicos por él. Dios sabe el dolor que tengo por esto, pues lo quiero tanto como si fuera un hijo. Dios le dé la salud que yo le deseo, que es como la mía propia, aunque la mía, para qué engañaros, hace tiempo que dejó de ser la mejor.

Vuestro vasallo y criado besa las manos de vuestra majestad.

El duque de Alba

Afueras de Lisboa. Antes del amanecer del 27 de agosto de 1580

La Puerta del Mar.

Ése es el objetivo de Ebou. Tras ella, las calles de Lisboa.

Y Nyima.

Escondido tras unos arbustos, vigila la entrada. Lleva haciéndolo desde la noche anterior. A su espalda, el Tajo juguetea con la arena de la ribera. No lejos, se escuchan voces. Cree que son discusiones, pero no les presta atención. Aún no ha amanecido, aunque advierte que la claridad no tardará a despuntar por el oriente. El caserío de la Alfama se recorta en un cielo aún oscuro. La brisa le trae olores diversos: el humo de fuegos que proceden del burgo, inmundicias arrojadas junto a la puerta, el olor de la brea lista para calafatear un barco. Dos soldados hacen guardia ante la puerta. En un corto espacio de tiempo los ha visto entrar y salir en un par de ocasiones. Están armados con sendas alabardas, y del cinto les cuelga una espada. Hablan en español, por lo que no entiende qué dicen. Aun así, intuye que están de buenas. Ríen con lujuria. Uno de ellos dirige varias miradas al interior de la puerta.

–¡Vamos, dejaos de preocupaciones, que por esa puerta sólo podrían entrar los muertos! ¡Valiente escabechina se ha hecho como para que quede un portugués vivo! –dice uno. Vuelve la vista hacia atrás–. ¡Esas putas andan tan calientes que os la van a chamuscar en cuanto se la metáis a una de ellas!

Los dos ríen la ocurrencia. El indeciso, no obstante, es cauto y no desea bajar la guardia. El otro, sin embargo, insiste.

–Cuánto tiempo hace que no la metéis en caliente, ¿eh?

–La verdad es que bastante.

–¡Venga! Aún es de noche. Ya veis que no hay nadie a la redonda. Además, dicen tener la habitación aquí, al costado de la rampa. –Se la señala–. ¿Veis por donde asoma la cabeza una de ellas? ¡Mirad qué carita de ángel!

El soldado duda aún. Mira hacia atrás. «Si tengo ganas de meterla en caliente, dice...», cavila. A esa misma hora, dos días atrás, estaba ya en pie para luchar contra los soldados del rey Antonio. La batalla, los nervios templados, la adrenalina. Luego, la persecución de los portugueses. Hubieran saqueado encantados los arrabales de Lisboa, pero fueron reclamados para vigilar una de sus puertas, aunque se relevan varias veces al día con otros soldados. «La verdad es que mi compadre tiene razón, pues no parece que haya nadie en los alrededores», prosigue. «Y aún es de noche, todavía queda para que amanezca».

Ebou, en la distancia, no entiende nada de lo que hablan.

–¿Qué piensas hacer? –le pregunta Isatou.

–No lo sé –se sincera.

Y es verdad. No lo sabe, porque bastante ha hecho con llegar vivo hasta allí. Dos días en los que ha vivido de todo, siempre con miedo: ha estado a punto de morir alcanzado por los disparos de arcabuz de los españoles, se ha escondido de ellos cuando ha podido, los ha visto matar sin descanso, perseguir a los supervivientes de la batalla como si fueran conejos; y, a éstos, arrodillarse ante sus perseguidores implorándoles misericordia y cómo, por respuesta, recibían un arcabuzazo en la cara o les cortaban el cuello entre risas y chanzas. Una borrachera de muerte que, sin embargo, no ha embriagado a los españoles, que siguen matando en los arrabales de Lisboa o bien junto a las orillas del río. Los huelen, los persiguen, los esquilman.

–Qué oportunidad estamos perdiendo… –apremia el soldado, impaciente, al otro.

Éste se mantiene pensativo unos instantes. Mira a su izquierda, a la derecha, al frente, donde discurre el Tajo, silencioso.

–¡Venga! Pero rápido, ¿eh?

–¡Eso dependerá de lo que tardéis en correros –lo incita el compañero entre risas.

La noche es tranquila, concluye aquel soldado, por lo que no hay nada que temer. Y se dejan llevar por las mujeres, que los conducen hasta una puerta cercana.

–¡Vamos, Ebou!

Éste abandona el refugio de los arbustos y se desliza con rapidez hacia la entrada, un arco de medio punto que da acceso a un pasillo estrecho. Se pega a la pared opuesta, donde han dejado la puerta entreabierta. Oye las risas de una de las mujeres, cómo uno de los soldados jadea.

–¡Cuidado! –lo avisa su hermana.

El soldado precavido abre la puerta para echar un vistazo. Ebou pega la espalda a la pared, bajo el arco. El pulso se le acelera. Ve asomar su cabeza.

–Quieto.

–¿Dónde vais? ¡No la podéis dejar así, con esa cosa que asoma entre las piernas, tan ávida de vuestra verga!

Pero el soldado no se fía. A pesar de que no ha visto a nadie en los alrededores, no quiere dejar la puerta desguarnecida. Tiene ya medio cuerpo fuera. Está desnudo.

–Tranquilo –trata de calmarlo Isatou.

Una mano femenina lo agarra por el cuello y lo obliga a regresar dentro. Hay más risas de mujer. El otro soldado comienza a jadear. La prostituta, en su lengua, le pide que la acometa con más ímpetu.

–¡Ahora!

Haciendo caso a su hermana, Ebou imprime más rapidez a sus pasos y sube la empinada rampa. Conoce el camino, pues no son pocas las veces que la ha subido y bajado en las largas jornadas de trabajo que le imponía Jorge Sequeira. Accede a una pequeña plaza tan vacía de calor como el resto de las calles de Lisboa. Una ciudad asustada. Se huele el miedo en cada recodo, en cada plaza. Un miedo atroz a los soldados españoles, a sus desmanes. Quien más quien menos sabe ya que sus gobernantes negocian con el duque de Alba. No desean problemas. Si hay que rendir respeto al rey español, lo harán.

–Tendré que esperar a que amanezca.

–¿Acaso tienes prisa?

–La ciudad está amenazada por los españoles.

–Eso es lo que menos te debería preocupar ahora –la oye reír–. Busca un lugar donde ocultarte hasta que amanezca. Estas calles no tienen pinta de ser seguras a esta hora.

Ebou echa un vistazo a su alrededor. Tras asegurarse de que está solo, se encamina hacia un pequeño pasadizo que confluye en la plaza. No hay luz que lo ilumine, por lo que considera que se trata de la elección más acertada.

Sus ansias de ocultarse le impiden darse cuenta de que una sombra sigue sus pasos desde que lo ha visto entrar por la Puerta del Mar.

Lisboa, rua Nova dos Mercaderes. Primera hora de la mañana del 27 de agosto de 1580

El sol baña Lisboa, en cuyas calles no se habla más que de lo que va a ocurrir con sus habitantes ahora que el duque de Alba ha derrotado en batalla al rey Antonio y se ha apoderado de la ciudad. En el aire se huele la incertidumbre aderezada con el miedo. Se adhiere a la piel como el calor, que, al igual que en días anteriores, no tardará en azotar esas calles que ya presentan un número importante de paseantes. No pocos respiran aliviados al saber evitado el saqueo de la ciudad, pero el temor persiste por los más de quince mil soldados que imponen su ley tras las murallas. Es en el Terreiro do Paço, a orillas del Tajo, donde los corrillos se multiplican, y casi se puede decir que la plaza es un enjambre de personas ávidas de conocer novedades. Del rey Antonio apenas se sabe más que ha puesto rumbo a Santarém, mientras que otros creen que seguramente se dirija a Peniche, que es puerto de mar que dista veinte leguas de Lisboa. Quienes sostienen esta idea, elucubran con la posibilidad de que allí lo esté esperando un sobrino del Xerife con cuatro galeras para abandonar el reino.

Ebou deja atrás la plaza Nova do Rei, repleta de joyeros, orfebres y banqueros, donde los hombres hablan preocupadamente acerca del futuro de la ciudad, y encara la rua Nova dos Mercaderes. Es ésta una calle populosa, de unos doscientos pasos de largo y veinte de ancho, cuyas fachadas porticadas en uno de sus lados lucen distintas ahora gracias al lavado de cara propiciado por el rey Manuel I. En ella se alternan edificios notables con pisos que tienen tantos inquilinos que no se conocen ni de cara ni de nombre. Allí se vende toda clase de productos traídos del Nuevo Mundo, África e India, de tal manera que quien busca novedades sabe que las encontrará en esta calle. El suelo es una amalgama de tierra y pequeñas piedras. Descalzo, levanta pequeñas nubes de polvo a cada paso que da.

–¿Recuerdas dónde vive su ama? –le pregunta Isatou.

–No –niega con la cabeza–. Sé que era una casa alta, pero…

–Y como en esta calle todas son altas… –la oye decir con tono burlón.

–Tú ganas –admite él, encogiéndose de hombros.

No le falta razón. Con ser larga la calle, hay una gran cantidad de casas. Recuerda que la puerta de entrada se encontraba bajo unos soportales. Fue en una ocasión. Quizás una tarde de verano, hará un año, trata de hacer memoria. Jorge Sequeira, su amo, se había empeñado en acompañar a Lucía Simões hasta su casa. Una etapa más en su labor de cortejo hacia la viuda de resultados infructuosos. Llega hasta los soportales, un largo pasillo al que se abren puertas de similar tamaño. Sobre ellas se abren pequeñas ventanas y algún que otro balcón. El suelo empedrado es frío, pero agradece su firmeza y la falta de guijarros que se le clavan en la planta de los pies. A mitad de la calle hay una iglesia de fachada simple, sin decoración, con dos torres rematadas con sendos campanarios. De ella ve salir a gente, por lo que concluye que la misa ya ha terminado. Por lo que oye en boca de dos mujeres, el sacerdote les ha pedido que recen para que Dios ilumine al duque de Alba y sea magnánimo con los habitantes de Lisboa. Dos semanas atrás lo maldecía y malmetía a los lisboetas para que combatieran a los españoles. Llama su atención una mujer vestida de manera vistosa. Tanto es así, que no son pocas las que salen por la puerta de la iglesia que la tienen como protagonista de sus cuchicheos.

–Ésa es.

–¿Estás seguro?

–¡La reconocería en cualquier parte!

Se aproxima a la mujer. Ésta, desde lejos, repara en él y sonríe. Por eso aprieta el paso.

–¡Ebou, estás vivo!

–Señora Lucía…

–¡Qué alegría se va a llevar Niyma! ¡Hemos rezado mucho por ti! ¡Al menos Dios nos ha escuchado algo! ¡Ven! –Lo toma de la mano.

Ebou, avergonzado, intenta soltarse, pero no puede con su ímpetu y felicidad, y se ve arrastrado hasta la casa. Poco le importan a la mujer las miradas que le dedican quienes acaban de salir de la iglesia. A estas alturas de su vida, las habladurías por un oído le entran y por otro le salen. Su cara de alegría contrasta con la del esclavo, vestida de un aturdimiento que no tiene fin. Nyima le había explicado cosas de su ama, de su buen trato, de la familiaridad con la que trata a los sirvientes, pero nunca pudo imaginárselo así. El paraíso comparado con lo que vivía en casa de Jorge Sequeira.

–¡Aquí es!

Cruzan la calle y caminan ahora bajo el pórtico que recorre gran parte de la acera opuesta. Los pasos de la mujer resuenan en el empedrado. Su alegría le impide darse cuenta de la presencia indeseable de la que sí se percata Ebou. El tipo sonríe desagradable. Ella introduce la llave en la pesada puerta y conmina al joven a pasar.

–¡Vamos, entra! ¡Ya verás cuando…!

La felicidad se quiebra en el rostro de Lucía Simões, hecha añicos por una sorpresa que se ha agarrado a sus facciones.

–Vaya... Lucía Simões ocultando a uno de mis esclavos, que además hace cosa de un mes se esfumó sin dar explicaciones…

No hay nada peor que hacerte ilusiones y que alguien las rompa con gozo. Y eso es lo que demuestra en ese momento Jorge Sequeira, que levanta la barbilla del esclavo con el mango del látigo. Ese día luce un sombrero para protegerse del calor. La vestimenta es siempre la misma: jubón claro en paño de lana y forrado en lino, gregüescos de color oscuro y zapatos lisos, sin medias. Ella maldice para sí apretando los dientes, pues sabe de la querencia del esclavista de dejarse ver por esa calle a esa misma hora todos los días; más si cabe tras la victoria de los españoles sobre los partidarios del rey Antonio.

–Era de esperar que mi esclavo acabara aquí, cobijado por un alma piadosa. Lo que no esperaba es que una rata como tú sobreviviera a la batalla –le escupe a la cara y le dedica una mirada encendida y una sonrisa que no adivina nada bueno para él.

–¡Ya no sois el dueño de este hombre! –le dice ella con gesto y tono de voz enfadados.

–¿Ah sí? ¿Acaso es libre? Que yo sepa, nadie me ha satisfecho lo que pagué por él.

Lucía Simões le propina un golpe en el brazo que sostiene el látigo.

–¡Soltadlo!

Él se enfurece y la empuja. Con el impulso, la mujer cae al suelo, pero él la sigue amenazando, ahora con el látigo en la mano.

–¡Ocupaos de vuestros asuntos y no interfiráis en los míos! Por cierto, deberíais replantearos mis ofrecimientos. No os vendría mal tener a vuestro lado a una persona que ha demostrado siempre su fidelidad al rey de España. ¡Creedme que, a malas, soy muy mal enemigo, y estoy dispuesto a serlo!

La idea repugna tanto a la mujer como la sonrisa de suficiencia que exhibe, triunfante, Jorge Sequeira. Alertada por los ruidos, Nyima llega hasta la puerta en compañía de tres esclavos más. Al instante, se lleva una mano a la boca para ahogar un grito de desesperación.

–¡Ni te acerques a él! –la amenaza el esclavista blandiendo el látigo–. ¡O te juro que me recordarás mientras vivas! ¡Y tú! –Ahora amenaza a Ebou–. ¡Despídete de ella, pues no volverás a verla nunca más!

–¡Reacciona, Ebou! –le pide su hermana.

«¿Qué puedo hacer?».

–¡Sé valiente! ¡Debes poner de tu parte! El destino es el que es, pero también tienes que ayudarlo.

El muchacho no sabe qué responder. «¿Qué querrá decir con el destino?», piensa. Jorge Sequeira sigue amenazando a ambas mujeres con el látigo. Se echa la mano al cinto. «Sí», sonríe. El cuchillo que le dio Cristóbal Freire. «Úsalo cuando tu vida esté en peligro», le dijo a modo de consejo. Lo está en este instante. Su vida, su futuro. Respira acelerado al ver cómo el esclavista aparta el látigo. Piensa cómo, de qué manera. Jorge Sequeira es más bajo que él. Un movimiento rápido, como le enseñó el portugués. El cuchillo, firme, para dentro, y hacia un lado una vez clavado en el estómago. En cuestión de minutos, no será más que un cadáver.

El escándalo ha despertado la curiosidad de no pocos lisboetas que, en plena calle, observan la escena. Las mujeres, que saben quién es la dueña de la casa, cuchichean entre ellas. Lucía Simões se incorpora y, armada de todo su orgullo, se enfrenta al esclavista.

–¡Fuera de aquí, ahora mismo!

–No os preocupéis, que así lo haré, pero en compañía de este esclavo, pues me pertenece. Pero os aconsejo que sopeséis la oferta que os hice hace un par de días. Si no la aceptáis, me encargaré de que vuestra merced y vuestra piara de esclavos no conozcáis más que infelicidad.

Al ver que Ebou sostiene una daga con la mano derecha, el esclavista suelta una risa sarcástica. El cuchillo parece temblar.

–Ésta sí que es buena. Tú, amenazándome. Te prometo que esto te va a salir caro…

Jorge Sequeira empuña el látigo con rabia, pero no llega a lanzarlo contra Ebou. Alguien lo abraza por detrás y, con un gesto rápido, le raja el cuello con un cuchillo. El esclavista cae al suelo tratando de taparse la herida con las manos. En cuestión de segundos, la vida se le escapa, y en su mirada queda grabado para la eternidad el gesto adusto de Cristóbal Freire cuchillo en mano. La sangre que impregna el filo cae al suelo en pequeñas gotas. Ebou, perplejo, no sabe cómo reaccionar, así como tampoco Lucía Simões ni mucho menos Nyima. Sólo entonces, al ver muerto al esclavista, el portugués se permite sonreír.

–Ahora sí que puedes vivir tranquilo.

–¡Cristóbal! ¡Te creía muerto!

–Y he estado cerca de estarlo en no pocas ocasiones tras la batalla.

Se agacha y limpia el cuchillo en la ropa de Jorge Sequeira.

–Una daga española. Un arma maravillosa. Me dio tiempo a tomarla del suelo antes de huir de las trincheras.

–Estás vivo... –exclama el joven, incrédulo.

–Sería largo de contar cómo he salido de ésta. El caso es que he sobrevivido, y durante dos días he corrido, me he escondido de los soldados españoles, los he evitado en toda ocasión. Anoche, tras mucho esfuerzo, conseguí alcanzar la Puerta del Mar, pues Lisboa es, ahora mismo, el único lugar seguro. Te vi allí, agazapado tras unos arbustos. El color de tu piel y tus intenciones te delataron –dice con una sonrisa–. Ninguno de los tuyos quiere regresar aquí. A varios los traté hará dos días; intentaban escapar de la furia de los españoles. Querían embarcar en cualquier nave para salir del reino. Ojalá lo hayan conseguido. –Su mirada está colmada de sinceridad–. Te vi marchar hacia la puerta, así que seguí tus pasos, pues sabía qué pretendías, y estaba seguro de que sin mi ayuda no lo conseguirías. –Mira el cadáver de Jorge Sequeira–. Eso –vuelve ahora la mirada al cinto– te lo di para que te defendieras, pero está claro que te falta valor. Nunca podrás ganarte la vida como soldado.

El cadáver de Jorge Sequeira, tirado en el suelo, llama la atención de no pocos lisboetas, que se detienen ante la escena en su paseo por la rua Nova dos Mercaderes. Lucía Simões se percata y los conmina:

–¡Vamos a meterlo dentro, rápido!

Cristóbal Freire y Ebou introducen el cuerpo en la casa de la mujer. Junto con dos esclavos que portan dos palmatorias, los guía hasta un sótano, donde dejan el cadáver.

–No puede permanecer mucho tiempo aquí. Bastante gente ha presenciado lo ocurrido...

–Ya os hemos causado bastantes molestias. ¿Disponéis de un carro? –pregunta Freire a la mujer, que asiente–. Bien, ordenad que lo traigan hasta la puerta.

–Hay mercancías que podríais transportar hasta los almacenes de mi difunto esposo. Están junto al río, en el puerto.

–Un buen lugar para deshacernos del cuerpo.

–Pero... –duda ella.

–No os preocupéis, eso corre de mi cuenta –la tranquiliza el soldado.

–Está bien, pero no tardéis en hacerlo. La muerte de Sequeira pronto estará en boca de mucha gente. Sería conveniente que os marcharais.

–Yo no lo haré sin Nyima.

La aludida sonríe como nunca lo ha hecho en su vida. Su ama la mira, y también sonríe. Agarra de una mano a Ebou, que tampoco puede ocultar una sonrisa.

–Tal y como están las cosas, es difícil entrar y salir de Lisboa, pero un soldado nunca dice que no a unas monedas de procedencia desconocida... –propone el portugués.

–¿Y luego? –quiere saber el ama.

Cristóbal Freire suspira con gravedad. Fija la mirada en los dos esclavos.

–Ellos deciden.

–Quizá podríais ir a Peniche –propone Lucía Simões–. ¿Lo conocéis? –pregunta al portugués.

–Está a veinte leguas al norte de Lisboa.

–Conozco a un capitán de barco que hizo tratos con mi marido y que todavía me presta sus servicios. Al saber de su llegada por estas fechas, y en previsión de lo que pudiera pasar con la disputa por la corona, hice llegar una carta a Cabo Verde para que se la entregaran en cuanto arribara a la costa. En ella le explicaba la situación y que tomara la mejor decisión para el regreso de la flota. Si duda, Peniche es la mejor opción. Por suerte, llegó allí antes de la llegada de los españoles. Por lo que sé, quiere partir en tres semanas. Quizá también un poco de dinero venza su resistencia a transportar a personas ajenas a su tripulación. ¿Qué os parece? –Mira a los dos jóvenes, que asienten solícitos.

–¿Dónde lo puedo encontrar?

–Cada noche se deja caer en la taberna Minha Ribeira, en el Corpo Santo.

–Sé cuál es.

–¿Y el dinero? –quiere saber Nyima–. Habláis de pagar a soldados, a ese capitán…

–¡Yo sé dónde encontrar el suficiente!

Ebou mira a Cristóbal Freire. Sonríen a la vez. Se entienden con sólo mirarse.

Cercanías de Peniche. Dos semanas y media después

La brisa del mar acaricia la cara de Ebou. El día está despejado, y el mar presenta un aspecto tranquilo. Ebou y Niyma viajan en un carro que ahora transporta todo tipo de mercancías pero que un par de semanas y media atrás llevaba un cuerpo envuelto en una gruesa capa que acabó en las aguas del Tajo. Como ése, más de una veintena componen la comitiva que se dirige al puerto de Peniche. Hasta mediados del pasado siglo, era sólo una isla que distaba ochocientos pasos de tierra firme junto a la desembocadura del río Santo Domingo. Por aquel entonces, el canal existente entre la isla y el continente se colmató formando un cordón de dunas donde se levantó el puerto de Peniche, lo que hizo desaparecer el antiguo de Atouguia. Merced a su situación privilegiada, y por ser puerta de acceso a Óbidos, Santarém o la misma Lisboa, Juan III ordenó a mediados de siglo la construcción de un fuerte que, bajo la responsabilidad de Luis de Ataíde, conde de Atouguia, tomó vuelo, pero quedó interrumpida con su marcha a la India para desempeñar el cargo de virrey.

Cristóbal Freire marcha a caballo al frente de la comitiva en compañía del capitán Tomé Velho. Un tipo peculiar, muy suyo, convino en el momento de conocerlo en la taberna lisboeta. No obstante, lo considera fiable. En la distancia, pues apenas les queda algo menos de un cuarto de legua para alcanzar el puerto, distinguen las velas de, al menos, cinco galeones.

–Las mías son aquéllas –le indica el capitán.

–¿Cuándo tenéis previsto zarpar?

–Si todo va bien, en una semana.

–¿Cumpliréis lo pactado?

Lo mismo le preguntó Cristóbal Freire, con gesto serio y mirada sombría, la noche que lo conoció. Él es una persona acostumbrada a hacer las cosas bien, a cumplir los pactos sellados con un apretón de manos.

–¿Por quién me tomáis? ¿Acaso por un pirata? –le responde el otro con rostro relajado.

–Quiero dejar las cosas claras.

–Yo también.

–Entonces ha llegado el momento de despedirme. ¿Cuidaréis de ellos?

–Podéis marcharos tranquilo. Estoy en deuda eterna con el marido de la señora, y, por ende, con ella misma. Sus deseos son órdenes para mí.

–Buena travesía.

–Eso espero y deseo.

Cristóbal Freire asiente con la cabeza y se echa a un lado. Detiene a su caballo y observa el paso de la comitiva. Al ver llegar la carreta en la que viajan los esclavos, se aproxima.

–Zarparéis en una semana.

La información alerta a Ebou.

–¿Cómo que zarparemos? ¿Y tú? Creía que...

El portugués sonríe con timidez.

–¿Qué haría yo en el Nuevo Mundo? –niega, serio–. No, Ebou. Éste es mi mundo, con sus cosas buenas y malas. Además, los españoles suelen decir que más vale lo malo conocido que lo bueno por conocer.

–¿Te marchas, entonces? –abunda Nyima.

El otro asiente despacio.

–No temáis por el capitán. Os llevará adonde os ha prometido. Es un hombre cumplidor. Una vez allí –los mira fijamente–, cuidaos mucho.

–¿Y tú? ¿Dónde irás?

Cristóbal Freire suspira ahora con languidez.

–Todo dependerá de ese hijo de puta de prior. No obstante, a pesar de los pesares, el norte sigue siendo un lugar perfecto para desaparecer y que nadie sepa de ti.

–Entonces ya no nos veremos más... –articula Ebou, apenado.

–No sé cuánto más seguiré vivo, pero sí cómo quiero vivir a partir de ahora. –El portugués sonríe y se encoge de hombros.

–Ojalá seas feliz.

–Me conformo con vivir. Lo de ser feliz lo dejamos para los libros de caballería. ¿No te parece?

–Te estoy muy agradecido, Cristóbal.

Éste compone un gesto de interés.

–¿De verdad?

El esclavo se sorprende por un momento.

–¡Te debo la vida!

–Sólo quiero decirte una cosa. Más bien, deciros... –mira a uno y a otra–. Vivid la vida. Os lo habéis ganado. Os arrancaron de vuestra tierra y os trajeron a este infierno que es ahora mismo el reino de Portugal. Si echáis la mirada atrás, sólo habéis conocido infelicidad y desilusiones, pero no por eso tenéis que maldecir el mundo y el tiempo en el que estáis. Se os abre una nueva esperanza. Un nuevo futuro os espera. Dicen que quien llega al otro lado del mar olvida su pasado para vivir el presente con vistas al futuro, y que el pasado no es más que un recuerdo, incluso una pesadilla cuando se recuerda, pero nada más que eso. El futuro es vuestro. Vividlo. Lo merecéis.

Nyima y Ebou se quedan con el guiño de ojos que les dedica el portugués. En él, un inmenso gesto de cariño y calidez. Al instante, de Cristóbal Freire no queda más rastro que la nube de polvo que deja el galope de su caballo. Como ellos, marcha con más dinero del que nunca imaginó poseer en la vida, cortesía de Jorge Sequeira.

El mismo día de su muerte, ocultaron el cadáver en el patio de la casa de Lucía Simões. Después, acudieron a la del esclavista. Ebou sabía que guardaba bolsas llenas de monedas, de las que los tres tomaron todas las que pudieron. Por la noche, Cristóbal Freire acudió a la taberna que el ama de Nyima le había indicado y trabó contacto con el capitán de barco. Tres jarras de vino cerraron el trato: llevaría a Ebou y a Niyma hasta San Sebastián de Río de Janeiro sin necesidad de hacer preguntas. A cambio, le tendió una bolsa con una cantidad importante de reales con el nombre del rey Sebastián. Al día siguiente, por la noche, la comitiva abandonó Lisboa por una puerta custodiada por varios soldados que jurarían no haber visto pasar a nadie. Éstos también se arrendaron una buena suma de dinero.

Ebou fija la mirada en las velas de los galeones y abraza a Nyima. La besa en la cabeza.

–¿Qué será de nosotros ahora? –pregunta ella.

–No lo sé. Eso sí, de lo que estoy convencido es de que pronto dejaremos de tener miedo.

Guiña, sonriente, un ojo al cielo.

–¿Verdad que sí, Isatou? –pregunta ahora a su hermana.

«Eso dependerá de ti, Ebou».

Éste tuerce el gesto. No le ha gustado el tono.

«Qué habrá querido decir con eso dependerá de ti», todavía cavilará durante un buen rato.

Capítulo 75

Realidades

Lisboa. 30 de agosto de 1580

Todo está ya dispuesto para que toméis posesión de este reino que ya os presta obediencia entera, vuestra majestad. Y todo en menos de dos meses.

Santarém ya os presta obediencia, de tal manera que he escrito a los gobernantes de la ciudad para que vengan a Lisboa a haceros juramento. En cuanto al perdón de Lisboa, vuestra majestad advertirá lo que es servido que se haga, aunque no sé si consideraréis procedente que sus gobernantes presten juramento al igual que hacen otras villas, sin concederles ni información ni privilegios, ni tampoco perdón. Por eso ruego a Dios que vuestra majestad venga a esta ciudad a la mayor brevedad posible.

De don Antonio, lo poco que sé de él es que el obispo de la Guarda, que embarcó en un bergantín en Lisboa, lo recogió cerca de aquí, y poco más adelante embarcaron también su hijo, el infante don Manuel y el conde de Vimioso. Según parece, más tarde abandonó la compañía y se dirigió a Avero. Ya en Santarém, los de allí no quisieron recibirlo; pero dicen que don Manuel de Silva lo escondió en la Alcazaba y que las gentes le ordenaron que abandonara la villa. En este punto, quiero informar a vuestra majestad de nuevo de las diligencias puestas en marcha para prenderlo. Si decide escapar por mar, caerá en manos de los que lo aguardan; pues las naves de las Indias ya están fuera de su alcance, y de querer irse allí mal recaudo puede tener en las carabelas. También he sospechado que podría poner rumbo a Inglaterra. Si lo hace, es seguro que querría trabar contacto con la reina. De todas formas, no tenga en cuenta vuestra majestad estos pensamientos, que puede que no sean más que impertinencias mías.

Vuestro vasallo y criado besa las manos de vuestra majestad.

El duque de Alba

Coimbra. 2 de septiembre de 1580

Antonio de Crato contempla Coimbra desde la distancia. En ella está enterrado su pasado; podría calificar de feliz la época en el Real Monasterio de Santa Cruz, donde se licenció en Artes. Le basta con cerrar los ojos por un instante para que le vengan a la memoria las calles estrechas, los patios, las escaleras y los arcos. Gustaba de pasear por esas calles, subir hasta el castillo en la parte alta de la ciudad. Quería estar cerca de Dios, mirarlo de tú a tú, hablarle con el corazón abierto. Quién soy, qué quiero ser, quién es mi padre, a qué aspiro; a esas preguntas buscaba respuesta, con el anhelo de recibir una señal para encauzar su vida. La primera inclinación fue hacia la vida religiosa. Luego vinieron otras ciudades, otros momentos, y con todo ello el despertar de una ambición.

Ahora que es lo que había jurado ser, siente que un enorme incendio le devora las entrañas al ver aquella ciudad donde todo comenzó; donde, sin saberlo, la rebeldía fue tomando forma. La ambición, que todo lo puede, ciega, desespera, transmuta el orden de las cosas, altera la visión de la vida.

Quiere entrar en Coimbra, pero se niega a pasar la misma vergüenza con la que lo despachó Santarém días atrás. Por eso espera el regreso del emisario que ha enviado a la ciudad. Entretanto, se debate en una lucha interior, en un combate encarnizado entre los sentimientos y los pensamientos. La siente muy adentro, la ama, pero no quiere más bochornos ni tampoco alterar la vida de los conimbricenses, a los que tiene por hermanos. Y, mientras, la visión de ciudad queda impresa en su mirada, tan líquida como el río Mondego, que baña la margen derecha de una villa que es cuna de reyes, y cuyas aguas brillan bajo el sol de la mañana, ya sin el calor agobiante de jornadas anteriores. Arriba, en la parte alta, los edificios señoriales: la catedral, el castillo, el monasterio donde estudió. La muralla, que presenta una forma oval y se asienta sobre la colina, cierra la ciudad por uno de sus costados. A partir de allí se abren campos de cultivo y alguna zona boscosa. Por debajo, junto al río, los barrios de los artesanos: casitas bajas que desde la distancia semejan una alfombra que rebosa actividad y vida.

–Os veo pensativo…

Antonio de Crato cabalga en compañía de Fernando de Portugal, conde de Vimioso; de don Juan, el obispo de la Guarda, y de Duarte de Castro, de quien se dice que le ha prestado una ingente cantidad de dinero para mantener la guerra contra el rey español. Por delante, a la vanguardia de la comitiva, marchan la caballería y la infantería que todavía le son fieles. Se han detenido junto al puente de piedra, sustentado por numerosos arcos, que salva la corriente del río y facilita el acceso a la ciudad. Es el primero quien ha hablado, un tanto escamado por el silencio que embarga al rey, quien apenas ha abierto la boca en lo que ha transcurrido de jornada.

No contesta con palabras, sino con una mirada. Y la aparta de inmediato para posarla de nuevo en aquel lugar que tantos recuerdos le trae.

–¿Son las heridas? ¿Os molestan? –insiste el noble.

–¿Las físicas o las del alma? –le responde don Antonio, seco y cortante.

–Ambas.

Se miran. Los ojos de Antonio de Crato, de habitual oscuros y brillantes, son dos piedras frías. Apenas trasmiten calor.

–Las de la batalla sanarán, eso no me preocupa.

–¿Y las otras?

Por respuesta, emite un suspiro grave. En su cara se dibuja la incomodidad por una conversación que no desea mantener. Prefiere mantener su alma a buen recaudo, apresar sus sentimientos, no compartirlos con nadie. Todos han sufrido en las últimas semanas, es cierto; pero él considera que lo ha hecho más que nadie. Jornadas en las que sus ilusiones y sueños han quedado reducidos a cenizas. «Aún quedan rescoldos encendidos», le reconoció días atrás el obispo de la Guarda. Fuego en reposo listo para prender de nuevo, para desatar un incendio más voraz si cabe. Sólo que él duda de que esos rescoldos aviven ese incendio del que habla el obispo; y más sabiendo que hay una persona como el duque de Alba dispuesto a sofocarlo allá donde prendan las llamas.

–Las otras son cosa mía.

Francisco de Portugal chasquea la lengua. Se les acerca Juan de Portugal, a lomos de su caballo. Como los que montan el conde, el rey y Duarte de Castro, son bellos ejemplares, de color castaño, preparados para el combate, ágiles, con facilidad para saltar.

–Deberíais olvidar ya el desaire del pueblo de Santarém –se une el obispo a la conversación.

–¿Desaire? –ríe Antonio de Crato, sarcástico–. ¡Sois muy bondadoso usando las palabras, don Juan! Desaire... –masculla, y niega de manera ostensible sin despegar la mirada del cerro sobre el que se asienta Coimbra–. Creedme que nunca había sentido tanta vergüenza.

–Eso...

–¿Es que no lo entendéis? –lo corta Antonio de Crato de forma brusca–. ¡Fue allí donde me proclamé rey! ¡Su población fue la primera en gritar mi nombre! ¡Rial, rial, don Antonio, rey de Portugal! ¿Es que ya lo habéis ha olvidado?

El obispo evita su mirada. Prefiere agacharla hacia el suelo, o, cuando no, elevarla al cielo. Cualquier cosa con tal de no cruzarla con él.

–Entré en la ciudad como un vulgar fugitivo, y el mismo pueblo que dos meses atrás me aclamó con lágrimas en los ojos es quien me ha expulsado como si fuera el peor de los delincuentes. ¡Ese pueblo que antes coreaba mi nombre es el que me ha arrojado al camino de la ignominia! –brama, fuera de sí–. Rial, rial...

Quienes ahora suspiran son sus acompañantes. Francisco de Portugal, resignado; Antonio de Crato tiene razón, admite para sí. El obispo de la Guarda lo hace soliviantado. Lo último que esperaba es ver así a quien considera rey de Portugal. Cree en él, lo ha apoyado desde el primer momento, al contrario que el resto del alto clero, y ha exacerbado su deseo de combatir por lo que considera que es suyo, por una herencia que le viene de familia.

–Coimbra es otra cosa –dice ahora, más calmado–. Es parte de mis raíces, de mi vida. Es una ciudad que llevo dentro de mí.

–Pero teméis que os ocurra lo mismo que en Santarém.

Antonio de Crato se vuelve hacia el conde de Vimioso, y le dedica una mirada cargada de resignación mientras esboza una sonrisa cuya melancolía no cabría en el cauce del río junto al que late Coimbra.

–No hay por qué entrar. Y, de hacerlo, no sería más que para procurar algo de descanso a los caballos –apunta el obispo.

–Explicadme vuestro razonamiento. Ardo en deseos de conocerlo –pide el autoproclamado rey.

–Es una cuestión militar. Conocéis mejor que nadie esta ciudad. Mirad sus murallas.

Antonio de Crato las escruta con detenimiento y asiente.

–Muy débiles. No obstante, me gustaría estudiarlas de cerca antes de tomar una decisión.

La respuesta de Juan de Portugal en forma de asentimiento silencioso convence al monarca de la inconveniencia de entrar en la villa.

–Seguiremos adelante, pero antes es preciso descansar. Hombres y caballos lo necesitamos.

–Después habría que seguir hasta Oporto.

–Oporto. Eso son dieciocho leguas de camino… –apunta Francisco de Portugal.

–¡Cuánto antes pongamos tierra de por medio con los españoles, mejor! –replica vehemente el obispo.

–Os fiais poco de la resistencia de Coimbra… –se permite bromear el autoproclamado rey.

–¡Nada! Esas murallas son como hoja de pergamino.

Antonio de Crato ríe y se toma su tiempo para contemplar las murallas de la ciudad. Insignificantes, en efecto, como bien ha apuntado el obispo, pero debe entrar en Coimbra. Lo necesita. Sus calles, los paseos por ellas. Ya habrá tiempo de poner rumbo a Oporto, concluye. Dieciocho leguas de camino: en su estado, con los dolores que arrastra, un mundo. Aunque no hay mejor destino posible si no pueden permanecer en Coimbra. Lo piensa durante unos instantes y asiente convencido:

–Oporto es buen destino.

–¿Así lo creéis? –pregunta el conde de Vimioso.

–Tiene puerto, lo que sería de utilidad en caso de tener que escapar de los españoles. Eso será lo que haremos. Pero, antes, entraremos en Coimbra, y permaneceremos aquí hasta que sintamos la cercanía de los españoles.

–¿Y después de Oporto? –insiste el conde.

–Francia, Inglaterra… ¡Son tantos los enemigos del rey español que nos recibirían con los brazos abiertos!

–Y podríamos regresar con más hombres para expulsar a quien pretende usurparos el trono –lo anima el obispo.

–O sea, que vamos a estar huyendo continuamente de los españoles –se lamenta el conde de Vimioso.

–¡En absoluto, don Francisco! –exclama Antonio de Crato con franqueza. El escenario planteado por el obispo de la Guarda le ha devuelto el optimismo–. Enviaré cartas a los oficiales y comandantes de las guarniciones. Sigo siendo el rey de Portugal, y defenderé mi corona hasta que no me quede un soplo de vida.

–¡Y lo seréis durante mucho tiempo! ¡Se podrá perder una batalla, pero nunca se perderá la guerra! –brama el obispo. De manera espontánea, alza su espada y grita–: ¡Rial, rial, don Antonio, rey de Portugal!

–¡Rial, rial, don Antonio, rey de Portugal! –gritan con fervor las tropas que aguardan cruzar el río.

«Rial, rial, don Antonio, rey de Portugal». La frase resuena en su cabeza durante un buen rato. El recuerdo de Santarém, el monasterio de San Bento, los nobles levantando sus espadas para rendirle homenaje, el pueblo enardecido tomando las calles. «Rial, rial, don Antonio rey de Portugal». Sus miradas brillantes, sus rostros ilusionados. Un rey de Portugal fuerte. Rial, rial.

Antonio de Crato echa un nuevo vistazo al caserío de Coimbra. El pasado y el presente dándose la mano en ese momento. Lo que fue y lo que es. Y la incertidumbre de lo que será. Todavía está en su mano seguir siendo lo que es. Quiere creer que el pueblo está de su lado, que restan hombres buenos dispuestos a luchar por él, por un reino que nunca aceptará a un rey español en el trono. Ésa es la baza que quiere jugar, y tiene claro cómo hacerlo. En cada esquina, un amigo; en cada rostro, igualdad, como le dijo Diego de Meneses unos meses atrás en sus propiedades de Crato.

–Rial, rial, don Antonio, rey de Portugal –musita convencido con mirada ilusionada.

Una nube de polvo anuncia la llegada del emisario. Galopa con brío, por lo que la espera se hará corta. Detiene al caballo frente al rey, flanqueado por el conde de Vimioso y el obispo de la Guarda. Por lo que atisba en su rostro, no trae buenas noticias.

–La ciudad no quiere recibiros.

Aquellos dos maldicen. Él, en cambio, acepta la noticia, resignado. Agacha la cabeza para no seguir viendo esa ciudad que tan buenos recuerdos le trae y que lleva en el corazón.

«No quiere recibiros», ha dicho el mensajero. El autoproclamado rey chasquea la lengua, contrariado. Después compone un gesto pensativo, y, ahora sí, lanza una última mirada a Coimbra.

Lo que no sabe en ese momento es que Santarém y Coimbra serán la norma general y que el destino no será nada benévolo con él. Más bien al contrario. El olvido, ese terrible enemigo para quienes ansían la posteridad, está tejiendo sus redes para atraparlo. Y cuenta con un aliado insaciable: los españoles, que en los próximos meses lo obligarán a vagar por el norte de Portugal en busca de un mar salvador. Francia será su destino, y Catalina de Médicis, la reina consorte, su aliada para retornar con el firme propósito de regresar en un corto espacio de tiempo y recuperar lo que considera suyo. Pero ese mismo mar que le salvará la vida de primeras será luego el que entierre sus ansias de posteridad. Y para ello se servirá de uno de sus hijos predilectos: el español Álvaro de Bazán, marqués de Santa Cruz, quien hundirá los barcos ofrecidos por Francia en una batalla frente a la isla de Tercería, y con ella también sus delirios de grandeza. También los sueños sucumbirán ante el ansia de perpetuarse en la memoria de los portugueses. Tan dispuesto está de lograrlo, que buscará el apoyo de Inglaterra para su causa y no dudará en unirse a alguien como Francis Drake en su ansia de atacar el puerto de Lisboa. «Si no es mía, de nadie», pensará. Delirios de grandeza, la búsqueda de la eternidad, el deseo de perdurar en la memoria de los portugueses. Aunque ni siquiera será capaz de hacerlo en la de sus más allegados, quienes, poco a poco, se distanciarán de él, lo traicionarán y hasta pensarán en asesinarlo. Acabará sus días en París, olvidado por todos, como un acto benéfico cualquiera del rey Enrique IV.

UN FUTURO POR ESCRIBIR

«La gloria es fugaz, pero la oscuridad es para siempre».

Napoleón Bonaparte

Capítulo 76

Alba de Tormes queda muy lejos

Burgo de Lisboa. 10 de septiembre de 1580

Su majestad debería sopesar qué hacer con las tropas, pues ya no son necesarios tantos hombres. En cuanto a los italianos, urge echarlos de aquí. No hay día que don Próspero Colonna no me pregunte cuándo regresarán a su tierra. Y tres cuartas partes de lo mismo ocurre con el conde Jerónimo Lodrón y sus alemanes. En cuanto a los españoles, poco puedo hacer, pues se me van cada día. No puedo detener a los aventureros sin sueldo, ya que no tienen nada que comer. Igualmente, ruego a su majestad que envíe licencia para don Álvaro de Luna y sus continos.

Mañana me encontraré con los veedores de la Cámara de Lisboa. Después del juramento, marcharán con el estandarte para hacer la ceremonia correspondiente por la ciudad. Y tras ellos lo harán todas las ciudades y villas.

Asimismo, aprovecho estas líneas para reiterar una vez más que no tengo deseo ni intención alguna de gobernar Portugal, pues tampoco sabría hacerlo. Os puedo asegurar que en ningún momento he puesto los ojos sobre esta cuestión, por lo que os suplico que enviéis aquí al conde de Portalegre, pues tengo claro que sus servicios no podría desempeñarlos ninguna otra persona. Necesito tener a mi lado a alguien con quien hablar de lo que ocurre en este reino y, asimismo, para que acierte en lo que se haya de hacer a partir de ahora, pues mi cabeza, a mis setenta y tres años, ya está acabada.

No quiero terminar esta carta sin confesaros la gran congoja que siento por el mal que sufre su majestad. Ruego a vuestra merced que me despache en todo momento cualquier noticia. No tengo reparos en confesaros mi tremenda decepción por haberme enterado de ella por boca de don Álvaro de Luna, y, en consecuencia, os rogaría que me transmitierais cada nueva del parecer del doctor Valles, que nada pudiera alegrarme más que su completo restablecimiento. Por cierto, me han dicho que fray Luis de Granada, de cuya santidad ha oído hablar vuestra merced, estaría presto para alimentar mi alma, por lo que le he pedido que venga aquí a toda prisa. Dios os dé la salud que merecéis y guarde la muy ilustre persona de vuestra merced.

Don Gabriel, transmita a su majestad que este vasallo besa sus manos.

El duque de Alba

Burgo de Lisboa. Noche del 11 de septiembre de 1580

La cámara es cálida y acogedora, con la pared decorada con diversos telares de seda que recrean escenas cotidianas. La ventana está cerrada por expreso deseo del duque de Alba, pues desde hace días viene quejándose del relente del cercano Tajo. Por el día, cuando está abierta, desde ella goza de una extraordinaria vista del río y le llega un aroma a pino y a tranquilidad. Sin embargo, esta noche no puede gozar del extraordinario espectáculo de ver la luna rielando sobre las aguas, donde hay fondeadas no menos de una decena de embarcaciones de distinto tamaño.

Hay en la estancia una cama, un par de jamugas y un pequeño escritorio. Un par de hachones permiten que el duque de Alba y su maestre de campo, Sancho Dávila, se vean las caras. Visten gregüescos de color oscuro y jubones de lino. En el caso del primero, además, luce medias de color claro y la piel de armiño de la que nunca se deshace. Por el frío, se ha disculpado ante su interlocutor. «Me cala hasta los huesos», le ha insistido.

Fernando Álvarez de Toledo exhibe un rostro preocupado y apenas ha dado un sorbo a la copa de vino que sostiene con la mano derecha. El maestre de campo se ha percatado de ello. La luz de la vela incide en el rostro del duque, lo que le permite estudiar su desasosiego, que es mucho a tenor de su silencio. Sólo habla él, mientras que Fernando Álvarez de Toledo se dedica a escuchar y asentir.

–¡Si su majestad hubiera estado presente hoy en el Ayuntamiento de Lisboa!

El noble sigue ausente, con la mirada fija en el suelo y la copa en su mano derecha. Pasea el pulgar por el borde.

–Ha sido bonito ver a tantos hidalgos de la ciudad llegar hasta allí entre los sonidos de trompetas y timbales. ¿Y qué me decís de ese momento en que, por orden, han pasado a la sala para que le besaran las manos? ¡Y qué alegre su rostro! –trata el maestre de campo de arrancar alguna palabra al duque–. ¡De qué manera, a viva voz, han jurado a Dios Nuestro Señor, y con la mano sobre el Evangelio, ser leales vasallos de su majestad y reconocerlo como único rey natural! –exclama, y luego da un sorbo a la copa–. ¡Y ese «sí juro» proclamado a coro! ¡Vuestra excelencia sois afortunado! Cuando ese caballero que dice llamarse Antonio de Silva ha levantado la voz y ha instado a todos, con las gorras en las manos, a gritar «¡Real, real, real, muy poderoso rey don Felipe, rey de Portugal!», ¡ha sido un momento para la historia!

Fernando Álvarez de Toledo ni se inmuta. Sancho Dávila chasquea la lengua. Conoce el motivo de su preocupación, pero prefiere que sea él quien se lo diga; que regrese de su mundo, donde se ha acorazado.

–¿No vais a compartir vuestra congoja con este viejo colega de armas?

El duque de Alba se lleva la copa a los labios y lo mira de tal manera que el otro no puede evitar un escalofrío; al momento, éste se agiganta al escuchar las primeras palabras que salen de la boca del hombre que tiene delante:

–No sabéis la pena que siento.

Sancho Dávila suspira. El vino comienza a hacer estragos en la mirada del duque, algo poco habitual en él. Ha pedido que dejen dos jarras sobre el escritorio. «Hemos de celebrar como es menester lo acontecido esta mañana», le aseguró al duque de Alba antes de sentarse hablar el uno frente al otro.

–Os preocupa la enfermedad de su majestad...

–¿Qué, si no? –replica el noble, apesadumbrado–. Sospecho que se me está ocultando su verdadero estado de salud.

–¿Y qué ganaríais con eso?

–Seguridad –responde, seco y firme.

–¿Seguridad?

–De que al fin voy a regresar a casa. Ahora, esa intención queda en muy segundo plano, pues he de ser yo quien se encargue de este asunto hasta que el rey esté completamente repuesto.

El duque de Alba niega con la cabeza y vuelve a llevarse la copa a los labios. El cálido vino desciende por su garganta, reconfortándolo. Calor. No ansía más. Un poco de calor en forma de vino a falta del que necesita de verdad.

–Según la carta que recibí ayer de don Gabriel de Zayas, el rey mejora de su mal. Y no sabéis cuánto me congratulo por ello... Parece que las atenciones del doctor Valles están siendo oportunas. Pero os confieso que es ahora, después de todo lo que he pasado en mi vida, cuando de verdad veo hasta dónde llega mi flaqueza.

–¿Flaqueza vuestra excelencia? –ríe el maestre.

–Sí, flaqueza al ver que los príncipes nos dan trabajos con la vida y la muerte bailando alrededor de los protagonistas a los que más queremos, disputándose cuál termina dominando a cuál. –Fernando Álvarez de Toledo duda si dar otro sorbo, pero al final deja la copa en el escritorio y se masajea las sienes. Habla entonces con los ojos cerrados–: Te confieso, mi buen Sancho, que estoy muy tierno para hablar de esta materia, pues el papel que se me ha asignado no es el que me corresponde, pero es mucha la tribulación que se ha apoderado de mí –insiste con una mirada que es un grito de temor.

–Fernando… –Sancho Dávila pretende tranquilizar al noble, al que tutea amparado en el cariño y la confianza después de tantos años de relación.

–No, Sancho, no hay forma cristiana de apartarla de mí, pues su majestad me liberó del destierro para que lo convirtiera en rey de Portugal. ¿Y qué me encuentro ahora? Una pesada carga sobre mis hombros para la que no estoy preparado. ¿Acaso no recuerdas Flandes? ¡Esto me sobrepasa! Yo no quiero gobernar el reino en su nombre, ni tampoco sé cómo hacerlo. Y si su majestad llegara a faltarnos…

Fernando Álvarez de Toledo se lleva la mano a la boca y se la tapa. Le duele el cuerpo, pero aún más el alma. Sancho Dávila lo advierte en su mirada, vidriada de repente. La edad, las ganas de regresar junto a los suyos, el miedo por sentirse atrapado en un lugar que no le corresponde. Nunca lo ha visto llorar, y tampoco se permitiría dejarle hacerlo. Él, no. Por eso se incorpora y se acerca a él, y le toma la mano libre y se la aprieta para transmitirle calor, amistad y una inquebrantable lealtad. «Vuestro hasta el final, vuestra excelencia, pero no flaqueéis ahora», parece decirle con la mirada, tan transparente que podía zambullirse en ella sin miedo a sufrir ningún mal. El duque de Alba le agradece ese gesto poniendo su derecha sobre la de él. Hay en ese intercambio de miradas toneladas de sinceridad y de cariño mutuos. Dos personas que han luchado juntas, que han hecho correr ríos de sangre allá por donde han pasado, que han llevado la destrucción a tierras lejanas en nombre de un rey que nunca se preocupó de acudir a ellas.

–Si nos llegase a faltar su majestad y tuviera que ser yo quien pusiera a su hijo en el trono, te prometo que haría todo lo que estuviera en mi mano. ¡Haría todo lo posible por allanarle el camino! ¡Todo! –prosigue el duque de Alba. Las primeras lágrimas asoman en su mirada. Su interlocutor se estremece, incapaz de evitar la congoja que le provoca verlo así, tan desnudo, tan frágil–. Mi hacienda, mi contentamiento, ¡hasta mi vida! Pero, ¡por Dios!, que me dejen ir a morir a mi rincón! ¡No pido más!

Fernando Álvarez de Toledo llora con amargura. Sancho Dávila lo deja hacer. Lo que tiene delante es un hombre desvalido, roto, y siente su congoja como propia. Por el cariño que le profesa no le ha confesado lo que sabe por boca de uno de los secretarios del rey; algo que nadie, por ahora, se ha atrevido a contar al duque de Alba: que, en Badajoz, donde su majestad ha establecido su corte desde el pasado mes de mayo, no son pocos los que temen por su vida en medio de esa calentura para la que nadie encuentra remedio.

«Guardaos, vuestra merced, de comunicar al duque de Alba cualquier noticia al respecto de la salud de su majestad. De ello se encargarán sus secretarios», fue la petición que le hicieron en la última carta. Sancho Dávila siente una inmensa pena por ese hombre desvalido que llora su desgracia, que maldice su destino golpeando con rabia uno de los brazos de su jamuga. Ese hombre al que tiene por inmortal, pues tal condición se ha ganado en una vida de servicio a sus reyes, y que ahora se revela ante sus ojos como un ser vencido y frágil, llorando su desgracia y destino. Él, que siempre se ha cuidado de hacerlo ante nadie por vergüenza.

Capítulo 77

Un nuevo mundo, viejas costumbres

San Sebastián de Río de Janeiro. Junio de 1581

Ebou abre los ojos, un tanto perezoso. La luz se filtra a través de un ventanuco. A su lado, Nyima aún duerme. Con sigilo, se incorpora y abandona el jergón para salir de la choza. Es pequeña, levantada junto al morro Cara de Cão, hecha de madera y barro y techumbre de hojas de palma. Una gentileza de Tomé Velho. «Pronto podréis disfrutar de una casa grande en vuestras tierras. En cuanto esté terminada», le aseguró la última vez que lo vio. «Y te juro que nunca soñaste con una casa así», insistió.

Inspira con fuerza la brisa del exterior. Cumple su octavo mes en la pequeña villa fundada apenas una década y media atrás por Estácio de Sá en homenaje al difunto rey Sebastián tras expulsar a un reducto de franceses. La villa se extiende entre aquel morro y otro de mayor altura, cuya visión aún lo maravilla, tanto por su alzada como por su forma curiosa, como si fuera un palo con la punta redondeada.

En la bahía hay no menos de media decena de barcos fondeados. Tres de ellos tienen las velas izadas, esperando para zarpar.

–San Sebastián… –dice con voz queda.

El destino prometido por Tomé Velho, el capitán del barco en que embarcaron en el puerto de Peniche. No se arrepiente de haberle ofrecido una fortuna con tal de abandonar una tierra a la que nada lo unía, pues nunca la sintió como propia; ni tampoco de lo que le ofreció en el transcurso del viaje.

Tomé Velho tuvo tiempo de relatarle historias sobre el lugar al que viajaban, el momento de su creación, así como sobre el escenario que se iban a encontrar. «Incierto», fue su última palabra, acompañada con una mirada compadecida. «Para una persona del color de tu piel, poco menos que un desatino».

–Me vengo preguntando casi desde que partimos de Peniche por qué nos dejaste embarcar.

Ebou recuerda que aquella tarde el capitán, siempre con las manos al timón, apenas levantaba la vista del suelo.

–El dinero que me pagaron por ello –le reconoció al fin–. Y la curiosidad.

–¿Curiosidad? Ebou frunció un tanto el ceño.

–No todos los días se presenta alguien con una bolsa de monedas pidiéndome que lleve a dos esclavos.

–Estoy seguro de que no fuimos los únicos aquellos días.

–Sí, pero hay dineros y dineros…

De repente, Ebou se mostró cauto y trató de interpretar los gestos y palabras del capitán, siempre tan impenetrable. Sabedor de su carácter, se le adelantó.

–Puedes estar tranquilo, pues no es mi intención despojarte de tus riquezas. Pero algo me dice que podrías serme de utilidad. Intuyo que llevas mucho dinero contigo… –rio de nuevo, y lo miró esquinado–. Tranquilo, de veras que no es mi intención robarte –concluyó.

Se lo dejó caer un día en mitad de la travesía. Según sus cálculos, quedaban dos meses todavía por delante, siempre que los vientos fueran favorables, antes de arribar a San Sebastián de Río de Janeiro. Tenía ganas de hablar con él.

–¿Por qué San Sebastián? –le preguntó, curioso.

–Había oído hablar de ella a mi amo –le respondió Ebou un tanto relajado–. Lo que tenía claro es que no quería volver a mi tierra. Si ya me convirtieron en esclavo una vez, quién me asegura que no podría ocurrirme otra vez lo mismo.

Tomé Velho era un hombre seco como un sarmiento y parco en palabras. De gesto adusto y mirada férrea, vestía blusón y calzas anchos para facilitar movimientos, ropa hecha a la navegación por la que podía ser confundido con un marinero más.

–Sitio peligroso al que vas.

–¿Y cuál no lo es? –replicó encogiéndose de hombros.

El capitán lo miró con interés.

–Convendría que no te dejaras ver mucho. Al menos, por ahora. Más adelante, quizá puedas encontrar acomodo en el interior. Allí abunda la gente como la vuestra; quiero decir, de tu color –precisó–. De lo primero podría encargarme. Lo segundo ya es cosa tuya.

–¿A qué te refieres?

El capitán miró al horizonte. Varios marineros faenaban a su alrededor. La navegación era tranquila, y un buen viento hinchaba las velas de la nao. Parecía de buen humor, aunque su rostro adusto no transmitiera nada.

–San Sebastián de Río de Janeiro es pequeño, ya lo verás. Encontrar acomodo es complicado, pero tu situación es diferente. Unos cuantos escudos de oro pueden facilitarte mucho las cosas –le guiñó un ojo–. Además, tendrás que pensar en tu futuro y en el de la mujer que te acompaña.

–No quiero volver a vivir con miedo –le aseguró Ebou. Mirada intensa, rostro sereno–. Quiero hacer feliz a Nyima.

–Eso podría ser sencillo. Incluso podría encargarme.

–¿Cómo? –El rostro se le iluminó.

Tomé Velho supo que había atraído su interés. Se pasó la lengua por el labio superior jugando con el frontal de sus dientes, pensativo, y arqueó la comisura izquierda haciéndose el interesante.

–¿Quieres lo mejor para ella y para ti?

–Por descontado.

–¿Aunque eso signifique hacer cosas con las que puede que no estéis de acuerdo ni tú ni ella?

–¿Qué quieres decir? –preguntó Ebou, escamado–. Además, ya me encargaría de que ella no se enterara de nada.

–Yo te puedo proporcionar esa vida. –El capitán lo miró cada vez con más interés–. Basta con saber invertir bien el dinero.

–¿Cómo lo harías?

–San Sebastián es pequeño, pero conforme avanzas por el interior descubres que se pueden hacer grandes cosas. Una plantación de azúcar, por ejemplo. Tierras que tu vista es incapaz de abarcar. ¿Sabes cuál es su valor?

Ebou negó con la cabeza.

–Inmenso –le aseguró Tomé Velho con una sonrisa desagradable–. Sólo es necesario contar con la mano de obra adecuada.

–Esclavos –lo miró horrorizado.

–Eso es –prosiguió el capitán, aún sonriendo–. Si eso es lo que te preocupa, puedes estar tranquilo. Yo me encargaría de todo. Conozco gente en San Sebastián que, a su vez, sabe cómo hacerse con unas buenas tierras. Y nunca tratarías con la mano de obra, ya lo haría yo. También podría yo comprar las naves para transportar mercancía en ambas direcciones. Tú pones el dinero, y yo la cara y mis contactos.

–¿Me estás ofreciendo aquello de lo que he huido? –preguntó Ebou, asqueado.

–Sí –respondió el otro, impasible–. Tu vieja vida quedó en Lisboa. Todo lo que fuiste, tu pasado, sueños, miedos e ilusiones. Navegas hacia el Nuevo Mundo...

Tomé Velho hizo una pausa, confiado en que el joven le confesara su nombre.

–Ebou.

–Además, ¿qué es esta vida sino la búsqueda de dinero, Ebou? –rio entonces el capitán. Risa seca, desagradable–. El dinero te la facilita, te permite acceder a cosas que ni siquiera seríais capaces de imaginar. Todo en esta vida se puede conseguir con dinero. –Lo miró fijamente–. Viajas a una tierra en la que no existe pasado alguno. Las cuentas que hayas dejado en Lisboa no se te reclamarán aquí. ¿Mataste a tu amo? –susurró.

–No, pero le robé.

–¿De quién se trataba? Quizá lo conocía…

El muchacho pensó unos instantes, sopesando pros y contras, antes de responder. A su alrededor, las voces de marineros se mezclaban con el ruido de las velas impulsadas por el viento.

–Jorge Sequeira.

Tomé Velho rio con ganas.

–*Filho da puta!* ¡Bien merecido se lo tiene! No tienes por qué preocuparte.

–Sólo quiero vivir y ser feliz en compañía de Nyima.

–Eso te ofrezco.

En los labios del capitán asomó una sonrisa que era toda una declaración de intenciones. Tan siniestra, tan sincera. Ebou no contestó. Tomé Velho se tomó su tiempo para escrutar su mirada, y, a través de ella, sus pensamientos.

–Ve a descansar ahora. Aún quedan semanas hasta que lleguemos a San Sebastián. Seguiremos hablando, pero lo que pongo en tus manos es vivir sin volver a tener miedo jamás. ¡Ah! Y bienvenido al Nuevo Mundo.

Ebou siente el calor de Niyma, que lo abraza por detrás. Se gira para besarla y abrazarla a su vez.

–Te has levantado pronto…

–Me he despertado con la luz y ya no podía dormir.

Miran el mismo punto, las naves con las velas izadas anclada en la bahía.

–¿Son aquéllas?

–Sí.

–¿Vuelven a Lisboa?

–Con mercancías. Llevan ese azúcar del que me habló el capital Velho. Según él, tiene mucho valor.

Ve a Nyima encogerse de hombros.

–Haré lo que me dijo *bamaa* Fatou…

–¿Qué quieres decir? –le pregunta él, sorprendido.

–¿Es que crees que fuiste el único que acudió a visitarla?

El muchacho se queda estupefacto.

–Fui con mi hermana un par de días antes que tú, y recuerdo lo que me dijo como si fuera ayer. «No te gusta. Es más, lo detestas, pero Ebou te salvará la vida. Velará por ti siempre y te llevará a un lugar donde te hará feliz», me dijo. Y también que aceptara ese regalo del destino con una única condición.

–¿Cuál?

–Que nunca hiciera preguntas.

Nyima lo besa en los labios con una dulzura que lo desarma por completo. Acto seguido, se deshace de su abrazo y marcha para la casa. Aún tiene tiempo para volverse y guiñarle un ojo.

–¿Vienes?

Él sonríe, contento.

–Enseguida.

Nyima entra en la choza. Pero él decide echar un último vistazo a las naves fletadas por Tomé Velho, que ha adquirido con los primeros beneficios de una plantación comprada con el dinero que le proporcionó. En sus bodegas, toneladas de azúcar y otras mercancías que serán bien vendidas en Lisboa. Bodegas que, en su viaje de regreso, traerán más esclavos para trabajar en la plantación.

–No se lo piensas confesar, ¿verdad? –lo detiene la voz de Isatou.

Ebou mira al cielo con gesto serio.

–Ya has visto lo que ha dicho. Mejor para mí.

–Es lista la estirada, ¿eh? –la oye reír–. En fin, es tu vida, Ebou, no puedo decirte nada. Aunque no me gusta lo que estás haciendo porque nos estás traicionando a mí, a *bamaa* y a *famaa*.

–Quiero hacer feliz a Nyima.

–¿Traicionando a los tuyos? ¿Acaso ya has olvidado cómo nos arrancaron de nuestra tierra?

Prefiere no contestar. Mira una última vez al cielo.

–Ella nunca sabrá nada.

–Pero yo sí. Y te lo recordaré mientras vivas. Quiero hacerte sentir vergüenza un día tras otro hasta que te mueras –le advierte con tono amenazador.

–Sólo quiero que sea feliz –repite.

–¿Y ésta es la forma que has encontrado?

–Es la forma que me ha dado la vida. Aquí las cosas son distintas, Isatou.

–¡Me repugna llamarte hermano!

Ebou entra en la choza cabizbajo. Fuera, la luz del sol se desparrama sobre la tierra y la bahía que lame su arena. Las naves ancladas comienzan a moverse lentamente, camino del mar infinito. Pronto, no tardan en escucharse gemidos y jadeos en la choza.

Se lo ha recalcado a Isatou y es lo único que pretende: ser feliz con Nyima. Y, si ha de ser de la manera que le ofrece el capitán Tomé Velho, seguirá adelante con ella.

Capítulo 78

Un reencuentro en Lisboa

Lisboa, cercanías del puerto. Primavera de 1581

Miguel de Cervantes entra en la taberna con aire cansado. Busca algún lugar donde sentarse, y al fin lo encuentra en el extremo de un banco corrido, al fondo. Un lugar tranquilo en un sitio bullicioso. Lisboa respira calma, y el sol la acaricia con calidez. Pide una jarra de vino. El día, como los anteriores, ha resultado infructuoso para sus intereses; sus deseos de obtener alguna compensación económica o favores se topan con buenas palabras o gestos ceremoniosos, nada más. De todos los cortesanos con los que ha trabado conversación en las últimas semanas, ninguno ha valorado sus servicios a la corona, ni mucho menos lo que considera un ejemplar comportamiento en Argel. Mira por un momento el cartapacio que lleva consigo, ahora sobre la mesa.

La llegada del tabernero lo saca de sus cavilaciones. De rostro aguileño, frente lisa, nariz corva y cabello y bigote castaños, en la frente se aprecia más de una arruga. Cansancio, pero también el recuerdo de un cautiverio que jamás olvidará. Ese día quiere estar solo, reunir algunos de sus recursos y plasmarlos en un proyecto que lo mantiene entretenido mientras espera obtener las prebendas y mercedes que ha ido a buscar a Lisboa. Ese proyecto lo lleva consigo a todas partes, en ese cartapacio.

Antes de abrirlo, da cuenta de un vaso de vino de un solo golpe. Su boca dibuja una mueca, y en su rostro queda impreso el nada agradable viaje que ha emprendido el líquido por su cuerpo.

–¡Condenado tabernero! ¡Si en vez del mar hubiese sido este vino sustento de las galeras contra el turco, en verdad que ni hubieran tenido redaños de acercarse a nosotros! –exclama, mirando malencarado al tabernero.

–¡Maldito tolo! *Vão até ao Tejo e bebam as suas águas se tiverem sede, e vejam se o vosso paladar também se embriaga com elas!* –le responde éste de mala gana.

Viste jubón hecho en paño de lana de color oscuro con mangas acuchilladas y unos pantalones gregüescos que combinan el blanco y el negro de manera desigual. Se percata Cervantes de que no es el único que lleva unos pantalones así, y sonríe al recordar unas líneas que ha leído sobre ellos, donde se decía que parecían alforjas o que los hinchaban como a los cueros de vino para poder vestirlos. Después de dar un nuevo trago, se dispone a revisar algunas de las cuartillas. De pronto, repara en el rostro sonriente del tipo que se ha plantado ante él. Alza la mirada y lo ve. Risa franca, amable. Hombre de gran estatura y rostro que tarda en ubicar. Una vez lo hace, se levanta de inmediato para saludarlo.

–¡Vive Dios! ¡Ginés Méndez! –lo llama, alborozado.

–¡No daba crédito cuando Rodrigo me dijo que te encontrabas en Lisboa! ¡Llevo semanas buscándote!

–¿Tienes noticias de él?

–Lo último que supe es que anda en pos del prior de Crato –mira con fijeza al hombre que tiene delante–. Pero tú… ¡Han pasado diez años, y tu aspecto apenas ha variado!

–Igual, igual… –replica Miguel de Cervantes, mirada melancólica, sonrisa agridulce, haciendo ver al otro que no puede mover el brazo izquierdo.

–Bueno, pero estás entero y lúcido, que es lo que cuenta.

–En eso te tengo que dar la razón, aunque este recuerdo –dice, señalándose el brazo– tiende a advertirme que así será para siempre, y con eso tengo que vivir.

–¡Grande fue aquélla!

–¡La mayor que vieron los siglos presentes ni verán los venideros!

Ríen. Rostros relajados, encantados por el encuentro.

–¿Qué haces en Lisboa? –pregunta Ginés Méndez.

Miguel de Cervantes sonríe ahora resignado.

–Ni yo mismo lo sé, a decir verdad.

–A fe te digo que eso no suena demasiado bien... –admite Ginés Méndez, también con una sonrisa.

–Ay, amigo Ginés, las esperanzas... Aunque bien es cierto que más vale buena esperanza que ruin posesión.

–¿Aceptas mi compañía?

–¡A un compañero de armas nunca se le dice que no!

Se sientan en el banco que antes ocupaba sólo Miguel de Cervantes. Éste llena el vaso que el soldado sevillano trae consigo. Ginés Méndez viste de manera desgastada, jabón y pantalón deslucidos de tanto uso y venturas.

–¡Eso sí, no hagas muecas cuando lo cates, ni tampoco expreses tu opinión a la ligera ante el tabernero! ¡Se cree que este infame líquido que sirve es la ambrosía que embriaga a los dioses en el Parnaso!

Los dos ríen durante un rato, recordando pasadas hazañas, momentos agradables y no tanto. «Tiempos más o menos gratos, si se pueden entender como tal», afirma Cervantes, «pues la guerra ni es grata ni tampoco lo son sus consecuencias», asegura también antes de apurar el vino que le queda en el vaso.

–¡Por mi ventura! Pero ¿qué haces en Lisboa? ¡No doy crédito a lo que ven mis ojos!

–Ya te lo he dicho, ni yo mismo lo sé –contesta Miguel de Cervantes. Después niega con la cabeza, haciendo una pausa–. ¡Quién me iba a decir que aquella galera *Sol*, que oscurecía mi ventura su luz, fue la pérdida de otros y la mía! Créeme si te digo que, cuando llegué cautivo y vi aquella tierra tan nombrada en el mundo, que en su seno tantos piratas cubre, acoge y cierra, no pude al llanto detener el freno.

El rostro de Ginés Méndez se torna sombrío.

–Fui encerrado en el baño del rey, que es el lugar donde encarcelaban a los cristianos cautivos cuando podíamos servir de interés o llenar su bolsa. ¡No te engaño si digo que intenté escapar en al menos cuatro ocasiones de aquel remedo del Hades! ¡Y, no pocas veces fui más maltratado con palos y cadenas! Y, ya ves, al final quinientos escudos de oro pagados por unos frailes trinitarios fueron los responsables de que ahora me vea aquí, buscando mercedes. –Su mirada arde de melancolía–. Pensé que todo serían ayudas y favores, pero lo que encuentro son vanas palabras en pocos casos e indiferencia en muchos.

–¡Ah, malos tiempos los que nos contemplan!

–¿Es que alguna vez fueron buenos?

Ambos ríen el comentario de Miguel de Cervantes, que mira al sevillano con interés. Mirada brillante, un tanto alimentada por el calor del vino.

–¿Y tú? –pregunta éste a Ginés Méndez.

–¡Ay, mi buen Miguel! ¡A mí nadie viene a rescatarme por unos escudos de oro! –Se encoge de hombros, melancólico–. ¡Qué te voy a contar que no sepas! Soldadas que llegan tarde o no llegan, un pretendiente que no se da por vencido. Y, mientras, nuestro rey Felipe también lo es ahora de Portugal.

–Luchaste en la batalla del río Alcántara junto a mi hermano, por lo que éste me ha contado.

–¡Digo! ¡Qué carnicería, Miguel! ¡Bueno, qué contarte que no te haya relatado ya tu hermano!

–También ansío escucharlo todo de tus labios.

–No sé qué te puedo contar que no sepas… –duda por un momento Ginés Méndez–. ¡Sí, que luchamos contra negros! ¡Miguel, negros! ¡Qué sé yo los que cayeron aquella jornada! Centenares, miles. ¡Qué manera de enviarlos a la muerte tomó ese maldito Antonio de Crato! En fin –compone un gesto de resignación–. Ganándome el sueldo del rey –ríe con tristeza–, si es que llega.

–Malos tiempos…

De pronto, Miguel de Cervantes exhibe un gesto de extrañeza.

–¿Sabes si está por aquí Íñigo Sánchez?

La pregunta sorprende a Ginés Méndez llevándose el vaso a los labios.

–¿Lo recuerdas? –insiste–. Aquel que me atendió en Lepanto cuando se cebaron conmigo los hideputas de los turcos.

El sevillano deja el vaso en la mesa y chasquea la lengua. Se toma su tiempo para responder. En ese instante, apenas un suspiro, por su cabeza pasan las imágenes de su cuerpo atravesado por la lanza de Inés Arias. Y la expresión de su rostro. Relajada, tranquila.

–Murió.

–Vaya…

La reacción de Miguel de Cervantes –rostro contraído, pesar en la mirada– no pilla por sorpresa al soldado.

–¿Cuándo?

–Cayó en la de Alcántara. –De inmediato, la mirada se le vidria a Ginés Méndez, que otea la nada–. Murió de manera leal, valiente, dando la vida por sus compañeros. Por uno en especial. –Entonces fija la mirada en el rostro de Miguel de Cervantes–. Luchó por la vida de otro sin importarle qué sería de la suya.

–¡Qué gran compañero! –se lamenta Cervantes–. ¡Y qué gran pérdida! ¿Sabías que compartimos meses de cautiverio en Argel?

–Algo contó.

–Qué días aquéllos… Con ser lo que era, se avergonzaba de no saber ni siquiera escribir su nombre. Aun en aquel infierno conseguí que aprendiera a trazarlo con un dedo en la arena del suelo. Un tipo entero, de una sola pieza. ¿Sabes lo que pienso en casos como éste?

–Sorpréndeme.

–Más hermoso parece el soldado muerto en la batalla que sano en la huida.

–Puede que tengas razón...

La mirada de Miguel de Cervantes adquiere entonces un velo similar al que ha preñado la de Ginés Méndez. Éste repara en el cartapacio del que se hace acompañar.

–¿Y eso?

–¿Esto? –Lo toma para mostrárselo–. Te va a resultar gracioso, pero, como no sé qué será de mí ni tampoco si alguien me concederá merced alguna, he decidido retomar una vieja costumbre. ¿Sabes leer?

–Apenas sé cómo me llamo –ríe el sevillano.

–¡Voto a Dios! ¡Otro Íñigo Sánchez! ¡Si cuando digo que he venido a esta ciudad por alguna razón, cuánta tengo!

Miguel de Cervantes decide mostrarle algunas de las cuartillas y explicarle lo que ha garabateado ya en ellas.

–Se trata de una historia protagonizada por dos pastores que se enamoran de Galatea. ¿Sabes quién era?

–Que recuerde, todavía no me he encontrado con ella, y juro que suelo tener buena memoria para las mujeres.

El comentario le provoca una risa ruidosa. Una vez se recupera del ataque, Miguel de Cervantes regresa a las cuartillas.

–Verás…

Gines Méndez lo escucha embobado. La pasión con la que habla, de qué manera le detalla la historia... No puede evitar acordarse de Íñigo Sánchez, de cómo había dado su vida para conseguir la libertad del viejo compañero de armas que gastaba sus días en un presidio de Argel. Mira a Miguel de Cervantes asintiendo cada una de sus palabras, aunque realmente está asintiendo a las últimas de aquel otro soldado aquel amanecer, en la celda del monasterio, junto al río:

–Él será nuestro recuerdo, Ginés. Nosotros, sólo olvido. Nadie me recordará, ni tampoco habrá quien llore mi marcha de este valle de lágrimas, pero quiero que te quede claro que lo hago por una causa justa, como es dar la oportunidad de quien está llamado a ser recordado por los siglos de los siglos. Eso es lo que en verdad me reconforta. Sólo por eso ya merece la pena poner fin al dislate que ha sido mi vida.

Ginés Méndez dibuja una sonrisa con sabor a melancolía. Un hombre entero, de una pieza, como ha dicho de él Miguel de Cervantes. Digno, valiente, leal. Un hombre que no todos podrían ser. Sólo Íñigo Sánchez podía serlo. Al verlo ensartado por aquella pica, se juramentó para honrarlo y ponerlo como ejemplo de lo que era un compañero de verdad. Un hombre del que podría decir con orgullo que fue amigo suyo.

Capítulo 79

Buscando una luna

Sevilla, barrio del Arenal. Finales de julio de 1581

–Algún día tendré la luna.

Se lo confesó a sus hermanas con voz y ánimo seguros. Tumbadas en la hierba, contemplaban aquel satélite con los ojos de quienes todavía estaban huérfanas del horror. Miradas inocentes, soñadoras, de tres niñas a las que la vida no tardaría en revelarles su rostro más cruel.

–¿Te la vas a meter en el bolsillo? –le preguntó una de ellas entre risas.

–¡Cómo me la voy a meter en un bolsillo, tonta! –protestó, airada.

En lugar de contestar, prefirió seguir mirándola. Tan brillante, tan redonda. Soñaba con una luna así para ella. Una luna a la que estar unida para siempre, de la que no se separaría jamás. Sería su luna. Estaba determinada a buscarla.

–Algún día la tendré.

La noche anterior la había visto rielar sobre las aguas del Guadalquivir. Una luna limpia, brillante. Levantó el brazo derecho con intención de atraparla. Amoldó la mano a su forma. Sonrió. Ya faltaba poco para tenerla, para hacerla suya.

Lo que tenía delante en ese momento poco se parecía a una de sus ensoñaciones infantiles; era la cruda realidad de un mundo que detestaba profundamente, un mundo del que quería bajarse. Estaba decidida a hacer desaparecer sus huellas, a que nadie la siguiera, a que su rastro se perdiera. A ser un recuerdo vago, una cara bonita que, cuando venían mal dadas, se transformaba en pura maldad. No lo fue ni nunca quiso serlo. La vida la había convertido en lo que era, y por eso ansiaba recuperar las sensaciones perdidas de la niñez. Quería volver a ser la Inés que fue, la que soñaba por las noches con tener la luna en algún lugar a donde la maldad aún no hubiera llegado. Lejos, muy lejos, y en silencio.

Ese lugar existía. Pero también implicaba un peligro. Podía perder la vida en el intento, estaba advertida. Mas no le importaba. La misma vida le había enseñado a mostrar los dientes, a no amilanarse. A matar incluso si era preciso con tal de que no fuera ella quien muriera. «Mata para que nunca te maten», le repetía Lorenzo Díaz. «Ama para que no necesites amar a nadie más», replicaba ella. Tan distintos. Frío y calor, desapego y dependencia.

Tendría la luna.

Inés Arias se mueve con cautela en la taberna a la que acaba de entrar. Viste ropas holgadas y, como de costumbre, se cubre la cabeza con una gorra baja, pero eso no impide que algunos de los presentes escruten su rostro, cuyos rasgos femeninos no engañan. Por si acaso, camina con la mano izquierda presta a desenvainar la daga.

El local es muy similar a tantos otros que ha visitado en las semanas que lleva buscando a un hombre concreto: una cocina central y una serie de mesas con bancos corridos. Entre éstos ve a mujeres que van y vienen, cargadas con jarras vacías y llenas. Son jóvenes, quizá no hayan entrado todavía en la veintena, cree convencida, y visten de tal manera que no son pocos los que les lanzan miradas cargadas de lascivia. Algunos, después, por unas monedas, se aliviarán entre sus piernas. El tabernero viene hacia ella con un par de jarras vacías en cada mano. Es un hombre gordo, de rostro fofo y profunda calvicie. El jubón que viste es un canto a la suciedad, igual que el mandil, que, atado a la cintura, le oculta los pantalones. Duda que los zapatos planos que calza conozcan ya tiempos mejores.

–¿Agustín Yáñez? –le pregunta.

El tabernero la observa de arriba abajo antes de responder.

–Vuestras razones tendréis para vestir de semejante manera, pero, si habéis venido aquí buscando problemas, ruego a vuestra merced que...

–Mis razones son mías –responde ella, seca. El tabernero agacha la mirada, amilanado por la fiereza que transmite la de la mujer–. Os he preguntado por una persona. Lo demás no es de vuestra incumbencia.

–Aquél de allí. –Señala a su izquierda–. El que habla a esos otros tres. Eso sí, os prevengo de…

–Sé con quién me voy a jugar los cuartos.

Inés Arias lo interrumpe con brusquedad porque no desea gastar más saliva ni tampoco energías con quien no lo merece. Llegar a Sevilla le ha costado mucho. Tras la batalla, desvalijó a todo muerto que encontró en su camino. A ojos de cualquiera, las trincheras portuguesas eran un poema colmado de versos de horror. Para ella, sin embargo, la oportunidad para comenzar una nueva vida. Sólo hubo un cuerpo que pasó por alto, al que ni siquiera prestó atención: el de Íñigo Sánchez; aun sabiendo que portaba dinero encima. Lo mató por venganza, no para robarle. Una vez muerto, lo contempló unos instantes, disfrutando de la paz que la embargaba en ese momento. Rodrigo de Cervantes, paralizado, no sabía cómo actuar, y Ginés Méndez lloraba desvalido ante el cadáver de aquel soldado. Harta de tanto horror, se refugió en un pequeño barranco al pie del Tajo. Desde allí siguió escuchando los bramidos de los vencedores, los llantos de los vencidos, los gritos de clemencia. Después, el silencio.

Al llegar la noche, intentó protegerse del relente del río. En ocasiones así, tumbada sobre una manta raída, buscaba el calor de Lorenzo Díaz. Y, si aquél quería follársela, tampoco ponía reparos. Calor, sólo eso buscaba. Si la abrazaba, se sentía protegida, tranquila. Miraba entonces al techo de la tienda, anhelando la luna de su niñez, la misma que contempló aquella noche, tras la batalla. Tan redonda, tan brillante.

–Algún día tendré la luna –bisbiseó.

Pensó en sus hermanas. Dónde estarían, o si vivirían.

La luna.

Levantó la mano derecha para atraparla. Sonrío al hacerlo.

Era hora de tenerla.

Durante los tres días que el duque de Alba permitió a la soldadesca saquear el burgo de Lisboa, se afanó en llenarse los bolsillos. Doblegó voluntades y mató a quienes se resistieron a entregarle lo que consideraba suyo por derecho. La milicia ya no tenía sentido para ella, por lo que a finales de agosto desertó y tomó el camino de Badajoz; y, desde allí, hacia Sevilla, siempre ocultando su identidad, con una mochila a cuestas en la que llevaba consigo aquello con lo que podría hacer posible su sueño. Alcanzar Badajoz le costó tres semanas. Unos días lo hizo a pie; otros, en compañía de campesinos, subida al pescante de su carro, cuyas miradas al ver las monedas que ponía en sus manos a modo de agradecimiento nunca olvidaría. Alcanzó Sevilla después de un mes por caminos que las lluvias del otoño habían convertido en un infierno. Con ojos ilusionantes, contempló cómo la silueta de la Giralda rasgaba un cielo tan azul como, le aseguraron, el mar que pretendía atravesar.

Durante meses, y a la espera del encuentro con la persona de cuyas credenciales le habían hablado, se dejó ver lo justo por las calles de Sevilla. Evitaba, en especial, dejarse caer por el Arenal, un barrio lleno de tabernas, pícaros, gente que no tiene donde caer muerta y olvidados por la suerte. «Quien no ha visto Sevilla, no ha visto maravilla», había escuchado a un par de soldados, hartos de vino, una noche en una taberna del burgo de Lisboa. Una ciudad de calles anchas y soleadas, de plazas amplias con toda clase de comercios, pero también oscuros callejones. Y mucha suciedad. Todavía le sorprendía la existencia de aquel monte en el barrio del Arenal que los del lugar llamaban del Malbaratillo, no lejos del puerto, formado por las basuras e inmundicias que allí arrojaban los vecinos; tomaba su nombre del cercano mercadillo que unos llamaban el Baratillo y otros, directamente, Malbaratillo. Meses de espera vigilando cada una de las monedas que guardaba en la mochila, de la que nunca se separaba; estudiando cada paso hacia delante y hacia atrás, previniendo complicarse la vida en una ciudad donde era muy fácil hacerlo.

Se dirige a la mesa donde departen cuatro hombres. Uno de ellos habla, y el resto escucha. Aquel primero toma la jarra de vino que tiene ante sí y le da un largo trago. Inés Arias se coloca a su espalda. En ella reparan los que quedan delante. Sus miradas no la arredran, al contrario.

–¿Agustín Yáñez? –pregunta.

El tipo se gira con calma hacia ella. Al comprobar quién es, se echa a reír con ganas y se dirige a sus compañeros.

–Mujer con pantalones, un problema de cojones.

La risa de los hombres la enerva, aunque trata de aparentar una calma que está a punto de quedar en anécdota.

–¿Es cierto que vuestra merced partiréis en breve con la flota de Indias?

El hombre la obvia con displicencia.

–Volved a calentar la cama de vuestro esposo, que seguro extraña tal ausencia, y dejadnos en paz.

Con un rápido movimiento, la joven desenfunda la daga y, agarrándolo del cuello, amenaza con cortárselo. Los otros se levantan, sobresaltados.

–Ya no hay hombre que extrañe mi ausencia, así que os rogaría me concedierais un poco de atención... Tampoco pido más. Aunque, si preferís sentir este lindo acero cercenando vuestro cuello, dadme el gusto.

Se miran. El tipo demuestra una calma que resulta interesante a ojos de Inés. Lo nota acostumbrado a lances de ese estilo. Ni se inmuta. A él, en cambio, le excita la fiereza que demuestra la mujer, quien parece más que acostumbrada a este tipo de lances.

–Cierto es que prefiero mantener la cabeza sobre el cuello, por lo que ruego a vuestra merced que toméis asiento.

Agustín Yáñez conmina a sus compañeros de ronda a que se marchen y la invita a sentarse. La calma regresa a la taberna. El tabernero aún lleva el susto impreso en la cara. Las risas y voces estallan de nuevo.

–Vuestra merced tiene arrestos.

–¿Qué pretendéis que haga en un lugar así?

–¿Dónde habéis aprendido a manejaros así con la daga?

–Me enseñaron bien.

–Alguien de armas, supongo.

–Suponéis bien.

Más que mirarse, se escrutan con detenimiento. Miradas, gestos, el tono de voz, la manera de mirar al otro, adivinar sus intenciones. Conviene conocer bien a quien está delante para anticiparse al siguiente movimiento.

–Me juego otra jarra de vino a que habéis luchado en los ejércitos de su majestad.

–Quizá ganarais.

Agustín Yáñez llama la atención de una de las muchachas y le pide otra jarra de vino. Aquélla no tarda en traerla.

–Ya os advierto de que este vino mataría por ser considerado ordinario.

Inés Arias acepta el ofrecimiento. Da un pequeño trago y luego le devuelve la jarra.

–¡Ah! ¡Aguerrido trabajo el vuestro, desde luego! Un primo mío hace tiempo tomó las armas de su majestad. Andará ahí, supongo, si no ha muerto ya.

–¿Recordáis cómo se llama? –le pregunta ella, impulsada por la curiosidad.

–Ginés Méndez.

Inés Arias enarca las cejas, sorprendida.

–No, no lo conozco.

El otro se percata del gesto y sonríe. Se ha delatado. No es tan fría como parece, se convence. Pura fachada. Alguien que quiere dar el salto y huir de un mundo que se desmorona a pasos agigantados. Ese nuevo mundo, la promesa de una nueva vida en una tierra desconocida de la que aún no sabe nada, donde experimentar otra vez la sensación de venir a la vida.

–Ya me parecía a mí. En fin. Ahora decidme cómo os llamáis y qué pretendéis.

–Mi nombre no os importa, y mi intención es cruzar el océano.

El otro sonríe con acidez.

–¿Puedo saber los motivos? Aunque creo que los puedo intuir.

–Mis motivos son míos.

–Y yo soy quien maneja el galeón en el que pretendéis viajar. Como comprenderéis, no suelo recibir peticiones como la vuestra.

–Quiero vivir.

Agustín Yáñez suspira. Da un buen trago de vino y se limpia la boca con el dorso de la mano.

–Vivir… Cosa complicada en estos tiempos.

–Eso quiero.

–Del Nuevo Mundo se cuentan tantas maravillas como horrores. Sin duda, es el paraíso sobre la tierra, un lugar único, pero eso lo hace especialmente atractivo para quienes desean abandonar éste, que agoniza, llevándose consigo todos los males. Decís que deseáis vivir... Puede que lo hagáis, no dudo de vuestro desempeño, pero aquél no es lugar para una mujer, ya os lo advierto.

–¿Me llevaréis? –insiste ella, haciendo caso omiso de la advertencia.

El tipo entrecierra el ojo, componiendo un gesto pensativo.

–Es un buen lugar para empezar. Sobre todo, si se quiere dejar atrás el pasado. Y la carga que arrastráis parece tan grande como dolorosa.

–¿Me llevaréis?

Agustín Yáñez ríe divertido ante la intransigencia de la muchacha. Le gusta su firmeza. Incluso le excita.

–Zarpo en dos semanas.

–Es lo que quería escuchar.

–Sin duda, haréis buenas las palabras del almirante Colón.

–No tengo el gusto.

El capitán sonríe ahora con franqueza. Aquella mujer es más interesante de lo que podía imaginar.

–El almirante Colón descubrió hace ya muchos años las tierras a las que queréis viajar. Dicen que, en una ocasión, lo oyeron exclamar algo así como que el mar dará a cada hombre una nueva esperanza, como el dormir da sueños.

–Quiero vivir.

–Lo haréis. Vuestra determinación no engaña –sonríe el hombre–. Yo os llevaré hasta allí. Luego, lo que hagáis será cosa vuestra. Eso sí, durante el viaje tiempo tendremos de hablar.

Agustín Yáñez da un nuevo trago a la jarra. Mientras lo hace, ve la sonrisa franca de la muchacha y un brillo especial en su mirada, único. En ese momento, se cerciora de que aquellas palabras, en su mente, son algo más que eso; son el pasaporte hacia esa vida que busca, hacia un horizonte donde los sueños son infinitos, sin importarle los horrores que puedan existir en ese nuevo mundo.

Un rato después, Inés Arias abandona la taberna. Oye risas apagadas, también alguna que otra discusión. La noche, propensa a que pícaros y amantes de las sombras hagan de las suyas. Lo mismo se tima que se mata por unas míseras monedas. Apresura el paso, siempre con la mano cerca de la daga, por lo que pudiera pasar. Los muelles de carga del puerto están tranquilos a esa hora de la noche. En total, son cinco, repartidos entre las dos orillas: tres en la del arenal (el de la catedral o de la Aduana, el Arenal y el Barranco) y dos en la de Triana (Muelas y Camaroneros). Al llegar a un punto, se sienta en el suelo con las piernas colgando. Levanta la mirada y la ve allí, tan reluciente. Ha venido hasta Sevilla buscando una luna, y apenas le quedan unos días para salir a su encuentro definitivo. Trata de atraparla con la mano. Lo consigue. Y ríe. Ríe con ganas, como hacía tiempo. Sin quererlo, una lágrima se le escapa. No sabe si de pena o de felicidad, si producto de los recuerdos que se agolpan en su cabeza o por saberse tan cerca de lograr su objetivo. En aquéllos aparecen sus hermanas, las noches tendidas en la hierba contemplando las estrellas, Lorenzo Díaz.

Ríe, feliz.

–Al fin eres mía –dice con voz segura.

Epílogo

Lisboa, convento del Beato. Primeros de diciembre de 1582

Sentado en el taburete de madera que el duque de Alba ha pedido para él, fray Luis de Granada oye pasos en el corredor. Aguza el oído, entrecierra los ojos. Calzado bueno, gente de posibles, se convence. Lanza una mirada al techo, aunque ya apenas los puede ver. «Gracias, Señor», musita, y a continuación se queda en silencio. A su lado, en la cama, duerme Fernando Álvarez de Toledo. Se le escapa la vida por momentos. Su ánimo ha decaído en los últimos días. Hablan poco, y sólo cuando muestra la lucidez necesaria. El resto de los días los pasa durmiendo. Consumiéndose poco a poco.

Los pasos se aproximan. Hace frío, pues el sol es tan insípido que apenas da algo de calor, y el viento, que tanto le disgusta, ulula con intensidad, anunciando un invierno que pronto llegará.

Con extrema dulzura, lo despierta.

–¿Qué ocurre? –reacciona el hombre, aturdido.

–Su majestad.

El duque de Alba mira a todos lados.

–¿Dónde?

El fraile sonríe.

–A punto de llamar a la puerta. –El rostro de fray Luis de Granada rezuma una paz difícil de disimular–. Los esfuerzos de vuestro hijo han dado resultado.

–¿Seguro que es su majestad?

–Vuestro hijo me lo confirmó esta mañana. Aunque cabía la posibilidad de que anulara el encuentro. Ya sabéis…

Con trabajo, el religioso se levanta para abrir la puerta. A pesar de su escasa vista, reconoce de inmediato a Hernando de Toledo, el hijo bastardo del tercer duque de Alba; serio, concentrado. Tras él, un par de soldados escoltan a Felipe II. Rostro igual de serio.

–Fray Luis, su majestad quiere presentar respetos a mi señor padre –le pide Hernando de Toledo.

–Lo espera gozoso. Dios tendrá en cuenta este último servicio.

–No puedo permitir que se presente ante el Señor con tanta congoja.

A Hernando de Toledo se le humedecen los ojos. Aún tiene muy presente la conversación con su padre horas antes de batallar al pie del río Alcántara. Unas palabras que no olvidará en la vida, que llevará consigo hasta la tumba. Para sí mismo y nadie más. Agradece de repente que fray Luis de Granada apenas puede ver, pues así no advertirá la tristeza de su mirada.

–Y Dios os lo agradecerá, insisto. Hijos como vuestra merced es lo que necesita este nuevo reino cuyos destinos dirige nuestro rey Felipe. No os avergoncéis por el recuerdo de vuestro padre.

El hijo del duque se aparta para franquear el acceso al rey, sorprendido y maravillado a la vez por la sagacidad del fraile. Una breve sonrisa baña sus labios mientras fray Luis de Granada toma las manos de Felipe II.

–Permitidme que este vasallo de Dios bese vuestras manos.

–Guardaos, fray Luis –murmura el rey, retirándoselas, un tanto cohibido.

–Dios os tendrá en cuenta este gesto que habéis decidido tener con un hombre que está a punto de presentarse ante él.

El monarca asiente sin más. El fraile lo invita a entrar en la fría habitación. Lo acompaña un soldado.

–¿Vuestra majestad desea que me quede? –pregunta fray Luis de Granada.

–Vuestra excelencia –se dirige entonces Felipe II al duque de Alba–, ¿precisáis el auxilio de fray Luis?

–Quedaos –se dirige a él–. Vuestra presencia siempre es un bálsamo.

El fraile asiente. El rey aprovecha unos instantes para examinar al duque de Alba. Postrado en la cama, rostro demacrado, barba y pelos descuidados y una mirada que ya no es de este mundo.

–Ruego a vuestra majestad que disculpe a este humilde vasallo vuestro que no tiene ya ni fuerzas ni ánimo para besaros las manos.

–Despreocupaos, vuestra excelencia.

Fernando Álvarez de Toledo sonríe con sinceridad.

–No esperaba veros ya.

–Son tiempos complicados –contesta el monarca, encogiéndose de hombros–. Hay mucho trabajo que hacer.

–Comprendo.

Por la boca de Fernando Álvarez de Toledo se escapa un pitido ronco; y la vida misma poco a poco, dejando atrás un cuerpo exangüe. El rey se percata de ello. Lo mira con interés.

–Veo que en ningún momento me hicisteis caso.

–¿Qué queréis decir? –responde el noble, extrañado.

–De vuestro mal. Recuerdo que os dije hace un tiempo que marcharais a Belém o a San Bento, pero compruebo que mis palabras no os causaron la menor preocupación.

–Os respondí que permanecería donde estaba, como así he hecho. Sabéis perfectamente que no soy el primero de mi casa en morir al servicio de su príncipe. ¿Queréis tomar asiento o vais a permanecer de pie?

Vestido de negro, como en él es habitual, Felipe II ordena al soldado que coloque la jamuga del duque de Alba a una prudente distancia de la cama. No hay signo de empatía en su rostro, ni siquiera una mirada ni tampoco un gesto de cariño hacia él. Nada. La muerte de la reina Ana, víctima de la peste que asolara Portugal meses atrás y de cuyas garras escapó él antes, lo ha sumido en un dolor del que cuesta salir. Si es que llega a hacerlo, mantienen muchos de los que lo tratan. Dos amores, dos muertes igual de dolorosas. Primero la de su querida Isabel, y ahora la de su esposa Ana. La vida ha despojado su alma de amor y cariño a base de hachazos. Duros, repentinos. Inmisericordes. El resultado es el hombre que se sienta ante la sombra de lo que es el duque de Alba. A una orden suya, el soldado abandona la cámara.

–Vuestra excelencia diréis.

Ni una brizna de calidez en el tono, tan inexpresivo como su rostro. Fernando Álvarez de Toledo le regala una risa sarcástica.

–¿Acaso tanto os cuesta preguntarme cómo estoy?

–Eso ya lo veo, y también me lo ha dicho vuestro hijo. Una pena inmensa, os lo aseguro con sinceridad.

–Me agrada escuchar esas palabras.

El duque de Alba tose y se remueve en la cama. El aire está cargado de una fetidez que incomoda al rey. Olor a muerte.

–Vuestra excelencia sois indispensable. Vuestros conocimientos y experiencia me resultan aún de gran utilidad –abunda el monarca.

–¡Ah! Mi experiencia y conocimientos… –repite el noble. Otro pitido–. ¿Y aún os soy útil?

–Por supuesto. Sois mi mejor general, pero también un consejero del que no puedo prescindir. Don Antonio todavía sigue siendo una amenaza. Si bien el golpe que le asestamos el pasado verano, cuando la batalla de San Miguel, fue importante, tengo la íntima sospecha de que ese mentecato aún no ha dicho su última palabra. Que siga siendo dueño de la isla de Terceira supone un peligro que es necesario atajar presto. Además, cuenta con ayuda francesa e inglesa. No hace falta que os diga lo que eso significa.

–Ese asunto está en manos de don Álvaro de Bazán –responde el duque, seco, serio–. Ya no es de mi incumbencia lo que allí ocurra.

–El papel de vuestra excelencia en la retaguardia se revela fundamental en un trance como éste. Son muchas las cosas que…

Fernando Álvarez de Toledo no puede evitar que algo parecido a una carcajada salga de su boca. Su mirada brilla con sorna.

–¿Me habéis visto bien? –sonríe burlón–. ¿Pensáis que en estas condiciones aún os soy útil?

–Lo sois. Ya os he dicho que aún queda mucho trabajo por hacer. Vuestros consejos me son de gran utilidad.

–Mis consejos… –suspira–. Eso es lo único que queréis de mí.

–Vuestros consejos.

–La vida se me escapa, y quisiera…

–La presencia de vuestra excelencia aún es necesaria aquí –insiste Felipe II, firme.

El duque de Alba agacha la cabeza, vencido. Mira al infinito, consciente de que su final será el que venía temiendo desde hacía ya un tiempo. El que había confesado a fray Luis de Granada. Ya no habrá colinas doradas ni verdes prados, ni tampoco el rumor del Tormes en el ocaso. Adiós a María, a los suyos, a su tierra.

–He dado tanta prueba de obediencia y mi deseo de serviros como en esto, pues no he tomado una litera y marchado a ver a mi esposa. –Un relámpago asoma entonces por la mirada del duque. Alza el cuello, componiendo un gesto altivo que destila toda la arrogancia de que es capaz en ese momento, y mira fijo al rey–. Pero está claro que los reyes no tienen los sentimientos y la ternura en el mismo lugar que los demás.

El monarca calla, impertérrito.

–Me odiáis.

Algo le varía el gesto ante estas palaras. Felipe II enarca una ceja ante la confesión del noble.

–Ésa es la impresión de vuestra excelencia, pero no la comparto.

Fernando Álvarez de Toledo hace un intento de reír, lo que le provoca un nuevo ataque de tos.

–Me odiáis –dice al fin, cuando se recupera–, siempre lo habéis hecho. ¿Y sabéis por qué? Porque os recuerdo lo que fue vuestro padre, mi señor, el gran emperador. Dejé mi hacienda y a los míos por seguirlo allá donde él me encomendó. Haced de mi hijo lo que está destinado a ser. «Aconsejadlo, guiadlo, sed su bastón en estos sus primeros pasos en el gran teatro del poder». Y lo hice porque era mi deber. A él nunca le reproché nada, pero sí me permito hacerlo a vuestra majestad.

–Será mejor que descanséis.

Felipe II hace ademán de levantarse, pero el duque de Alba lo refrena.

–Aún no he terminado. ¿O tanto os molesta mi presencia?

–Descansad, os lo ruego… –insiste el monarca. Por voz, casi un susurro.

–¡Escuchadme, aunque sea por una última vez, maldita sea! –estalla Fernando Álvarez de Toledo.

Fray Luis de Granada balbucea, atónito al ver el enfado del duque de Alba ante el mismísimo rey. El azul de la mirada real es un mar de olas que una tormenta agita con violencia. Un temporal repentino que el noble advierte, pero no se arredra.

–¡Es cuestión de días que marche al encuentro con el Señor, y vuestra majestad me niega siquiera un instante para transmitiros lo que llevo tanto tiempo intentando! ¿Acaso no merezco un mínimo de vuestra atención, aunque sea por los servicios que siempre os he prestado?

Felipe II sopesa silencioso la demanda del duque de Alba. Fray Luis de Granada contiene la respiración, pues el silencio que los envuelve es asfixiante. Con un gesto, al fin el rey conmina al duque de Alba a hablar. Está listo para escucharlo.

–No os odio –le dice antes–. No puedo odiar a mi mejor general, a alguien que tanto ha hecho por mí a lo largo de tantos años. Francamente, me decepciona que penséis eso de mí.

Lejos de atemperar su ánimo, Fernando Álvarez de Toledo se revuelve en la cama. Mira con fijeza al rey. La seriedad de su rostro es infinita.

–Estoy enfermo, mi aspecto no es para nada agradable. Hiedo. Sí, vuestra majestad, hiedo a muerte. ¿Acaso os asusta el olor a muerte? ¡Qué poco lo habéis olido…!

Nuevo intento de carcajada, nueva tos. El silencio se apodera de nuevo de la cámara, sólo roto por los pitidos del duque.

–Todos debemos morir –vuelve a hablar al cabo, con un tono de voz falto de vida–. Tarde o temprano todos debemos hacerlo, y yo no tardaré en rendir cuentas ante Dios, pero antes me gustaría confesaros una cosa.

El rey asiente.

–Siempre os he sido fiel, y lo seré hasta que el último aliento escape por mi boca.

–Lo cual os he agradecido en cada ocasión.

–Por eso siempre antepuse cualquier negocio mío, por muy importante que fuera, a los vuestros. Por muy pequeños que fueran, vuestros negocios eran los míos.

–Soy consciente de ello. –El tono de voz del rey rezuma una frialdad que asusta.

–Por último, quiero que sepáis también que siempre tuve el mayor cuidado de mirar por la hacienda de vuestra majestad en lugar de hacerlo por la mía. Ya sois rey de Portugal, lo que anhelabais por encima de todas las cosas. Os prometí un reino y os lo he dado. Y, sin embargo, os demando una cosa, una única cosa, y me la negáis. Me estáis viendo, no me queda mucho en vida, y aun así me negáis lo que más ansío. Yo os lo he dado todo. ¿Y vuestra majestad? ¿Qué me habéis dado salvo rescatarme del destierro al que me condenasteis porque os interesaba?

Felipe II sigue sin contestar. Asiente sin más. El duque de Alba niega en silencio. Ácida sonrisa en los labios, gesto de resignación.

–Y la última cosa que tengo que deciros… –traga saliva–. Y la última, decía, es que nunca os propuse un hombre para algún cargo que no fuese el más suficiente de cuantos conocí para ello.

–Gracias por estos consejos. Entendía que era mi deber acudir en auxilio de vuestra excelencia, pues así me lo ha pedido vuestro hijo, el prior. Ahora os dejo descansar. Lo necesitáis.

Sin más, el monarca se incorpora y llama a los soldados para que le abran la puerta. El duque de Alba se queda pensativo, mirando a la nada.

–No creo que volvamos a vernos.

–A no ser que también os reclame Dios, no creo –se permite bromear el noble–. Pero sí, idos. Así no os soy un cargo de un solo pan para vuestra majestad ni para ninguno de vuestros vasallos.

En el último momento, bajo el quicio de la puerta, Felipe II se detiene. Nadie se ha atrevido nunca a decirle algo así en la cara. Nadie. Controla la ira y regala al duque de Alba un océano de inexpresividad por mirada.

–Aunque no lo creáis, me apena despedir a mi mejor general.

Fernando Álvarez de Toledo esboza una sonrisa extraviada mientras el rey sale al pasillo. Luego lo escucha hablar brevemente con fray Luis de Granada y con su hijo. Clava la mirada en el techo, una filigrana de madera, y comienza a hablar a Dios:

–Déjalo aquí, que disfrute de su reino. Que ganas de ser rey de Portugal tenía un rato, y bastante tiene ya el hombre con lo suyo. A mí llévame presto.

Resopla, cansado. Más pitidos. Cierra los ojos y espera a que lo venza el sueño; deseando que sea el definitivo el que se apodere de él y lo ponga camino de Dios, cuyo juicio no teme. Recuerda entonces unos versos de su querido amigo Garcilaso de la Vega:

> En poco espacio yacen los amores,
> y toda la esperanza de mis cosas,
> tornados en cenizas desdeñosas
> y sordas a mis quejas y clamores.

En eso se han convertido ya todos sus anhelos e ilusiones. Morirá lejos de los suyos, como le dijo su esposa antes de partir de Uceda. Su María, su querida María. Ahora puede ver Alba de Tormes, su silueta recortarse bajo un cielo azul salpicado de nubes nacaradas, y el Tormes cantando bajo los ojos del puente. Abre los ojos. Vuelve a mirar al techo. Se le escapa una sonrisa ácida.

–¡Ay, Señor! ¿Qué estás esperando para llevarme ante tu presencia? ¿O es que acaso no tienes ganas de escuchar de mi voz lo de Flandes, que hace que se hable tanto de mí en aquellas tierras?

Fernando Álvarez de Toledo suspira sin apartar la mirada del techo. Ahora frunce el ceño. La mirada se vuelve más intensa. En sus labios, la misma sonrisa ácida.

–Será por tiempo para hablar, ¿eh? Que de eso vamos a ir servidos.

Agradecimientos

De bien nacido es ser agradecido, y esta novela ha sido posible gracias a la ayuda de distintas personas que se han involucrado hasta niveles que, en algunos casos, nunca llegué a imaginar.

Por eso quiero agradecer a Carlos Belloso, profesor de la Universidad de Valladolid e investigador de la historia política y militar de la monarquía de España, por su ayuda en forma de lecturas y estudios. Esos *wasaps* mañaneros los fines de semana me ayudaron a reunir la documentación necesaria.

También me gustaría agradecer a Geoffrey Parker, catedrático de la Universidad Estatal de Ohio (EE UU), por su desinteresada ayuda, consejos y lecturas. Aquel correo enviado a comienzos de septiembre de 2022 como quien sale a la calle a ver qué pasa se convirtió en una fructífera relación virtual que me ha permitido conocer mejor los hechos en los que se basa esta novela, pero más aún disfrutar del saber de su inmensa figura como historiador.

Asimismo, estoy en deuda con Manuela Mendonça, presidenta de la Academia Portuguesa de la Historia, por su ayuda y gestiones; con el profesor Carlos Margaça Veiga, de la misma Academia, por sus datos acerca de la presencia del duque de Alba en Lisboa en sus últimos años de vida; y con Jacqueline Hermann, profesora de la Universidade Federal do Río de Janeiro, por sus apreciaciones acerca de la figura de Antonio de Crato.

No quiero olvidarme de mis dos «felipistas» de cabecera, los historiadores José Antonio Rebullida Porto y Enrique F. Sicilia Cardona, por sus consejos y acercamiento a la figura de Felipe II.

Esta novela tampoco hubiera sido posible sin los datos e información proporcionados por mi paisano verato Manuel Rodríguez Antón, que fue mis ojos en Lisboa; sin las aportaciones de Víctor Manuel Lázaro Escudero, que leyó el manuscrito con los ojos de un soldado de los viejos tercios de su majestad; sin los consejos y aportación documental de Rafael Luis Gómez Herrera y su saber enciclopédico sobre vexilología; sin los consejos del gran Dativo Donate en cuanto al trato en la época según la clase social y el rango de los personajes; y sin las aportaciones al manuscrito final realizadas por Pedro Pablo Uceda Carrillo –tenías razón, hijo mío–, Juan José López Liébanas y Miguel Ángel Pérez Marqués. Y también me gustaría agradecer a Tiago Caldas su ayuda con el portugués.

Por último, y no menos importantes, quiero agradecer a mi familia literaria de Edhasa –Daniel Fernández y Esther López–, por estar siempre ahí; y a mi Pe –Penélope Acero, mi editora–, por ir siempre un paso por delante. O dos. O tres. Y a mi Chusa. Eres mi todo, mi universo.

Y a ti siempre, querido lector/a. Sin ti, darle a la tecla para transformar sueños e ilusiones en historias no tiene ningún sentido.

NARRATIVAS HISTÓRICAS
EDHASA
TÍTULOS PUBLICADOS

Aguiar, Joâo **Viriato**
Alonso, Luis **La manzana de oro**
Aparicio, José Manuel **Bellum cantabricum (•)**
Aparicio, José Manuel **Banderizos (•)**
Arenas, Ildefonso **Álava en Waterloo (•)**
Arenas, Ildefonso **La duquesa de Sagan**
Arenas, Ildefonso **La venganza catalana (•)**
Arenas, Ildefonso **Tercera Cruz de Caballero**
Arenas, Ildefonso **El buque del diablo**
Baer, Frank **El puente de Alcántara★ (•)**
Bengtsson, Frans G. **Orm el Rojo**
Biggi, I. **Valkirias (-) (•)**
Biggi, I. **Proyecto Moisés (•)**
Cantero, Mar **Una noche preciosa para volar (•)**
Castillo, David **El tango de Dien Bien Phu (•)**
Cornwell, Bernard **El ladrón de la horca★**
Cornwell, Bernard **Stonehenge★ (•)**
Cornwell, Bernard **Arqueros del Rey★ (•)**
Cornwell, Bernard **La batalla del Grial★ (•)**
Cornwell, Bernard **El sitio de Calais★ (•)**
Cornwell, Bernard **Northumbria, el último reino★ (-) (•)**
Cornwell, Bernard **Svein, el del caballo blanco★ (•)**
Cornwell, Bernard **Los señores del Norte★ (•)**
Cornwell, Bernard **La canción de la espada★ (•)**
Cornwell, Bernard **La tierra en llamas★ (•)**
Cornwell, Bernard **Muerte de reyes★ (•)**
Cornwell, Bernard **Uhtred, el pagano★ (•)**
Cornwell, Bernard **El trono vacante★ (•)**
Cornwell, Bernard **Guerreros de la tormenta★ (•)**
Cornwell, Bernard **El portador de la llama ★ (•)**
Cornwell, Bernard. **La guerra del Lobo (•)**
Cornwell, Bernard **Azincourt★ (•)**

★ También editado en Pocket Edhasa / (•) también en edición digital / (-) también en rústica con solapas

Cornwell, Bernard **El fuerte (•)**
Cornwell, Bernard **Rebelde (•)**
Cornwell, Bernard **Copperhead (•)**
Cornwell, Bernard **Bandera de batalla (•)**
Cornwell, Bernard **Tierra sangrienta (•)**
Cornwell, Bernard **El rey del invierno (•)**
Cornwell, Bernard **El enemigo de Dios (•)**
Cornwell, Bernard **Excalibur (•)**
Cornwell, Bernard **Sharpe y el tigre de Bengala (-)(•)**
Cornwell, Bernard **El triunfo de Sharpe (-)(•)**
Cornwell, Bernard **Sharpe y la fortaleza india (-)(•)**
Cornwell, Bernard **Sharpe en Trafalgar (-)(•)**
Cornwell, Bernard **La presa de Sharpe (-)(•)**
Cornwell, Bernard **Los rifles de Sharpe (-)(•)**
Cornwell, Bernard **Los estragos de Sharpe (-)(•)**
Cornwell, Bernard **Sharpe y el águila del imperio (-)**
Cornwell, Bernard **Sharpe y el oro de los españoles (-)**
Cornwell, Bernard **El diablo de Sharpe (-)**
David, Saul **Hart, el Zulú (•)**
David, Saul **Hart y el imperio (•)**
De Cora, José **El estornudo de la mariposa (•)**
De Cora, José **Te llamaré muerto (•)**
De Loo, Tessa **Kenau**
Donald, Angus **Robin Hood, el proscrito (•)**
Donald, Angus **Robin Hood, el cruzado (•)**
Donald, Angus **Robin Hood, el hombre del rey (•)**
Echegoyen, Vic **La voz y la espada (•)**
Echegoyen, Vic **Resurrecta (•)**
Egido, Hugo **Memorias de Bastian**
Endo, Shusaku **El samurái***
Endo, Shusaku **Silencio (•)**
Fabbri, Robert **Tribuno de Roma**
Fajardo, José Manuel **El converso (•)**
Fajardo, José Manuel **Carta del fin del mundo**
Fajardo, José Manuel **Mi nombre es Jamaica**
Fast, Howard **Espartaco**
Fast, Howard **Moisés, Príncipe de Egipto**
Fast, Howard **Berenice. La hija de Agripa**
Fioretti, Francesco **La biblioteca de Leonardo (•)**
Forte, Franco **La compañía de la muerte**
Forte, Franco **Cartago. La fundación de Roma**
Füller, Samuel **Big Red One**
García Trócoli, Isabel **Rubricatus (•)**
Gilman, David **El maestro arquero**
Gilman, David **Vuelo nocturno a París (•)**

Granados, Juan **El Gran Capitán*** (•)
Graves, Robert **El conde Belisario***
Graves, Robert **El vellocino de oro***
Graves, Robert **Las islas de la imprudencia***
Graves, Robert **Rey Jesús***
Graves, Robert **Yo, Claudio**
Graves, Robert **Claudio el dios y su esposa Mesalina**
Guerra, Luis Miguel **La peste negra*** (•)
Guerra, Luis Miguel **La ruta perdida** (•)
Guerra, Luis Miguel **Annual** (•)
Guiladi, Yael **Orovida***
Herrasti, Pedro **El demonio de Lavapiés** (•)
Herrasti, Pedro **El libro de las tinieblas** (•)
Herrasti, Pedro **Capitán Franco** (•)
Herrasti, Pedro **Madrid era una fiesta**
Kingsley, Charles **Hipatia de Alejandría**
Kristian, Giles **Lancelot** (•)
Lara, Emilio **La cofradía de la Armada Invencible** (-) (•)
Lara, Emilio **El relojero de la Puerta del Sol** (-) (•)
Lara, Emilio **Tiempos de esperanza** * (•)
Lara, Emilio **Centinela de los sueños** (•)
Marraqueta, Daniel **Atahuallpa**
Leckie, Ross **Aníbal**
Leckie, Ross **Escipión**
Leckie, Ross **Cartago**
López Soler, Ramón **Los bandos de Castilla**
Lozano, Álvaro **Irene de Atenas** (•)
Low, Robert **El camino de las ballenas** (•)
Low, Robert **Mar de lobos** (•)
Luque, Herminia **La reina del exilio** (•)
Luque, Herminia **Las traidoras** (•)
Mahfuz, Naguib **Akhenatón, el rey hereje***
Mahfuz, Naguib **La batalla de Tebas***
Mahfuz, Naguib **La maldición de Ra***
Mahfuz, Naguib **Rhadopis***
Mahfuz, Naguib **Trilogía de Egipto (estuche 3 vols.)**
Malo, Blas **El veneciano** (•)
Malo, Blas **El guardián de las palabras** (•)
Malo, Blas **Lope de Vega. El desdén y la furia** (•)
Mallinson, Allan **Los cañones del nizam**
Mallinson, Allan **Una cuestión de honor**
Malraux, André **Vida de Napoleón**
Merezhkovsky, Dmitri **El romance de Leonardo***
Molina, Carolina **Los ojos de Galdós** (•)
Montalvo, Lola **La fosa** (•)

Muñoz, Nieves **Batallas silenciadas (-)(•)**
Narla, Francisco **Laín. El bastardo★ (•)**
Narla, Francisco **Los lobos del centeno (•)**
Narla, Francisco **Assur (•)**
Narla, Francisco **Fierro (•)**
Narla, Francisco **Ronin (•)**
Nogués, Jordi **Colosseum**
Nogués, Jordi **Naumaquia (•)**
Núñez, Pablo **Juego de reinas (•)**
O'Brian, Patrick **Capitán de mar y guerra★**
O'Brian, Patrick **Capitán de navío★**
O'Brian, Patrick **La fragata Surprise★**
O'Brian, Patrick **Operación Mauricio★**
O'Brian, Patrick **Isla Desolación★**
O'Brian, Patrick **Episodios de una guerra★**
O'Brian, Patrick **El ayudante del cirujano★**
O'Brian, Patrick **Misión en Jonia★**
O'Brian, Patrick **El puerto de la traición★**
O'Brian, Patrick **La costa más lejana del mundo★**
O'Brian, Patrick **El reverso de la medalla★**
O'Brian, Patrick **La patente de corso★**
O'Brian, Patrick **Trece salvas de honor★**
O'Brian, Patrick **La goleta Nutmeg★**
O'Brian, Patrick **Clarissa Oakes, polizón a bordo★**
O'Brian, Patrick **Un mar oscuro como el oporto★**
O'Brian, Patrick **El comodoro★**
O'Brian, Patrick **Los cien días★**
O'Brian, Patrick **Azul en la mesana★**
O'Brian, Patrick **Almirante en tierra★**
O'Brian, Patrick **Contra viento y marea★**
O'Brian, Patrick **La costa desconocida★**
O'Brien, Kate **Esa dama★ (•)**
Palacios, Teo **Hijos de Heracles★ (•)**
Palacios, Teo **El trono de barro (•)**
Palacios, Teo **Muerte y cenizas (•)**
Palacios, Teo **La boca del diablo (•)**
Palomares, Alfonso **El evangelio de Venus (•)**
Palomares, Alfonso **Por siempre. Abelardo y Eloísa (•)**
Paz, Montse de **La reina fiel (•)**
Paz, Montse de **La reina fidel (catalán) (•)**
Pellicer, Javier **Los leones de Aníbal (•)**
Pellicer, Javier **Lerna. El legado del Minotauro (•)**
Penadés, Antonio **El hombre de Esparta★**
Prus, Boleslav **Faraón**
Renault, Mary **Alejandro Magno★**

Renault, Mary **Alexias de Atenas**
Renault, Mary **Teseo. El rey debe morir-El toro del mar**
Renault, Mary **Fuego del paraíso**
Renault, Mary **El muchacho persa**
Renault, Mary **Juegos funerarios**
Rosset, Edward **Los navegantes★ (-)**
Rosset, Edward **Cristóbal Colón**
Rosset, Edward **El capitán Olano**
Rosset, Edward **Los hielos de Terranova**
Rosset, Edward **La conversa**
Roth, Joseph **La marcha Radetzky★**
Rueda, Concepción **Hilmilce**
Rutherford, Alex **Invasores del Norte. Mogol I (•)**
Sañudo, David **La victoria perdida (•)**
Scarrow, Simon **El águila del Imperio★ (-) (•)**
Scarrow, Simon **Roma vincit!★ (•)**
Scarrow, Simon **Las garras del águila★ (•)**
Scarrow, Simon **Los lobos del águila★ (•)**
Scarrow, Simon **El águila abandona Britania★ (•)**
Scarrow, Simon **La profecía del águila★ (•)**
Scarrow, Simon **El águila del desierto★ (•)**
Scarrow, Simon **Centurión★ (•)**
Scarrow, Simon **El gladiador★ (•)**
Scarrow, Simon **La Legión★ (•)**
Scarrow, Simon **Pretoriano★ (•)**
Scarrow, Simon **Cuervos sangrientos★ (•)**
Scarrow, Simon **Hermanos de Sangre★ (•)**
Scarrow, Simon **Britania★ (•)**
Scarrow, Simon **Invictus★ (•)**
Scarrow, Simon **Los días del César★ (•)**
Scarrow, Simon **La sangre de Roma★ (•)**
Scarrow, Simon **Traidores a Roma★ (•)**
Scarrow, Simon **La exiliada del emperador (•)**
Scarrow, Simon **Sangre joven★ (•)**
Scarrow, Simon **Los generales★ (•)**
Scarrow, Simon **A fuego y espada★ (•)**
Scarrow, Simon **Campos de muerte★ (•)**
Scarrow, Simon **La espada y la cimitarra (•)**
Scarrow, Simon **Sangre en la arena (•)**
Scarrow, Simon **Corazones de piedra (•)**
Scarrow, Simon **Piratas de Roma (•)**
Shea, Robert **Shiké★**
Sidebottom, Harry **Fuego en Oriente**
Sidebottom, Harry **Rey de reyes**
Sidebottom, Harry **El León del Sol**

Solana, José **Parménides**
Soto Chica, José **El dios que habita la espada (•)**
Stack, John **La galera de Roma***
Stack, John **Capitán de Roma**
Steinbeck, John **La taza de oro***
Steinbeck, John **Los hechos del rey Arturo y sus nobles caballeros***
Torres, Margarita **La profecía de Jerusalén (•)**
Valle, Ignacio del **Coronado (•)**
Vidal, Gore **Creación***
Vidal, Gore **En busca del rey***
Vidal, Gore **Juliano el Apóstata***
Vidal, Gore **Lincoln***
Villén, Mario **Nazarí (•)**
Wallace, Lewis **Ben Hur**
Waltari, Mika **El etrusco* (-)**
Waltari, Mika **El sitio de Constantinopla***
Waltari, Mika **S.P.Q.R. El senador de Roma***
Waltari, Mika **Marco el romano**
Waltari, Mika **Vida del aventurero Mikael Karvajalka**
Waltari, Mika **Aventuras en Oriente de Mikael Karvajalka**
Warner, Rex **Pericles el ateniense***
Wilder, Thornton **El puente de San Luis Rey***
Yourcenar, Marguerite **Memorias de Adriano***

Esta edición de *Hambre de gloria*,
de Víctor Fernández Correas,
se terminó de imprimir en Huertas Industrias Gráficas, S.A.,
el 5 de junio de 2024

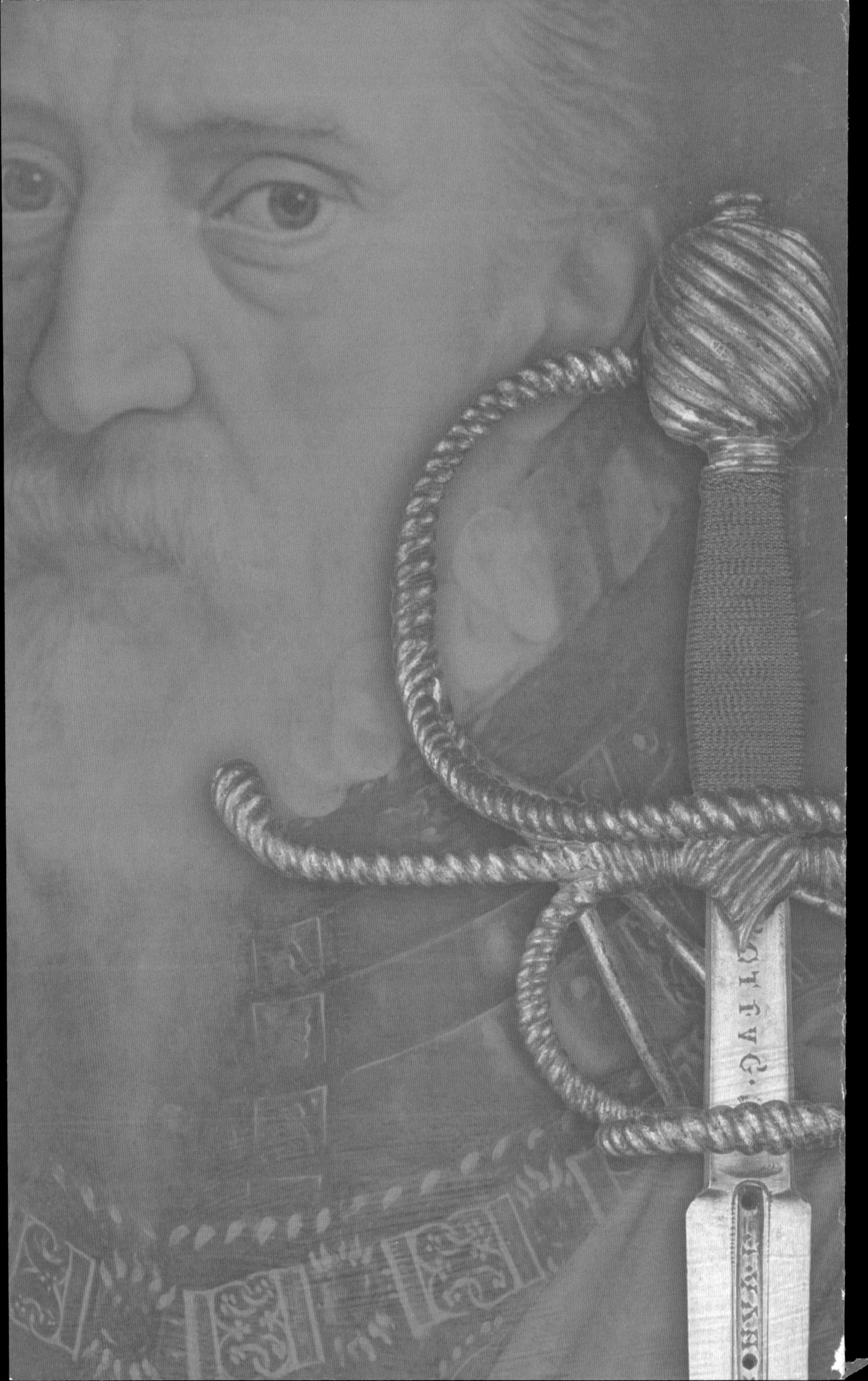